호박의
여름

호박의 여름

츠지무라 미즈키 장편소설 ― 구수영 옮김

내 친구의 서재

차례

프롤로그

발소리가 다가온다.

곤도 노리코는 안내받은 회의실의 차가운 파이프 의자에 앉아 옷매무새를 가다듬었다. 살짝 숨을 들이마시자 자신이 생각한 것보다 더 긴장하고 있다는 사실을 깨달았다.

"오래 기다리셨습니다."

문을 열고 들어온 것은 심하게 마르고 키가 큰 여성이었다. 나이는 노리코보다 꽤 연상으로 보인다. 얼굴에는 화장기가 없고, 염색하지 않은 검은 머리카락에 새치 몇 가닥이 눈에 띈다.

"변호사인 곤도라고 합니다."

노리코가 의자에서 몸을 일으켜 고개를 숙였다. 그런 노리코를 보고 여자는 쌀쌀맞게 "다나카입니다"라고 답했다. 그녀가 자신의 지위나 직함을 말하기를 기대했지만, 그에 대한 언급은 없었다.

책임자 또는 상황을 잘 아는 사람을 부탁했는데 누구일까. 문전박대를 하지 않고 시간을 내어준 것만으로도 고마워해야 할지도 모른다. 처음에는 사무장과 둘이 이곳을 방문할 생각이었지만, 약속을 잡는 전화를 걸었을 때 여러 명이 함께 들이닥치지 말아달라는 말을 들었다.

혼자 왔다가 관계자들에게 둘러싸이는 일이 벌어지면 어떡하나 살짝 걱정했지만, 달리 다른 사람이 올 것 같은 분위기는 아니었다.

"그래서 무슨 일이시죠?"

여자의 목소리에는 불쾌감이 배어 있었다. 변호사가 찾아올 만한 용건은 자신들에게 좋지 않은 일일 때가 압도적으로 많으리라. 노리코를 거북하게 여기는 모습을 숨기지도 않는다. 둘은 서로를 마주보고 앉았다.

"전화를 받은 사람에게 이야기를 조금 듣긴 했는데, 구체적으로 무슨 일 때문에 찾아오신 건가요?"

그 목소리를 들으며 사교성과 사회성 모두 그다지 높아 보이지 않는다고 생각했다. 내부 사람들과는 유창하게 대화할지도 모르지만, '바깥' 상대와 이야기하는 것에 익숙하지 않은 듯했다. 이쪽은 아무 말도 안 했는데 자신을 지키기 위해서인지 벌써부터 말투가 공격적이었다.

그들이 지금 놓인 상황을 생각하면 그런 태도를 보이는

것도 무리는 아니다. 하지만 비록 자신들을 지키기 위해서라고는 해도 바깥에서 언론을 통해 바라보면 그런 태도 탓에 더욱 위험하고 공격적으로 보인다는 점에 대해서는 분명 무감각하리라. 그 무감각함이 마음 아팠다.

"제가 찾아온 건 지난달에 시즈오카 현에서 발견된 여아의 백골 시체 때문입니다."

노리코의 말에도 여자의 얼굴빛은 달라지지 않았다. 가면을 쓴 것 같은 무표정이 위압하듯 이쪽을 향했다. 볕이 잘 들지 않는 회의실은 전등이 켜져 있지 않은 탓에 낮인데도 어두웠다. 그 어둠이 갑자기 답답하게 옥죄는 것처럼 느껴졌다.

"'미래 학교' 터에서 발견된 시체가 자신의 손녀일지도 모른다고 말씀하시는 의뢰인의 요청을 받고 이번에 제가 대리인으로서 찾아뵈었습니다. 의뢰인의 이름은……."

"우리와는 관계없는 일입니다."

여자가 노리코의 말을 자르며 말했다.

어두운 방 안에서도 표정이 부족한 탓에 오히려 얼굴에 새겨진 주름의 움직임이 강조된다. 콧날이 높고 눈이 크기에 미인이라고 못 할 것은 없지만, 왠지 험상궂은 생김새다. 볼에 살이 많지 않고 너무 마른 탓인지 눈초리가 이상할 정도로 날카로웠다.

그때 갑자기 문이 열렸다.

"실례하겠습니다."

긴박한 공기를 깨듯 차를 들고 들어온 것은 대학생 정도의 젊은 남성이었다. 그의 출현에 다나카라고 자신을 소개한 여자가 입을 다물었다. 무거운 침묵 속에서 노리코는 차를 가져온 그에게 "고맙습니다"라고 감사 인사를 했다. 초대받지 못한 손님인 자신에게 정성껏 차를 내어줄 것이라고는 생각지도 못했다.

그런데…….

"별말씀을요."

놀랍게도 그 청년이 미소 지었다. 비아냥거리거나 불쾌해하지도 않는, 자리에 어울리지 않을 정도로 자연스러운 미소였다.

새끼 사슴이 안경을 쓴 것 같은 말쑥한 얼굴의 청년이다. 세상의 악의 따위는 그야말로 모르는 듯한, 외부인에게도 주저 없는 그런 미소를 본 기억이 있다. 그로부터 꽤 오랜 시간이 지나 '학교'는 이전과 같은 형태로는 더는 존재하지 않는다고 들었다. 하지만 그 또한 '그곳'에서 자란 아이인 것일까.

청년이 방을 나가자 다나카가 다시 말을 꺼냈다.

"어찌 되었든 우리와는 관계없는 일입니다. 경찰에게도 그렇게 전했고요. 조사에는 협력하고 있습니다만."

"그런가요."

노리코가 말하자 여자가 처음으로 노리코를 제대로 바라보았다.

노려보았다고 해도 좋을 만큼 적의가 느껴지는 시선이었다. 그 시선을 보아하니 그들이 지금까지 몇 번이고 이런 대화를 강요받았고, 그 대화를 거듭할 때마다 조금씩 피로감이 쌓였다는 사실이 느껴졌다. 그 백골 시체를 자신의 가족 같다며 호소하는 목소리와 대치하는 것도 아마 처음은 아니리라.

"관계없는 일입니다. 우리도 예상치 못한 일에 무척이나 당황한 상태입니다."

날카로운 목소리를 들으며 노리코는 반복해서 생각한다.

'정말 그럴까.'

지금도 희미하게 떠오른다.

잡초가 무성하게 자란 '광장'.

광장 구석에 있던 함석지붕 창고.

몇 년이고 타지 않은 듯한 녹이 슨 자전거 한 대가 옆으로 쓰러진 채 잡초 속에 방치되어 있었다.

지저귀는 새들. 빠르게 흘러가는 강의 수면 위를 날아다니는 나비와 잠자리. 언덕을 넘어 모두가 함께 들어갔던 목욕탕. 식당에 놓인 빙수 기계. 빛이 아름답게 쏟아져 들어오는 나무로 지어진 '배움터'. 제대로 길이 나 있지 않은 숲속 오솔길 끝에 있는 파란 지붕의 '공장'. 선생님들과의 '문답'. 화이트보드에 경쟁적으로 단어를 쓰는 게임. 강가에서 한 걸음 들어간 곳에 보이던 짙은 녹색의 물. 광장에 피어오르는 불꽃의 연기. 숲속 깊은 곳에 자리 잡은 그 '샘'.

"내 차례야."

"순서를 지켜. 밀지 마."

그런 식으로 서로 말하며 들여다본 그 샘. 길어온 물이 든 양동이와 나무통을 광장 구석에 내려놓고 여름 태양을 바라보며 쉬었다.

시체가 발견되었다는 뉴스를 보고 가장 먼저 떠오른 것은 그 광장이었다. 확인해보니 정말로 '그녀'는 광장이 있던 장소에 묻혀 있었다.

의뢰인뿐만이 아니다. 나 또한 생각한다. '그녀'는 내가 알고 있는 사람일지도 모른다고.

발견된 시체는 미카인 것이 아닐까.

그 여름, 나도 그곳에 있었다. 때문에 자신도 모르게 그렇게 생각하게 된다.

1장

미카①

첫 기억은 배움터 현관에서 시작된다.

어떻게 이곳에 왔는지는 기억나지 않는다. 기억 속의 미카는 홀로 선생님 앞에 서 있다. 선생님들을 올려다본다.

"어서 오렴. 오늘부터 여기가 미카의 집이야."

깜짝 놀랐는지 아니면 이상하게 생각했는지 기억나지 않는다. 처음으로 만나는 어른들 모두가 환하게 웃고 있었다.

"예쁜 아이네." 누군가가 말했다.

지금까지 귀엽다는 말은 들은 적이 있지만 예쁘다는 말을 들은 적은 없었다. 그런 말을 들은 것에 당황했지만, 그래도 한 가지는 알 수 있었다. 분명 자신은 환영받고 있다. 자신이 온 것을 모두가 기뻐한다.

"미래는 여기에만 있으니까."

여기.

장소를 말하는 표현이라고 생각했지만, 그 선생님은 미카의 이마를 만지며 머리를 쓰다듬었다. '여기'에만 있는 '미래'는 아무래도 자기 머릿속에 잠들어 있는 모양이다. 완전히 이해한 것은 아니었지만 확실히 그렇게 느껴졌다. 조금 간지럽지만 자랑스러운 기분이 들었다.

하지만……

여기까지 어떻게 왔는지 기억나지 않는다. 잡고 있던 손이 어느샌가 사라졌다는 사실을 미카는 그때가 되어 갑자기 깨달았다. 깨닫고는 울었다. 없어, 없어, 없어.

없어.

울음소리가, 눈물이 멈추지 않는다.

저기 있다고 누군가가 말해주기를 기다렸다. 지금까지 슈퍼에서 길을 잃었을 때도, 놀이터에서 돌아오는 길에 부모님을 시야에서 놓쳤을 때도, 반쯤 울면서 찾다 보면 항상 바로 근처에서 모습을 찾을 수 있었는데.

"괜찮아. 괜찮아."

선생님들이 말을 건다.

"괜찮아, 미카."

안아준다. 그 팔도 가슴도 따뜻하다.

미카를 안은 팔과 가슴이 따뜻하다. 하지만 말해주지 않는다. 저기 있다고 말해주지 않는다. 그 대신 선생님 중 한 명이 중얼거리는 소리가 들렸다.

"이건 시간이 좀 걸리겠는걸."

그것이 무엇을 위한 시간인지 알게 되는 것은 이 기억이 꽤 과거의 것이 되고 난 이후다.

● ● ●

숲의 용천수는 일 년 내내 온도가 변하지 않는다. 그렇기에 여름에는 차갑고 겨울에는 조금 따뜻하게 느껴진다고 선생님들에게 배웠다.

그 샘의 물로 배움터 복도를 걸레질하는 것은 미카를 포함한 여자들의 아침 일과다. 남자들이 길어온 양동이의 물을 사용해 여자들이 모두 함께 물걸레질한다.

"그쪽 끝났어?"

"끝났어. 아, 미카."

4학년의 요시에와 미치에. 미카는 자신보다 나이 많은 초등부 언니들과 이야기하는 것이 좋다.

"도와줄게."

미카는 아직 유치부다. 하지만 자신이 담당하는 구역의 걸레질은 이미 끝냈다. 애초에 유치부는 아이들뿐만이 아니라 선생님도 함께 걸레질을 하기에 일이 많지 않다.

미카의 말에 요시에와 미치에가 얼굴을 마주보았다. 요시에가 "아우, 미카 너무 귀여워" 하고 장난스러운 목소리로 미카를 과장되게 껴안았다.

"그럼 부탁할게. 같이 하자."

"응!"

사실은 초등부 언니들과 같이 있고 싶어서 자신이 맡은 걸레질을 서둘러 끝내고 온 것이었다. 지금처럼 언니들이 칭찬해주기를, 귀여워해주기를 바랐기에.

걸레를 들고 양동이에 담긴 샘물에 손을 넣자 차가워서 기분 좋았다.

새들이 지저귀는 소리가 들린다. 겨울이 되면 추위를 참아야 하지만, 대신에 배움터의 숲속 공기가 하루하루 투명하고 맑아지는 느낌이 든다. 겨울에는 새의 울음소리가 맑은 하늘을 향해 한층 더 크게 울려 퍼진다.

우당탕 소리가 들려 셋은 고개를 들었다. 숲의 샘까지 물을 길으러 갔던 남자들이 새로운 양동이에 물을 담아 돌아온 것이다.

셋은 걸레질을 하던 복도에서 휙 몸을 일으켰다. 그러고는 현관 근처까지 달려갔다.

현관에 서 있던 것은 6학년 시게루와 3학년 요이치였다. 물이 찬 양동이 세 개가 창문으로 들어오는 빛을 받아 반짝반짝 빛나고 있었다.

"시게루 오빠."

미치에가 말했다. 양동이를 이쪽으로 건네며 시게루가 아무 말 없이 미치에를 바라보았다.

시게루는 말수가 적다. 키가 크고 마른 데다 머리는 까까머리다.

미카는 시게루의 까까머리가 좋았다. 시게루 말고도 머리를 삭발한 아이가 많지만, 여름 축제 때 6학년이 유치부 아이들을 업어준 적이 있었고, 그때 만졌던 시게루의 머리가 까칠까칠해서 기분 좋았다. 등에 업힌 채 바라본 까까머리는 태양 빛을 받자 잿빛과 은빛이 감돌아서 무척이나 예쁘다고 생각했다.

내년부터는 드디어 시게루와 같은 초등학생이 된다고 생각했는데, 시게루는 그때는 이미 중학생이 되기에 함께 학교에 다닐 수 없다고 최근에 선생님에게 들었다. 함께 '기슭'에 있는 초등학교에 다닐 수 없는 것은 무척이나 아쉽다.

미치에에게 이름을 불린 시게루는 무뚝뚝하게 이쪽을 바라볼 뿐 아무 말도 하지 않았다.

"어제 말한 것처럼 내일은 정말로 우리가 물을 길으러 갈게. 시게루 오빠는 대신 걸레질을 해줘. 아니면 그냥 쉬어도 되고."

미치에의 통통 튀는 듯한 목소리에 요시에가 옆에서 맞장구를 치듯 고개를 끄덕였다. 시게루의 얼굴이 곤란한 듯 귀찮은 듯 일그러졌다.

요시에가 말했다.

"오늘도 가려고 했는데 어느새 이미 사라져버렸더라. 남자들은 참 일찍 일어난다니까."

"……여자애들한테 힘쓰는 일을 시킬 수 없으니까."

시게루가 나직이 말했다. 그 순간, 미치에와 요시가 "꺄!" 하고 높은 목소리를 냈다. "뭐야 그게!", "너무 멋져!"라고 저마다 말했다.

두 여자아이에게 그런 말을 들어도 시게루는 조금도 기쁜 것 같지 않았다. 오히려 점점 더 곤란한 듯 그 얼굴이 어두워졌다.

"괜찮다니까!" 미치에가 우격다짐하듯 말했다.

"우리가 하고 싶다고 말한 거니까 내일은 맡겨줘! 선생님들에게 안 들키게 할게."

"……가자, 요이치."

시게루가 그렇게 말하더니 그대로 요이치를 데리고 배움터에서 나가버렸다.

"나 참!"

"시게루 오빠는 융통성이 없다니까!"

"언니들, 물 길으러 가고 싶어?"

융통성이 무슨 뜻일까 생각하며 미카가 물었다.

샘에서 물을 길어오는 것은 꽤 힘든 일이다. 여자가 걸레질을 시작하기 전에 일어나서 숲속의 샘까지 몇 번이고 왕복해야 한다.

미카의 질문에 미치에와 요시에가 다시 서로의 얼굴을 바라보았다. 둘밖에 없는 4학년생 여자아이들은 머리 길이나 얼굴 생김새가 완전히 다른데도 쌍둥이처럼 똑같다고 여겨질 때가 있다. 언제나 함께 있기 때문일지도 모른다.

"미카한테 알려줄까?"

미치에가 요시에에게 물었다. 요시에가 "어떻게 할까" 하고 과장된 목소리로 거드름 피우듯 말하더니 미카를 보고 방긋 웃었다.

"미카라면 괜찮아. 귀여우니까."

그런데 그때였다.

"아."

미치에, 요시에 둘 모두의 입에서 작은 목소리가 흘러나왔다. 미카와 같은 나이인 유치부 치토세가 어느샌가 가까이에 와 있었다. 미카가 서둘러 대충 끝내고 온 복도 청소를 분명 여태 정성껏 하고 있었으리라. 새로운 양동이의 물을 가지러 온 것일지도 모른다.

'초등학생 언니들과 놀고 있었다고 생각할지도 몰라.'

미카가 겸연쩍어하는 것을 깨달았을까. 치토세는 미치에와 요시에와 눈을 맞춘 후에 시선을 휙 돌리더니 시게루와 요이치가 떠온 양동이 물로 다가섰다. 그대로 자신이 가지고 있던 걸레를 그 자리에서 헹구기 시작했다.

등 한가운데까지 내려오는 검은 머리카락. 머리띠를 하고

있을 뿐, 묶은 모습은 거의 본 적이 없었다. 긴 머리카락이
자랑인 걸까, 하고 초등학교 여자아이들이 수군대곤 했다.

뭔가 잘난척하는 것 같다고 말하는 아이도 있었다. 미카도
비슷한 생각을 한 적이 있다.

"이곳에서 태어난 아이가 아니기 때문일까."

2학년의 나나가 그렇게 말한 적이 있었다. 그 울림에 미카
가 벼락을 맞은 것처럼 충격을 받아 멍하니 있는데, 곧장 나
나와 다른 아이들이 "미카는 달라"라며 안아주었다. "미카는
꽤 오래전부터 이곳에 있잖아"라고 말해주었고, "나도 마찬
가지야"라고 말하는 아이도 있었다.

모두가 온 것은, 그리고 미카가 온 것도 이제는 기억나지
않을 정도로 무척이나 오래전의 일이다. 하지만 치토세가
왔을 때의 일은 모두가 기억한다. 바로 얼마 전, 지난봄의 일
이다.

첨벙첨벙, 첨벙첨벙.

치토세가 양동이에 걸레를 헹구는 소리가 현관에 울려 퍼
졌다. 미치에와 요시에가 싫다는 표정으로 서로를 바라보았
다. 미치에가 거의 입 모양만으로 "여기서 안 해도 될 텐데"
라고 말했다.

그 목소리는 치토세에게도 들린 것 같았지만 치토세는 그
저 첨벙첨벙 걸레를 헹굴 뿐이었다. 고개를 숙인 채 양동이
의 물을 바라보면서 그저 그렇게.

치토세와는 같은 나이니까 도와주고 싶었다. 따돌리는 느낌이 들어서 싫었기에 미카는 뭔가 말하려고 했다. 하지만 무슨 말을 해야 좋을지 몰라서 가만히 있는데, 요시에가 천천히 이쪽으로 오라는 듯이 미카의 팔을 잡아당겼다.

미치에와 둘이서 미카를 둘러싸고 "비밀이야"라고 속삭였다. 혼자 있는 치토세를 의식하는 듯한 작은 목소리였다.

"아침 이른 시간에 샘물에 소중한 걸 흘려보내고 소원을 빌면 어떤 소원이든 이루어진대."

"응?"

"진짜야. 중등부 언니들이 말했어. 나루미 언니라고 알지?"

미카는 고개를 끄덕였다. 중등부 3학년. 엄청 어른스럽고, 모두의 리더 격인 아이다. 얼굴을 떠올리는데, 미치에가 말을 이었다.

"사랑이 이루어졌대. 고등부 신스케 오빠랑 얼마 전부터 사귀고 있어."

"사귀고 있다……."

무슨 의미인지 알 수 없어서 앵무새처럼 따라하자 둘이서 "어머, 귀여워" 하고 말하면서 쿡쿡 웃었다.

"미카는 아직 모르려나. 미안."

"미치에 언니랑 요시에 언니도 좋아하는 사람 있어?"

미카가 물었다. '사귄다'라는 말이 무슨 뜻인지는 몰라도 사랑이 이루어진다는 말의 울림에서는 어쩐지 가슴이 두근거렸다. 그러자 그때까지 즐거운 듯 속삭이던 두 명이 동시에 조용해졌다. 서로의 얼굴을 마주보더니 다시 빙긋 웃으며 미카 쪽을 바라보았다.

"아무리 미카여도 그건 못 가르쳐줘."

학년과 나이가 다르니까 이 이상은 끼워주지 않는 것이다. 갑자기 눈앞에 선을 그은 것처럼 느껴져서 너무 많이 물어보았다고 후회했다.

하지만 둘은 금세 원래 상태로 돌아갔다.

"그래도 그거, 아침 일찍 가지 않으면 안 된다더라."

"맞아. 남자들이 물 길으러 가기 전이어야 된대."

둘이 말하고선 의미심장하게 웃으며 미카를 돌아보았다.

요시에가 말했다.

"미카도 혹시 할 거라면 서두르는 게 좋아."

"어?"

"미카, 시게루 오빠 좋아하잖아."

갑작스러웠다. 너무 갑작스러워서 목소리가 나오지 않았다. 둘은 빙긋 웃었다.

"5학년 에리카 언니라거나, 중등부 유코 언니라거나, 시게루 오빠 좋아하는 사람 많으니까."

"그리고 미카는 모르겠지만, 기슭의 학교에서도 시게루 오빠 괜찮다고 하는 사람 꽤 있어."

미치에와 요시에가 그렇게 말하더니 후훗 웃었다. 그러더니 가만히 서 있는 미카를 남겨두고 빠른 걸음으로 가버렸다. "내일, 아침에 일찍 일어날까", "그럼, 나도" 하고 둘이서 대화하면서.

손에 든 걸레가 굳어버린 것처럼 무거웠다.

4학년 두 명이 자신을 버려두고 간 것처럼 보이면 꼴사납고 싫다고 생각하며 앞을 보자 치토세가 아직도 첨벙첨벙 걸레를 빨고 있었다.

입을 다문 채 다른 양동이 쪽으로 가려고 하자 갑자기 목소리가 들렸다.

"저기."

치토세가 걸레를 헹구는 손을 멈추고 이쪽을 보았다. 상급생들이 있는 곳에서는 거의 말하는 일이 없지만 치토세는 사실 무척이나 귀여운, 방울 소리 같은 생기 있는 목소리를 가지고 있다. 동갑인 데다가 평소에 함께 있기에 미카는 알고 있다.

방금 4학년생들과의 대화에 관해 뭔가 말하려는 것일까.

마음의 준비를 하는 미카에게 치토세가 말했다.

"이쪽 양동이 쓰자."

"어?"

"같이 쓰자."

치토세 앞에 있는 양동이의 물은 걸레를 헹군 후임에도

거의 탁해지지 않았다. 더럽지 않은 걸레를 계속 헹구고 있던 것일지도 모른다.

미카는 "응" 하고 대답했다. 손안의 무거운 걸레를 천천히 양동이의 물에 담갔다.

◐●○

밤에는 홀에 이부자리를 깔고 모두 함께 잔다. 초등부가 되면 남녀가 다른 방으로 나뉜다고 들었지만 유치부는 모두가 같은 방이다.

잠을 자는 장소와 이부자리는 정해져 있다. 이불과 베개에는 각각 같은 숫자가 붙어 있다. 1, 2, 3, 4처럼 이어진 번호가 아니라, 3, 7, 12, 23, 34처럼 띄엄띄엄 떨어진 숫자. 어째서인지는 모른다. 처음에는 제대로 전부 있었지만, 조금씩 제각각 나뉘어 그렇게 된 것일지도 모른다.

미카는 47번이다.

선생님들도 몇 명인가 같은 방에서 자지만, 같은 시간에 자지 않는다. 아이들이 잠든 후에 들어오고, 아침에도 아이들이 일어날 무렵에는 먼저 일어나 있다. 아이들 것보다 커다란 어른용 이부자리는 입구 근처에 깔려 있다.

"잘들 자렴."

히토미 선생님이 불을 끄고 나갔다.

잠시 동안은 모두 조용히 있지만, 이윽고 소곤소곤 이야기 소리가 작게 들리기 시작한다. 미카는 밤의 비밀이야기에 낄 때도 있고 끼지 않을 때도 있다. 모두가 아무 말도 하지 않고 곧장 잠을 자는 밤도 있다.

그날 밤에는 옆자리의 히사노가 미카에게 말을 걸었다.

히사노는 최근 치토세에 대한 악담을 많이 한다. "밥 먹을 때 식기를 정리하는 방법이 틀렸더라", "말을 별로 하지 않는 이상한 아이", "금방 울어버려"……. 미카도 치토세가 우는 모습을 자주 보곤 했다. 다른 아이들에게는 상냥해서 곧장 "괜찮아?" 하고 묻곤 하는 히사노가, 치토세가 울 때는 한심한 듯한 표정으로 "시끄러워"라고 말해서 깜짝 놀란 적도 있다.

히사노가 치토세를 싫어하는 것은 아마 초등부의 유타카가 여름 축제 때 치토세를 업어주었기 때문일 것이다. 키순서 아니면, 태어난 순서에 따라 어떤 아이가 어떤 아이와 짝이 지어지는지는 대개 정해져 있지만, 치토세가 오기 전까지 히사노는 유타카와 함께 짝을 맺을 때가 많았다. 치토세가 온 후부터 그것이 바뀌어 유타카를 뺏긴 것 같은 기분이 드는 것일지도 모른다.

이날도 치토세의 악담인가 생각했지만 아니었다.

"샘 소식 들었어?"

초등부 아이들에게 들은 '소원이 이루어지는' 이야기이리

라. 미카는 끄덕였다. 자신이 그것을 이미 알고 있다는 점이 조금 기뻤고, 그리고 안심되었다.

비밀이야기는 언제나 나이가 많은 아이들에게 듣게 된다. 중등부 아이들로부터 초등부로, 그리고 미카를 포함한 유치부로. 유치부도 아직 정말로 어린 단계라면 아무것도 몰라도 괜찮을지 모르지만, 가장 위의 나이가 되면 비밀을 전해 듣지 못한다는 것은 부끄러운 일이다. 가령 치토세라면 가엾지만 누구에게도 듣지 못할지 모른다.

"들었어."

미카가 속삭이는 목소리로 답했다. 이불을 뒤집어쓰고 얼굴을 반쯤 가린 채 둘이서 이마를 붙일 듯한 자세로 이야기를 나누었다.

"흘려보낸다면 뭘 흘려보낼 거야?"

"어?"

"보물 말이야……."

미카가 들은 이야기에서는 '소중한 것'을 흘려보낸다고 했지만, 히사노는 '보물'이라는 말로 설명을 들은 것일지도 모른다. 보물. 입술 안쪽으로 조용히 중얼거려 본다.

자기 전의 비밀이야기는 언제나 도중에 의식이 잠속으로 녹아 들어가서 어떻게 끝났는지 애매하다. 보물, 보물, 하고 히사노와 함께 중얼거리고는 그대로 아무 대답도 하지 못한 채 이야기가 끝나버렸다.

소중한 것을 흘려보내지 않으면 바라는 것이 이루어지지 않는 걸까 생각했더니 가슴이 조금 아렸다.

●●●

샘에는 낮에 산책을 간다.

맑은 날뿐만 아니라 비가 오는 날에도.

눈이 오는 날에 간 적도 있다.

맑은 날의 태양 빛을 받아 반짝이는 모습만이 아니라, 빛이 내리쬐지 않는 비 오는 날이나 물웅덩이가 얼어버릴 것 같은 눈 오는 날에도 샘의 다양한 얼굴을 보아두는 것이 중요하다고 선생님들이 말했다.

그날은 비가 왔다. 미카를 포함한 아이들은 모두 우산을 쓰고 장화를 신은 채 숲속으로 걸어갔다. 언제나처럼 두 줄로 서서.

잘게 내리던 비가 숲에 들어가자 갑자기 드문드문해졌고, 그만큼 빗방울이 커졌다. 나뭇잎에 비가 닿아서 거기에 쌓인 물방울이 함께 떨어지는 탓에 그렇게 느껴지는 것이라고 훨씬 더 어렸을 때 선생님들이 가르쳐주었다.

다들 비가 오는 날의 산책을 싫어하지만, 미카는 싫지 않았다. 장화로 진흙을 밟는 감촉과 냄새도, 발밑을 보며 걷다 보면 만나는 도마뱀이나 지렁이, 개구리도 재미있었다.

다만 좋아하는 비와 싫어하는 비가 있었다. 그 차이를 잘 몰랐지만, 최근에 깨달았다. 춥지 않은 여름의 비를 좋아한 다는 것을 겨우 알게 되었다.

오늘처럼 겨울에 비가 내리는 날은 무척이나 춥다.

우산을 쓰고 친구와 나란히 서서 걸으면 이불 속에서 비 밀이야기를 할 때처럼 바싹 달라붙게 된다. 장난치며 큰 목 소리를 내는 남자아이들에게 선두에 선 구미코 선생님이 "이 녀석들!" 하고 주의를 주는 소리가 들렸다.

"발밑이 좋지 않으니까 장난치지 말고 제대로 앞을 보고 걸으렴. 미끄러져서 넘어지면 크게 다치니까."

"……있잖아."

갑자기 옆에서 목소리가 들렸다. 미카는 치토세와 나란히 걷고 있었다. 잠자코 고개를 돌리자 치토세가 말했다.

"발밑이 좋지 않다는 건 무슨 뜻일까?"

미카는 조금 생각했다. 자신의 발밑을 보고 "이런 땅을 말 하는 거 아니야?"라고 답했다.

"젖어 있다는 의미."

"그런가."

치토세가 고개를 끄덕였다.

샘으로 가는 길은 어렸을 때부터 매일같이 걷고 있다. 맑은 날은 샘 주변에서 놀 때도 많지만, 비나 눈이 오는 날은 정말 로 그저 가서 모두가 함께 샘을 바라볼 뿐이다.

숲의 샘 주변은 무척이나 조용하다.

샘을 둘러싸듯 많은 나무가 있다. 나무는 똑바로 뻗어 있지만, 키가 큰 나무가 수면을 들여다보는 것처럼 숲 전체가 샘을 둘러싼 채 지키고 있는 것만 같다.

산책은 숲으로 이어지는 강을 따라 언덕길을 올라간다. 길 도중에는 샘의 물을 퍼서 담기 위한 공장이 있고, 그 공장의 파란 지붕이 보이기 시작하면 샘까지는 금방이다.

샘에 도착하면 줄이 망가진다. 그렇게 하라고 들은 것도 아닌데 모두가 샘을 둘러싸듯 가장자리에 서서 샘을 바라본다.

"샘은 이런 표정도 보여주는구나. 자연 속에서."

미즈노 선생님이 말했다. 미즈노 선생님은 유치부의 교장 선생님으로, 하얀 머리카락과 하얀 수염이 특징인 할아버지 선생님이다. 유명한 그림 작가라고도 했다.

미카는 미즈노 선생님을 좋아했다.

전에 교장실 앞을 지나가는데 열린 문 안에서 미즈노 선생님이 과자를 먹고 있었다.

가만히 쳐다보았더니 선생님이 미카를 알아챘다. "곤란한 모습을 보여버렸네"라고 말하더니 비밀이라며 미카에게 먹던 전병 조각을 나누어주었다. 식사 시간이나 간식 시간 외에 과자를 받는 것은 처음이었고, 달콤한 설탕이 뿌려진 전병은 꿈처럼 맛있었다. 이후 미카는 몰래 가끔 교장실에 갔다. 가면 미즈노 선생님도 곤란한 듯 웃으며 "이리 와"라고 방 안으로 불렀다. 무릎 위에서 과자도 먹게 해주었다. 가장 좋아하는 것은 비스킷 뒷면에 분홍색과 하얀색의 달콤한 부분이 부푼 듯 붙어 있는 과자였다.

오래전, 처음에 이곳에 왔을 때 "미래는 여기에만 있으니까"라며 미카의 머리를 쓰다듬어준 것도 분명 미즈노 선생님이다. 상냥하게 머리에 손을 올릴 때마다 확실히 그렇다고 생각했다.

비가 수면을 두드린다. 마치 작은 악기를 한 번에 많이 두드리는 것처럼.

"비가 오는 샘을 보니 어떤 게 느껴지니?"

미즈노 선생님이 모두에게 물었다.

평소와 같은 '문답'이 시작되었다. 처음에 지목당한 것은 야스아키였다. 우산에 가려 얼굴이 보이지 않지만, 선생님 근처에 있는 야스아키의 파란 우산이 기울었다.

"차가워요."

"차갑다니, 예를 들어 어떤 부분을 보고 그렇게 생각했어?"

"그러니까……."

말문이 막힌 야스아키의 목소리가 빗소리 탓에 제대로 들리지 않는다. 미카는 만약 자신이 지목당한다면 뭐라고 답할지를 생각했다. 방금 생각한 것처럼 작은 악기가 다양한 소리를 내는 것 같다고 답하면 어떨까. 그렇게 말하면 미즈노 선생님이 칭찬해줄 것만 같다. 좋은 '눈'을 가지고 있다며, 모두도 그런 '눈'을 갖는 것이 좋다고 말해줄 것 같았다.

"저기, 있잖아."

갑자기 히사노가 미카를 불렀다. 빗소리 속에서 히사노가 우산을 이쪽으로 붙였다. 문답은 계속되고 있었다. 야스아키가 제대로 대답을 못 하고 더듬거리자 선생님들은 수수께끼의 힌트를 주는 것처럼 천천히 말을 걸었다. 문답은 한 명의 아이와 적어도 대화가 세 번은 이어지기에 아직 미카와 히사노가 지목당할 기미는 없었다.

"만약 치토세가 샘에 뭔가를 흘려보내려고 하면 우리가 막자."

히사노가 갑자기 그렇게 말했다. 그 눈이 힐끔 우산 건너편을 보았다. 시선 끝에 치토세가 있었다. 이쪽의 상태를 깨달을 기미도 없이 빗방울이 떨어지는 샘을 똑바로 바라보고 있었다.

히사노는 치토세가 자신이 좋아하는 유타카에 관해 소원을 비는 것이 두려울지도 모른다. 미카가 답하지 않자 "알겠지? 약속이야"라고 재촉하듯 말했다.

"쟤, 아마도 우리 무리에 넣어주길 바란다고 생각할 텐데, 그런 소원을 비는 거 싫잖아?"

'넣어주길 바란다'는 '친구로 삼아주길 바란다'라는 말이다. 히사노의 말투에 짜증이 섞인다.

"그리고 치토세, 시게루 오빠를 좋아할지도 모르고."

깜짝 놀라서 히사노를 바라보았다. 치토세가 유타카를 좋아할지도 모르니까 그래서 막자는 것 아니었나. 자신도 모르게 "어째서?"라고 말하자, 히사노가 웃었다.

"그거야, 요전에 이야기도 나눴잖아. 좋아한다고 해도 이상하지 않으니까."

알 것도 같고 모를 것도 같은 이상한 답이었다. 히사노는 혹시 미카가 곧장 답하지 않으니 그래서 괜히 시게루의 이름을 꺼낸지도 모른다. 소원은 아무래도 상관없고, 그저 치토세가 하는 일을 모두 방해하고 싶은지도 모른다.

치토세는 샘에 소원을 비는 방법을 알고 있으려나. 미카가 4학년들에게 설명을 들을 때 근처에서 걸레를 빨고 있었으니 들렸다고 해도 이상하지 않다.

"……땅이 무척이나 차가우니까 물도 안쪽은 얼어 있어도 이상하지 않다고 생각했거든요."

야스아키가 답하는 목소리에 미즈노 선생님이 "그렇구나!"라고 목소리를 크게 높였다.

"그럼 그건 어째서일까?"

"겨울이라서요……."

야스아키가 말했다. 그러자 미즈노 선생님이 숨을 크게 들이마셨다. 그러고는 모두에게 말을 걸었다.

"대단해! 야스아키는 대단하구나. 그래, 같은 비여도 샘은 분명 겨울과 여름에 다르게 느껴지지. 여름의 비는 그럼 어땠는지 기억하니? 다카시, 언제?"

다른 아이의 이름이 불려서 미카는 안타까운 기분이 들었다. 아무래도 오늘은 자신의 순번이 돌아와서 비를 악기 같다고 답할 기회는 없을 것 같다.

빗속에 뒤섞인 진흙 냄새가 오늘은 특히 더 강한 듯했다. 장화 앞이 벌써 질척거리고 발가락도 차가웠다. 다카시와 선생님 사이에서 새롭게 시작된 문답을 들으며 얼른 돌아가고 싶다고 생각했다.

앞쪽에 있는 치토세는 여전히 입을 닫은 채 샘을 바라보는 중이었다. 방금 자신에 대해 이야기했다는 것을 전혀 모르는 표정이었지만, 사실은 대화가 들렸기에 그런 눈빛을 보이는 것일지도 모른다.

매일 누군가의 비밀에 관해 듣는다. 흘러들어온다.

샘에 소원을 비는 것은 자신들로서는 불가능하다고 미카와 히사노 둘 다 알고 있다. 중등부 아이들이라면 가능할지도 모르지만, 아침 일찍 샘에 가는 것은 우리로서는 무리다. 분명 초등부 아이들에게도 무리다.

하지만······.

그로부터 얼마 뒤 초등부 5학년인 에리카가 아끼는 리본을 흘려보내고 소원을 빌었다는 비밀이야기가 들렸다.

소문에 따르면 에리카의 소원은 시게루와 '서로 좋아하게 해달라'는 것이라 했다.

"어떡해, 미카. 뺏겨버리겠네?"

아침의 걸레질 시간에 요시에와 미치에가 알려주었다. 미카에게 그 말을 전한 둘은 걱정하는 것처럼도, 즐거운 것처럼도 보였다. 둘은 "에리카, 용기 있네"라고 말했고, 그 '용기'라는 단어가 마음에 남았다.

◖●◗

밤에 화장실에 가고 싶어서 깨는 날이 있다면 소원을 빌러 가자고 마음속으로 정했다.

지금까지도 밤에 갑자기 눈이 떠져서 혼자 화장실에 가는 일이 있었기에, 일부러 바란 것처럼 그렇게 하지 않더라도 자연스레 잠이 깰 때가 있을지도 모른다고 생각했다. 그때 샘에 갈 마음이 든다면 그렇게 하고자 마음먹었다.

그날 눈이 떠졌을 때 다른 아이들은 다들 자고 있었고 쌔근거리는 숨소리가 들렸다.

홀 위에 있는 창문으로 둥글고 큰 달이 보였다.

달빛이 미카의 이부자리까지 똑바로 닿았고, 그 빛을 향해 손을 뻗은 순간에 잠이 확실히 깼다.

미카는 밤과 아침이 이어져 있다는 사실을 알고 있었다.

아침 일찍 일어나는 선생님들에게 "언제 일어났어요?" 하고 묻자 "아직 어두울 때야"라고 말했었다. "선생님들은 부지런하니까"라며 웃었다.

'어두울 때'의 밤은 아침과 이어져 있다.

아침 이른 시간의 샘에는 밤에 가면 닿을 수 있다.

홀의 가장자리에 깔린 선생님들의 이부자리에는 아무도 누워 있지 않았다. 벌써 일어난 것인지, 아니면 아직 잠자기 전인지 알 수 없었다.

모두의 잠든 숨소리가 들리는 홀에서 조용히 나와서 일단 화장실로 향했다. 화장실 불을 켜자 갑자기 시야가 밝아져서 눈이 찌릿찌릿했다.

들키면 안 된다는 마음은 그다지 없었다. 숨거나 할 생각도 없었고, 그저 조용히 홀을 빠져나갔다. 짐이 놓인 옷을 갈아입는 방으로 갔다.

선반에 늘어선 많은 서랍 가운데 자신의 도구함 뚜껑을 열었다. 거기에 있는 자신의 '보물'인 직사각형 꾸러미를 들고는 점퍼를 걸치고 방을 나섰다.

유치부의 배움터 현관에는 자물쇠가 걸려 있지 않다.

밖으로 나서자 달빛이 내리꽂히는 것처럼 느껴졌다. 내쉬는 숨이 하얗다. 생각한 것보다 훨씬 추웠다.

배움터 창문에 불이 몇 개인가 켜져 있었다. 그곳을 통해 어른들이 깨어 있다는 기척이 느껴졌다. 지금이 밤과 아침,

어느 쪽에 더 가까운지, 몇 시인지, 전혀 알 수 없었다.

평소에는 모두 함께 걷는 샘으로 향하는 길을 혼자서 들어섰다.

밤의 숲은 완전히 모르는 세계였다.

그렇게 눈이 부시고 찌르는 것 같다고 생각했던 달빛이 숲에 들어선 순간 색을 바꿔버렸다. 나무 틈 사이를 누비고 나아가듯 뻗어서 숲의 길을 밝혀주긴 했지만, 장소에 따라서는 갑자기 빛이 느껴지지 않기도 했다.

"숲은 이런 표정을 보여주기도 한다."

미즈노 선생님이 "샘은 이런 표정도 보여주는구나"라고 말한 것을 흉내 내서 실제로 입에 담아보자 갑자기 자신이 어른이 된 것만 같았다.

혼자서 샘으로 향하는 것이 불안하긴 하지만 멋진 일처럼도 느껴졌다. 어렸을 때부터 몇 번이고 걷던 산책길. 샘을 향해 걸어간다.

무섭다는 생각은 들지 않았다. 숲의 동물과 곤충 모두 친구라고 배웠기 때문일지도 모른다. 이곳은 우리의 샘을 지키는 상냥하고 특별한 숲이라고 선생님들은 말했다.

부스럭거리는 소리가 들려도, 올빼미로 보이는 새가 우홍하고 울어도, 나뭇가지의 그림자가 귀신처럼 보여도 발을 멈추지 않았다. 무섭지 않았다. 오히려 평소에는 낮의 모습밖에 모르는 숲의 특별한 모습을 볼 수 있어서 신선했다.

무섭다고 느낀 것은 길을 잃고 나서부터였다.

모르는 장소로 나온 것처럼 느껴져서 처음에는 어라 싶었다. 길을 잘못 들어섰나? 하지만 그럴 리가 없다. 매일같이 걷던 산책 코스를 자신이 틀렸을 리 없으니까.

설마, 설마.

밤이니까 그렇게 보이는 것뿐, 알고 있는 장소이리라.

하지만 저 커다란 바위는 평소 걷던 산책길에서 본 기억이 없다. 이 커다랗게 구멍이 난 나무도 보았으면 반드시 기억하고 있을 텐데 알지 못한다. 아니다. 사실 알고 있지만, 그것은 선생님들과 함께 숲을 탐험했을 때 지나갔을 뿐 샘으로 가는 길은 아니다.

길을 잘못 들어섰을지도 모른다. 그렇게 생각하니 처음으로 무서워졌다.

"아무도 없어요……?"

작은 목소리로 중얼거린다. 하지만 아무런 답도 돌아오지 않는다.

아무도 없다.

"어느 쪽이지……?"

또다시 중얼거리지만 답은 없다.

보물을 흘려보낸 후 곧장 돌아올 생각이었다. 하지만 발끝이 비가 오던 날 산책했을 때보다 훨씬 차가워져 있었다. 우홍우홍 하는 올빼미 소리가 들렸다.

어느새 뛰고 있었다.

알고 있었다고 생각했던 숲이, 밤이어도 분명 아무렇지 않았던 숲이 갑자기 무서워지기 시작했다. 머리 위로 나무들이 겹쳐진 모습이 마치 누군가의 커다란 얼굴로 보였다. 그 얼굴이 다가오는 것처럼 느껴진다.

자신의 숨소리가 거칠게 들린다. 심장이 두근거린다.

미카는 직사각형 꾸러미를 가슴에 품듯 안고, 그것만큼은 떨어뜨리지 않고자 신경 쓰면서 달렸다.

어디를 어떻게 달렸는지는 기억나지 않는다.

향하던 곳은 숲의 출구였음에도 시야에 뭔가가 빛났다. 나무들 안쪽에서 뭔가가 아물아물 미카를 부르듯 반짝였다.

샘이다.

수면이 달빛을 반사해 빛이 났다.

평소의 루트와는 달랐지만 헤매는 와중에 미카는 샘으로 나온 것이었다. 갑자기 알고 있는 넓은 장소가 나와서 안심했지만 몸은 엄청나게 차가워진 상태였다.

혼자만 있는 밤의 샘.

가까이에서 강이 흐르는 소리만이 들린다. 하얀 숨이 차갑고 몸이 떨린다. 하지만 둥그런 달을 거울처럼 비추는 샘은 달을 안에 가둔 거대한 보석처럼 보였다. 아름다웠다.

직사각형 꾸러미를 가슴에서 가만히 떼어 내려다본다.

미카의 보물. 부모님에게 받은 물감.

그때가 되어 미카는 깨달았다.

보물을 흘려보내고 소원을 빈다고 했다.

그런데 흘려보낸다는 것은 어떻게 하는 것일까? 소원을 비는 것은 어떤 타이밍일까? 마음속으로 바라면 되나? 아니면 목소리로 내서? 어딘가에 적어서 함께 물에 넣어야 한다면 어떻게 하지? 미카는 글씨를 꽤 쓸 수 있게 되었지만 지금은 글을 쓸 도구를 가지고 있지 않다. 물감밖에 없다.

'16색 수성 물감'이라고 적힌 상자를 열자 파란색과 빨간색처럼 색색의 튜브가 들어 있었다.

"미카는 그림을 잘 그리니까."

전에 만났을 때 부모님께 받았다. 사실은 혼자만 특별한 것을 가져서는 안 되지만 유치부 교장인 미즈노 선생님은 그림 선생님이니까 특별히 허가해줄지 모른다며 아버지가 웃으며 말했다. 미카 혼자서 쓰지 말고 모두 함께 사용하고 싶다고 말하며 선생님께 건네라며.

하지만 미카는 그것을 선생님께 건네지 않았다.

아버지와 어머니에게 받은 선물. 부모님과 헤어져 돌아와 곧장 자신의 도구함에 집어넣었다. 누구에게도 들키지 않도록 그 위에 스케치북을 올려서 숨겼다.

얼마간은 들키면 어쩌지 걱정했지만 아무도 그에 대해 말하지 않았기에 들키지 않았구나, 하며 안심했다.

손이, 손가락에 감각이 없었다.

파란색 물감을 골라 뚜껑을 열자 물감의 진한 냄새가 풍겼다. 지금까지도 배움터 활동을 하며 모두 함께 물감을 손바닥에 묻혀 놀기도 하고, 물에 타서 색이 든 물을 만들기도 했다. 하지만 물감을 독점한 것은 처음이다.

부모님이 미카에게 준 물감. 미카만의 보물.

샘 쪽으로 몸을 내밀어 손을 넣자 물이 차가웠다. 하지만 참지 못할 정도는 아니었다. 물속에 물감 튜브를 넣고 힘껏 눌렀다.

달빛이 녹아든 물속으로 파란색이 퍼졌다.

그 모습이 재밌고 화려해서 즐거웠다. 물감이 더는 나오지 않을 때까지 파란색 튜브를 열심히 쥐어짰다. 튜브 하나를 완전히 납작해질 때까지 물속에서 비틀어 텅 비우고 나서 미카는 소원을 빌었다.

소리를 내서 빌었다.

"아빠와 엄마를 만나게 해주세요."

그것만으로는 부족한 느낌이 들었다. 간절히 소원을 빌어야만 할지도 모른다. 다음으로 빨간색, 그리고 하얀색. 샘 안으로 물감이 차례로 녹아든다. 처음에는 예뻤던 색이 뒤섞여 더러워진다. 물속에 넣은 손도 점점 차가워지기 시작했다. 샘 반대쪽 가장자리로 돌아가서 아직 깨끗한 물속으로 다른 색을 짠다.

"아빠, 엄마와 계속 함께 지내게 해주세요."

만나게 해주세요. 함께 지내게 해주세요.

몇 번이고, 몇 번이고 하얀 숨과 함께 목소리를 토해낸다.

항상 일 년이 끝난 후에 시작되는 '연말'과 '연시'에 만날 수 있다. 하지만 그것은 얼마 전에 끝나버렸다. 끝나버렸으니 또 계속 기다려야만 한다. 지금부터 봄이 오고, 여름이 오고, 가을이 오고, 겨울이 오는 그 긴 시간 동안.

연초에 부모님을 만난 후 유치부의 배움터로 돌아갈 때, 미카는 울며 반항했다. 부모님은 다시 만날 수 있다고 말했지만 여기서 헤어지면 이제 끝이라고 생각했다. 벽에 달라붙기도 하고 기둥에 매달린 채 저항하는 미카를 "만화 캐릭터처럼 싫어하는구나"라고 아빠가 웃으며 바라보았다. "그런 모습을 보면 엄마도 눈물이 나올 것 같아"라며 엄마가 눈가에 손을 가져다 댔다.

"엄마와 함께 잠을 잘 수 있게 해주세요."

거듭 소원을 비는 와중에 목소리가 쉬었다. 입으로 소리를 내자, 이렇게 큰 소리로 말하면 누가 눈치챌지도 모른다는 생각이 들었다. 어른들에게 이 소원이 알려져서는 안 된다는 것을 미카는 무의식중에 알고 있었다. 그렇기에 미즈노 선생님이나 히토미 선생님은 물론, 친구 누구에게도 말한 적이 없었다.

"이리 오렴, 미카."

아이들만 누워서 잠들 때와는 다르게 엄마와 함께 누운

이부자리에서는 좋은 향기가 났다. 다리를 휘감고 엄마가 펼친 팔에 쏙 들어가자 이불 안이 혼자 있을 때보다 훨씬 빠르게 따뜻해졌다. 시간이 멈췄으면 하고 바랐다.

"엄마와 함께 잠을 잘 수 있게 해주세요. 죽을 먹게 해주세요."

오래전에 만났을 때 미카가 열이 난 적이 있었다. 그때 하얀 쌀을 걸쭉하게 만든 맛있는 죽을 먹었다. 엄마가 만들어준 것이다. 작게 자른 달콤한 계란말이와 간장을 뿌린 가다랑어포를 얹어서 먹었다.

그것이 미카가 지금까지 먹은 것 중에 가장 맛있는 밥이었다.

배움터에서 열이 났을 때 그 이야기를 히토미 선생님에게 하자, 선생님이 "아, 죽 말이구나"라고 말했다.

"미안해. 여기에서는 죽을 만들어줄 수 없어."

그러면서 된장국에 밥을 말아주었지만, 그때도 사실은 죽이 먹고 싶었다.

"아빠, 엄마와 죽을 먹게 해주세요."

반복해서 물감을 넣는 장소를 바꿔 가며 미카는 정신없이 소원을 빌었다. 도중부터는 손도, 발도, 얼굴도, 이마도 차가워서 자신이 무엇을 하는 중인지 알 수 없게 되었다.

"엄마와…… 아빠를…….."

숨이 가쁘다. 갑자기 가슴 한가운데에 무척이나 쓸쓸한 듯한, 괴로운 듯한, 자신도 어떻게 표현하면 좋을지 알 수 없는 커다란 덩어리 같은 것이 치밀어 올라서 미카는 울음을 터트렸다.

"아빠, 엄마, 아빠, 엄마, 아빠, 엄마, 아빠, 엄마, 아빠, 엄마, 아빠, 엄마, 아, 빠, 엄⋯⋯."

왜 울고 있는 것인지, 어째서 부모님을 부르고 있는 것인지 알 수 없게 되어버렸다. 아아아, 아아아아아, 하고 말이 되지 않는 목소리를 내며 미카는 흐느꼈다. 이윽고 그 목소리조차 나오지 않게 되었지만, 그럼에도 미카는 계속해서 울었다.

안기고 싶어.

마중을 와주었으면.

미카를 부르고 손을 잡아주길.

엄마를 껴안고 싶어.

함께 있고 싶어.

와아아아아아아아아아앙, 하고 큰 소리로 울다가 물감을 흘려보낸 것이 갑자기 후회되기 시작했다. 부모님께 받은 소중한 보물. 절대로 아무에게도 들키지 않도록 보관해두었는데 흘려보내고 말았다.

샘에 흘려보내지 않으면 소원이 이루어지지 않으니까.

둘을 만날 수 없으니까.

이렇게 큰 목소리로 울면 샘이 아니라 아빠와 엄마가 직접 들게 될지도 모른다. 부모님이 들으면, 알게 되면 마음 아파할까…….

손이 물과 물감으로 이미 질척거렸다. 씻고 싶었지만 이미 너무 차갑고 추워서 다시 한번 샘에 손을 넣는 것이 그야말로 상상되지 않는다. 손이 자신의 손임에도 딱딱해서, 누르면 쑥 들어가는 비닐 같다. 정신을 차려 보니 점퍼에도, 잠옷에도 물감이 잔뜩 묻어 있었다.

샘 주변의 풀에도 물감이 많이 튀어 있었다. 어떤 색의 튜브건 모두 움푹 들어간 채였다.

갑자기 걱정되기 시작했다. 물감을 이런 식으로 써버린 것을 알면 아빠와 엄마가 마음 아파할지도 모른다. 화를 낼지도 모른다.

싫어할지도 모른다.

그렇게 생각한 순간, 갑자기 엄청나게 졸렸다. 괴롭고 슬퍼서 마음이 갈기갈기 찢겨 있는데, 이 졸음은 무척이나 따뜻하고 부드러웠다.

엄마의 이부자리에서 잠드는 꿈을 꾸는 것처럼 달콤하고 따뜻했다.

●●●

미카, 하고 부르는 소리에 눈이 떠졌다. 눈꺼풀이 무척이나 무겁다. 눈꺼풀뿐만 아니라, 몸이 전부 무겁다고 조금 늦게 깨달았다.

"미카."

시게루의 까까머리가 눈에 들어왔다. 걱정스러운 듯 이쪽을 보고 있었다.

"시게루 오빠……."

몸이 뜨거웠다. 뜨거운데도 등에는 소름이 돋았다.

눈을 뜬 것만으로도 갑자기 목 뒤쪽을 누군가가 강하게 잡아당기는 것처럼 시야가 빙글빙글 돈다. 눈이 어지럽다. 머리가 아프다.

젖은 풀이 볼에 닿았다. 습한 땅의 진흙 냄새가 났다.

근처에 물색 양동이가 세 개 있었다.

그 양동이 건너편에 쭈뼛쭈뼛 이쪽을 보는 요이치가 서 있었다. 그것을 보고 아침 샘물을 길으러 온 것이라고 알았다.

태양 빛이 느껴진다.

아침이다.

"괜찮아?"

시게루가 말했다. 미카는 반사적으로 끄덕였다. 무리해서 목소리를 내보려고 했지만 "우"라는 작은 소리밖에 나오지 않았다.

시게루와 요이치가 얼굴을 마주보았다.

미카는 시게루의 등에 업혀서 숲을 나왔다.

미카는 작년 여름 축제 때처럼 업힌 채로 가만히 시게루의 까까머리를 만졌다. 지난번과 마찬가지로 그 감촉이 기분 좋았다. 하지만 전보다 짧아서 더 따끔따끔한 것 같았다.

"시게루 오빠."

"응?"

요이치가 양동이를 하나 안고 조금 뒤에서 따라왔다. 시게루의 목덜미에 닿는 숨이 확실히 뜨거운 것을 스스로도 알수 있었다.

"머리, 안 자라?"

왜 그런 식으로 말한 것인지 잘 모르겠다. 시게루도 이상하게 생각했으리라. 하지만 잠시 후에 시게루가 말했다.

"어머니가 잘라줬어. 얼마 전에 만났을 때. 그래서 지금 짧은 거야."

"그렇구나."

끄덕이자 다시 눈물이 나올 것만 같아서 미카는 눈을 꽉 감았다. 시게루의 등 뒤에 필사적으로 매달리려고 했지만, 몸에 힘이 들어가지 않아 몇 번이고 떨어질 뻔했다.

샘과 이어진 강물 소리가 계속 들려왔다.

● ● ●

눈 속에 계속 빠져 있는 것만 같았다.

머릿속이 새하얗다. 눈을 감아도 하얀 안개 같은 장소에 자신이 있는 것처럼 느껴진다. 베개에 달라붙은 머리가 그대로 베개와 함께 이불 속으로 가라앉아 어딘가 깊은 장소로 떨어져 몸과 함께 잡아먹히는 듯했다.

어른들이 다들 소란스러웠다.

미카는 평소 모두와 함께 잠을 자는 홀도, 배움터의 보건실 침대도 아닌, 어딘지 모르겠는 작은 방에 누워 있었다.

시게루의 등에서 흔들리던 감각을 떠올린다. 하지만 이미 시게루는 없다.

어른들이 미카를 시게루의 등에서 내릴 때 시게루가 걱정스러운 듯 이쪽을 바라보았다. 가지 않았으면 하고 바랐지만 시게루의 등에서 초등부나 중등부의, 미카는 아직 이름을 잘 모르는 남자 선생님들이 미카를 들어올려 안았다.

졸음과 아픈 머리와 깨어 있어도 멍한 정신 때문에 줄곧 긴 꿈을 꾸고 있는 것만 같았다.

"큰일이네."

히토미 선생님이 말한 것 같다. 눕혀진 요의 차가운 감각이 기분 좋았다. 하지만 문득 깨달은 다음 순간, 그 요가 미카의 몸에서 나는 열로 엉망진창으로 뜨거워졌다. 담요도 금방 흐트러졌다.

미카의 머리가 가라앉아 잡아먹히는 것처럼 느껴지던 베개가 어느샌가 물베개로 바뀌어 있었다. 달그락, 달그락, 미카가 살짝 머리를 움직일 때마다 속에서 얼음이 흔들리는 소리가 들렸다. 딱딱한 얼음이 기분 좋았지만 아팠다.

낮인지 밤인지 알지 못한 채 정신을 차려 보면 창밖의 빛이 변해 갔다. 날씨도 알 수 없다. 눈이 내리는 것 같지만, 그것은 미카의 머릿속에서 줄곧 눈에 빠져 있는 기분이 이어지기 때문일지도 모른다. 창문 안쪽에 김을 서리게 하는 난로의 온기가 확실히 느껴졌지만, 몸 안쪽이 추웠고, 그러면서도 뜨거웠다.

"미카."

히토미 선생님이 "먹을 수 있겠어?" 하고 뭔가를 눈앞에 보여주었다.

새하얀 밥. 밥이지만 수프 같은.

죽이다. 그 사실을 깨달은 순간 고개를 끄덕였다. 공작 시간에 쓰는 풀을 데운 것 같은 냄새가 났다.

제대로 몸을 일으킬 수 없어서 히토미 선생님이 미카의 몸을 받치고 숟가락으로 죽을 입에 넣어주었다. 입술이 가슬가슬해서 그곳에 죽이 닿자 오랜만에 몸이 물에 닿은 것 같은 감각이 느껴졌다.

그토록 먹고 싶던 죽에서는 아무 맛도 나지 않았다.

달콤한 계란말이도, 간장을 뿌린 가다랑어포도 없기 때문일지 모른다. 하지만 그렇게 말해도 좋은지 알 수 없었다. 히토미 선생님이 작은 새를 본뜬 장식품 같은, 피리처럼 생긴 형태의 용기로 미카의 입에 물을 가져다 마시게 해주었다.
그리고 말했다.

"미카, 걱정마렴. 열은 분명 내려갈 거야. 몸의 회복력에
자연스럽게 맡기는 게 가장 좋아."

지금까지 모두와 함께 있을 때는 들어본 적이 없을 정도
로 상냥한 목소리였다. 선생님이, 선생님인데도 미카에게만
상냥한 말을 걸어주어서 기분이 이상했다.

"다들, 화내지 않으니까."

그렇게 듣고 깨달았다.

그렇구나. 나는 혼날 만한 짓을 벌였구나.

분명 한밤중에 제멋대로 밖으로 나가는 것은 잘못된 일이
었으리라. 샘물에 소원을 비는 일은 초등부 아이들도 했지
만, 그 아이들도 아침 일찍 나간 것뿐, 밤에 나선 아이는 없
었을 것이다.

"미카."

다음으로 미카를 부른 목소리는 히토미 선생님의 것이 아
니었다.

미즈노 선생님의 목소리.

유치부 교장 선생님.

바깥은 어둑어둑했다.

난로의 파랗고 빨간 화염이 입구 쪽에서 타오르는 것을
희미하게 알 수 있었다. 그 열기가 느껴졌다. 하지만 히토미

선생님도 밥도 없다. 시간이 얼마나 지났는지 알 수 없었다.

미즈노 선생님이 이부자리 바로 옆에 앉아서 미카를 내려다보았다.

"……선생님."

미즈노 선생님이라고 부르려고 했지만 목 안쪽이 달라붙어버린 것처럼 이름 부분이 나오지 않았다.

미즈노 선생님의 눈이 도감이나 비디오에서 본 코끼리의 눈처럼 보였다. 상냥한 듯하지만 무슨 생각을 하는지 알 수 없는 눈.

미즈노 선생님 뒤에서 몇 명인가 다른 선생님이 다가오는 기척이 느껴졌다. 그 대부분이 초등부나 중등부 선생님들이었다. 미카가 언제나 함께 지내는 유치부 선생님은 히토미 선생님을 포함해 아무도 없었다.

"괴롭니?"

미카는 끄덕이지 않았다. 괴로운지 어떤지 알 수 없을 정도로 머리가 멍했다. 흰털이 뒤섞인 선생님의 수염을 보고 있자니 선생님이 다시 물었다.

"샘에 물감을 섞은 건 미카인 거지?"

이번에도 끄덕이지 않았다. 그런 것이 아니다. 섞은 것이 아니라 흘려보냈다.

미즈노 선생님이 가만히 이쪽을 바라보았다. 미카는 그 눈 속 깊은 곳에서 뭔가 감정을 찾으려 했다. 하지만 선생님이 어떻게 생각하는지 알 수 없었다. 그러고 있자니 말로 할 수 없는 불안이 점점 가슴으로 퍼져나가는 것만 같았다.

미즈노 선생님이 다시 물었다.

"……물감을 섞은 건 초등부 아이들이 말하던 소원 이야기를 이루고 싶어서였던 거지? 다른 이유가 있었던 게 아니지?"

그렇게 묻자 미카는 그제야 겨우 누운 채로 턱을 당겨서 끄덕였다. 말이 나오지 않았다.

히토미 선생님이 죽을 가져다주었을 때 다들 화내지 않는다고 말했다. 미즈노 선생님도 지금 화를 내는 것이 아니다. 하지만 어른들이 화가 난 것처럼도 곤혹스러운 것처럼도 보이는 것은 어째서일까.

나뿐만이 아니다.

나 말고도 리본이나 보물을 흘려보낸 아이가 있다. 미카에게 그것을 가르쳐준 미치에나 요시에 또한 그렇게 하고 싶어했다.

비밀은 아이들만의 것이었을 텐데 어째서 어른들이 소원 빌기에 대해 알고 있는 것일까.

어른들이 '화내지 않는다'라는 것은 미카가 밤에 무단으로 밖에 나간 것이나, 지금 열이 나는 것에 대해서가 아니라는 사실을 갑자기 깨달았다. 그 사실을 깨달음과 동시에 가슴 깊은 곳이 열의 오한과는 전혀 다른 차가움으로 축축하게 젖어드는 것 같았다.

이제는 소원 빌기에 관해 물어볼 것이다. 미카는 마음속으로 각오했다.

도대체 무슨 소원을 빌었는지 그 질문을 받으면 솔직히 답하겠다고. 아빠와 엄마를 만나고 싶다는 것. 혼이 나더라도 그렇게 하고 싶다는 것.

하지만 미즈노 선생님도, 그 뒤에 있는 선생님들도 아무도 미카에게 그것을 묻지 않았다. 진지한 눈빛으로 얼굴을 마주보았지만 아무도 더는 어떤 것도 묻지 않는다. 어른들만이 서로 시선을 교환했다.

"좀 쉬렴."

미즈노 선생님이 말했다. 온화한 목소리였다.

"충분히 쉬고, 얼른 기운 차리렴."

"……네."

답하는 목소리가 갈라졌다. 어른들이 뭔가를 말하면서 나갔다. 닫힌 문 건너편에서 미즈노 선생님이 다른 선생님들에게 뭔가 말하는 소리가 들렸다.

모두가 사라지고 나서야 깨달았다.

미카의 보물인 물감은 부모님에게 받은 것이었다. 어째서 그런 것을 가지고 있는지 선생님들이 추궁해도 이상하지 않음에도 아무도 그에 관해 묻지 않았다.

아빠, 엄마에게 먼저 물어본 것일까. 미카에게 물감을 준 것에 대해서 둘이 혼이 났을지도 모른다고 생각하니 가슴이 아팠다.

미카가 바란 것은 이루어지지 않는 것일까. 아빠도, 엄마도 만나고 싶은데 둘은 없다. 오지 않는다.

기껏 흘려보냈는데, 그것만으로는 흘려보낸 것이 되지 않는 것일까. 선생님들이 말한 것처럼 '흘려보낸 것'이 아니라 '섞은 것'이라서?

이불 속에서 등을 둥글게 말았다. 얼굴을 양손으로 덮자, 아직 자신의 손가락에서 물감 냄새가 났다.

어른을 곤혹스럽게 만든 슬픔보다 훨씬 큰 슬픔이 치밀어 올라서 눈가에 눈물이 번졌다. 말랐던 뺨에 짭짤한 눈물이 스며들었다.

바라던 것도 이루어지지 않았는데, 보물인 물감을 잃어버렸다는 슬픔과 후회가 가슴을 꿰뚫어 미카는 이불 안에서 숨죽여 울었다. 선생님들도, 부모님도……. 어른은 아무도 오지 않았다. 부르는 것처럼 울었는데 아무도 오지 않았다.

◗●●

다른 아이의 목소리를 들은 것은 그로부터 꽤 시간이 지난 뒤였다.

"……미카."

이 방에 오는 것은 선생님들뿐이었기에 앳된 목소리를 듣는 것은 꽤나 오랜만이었다.

여기서 잠을 자기 시작한 후 며칠이 지났는지 알지 못하지만 처음보다는 머릿속이 꽤 산뜻해졌고, 이런저런 것을 생각할 수 있게 되었다. 추위도 이제 거의 느껴지지 않았고, 그저 같은 자세로 계속 누워 있는 탓에 머리 뒤편이 아팠다.

고개를 들자 똑똑 소리가 들렸다. 바라보자 창문 건너편을 작은 손이 두드리고 있었다.

천천히 몸을 일으켰다. 다리가 서는 감각을 잊어버린 듯, 이부자리에서 나와 무릎으로 천천히 이동하려고 한 것만으로 다리 전체가 찡하게 저렸다.

창문 근처로 가서 천천히 일어섰다. 미카를 부른 것은 치토세였다. 창문 바깥에 발돋움한 채 서 있었다.

둘의 눈이 맞았다. 치토세의 뺨이 붉었다. 바깥은 무척이나 추운 듯했다. 치토세는 혼자서 이쪽을 바라보았다. 모자를 쓰고 머플러를 둘렀다.

미카는 창문을 열려고 했다. 하지만 자물쇠까지는 손이 닿지 않았다. 발돋움하며 손을 뻗었지만, 약간의 차이로 닿지 않았다.

"열지 않아도 돼."

창 너머로 치토세의 목소리가 들렸다. 하지만 미카는 열고 싶었다. 유리를 통하면 목소리가 잘 들리지 않는다. 치토세의 목소리를 제대로 듣고 싶어서 다시 한번 손을 뻗으려 했지만, 오랜만에 일어선 다리가 휘청거려서 넘어질 뻔했다.

"괜찮아."

다시 한번 치토세가 말했다. 미카가 물었다.

"다른 애들은?"

오랜만에 목소리를 낸 탓에 제대로 말할 수가 없었다. 치토세가 놀고 있다고 말했다.

"오늘의 활동은 놀이거든. 광장이랑 밭 쪽으로 갔어."

"응."

모두의 얼굴이 그리웠다. 벌써 오랜 시간 만나지 못했다.

창문 너머로 치토세가 고개를 조금 숙였다. 하지만 금방 다시 미카를 바라보았다.

"소원, 빈 거야?"

갑자기 그렇게 물어서 깜짝 놀랐다. 치토세와는 소원에 관한 이야기를 한 적이 없었기 때문이다. 하지만 가만히 이쪽을 바라보는 치토세의 눈은 그저 투명했고, 미카를 나쁘게 생각하는 것처럼 보이지는 않았다. 그래서 고개를 끄덕였다.

"……응."

치토세의 얼굴이 창문 너머로 작게 숨을 내뱉었다. 하얀 김 덩어리가 입가에서 퍼지는 것을 보니 이쪽과 저쪽은 온도가 전혀 다르다는 사실이 느껴졌다.

치토세가 뭔가 말하려고 했다.

그때.

삐익, 하고 호루라기 소리가 났다. 이곳에서 자는 동안에
도 몇 번이고 들었다. 놀이 시간이나 활동의 끝을 알리고자
선생님들이 신호하는 호루라기 소리.

치토세가 말없이 소리가 들린 쪽을 바라보았다. 그러고는
미카에게 고개를 돌리고 다시 뭔가를 말하려다가, 말을 삼
키듯 입술을 닫고 작게 "다음에 봐"라고만 말했다.

"얼른 나아."

미카가 "응" 하고 중얼거리는 목소리는 아마도 닿지 않았
을 것이다. 치토세가 달려갔다. 그 건너편에 다른 아이들이
있는 기척이 느껴져서 미카는 자신만이 다른 장소에 와버린
것 같은 쓸쓸한 기분이 들었다.

그 기분을 떨쳐내듯 이부자리로 돌아가 등을 둥글게 말고
잠들고자 노력했다.

●○●

"여러분, 미카의 감기가 나았어요. 다행이지? 오늘 돌아왔
어요."

히토미 선생님의 말을 들으며 미카는 평소의 자리에 앉았
다. 돌아온 미카를 모두가 조용히 바라보았다.

그날의 첫 활동은 '언어'였다. 매일 그날 무슨 활동을 할지

모두 함께 이야기해서 정한다. 바깥은 추우니까 오늘은 방 안에서 할 수 있는 '언어'를 하고 싶어하는 아이가 많았다.

"그럼 오늘은 얼마 전에 했던 속담 퀴즈를 하겠어요. 모두 함께 외운 말들, 기억하고 있나요?"

"네!", "호랑이에 날개를 달아주다", "말보다는 증거"라고 금방 여기저기서 제각기 목소리가 나온다. 속담은 예부터 전해져 내려온 언어다. 그런 말들에는 사람과 사람이 살아가기 위한 힌트나 '이치'가 가득 담겨 있다고 어렸을 때부터 배웠다.

"옆자리 친구와 자신이 좋아하는 속담에 대해 서로 확인해볼까?"

선생님이 말했다. 그때가 되어 처음으로 좀 이상하다고 생각했다. 옆자리인 히사노가 미카에게 전혀 말을 걸지 않는 것이다. 정말로 아무 말도. 이쪽을 보지 않으려 하는 것만 같았다.

히사노…….

말을 걸려고 했지만 어째서인지 그러지 못했다. 왜 그랬는지 알 수 없었다.

불렀는데도 불구하고 답이 돌아오지 않으면 무척이나 무서울 것 같아서라고 깨달은 것은 '언어'가 끝나고 난 뒤였다. 놀이 시간이 되어도 히사노는 미카에게 말을 걸지 않고 아예 다른 아이 쪽으로 가버렸다. 그것을 보고 정말로 히사노는 자기와 이야기하고 싶지 않은 것이라고 깨달았다.

자신이 얼마나 모두와 다른 방에서 잠을 잔 것인지 확실히는 알 수 없다.

하지만 자신이 모두와 다른 시간을 보내버렸다는 사실을 절감했다.

다음 날부터 배움터의 아침 걸레질을 다시 하게 되었다.

미카가 아주 좋아하는, 미카에게 언제나 이런저런 것을 알려주는 요시에와 미치에를 만날 수 있다. 둘은 미카에게 무슨 말을 할까.

그렇게 생각했지만…….

걸레를 손에 들고 둘이 있는 곳으로 가자 둘은 미카를 바라보았다. 순간 눈치챈 것 같은 표정을 보였지만, 미카에게 아무 말도 걸지 않았다.

고개를 돌리고 미카가 없는 것처럼 걸레질을 시작했다.

"미치에, 저쪽부터 할까."

"그래. 요시에는 그럼 그쪽 맡아."

일부러 그런 대화를 하는 것처럼 보여서 미카는 큰마음을 먹고 "저기!" 하고 말을 걸었다.

걸레를 손에 들고 복도에 몸을 굽히고 있던 둘이 대화를 딱 멈췄다. 둘이서 입술을 꾹 깨물고 다소 불쾌한 듯한 표정을 지었다. 하지만 여전히 아무 말도 하지 않았다.

"둘 다, 화난 거야?"

사실 미카가 용기 있다고 말해주지는 않을까 생각했었다.

자신의 리본을 흘려보내며 소원을 빈 5학년 에리카처럼. '아직 유치부인데도 대단하네.' 그렇게 슬쩍 말해주지는 않을까 생각했는데.

둘이 얼굴을 마주보았다. 그 얼굴에 짜증 섞인 표정이 떠오르는 것을 보며 등줄기가 서늘해졌다. 물어본 것은 자신이지만, 정말로 화를 내고 있다는 사실을 깨달은 순간 어떻게 하지, 어떻게 하지, 하고 초조해졌다.

"……미카, 소원 빌러 간 거지?"

먼저 입을 연 것은 요시에였다.

미카는 무서워서 입을 닫고 말았다. 미치에도 말했다. 미카를 책망하듯이.

"왜 밤에 간 거야?"

말이 나오지 않았다.

밤과 아침이 이어져 있다는 점, 밤늦은 시간과 아침 이른 시간은 같은 시간의 연속이라는 점을 설명하고 싶었지만, 제대로 전해지지 않을 것 같았다.

둘은 엄청 화를 내고 있다. 어이없어한다. 대답하지 않는 미카에게 요시에가 말했다.

"어른들에게 들켜버렸으니까."

"아……" 하고 미카의 입이 멍하니 벌어졌다. 미치에가 말했다.

"소원 빌기가 어른에게 들켜서 다들 이런저런 말을 들었
거든. 소원을 빈 적 있는 사람이 누군지, 누가 처음에 하기
시작했는지. 한 적 있는 아이는 다들 혼이 났어."

"두 번 다시 하지 말라고 선생님들이 금지했어. 아침과 밤,
선생님들 매일 감시를 서니까 이제 두 번 다시 할 수 없게
되었어."

"미카 탓이야."

말이 가슴을 꿰뚫는 것 같았다.

미카 탓.

"샘은 무척 소중하니까 사람이 만든 인공적인 걸 흘려보
내거나 집어넣으면 안 된다고 '모임'에서 들었어. 소원을 빈
아이들은 다른 사람들 앞에 나가서 사과해야 했어."

"우는 아이도 엄청 많았어."

상상해본다.

모임은 언제나 아이의 배움터와 어른의 사무소 사이에 있
는 커다란 건물에서 열린다. 중요한 이야기가 있을 때는 유
치부에서 어른까지 배움터 사람들 모두가 모인다.

어른도 모두 있는 그곳에서, 좋아하는 사람에 관해 소원을
빈 아이들이 앞에 나서서 사과한다.

소원 빌기도, 좋아하는 아이가 있다는 것도 아이들만의 비
밀이기에 어른들에게 들켜서는 안 된다는 점은 미카도 어느

정도 알고 있다.

모두가 울었다는 것은 시게루를 좋아한다고 말했던 '용기' 있는 에리카도 마찬가지였을까.

모두에게 사과해야 한다는 감정이 가슴을 찔렀다. 하지만 어떻게 하면 좋을지 알지 못한 채 가만히 있자, 둘이 미카를 노려보았다.

"왜 미카는 모임에 안 나온 거야?"

차가운 목소리였다.

"감기에 걸렸다고 해서 왜 사과하지 않는 거야?"

"애초에 왜 아직 유치부인데 소원 빌기를 하려고 생각한 거야?"

"시게루 오빠도 사실 그렇게 좋아하는 거 아니잖아?"

"좋아한다고 해도 무리야. 시게루 오빠는 벌써 6학년이지만 미카는 아직 유치부잖아."

둘이 번갈아 책망하는 목소리는 도중부터 누구의 목소리인지 알 수 없었다. 미카는 점점 더 아무 말도 하지 못하게 되었다.

시게루에 관해서 소원을 빈 것이 아니라는 점도 말하지 못했다.

미카의 소원은 이루어지지 않은 채였고, 그렇기에 샘이 소원을 이루어준다는 것은 사실 거짓말이었을지 모른다고 말하지 못하게 되었다.

하지만 깨달았다.

둘은 미카 탓에 더는 샘에 소원을 빌 수 없게 되어 싫은 것이 아니었다. 어른에게 자신들의 비밀을 들켰다는 사실이 싫은 것이다. 그렇기에 미카를 용서할 수 없는 것이다.

"가르쳐주지 말 걸 그랬어."

미치에가 말했다. 미카에게 하는 말이 아니라 요시에에게 속삭이듯이.

"미카에게 마음을 여는 게 아니었어."

마음을 연다는 말이 쑥 가슴을 찔렀다. 의미를 완전히 아는 것은 아니지만 자신이 뭔가 결정적인 것을 잃어버렸다는 점은 그 말로 잘 알 수 있었다.

"샘을 더럽혀 놓고 어째서 저렇게 아무렇지도 않은 걸까?"

못을 박듯 요시에가 속삭였다.

샘을 더럽혔다는 말에 정신이 번쩍 들었다.

열 때문에 자던 때, 선생님들이 자신을 보러 온 것이 그때부터 계속 이상하다고 생각했다. 그것을 그 말이 설명해준 것처럼 느껴졌다.

미카는 그저 보물을 흘려보낸 것뿐이다. 집어넣은 것은 아니라고 생각했지만, 어른이 보면 그것은 '더럽힌' 샘이 되는 것이다.

한밤중에 샘물에 색이 점점 퍼져나갔던 것, 그것에 열중했던 것. 그때 물속에 넣은 손이 차가웠던 것이 확실히 떠오른다.

"물감을 섞은 건 초등부 아이들이 말하던 소원 이야기를 이루고 싶어서였던 거지? 다른 이유가 있었던 게 아니지?"

미즈노 선생님의 말은 그런 의미였다.

"분명 쫓겨날 거야."

미치에가 말했다.

"선생님들, 엄청나게 화냈으니까."

깨닫고 보니 미카는 혼자 유치부 건물로 돌아와 있었다.

자신이 엄청난 일을 벌였다고 생각하자 가슴이 너무나도 괴로워서 숨이 쉬어지지 않는 것만 같았다.

"분명 쫓겨날 거야."

머리가 빙글빙글 돈다.

어째서 선생님들은 미카에게 제대로 화를 내지 않는 것일까. 화를 낸다면 미카도 사과할 수 있다. 제대로 말할 수 있다. 더럽힐 생각은 아니었다고 말할 수 있다.

아빠, 아빠, 아빠.

엄마, 엄마, 엄마.

둘은 미카가 한 일을 알고 있을까.

만약 그렇다면…….

이를 악물었다. 꽉 쥔 주먹에 힘이 들어갔다.

그렇다면 역시 자신이 무슨 소원을 빌었는지 알아주었으면 한다. 어차피 어른들에게는 물론, 부모님에게도 혼이 날지 모르지만, 미카가 바란 소원을 알아주기를 바랐다.

그런 식으로 다시 생각해버린다.

둘과 함께 있고 싶다. 하지만 그것보다도 훨씬 절실한 마음이 치밀어 오른다. 괴로워진다.

이곳에서 쫓겨나면 어쩌지.

미즈노 선생님 방 앞에서 치토세를 만났다. 치토세는 오늘도 혼자였다.

미카를 보고도 치토세는 표정을 바꾸지 않았다. 누워 있을 때 만나러 온 것과 마찬가지로 투명한 눈으로 "미카" 하고 불렀다.

모두가 미카와 말하기를 싫어하는 가운데, 변함없는 것은 치토세뿐이었다. 걸레질도, 그림 그리기도, 산책도 평소와 똑같이 해준다. 주변 아이들과 뒤섞이지 않고 그렇게 하는 것은 미카와 치토세뿐. 외톨이 동지이기 때문이라고는 해도, 미카에게 딱히 친절하게 대해주는 것은 아니다. 하지만 자신 말고도 외톨이인 치토세라는 존재가 미카의 마음을 가볍게 해주는 것은 분명했다.

미카는 미즈노 선생님의 방문을 노크하려던 참이었다. 치토세가 물었다.

"미즈노 선생님께 볼일 있어?"

"응."

"나도."

그대로 둘 다 입을 닫았다. 잠시 후에 치토세가 불쑥 말했다.

"나는 불려 왔어."

"⋯⋯같이 들어가줄래?"

지금까지도 가끔 찾아가면 몰래 과자를 내어주던 상냥한 미즈노 선생님. 미카에게만 특별히 그렇게 해주고 있다고 생각했지만, 치토세도 그래 왔던 것일까. 언제나 상냥한 미즈노 선생님이지만 오늘은 무척이나 불안했다. 치토세가 커다랗고 둥근 눈을 크게 떴다. 하지만 금세 "응" 하고 말했다.

"괜찮아"라고.

노크를 하자 안쪽에서 "네"라는 목소리가 들렸다. 아무 말 없이 둘은 문을 열었다.

미즈노 선생님은 혼자 있었다. 들어온 치토세와 미카를 보고 그 눈이 살짝 커졌다. 조금 놀란 것 같았다.

교장실은 미즈노 선생님의 의자와 책상이 있을 뿐인 작은 방이다. 난로 위에서 주전자가 부글부글 소리를 내고 있었다. 따뜻한 공기가 깃들어 있다.

"무슨 일 있니?"

미즈노 선생님이 말했다. 미카는 입술을 꽉 물었다. 배 속 깊은 곳이 다시 아프기 시작했다. 치토세가 그런 미카를 신경 쓰며 살짝 이쪽을 보았다. 먼저 입을 연 것은 치토세였다. 미즈노 선생님 쪽으로 돌아섰다.

"선생님이 불러서 왔는데, 이 앞에서 미카를 만났어요."

"그렇구나. 미카, 무슨 일 있니?"

미즈노 선생님의 목소리는 오늘도 평소와 다름없었다. 요시에와 미치에의 말과는 전혀 다르다.

화를 내지 않는 것이 불안했다.

"사과하러 왔어요."

겨우 입을 열자, 가슴 안쪽이 뜨거워졌다. 목 바로 아래에서 뜨거운 덩어리 같은 것이 미카의 목을 눌렀다. 울 생각은 없었는데 눈에서 눈물이 나오는 것보다 빠르게 목이 떨려서 목소리가 먼저 울어버린다.

미즈노 선생님이 조용히 눈을 크게 떴다.

미카의 말은 멈추지 않았다.

"모두에게 들었어요. 제가 물감을 흘려보낸 건 해서는 안 되는 일이라고. 선생님들이 제가 자는 동안에 모두에게 화를 냈다고."

"누가 그렇게 말한 거니?"

그 질문을 듣고 정신이 번쩍 들었다. 이름을 말하면 그 아이가 다시 혼이 난다. 절대로 말해서는 안 된다고 생각해서 대신 말했다. "모두"라고.

"모두 그렇게 말해요. 어째서 미카는 혼이 나지 않느냐고. 잘못한 건 전데."

치토세가 잠자코 있어주는 점이 고마웠다. 말하면서 미카는 '아, 그래서 나는 이 아이와 함께 온 거구나' 하고 생각했다. 이 아이라면 분명 아무 말도 없이 함께 있어주리라.

"선생님, 죄송해요."

미카는 사과했다. 눈물이 뺨으로 흘러내렸다.

"히토미 선생님도, 미즈노 선생님도, 제게 아무 말도 하지 않지만 화가 난다면 화를 내주세요. 사과할 테니까요. 죄송해요. 제가 잘못했어요."

"아아…… 미카!"

미즈노 선생님이 갑자기 몸을 일으켰다. 그대로 미카에게 다가와서 주름이 새겨진 커다랗고 딱딱한 손바닥으로 미카의 얼굴을 감쌌다. 건조한 손이 미카의 턱 끝에 맺힌 눈물을 닦아냈다.

미카는 깜짝 놀랐다. 깜짝 놀란 채 미즈노 선생님을 바라보자, 선생님의 눈이 슬픈 듯했고…… 그리고 상냥했다.

화를 내지 않는다. 어이없어하지 않는다.

곤혹스러워하지 않는다.

그렇게 생각한 순간, 미카는 울음을 터뜨렸다. 아까보다도 커다란 목소리로 "죄송해요!"라고 울며 사과했다.

"선생님, 죄송해요."

"미카는 그런 거 신경 쓰지 않아도 돼."

미즈노 선생님이 커다란 목소리로 말했다.

"울지 않아도 돼. 미안하구나. 선생님들도 모든 아이들에게 설명해두는 게 좋았을 텐데. 모두에게 그런 말을 듣고 괴로웠겠구나."

미카는 말없이 고개를 젓는다. 붕붕, 계속 흔든다.

미즈노 선생님이 몸을 일으켰다. 미카의 양쪽 뺨을 자신의 양손으로 감싸고 고개를 들어올렸다. 미카를 똑똑히 바라보았다. 그 눈이 촉촉했다.

"아무도 화내지 않아. 선생님들은 그저 정말로 미카를 걱정하고 있었어. 다른 아이들에게도 화를 내거나 혼을 내거나 하지 않았어. 그저 같은 일이 또 벌어지면 곤란하니까 그런 놀이는 이제 하지 말라고 주의를 준 것뿐이야."

"샘을 더럽혔는데도요?"

너무 많이 운 탓에 히익, 하는 소리가 멈추지 않았다. 말하는 것이 무척이나 괴로웠지만 어떻게든 말했다.

더럽혔다는 미카의 목소리에 미즈노 선생님이 "아아" 하고 크게 숨을 내쉬었다. 울 것만 같은 상냥한 눈이 다시 미카를 들여다보았다.

미즈노 선생님이 "그런 식으로 생각하고 걱정했구나" 하고 큰 숨과 함께 목소리를 내뱉었다.

"나쁜 일을 했다고 계속 자신을 책망하고 있었니?"

"그게, 그러니까……."

"착한 아이구나. 미카는 착한 아이야. 아무것도 잘못하지 않았어. 그저 몰라서 저질러버린 것뿐이니까."

미즈노 선생님이 참지 못하겠다는 듯이 미카의 어깨를 꽉 끌어안았다. 수염이 미카의 눈물로 젖어 들었다. 젖은 수염이 미카의 뺨에 닿았다.

선생님과 이렇게 얼굴을 가까이한 것은 처음이었다.

"물감은 괜찮아."

자세를 바꾸지 않고 선생님이 말했다.

"그 후, 어른들이 모두 함께 찾아봤어. 선생님 친구 중에 그런 걸 잘 아는 사람에게도 물어봤단다. 미카가 사용한 물감은 괜찮아. 수성이니까. 깨끗하게 물에 녹아서 이윽고 흘러나간단다. 샘의 물은 아무렇지도 않아. 이것이 유성이었다면 무거워서 샘 바닥에 가라앉아서 큰일이 벌어졌겠지만. 괜찮아. 샘은 이런 일로 지지 않아."

미카는 흐느꼈다. 흐느끼며 미즈노 선생님의 팔 안에서 가만히 있는데, 미즈노 선생님이 다시 미카를 바라보았다.

"그걸 알았기에 아무도 미카를 혼내지 않았어. 정말로 화가 나지 않았어."

사실일까.

아직 마음이 불안으로 흔들리는 미카에게 미즈노 선생님이 고개를 위아래로 크게 흔들며 끄덕였다.

"선생님은 감동했어."

선생님이 말했다.

옆에 선 치토세를 바라보았다.

"치토세도 그렇게 생각하지? 아무도 화를 내지 않았는데,

미카는 스스로 생각하고 반성해서 일부러 내가 있는 곳까지 사과하러 왔어. 다른 사람에게 들어서가 아니라, 자신의 올곧은 마음으로 반성해서."

미즈노 선생님에게 가려서 치토세가 끄덕였는지 어땠는지는 미카에게는 보이지 않았다. 미즈노 선생님이 혼잣말처럼 선언했다.

"나는 미카의 그런 올곧은 마음에 응하고 싶구나."

미즈노 선생님이 말했다.

"모두 함께 이 일을 문답으로 생각해보자. 유치부에서도, 초등부에서도. 중등부나 고등부에서도 그렇고, 어른들까지 말이야."

미즈노 선생님이 일어서서 문을 열고 "히토미 선생님! 히토미 선생님!" 하고 복도로 얼굴을 내밀었다. "누구든 상관없어요. 선생님, 있나요?"

"네네" 하는 소리와 발소리가 들리고 누군가가 다가오는 기척이 느껴졌다. 미즈노 선생님의 목소리가 이어졌다. "잠시 할 말이 있어요. 미카가 정말 대단하지 뭐예요." 그런 식으로 미카를 칭찬했다.

뺨의 눈물이 어느샌가 말라 있었다. 화를 낼 줄 알았는데 칭찬을 받아서 미카는 어안이 벙벙해서 멍해져버렸다.

복도에서 선생님들이 이야기를 나누었다. 모임을 엽시다, 문답을…….

작은 교장실에 남겨진 채 우뚝 서 있는 미카는 치토세 쪽으로 얼굴을 돌렸다. 치토세도 미카와 마찬가지로 곤란한 듯한 표정을 지었다. 치토세는 교장 선생님한테 불려왔다고 했는데 그 용무는 이제 괜찮은 것일까. 자신이 방해한 것은 아닐까.

애초에 치토세는 왜 이곳에 불려온 것일까.

본인에게 물어보고 싶었지만 물어서는 안 될 것만 같았다. 조금 전까지 아무 말 없이 미카 옆에 있어주었다. 그랬기에 미카도 물어서는 안 될 것 같은 기분이 들었다.

◐●●

"오늘은 긴 문답을 갖자꾸나."

그다음 날, 유치부 모두가 함께 문답을 했다. 선생님도, 아이들도 모두 넓은 홀에 모여서 미즈노 선생님이 직접 한 명한 명에게 물었다.

"모두가 알고 있을 테지만"이라며 미카가 한밤중에 빠져나간 이야기가 시작되었다.

"밤에 밖에 나가는 건 좋은 일이 아니지? 야스아키."

"샘물에 뭔가를 집어넣는 것도, 더럽히는 것도 해서는 안 되지? 아스카."

"왜 좋은 일이 아니라고 생각해?"

"어떤 위험이 있을 것 같아?"

미즈노 선생님의 문답이 이어졌다.

"그래도 말이야, 미카는 몰랐던 거야."

"몰랐던 것뿐이야."

"하지만 나한테 사과하러 왔어."

"아무도 화내지 않는데 스스로 반성하는 올곧은 마음으로."

"모두에게도 사과하고 싶대."

"그런 마음을 가진 사람을 어떻게 생각해? 히사노."

히사노가 지목받아서 미카는 깜짝 놀랐다.

계속 사이좋았던 히사노. 함께 문답을 할 때도, 밥을 먹을 때도 항상 옆에 있던 히사노.

이제 더는 말을 걸어주지 않는 히사노.

미카가 깜짝 놀란 것보다도 지목받은 히사노 본인이 더 놀란 것 같았다. 자세를 가다듬고 주변을 신경 쓰듯 모두를 바라보았다. 모두를 둘러보던 그 시선이 미카 앞에서 잠깐 멈췄다. 하지만 바로 시선을 돌리더니 말했다.

"훌륭하다고 생각해요."

히사노의 말을 듣고 미카는 주먹을 꽉 쥐었다.

지금 그 말이 마음에서 우러난 말이기를 바랐다. 기원했다. 어른에게 그렇게 들어서 말한 문답용 말이 아니고, 나를 정말로 그렇게 생각해주기를.

평소 모임에서 사용하는 화이트보드가 그날의 문답에도 사용되었다. 그곳에 미즈노 선생님이 단어를 적었다.

'용서'라고.

"샘물은 분명 소중해."

그렇게 말했다.

"하지만 올곧은 마음으로 사과하는 사람은 용서하고, 다들 받아줘야만 해. 미카는 나쁘지 않아. 다들 알고 있겠지만, 미카는 물감을 샘에 넣었어."

다들 말없이 있었다. 잠자코 미즈노 선생님의 다음 말을 기다렸다.

"하지만 물감은 괜찮아. 선생님이 자세히 알고 있는 사람들에게 물어보고 제대로 확인했어. 미카가 넣은 물감은 안전한 성분이라서 샘물을 더럽힌 게 아니야. 가라앉지 않고 제대로 깔끔하게 흘러나가서 샘은 지금 이미 원래대로 돌아왔어."

미즈노 선생님이 거기까지 말하자 팽팽했던 홀의 공기가 확 누그러졌다. 선생님이 "미카" 하고 불렀다.

"모두에게 뭔가 말하고 싶은 게 있니?"

갑자기 이름이 불려서 깜짝 놀랐다.

말하고 싶은 것 따위 없었다. 무엇을 말하면 좋을지 떠오르지 않았다. 하지만 미즈노 선생님이 이쪽을 바라보았다. 미카를 기다렸다.

말하고 싶은 것은 없지만, 일어서서 그쪽으로 가는 편이
좋다는 것은 알았다. 미즈노 선생님이 무슨 말을 하기를 바
랄지 필사적으로 생각했다. 생각하고, 생각하고, 생각했다.
머릿속이 새하얘졌다.

평소의 문답과 똑같다. 선생님이 바라는 것. 칭찬해줄 것
같은 말.

일어서서 걸어갔다. 모두의 앞에 섰다.

"……다들, 죄송해요."

중얼거리자, 말하고 싶은 것이 아니었음에도 신기하게도
눈물이 나왔다. 눈물이 나오자, 사실은 이 말을 하고 싶었던
것일지도 모른다고 생각했다.

선생님들이 미카에게 모여들었다.

"괜찮아, 미카."

"맞아, 미카. 괜찮아."

미즈노 선생님과 히토미 선생님이 말했다. 다른 선생님들
도 격려하듯 미카의 손을 쥐었다.

"수성 물감이니까 전혀 신경 쓸 필요 없어."

어른들이 그렇게 말했고, 길고 길었던 그날의 '문답'이 끝
난 후에 히사노가 미카에게 다가왔다.

조금 머뭇머뭇하더니 미카에게 "같이 가자"라고 말했다.

미카가 너무 기뻐서 "그래"라고 쉰 목소리로 답하자, 히사
노가 안심한 듯한 표정을 지었다.

미즈노 선생님의 길고 긴 문답은 선생님들이 말한 대로 초등부에서도, 중등부에서도, 고등부에서도 이루어진 듯했다. 그러니 분명 어른들도 했을지도 모른다.

아침의 걸레질 시간에 요시에와 미치에가 어색하게 얼굴을 마주보더니 "저기, 미안해"라고 말했다.

"그래도 미카, 딱히 우리가 뭐라고 해서 신경 쓴 건 아니지?"

"스스로 반성해서 미즈노 선생님께 간 거지?"

그렇게 확인하듯 말했다.

그 후 열렸던 학교의 전체 모임 때, 고등부와 중등부 아이들의 시선이 느껴졌다. 모임이 끝나고 나서 고등부 여자아이 일행이 "네가 미카니?" 하고 물었다.

연상의 어른스러운 언니들이 말을 걸어서 두근거리며 머뭇거리자 그중 한 명이 말했다.

"용기 있구나. 곧 초등부가 되겠네? 초등부가 되면 우리랑 이것저것 같이 할 수 있는 게 늘어나니까 기대하고 있을게."

그렇게 말해주었다.

◗●●

봄이 되면 초등학생이 된다.

미카는 예전처럼 히사노나 초등부 아이들과 이야기할 수

있게 되어 한숨 놓았지만, 치토세는 여전했다.

여전히 혼자였다.

미카에게 특별히 더 말을 걸지도 않았다. 미카는 신경 쓰였다. 자신이 혼자 있던 때도 변함없이 말을 걸어주었는데, 그 치토세를 지금은 자신이 외톨이로 만들어버리는 것만 같았다.

이제 곧 '기슭'에 있는 초등학교에 가고, 배움터에서도 초등부 생활이 시작된다. 지금까지 이상으로 연상의 아이들과 접하게 될 텐데, 사이좋은 상급생 없이 치토세는 괜찮을까.

평소처럼 지내다가도 전보다 더 치토세에게 눈길이 가는 일이 많아졌다.

기슭의 초등학교를 견학하는 날, 모두 함께 선생님의 설명을 듣는 동안 치토세만이 멍하니 창밖을 바라보았다. 그 추웠던 겨울에서, 따뜻한 봄으로 계절이 향하고 있다. 창밖이 태양에 의해 노랗게 빛났고, 그 빛을 받으며 앉아 있는 치토세의 긴 머리카락이 아름다웠다.

기슭의 초등학교를 견학하고 돌아오자, 히토미 선생님이 치토세 한 명에게만 "잠깐"이라고 불렀다. 모두가 유치부 교실로 향하는 가운데 복도 건너편으로 데리고 갔다. 히사노와 친구들은 "오늘 저녁은 뭘까"라는 등의 말을 하며 아무도 신경 쓰지 않는 듯했지만, 미카는 신경 쓰였다. 치토세가 최근 선생님들에게 불려 가는 일이 잦아졌다. 미카가 미즈노 선생님을 만나러 간 날도 교장 선생님에게 불려서 그곳을 찾았다고 했다.

모두에게서 벗어나 치토세가 히토미 선생님과 사라진 복도 모퉁이에서 살짝 얼굴을 내밀고 건너편을 엿보았다.

미즈노 선생님이 있는 교장실 앞에 여자가 서 있었다. 날씬하고 머리가 짧은 여자. 입술이 붉고 화장한 것 같았다. 배움터에서는 화장을 하는 선생님은 없기에 기슭의 사람처럼 보여서 깜짝 놀랐다. 단순히 그렇게 보인 것뿐 아니라, 분명 기슭의 사람이 맞다고 생각되는 지점들이 있었다. 옷도 배움터의 선생님들과 완전히 다르다. 꽃무늬가 들어간 셔츠와 연분홍색 긴 스커트. 평소의 복도가 그 사람이 있는 것만으로 확 밝아진 것처럼 느껴졌다.

그 사람의 얼굴이 치토세를 보더니 갑자기 웃는 표정으로 바뀌었다.

더없이 상냥한 표정으로.

히토미 선생님이 데리고 온 치토세의 얼굴을 길고 가는 손가락을 가진 손이 쓰다듬었다. 그 동작을 보고 알았다. 분명 그럴 것이다.

치토세의 어머니다.

배움터 선생님들은, 어른들은 누군가 한 명의 아이를 저런 식으로 특별히 만지거나 하지 않는다. 머리에 손이 올려진 치토세는 뒷모습이어서 표정은 보이지 않았다.

미카는 서둘러 복도 모퉁이로 숨었다. 가슴이 두근거렸다. 어째서인지 알 수 없었다.

하지만 만약, 만약 치토세가 저 여자에게 우리에게는 보여주지 않는 얼굴로 화답한다면. 그렇게 생각했더니 가슴이 괴로워졌다. 그런 얼굴은 보고 싶지 않았다.

봄부터는 모두 함께 초등학생이 된다.

학교는 어떤 곳이고, 아침에는 어떤 코스로 갈까, 초등부 아이들과의 생활은 어떨까.

배움터에서 기슭의 초등학교까지는 꽤 먼 길을 걸어야만 한다. 몇 번인가 초등부 언니들과 함께 걸어보았지만 정말로 멀었다.

등하교를 할 때는 노란 모자를 쓰라는 말을 들었고, 한 명당 하나씩 건네받았다.

치토세는 모자를 받지 않았다. 혼자만 책상 위에 모자가 없었다.

어째서일까 생각했는데, 홀에서 자기 전에 히사노가 옆의 이부자리에서 속삭였다.

"치토세, 초등부에 안 간다나 봐."

"뭐?"

심장이 쿵, 하고 껑충 뛰었다.

치토세가 잠을 자는 자리는 홀 안쪽이다. 미카와 히사노의 이부자리와는 떨어져 있다. 하지만 자신도 모르게 눈이 그쪽으로 향했다. 어렴풋한 어둠 속에서 베개 위에 있는 치토세의 머리만이 겨우 보였다.

히사노가 말했다.

"이제 곧 떠난대."

"그거, 누구한테 들었어? 선생님들?"

"아니."

히사노가 고개를 저었다.

"선생님들은 아무 말도 안 해. 근데 오늘도 모자 안 받았잖아? 초등부 언니들이 말했어. 치토세, 유치부까지만이라고. 생각해봐, 전에도 없어진 아이 있었잖아. 유이도 그렇고 도모도 그렇고. 기억 안 나?"

"없어진다니, 어디로 가는데?"

가슴이 계속 두근거렸다. 떠오르는 것은 치토세의 머리를 쓰다듬던 그 여자였다.

이곳을 나가서, 치토세는 아마도…….

"그건 잘 몰라……."

히사노가 졸린 듯 머리를 한번 휘저었다. 히사노가 말했다.

"그래서 그 아이, 우리랑은 다른 느낌이 든 걸까."

언제나처럼 심술궂은 말투가 아니었다. 그저 그렇게 생각했기에 말한 것 같은 느낌이었다.

몸 안쪽이 찌릿찌릿 저렸다. 어디에도 부딪히지 않았는데 어딘가가 아프다. 무겁다. 불편한 느낌이 든다.

히사노가 말한 대로 여기에 와서 어느샌가 없어진 아이들이 전에도 있었다. 훨씬 더 어렸을 때는 함께였음에도 어느샌가 어딘가로 가버린 아이가 있었다. 그 아이들이 없어지고, 치토세가 들어온 것을 기억한다. 그리고 이번에는 치토세가 없어진다.

왠지 싫다는 기분이 들었다. 치토세의 이부자리 쪽을 다시 바라보았다.

미카와 히사노의 비밀이야기를 알아챘는지 어떤지는 전혀 알 수 없지만, 어둠 속에서 보이는 머리는 움직이지 않았다. 옆자리 히사노는 어느샌가 이불을 뒤집어쓰고 있었다. 그렇기에 미카도 따라서 그렇게 했다. 자신의 이불 안으로 머리까지 집어넣었다.

싫은 것은 치토세가 이곳에서 없어지기 때문이 아니다.

천천히 깨달았다.

확실히 앞으로도 이곳에서 친구로 있어주면 좋겠다. 없어지지 않고 계속 있어주길 바란다. 하지만 치토세와 미카는 그렇게 사이가 좋은 것도 아니고, 언제나 함께 있는 것도 아니다.

그래도……. 아니, 그래서일까.

미카가 특별히 사이좋게 지내지 않았기에 치토세가 이곳에서 나가버리는 것일까. 그렇게 생각했더니 가슴이 꾹 아팠다. 사이좋게 지낼 것을 그랬다.

왜냐하면 치토세만이 이곳에서 나가서 어머니와 살게 된다면, 그것은 무척이나 무척이나 치사하니까.

그런 것은 용서할 수 없었다. 치토세만이 그런 식으로 되는 것은 절대로 싫었다.

저번에 복도에서 본, 그 상냥해 보이는 여자는 미카의 어머니가 아니다. 전혀 알지 못하는 사람이다. 하지만 그 사람이 치토세의 머리를 쓰다듬고 손을 잡는 모습을 상상하자 심장을 누가 꽉 움켜쥐는 것만 같다. 괴로워진다. 그런 일이 벌어질 거라면, 상냥하게 대하고 사이좋게 지내며 친구가 될 것을 그랬다. 그렇게 생각하니 눈물이 나왔다.

이불 속에서 미카의 눈물은 멈추지 않았다.

◖●◗

선생님들은 정말로 아무 말도 하지 않았다.

치토세가 나가는 것이라면 곧 '작별'을 하게 될 텐데 아무 말도 하지 않는다. 아이들이 알아채지 못했다면 어쩔 셈이었을까. 아무것도 모르는 채 어느 날 갑자기 치토세가 없어지고 작별 인사를 하지 못해도 선생님들은 아무렇지도 않은 것일까.

당사자인 치토세 또한 본인 입으로는 아무 말도 하지 않왔다.

6학년이 사용하던 란도셀(초등학생용 책가방. 주로 가죽으로 만든다 – 옮긴이)이 유치부에게 넘어왔다. 6학년 아이들이 졸업했다고 가지고 와서 한 명씩 인사했다.

"학교는 즐거운 곳이야."

"배움터의 문답은 학교에서도 다양한 걸 생각하는 데 무척이나 도움이 돼."

"학교에서도 초등부 친구들과의 인연이 있었기에 다른 아이들보다 즐겁게 지낼 수 있었어."

그 안에 시게루가 있었다. 가죽 위쪽이 해져서 벗겨질 것 같은 검은 란도셀을 손에 들고 있었다. 시게루가 모두 앞에 서서 말했다.

"우리 란도셀, 소중히 사용해줘. 다음에는 모두가 언젠가 이 란도셀을 새롭게 1학년이 되는 아이들에게 건네는 역할을 맡게 될 거야."

시게루의 눈이 모두를 향했다. 도중에 미카 쪽도 바라보았다. 시게루를 비롯한 6학년은 앞으로 중등부가 된다. 마을에 있는 중학교에 간다.

한 명, 한 명에게 란도셀이 배부되었다.

6학년들이 쓰던 낡은 란도셀을 받는 아이와 선생님이 꺼낸 새로운 란도셀을 받는 아이로 나뉘었다. 새로운 란도셀은 상자에 들어 있었다. 안에서 꺼내자 반짝반짝했다.

매년 새로운 것을 받는 아이와 오래된 것을 받는 아이로 나뉘는 것은 당연한 일이라고 들었기에 아이들도 그런 거구나 생각했다. 연상의 아이들이 "새로운 란도셀을 받은 아이들은 좋겠다"라거나 "망가지면 새로운 거 받을 수 있을까" 하고 자주 말했었다.

막상 실물을 눈으로 보자, 새로운 란도셀 쪽이 좋다고 생각하는 아이들의 마음이 전보다 확실히 느껴졌다. 모두 그렇게 생각한다는 것이 전해졌다.

하지만 미카는 가능하면 시게루의 란도셀이면 좋겠다고 생각했다.

아이들에게 란도셀을 고를 권리는 없다. 어른이 "여기, 너는 이거", "너는 이거" 하고 눈앞에 놓아주었다. 미카를 비롯한 아이들은 운명이 정해지는 것을 두근거리며 그저 기다렸다.

시게루가 쓰던 것을 받을 수 없다는 사실은 알고 있었다. 왜냐하면 여자는 빨간색, 남자는 검은색이니까.

란도셀은 새로운 것부터 순서대로 놓였고, 6학년이 사용하던 낡은 것은 깨끗한 것부터 선택되었다. 그렇게 하다 보니 낡은 것이 몇 개인가 남았다. 가죽이 해지고 벗겨질 것 같았던 시게루의 란도셀은 누구의 것도 되지 않았다. 미카는 건네받은 새 란도셀을 껴안았다. 시게루의 란도셀은 버려지는 것일까 생각했더니 그것을 계속 사용하던 시게루의 마음이 신경 쓰였다. 시게루는 고개를 숙인 채 자신의 발가락 쪽을 보며 얼굴을 들지 않았다.

치토세는 그 순간 같은 방에 없었다.

미카는 묻지 않았지만, 히사노를 비롯한 몇 명의 아이는 치토세에게 직접 물었다고 한다.

"돌아가는 거야?"

그 질문에 치토세는 고개를 끄덕이고는 "응. 돌아가"라고 답했다고 한다.

"어디로?"라는 질문에는 "나가사키"라고 답했다고 했다.

나가사키라는 장소가 어디인지 미카는 알지 못한다.

○●○

돌아간다.

치토세가 돌아간다.

선생님들이 미카를 비롯한 아이들에게 아무 말도 하지 않았지만 어느 날 갑자기 치토세는 아침에 일어나도 함께 걸레질을 하러 갈 준비를 하지 않았다.

치토세의 옷가지를 넣어두는 선반이 깨끗했다. 어느샌가 텅 비어 있었다.

걸레질을 하지 않고 교장실 쪽으로 가려는 치토세를 미카가 불러 세웠다.

"가는 거야?"

그렇게 묻자, 치토세가 천천히 미카를 바라보았다. 긴 머리카락이 예뻤다. 긴 머리카락도, 살짝 날카로운 눈매도, 목소리도, 말투도 귀여웠다. 사실은 귀엽고 예쁜 아이라고 계속 생각했다.

"응."

치토세가 끄덕였다.

선생님들이 설명해주지 않는데 작별 인사를 해도 괜찮은 것인지 알 수 없었다. 치토세와 헤어져 그저 2층을 열심히 걸레질하다 보니 문득 자동차 소리가 들린 것 같았다. 아래쪽에서 익숙하지 않은 엔진 소리가 들렸다.

함께 있던 4학년 여자아이들과 창문으로 내려다보자, 모르는 차 앞에 치토세가 서 있었다. 바로 옆에 얼마 전에 보았던 그 여자가 있었다. 그 옆에 남자도 한 명 서 있었다. 차 쪽을 향하고 있는 그 남자의 얼굴이 살짝 보였다.

아, 분명 저 사람이 치토세의 아버지다. 치토세는 어머니보다 아버지 쪽을 빼닮았다.

"치토세, 오늘 가는구나."

"저거, 아버지랑 어머니일까?"

요시에와 미치에가 말했다. 그 목소리를 들으며 미카는 걸레를 휙 그 자리에 던지고는 달려 나갔다.

치토세가 있는 곳으로.

"치토세!"

실내화를 신은 채 배움터 뒷문으로 나가서 이름을 부르자, 치토세와 그 옆에 있는 아버지와 어머니인 듯한 사람이 일제히 고개를 이쪽으로 돌렸다.

미즈노 선생님이 있었다. 히토미 선생님을 포함한 유치부 선생님도 다 모여 있었다.

모두 갑자기 나타난 미카를 깜짝 놀란 것처럼 바라보았다.

그런 가운데 단 한 명, 치토세만이 조용히 미카를 바라보았다.

"미카."

치토세가 불렀다.

미카는 뭐라고 말하면 좋을지 몰라 입을 닫은 채 치토세 앞으로 걸어갔다. 어머니의 표정이 온화했다.

"친구니?" 하고 치토세에게 물었다.

"치토세를 배웅하러 와준 거야?" 하고 이번에는 미카에게 물었다.

앞을 지나자 치토세의 어머니에게서 좋은 향이 났다.

"같은 나이의 친구예요."

히토미 선생님이 설명했다. 그러자 이번에는 미즈노 선생님이 덧붙였다.

"무척이나 사이가 좋답니다."

사이가 좋은 것이 아니다. 그렇지 않다. 그렇게 생각했지만, 듣고 보니 그랬던 것 같다는 생각이 들었다. 이 아이를 무척이나 좋아했다는 마음이 들었다.

"아, 그렇군요", "네, 분명 쓸쓸할 테죠", "좋은 친구를 만나고, 자연 속에서 정말로 선생님들이나 '학교'에서 많은 걸 배웠습니다", "아닙니다. 저희가 뭘 어떻게 한 게 아니라, 아이들은 자연 속에 있는 기본적인 배움을……."

어른들이 말하는 옆에서 불쑥 치토세가 미카에게 물었다.

"무슨 소원 빌었어?"

어른에게 들리지 않을 정도의 작은 목소리였다.

미카는 천천히 눈을 깜빡였다. 놀랐기 때문이었다.

지금까지 아무도 미카에게 그것을 묻지 않았다.

치토세의 눈은 진지했다. 언제나 무슨 생각을 하는지 알기 어려운 눈이라고 생각했다. 하지만 그 눈이 지금 똑바로 미카만을 바라보고 있었다.

미카는 답했다.

"……아빠와 엄마를 만날 수 있게 해달라고."

작고 작은 목소리는 입에 담자 뭔가가 녹아내리는 듯했다. 줄곧 자신이 누군가에게 이것을 말하고 싶었다는 것을 그때가 되어 미카는 겨우 깨달았다.

치토세가 입술을 깨물었다. 이번에는 치토세 쪽이 놀란 듯 보였고, 치토세는 점점 더 가만히 미카를 바라보았다.

미카는 그 이상 아무 말도 하지 않았고, 치토세도 아무 말이 없었다.

그리고 다음 순간, 치토세가 말없이 미카에게 손을 뻗고는 그저 한 번 미카를 꽉 끌어안았다.

호리호리한 몸이 무척이나 가까이 다가온 후 다시 떨어지자 치토세에게서도 치토세의 어머니 같은 좋은 향이 났다. 미카와 떨어진 치토세의 눈은 눈물이 나오지 않는데도 우는 것처럼 보였다.

"치토세 양, 미카. 이제 슬슬."

미즈노 선생님이 말했다. 미카는 호칭 없이, 치토세에게는 '양'을 붙여서.

"좋은 친구를 만나서 둘 다 참 좋았겠구나."

미즈노 선생님이 눈을 가늘게 뜨고는 몇 번이고 고개를 끄덕였다. 치토세의 어머니도 기뻐 보였다.

하지만 치토세의 아버지는 아까부터 아무 말도 없었다. 어머니처럼 미카에게 웃어주지도 않고 계속 차 쪽만을 보고 있었다. 선생님들조차 바라보지 않았다. 입을 닫은 채 외면하는 모습을 보니, 아무 말도 하지 않았는데 미카는 자신이 혼이 나는 것처럼 느껴졌다.

"미카."

히토미 선생님이 미카의 어깨를 뒤에서 가만히 붙잡았다. 치토세와 떨어진다. 치토세는 여전히 미카를 바라보고 있었다. 하지만 어머니에게 재촉받아 마침내 시선이 멀어졌다.

기억하는 것은 거기까지다. 그 후의 일은 미카는 기억하지 못한다.

걸레질을 중단하고 나가버린 미카를 요시에와 미치에는 위에서 보고 있었을 것이다. 돌아갔을 때 무슨 말인가 했을지도 모른다. 하지만 기억나지 않는다. 치토세가 없어진 후의 유치부 교실에서 특별히 모두가 쓸쓸하게 여기거나 아쉬워했는지도 기억하지 못한다.

유치부의 기억은 여기에서 끝난다.

치토세와의 작별이 그야말로 전부였던 것처럼.

미카는 이윽고 '미래 학교' 초등부 아이가 되었다.

2장

노리코①

노리코는 버스 뒷좌석에서 왜 이렇게 되었는지 생각했다.

지금까지 긴 시간 차를 타도 이런 식으로 기분이 나빠진 적은 한 번도 없었다. 학교에서 소풍을 가기 전에 배부한 프린트의 준비물란 아래쪽에 '멀미약'이라고 적혀 있던 적이 있었다. 저학년 때 이게 뭐냐고 어머니에게 묻자, "차를 타면 멀미하는 아이를 위해 적혀 있는 거야. 너는 괜찮지만"이라고 답했다. 그렇기에 차를 타면 멀미하는 아이가 있다는 사실을 알고는 있었지만 자신과는 관계없다고만 생각했다.

버스 승차장까지는 유이의 아버지가 차로 바래다주었다. 그때까지는 아무렇지도 않았고, 버스를 타고 얼마 지나지 않았을 때까지만 해도 유이 옆에서 창밖으로 보이는 것을 서로에게 알려주기도 하고, 이런저런 이야기를 하며 즐겁게 시간을 보냈다.

버스가 산길을 올랐다 내렸다.

내리막길에서 커브가 많아지기 시작했을 무렵부터 이상해지기 시작했다. "간판에 그려진 저 그림 웃긴다", "꽃이 피어 있어"……. 유이의 말에 고개를 끄덕이는 것이 점점 괴로워졌고, "몸이 좀 안 좋은 것 같아"라고 입에 담고 나서부터는 구토가 나올 것만 같았다. 유이가 자신의 모친을 불렀고, 다가온 유이의 어머니와 어른들이 "멀미하나 보다"라고 말하는 것을 듣고서야 '아아, 이것이 차멀미구나' 싶었다.

눈가에 수건을 올리고 뒷좌석에 누웠다. 집에서 가지고 온 비닐봉지를 벌려 입을 가져다 댔지만, 토할 것 같은데 할 수가 없었다. 그래서 더 기분이 나빴다.

"아침에 멀미약 먹었니?"

어른들이 묻기에 고개를 저었다. 사실은 변명하고 싶었다. 나는 '차멀미하는 아이'가 아니기에 준비하지 않았다고. 그러고 보니 유이의 어머니에게 받은 오늘에 관해 이래저래 적힌 프린트에도 준비물란에 멀미약이 적혀 있었던 기억이 났다. 자신과는 관계없다고 생각하고 넘겨버렸지만.

버스 안에서 유이와 이야기를 나누거나 '절친'처럼 함께 시간을 보내는 것을 무척이나 기대했는데, 구역질을 견딜 수 없어서 눈을 감은 채 그저 차의 흔들림을 느끼고 있을 수밖에 없었다. 얼른 가라앉으면 좋겠다고 생각하면서.

옆에 앉아 있던 자기가 없어져서 유이를 홀로 남겨두게

된 것이 미안했다. 이럴 줄 알았다면 노리코 옆에 앉지 말 것을 그랬다고 생각하지는 않을까.

버스는 누워 있는 노리코를 태운 채 다른 약속 장소를 돌 았다. 그곳에서 기다리던 사람들을 다시 태우고 함께 목적 지로 향했다.

그중 한 곳에서 탄 아이 중 한 명이 "유이!" 하고 불렀고, 그 부름에 유이가 "아미!"라고 답하는 소리가 들렸다. 둘은 원래 아는 사이인 듯 그때부터는 둘이 즐겁게 떠드는 소리 가 이어졌다.

누운 채이기에 보이지는 않지만, 아마도 아미가 공석이었 던 유이 옆에 앉았으리라. 다른 아이의 목소리도 군데군데 섞이는 와중에 둘이 밖에 보이는 것을 가리키며 수런거리는 목소리가 들려 와서, 노리코는 유이가 혼자 남게 되지 않아 서 다행이라고 생각했다. 자신이 멀미를 하는 탓에 유이가 혼자서 시간을 보내게 된다면 무엇 때문에 자기가 온 거냐 고 생각하던 참이었다.

"그러고 보니 아미, 그 사람 어떻게 되었어? 전에 말했던 고스케였던가?"

"어머, 싫다, 얘. 그 사람 이미 한참 전에 좋아했던 사람이 야. 지금은……."

둘의 목소리가 들렸다.

목소리뿐이기에 아직 잘 모르지만, '아미'도 분명 유이와 비슷하게 예쁠 것 같았다. 둘의 화제를 듣고 어쩐지 그렇게 느껴졌다.

만약 노리코가 차멀미를 하지 않고 일어나 있었다면, 유이는 저 아이를 노리코에게 소개해서 친구가 되게 해주었을까. 그렇게 생각하니 안타까운 마음도 들었다. 하지만 저렇게 귀엽고 연애 이야기를 좋아하는 아이와 자신은 대화가 통하지 않을지도 모른다는 생각도 들어서, 일단 대화를 하지 않고 넘길 수 있어 다행이라며 안심이 되기도 했다.

"쟤, 자는 거야……?"

버스 안에서 다른 아이의 목소리가 들렸고, 거기에 "어떻게 된 걸까?"라고 또 다른 아이의 목소리가 겹쳐졌다. 이쪽을 보고 있다고 생각했더니 부끄러워서 몸에 힘이 꽉 들어갔다. 어째서 이런 일이 벌어진 것일까.

계기는 여름방학에 들어가기 얼마 전이었다.

어느 날, 피아노 학원을 마치고 집에 돌아오자 유이의 어머니가 노리코의 집에 와 있었다.

"노리코, 안녕?"

노리코는 깜짝 놀랐다. 지금까지 딱히 유이의 어머니와 자신의 어머니가 사이좋다고 느낀 적은 없었다. 수업 참관 때도 부모 동반 소풍이나 운동회 때도 둘이 함께 있었던 기억은 없었다. 노리코의 어머니와 사이가 좋은 것은 같은 지역의 어린이 클럽 임원을 같이 한 적이 있는 메구미의 집이라 거나, 다쿠마의 어머니라거나, 같은 어린이집을 나온 아이들의 부모다.

유이는 멀리 버스로 통학하는 연지색 원복을 입는 유치원을 나온 아이였고, 사는 곳도 학교를 사이에 두고 반대쪽이다.

거기다가 유이와 노리코 또한 특별히 사이가 좋은 것도 아니었다. 아이들의 사이가 딱히 좋지도 않은데 어째서 유이의 어머니가 우리 집에 와 있는 것일까. 어쩐지 신기한 기분이 들었다.

"안녕, 하세요……."

노리코는 어색하게 인사했다.

유이는 무척이나 예쁜 아이다. 노리코가 그렇게 생각한다기보다는 모두가 그렇게 말한다. 반 아이들 사이에서 떠도는 '좋아하는 아이' 소문에서 대부분의 남자아이로부터 그녀의 이름이 나왔다. 노리코는 게이코나 마리 같은 다른 아이도 예쁘다고 생각했지만, 여자아이들은 물론 남자아이들에게서 압도적으로 '예쁘다'라는 말을 듣는 것은 유이였다. 그렇기에 그런 거구나 생각했다. 학원도 많이 다니고 있고, 발레와 피아노, 영어와 서예, 그리고 리듬 체조도 배우고 있다고 들었다.

그래서인지 담임 선생님도 유이에게 체육 시간에 자주 시범을 보여 달라고 요청한다. 발레나 리듬 체조를 하는 아이는 이렇게나 몸이 유연하다는 사실을 노리코는 유이를 보고 처음으로 알게 되었다.

노리코도 피아노는 배우고 있지만 유이와 비교하면 솜씨는 현저히 떨어졌다. 그런 식으로 당당하게는 치지 못한다. 유이의 어머니에게 피아노를 배운다는 사실이 알려지는 것이 싫어서 어머니가 만들어준 피아노 무늬의 퀼팅 가방을 등 뒤로 숨기고 말았다.

"유이네 어머니랑 아직 할 말이 있어."

노리코의 어머니는 간호사다. 이 시간에 집에 있다는 것은 잠시 뒤 야간 근무를 하러 나가거나, 아니면 새벽반 근무 둘 중 하나다. 야간 근무라면 오늘 저녁은 아버지가 만들어주는 것일까. 아니면 아버지도 일이 늦게 끝나는 날이라면 근처에 사는 할머니 집에서 저녁을 먹고 그대로 자게 될지도 모른다.

어머니들이 있는 거실 테이블 위에는 뭔가 팸플릿과 프린트 같은 것이 잔뜩 펼쳐져 있었다. 무슨 이야기를 하는지 궁금해서 자신의 방에 들어간 뒤에도 가만히 귀를 기울였더니 말소리가 들렸다.

"실은 고등학교 수험에서 성공하는 아이 대부분은 학원에 다니는지 어떤지보다 초등학교 때까지 자연 속에서 놀았던 경험이 있는지 여부로 갈린다고 해요."

"정말로 맛있는 채소는 아무런 조미료를 안 쓰더라도 채소 본연의 맛만으로 먹을 수 있지 않나요? 그 말은 곧 얼마나 좋은 물로 키운 채소인지에 달렸다는 거죠."

"유이도 전혀 편식하지 않거든요."

"지금의 학교 공부도 대부분 여기에서 배운 힘으로 해내는 것 같아요. 아직 4학년이지만, 저희는 앞으로 수험을 생각할 무렵이 되더라도 분명 입시학원에는 보내지 않아도 괜찮을 거라고 믿어요."

말하는 것은 거의 유이의 어머니였고, 노리코의 어머니는 "그렇군요"라거나 "네에" 하며 맞장구만 칠 뿐이었다. 군데군데 들리는 내용으로 보건대 자신과 관계가 있는 것 같다는 생각이 들어 어쩐지 두근거렸다.

잠시 후에 어머니가 노리코를 불렀다.

"응?"

"비디오가 있대. 같이 보자."

그 말을 듣고 거실로 나가자, 갑자기 영상이 시작되었다.

'미래 학교'라는 자막이 나타났다. 그 뒤로 한 줄.

'여름의 배움터—학습편.'

처음에 나온 것은 유치원이나 어린이집 정도의 아이를 무릎 위에 앉힌 누군가의 어머니였다. 작은 소파에 앉아 있고 뒤에는 부엌이 보였다. 같은 반 친구인 신타네 부엌과 분위기가 꽤 비슷했다.

그 어머니가 "놀랐어요"라고 말했다.

"미래 학교에서 돌아와서 집에 들어온 순간, 아이의 눈빛이 다른 거예요. 밥이 맛있었어, 물맛이라는 건 밥에 제대로 흡수되는 거였네, 엄마한테 편지 썼어, 집에 돌아오면 거기 있는 선생님께도 편지 쓰기로 약속했는데 편지지 좀 꺼내줘, 하며 말을 꺼내더니 멈추지 않았어요. 지금까지 그런 말을 한 적이 없던 아이였는데 말이죠."

무릎에 앉힌 아이가 아닌, 노리코와 비슷한 나이 정도의 아이가 어머니 뒤를 지나갔다. 부끄러운 듯 카메라 쪽을 보더니 곧장 가버렸지만 그것을 그 어머니가 미소 지으며 바라보았다.

"생각한 게 있더라도 그걸 말로 표현하기 어려워하는 아이였는데, 말이 넘쳐서 멈추지 않는 듯한 느낌이었어요. 작문도 그렇게 긴 문장을 쓸 수 있는 아이가 전혀 아니었는데 말이죠. 그저 일주일 떨어져 있던 것뿐인데 성장했다고 느꼈습니다."

"대단하다고 느낀 건 역시 '문답'의 힘이에요."

화면이 다른 집으로 바뀌었다.

화면에 비친 것은 역시 알지 못하는 누군가의 어머니와 아버지로 보이는 사람들이었다. 아이는 보이지 않지만, 둘이 나란히 앉아 말하는 분위기에서 어쩐지 그렇게 느껴졌다. 이번은 조금 전과 전혀 다른 집이다. 드라마 같은 곳에서 보는 별장처럼 커 보였다. 뒤에 난로가 보이고, 그 안에서 불이 타오르고 있었다.

"대화의 힘이 확실히 붙은 것 같습니다. 어른이 강요하거나 어른에게 배워서 그렇게 하는 게 아니라, 뭐랄까, 아이의 감성은 오롯이 유지한 채 논리적 사고를 제대로 깨우친 것처럼 느껴졌습니다."

말하는 아버지는 흰머리가 뒤섞인 긴 머리를 뒤로 묶고 있어 화가나 예술가 같은 분위기를 풍기는 사람이었다. 그 옆의 어머니도 날씬하고 예뻤다. 티끌 하나 없는 신품 같은 새하얀 스웨터를 입고 있었다. 작년에 노리코가 어머니에게 사달라고 했더니 흰색은 쉽게 더러워지니까 안 된다며 사주지 않았던 것 같은 스웨터.

"일주일이나 부모와 떨어져 있어야 한다는 점에서 처음에는 걱정이었어요. 하지만 큰마음 먹고 보내길 잘했습니다. 전국 각지에 친구가 생겼고, 그 안에 자신이 태어나고 자란 장소만이 아닌 새로운 지도가 생겼다는 게 확실히 느껴졌습니다. '배움터'에서 평소에 '문답'이나 '언어'를 접하며 지내는 아이들과 대화를 나누었던 점도 무척이나 큰 자극이 된 것 같아요."

자신의 아이에 대해 '그'라고 부른다는 사실을 깨닫고 '좋은 집이구나' 하고 느껴져서 몸이 근질거렸다. 이 사람들의 아이도 발레라거나 바이올린 같은 특별한 것을 배우고 있을

것만 같다. 부모도 아이가 말하는 것을 대등한 분위기에서
제대로 들어줄 것만 같았다.

유이의 집처럼.

우리 집과는 전혀 다르다.

비디오가 어딘지 아름다운 산속을 비췄다.

아이들이 많이 있었다. 계절은 여름인 듯 볕에 그을린 아
이가 많았다. 잠자리채를 손에 들고 딱정벌레와 사슴벌레를
카메라를 향해 보여주는 아이, 다른 아이들과 지도 같은 종
이를 펼치고 "체크 포인트, 저기 아니야?"라고 말하며 탐험
같은 것을 하는 아이. 화면이 전환되었다. "잘 먹겠습니다!"
라고 다 함께 말하고 모두가 식당 같은 곳에서 밥을 먹는다.
카메라가 그 밥을 클로즈업했다.

텔레비전 화면에 비친 아이 중 한 명이 커다랗게 입을 벌
리고 나물을 먹고는 "맛있어!" 하며 웃는다. 모두 함께 일렬
로 서서 빙수 기계를 돌린다. 아드득 아드득. 잘게 갈린 얼
음에 색색의 시럽을 뿌린다. 웃음소리가 여기저기서 들린다.
그러고는 모두의 목소리가 하나로 겹쳐진다.

'논어', '속담'이라고 화면에 표시되었고, 그것들을 암송하
는 아이들의 얼굴이 클로즈업되었다. 그 목소리가 중간에
끊긴다.

갑자기 조용한 호수 같은 장소가 비췄다.

나무에 둘러싸인 짙은 초록색의 숲속, 반짝반짝 수면이 빛

난다. 나무 사이로 빛이 쏟아져 들어온다. 새가 우는 소리가 "치치치……" 들린다. "리…… 리……" 하는 소리는 벌레 소리일까. 커다란 호랑나비와 검은 날개의 제비나비가 날아다닌다.

동화나 게임에 나오는 '전설의 샘' 같은 느낌이었다. 그곳의 물을 마시면 주인공들의 체력과 마법력이 회복되는 장소. 마치 해외의 판타지 영화 같아 보이는데, 일본에 이런 장소가 정말로 있는 것일까.

그 조용한 호수가 나온 후에 화면이 다른 장소를 비췄다.

이번에는 실내였다. 어딘지 넓은 교실 같은 장소에 많은 아이들이 앉아 있었다. 진지한 표정의 어른이 아이들 앞에 서 있었고, 그 모습은 마치 학교 같았다.

아이들은 태양 밑에서 떠들썩거리던 방금 전까지의 분위기와는 전혀 다르게 모두 진지한 표정이다. 안경을 쓴 선생님 같은 분위기의 할아버지가 앉아 있는 아이들에게 말을 걸었다.

"왜 전쟁이 사라지지 않는다고 생각하지?"

아이들의 얼굴이 모두 제대로 앞을 향하고 있다. 한 명이 "모두가 자기 자신만 생각하니까요"라고 불쑥 말했다. 선생님이 재차 물었다.

"자기 자신의 무엇만을 생각하는 것 같니?"

그 아이가 아래를 보고 답한다.

"돈이나, 풍족함……."

그러자 이번에는 연상의 다른 남자아이가 "그것만은 아닌 것 같아요"라고 말한다.

"저 또한 부자가 되고 싶지만, 그래도 자기 혼자만 풍족해 서는 안 되죠."

다른 여자아이가 "그렇지만!" 하고 강한 어조로 말했다.

"그래도 그런 마음이 있기에 우리가 사는 세계나 지구는 이렇게 발전해온 거잖아요……. 하지만 어딘가에서 뭔가 잘 못되어버린 거 아닐까요……."

"당한 걸 되갚다 보면 그건 전쟁이 되죠."

"그렇다면 다들 당하고 나서 그걸 되갚아주지 않고 참을 수 있을까?"

선생님의 질문에 다들 입을 다문다. 묵묵히 입술을 깨문 채 시선을 떨군 아이도 있다. 아무도 웃지 않는다. 진지하다.

비디오를 보면서 노리코는 놀랐다.

초등학생 아이들이 그런 식으로 대화를 나눈다는 점에서 도 그랬지만, 더욱 놀란 것은 그들 중에 우는 아이가 몇 명 이나 있었기 때문이었다. 남자아이 한 명이 눈에 눈물을 머 금고 있었고, 그것을 닦으려고도 하지 않았기에 눈물이 뚝 하고 앉아 있는 그의 무릎 위로 떨어졌다. 자기 자신이 싫은 일을 당해서라거나, 몸이 아프다거나, 그런 이유가 아니다. 눈앞에 없는 사람을 위한, 누군가를 위한 눈물. 그도 그럴 것이 일본은 지금 전쟁 중이 아니다. 세상 어딘가에서 전쟁이 일어나고 있다는 사실은 노리코도 알고 있지만, 이 아이는 그것을 위해 울고 있는 것이다.

그런 눈물을 본 것은 처음이었다. 그것이 어른이라면 이해하겠지만, 자신과 그다지 나이 차이가 없는 아이라는 점이 믿기지 않았다.

"어떠니?"

비디오가 끝나자 유이의 어머니가 노리코에게 물었다. 어딘지 부끄러운 듯한 표정을 보이는 아주머니의 눈이 새빨갰다. 방금 비디오를 보고 아주머니도 조금 운 것 같았다.

좋은 사람이라고 생각했다.

"여름에 우리 유이랑 함께 여기 가지 않을래? 아주머니도 같이 갈 거니까 안심해도 돼. 엄마랑 같이 생각해보렴."

그렇게 말했다.

유이의 어머니가 돌아간 후, 노리코의 어머니가 무척이나 솔깃해했는가 하면 딱히 그런 것도 아니었다.

"엄마는 어떻게 하든 좋아."

정말로 그 정도로밖에 생각하지 않는 듯한 가벼운 말투로 그렇게 말했을 뿐이었다.

"네가 유이랑 같이 가고 싶은지 어떤지로 정해도 돼. 어쩌면 같은 반의 에리도 같이 갈지 모른대."

그 이름을 듣고 가슴 한복판이 단번에 꾹 무거워졌다. 조금 전까지 한번 가볼까 생각하던 마음이 싹 사라졌다.

유이는 좋아하지만 에리는 그다지 좋아하지 않는다. 그녀
도 노리코와는 친하게 지내고 싶지 않으리라. 그리고 유이
와 에리는 원래부터 사이가 좋다. 둘이 함께 간다고 치면 둘
이서만 사이좋게 지내고, 노리코는 거기에 절대로 끼어들
수 없다는 기분이 들었다. 에리가 간다면 나는 가지 않겠다
고 일찌감치 결론이 나왔다.

하지만 다음 날, 학교에 가자 유이가 빙그레 웃으며 말을
걸어왔다.

"논코, '배움터' 같이 가자."

유이는 밝은 아이였고, 보고 있으면 언제나 눈이 부셨다.

같은 마을에 살고 있음에도 도시 아이 같다는 느낌이 드
는 것은 어째서일까. 어머니가 사주는 옷 때문일까. 머리를
묶는 방식도 똑같이 세 가닥으로 땋았지만 유이의 머리카락
쪽이 훨씬 예쁘게 묶인 것만 같다. 노리코의 어머니가 해주
는 것처럼 너무 꽉 묶지도 않았고, 부드러워 보인다.

'배움터'라는 것은 어제 비디오로 본 '미래 학교'의 별명인
듯했다.

"엄마가 어제 논코와 함께 가면 좋겠다고 말했거든."

"아, 응······. 아직 고민 중이야."

논코라는 호칭은 반에서도 일부 아이들밖에 쓰지 않는다.
유이가 그렇게 부르면 왠지 간지러운 기분이 들었다.

자신이 반에서 얌전한, 다시 말해 '수수한 아이'로 분류된다는 점은, 이 또한 자신이 그렇게 생각하는 것이 아니라 주변에서 그렇게 취급하기에 왠지 모르게 노리코도 이미 알고 있었다. 평범하게 지내고 있다고 생각하지만 어째서인지 모두와 살짝 어긋나버린다. 남자아이들 사이에서 '좋아하는 사람'에 관한 화제가 나와도 노리코의 이름은 전혀 나오지 않으리라.

내가 그렇게 이상하게 생겼나. 거울을 들여다보아도 다른 아이들과 어떻게 다른지 알 수 없다. 체형 또한 엄청 뚱뚱하거나 너무 마르지 않았다. 하지만 자신이 어딘지 모르게 인기가 없다는 점은 알고 있었다. 수수하면 수수한 대로 그냥 포기해버리면 괜찮으련만, 노리코는 사실 유이 같은 예쁜 아이들과 친하게 지내고 싶었다. 하지만 유이 말고 다른 아이들은 거북하다. 그 아이들은 실수로도 노리코를 '논코'라고 부르지 않는다.

하지만 그중에서 가장 예쁘고 머리가 좋은 것은 노리코에게도 상냥한 유이였다. 노리코는 유이를 보고 정말로 인기 있는 아이는 다른 사람을 싫어하지 않고 오히려 누구에게든 상냥하다는 생각을 했다.

어제 비디오를 보고 유이의 그 상냥함과 올곧음이 어디에서 온 것인지 왠지 모르게 알게 된 것 같았다. 그 비디오를 보고 눈시울을 붉히는 어머니 밑에서 자란 아이라는 점도.

"배움터, 엄청 재밌어."

유이가 말했다. 웃으면 덧니가 보인다. 유이가 웃는 것을 보고 어쩐지 저 이 귀엽다고 생각했었는데, 에리가 "유이의 덧니, 귀엽네"라고 말하는 것을 들었다. 그렇기에 저런 이를 덧니라고 부른다고 처음으로 알게 되었다.

유이가 열심히 말했다.

"밥도 엄청 맛있고, 매일 강에서 수영한 후에 빙수를 다 같이 만들어 먹거든. 마음껏 먹어도 돼. 쌀도 말이지, 거기에서 먹으면 어쩐지 달콤하고 집에서 먹는 거랑 완전히 달라. 채소 같은 것도 전부 근처 농가에서 직접 키운 것들이라서 신선하고 무척 달아."

노리코는 채소를 그다지 좋아하지 않는다. 피망이나 파, 가지처럼 안 좋아하는 것이 많다. 토마토나 양파도 먹기는 하지만 굳이 찾아 먹는 것도 아니었다. 어머니에게 편식이 심해서 큰일이라는 말을 항상 듣는다.

채소를 달다고 생각해본 적은 한 번도 없었다. 정말로 그런 채소가 있다면 먹어보고 싶다. 유이의 입으로 들으니 쌀도 채소도 정말로 맛있을 것만 같았다.

"일주일이 순식간에 지나가. 엄청 재밌으니까 같이 가자."

같은 반이지만 평소에 유이가 자신에게 이런 식으로 말을 거는 일은 없었다.

같이 가자는 말이 가슴 한복판에 찡 울려 퍼졌다. 기뻤다.

이 아이가 이런 식으로 권유해주다니.

유이가 그러고는 조금 아쉽다는 표정으로 말했다.

"에리한테도 같이 가자고 했는데, 그 무렵에는 할머니 집에 가니까 안 된대. 할머니네, 바다 근처인데 여름방학이 끝날 무렵에 가면 해파리가 나와서 수영을 못 하니까 일찍 가기로 했다더라."

"그렇구나."

유이는 아쉬워 보였지만, 그 이야기를 듣고 노리코는 마음이 달콤하게 흔들렸다. 에리는 오지 않는다. 유이뿐이다. 모두가 친하게 지내고 싶어하는, 내가 좋아하는 유이뿐.

그곳에서 보낸 시간은 다른 친구들이 알 수 없다. 그렇다면 배움터 합숙이 끝나고 학교에 돌아온 후에도 유이는 노리코와 특별하게 지내게 될지도 모른다. 분명, 그렇게 될 것이다.

"……한번 가보고 싶다."

노리코가 중얼거리자 유이의 얼굴이 반짝였다. "응!" 하고 끄덕였다. "꼭 같이 가자!"라고 노리코에게 말했다.

하교 무렵에는 노리코의 마음은 이미 거의 '가는 쪽'으로 기울어진 채였다. 다른 아이도 초대받았는지 어떤지는 알 수 없지만, 올해 여름방학은 그런 곳에 가보는 것도 좋을지도 모른다.

가방에 교과서를 넣고 교실에서 나가려는 참에 "저기" 하고 누군가가 불러 세웠다.

돌아보자 에리였다. 그녀 말고도 하루미와 에미도 있었다. 평소에 유이와 친하게 지내는 아이들이다.

"미래 학교, 가는 거야?"

갑자기 그런 질문을 던졌다. 유이는 이미 돌아갔는지 자리에 없었다.

아침에 유이와 노리코가 나눈 대화를 들은 것일지도 모른다. 이 아이들은 언제나 그렇다. 그래서 거북하다. 노리코 같은 아이에게는 이름을 부르지 않고 갑자기 말을 걸어도 된다고 생각한다. 일방적으로 자신이 묻고 싶은 것이나 말하고 싶은 것만을 말한다.

"응. 엄마랑 아직 고민 중이긴 한데, 아마도."

그럴 필요는 없다고 생각하면서도 이 아이들과 말할 때 노리코는 긴장하고 만다. 성질을 돋우지 않으려고 노력한다.

노리코의 말에 세 명이 얼굴을 마주보았다. 자신들이 좋아하는 유이가 노리코 같은 아이랑 친하게 지내는 것이 불쾌할지도 모른다. 에리가 말했다.

"유이 말이야. 유치원 때, 중간까지 그곳에서 계속 지냈대. 내가 다니던 유치원에 해바라기반 때부터 들어왔는데, 그때까지는 줄곧."

이 또한 갑작스러운 이야기였다. 일방적으로 자신들만 아는 이야기를 한다. 그런 말을 들으면 노리코는 위축되어버

112

린다. 어떤 표정을 지으면 좋을지 알 수 없게 된다. 그럴 때 바로 이 아이들이 원하는 표정을 지을 수 있게 된다면 자신도 이 아이들과 친하게 지낼 수 있을까?

에리가 노리코를 힐끔 보았다.

"알고 있었어?"

"아니."

고개를 젓는 것 말고 할 수 있는 것이 없었다. 무슨 말을 하는지 알 수 없어서 혼란스러웠다. 어제 본 미래 학교 팸플릿과 비디오에는 시즈오카 현의 지명이 적혀 있었다. 유이는 그곳에서 이사 왔다고 말하고 싶은 것일까.

에리가 다른 두 명을 돌아보더니 태도가 조금 바뀌었다. 평소 일방적으로 노리코에게 말을 던질 때처럼이 아니라, 제대로 말을 거는 듯한 태도로 한 걸음 다가왔다. 그러고는 속삭이듯 말했다.

"계속 그랬단 말이야. 놀랍지 않아?"

"어?"

에리가 애가 타는 듯 거듭 말했다.

"노리코 너 말이야, 함께 가줄 필요 없어."

이번에도 의미를 알 수 없었다. 입을 닫은 채 세 명의 얼굴을 바라보자 그들의 표정이 어두웠다. 노리코는 이번에도 이 아이들이 원하는 반응을 보여주지 못했다고 깨달았다.

에리의 눈가에 희미하게 주름이 생겼다.

"왜 아무 말도 안 하는데? 노리코는 말이야, 사실은 머리가 좋은데 대화는 참 못해."

그 말을 들은 순간, 목과 양어깨가 확 달아올랐다.

자신의 장점이 성적밖에 없다는 것은 알고 있었다. 수업 중에도 선생님은 아무도 답하는 사람이 없으면 곤란한 듯 노리코를 지목했다. 그런 것 전부가 이 아이들을 짜증나게 한다는 점도 노리코는 잘 알고 있었다. 선생님이 노리코만 편애한다고 말하기도 하고, 공부만 잘하면 장땡이라고 생각하는 것 같아 화가 난다거나, 그것보다 난 운동신경이 좋아서 다행이라거나, 바보여도 친구가 있어서 다행이라는 식의 말을 자주 듣기도 했다.

노리코는 공부만 잘할 뿐, 다른 면에서는 절망적으로 꼴사나운 것이다. 공부도 잘하고 운동신경도 좋고 리듬 체조와 발레를 배워서 몸도 유연한 유이는 선망의 대상이 되지만, 촌스러운 노리코에게는 아무도 선망의 눈길을 보내지 않는다. 알고 있다. 알고 있지만 스스로는 어떻게 고치면 좋을지 모른다.

잠자코 있는 노리코에게 만족한 듯 세 명이 웃었다.

"에리, 말이 너무 심하잖니."

"미안! 지금 말, 혹시 상처 입었다면 미안?"

명백하게 상처 입히기 위해 말한 것 같지만, 그런 식으로 느껴버리는 노리코가 나쁜 것일까? 그런 식으로밖에 생각할 수 없기에 '대화가 통하지 않는 아이'라고 다들 생각하게 되는 것일까?

일단 사과를 받았기에 "아니야"라고 말했다.

"괜찮아, 미안해"라고 말하는데, 웃고 싶지만 제대로 웃지 못하고 긴장으로 볼이 굳어졌다. 그런 노리코를 홀로 남긴 채 셋은 웃으며 자리를 떠났다. 나쁜 짓을 했다고는 전혀 생각하지 않지만, 노리코는 어째서인지 언제나 사과를 하게 된다.

여름의 '배움터 합숙'에 가기로 결정하자, 유이와 유이의 어머니는 몇 번인가 노리코의 집에 찾아왔다. 노리코는 유이가 집에 놀러오게 된 것이 무척이나 기뻤다. 꿈만 같았다.

유이는 집에 있는 피아노를 노리코가 칠 때와는 그야말로 다른 악기인 것처럼 능숙하게 연주했다.

"올해는 논코랑 같이 여름방학 보내게 되어서 기뻐."

유이가 말했다. 하지만 노리코 쪽이 훨씬 더 그렇게 생각했다.

"준비물 사러 갈까? 여름용 옷이나 잠옷도 사는 게 좋겠지?"

평소에는 옷을 살 때 노리코를 데려가지 않는 어머니가 그렇게 말해서 무척이나 기뻤다. 노리코는 소매에 프릴이 달린 귀여운 연보랏빛 잠옷을 사달라고 졸랐다. 어머니에게는 잠옷인데 너무 화려하다는 말을 들었지만, 이번만은 양보할 수 없었다. 왜냐하면 예쁜 유이의 친구로서 같이 가는 거니까 촌스러운 차림으로는 안 된다.

하늘거리는 부드러운 프릴. 새로운 잠옷을 가방에 넣을 때 가슴이 들떴다.

"향수병에 안 걸리게 조심해."

어머니가 웃으면서 그렇게 말하기에 "향수병?" 하고 되물었다.

"집이나 엄마를 그리워하며 우는 거 말이야."

"그럴 리 없잖아."

벌써 4학년이다.

히죽거리는 어머니에게 어쩐지 바보 취급을 당한 것 같아서 화가 났다. 평소에도 야간 근무로 밤에 집을 비우는 일이 많은 어머니를 그리워한다니, 그럴 리가 없다.

"뭐, 그러려나. 우리 아이가 그렇게 섬세할 리 없으니까."

어머니의 말에 더욱더 화가 났다.

섬세하지 않은 것은 어머니 쪽이다. 어머니가 섬세하지 않다고 딸까지 그렇다고 단정 짓지 않았으면 한다. 이렇게 무신경한 말투가 아니라, 보다 더 아이의 기분을 생각해서 말해주는 어머니라면 좋았을 텐데.

유이의 집이라면 분명 그럴 텐데.

어느새 잠이 들었던 모양이다.

그 덕에 멀미의 울렁거림이 사라졌다. 눈을 떴을 때는 조금 나른한 느낌이 들었지만, 기분은 꽤 좋아진 상태였다.

시간이 얼마나 흘렀는지 모르겠지만 버스 안의 공기가 달라진 것 같았다. 눈에 얹혀 있던 수건을 살짝 치우자, 노리코 옆에서 걱정스럽게 상태를 살피던 어른들도 이미 주위에 없었다. 차 안에서 사람들이 말하는 목소리도 아직 들리긴 했지만, 아침 정도로 크지는 않았다. 유이와 아미의 목소리도 들리지 않았다.

뒷좌석에 누운 채 대각선 위쪽에 있는 창문을 통해 하늘을 올려다보았다.

버스는 어딘가의 산인지 숲속을 달리고 있는 듯, 창문 밖으로 푸른 나무가 보였다. 여름의 태양 빛이 나뭇잎의 그림자를 무척이나 진하게 만들었고, 그 그림자가 다른 나무의 나뭇잎과 겹쳐진다. 검은색과 녹색의 콘트라스트가 매우 예뻤다. 산길인 것 같긴 해도 아까처럼 꿀렁거리는 길이 아니라 버스는 지금 길게 이어지는 언덕을 올라가는 듯했다.

"노리코, 괜찮니?"

노리코가 눈을 뜬 것을 알아챘는지 유이의 어머니가 와주었다. 노리코는 폐를 끼친 것이 부끄러워서 살짝 고개를 끄덕였다. 유이의 어머니가 "아, 다행이다!"라고 큰 목소리를 내더니 "이제 곧 도착이야"라고 말했다. 그러더니 유이가 앉아 있는 쪽을 바라보았다.

"유이도 방금 잠을 좀 잤어. 출발이 일렀으니 역시 조금 졸렸겠지."

"네."

가는 도중에 잠이 들어버릴 정도로 먼 장소에 온 거구나. 아침에 나온 집이 지금은 분명 무척이나 멀리 있으리라.

소풍 때 학교 친구들과 함께 멀리까지 나간 적은 있었다. 하지만 자고 온 적은 없었다. 학교 소풍 때는 모두 아는 아이들이었고 선생님도 있었지만, 지금은 유이와 그 어머니밖에 모른다. 생각해보니 이런 식으로 부모님과 떨어지는 것은 처음이었다.

유이는 쓸쓸하지 않을까.

유이는 어머니와 함께이긴 하지만, 아버지와는 떨어져 있다. 집에 혼자 남은 아버지도 쓸쓸하지 않을까.

"여러분, 슬슬 배움터에 도착해요. 내릴 준비 합시다."

집합 장소부터 줄곧 함께였던 도키타 씨가 말했다. 시원시원하고 예쁜 사람으로, 속이 울렁거리는 노리코에게도 상냥했던 그 여성은 분위기가 어딘지 유이의 어머니와 닮았다. 날씬하고 예쁘고 상냥한 데다가 말도 능숙해서 노리코의 어머니와는 역시 다른 타입의 사람이다. '언니'라고 불러도 팬찮을 정도로 젊어 보이지만, 아기를 안고 있었기에 '아, 아이 엄마구나' 하고 생각했다.

순조롭게 나아가던 버스가 갑자기 멈췄다. 몸을 일으켜 창문을 통해 밖을 보자 주차장 같은 장소였다. 노리코를 태우고 온 것 외에도 몇 대나 되는 버스가 와 있고, 주차할 순번을 기다리고 있었다.

이렇게 많은 사람이 왔다는 사실에 놀랐다.

"논코."

앞좌석 쪽에서 유이가 노리코의 가방을 가지고 왔다. 자신도 등에 가방을 멘 채로 내릴 준비가 끝난 모양새였다.

"이제 괜찮아?"

"응. 괜찮아."

"다행이다."

안심한 듯 고개를 끄덕이는 유이 뒤에 눈이 동그랗고 키가 큰 여자아이가 있었다. 살이 가무잡잡한 데다가 머리가 짧았고, 수영 같은 스포츠를 잘할 것처럼 보였다. 유이가 소개했다.

"이쪽은 아사미. 배움터에서 매년 만나. 우리랑 같은 나이로, 모두 아미라는 별명으로 불러. 아미, 아까 말한 같은 학교의 노리코야. 나는 논코라고 부르고 있어."

"오케이! 잘 부탁해."

아미가 말했다. 노리코가 어떻게 인사하면 좋을지 몰라 머뭇거리는 것과는 달리 무척이나 밝고 활발한 목소리였다. 그것을 듣고 깨달았다. 이 아이도 분명 유이와 마찬가지로 학교에서는 중심 그룹에 있는 아이이리라. 그런 아이가 노리코에게 물었다.

"나도 논코라고 불러도 돼?"

주눅이 들기도 했지만, 그보다 더 크게 솟아오른 것은 기쁨 쪽이었다. 만약 같은 학교였다면 노리코와는 결코 친하게 지내지 않았을 아이가 유이가 소개하자 노리코와 친구가 되어준다.

노리코는 어색하게 끄덕였다.

"응. 나도 아미라고 불러도 돼?"

"물론이야!"

학교에서 친구라고 부를 만한 아이가 거의 없었다는 사실은 여기에서는 관계없다. 유이가 소개해주면 마치 자신이 학교에서도 평소 유이의 그룹에 있는 아이라고 생각해주는 듯해서 무척이나 기뻤다. 여기에서는 계속 그런 흉내를 낼 수 있을 것 같다. 그래도 될 것만 같았다.

"잘 부탁해."

줄곧 잠을 자고 있던 탓에 아미를 향해 답한 목소리가 갈라져서 볼품없었다. 제대로 말도 못 하는 어두운 아이라고 생각하면 어쩌지. 하지만 아미와 유이 모두 신경 쓰는 기색은 없었다.

"괜찮아? 몸 상태가 안 좋아지면 말해. 우리, 아는 선생님들 많으니까 말해줄게."

선생님이라는 단어가 나와서, 배움터에는 선생님이 있었다는 사실이 떠올랐다. 비디오에서 본 교실 같은 장소에는 분명 교장 선생님처럼 보이는 할아버지 선생님이 있었다.

"나머지는 같은 반이 될지인데, 아마 불가능하겠지."

"응. 그건 어쩔 수 없어."

둘이 그런 이야기를 꺼내서 노리코는 깜짝 놀랐다. '반'이라는 단어의 울림이 가슴을 희미하게 무겁게 만들었다. 노리코의 마음을 간파한 듯 둘이 말했다.

"같은 버스로 온 아이와 같은 반이 되는 일은 거의 없거든. 하지만 괜찮아. 금방 친구 생길 테니까."

"그렇구나……."

일주일간 계속 유이와 함께 있을 수 있다고만 생각했다. 불안이 엄습했다. 유이나 아미라면 분명 금방 친구가 생길지도 모르지만, 자신과 친구가 되어줄 아이가 있을까.

"아미."

누군가가 아미를 불렀다. 부른 것은 아까 노리코가 '언니 같다'고 생각했던, 아기를 안고 있던 그 예쁜 도키타 씨였다. 아미가 돌아보았다. 그리고 말했다.

"엄마."

"샴푸랑 린스, 큰 거 가지고 왔지? 작년에 작은 거 가지고 와서 부족했다고 해서 올해는 커다란 거 사서 세면대에 놓아뒀는데."

"어? 여행용 백에서 꺼낸 것밖에 안 가져왔는데."

"뭐? 어떤 거? 다 떨어졌다고 해도 엄마 거 안 빌려줄 거야."

둘의 대화를 들으며 노리코는 매우 놀랐다. 무척이나 아름답고 어려 보이는데, 이 사람은 아미의 어머니인 것일까. 아미와 대화하며 안고 있던 아기를 "자, 엄마한테 돌아갈까"라고 말하며 다른 사람에게 건넸다. 아무래도 다른 사람의 아기를 안고 있었던 모양이다.

"아미의 어머니는 영어 선생님이야."

유이가 귀띔해주었다. 학교 선생님이라는 의미인가 싶었는데 유이가 말을 이었다.

"전에 미국에서 살아서 영어를 잘하시거든. 그래서 지금도 아미네 학교 애들이나 다른 사람들에게 집에서 영어를 가르쳐주고 있대."

"우와……."

그 이야기를 듣고 문득 떠올랐다. 여름의 이 배움터에 초대해준 것이 유이의 집이라는 것을 알고는 노리코의 할머니와 아버지가 "유이네 어머니는 엄청 대단한 사람이야. 대학도 도쿄의 거기 나왔잖아"라고 말했었다. 근처 어른들 사이에서는 유명한 듯했다. 학교 이름도 들었는데, 그 대학은 분명 텔레비전이나 만화에서 '머리가 좋다'고 여겨지는 사람들이 다니는 학교라고 나온 곳이었다.

"쉽게 들어갈 수 있는 곳이 아니야"라고 할아버지가 말했다. 텔레비전에 나오는 정치인이나 유명한 학자 같은 사람들이 졸업한 곳이라고 듣고 노리코는 신기한 기분이 들었다. 그런 대단한 사람들과 같은 대학에 가면 어떤 느낌이 들까. 태어난 장소에서 벗어나서 대학을 다니기 위해 도쿄에 간다는 것은 대단한 일인 것만 같았다.

지금 버스에서 아이들이 내리는 것을 도와주는 아주머니들은 모두 상냥했다. 고상하다고 할까, '좋은 집안의 사람'이라는 느낌은 들지만, 무척이나 특별한 사람이라는 느낌은 아니었다. 그런데도 좋은 대학을 졸업했거나 영어를 말할 수 있는 등 유이의 어머니와 아미의 어머니 모두 멋지다는 사실에 압도당하고 만다.

버스에서 내렸다.

계속 누워 있던 탓에 머리가 살짝 어지러웠지만, 일렬로 서서 앞서가는 아이의 뒤를 따라 버스 계단에서 내렸다. 밖으로 나온 순간, '와아' 하고 가슴 속에서 소리가 나왔다.

공기가 맑다.

아침까지 있던 자신이 사는 마을의 공기와 전혀 다르다. 서늘하다. 여름인데도 조금 찬 기운이 맴돈다. 산이 가깝고 녹색이 매우 짙다. 하늘이 파랗다. 구름도 새하얗다. 마을과는 다르게 이런저런 것들의 자연의 색이 또렷하다.

나란히 선 다른 버스에서도 노리코와 비슷한 가방을 멘 아이들이 잔뜩 내리는 중이다. 남자도 있고 여자도 있었다.

주차장을 정리하는 아저씨들이 안내해주었다. 저쪽이란 다, 이제 곧 모임이 시작되니까, 일단 강당으로…….

주차장은 건물이 있는 장소와는 조금 떨어져 있었기에 산길을 모두 함께 줄을 맞춰 내려갔다.

안내받은 커다란 건물 앞에 긴 책상이 준비되어 있었다. 책상 위에는 이름이 적힌 종이가 있었고, 함께 버스를 타고 온 어른들이 하나하나 이름을 확인했다. 유이가 말하던 '반' 이 적혀 있는 듯했다. 확인이 끝나고 어른들이 배지 같은 이름표를 가지고 돌아와 한 명 한 명에게 그것을 건넸다.

반이라고 해도 학교의 1반, 2반 같은 방식은 아닌 듯했다. 노리코는 초록반이었다.

'초록 4학년 노리코.'

그렇게만 적혀 있었다. 이름만 있을 뿐, 성은 적혀 있지 않았다.

모두가 하나씩 받고 강당 안으로 들어서자 "빨강은 여기로!"라거나 "파랑반 친구들은 여기야"라며 여기저기에서 목소리가 들렸다. 유이는 '보라'. 아미는 '노랑'이었다. 반의 인원수는 열 명에서 열다섯 명 정도였다.

어른들도 아무래도 각각의 반으로 나뉘는 듯, 어느샌가 가슴에 아이들과 비슷한 이름표를 달고 있었다.

모두가 자신의 반을 향해 걸었다. 헤어지기 직전에 유이가 오른손을 확 잡아당겼다. 생각지도 못한 힘이었기에 놀라서 고개를 들자, 유이가 말했다.

"잘 때는 같이 자자."

"어?"

"잘 때는 같은 반이 함께 자는 게 아니라 자유니까. 잘 시간이 되면 나랑 아미랑 같이 자자. 이부자리 챙겨둘 테니까, 우리가 있는 곳으로 찾아와."

"······알았어."

노리코가 끄덕이자 만족한 듯 유이가 자신의 반 쪽으로 걸어갔다. 그 뒷모습 너머, 벽 위쪽으로 커다랗게 글자가 붙어 있는 것이 보였다.

'미래 학교에 오신 것을 환영합니다.'

글자는 자세히 보니 전통지 같은 종이를 잘라서 붙인 것 같았다. 수박이나 딱정벌레, 나비 그림이 있었는데, 그것들도 전부 비슷하게 오려 붙였다. 무척이나 커다란 그것은 아이들이 모여 힘을 합쳐 만든 것처럼 보였다. 노리코의 학교에서도 1학년을 맞이하는 모임이나 운동회 때 6학년이 중심이 되어 비슷한 팻말을 만든다.

그때가 되어 처음으로 깨달았다.

합숙에 참여한다고만 생각했지만, 이곳은 '미래 학교'다.

노리코가 평소에 학교를 다니는 것과 마찬가지로 이곳에 다
니는 아이들도 있는 것일까.

●●●

"오늘부터 여러분이 입학하는 미래 학교의 교장 선생님이
신 신타로 선생님의 인사 말씀이 있겠습니다."

소개말이 나오자 그때까지 웅성거리던 아이들이 조용해
졌다. 노리코가 다니는 학교의 전교 조회와 똑같다. 교장 선
생님의 훈화 시간이 되면 다들 조용해진다.

앞에 선 선생님은 비디오에서 본 할아버지 선생님과는 다
른 사람이었다. 더 젊었다. 살짝 흰머리가 있긴 해도 전체적
으로 검은 머리의 안경을 쓴 아저씨. 평범한 티셔츠와 바지
를 입은 모습으로, 그다지 교장 선생님답지 않았다. 같은 반
누군가의 아버지 같은 느낌이었다.

"여러분, 미래 학교에 온 걸 환영합니다."

신타로 선생님이 말했다.

'다양한 선생님이 있구나' 하고 노리코는 멍하니 눈앞에서
시작된 인사말을 들었다.

머릿속은 아까 모인 이 반 안에서 말을 걸어서 친구가 될
만한 아이는 있을까, 하는 생각으로 가득했다. 여기에 있는
것은 아무래도 초등학생까지인 듯했다. 함께 버스를 탔던

유치원과 어린이집 아이들이나 그 아기는 어느샌가 보이지 않았다. 아까 강당 앞에서 "유치부는 여기로"라는 소리가 들렸었는데, 그쪽으로 가버린 것일지도 모른다.

같은 나이의 아이는 한 반에 어느 정도 있을까. 같은 나이라고 친해질 수 있는 것은 아니지만, 일단 같은 4학년 여자 아이부터 말을 걸어보는 것이 좋겠다고 생각했다.

어른들에게는 언제나 이런 면이 있다.

전부터 사이가 좋은 아이들을 갈라놓고 새로운 아이들을 만나게 하는 것이 좋다고 생각한다. 2년에 한 번 시행되는 학교의 반 바꾸기도 그렇다. 3학년이 되어 2학년 때까지 사이좋던 친구들과 다른 반이 된 탓에 노리코는 학교에 사이 좋은 아이가 없어지고 말았다.

"학교라는 이름이기에 여러분은 이곳을 지루한 장소라고 생각했을지도 모르겠네요. 하지만 미래 학교는 다릅니다. 놀면서 배우는 장소입니다. 사실 진정한 배움은 놀이 속에서만 찾을 수 있습니다. 배움과 놀이는 같다는 점이 이곳의 대원칙입니다. 지식을 얻기 위해서는 사실, 기쁨이나 즐거움을 느껴야만 합니다. 여러분, 자신의 머리에 손을 올려 보세요."

멍하니 있는데, 주변 아이들이 어느샌가 머리에 양손을 얹고 있었다. 앞에 서 있는 교장 선생님도 똑같이 머리에 손을 얹은 상태였다. 당황해서 노리코도 흉내 냈다.

"미래는 여기에만 있습니다."

신타로 선생님이 말했다.

"우리 어른들이 아닙니다. 여러분 안에만 있습니다."

신타로 선생님이 머리에서 손을 내렸다. 그러고는 아이들을 바라보았다.

"우선 오늘부터 함께 지내는 친구들과 가능하면 많이 친구가 되어 돌아갔으면 좋겠네요. 그럼, 여러분의 선생님들을 소개하겠습니다. 우선 노랑반, 준페이 선생님."

"네."

목소리를 내며 선생님들이 한 명 한 명 인사를 했다. 아무래도 이 학교에서는 선생님도 성이 아닌 이름만으로 부르는 듯했다. 모두가 소개받는 자신들의 선생님을 흥미진진한 느낌으로 바라보았다.

의아하게 생각한 것은 주황반 선생님을 소개할 때였다.

"주황반, 마미 선생님."

"네."

밝은 목소리로 답한 것은 아까 버스 안에서 본 아미의 어머니였다. 엇, 하고 생각하는데, 다음으로 황록반의 '치하루 선생님'이 불렸다. 유이의 어머니였다.

"여러분, 잘 부탁드려요."

유이의 어머니가 말했다.

노리코는 순간적으로 유이를 쳐다보았다. 서로 다른 반이 되어버렸지만, 유이가 어디에 앉아 있는지 신경 쓰여서 넓은 강당 안에서도 계속 의식하고 있었다.

유이는 다른 아이와 마찬가지로 가만히 앞을 보고 있었다. 그것이 자신의 어머니인지 어떤지는 관계없다는 듯, 누구이든 간에 그렇게 했을 것처럼.

그 밖에도 아까까지 버스를 함께 타고 온 아저씨, 아주머니가 차례로 '선생님'이라고 불려 나갔다. 그렇기에 분명 다른 선생님들도 모두 아까 주차장에 세워진 다른 버스를 타고 여기까지 온 사람들이라고 생각했다. 그렇다고 하면, 원래부터 이곳에서 계속 지내는 선생님은 아니라는 말이다. 그런데도 선생님이라니 이상했다.

모든 반의 선생님 소개가 끝났다. 그제야 노리코는 강당 안쪽에서 기척을 느꼈다. 누군가가 기다리고 있는 기척.

"지금부터 일주일간 여러분과 함께 지낼 배움터 친구들을 소개합니다."

신타로 선생님이 말하자, 아이들이 나타났다. 노리코와 비슷한 정도의 아이도 있는가 하면, 그보다 훨씬 큰 중학생이나 고등학생으로 보이는 아이들도 있었다. 전부 스무 명 정도 될까.

"모르는 게 있으면 그들에게 물어봐주세요. 네, 그럼 지금부터는 여러분께 맡기겠습니다."

강당의 공기가 단번에 달라졌다.

방금 나온 남녀 고등학생은 정말이지 '선배'라는 느낌이

들었다. 멋지다. 익숙한 분위기로 신타로 선생님에게서 마이크를 받아 모두의 앞에 섰다.

"미래 학교에 오신 걸 환영합니다."

가장 어른스러운 고등학생 정도의 여자아이가 말했다.

당당히 남 앞에 선 그 모습에 그 장소에 있는 모두가 눈을 떼지 않았다. 이 사람은 평소 이곳에 다니는 것일까. 자신들은 여름에만 오는데, 줄곧?

그렇게 생각했을 때, 갑자기 머릿속에 얼마 전 에리가 한 말이 스쳐 지나갔다.

"유이 말이야. 유치원 때, 중간까지 그곳에서 계속 지냈대."

"계속 그랬단 말이야. 놀랍지 않아?"

누군가가 눈앞의 아이들에 대해 설명해주리라 생각했다. 하지만 알고 싶은 부분에 대한 설명은 듣지 못한 채 자기소개가 이어졌다.

그저 '배움터의 아이'라고밖에 알려주지 않았다. 그들도 원래 그런 것이라는 듯 차례로 인사를 했다.

"아리사라고 합니다. 모르는 게 있으면 편하게 물어보세요."

"쓰요시입니다. 빨리 여러분과 친해지고 싶습니다."

"미치에라고 합니다."

"요시에입니다."

"쇼타입니다."

"히사노라고 합니다."

"미카라고 합니다."

서 있는 아이들을 전부 기억할 수는 없었다.

모두의 이름은 기억할 수 없었지만, 몇 번인가 이곳에 온 아이 중에는 이미 친구가 된 아이들도 있는 듯했다. 앉아 있는 아이 중 몇 명이 앞에 선 배움터 아이들에게 손을 흔들었고, 그 아이들이 부끄러운 듯 미소 지었다. 유이도 똑같았다. 같은 나이 정도의 여자아이들에게 살짝 손을 흔들었다.

"함께 자기 자신 안에 풍족한 미래를 만들어나갑시다."

이번에는 아까의 여자아이가 아니라, 마찬가지로 고등학생 정도의 다른 남자아이가 말했다. 스포츠형의 머리를 한 남자가 많은 가운데, 이 아이는 그렇지 않았다. 안경을 쓰고 있었고, 쿨한 느낌이었다. 머리가 좋아 보이고 조금 멋졌다.

그렇게 생각하다가 어라 싶었다.

여기에 오기 전에 비디오에서 본 그 '문답'. 전쟁 이야기를 나누던 그 대화에서 눈에 눈물을 머금고 있던 짧은 머리 남자아이와 어딘가 모르게 닮은 것만 같다.

"잘 부탁드립니다."

웃지 않는 표정으로 무뚝뚝하게 그가 말했다. 시게루라는 이름이었다.

"저기 말이야."

아직 인사가 이어지고 있는데, 갑자기 옆에 앉아 있는 아이가 말을 걸었다. 머리가 길고 안경을 쓴 여자아이다. 옷깃이 달린 원피스를 입고 있었다.

"4학년이야?"

그 아이가 이름표를 가리켰다. 그 아이의 이름표에도 '초록 4학년 사야'라고 적혀 있었다. 노리코가 끄덕이자 사야가 기쁜 듯 웃었다.

"나도."

노리코가 물었다.

"어디에서 왔어?"

"가와사키."

도도부현(일본의 광역 자치 단체를 구분하는 행정단위 — 옮긴이)으로 답하리라 생각했는데, 가와사키라는 지역은 어디에 속해 있을까. 그렇게 생각하던 그때 배움터 아이들의 인사가 끝났다. 사야와의 대화가 끊겼기에 되물을 타이밍을 놓치고 말았다.

다만 사야가 말을 걸어준 탓에 앞으로 일주일간 외톨이가 되어버릴 일은 없을 것 같다고 안심했다.

환영 모임이 끝나자, 반별로 각각의 선생님들의 인솔하에 배움터를 안내받았다.

초록반 선생님은 몇 명인가 있었지만, 그날 주로 안내를 담당한 것은 사치코 선생님이라는 여자 선생님이었다. 나이는 유이의 어머니보다 꽤 연상 같았다. 아주머니와 할머니의 중간 정도라고 할까.

아미와 유이의 어머니가 아니어서 어쩐지 조금 실망했다. 만약 둘 중 어느 한쪽이었다면 같은 버스를 타고 왔다는 이유, 아니면 딸과 같은 반 친구라는 이유로 노리코를 특별히 더 신경 써주었을지도 모른다. 만약 그랬다면 분명 즐거웠을 텐데.

사치코 선생님이 말했다.

"오늘은 이미 늦었으니 씻은 후에 밥을 먹고 나서 곧장 잠을 자도록 합시다. 내일 다시 제대로 이곳에서의 생활에 관해 설명하는 모임이 있을 거예요."

씻은 후에 밥을 먹고 나서?

보통은 밥을 먹고 나서 씻지 않던가. 선생님이 잘못 말한 것은 아닌지 생각했는데, 그렇지 않았다. 정말로 밥을 먹기 전에 씻었다. 아이들의 인원수가 많기에 밥을 먹기 전에 씻는 반과 나중에 씻는 반으로 나뉘는 듯했다.

욕실은 배움터 바깥, 낮은 언덕을 넘어간 위치에 있었다. 옛날에 부모님과 함께 간 온천의 노천탕 같았다. 그때도 잠을 자는 방에서 나와 꽤 오래 걸렸다. 바깥에 욕실만 있는 작은 건물이 외따로 서 있었다.

알지 못하는 아이와 함께 목욕할 생각을 하니 긴장되었다.

초등학생 중에서도 브래지어를 차는 아이도 있고, 차지 않는 아이도 있다. 아직 날에 따라서 찼다 안 찼다 하는 노리코는 처음에 옷을 벗는 것이 부끄러웠지만, 선생님이 "부지런히 움직이지 않으면 몸을 담글 시간이 없어질 거예요"라고 말해서 결국 주저할 시간도 없어졌다. 오늘은 브래지어를 차지 않은 날이었다. 서둘러 옷을 벗고 몸을 씻었다. 욕조는 얕아서 아이가 쭈그리고 앉아도 어깨까지 잠기지 않는 정도였다. 여름이 아니면 추울지도 모른다.

"처음 온 거야?"

아까 말을 건 사야가 물었다. 욕실이기에 안경은 쓰고 있지 않았다. 안경을 안 쓰고 있으니 갑자기 다른 아이처럼 보여서 깜짝 놀랐다.

"응."

발가벗은 채 얕은 욕조에 나란히 몸을 담그고 고개를 끄덕였다. 다른 아이들이 가져온 린스나 샴푸는 자신이 가져온 것보다 큰 것 같았다. 일주일 동안 자신이 가져온 것만으로 충분할까. 아미도 버스에서 어머니에게 주의를 받았었다.

부족하면 어쩌지.

학교 반 친구 중에 언제나 머리가 엉겨 붙어 있거나 비듬이 있는 아이는 다들 싫어했다. 뒤에서 험담을 듣는다. 반대로 예쁘고 인기 있는 아이는 아름다운 머리카락에서 항상 좋은 향기가 난다.

만약 마지막 날이 되기 전에 노리코가 샴푸를 다 써버린다면 다른 아이가 나눠줄까. 사야와 그 무렵까지 친해지면 괜찮을까. 이 아이의 샴푸는 큰 사이즈일까…….

"사야는? 전에도 온 적 있어?"

"나도 처음이야."

욕조 안에서 사야가 눈을 끔뻑끔뻑하더니 양손으로 욕조의 물을 떠서 얼굴을 씻었다.

"음식을 편식하는 버릇이 조금이라도 없어지면 좋겠다고 엄마가 말했거든. 참선 수행을 하는 절에 갈래, 여기에 갈래, 하고 묻기에 이쪽을 골랐어."

"참선……."

참선이란 혹시 그건가. 자리에 나란히 앉아 있는 사람들의 뒤를 나무 방망이 같은 것을 든 스님이 왔다 갔다 하다가 움직인 사람의 어깨를 두드리는 그것.

그렇게 생각하는데 사야가 방긋 웃었다.

"참선은 다리가 아플 것 같아서 여기에 온 거야."

아무래도 정말로 노리코가 상상한 그것을 하는 절을 말하는 것이구나 생각했다. 그러고는 그런 곳에 아이도 갈 수 있다는 사실에 놀랐다. 배움터에 대해서도 몰랐고, 세상에는 다양한 합숙이 있다 싶었다.

"나도 편식이 심해."

노리코가 말하자 사야가 웃었다.

"나는 우유랑 계란이 싫어. 고기도 그렇게 좋아하지 않고."

"뭐? 그럼 뭘 먹어?"

"채소는 꽤 좋아해."

계란은 다양한 요리에 들어가는데. 우유도 좋아한다거나 싫어한다거나 생각한 적 없었다.

드르륵 욕실 문이 열렸다.

"여러분! 다음 반 아이들이 오니까 얼른 나갑시다. 오늘은 말해주지만, 내일부터는 따로 재촉하지 않으니까 스스로 시간을 생각해야 해요."

"네."

사치코 선생님의 말에 일제히 일어섰다. 부끄러워할 여유도 없이 재빨리 옷을 입었다.

하루 동안 입고 있던 속옷은 어떻게 하면 좋을지 고민하는데 "내일 아침에 회수합니다"라는 말을 들었다.

"내일 당번을 정할 거예요. 세탁 당번이 된 사람이 모아서 세탁장으로 가지고 갑니다. 다림질도 하고요."

이곳에는 학교와 마찬가지로 당번이 있는 듯했다. 조금 귀찮다는 마음도 들었지만, 어떤 당번이 있는지 궁금하기도 하고 자신이 무슨 당번을 누구와 하는지를 생각하자 조금 기대되기도 했다.

노리코는 식사를 무척이나 기대했다. 편식이 없어질 정도로 맛있는 밥. 달콤한 채소. 완전히 다른 맛이 난다는 쌀밥.

"내일부터 당번을 정해서 하겠지만 오늘은 일단"이라며 연상인 5학년과 6학년이 학교 급식처럼 밥을 담아주었다.

노리코를 비롯한 아이들은 나란히 서서 급식 때처럼 쟁반 위에 밥과 반찬을 받았다.

밥과 된장국과 돼지고기 조림과 계란말이와 채소 무침. 우유, 그리고 차.

겉보기에는 학교 급식과 다르지 않았다.

"인간은 대지와 떨어져서는 살아갈 수 없습니다. 감사하며 먹읍시다. 잘 먹겠습니다."

선생님의 말이 끝난 후, 반이 함께 밥을 먹었다.

노리코는 우선 흰 쌀밥을 먹었다.

맛있는 물맛이 흡수되었다는 밥. 하지만 딱히 특별한 맛이 느껴지지 않았다.

조금 실망했다. 그야말로 급식과 비슷한 정도의 맛이었다. 따끈따끈하지 않은 만큼, 집에서 먹는 밥이 더 맛있게 느껴졌다.

채소 본연의 맛만으로 아무런 양념을 안 해도 맛있다고 들은 채소도, 당근은 당근 맛이었고, 피망은 피망 맛이었다. 달콤하다고는 생각되지 않았다. 돼지고기 조림의 양념은 분명 달콤했지만, 살짝 담백하고 싱거웠다.

계란말이만큼은 달았고, 이것은 좋아하는 맛이었다.

옆자리의 사야를 힐끔 보자, 사야는 병에 든 우유를 개봉조차 하지 않았다. 계란말이도 먹지 않았다. 가장 맛있는데 먹지 못한다니 어쩌지, 하고 남 일인데도 걱정이 되었다. 안

먹을 거라면 나한테 주면 좋겠지만, 그래도 오늘 처음 만난 아이에게 그런 말은 할 수 없었다. 그런 생각을 하는데 다른 남자아이가 목소리를 높였다.

"어라. 그거 안 먹어? 나 먹어도 돼?"

초록반에서 가장 장난꾸러기 같고 시끄러워 보이는 남자 아이. 이름표에는 '마사히코'라고 적혀 있었다. 사야가 뭔가 말하려고 하는데 그보다 앞서 "안 돼요!"라고 커다란 소리가 들렸다.

"자신의 몫은 스스로 다 비워야 합니다. 다른 사람의 걸 바라는 건 당치도 않아요!"

사치코 선생님의 말에 마사히코가 얼굴을 찌푸렸다. 옆에 앉아 있던 남자아이와 뭔가 말하더니 서로 웃었다. 이 두 사람은 분명 노리코보다 한 살 위인 5학년이다.

식사를 마치고 이를 닦고 홀로 향하자, 방구석에 이부자리 가 준비되어 있었다. 스스로 펴서 사용하라고 했다.

"누가 어떤 자리라고 정해진 건 없으니까 스스로 장소를 정해서 잠을 자도록 하세요. 반이 함께 자지 않아도 됩니다."

선생님의 말을 듣고 유이가 말한 대로라고 생각했다.

"노리코, 어디서 잘까?"

사야의 말에 '어쩌지' 하고 생각하는데 갑자기 "논코!" 하고 이름이 불렸다.

바라보자 유이였다. 아미도 옆에 있었다. 이쪽을 보고 손짓했다.

"여기야. 이부자리, 논코 것도 펴 놨어."

'아' 하는 생각에 사야를 돌아보았다. 그러자 사야가 쓰윽 뒤로 물러섰다. "친구, 있구나"라고 말하더니 그 자리를 떠났다. 신경 쓰였지만 유이와 아미에게 사야도 넣어 달라고 말할 분위기는 아니었다. 사야도 버스를 같이 타고 온 아이들이 있을지도 모르는 일이었다.

"친구 생겼어?"

유이가 물어서 잠옷으로 갈아입으며 "생겼어"라고 답했다.

"유이는?"

"나도. 센다이에서 온 미와라는 아이."

"그렇구나……."

이부자리에 들어간 후에도 아미와 유이에게 하고 싶은 말이 많았다. 모두 함께 욕조에 들어간 감상, 이곳의 밥을 처음으로 먹은 감상. 채소가 달콤하다는 것이 어떤 것인지 알고 싶다는 것…….

"모두 잘 준비되었나요? 아직 옷 안 갈아입은 사람 있어요?"

익숙한 목소리가 들려 얼굴을 들자 유이의 어머니였다.

배움터에 도착한 후에 계속 모르는 사람에 둘러싸여 있었기에 유이네 어머니의 모습을 보자 안심되었다. 눈이 맞으면 좋겠다고 생각하고 바라보았지만, 유이의 어머니는 이쪽을 보지 않았다. 노리코 일행이 이쪽에 있는 것을 알아채지 못했을지도 모른다.

"치하루 선생님, 이 베갯잇이 망가졌어요."

"어라, 그래? 아, 진짜네. 알려줘서 고마워."

다른 아이가 유이의 어머니를 불렀다. 이쪽으로 올 기색은 없었다. 노리코는 유이 쪽으로 시선을 돌렸다. 틀림없이 유이도 자신의 어머니 쪽을 보고 있으리라 생각했지만, 그렇지 않았다. 옷을 다 갈아입은 유이는 이미 이불 속에 들어가 있었다.

'유이네 엄마, 저기 계셔' 하고 말하려던 노리코는 갑자기 입을 다물었다. 어째서인지 그것에 관해 말해서는 안 될 것 같은 기분이 들어서였다.

유이가 이부자리에 누운 채로 노리코를 올려다보았다.

"저기, 다카 오빠, 멋지지 않아?"

"다카 오빠?"

"강당에서 인사했잖아. 중학생인 다카시 오빠."

"아아……."

어떤 사람인지 곧바로 얼굴을 떠올릴 수는 없지만 배움터에서 생활하는 아이 중에 있었을지도 모른다. 재빨리 아미가 말했다.

"작년에 온 아이 중에 다카 오빠를 좋아하던 아이 꽤 있었지. 합숙 후에도 편지 쓴다고 말했던 아이도 있었고."

"맞아. 작년에는 그렇게 좋다는 생각 안 들었는데, 올해 어쩐지 멋있어지지 않았어? 약간 히카루GENJI(1980년대 후반부터 1990년대 중반까지 활동한 일본의 남성 아이돌 그룹―옮긴이) 중 누군가를 닮은 것 같기도 하고."

"누군가가 누구야?"

"흐음. 그러니까 우치우미……."

"말도 안 돼! 히카루 쪽이야? 나, GENJI 쪽이 좋은데('히카루GENJI'는 '히카루'와 'GENJI' 두 그룹이 합쳐지며 결성되었다. '우치우미'는 본래 '히카루'에 속했다―옮긴이)."

"나도 그렇긴 한데."

둘 사이에서 아이돌 이야기가 시작되어버려서 노리코는 점점 더 이야기에 끼지 못하게 되었다. 노리코는 음악방송이나 드라마를 그다지 보지 않는다. 그런 점도 반에서 다른 아이들의 무리에 끼지 못하는 이유일지도 모른다.

이 이야기가 끝나면 밤에 관해 둘에게 말하고 싶었다. 배움터에 관해서나, 내일 정한다는 당번이라거나, 이곳에서의 즐거움에 대해 말하고 싶었다.

"불 끄겠습니다!"

이것저것 말하고 싶다고 생각했는데 선생님이 불을 껐다. 유이와 아미도 대화를 뚝 멈췄다.

"잘 자."

"잘 자."

"잘 자."

셋이 서로에게 말했다.

그때…….

"겨우, 하루가 끝났네."

그런 말이 들렸다. 유이의 목소리였다.

노리코는 깜짝 놀라서 '어?' 하고 생각했다. 하지만 너무 깜짝 놀란 나머지 목소리로는 내지 못했다.

유이가 거듭 말했다.

"앞으로 6일이나 남았어."

"어쩔 수 없지."

아미가 말했다.

"남은 날도 힘내자."

둘의 목소리가 끊겼다. 그대로 조용해졌다. 잘 준비에 들어간 것을 알았다.

이불 안에서 노리코의 심박수가 올라갔다. '그게 무슨 말이지?' 여기에 오기 전의 유이의 웃는 얼굴과 노리코에게 건넨 말을 떠올렸다.

"배움터, 엄청 재밌어."

유이가 웃자 덧니가 드러났었다. 유이가 열심히 말했다.

"밥도 엄청 맛있고."

동시에 또 하나의 목소리가 되살아난다. 이번에는 유이의 말이 아니라 에리의 말.

"노리코 너 말이야, 함께 가줄 필요 없어."

심장이 두근거린다. 유이는 좋은 아이다. 상냥하고 멋진 아이다. 알고 있다. 하지만…….

'즐겁지 않구나.'

둔한 편인 노리코도 깨달았다.

'여기, 즐겁지 않구나.'

유이와 아미가 자면서 내는 숨소리가 들렸다. 둘뿐만이 아니라 다른 아이의 것도.

"향수병에 안 걸리게 조심해."

어머니의 목소리가 떠올랐다. 노리코는 그럴 리 없다고 대답했다. 하지만 아직 첫날이다. 1일째. 앞으로 6일이나 남았는데. 향수병 따위 느낄 일 없다고 방금까지 생각했는데.

어머니가 사준 프릴이 달린 잠옷. 옷을 갈아입었음에도 유이와 아미도 이야기에 열중해 있느라 아무도 칭찬해주지도, 뭔가 말해주지도 않았다. 아무도 봐주지 않았다.

이불 안에서 질끈 눈을 감았다. 뜨거운 눈물이 배어 나와서 그만 생각을 멈추지 않으면 울음이 나올 것만 같았다. 환청이 아니라면 여러 아이의 숨소리에 뒤섞여 희미하게 우는 소리가 들리는 듯했다. 이부자리가 늘어선 넓고 넓은 홀 안에서 노리코처럼 울고 있는 아이가 있는 기척이 계속 느껴졌다.

다음 날 아침은 멍하니 보냈다.

밤사이 계속 이런저런 생각을 한 탓에 일어난 후에도 시야가 어쩐지 흐리멍덩했다. 하지만 유이와 아미 모두 어제와는 완전히 다른 태도였다.

"안녕! 오늘도 힘내자!"라고 밝게 인사하더니 서둘러 세면대로 가버렸다. 노리코도 느릿느릿 그 뒤를 따랐다.

이를 닦으며 분명 속은 것은 아니라고 생각했다. 그것은 밤새도록 계속 생각해서 낸 노리코의 결론이었다.

유이는 노리코를 속인 것이 아니다. 가령 어머니가 한 명이라도 많은 아이를 이곳으로 데리고 오라고 시켜서 그런 것이 결코 아니다.

하지만 그렇다면 대체 뭐란 말이지 하고 생각하면 다시 혼란스러워진다.

치카치카 소리를 내며 아미와 유이가 이를 닦았다.

"논코, 이 치약 쓸래? 딸기향이야."

그러면서 치약을 보여주었다. 그런 행동을 하는 유이를 역시 싫어할 수는 없다고 느꼈다.

"응" 하고 중얼거리고 유이의 치약을 써보았다. 딸기향 치약 같은 것은 노리코의 집에서는 결코 사주지 않는다. 노리코는 일반적인 하얗고 매운 치약밖에 가지고 오지 않았다.

"안녕, 유이!"

"아, 미와. 오늘도 보라반 잘 부탁해!"

찾아온 여자아이와 유이가 서로 마주보고 웃었다. 어제 친해졌다고 했던 같은 반의 미와일 것이다. 다른 아이들도 다가와서는 유이에게 "유이, 좋은 아침!"이라고 인사했다. 이미 완전히 오래된 친구 같다.

배움터 2일째의 기억은 거의 흐릿하다.

이곳에서의 생활에 관해 설명하는 모임이 있었다. 이곳 사람들은 집회에 대해 모두 모임이라고만 불렀다. 그것이 어쩐지 이상했다.

당번을 정했다. 배식 당번이 되었다. 내일부터는 강가에서 노니까 그 전에 해두자며 물놀이 규칙을 정했다. 어떤 위험이 있을 것 같냐는 질문을 빙글빙글 반복했다. 그 대화는 비디오에서 본 문답과 닮아 있었다.

저녁 시간에 보라반 앞을 지나는데, "아, 논코!"라고 유이가 이름을 불렀다. 하루의 활동 대부분이 반별로 이루어져서 유이의 모습을 거의 보지 못했기에 기뻐서 고개를 들자 유이가 갑자기 말했다.

"오늘부터 나, 미와랑 같이 잘게. 보라반 아이들끼리 그러기로 했거든."

유이는 웃고 있었다.

"아미에게도 그렇게 말할 거니까, 둘이서 자."

"응. 알았어."

웃었지만 제대로 웃었는지 어떤지 알 수 없었다. 어째서 웃어버리는지도 알 수 없었다. 아미는 좋지만, 그 아이는 어디까지나 유이의 친구이기에 유이를 빼놓고는 무엇을 말하면 좋을지 알 수 없었다.

잘 시간이 되어 이부자리를 까는 홀에서 아미에게 전하자, 아미는 "그렇구나"라고 말할 뿐이었다. 유이는 아미에게도 말하겠다고 했지만, 미처 말하지 못한 듯했다.

"그럼 오늘은 둘이 잘까."

그다지 신경 쓰지 않는 것 같아서 이 아이는 어른이구나 싶었다. 대단하다고 생각하지만, 그런 것을 하나하나 신경 써버리는 노리코는 역시 아이이고 이래서는 안 된다는 뜨끔한 마음도 들었다.

"논코는 학교에 좋아하는 애 있어?"

"……없어."

이부자리에 누워서 이야기했다. 불을 끈 후, 노리코는 어둠에 눈이 조금 익숙해져서 천장 들보의 형태를 가만히 보고 있었다.

아미와의 대화는 좀처럼 나아가지 않았다. 시시한 아이라고 생각할지도 모른다. 아미에게 미안한 마음이 들었다.

내일은 이 아이도 마찬가지로 노랑반의 누군가와 잠을 자겠지. 그렇게 생각하자 첫날밤에 사야가 권한 것을 거절해버린 것이 후회되었다. 사야는 이제 와서 부탁해도 더는 노리코와는 자주지 않을지 모른다. 어째서 어제 유이는 보라반 아이와 자겠다고 마음먹지 않았던 것일까.

어제보다 오늘은 친해진 아이가 많은 만큼, 밤에 아이들이 속닥속닥 대화를 나누는 소리가 많이 들렸다. 즐거운 듯 웃는 소리도 났다.

선생님이 순찰하러 오지는 않을까 기대했다. 이제 자고 싶다. 순찰을 와서 떠드는 아이들을 혼냈으면 좋겠다. 아미도 이제 자려고 한다. 노리코와는 대화가 통하지 않으니까. 시시하니까.

◖●●

다음 날 아침의 일이었다.

아미와 함께 양치질과 세수를 하러 갔다. 힐끔 보자 유이는 미와나 다른 아이들과 즐거운 듯 이부자리를 정리하는 참이었다.

"나, 먼저 화장실 좀 들렀다 갈게."

아미가 가버려서 노리코는 혼자 세면실 쪽으로 걸어갔다. 1층의 세면실은 기다리는 줄이 생겨 있었다. 혼자 있고 싶어서 2층으로 가는 계단을 올랐다.

복도의 창문 건너편에서 삐리리리리, 하고 새가 우는 소리가 들렸다.

홀로 창가에서 밖을 보니 푸른 숲은 여전히 아름다웠다.

친구를 만들라는 말을 들었지만, 혼자 있게 되니 오히려 제대로 경치를 볼 수 있어서 이곳에 온 의미가 있는 것 같은 기분이 들기 시작했다. 공기가 맑다. 눈에 들어오는 초록색이 전부 화려하다.

혼자 왔으면 즐거웠을까.

누구와 자는지, 친구가 생겼는지, 그런 것을 전부 신경 쓰지 않고 지낸다면 경치도 훨씬 느긋하게 볼 수 있고 이런저런 것을 즐길 수 있었을지 모른다.

그때였다.

"좋은 아침!"

갑자기 등 뒤에서 소리가 들렸다. 깜짝 놀라서 노리코는 숨을 들이켰다.

돌아보자 걸레를 손에 든 여자아이가 서 있었다. 합숙에 참여한 아이들 같은 잠옷 차림이 아니라 이미 제대로 옷을 갖춰 입고 있었다. 하얀 블라우스에 데님 스커트.

배움터의 아이다.

그러고 보니 어제도 노리코의 초록반에 와서 함께 당번 정하기나 밥 배식을 도와주었던 아이였다.

이름은 분명, 미카.

"아……."

제멋대로 위층에 올라온 것에 대해 화를 내지는 않을까. 그렇게 생각하는데 미카의 눈이 반짝였다. 그녀의 입에서 "우와" 하는 소리가 나왔다.

"그 잠옷, 엄청 귀엽다. 색도 그렇고, 프릴 장식도."

미카가 방긋 웃었다.

3장

노리코②

아무 생각 없이 켜둔 텔레비전에서 그 단어가 들렸다.

토요일 정오를 조금 지난 시각. 오전에 고문을 맡은 회사의 미팅에 나갔던 남편이 돌아오기를 기다려서 육아를 교대한 후 노리코는 구에 제출할 서류를 쓰고 있었다.

이제 곧 세 살이 되는 딸 아이코의 웃음소리가 들렸다. 책상 위에는 남편이 점심으로 먹은 스파게티 그릇이 그대로 남아 있는 채였다.

작성 중인 서류는 아이코의 어린이집 신청서였다. 어린이집 정원이 부족한 탓에 입학하지 못하는 아동이 생기는 문제가 대두된 지 오래지만, 다행히도 아이코는 만 0세 무렵부터 국공립 어린이집은 아니어도 도쿄의 소규모 사립 어린이집에 들어갈 수 있었다. 하지만 지금 다니는 '서니 키즈의 숲'은 2세 아동까지만 받는다.

초등학교에 올라가기 직전인 5세 아동을 받는 어린이집으로 옮길 수 있기를 계속 바라왔다. 이대로라면 내년부터 낮에 아이코를 맡길 곳이 없어져버린다. 어린이집 말고 연장 돌봄 서비스가 있는 사립 유치원도 검토해야 하는 거 아니냐며 남편과 이야기하던 참이었다. 필사적으로 어린이집 견학을 다니던 3년 전과 같은 일을 반복해야 한다고 생각하니 골치가 아팠다. 사실은 슬슬 둘째를 갖는 것도 생각하고 싶었다.

쓰다 만 서류에서 고개를 들고 텔레비전을 바라보았다.

들려온 어떤 단어에 반응했는데, 그것이 무엇이었는지 금방은 알 수 없었다. 그래도 뭔가가 마음에 걸렸다.

화면에는 진지한 눈빛의 남녀 뉴스 캐스터가 서 있었다. 오른쪽 위 자막에는 '단체 시설 부지에서 여아의 백골 시체 발견'이라고 적혀 있었다.

어딘가의 종교 단체에서 또 무슨 일이 벌어진 것일까.

머릿속에 고등학생 무렵 보도된 지하철 사린 사건(도쿄의 지하철에서 옴진리교가 독극물을 사용해 벌인 테러 사건―옮긴이)과 그 후 관계 시설을 수색하는 영상이 막연히 떠올랐다. 그때처럼 다시 종교 단체와 관련된 사건이 벌어졌나.

멍하니 텔레비전 화면을 바라보는데 귀가 생각지도 못한 단어를 주웠다.

"시즈오카 현 내의 이 토지는 과거 미래 학교라고 불리는 단체의 본부가 있던 장소로, 2002년에 폐쇄될 때까지 많은 아이들이 부지 내에서 공동생활을 하고 있었습니다."

눈이 크게 떠졌다.

시간이 멈춘 것 같았다. 텔레비전 소리가 아까보다 명료하게 들렸다.

"미래 학교에는 많을 때는 100명 가까운 아이들이 있었고, 그 대부분이 미래 학교의 이념에 찬동하는 부모의 아이였다고 여겨지고 있습니다."

옆방에서 남편과 노는 아이코의 웃음소리가 크게 들렸다. 서둘러 텔레비전 리모컨을 찾았다. 테이블 구석에서 주워 들고 다급한 손놀림으로 음량을 높였다.

"미래 학교는 2001년, 단체가 판매하는 생수에 불순물이 혼입되었다는 이유로 상품을 회수당했고, 이후 보건소의 조사가 시작되어 그것을 계기로 공장 및 관계 시설이 차례로 폐쇄되었습니다. 이번에 발견된 시체는 이 토지에 예정되어 있던 골프장 건설의 지질 조사로 인해……."

화면이 전환되었다.

미래 학교라고 적힌 라벨을 두른 페트병이 보였다. 라벨의 그림을 본 기억이 있어서 시선이 그곳에 머물렀다. 명백하게 어린이가 그린 것처럼 보이는 수채화.

"가장 잘 그린 아이의 그림을 쓰는 거야."

전에 그렇게 들었다.

그림에 그려진 아이의 입 옆에 말풍선 형태로 "나의", "우리의 물이야"라고 어린이가 쓴 듯한 글씨가 있었다. 페트병은 명백하게 지금 시대의 것이 아니었다. 10년 이상 전, 문제가 되어 회수된 당시의 뉴스 영상이리라.

공중 촬영 화면이 비쳤다.

산 위였다. 헬리콥터가 날고 있었다. 그 아래로는 울창한 숲이 펼쳐졌다. 숲속으로 파란 지붕이 보였다. 그 색을 본 순간, 소름이 돋았다.

공장이다. 판매하는 물을 담기 위한 곳.

노리코는 리모컨을 쥔 채로 몸을 내밀고 뚫어지게 화면을 바라보았다. 공장 옆으로 지금도 샘의 자취가 보일 것만 같았다. 하지만 보이지 않는다. 화면은 금세 다른 장면으로 전환되어버렸다. 다음 영상을 본 순간, 이번에는 숨이 멎을 정도로 깜짝 놀랐다.

파란색 비닐 시트가 깔린 한 구역이 보였다.

그것을 본 순간 처음으로 보도되던 뉴스의 내용이 머리 한가운데에 확실히 무게를 더해 가라앉았다.

'여아의 백골 시체 발견.'

이 장소에서 여자아이의 시체가 발견된 것이다.

비닐 시트로 덮여 있지만, 주변에 건물 같은 것은 없는 듯했다. 만약 건물이 남아 있다고 해도 어린 시절의 기억이기에 확실히 알고 있을 리 없다. 하지만 아까 공장은 본 순간에 알았다. 직감이 들었다.

이곳은 그 광장이 아닐까.

그렇게 생각하는 것과 동시에 쑥 핏기가 가셨다.

"왜 그래? 텔레비전 소리 너무 큰 거 아니야?"

남편의 목소리가 들렸다. 옆방에서 놀고 있던 아이코의 웃음소리가 어느샌가 멈춘 채였다. 아이코가 남편의 바짓단을 붙잡고 노리코 바로 옆에서 노리코의 얼굴을 멍하니 올려다보았다.

"나, 여기……."

"응?"

"나, 여기서 지냈어."

화면을 가리켰다. 남편 에이지와는 사법연수원 시절에 알게 되어 결혼했고, 지금은 같은 변호사 일을 한다. 그런 에이지가 살짝 눈살을 찌푸렸다.

"뭐?"

"나, 여기 갔었어. 어렸을 때, 합숙으로 3년 정도. 매년."

"여기라니……. 그 생수를 판 단체?"

에이지가 겨우 이해한 듯 화면과 노리코의 얼굴을 번갈아 바라보았다. 노리코는 끄덕였다. 끄덕이며 희미한 위화감을 느꼈다. 어째서인지는 알 수 없었다.

뉴스는 계속해서 이어졌다. 저녁이 가까워지는 시간대의 이 방송에서는 캐스터 건너편에 세 명의 전문 해설자가 앉는다. 종교 문제를 다룰 때 자주 얼굴을 보이는 대학교수가 코멘트 요청을 받고 말했다.

"1995년, 지하철 사린 사건을 경계로 일본에서는 신흥종교에 대한 인식이 크게 바뀌게 되었습니다. 게다가 미래 학교는 생수에 불순물을 혼입했다는 중대한 사건을 일으켰잖아요? 폐쇄 공간이라는 막다른 골목에 몰려서 무슨 일이 벌어진 걸까요. 분명 저희가 상상도 할 수 없는 뭔가가……."

"어? 어? 잠깐만. 나, 그거 처음 듣는데."

화면의 소리를 가로막듯 에이지가 말했다. 당황한 것인지, 농담이라도 할 때처럼 입꼬리가 굳은 채 살짝 올라갔다.

"무슨 말이야?"

"친구가 같이 가자고 해서."

노리코가 답했다. 어안이 벙벙했다.

오늘까지, 정말로 여태껏, 화면 건너편에서 미래 학교라는 이름을 들을 때까지 완전히 잊고 있던 일이었다. 사실 잊었다는 인식조차 없었다. 남편에게 말하지 않았다는 인식도 말이다. 숨길 생각은 털끝만큼도 없었고, 애초에 말할 만한 일이라고도 생각하지 않았다.

초등학교 4학년 때부터 6학년 때까지 매년 미래 학교에 다녔다. 여름방학의 일주일을 그곳에서 보냈다. 당시의 노리코에게는 무척이나 큰 사건이었을 텐데 여태껏 떠올린 적이 단 한 번도 없었다. 하지만 단번에 문이 열렸다. 기억이 되살아난다.

가장 먼저 떠오른 것은 미카와 시게루.

누군가 어른에게 건네받은 것 같은 담홍색 편지지. 언제부터인가 그만두게 된 편지 교환.

"같은 반 친구네 어머니가 이곳에서 활동하던 사람이었거든. 그 집에서 권유해서 초등학교 때 3년간 여름방학에 일주일씩 갔었어. 그래서 지금 텔레비전에 비치는 이 장소도 알고 있어. 나뿐만이 아니라, 다른 동급생 중에도 같이 갔던 아이가 있어."

"여름에만 외부 아이를 받아들였다는 말이야? 서머스쿨 같은 형태로?"

에이지는 그제야 이야기를 들을 태세가 된 듯했다. '외부 아이'라는 단어가 쉽게 와닿지 않았지만 말없이 고개를 끄덕였다.

남편에게 듣고 처음으로 그 여름방학이 어떤 것이었는지 새삼 깨닫게 되었다. 노리코로서는 동급생이던 고사카 유이에게 권유를 받은 것뿐인, 그저 여름 한때의 추억. '외부 아이'나 '서머스쿨'이라고 하더라도 바로 확 와닿지 않았다.

여름방학. 자연 속에서 시간을 보내며 아이들만으로 이루어진 그룹에서 어떻게든 이야기를 하며 규칙을 정하고 생활한다. 자신의 머리로 생각하고 실행할 수 있는 아이가 된다. 문답을 통해 사고력을 기른다……

아, 그렇다. 그것은 문답이라는 이름이었다. 선생님과 아이들이 서로 몇 번이고 질문을 나누면서 세상만사에 대해 생각하는 그 대화법.

하나를 떠올리자, 단편적인 기억이 줄줄이 살아나기 시작했다. 떠오른다. 사람들은 그곳을 배움터라고 불렀다.

"좋은 곳이었어."

다음으로 나온 것은 그런 말이었다. 입에 담고 나서 자신도 놀랐다. 놀랐다는 점에서 분명 이것이 자신의 본심이라고 깨달았다.

이런저런 일이 있었다. 일주일 동안 부모와 떨어져서 텔레비전도 볼 수 없고, 과자를 원하는 시간에 먹을 자유도 없고, 산속이기에 가게 같은 것도 없고, 책과 만화책을 가지고 갈 수도 없었다. 그랬기에 물론 합숙하는 날들은 지루했다. 같이 간 친구나 그곳에서 친해진 친구들과 일주일 사이에 몇 번이나 충돌하기도 했고, 험악한 분위기가 만들어져도 도망칠 수 없는 환경을 두고 괴롭다고 느낀 적도 있었다.

하지만, 즐거웠다.

학교 아이들과는 다른 새로운 친구를 알게 되고, 평소와 다른 환경 속에서 강가에서 놀거나 빙수를 먹고, 다양한 것에 대해 논의하는 문답을 하며 이런저런 말이나 사고방식을 배우고, 헤어질 때는 눈물이 나왔다.

"기슭으로 돌아가겠네."

갑자기 목소리가 떠올라서 깜짝 놀랐다.

텔레비전에는 해설자가 이야기하는 옆에서 다시 아까와 동일한 공중 촬영을 통해 찍은 나무가 울창한 산이 비치고 있었다.

내부 아이라거나 외부 아이라는 말로 생각한 적은 없었지만, 당시 친구가 된 배움터의 아이는 산 아래에서 합숙하러 온 노리코와 아이들을 기슭의 아이라고 불렀다. 미래 학교 바깥을 기슭이라고 칭했다.

"좋은 곳이었어. 자연 속에서 정말로 모두 함께 구김살 없이, 학교 공부 같은 게 아니라 뭐든 서로 이야기하며 그날의 활동이나 이벤트를 정하곤 했어. 반별로 함께 커다란 그림을 그리기도 하고, 남자들은 진흙투성이가 되어서 씨름도 하고, 여자들은 천을 염색하고 스스로 스커트를 만들기도 했지."

말하면서 가슴의 맥박이 빨라졌다.

자막에 있던 '단체 시설'이라는 단어, '여아의 시체', 해설자의 말. 가슴속이 요동친다. 자신이 뭔가 위화감을 느끼고 있다는 사실은 알았다. 하지만 그것이 무엇인지 확실히는 알 수 없어서 마음이 술렁거린다.

"일주일이나 지내다 보면 반드시라고 해도 좋을 만큼 아이들 사이에서 다투는 일이 일어나지만, 그것도 어른들은 모두 함께 '생각해보렴'이라고 아이들에게 맡기며 스스로 해결하게 해. 학교에서는 그렇게까지 하지 않지만, 그곳에서는 아이들을 믿고 맡긴다는 방침이 철저해서 말이야. 실제로 나를 그곳으로 불러준 친구는 어렸을 때부터 그 방식에 익숙했던 탓인지 엄청 머리가 좋은 아이였어."

'신흥종교'라는 단어가 마음에 걸렸다는 사실을 말하면서 깨달았다. 전문 해설자가 말했다. 신흥종교. 노리코가 아는 미래 학교와 그 단어가 이어지지 않는다.

그러자 그때, 가만히 듣고 있던 에이지가 "그렇구나" 하고 중얼거리더니 살짝 한숨을 내쉬었다.

"뭐야, 너무 놀라게 하지 마."

"어?"

"갑자기 '여기서 지냈어'라고 말하니까, 장인장모님이 신자인가 싶었잖아. 난 그런 말은 듣지 못했기에 조금 당황했어. 아는 사람의 집이 그랬다는 것뿐이구나."

"신자라니……."

이번에는 남편이 아니라 노리코의 입가가 경직되었다.

"미래 학교는 종교가 아니야. 그곳에 있던 사람들도 정말로 평범한 아이들이었고, 종교처럼 교주가 있거나 하지도 않았어."

"그래? 근데 종교가 아니라고 해도 지극히 그에 가까운 사상인 거 아니야? 지금 이야기만 봐도 그곳에서 하던 건 뭐랄까, 대부분 자기 계발 세미나 같고 말이야. '학교'라는 이름을 내걸었지만, 여기 딱히 정식 학교법인도 아니잖아? 그런 점도 뭔가 수상해."

'자기 계발 세미나'라는 말에 다소의 야유가 섞인 것처럼 느껴졌다.

반론하고 싶었다. 하지만 제대로 말할 수 없었다. 문답을 통해 전쟁이나 세상의 다툼이 왜 없어지지 않는지에 대해 서로 대화했다. 아이들 각각의 좋은 점을 모두 함께 말하는 시간도 있었다. 자신들 한 명 한 명이 소중하게 여기는 것, 좋아하는 것, 싫어하는 것을 말로 표현하고, 옛 성인이 남긴 말에서 살아가는 힌트를 찾았다. 그 시간을 어린 시절의 노리코는 소중하다고 생각했다. 말하면 말할수록 풍족한 마음이 들게 하는 좋은 일이었다는 생각이 든다.

하지만 에이지의 말도 이해가 안 가는 것은 아니다.

노리코 또한 그곳에서 보낸 시간이 없었다면 미래 학교를 수상하게 여겼으리라. 그것은 충분히 이해되었다.

"그리고 생수 사건."

에이지가 말했다. 부모의 대화에 질린 것인지 아이코가 아장아장 에이지의 발밑에서 벗어나 테이블 옆의 의자에 올라서 쓰다 만 서류를 향해 손을 뻗기에 노리코는 딸을 서둘러 안아 올렸다.

"기억이 확실하진 않지만 미래 학교는 생수로 문제를 일으킨 단체잖아? 이상한 생수를 팔다니, 정말로 너무했지. 그리고 분명 그때 뉴스에서 봤는데, 여기 부모와 자식도 따로 따로 살지 않았어? 부모에게서 아이를 떼어 놓다니, 그것도 평범한 사람들에게는 불가능한 일이잖아. 장모님, 용케도 딸을 그런 곳에 보냈네. 교육에 관해서는 꽤 엄격한 사람이라고 생각했는데 의외야."

"생수 사건은 합숙에 갔다 오고 한참 지난 후에 일어났으니까."

생수에 불순물이 혼입된 그 사건은 노리코도 들은 적이 있다. 하지만 그 정도의 기억일 뿐, 그때는 사법시험 준비 중이라 정신없이 바빴다. 뉴스로 사건을 들었을 때는 놀랐고 그때도 배움터의 합숙에 대해 떠올리긴 했지만, '꽤 큰일이 벌어졌네' 정도의 수준이었고 금세 잊었다. 죽은 사람이 나온 사건이 아니었기 때문일지도 모른다.

"흐음. 그래도 어쩐지 그런 것에 대한 의식이 희박한 시대였다고 생각해. 의심 없이 아이도 보낼 수 있을 만한 시대. 너무 무사태평했던 것 같기도."

이야기를 정리하듯 에이지가 말하고는 "저기 말이야"라고 덧붙였다.

"그 이야기, 사람들한테는 안 하는 게 좋겠어."

"어?"

에이지의 얼굴에 희미하게 거북한 웃음이 떠올라 있었다.

"친구가 초대해서 간 것뿐이고, 노리코의 집은 다르다고 해도 오해할 수 있으니까."

"그 이야기"라는 것이 무엇을 지칭하는 것인지 바로 이해되지 않았다. 합숙에 관한 이야기라는 것을 조금 늦게 이해했다. 그러자 이번에는 희미한 정도라 아니라 맹렬하게 위화감이 느껴졌다. 그 순간, 아까부터 느끼던 위화감의 정체가 실타래처럼 풀렸다.

"여기라니…… 그 생수를 판 단체?"

미래 학교가 생수를 판 단체라고만 여겨지고 있다는 점에서 노리코는 위화감을 느꼈다. 텔레비전 화면의 자막에 '단체 시설'이라는 애매한 문구가 적힌 것도. '신흥종교'라고 불리는 것이나 '자기 계발 세미나'라고 적당히 받아들여지고 있는 점도.

노리코는 초등학생 무렵, 합숙에 몇 번 참가한 것뿐이다. 이 장소를 알고 있다고 크게 소란을 떨 정도로 이곳을 알고 있지도 않고, 일상적으로 생활을 한 것도 아니다.

하지만 에이지에게 반론하고 싶었다.

그렇지만 무슨 말을 하면 좋을지 알 수 없었다. 자신이 무엇을 말하고 싶은 것인지.

그곳의 갑갑함을 알고 있다. 고립감도 안다. 그 아이들이 부모와 떨어져 생활한다는 사실을 알았을 때의 놀라움도.

하지만.

자신이 아까 입에 담은 말이 다시금 되살아났다. 그곳에 있던 것은 평범한 아이들이었다. 그런 감각을 뉴스를 통해서만 미래 학교를 접한 사람에게 어떻게 전하면 좋을지 알 수 없었다. 긴 시간 함께 지내온 남편에게조차 건넬 말을 찾을 수 없다는 사실에 노리코는 당황했다.

그때 노리코에게 안겨 있던 아이코가 버둥버둥 날뛰었다. 웃, 하는 소리를 내며 노리코의 손을 떼어 내더니 마룻바닥 구석에 놓인 좋아하는 인형 쪽으로 가버렸다. 품에서 벗어날 때 부드럽고 말랑한 볼이 순간 노리코의 뺨에 닿았고, 거기에서 우유와 태양의 향이 났다.

그 향기가 코끝을 간지럽힌 순간, 문득 오싹거리는 한기가 몸을 감쌌다.

여아의 시체.

에이지나 의기양양한 표정으로 '신흥종교'라는 단어를 사용하는 해설자보다 훨씬 그곳을 잘 알고 있다고 생각하는 노리코조차도, 아니 그런 노리코이기에 더더욱 그 사실에 얼어붙었다. 텔레비전 뉴스는 아까부터 시체가 발견된 경위와 미래 학교가 과거 일으켰던 생수 사건에 대해 같은 것을 각도를 바꿔서 보도하고 있을 뿐이었다. 새로운 사실은 전해지지 않았다. 여아가 몇 살인지, 시체가 어느 정도 오래된 것인지, 외상은 있는지, 사인은 무엇인지. 자세한 것은 분명 아직 파악하지 못한 것이리라.

내가 알고 있는 아이가 아니면 괜찮다.

자신이 그렇게 생각하고 있다는 사실을 깨달았다. 그리고 그 말은 곧 자신이 아는 아이일 가능성도 있다는 뜻이라고 뒤늦게 알아채고 섬뜩해졌다.

예를 들어, 미카.

떠오르는 것은 역시 그 아이다. 6학년 여름, 마지막 합숙에 갔을 때는 만나지 못했다. 많은 아이들 사이에 그녀의 모습은 보이지 않았다.

"비밀, 가르쳐줄까?"

처음으로 만난 해, 미카는 말했다.

"사실은 엄마와 같이 살고 싶어. 기슭의 아이들처럼."

중대한 비밀을 전하는 것처럼.

애초에 부모와 떨어져서 살아가는 배움터의 아이들은 노리코와 달리 부모와 떨어져 있는 것이 당연하기에 그것을 쓸쓸하다고 생각하거나 가엽다고 생각하는 쪽이 실례라고 노리코는 생각했었다. 그것을 그대로 전하자 미카는 미소지었다.

"그래?" 하고.

"쓸쓸한 건 쓸쓸하고, 슬픈 건 슬퍼."

어떤 표정이었는지 안다. 떠올릴 수 있다. 하지만 어린 시절의 기억은 잔혹하다. 미카의 얼굴은 확실히 떠오르지 않는다. 헤어스타일은 5학년 때는 쇼트커트였다. 곤란한 듯한 표정을 지은 것이나 웃었던 것은 기억하지만 얼굴 생김새에 대한 기억이 애매하다. 스커트를 입고 있을 때가 많았다. 데님 재질이었던 것 같다. 옷의 일부나 헤어스타일 같은 단편적인 기억은 나는데, 여름에만 만나던 친구의 모습을 떠올리려 하면 꿈처럼 흐릿했다.

6학년 때 마지막으로 간 합숙.

떠올려 본다. 미카는 그때 없었다. 만나지 못했다. 애초에 여름 합숙에 참가한 아이가 배움터의 아이 모두와 만날 수 있는 것은 아니었다. 선발되어 도와주는 아이만이 와 있다는 설명을 들었다. 미카는 그해, 때마침 오지 않은 것뿐일지 모른다.

하지만 그때도 생각했다. 잠깐만이라도 나를 만나러 와도 좋지 않으냐고. 배움터의 아이들이 사는 건물은 합숙 장소 바로 옆에 있는데.

생각이 폭주한다.

노리코는 혼란스러웠다. 솔직히 말하자면 기분 나쁜 흥분이었다. 뉴스의 현장 영상에 이끌려 어린 시절의 기억이 떠오르려 하고 있다. 아니, 그 기억을 되살리고 싶다고 자신은 생각하고 있는 것이 아닐까.

분명 자신이 배움터를 떠난 후 몇 년이고 지난 뒤에 무슨 일인가가 일어난 것이다. 그것이야말로 생수 사건이 벌어진 전후, 노리코가 이미 어른이 되어버린 이후에 말이다. 그렇게 믿어보려고 했다. 하지만 이렇게 생각하고 만다. 시체는 훨씬 전부터 있었던 것이 아닐까.

예를 들어 노리코가 처음으로 합숙에 갔던 여름, 그때 이미 배움터의 땅 밑에 남몰래 누구인지 알지 못하는 '그녀'의 시체가 잠들어 있지는 않았을까.

"무슨 일이 있었던 걸까."

입을 닫은 채 텔레비전을 바라보는 노리코 옆에서 에이지가 중얼거렸다.

"없어져도 소란이 벌어지지 않았다는 건 역시 신자 중 누군가의 아이인 걸까. 가엽게도."

미래 학교에 간 적이 있다고 다른 사람들한테 말하지 않는 편이 좋다고 한 남편의 말에 대해 노리코는 계속 생각하고 있었다. 잊어버리고 있었을 뿐, 숨기거나 일부러 말을 하지 않은 것은 아니다.

하지만…….

'그 생수의 단체'라고 불리던 미래 학교는 이번 일로 분명 '그 시체가 발견된 단체'라고 불리게 되리라.

그것만은 이미 확실하다는 생각이 들었다.

◖●●

"곤도 선생님, 아라야 씨 전화입니다. 3번입니다."

직장에 그 전화가 걸려온 것은 갑작스러운 일이었다.

노리코가 근무하는 긴자의 야마가미 법률사무소는 소장인 야마가미에게는 개인실이 있지만, 나머지 세 명의 변호사는 한 방에서 사무원과 함께 일한다. 그날 아침은 때마침 노리코만이 자리를 지키고 있었다.

노리코의 보스인 야마가미는 올해 65세로, 기업의 법무 안건을 많이 다뤘다. 젊었을 무렵에 수영으로 단련해서 목 주변 근육이 탄탄하고 동년배 중에서는 키가 큰 탓인지 예부터 묘하게 관록이 있었다.

전화를 바꿔주는 사무원에게 "알겠습니다"라고 답하고 점멸하는 3번 버튼을 눌렀다.

"네, 전화 바꿨습니다. 곤도입니다."

"아, 여보세요. 선생님이십니까?"

전화 건너편에서 반가운 목소리가 들렸다. 아라야는 고이와에 있는 작은 건설사 사장이다. 야마가미 법률사무소가 오랜 기간 고문을 맡고 있지만, 평소에는 소장이 직접 담당을 하는 탓에 노리코에게 전화가 오는 일은 드물었다.

"죄송합니다. 공교롭게도 야마가미 사장님이 자리를 비워서요."

앞질러서 그렇게 말한 노리코를 "아아, 아닙니다"라고 전화 건너편 목소리가 가로막았다.

"야마가미 선생님이어도 괜찮지만, 일단은 곤도 선생님께 상담을 받고 싶어서요. 제가 아는 분이라고 해야 할지, 전에 일로 신세를 진 분이 조금 곤란해하고 계셔서. 누군가 변호사를 소개해줄 수는 없냐고 묻기에 선생님께 좀 부탁드리려고요."

"저한테요?"

아라야의 지인이라고 하면 역시 회사 경영자일까. 그렇다면 더욱더 노리코보다는 훨씬 경험이 많은 야마가미 쪽이 좋을 터다. 되물은 노리코에게 아라야가 말했다.

"선생님, 5년 전쯤 회사 일이 아니라 제 아내의 집 문제로 크게 신세를 진 적이 있지 않습니까. 그 처남 문제 말이에요."

"아아……."

노리코가 출산휴가에 들어가기 전의 일이었다.

아라야의 장모가 세상을 떴고, 그 유산 상속을 노리코가 담당하게 되었다. 부친 쪽은 10년 정도 전에 이미 사망했고 빈집이 될 부동산만이 주된 재산으로, 유산 금액으로서는 결코 큰 안건은 아니었다. 하지만 아라야의 아내에게는 절연 상태인 남동생이 한 명 있다는 점이 문제였다. 그 남동생의 상속분에 관해 가능하면 법률에 따라 깔끔한 형태로 처리하고 싶다는 것이 주된 상담 내용이었다.

그것만이라면 자주 있는 이야기였지만, 한 가지 번거로운 사실은 그 동생이 집을 나가 신흥종교 단체에 들어간 후 속세와는 인연을 끊어버렸다는 점이었다. 자세한 전모는 이야

기하지 않았지만, 가족과 절연 상태가 된 것도 그런 사정이
있었기 때문인 듯했다.

유산을 나눠주는 것은 상관없지만 상속한 유산을 그대로
종교 단체에 빼앗기는 것은 심정적으로 저항이 있다는 아라
야 부부의 상담에 응하면서 노리코는 야마가미를 서포트하
는 형태로 동생 문제 쪽을 담당했다. 연락이 닿지 않아 모친
의 사망조차 전할 방도가 없다는 그 동생을 만나기 위해 '도
륜회'라는 단체와 연락을 잡고 교섭을 거듭했다. 우여곡절
은 있었지만 최종적으로는 동생이 유산 상속을 포기하는 형
태로 결말이 났다.

큰 금액은 아니었다고 해도 당장 급한 생활비로서는 충분
한 금액이었다. 하지만 그는 "어머니는 물론 누나에게도 폐
를 끼쳤으니까요"라며 더듬더듬 말하더니 상속 포기를 선택
했다.

아라야의 처남은 민머리에 유리구슬 같은 투명한 눈을 하
고 있었다. 좁은 어깨를 움츠리고 앉는 자세는 마치 노인 같
았고, 아직 50대라고는 도저히 생각하기 힘들었다.

"크게 신세 지다니요. 당치도 않습니다. 동생분도 쉽게 이
해해주셨고요."

"제 지인이 지금 비슷한 종교 문제로 곤란을 겪고 있거든
요."

"네?"

마찬가지로 도륜회 신자의 가족이라는 말일까. 하지만 다음 순간, 노리코의 귀에 생각지도 못한 단어가 들렸다.

"미래 학교라고 있지 않습니까? 저기, 지난달에 아이 시체가 묻힌 게 발견된."

가슴 한복판을 갑자기 보이지 않는 손이 덥석 움켜쥔 것만 같았다. 순간 말문이 막힌 노리코의 대답을 기다리지 않고 아라야가 말을 계속했다.

"그분, 요시즈미 씨라고 하는데, 딸이 아이를 데리고 미래 학교에 들어가버려서 지금도 연락이 닿지 않는다고 합니다. 시체가 나온 시즈오카의 그곳에서 딸이 생활했다는 건 틀림없다는 듯하고요."

"네."

겨우 맞장구를 끼워 넣었다.

"이번에 발견된 여자아이가 혹시 자신의 손녀는 아닐까 걱정하고 있다네요. 아무래도 보도된 시체가 묻힌 시기나 나이가 맞는 것 같다고. 그 손녀도 어렸을 때 만나고는 한 번도 보지 못했답니다."

다시금 말이 나오지 않았다.

떠오르는 것은 이번에도 자신의 어릴 적 여름이었다. 그곳에서 흐르던 시간, 생활하던 아이들. 그들이 어떤 부모나 배경을 가지고 살아가고 있었는지 당시에는 전혀 생각해보려하지 않았다. 하지만 당연히 그 아이들의 부모에게도 부모가 있다. 기슭에서 사는 조부모 또한 있었을 것이다.

시체 발견 뉴스로부터 벌써 한 달 가까이 지나 있었다. 여전히 시체의 신원은 판명되지 않은 채였지만, 그럼에도 몇 가지 알게 된 사실이 있었다.

시체는 묻힌 지 30년 정도 되었다고 했다. 나이는 아마도 9세부터 12세. 초등학교 3학년부터 6학년 정도일 가능성이 크다.

노리코는 올해 40세다.

합숙에 갔던 여름은 10세부터 12세. 시기가 딱 들어맞는다는 사실에 경악하면서도, 그곳에서 만난 아이들에 대해 생각이 나려고 할 때마다 그 충동을 억눌렀다.

그 시체가 당시 만났던 아이 중 한 명이라니, 그런 우연은 있을 리 없다. 분명 자신이 모르는 아이다. 그곳에 미카의 얼굴을 끼워 넣으려 하는 것은 자신의 억측이다.

"어째서 저한테⋯⋯."

갑자기 솔직한 마음이 흘러나오고 말았다. 평소에 일할 때는 절대로 입에 담지 않는 말이라는 사실을 깨닫고 깜짝 놀라 수화기를 고쳐 든 노리코에게, 아라야는 신경 쓰지 않는 투로 답했다.

"곤도 선생님. 저희 처남 문제 때, 그 종교와 제대로 교섭해서 원만하게 해결해주시지 않았습니까. 요시즈미 씨와 대화 중에 선생님이 떠올라서 가볍게 언급했더니 그 선생님을 소개해달라고 해서."

"아니, 저는……."

아라야의 처남 건에서는 그가 신흥종교의 신자이긴 했지만, 노리코는 어디까지나 자신은 상속 문제를 담당한 것에 지나지 않는다고 생각했다.

신흥종교에 들어가 있다는 사실 말고는 소재를 알지 못한다는 동생의 거주지를 찾는 것은 생각보다 큰 문제가 아니었다. 도륜회에 묻자 금방 알아낼 수 있었고, 누나의 대리인을 만날지 말지의 의사 확인 등에 대해서도 처음에는 종교 단체의 대리인과 대화할 필요는 있었지만, 일단 동생과 직접 만나고 난 후에는 이야기가 단번에 단체를 통하지 않고 개인적인 것으로 바뀌었다. 오히려 상속 문제에 단체가 개입하는 것을 상대편이 싫어한다는 분위기가 감돌았다. 단체의 고문 변호사나 대리인의 동석도 도중부터는 없어지게 되었고, 동생의 태도는 유산을 받고자 하기보다는 과거의 가족과 연을 끊고 싶다는 마음 쪽이 더 큰 것처럼도 느껴졌다.

노리코는 그때까지 종교 단체라는 것은 신자와 관련된 돈에 철저할 정도로 깐깐하게 군다는 이미지를 막연하게 가지고 있었다.

노리코는 아라야의 처남과 대화 후에 도륜회로부터 어떤 형태로든 액션이 있더라도 이상하지 않다고 각오했다. 하지만 따로 다른 말이 나오지도 않았고, 상속 문제는 그렇게 깔끔하게 정리되었다.

교섭을 거치며 알게 된 도륜회의 교의에는 현세에서의 욕구와 돈을 철저하게 멀리한다는 한 문장이 있었다. 얼마나 충실하게 지키고 있는지는 알 수 없지만, 그 교의가 동생에게 상속 포기라는 선택지를 부여한 것일지도 모른다.

상속 문제를 해결하기 위해 동생을 만나고자 방문한 도륜회의 공동 주택은 벽에 금이 간 오래된 건물이었다. 그 복도 안쪽으로 사라져가는 동생의 뒷모습을 노리코는 뭐라고도 할 수 없는 마음으로 배웅했다. 아라야 부부는 마지막까지 동생을 만나려 하지 않았다.

"처남분 문제는 도륜회가 깊게 관여하는 문제는 아니라서 운 좋게 도와드릴 수 있었지만요."

"아니, 그래도 그런 곳에 대한 경험이 있다는 점은 똑같지 않나요. 제 체면도 있으니까 일단 요시즈미 씨를 만나주실 수 없으실까요?"

'잠시만요'라는 말이 입에서 나오려고 했다.

야마가미 법률사무소도, 노리코 자신도 종교 문제의 전문가가 아니다. 변호사 사무소에는 각각 특기 분야가 있다. 그중에는 신흥종교에 대한 문제를 전문으로 다루며, 출가한 가족이나 출가 시에 단체에 기부한 재산을 되찾기 위한 소송을 다수 다루는 사무소도 있다.

아라야 건도 사실 그 분야에 밝은 동업자에게 의견을 묻기도 했다. 이 분야를 전문으로 다루는 사무소 몇몇 곳이 머릿속에 떠올랐다.

요시즈미 씨에게는 다른 사무소를 소개해서 그곳에 맡기라고 해야 한다.

순간 그렇게 생각했다. 머리로는 그렇게 판단했다.

분명 그랬을 터인데, 목에서는 어째서인지 "알겠습니다"라는 목소리가 나오고 있었다.

"알겠습니다. 그분께 제 연락처를 전해주세요."

● ● ●

사무소 응접실에 나타난 요시즈미 부부는 자그마한 체구의 한 쌍이었다.

날개를 접고 사이좋게 하나의 횃대에 바싹 달라붙어 앉아 있는 문조나 카나리아 같은 작은 새가 떠올랐다. 둘 다 백발인 데다가 흰 셔츠와 블라우스 차림이었기에 더욱더 새의 모습이 연상되었을지도 모른다.

요시즈미 다카노부와 기요코. 나이는 87세와 85세라고 했다.

"처음에 저는 '미래'라는 이름이 붙은 곳은 제대로 된 곳이 아니라고 말했어요."

다카노부가 말했다. 그 말을 노리코와 소장인 야마가미는 가만히 듣고 있었다.

진한 색의 두터운 무테안경을 쓰고 보청기를 낀 다카노부는 고령이지만 몸가짐에 신경을 쓰고 있는 듯, 젊었을 때는 꽤 우수한 영업사원이었다는 품격이 느껴졌다. 종합상사를 퇴직하기 직전, 살던 집의 리모델링을 의뢰하는 과정에서 건설회사를 경영하는 아라야 사장과 친해졌다고 한다.

남편에게 바짝 붙어 앉은 아내 기요코도 기품 있는 노부인이었다. 사무소에 들어오기 직전까지 쓴 듯한 꽃무늬 양산을 자리에 앉은 뒤 바로 "잠시 실례할게요"라고 굳이 양해를 구하고는 차를 대접하는 사이에 꼼꼼히 접어서 핸드백에 넣었다. 지금은 살짝 고개를 숙이고 그 핸드백 손잡이를 꽉 쥔 채 남편의 이야기를 듣고 있다.

"미래는 커다란 단어죠. 그런 말을 스스로 내걸고, 더욱이 교육할 수 있다고 생각하는 인간이나 단체는 제대로 된 곳이 아니다. 미래 학교라는 이름을 내걸어도 되는 건 에코 에너지나 새로운 기술을 개발하는 회사뿐이라고 말했더니, 야스미와 크게 싸움이 났어요."

보청기를 끼고 있는 탓인지 목소리가 컸지만, 반대로 말투는 확실하고 명료했다. 얼굴과 손에 주름이 많았고 목소리도 조금 갈라져 있지만 말을 알아듣기 쉬웠다.

야스미는 그들의 외동딸 이름이다.

"부모인 저희가 말하는 것도 뭐하지만, 착실하고 우수한 아이였어요. 그런 곳에 들어가버릴 거라고는 도저히 상상할 수 없을 정도로요."

고개를 살짝 들고 이번에는 기요코가 그렇게 말했다. 손은 아직 핸드백 손잡이를 꽉 붙잡은 채였다.

그녀가 딸의 출신 고등학교로서 이름을 댄 곳은 도쿄에서 명문이라 불리는 사립학교였다. 그곳에서 지방 국립대에 진학 후 광고 회사에 취직. 그 후, 동료였던 남성과 결혼을 계기로 퇴직. 아이 하나를 낳았지만 얼마 되지 않아 이혼했다고 한다.

딸이 미래 학교에서 생활을 시작하겠다고 말한 것이 그즈음이었다. 부부는 그때까지 미래 학교의 존재도, 하물며 딸이 그곳의 이념에 감화되어 있다는 사실도 알지 못했다.

손녀는 그때 막 두 살이 된 참이었다.

"아무리 반대해도 야스미는 들은 척도 안 했어요. 이혼한 지 얼마 되지 않아 불안했을 테고, 분명 쓸쓸했겠죠. 그런 부분을 미래 학교가 파고들었다고 생각합니다. 저희는 딸이 너무 완고해서 중간에 포기하고 말았죠. 한때의 유행병 같은 거라고, 분명 실제로 살아보면 싫어져서 집으로 돌아오리라 생각했어요. 하지만 손녀만은 두고 가라고 말했습니다. 어떤 걸 믿든 그건 네 자유지만, 아이를 데리고 가지는 말라고. 하지만……."

핸드백을 쥔 기요코의 손이 와들와들 떨렸다. 얼굴에 그늘이 졌다.

"야스미가 그래서는 의미가 없다면서 웃었어요. 오히려 자신 혼자였다면 배움터에 가지 않았을지 모르지만, 아이를 위하는 길이라는 생각에 같이 가기로 했다면서요. 엄마, 미래는 이 아이들 안에만 있어요, 하며 손녀의 머리를 쓰다듬으면서 말했어요."

닭살이 돋았다.

노리코는 입을 닫은 채 두 명을 바라보았다. 들은 적 있는 말이었기 때문이다. "미래는 여기에만 있습니다." 머리에 손을 대고 배움터의 어른들이 말했었다.

기요코의 입에서 배움터라는 단어가 주저 없이 나왔다는 점에 대해서도 놀랐다. 지금까지 누구와도 공유할 수 없었던 명칭. 아이러니하게도 이 사람들은 그 안에 들어간 적은 없지만, 다른 각도에서 역시 그곳을 알고 있는 것이다.

"반대하며 가족의 연을 끊겠다고까지 말했는데 들어가버렸죠."

기요코가 떨리는 목소리로 말하자 다카노부가 계속했다.

"그곳이 부모와 아이를 갈라놓고 생활하게 하는 장소라는 걸 알게 된 건 이미 야스미가 손녀를 데리고 가버린 이후입니다."

분통하다는 듯한 말투였다.

"그때까지 저희는 이런저런 일이 있어도 아이는 역시 부모와 사는 게 제일이라고 생각하면서 어떻게든 마음을 정리했는데, 배신당했다고 생각했습니다. 야스미가 육아 방치를 위해 그곳에 들어간 것인가 생각하니 우리 딸임에도 한심하고, 손녀를 지키지 못했다는 사실도 분했습니다."

입에 담자 지금도 그 생각이 떠오르는 듯 뺨이 붉게 달아오르는 것처럼 보였다.

"그때, 야스미 씨와 손녀분을 미래 학교에서 되찾아오려고 하지는 않으셨나요?"

노리코 옆에 앉아 있는 야마가미가 처음으로 그들에게 물었다. 다카노부가 끄덕였다.

"했습니다. 하지만 아무리 미래 학교에 호소해도, 실제로 시즈오카의 시설을 방문해도, 야스미가 저희를 만나고 싶어 하지 않는다며 만나게 해주지 않았어요. 연락조차 하게 해주지 않아서, 그래서는 야스미가 이미 그곳에 없다고 해도, 가령 죽었다고 해도 알 수 없겠다고 아내와도 이야기를 자주 나눴습니다."

죽었다는 말이 나와서 응접실의 분위기가 한껏 무거워졌다. 다카노부가 "생수 사건 때도" 하고 말을 이었다.

"결국 그곳이 큰일을 저질렀다며, 이때는 대리인을 세워서 다시 미래 학교에 이번에야말로 야스미와 만나게 해달라고 요청했습니다. 하지만 그때는 이미 딸이 없다고 들었어요. 미래 학교를 탈퇴하고 시설을 나갔다고요."

단숨에 거기까지 말하고 나서는 무겁게 고개를 저었다.

"진짜 그런지 어떤지는 알 수 없습니다만."

"손녀분은요?"

야마가미의 물음에 다카노부가 답했다.

"미래 학교에 따르면 야스미가 함께 데리고 갔다고 했어요. 하지만 그로부터 수십 년이 지났지만, 딸은 물론 손녀도 저희와 한 번도 만나지 않았습니다. 연락도 없고요. 어디로 간 것인지 전혀 알 수 없습니다."

때때로 말투가 격해져도 논리정연하게 말하는 이 요시즈미 부부의 딸인 야스미는 둘이 말하는 것처럼 견실하게 키운 우수한 딸이었으리라.

'하지만 그렇기에 더욱 그렇게 된 것이 아닐까.' 노리코는 생각했다.

그곳에서 만난 '선생님'들은 전부 우수하고 머리가 좋은 사람들이었다. 우리 집처럼 평범한 어머니와는 다르다. 순수한 아이의 마음으로 그렇게 생각했다. 학력도 높고 어학에도 능통했으며, '스스로 사고하는 힘'에 뛰어났다. 그렇기에 높은 이상을 추구했다.

"선생님들께 부탁드리고 싶은 건."

이번에는 다카노부의 손이 떨렸다. 더없이 분노와도 닮은, 풀 길 없는 감정 때문에 지금 그렇게 손을 떤다는 것이 딱딱한 표정에서도 확실히 전해졌다.

"그 유골이 손녀인지 아닌지 확인해주셨으면 합니다."

유골이라는 말이 무거웠다. 시체가 아니다. 유골. 뉴스를 들고 나서 이 부부는 계속 시설의 위치나 발견된 시체의 상황을 딸과 손녀의 존재에 겹쳐가며 끊임없이 구체적으로 상상해왔음이 분명했다.

"아니라면 아닌 것으로 족합니다. 오히려 아니길 바랍니다. 아무것도 모른 채 어미에게 끌려 그런 곳에 가서 부모와도 떨어져서 자라고 결국 죽음을 맞이했다고 하면 너무나도 가여우니까요."

가여우니까요, 가여우니까요, 가여우니까요.

반복하는 다카노부 옆에서 기요코가 눈물을 흘렸다. 우우, 하는 작은 목소리가 터져 나오고 기요코가 얼굴을 가렸다. 그 목소리에 촉발된 것처럼 다카노부의 눈도 다시 붉게 젖어들기 시작했다.

다카노부가 말을 이었다.

"손녀는 살아 있다면 올해 마흔입니다. 마흔이라고 하면 이미 어른이니까, 어디서 어떤 일을 당하더라도 그게 그 아이의 인생일지 모른다고 저희도 그렇게 생각하고 체념할 수 있습니다. 하지만 뉴스를 보고, 아직 어린 나이에 그 아이의 시간이 멈춰버린 것일지도 모른다고 생각하니 가슴이 찢어질 것만 같아요. 그 아이에게는 아무런 죄도 없지 않나요? 너무 가여워서 저희는 죽어도 눈을 감을 수 없습니다."

말을 들으며 노리코도 입술을 깨물었다. 그러지 않으면 마음을 유지할 수 없을 것만 같았다.

살아 있다면 마흔.

현재 노리코와 같은 나이다.

요시즈미 부부를 앞에 두고 자신이 계속 그들 안에서 어떤 면모를 찾고 있다는 사실을 깨닫고 있었다.

미카의 면모.

그녀와 닮은 분위기.

흐릿하게밖에 떠오르지 않는, 자신이 가지고 있는 미카의 기억과 이어지는 것을.

그렇게 생각하면 생각할수록 자신이 깜짝 놀랄 정도로 그녀에 대해 기억하지 못한다는 사실을 깨닫는다. 미카의 면모가 요시즈미 부부 안에 보이는 것 같기도, 보이지 않는 것 같기도 하다.

아이에게는 죄가 없다.

요시즈미 부부와 헤어졌을 때 손녀는 두 살이었다는 점에서도 가슴이 옥죄어오는 듯했다. 노리코의 딸, 아직 작은 아이코의 따뜻함을 떠올리면, 그 나이에 부모와 떨어진다는 것의 의미가 어렸을 때 상상한 것과는 그야말로 다른 무거움을 동반하며 다가온다.

"쓸쓸한 건 쓸쓸하고, 슬픈 건 슬퍼."

미카의 목소리가 되살아나는 것만 같았다.

"손녀분의 이름을 여쭤봐도 될까요?"

노리코가 물었다.

요시즈미 부부가 서로의 얼굴을 마주 보았다. 답한 것은 기요코였다.

"손녀의 이름은……."

4장

미카의 추억

"나, 미카라고 해."

미카가 자신을 소개했다.

그 아이는 무척이나 놀란 듯했다.

갑자기 말을 걸어서 당황한 것인지 아무 대답도 없었다. 부끄러운 것일지도 모른다. 미카는 이미 옷을 갈아입었는데 그 아이는 아직 잠옷 차림이니까.

하지만 그 아이가 입고 있는 연보라색 잠옷은 옷자락에 프릴이 달려 무척이나 귀엽다. 나라면 온종일 그 잠옷을 입고 있어도 좋을 텐데. 그렇게 생각하면서 웃으며 물었다.

"그거 직접 고른 거야?"

배움터에서는 직접 옷을 고를 수 없다. 그렇기에 부러워서 자신도 모르게 목소리가 나왔다.

"좋겠다. 센스 있네."

"……노리코."

"응?"

"나, 노리코."

겨우 그 아이가 대답했다. 무시하는 것이 아니라고 알게 되어 미카는 안심했다. 배움터 합숙이 시작되고 오늘로 3일째. 미카는 매년 합숙을 도와주는 것을 무척 좋아했다.

분명 어제 초록반에 있던 아이다.

"노리코, 4학년이지? 나도 마찬가지야."

미카가 묻자 그 아이는 조금 전보다 더 깜짝 놀란 듯했다. 다시 입을 닫아버렸기에 말하는 것을 그다지 좋아하지 않는 것일까 생각하는데 그 아이…… 노리코가 말했다.

"기억하고 있었어?"

"응?"

"합숙하러 온 아이들 엄청 많잖아? 배움터 아이들은 하나하나 기억 못 할 거라고 생각했어."

"아, 물론 모두의 이름을 아는 건 아니지만 같은 학년은 기억해. 친해지고 싶으니까. 나도 4학년이야. 잘 부탁해."

미카가 그녀에게 말을 건 이유는 침울한 표정을 짓고 있어서였다.

노리코가 정말로 침울한지 어떤지는 알 수 없다. 하지만 합숙 기간 중 이렇게 되어버리는 아이는 매년 꼭 있다. 같은 반 친구나 함께 자는 그룹에서 떨어지게 되거나 밀려나오게 되는 아이. 배움터에 와서도 마음이 계속 기슭에 있어서 돌아가고 싶다는 생각만 계속하는 아이.

그리고 어째서인지 미카는 그런 아이를 발견하는 것이 특기였다.

이 아이, 노리코에게는 그런 분위기가 있었다. 그렇지 않다면 사람이 적은 2층까지 굳이 혼자 이를 닦으러 오지 않을 테니까.

미카는 사람들 사이에서 문제없이 지내는 아이보다 그런 아이와 이야기하는 것이 좋았다. 발견하면 가만히 놔둘 수 없었다.

마음을 알 것 같기 때문이었다.

"잘 부탁해."

미카가 말하자 노리코가 "응" 하고 작게 끄덕였다. 자신과 이야기하는 것이 즐겁지 않은 것일까 싶어서 걱정하는데, 그 얼굴이 갑자기 웃음을 머금었다.

"잘 부탁해."

웃어주어서 미카도 무척이나 기뻤다.

● ● ●

"같은 학년은 기억해. 친해지고 싶으니까. 나도 4학년이야."

미카의 목소리는 밝고 시원시원했다. 노리코는 멍하니 칫솔을 손에 든 채 그 목소리를 들었다.

"잘 부탁해."

미카가 그렇게 말했다.

가슴이 두근거렸다. 배움터의 아이는 이 장소에 익숙해서인지 선생님들에게도 주눅들지 않는다. 모두에게 인기가 있고, 그렇기에 노리코는 어제 미카가 배식을 도와주러 왔을 때도 도저히 말을 걸 수 없었다. 말할 수 있는 것은 일부 적극적인 아이들의 특권이라고만 생각했다.

설마 배움터의 아이가 갑자기 자신에게 말을 걸어주다니.

미카는 예쁜 아이였다.

다만 유이나 아미와는 분위기가 완전히 다르다. 둘 다 무척이나 예쁘지만, 미카는 아이돌이나 좋아하는 남자아이 이야기로 달뜨거나 하는 유형은 아닌 듯했다. 제대로 설명할수는 없지만 눈빛이 살아 있다고 할까 늠름해 보였다.

미카라면 노리코가 이곳의 경치가 아름답다고 생각한다는 것이나 산의 분위기가 마음에 든다는 이야기를 해도 받아줄 것만 같았다. 지금 처음으로 대화를 나눈 참이기에 그렇게 생각하는 것도 무척이나 이상하지만.

"잘 부탁해."

자연스레 목소리가 나와서 스스로도 놀랐다. 어느새 묻고 있었다.

"미카는 여기서 계속 사는 거야?"

배움터의 아이에게는 묻고 싶은 것이 많았다. 배움터의 아이라고 말할 뿐 그 아이들이 어디에서 잠을 자는지, 어째서 여기에서 사는지 등 어른은 아무것도 제대로 설명해주지 않기 때문이다.

물어서는 안 되는 것일까, 하고 주저하면서 물었지만 미카는 시원스레 "맞아"라고 답했다.

"지금은 저쪽에 있는 홀이라거나 어른들 기숙사의 빈방에서 자고 있어. 평소에는 지금 다들 쓰고 있는 이 배움터에서 자지만, 합숙 때는 저쪽."

"어? 자는 곳을 우리에게 빌려준 거야?"

"응. 그래도 괜찮아. 기슭의 아이들이 오는 거 즐거우니까."

미카가 방긋 웃었다.

그때, 아래에서 선생님 목소리가 들렸다.

"여러분, 양치질 끝났으면 옷 갈아입어야죠. 아침 식사에 늦지 않도록 식당으로 어서 이동합시다."

그 목소리에 깜짝 놀라서 서둘러 치약을 짰다. 물을 틀자, 물의 차가움에 놀랐다. 산의 물은 이렇게나 눈이 번쩍 떠질 정도로 차가운 것일까.

"또 봐."

미카가 말했다. 말이 귓속으로 찡 스며드는 것 같았다.

아까까지 노리코의 마음은 유이나 아미에 대한 일이나 오늘 밤은 누구와 자면 좋을지에 관한 생각으로 가득했는데, 미카의 한마디로 마음이 무척이나 가벼워졌다.

이를 다 닦고 옷을 갈아입은 후 식당 테이블에 반별로 집합했다.

오늘 아침에는 테이블 한복판에 도마와 칼이 놓여 있었다. 그 옆에는 커다란 복숭아도 있었다.

"복숭아를 근처 농가에서 받았습니다. 테이블별로 모두 스스로 잘라서 먹읍시다. 누군가 여자아이 중에 자르는 것 좀 부탁할게요."

사치코 선생님의 말에 직접 하는 것인가 싶어 놀랐다.

노리코는 어머니와 할머니의 요리를 도운 적은 있지만 직접 칼을 쥔 적은 없었다. 복숭아 껍질을 벗긴다니, 꽤 어려워 보였다.

"해본 적 있어?"

같은 4학년인 사야에게 묻자, 사야는 고개를 저었다. 어떤 아이이건 다들 그런 느낌이었다. 모두 칼을 가만히 바라보고 있었지만, 이윽고 선생님이 각 반의 6학년 여자아이들 보고 자르라고 해서 6학년생들이 어른에게 배워가며 잘라서 나눠주었다.

"돌아갈 무렵에는 여러분 모두가 할 수 있게 될 거예요. 어른이 되고, 언젠가 어머니가 되었을 때 곤란하지 않게 말이죠. ……역시 해가 갈수록 칼을 쓸 수 있는 아이가 줄어드는 기분이 드네."

사치코 선생님이 혼잣말처럼 입에 담았다.

복숭아는 뭐라 할 수 없이 달콤했다.

빵과 우유, 삶은 계란도 전부 먹었다. 처음으로 제대로 이곳의 식사를 '맛본' 느낌이 들었다. 옆자리 사야는 우유와 계란을 남긴 탓에 선생님께 혼이 났다.

아침 식사를 마치자 모임이 열렸다. 미래 학교에서는 학교의 집회라거나 학급 모임 같은 대화 활동을 전부 모임이라고 말하는 듯했다. 아침 모임에서 몸 상태에 관해 모두에게 확인한 후, 중대한 일을 전하듯 사치코 선생님이 말했다.

"오늘은 드디어 샘을 보러 갈 거예요."

"드디어"라고 해도 확 와닿지 않았다. 하지만 "숲에 들어가서 조금 깊숙한 곳까지 걸으니까 다른 사람들과 떨어지지 않도록 조심하세요"라고 선생님이 말하는 것을 들으니 떠오르는 것이 있었다.

합숙 소개 비디오에서 롤플레잉 게임 같은 곳에 나올 법한 전설의 샘 같은 장소를 보았다. 그러고 보니 그곳에 가고 싶다고 합숙 전에 막연히 생각했었다.

"여러분이 합숙에 오고 나서 마시는 물이나 채소를 씻는 물, 밥을 지은 물도 전부 지금부터 가는 샘에서 나온 거예요. 배움터를 청소할 때도 이곳 아이들은 샘의 물을 길어 와서 그걸로 청소하고 있답니다. 오늘은 여러분도 특별히 물을 길어 올 수 있어요."

사치코 선생님이 설명했다. 각 반 앞에는 옛날이야기에 나올 법한 나무로 된 물통과 양동이가 준비되어 있었다.

초록반의 담임은 사치코 선생님과 또 한 명, 그녀보다 훨씬 연하로 보이는 겐 선생님이라는 남자 선생님이 있었다. 겐 선생님은 세련된 안경을 썼고, 어딘지 모르게 도시인 같은 느낌이었다. 그가 입은 폴로셔츠는 어제도 오늘도 선명한 녹색이었다. 첫날 자기소개 시간에 "초록반의 담임이 된다고 들었기에 갖고 있는 녹색 옷을 전부 가지고 왔어"라고 말했다. 다른 여자 선생님들은 어딘지 모르게 누군가의 어머니처럼 보이지만, 목소리가 또렷하고 당당하게 말하는 겐 선생님은 정말로 학교의 선생님이라 해도 이상하지 않을 것 같았다.

사치코 선생님이 설명하는 사이, 반의 4학년 남자아이가 시큰둥한 표정으로 일어서더니 방을 나가려고 했다. 그것을 겐 선생님이 뒤쫓았다.

합숙에 와서 요 3일간, 이런 일이 자주 있었다. 그 아이는 다른 사람의 말을 듣는 것이나 가만히 앉아 있는 것이 힘든 듯, 곧장 혼자만 일어나서 걷거나 방을 나가려고 했다. 그럴 때마다 사치코 선생님으로부터 "노부!"라고 혼이 났기에 노리코도 이름을 기억했다.

설명하던 사치코 선생님이 힐끔 노부를 보았다. 무서운 목소리로 "노부, 이야기 도중에는 앉아 있어야지"라고 주의를 주었다. 노리코는 '또야' 하고 마음속으로 작게 혀를 찼다.

노리코는 불성실한 아이가 싫다. 자신이 성실하기 때문일지도 모르지만, 장난치거나 해야 할 일을 제대로 하지 않는 사람을 보면 화가 난다.

노부가 뾰로통한 표정으로 겨우 자리에 앉았다. 사치코 선생님이 설명을 재개했다.

"샘은 무척이나 소중한 장소입니다. 좋은 물이 있는 곳에서 자유롭게 놀고 배우자는 생각에서 미래 학교는 시작되었습니다. 우리는 합숙할 때만 신세를 지지만, 평소 이곳에서 사는 사람들에게는 우리가 생각하는 것 이상으로 소중한 장소니까 오늘은 절대로 장난치거나 하면 안 돼요. 그런 장소를 볼 수 있다는 것 자체가 무척이나 귀중한 기회입니다."

모두가 신발을 신고 배움터 밖으로 나섰다. 건물 바로 근처의 광장이라고 불리는 장소에서 반별로 줄을 섰다.

"한 번에 모든 반이 갈 수는 없으니까 초록반과 황록반 두 반이 함께 갈 거예요. 오늘은 이미 벌써 보라반과 빨강반이 가 있으니까 중간에 엇갈릴지도 모르겠네요."

사치코 선생님이 설명하는 도중, 줄의 한복판에 있던 누군가가 갑자기 땅에 축 드러누워버렸다. 또다시 노부였다. 깜짝 놀랐다. 아침에 막 갈아입은 셔츠와 바지, 머리카락조차도 누런 모래투성이가 되었다. 할 마음이 없는 듯, 온몸의 힘을 빼고 있는 것처럼 보였다.

"싫다……."

사야가 안경 안쪽의 눈살을 찌푸렸다. 음식의 호불호가 많고 활동 때도 항상 손수건을 무릎 위에 펼쳐 두는 것을 보면, 사야가 깔끔한 것을 좋아한다는 것은 노리코도 3일째가 된 지금은 왠지 모르게 알고 있었다.

사야의 목소리가 들렸는지, 땅에 축 몸을 던졌던 노부가 갑자기 이쪽을 보았다. 노리코는 가슴이 철렁 내려앉았다. 말한 것은 옆의 사야니까 이쪽을 노려보지 않았으면 좋겠다고 생각했다. 하지만 노부의 눈에는 빛이 없었다. 노려본다는 의사가 느껴지지 않았다. 이쪽을 보고 있지만 아무것도 보고 있지 않은 것 같은 눈이었다.

같은 반이 된 지 3일째지만, 노부 같은 아이와는 마지막까지 친하게 지낼 수 없을 것만 같았다. 무슨 생각을 하는지도 알 수 없고, 가능하면 그다지 가까이 다가가고 싶지 않았다. 이 아이는 평소 학교에서도 이렇게 행동할까.

노리코가 그런 생각을 하던 바로 그때였다. 겐 선생님이 "어이, 노부. 등이 땅이랑 딱 달라붙은 거야?" 하며 노부를 일으켜 세우려 했다. 사치코 선생님처럼 화가 난 목소리가 아니라 무척이나 태평한 말투였다.

"노부, 그러고 있고 싶으면 계속 그러고 있어도 되지만, 여기 그늘이 없으니까 머지않아 바싹 말라버릴 거야. 봐봐. 옆에 지렁이 사체 있는 거 보여?"

겐 선생님이 말해도 노부는 대자로 누운 채 하늘을 올려다볼 뿐이었다. 하지만 겐 선생님은 노부를 혼내지 않았다.

"참 재밌어, 노부는"이라고 말하며 웃었다. 팔을 잡아당기거나 몸을 안아서 일으키려고도 하지 않았다.

"그리고 말이야."

겐 선생님이 하늘을 올려다보는 노부의 얼굴에 자신의 얼굴을 가까이 가져갔다. 눈과 눈을 맞추고, 그리고 웃은 것처럼 보였다.

"난 네가 좋아."

그렇게 말했다. 노부는 변함없이 눈을 뜨고 위를 올려다볼 뿐 웃지 않았다. 답 따위 기대하지도 않은 것처럼 겐 선생님은 다시 천천히 노부에게서 떨어졌다.

"얼른 일어나는 게 좋을 거야. 정말로 너까지 말라비틀어질지 모르니까. 시게루, 노부가 내키는 대로 누워 있어도 좋으니까, 혹시 마음이 동해서 이쪽으로 올 것 같으면 나중에 같이 와줄래?"

"알겠습니다."

어른스러운 목소리가 들려서 순간 얼굴을 향했다. 어느샌가 광장에는 배움터의 아이인 시게루와 그 옆에는 미카가 와 있었다.

미카와 눈이 맞았다. 노리코를 발견하고 그 얼굴이 미소 지었다. 살짝 손끝만을 움직여서 손인사를 했다.

마음이 둥실 부풀어 올랐다.

"친해?"

사야가 물었다. 그런 질문을 듣는 것조차 기뻐서 노리코는 "응" 하고 답했다.

"아침에 이 닦을 때 만났거든."

"그렇구나."

그때, 문득 물어본다면 지금이라는 생각이 들었다.

"사야는 밤에 지금 누구랑 자?"

유이가 사라졌으니 아미도 오늘부터는 이제 같은 반 아이와 함께 잠을 자리라. 노리코는 시시하니까. 만약 그렇게 된다면 노리코는 외톨이가 된다. 첫째 날, 사야가 권해주었는데 유이와 아미 쪽으로 가버린 것을 어제부터 계속 후회하고 있었다.

"……딱히 정해지지 않았는데."

사야가 답했다.

혼자서 잠을 잔다는 말일까. 답하는 사야는 조금 거북해 보였다. 친구가 없는 것처럼 보이는 것은 누구에게든 무서운 일이다. 노리코가 물었다.

"오늘부터 같이 잘래?"

"어? 그래, 좋아."

"다행이다. 고마워."

안심해서 사야에게 고마움을 표했다.

샘을 향해 걸을 때, 미카를 포함한 배움터의 아이는 선생님과 함께 선두와 후미를 걸었기에 노리코 옆으로는 오지 않았다. 그것에 조금 실망했지만, 함께 갈 수 있다는 것 자체만으로도 무척이나 기뻤다.

숲속을 나아가자 땅과 풀 냄새가 훨씬 진해졌다. 왠지 그리운 냄새였다. 하늘은 맑았지만 숲속에는 비에 젖은 채인 장소가 어딘가에 있는 듯했다. 젖은 땅과 잎의 냄새가 났다.

치, 치치치치, 하는 새소리.

맴맴맴맴, 하는 매미 소리.

귓가 바로 근처에서 날아다니는 곤충 날갯소리.

"미끄러운 곳도 있으니 조심하세요."

사치코 선생님이 앞쪽에서 외쳤다. 나뭇잎이 겹쳐진 사이로 흰빛을 띤 태양이 보였다. 숲속은 나무와 바위뿐이었다. 흙더미처럼 산의 표면이 드러난 곳이 바로 근처에 있기도 했고 길 같지 않은 곳을 걷는 느낌이었지만, 잘 보니 사람이 다니는 길은 이미 정해진 듯했다. 분명 배움터 사람들이 몇 번이고 오갔기 때문이리라.

앞쪽에 파란 지붕 건물이 보이기 시작했다. 아이들의 웅성대는 목소리와 수런거림이 들려 왔다.

"이곳은 공장입니다."

발을 멈추고 사치코 선생님이 말했다.

"샘물을 기슭에 보내기 위해 저장하는 장소예요. 이곳의 물은 정말로 대단해서 기슭에서도 인기거든요. 아, 앞쪽에 보라반과 빨강반 아이들이 오고 있네요. 두 반은 돌아가는 길이니까 지나갈 수 있게 길을 열어주세요."

배움터로 돌아가는 보라반 행렬 안에 유이가 있었다. 노리코를 알아채고 "아!" 하고 소리를 내며 기쁜 듯 웃었다. 이쪽을 향해 손을 흔들어주었다.

그것을 보고는 노리코도 기뻐져서 손을 마주 흔들었다. 그런 노리코를 보고 옆의 사야가 불쑥 말했다.

"친구 많구나."

"같이 온 아이야. 같은 학교 다니는 친구."

이곳의 이름도 미래 학교에다가 배움터이기에 보통의 학교를 말할 때는 뭔가 까다롭다. 하지만 사야는 제대로 의미를 이해한 듯 끄덕였다.

유이가 노리코와 스쳐 지나간 후, 보라반 아이가 역시 마찬가지로 "친구?" 하고 묻는 소리가 들렸다. 유이가 그에 대해 "응!"이라고 답하는 소리도.

그 모습을 보니 유이는 노리코를 속인 것이 아니라고 다시금 생각되었다.

"겨우, 하루가 끝났네."

옆의 이부자리에서 잠을 자기 전에 새어 나왔던 충격적인 그 한마디.

하지만 가령 속인 것이라고 하더라도 슬프지는 않았다. 마음은 이미 온화했다.

유이가 노리코를 속여서라도 이곳에 데리고 오고 싶었다고 하면, 그만큼 필사적이었단 말이다. 노리코나 에리를 초대하던 유이는 뭐라고 할까, 무척이나 절실했으니까.

이곳에서 새로운 친구를 사귀기까지의 겨우 하루나 이틀 사이라고 하더라도, 누군가가 함께 있어주기를 바란 것이다. 그 정도로 혼자 오는 것이 싫었다. 그것이 학교에 친구가 없는 노리코여도 좋다고 생각할 정도로.

노리코 또한 어슴푸레 알고 있었다. 유이가 자신에게 의지하고 있었던 것. 그렇기에 버스에서 멀미가 나버렸을 때 이렇게 생각했다. 노리코가 멀미를 한 탓에 유이가 혼자서 시간을 보내게 된다면 무엇을 위해 온 것인지 알 수 없다고.

자신에게 의지해준 것이 기뻤다.

그렇게 생각하면 오히려 충격적인 것은 합숙에 오기 전에 에리가 한 말 쪽이었다. "함께 가줄 필요 없어"라는 그 말은 어느 쪽인가 하면, 노리코에 대한 친절에서 비롯된 말이다. 유이의 절실한 마음을 알고 있었기에 그렇게 말한 것이다.

친구가 아닌 거야?

어떻게 해도 그렇게 생각하고 만다. 그렇게 생각하면 가슴이 찌부러질 것만 같다. 친구란 무엇일까. 그녀들의 그룹에 그렇게나 들어가고 싶고, 친해지고 싶다고 노리코는 동경했는데. 그 아이들은 자신들이 좋아하는 유이에 대해 어째서 그런 식으로 말할 수 있는 것일까.

다른 말도 떠오른다.

"유이 말이야. 유치원 때, 도중까지 그곳에서 계속 지냈대. 내가 다니던 유치원에 해바라기반 때부터 들어왔는데, 그때까지는 줄곧."

"계속 그랬단 말이야. 놀랍지 않아?"

그것은 유이도 배움터에서 사는 아이 중 한 명이었다는 의미일까. 미카와 마찬가지로.

문득 어떤 생각이 들어 노리코는 뒤를 돌아보았다. 길 끝으로 사라져 가는 보라반의 줄을 눈으로 좇았다.

초록반과 황록반이 함께 샘을 향해 걸어왔는데, 황록반에는 유이의 어머니인 치하루 선생님이 있다. 둘은 스쳐 지나갈 때 방금 노리코와 유이가 한 것처럼 서로에게 손을 흔들었을까.

하지만 노리코가 시선을 향했을 때는 이미 행렬이 꽤 나아간 상태여서 유이의 모습도 치하루 선생님의 모습도 확인할 수 없었고, 둘이 스쳐지나가는 장면은 볼 수 없었다.

노리코는 자신의 어머니를 보고 엄청 좋은 어머니라고 생각한 적이 없었다. 유이나 아미의 어머니처럼 젊거나 세련되지 않았고, 부모니까, 어른이니까, 하고 무작정 화내는 일도 많고 아이의 기분을 알아주는 느낌은 전혀 없었다. 하지만 어렸을 때부터 함께 사는 것이 당연했고, 떨어져서 산다는 것은 상상할 수 없었다. 이렇게 오래 떨어져 있는 것은 이번 합숙이 처음이다. 아버지도 그렇다. 어머니가 야간 근무 때 집에서 묵게 해주는 할아버지나 할머니도 이렇게 오래 얼굴을 보지 않은 적은 없었다.

'계속'이라는 단어가 가리키는 길이를 생각해본다.

유이는 초등학교에 들어가기 전에 이곳에 있었다. 1년, 아니면 그보다 긴 시간 동안 가족과 떨어져 있었다는 의미일까. 그렇다고 하면 에리가 놀랍다고 말한 것도 이해가 간다.

자신이 충격을 받았다는 사실을 깨달았다.

노리코로서는 부모와 사는 것이 너무나도 당연하니까 함께 살지 않는 것을 상상할 수 없다. 같은 나이에 그런 아이가 있다니. 그것도 아는 아이가 그렇다니.

여름에만 하는 합숙이기에 이 장소에서 숙박하는 것도 참을 수 있지만, 배움터의 아이들은 이곳에서 사는 것이 일상인 것일까. 어렸을 때부터 계속. 미카도 아버지와 어머니와 따로 사는 것일까.

이곳에 오고 나서는 텔레비전이나 만화도 보지 않았다. 과자는 주지만, 초콜릿이나 젤리를 손쉽게 살 수 있는 가게도 근처에는 없는 듯했다. 생각하면 생각할수록 자신으로서는 불가능하다고 생각하니 당황스러웠다. 그게 아니면 노리코에게는 숨기고 있지만 미래 학교 어딘가에 텔레비전이 있는 것일까.

"……사야, 배움터 아이들은 계속 이곳에서 살고 있다는 거 알았어?"

보라반과 엇갈려서 행렬이 앞으로 나아가기 시작한 후 노리코가 물었다. 작게 말하면 미카에게는 들리지 않겠거니 생각했다. 사야가 "어?"라고 짧게 답한 후 꾸벅 고개를 끄덕였다.

"응. 합숙에 오기 전에 비디오에서 봤어. 부모가 있으면 의지해버리는데, 아이들만이라면 이른 시기에 스스로 생각하는 힘이 붙는다고."

"그렇구나."

노리코가 본 합숙용 비디오와는 내용이 조금 다른 듯했다. 사야가 말했다.

"아이들만 생활하고, 어른은 그 활동이나 생각하는 걸 도와주는 것뿐이래. 그렇게 키우니까 배움터 아이들은 학교 시험 같은 것도 다들 엄청 성적이 좋다더라고. 특히 국어 성적이 좋대."

사야가 안경을 고쳐 쓰고 날름 혀를 내밀었다.

"우리 집도 부모님이 나를 넣으려고 생각한 적도 있는 것 같아. 그래도 계속 이곳에서 사는 건 이래저래 불가능할 것 같으니까 일단 여름 합숙에 온 거야. 미래 학교에 관해서는

엄마가 퀼팅을 배우러 다니는 시민 센터에 전단지가 놓여
있어서 알게 되었대."

"배움터 아이들은 쓸쓸하지 않을까."

무의식중에 불쑥 목소리가 나왔다. 사야가 노리코를 바라
보았다. 노리코의 눈이 자연스레 선두를 걷는 미카의 등을
보고 만다.

"계속 아빠랑 엄마와 떨어져서 아이들만 사는 거."

"쓸쓸하지 않겠지."

단언하듯 사야가 말했다. 노리코는 깜짝 놀랐다. 사야가
노리코를 보았다.

"그야 배움터 아이들은 어렸을 때부터 그랬으니까. 부모님
과 살아 본 적이 애초에 없을 테고, 아이들만 있는 쪽이 당
연하니까 쓸쓸하다고 생각하지는 않겠지."

그렇게 말하는 사야의 눈이 조금 어이없어하는 듯 보였다.
노리코에게 말했다.

"자신이 부모와 사는 게 당연하다고 해서, 자신의 상식만
으로 가엽다고 여기거나 동정하는 거, 이곳 아이들에게 실
례야."

체온이 쑥 낮아졌다. 마음속을 위에서 아래쪽으로.

자신은 그런 것이 아니라고 생각한다.

가엽다니, 그렇게 생각하지 않아. 동정 따위 하지 않아. 그
저 쓸쓸하지 않을까 생각한 것뿐.

그것을 제대로 전해야만 한다. 말해버린 것을 후회했다. 이래서는 마치 노리코가 뒷말을 한 것을 사야가 타박한 것 같지 않은가.

"나, 그럴 생각으로……."

순간적으로 노리코가 말한 그때, "와, 봐봐!"라고 앞쪽에서 소리가 났다.

"예쁘다!"

얼굴을 들자, 반짝반짝 눈부신 빛이 보였다.

그 빛에 가슴 아래부터 와아, 하고 숨의 덩어리가 밀려 올라왔다. 사야에게 말해야만 한다고 생각하던 것도 잊고 눈을 크게 떴다. 앞에 있는 아이의 머리 너머, 어깨 너머로 빛나는 수면이 보였다.

샘.

키가 작은 초목에 둘러싸인 샘의 수면이 시야 가득 펼쳐졌다.

숲속으로 들어와서 줄곧 느끼던 젖은 땅의 냄새가 더욱 강해졌다. 물의 기백에 공기가 찌릿하고 긴장하는 것처럼 느껴졌다. 거울처럼 투명한 물이 공기를 긴장시키고 있었다. 샘의 가장자리를 호랑나비 두 마리가 서로 술래잡기하듯 날고 있었다.

"순서. 순서를 지켜. 밀지 마."

모두 번갈아가며 샘을 들여다보았다. 사람의 손이 거의 타지 않은 물의 안쪽은 정말로 거울처럼 투명하고 맑았다.

무척이나 아름다웠다. 비디오에서 본 것보다 몇 배나 더.

●●●

샘을 보고 돌아온 오후에는 산 아래쪽으로 모두 함께 걸어갔다. 샘을 향해서는 올라가는 느낌이었다면, 이번에는 내려가는 길이었다.

모두 배움터에서 수영복으로 갈아입었다. 수영복 차림으로 다시 광장에 집합한 후 반별로 열을 만들었다. 수건 한장을 손에 들고 발에는 비치 샌들을 신었다.

오늘부터 강가의 물놀이가 시작된다.

광장에 선 노리코는 마음이 차분해지지 않았다.

합숙 준비물에 '수영복'이라고 적힌 것을 보고 노리코와 노리코의 어머니는 깊게 생각하지 않고 학교의 지정 수영복과 수영모를 가방에 넣었다. 하지만 학교 수영복인 아이도 있지만, 여자아이 중에는 색이 화려한 리본이나 프릴이 달린 수영복인 아이가 무척 많았다. 아니면 스포티한 디자인의 수영 스쿨의 이름이 들어 있는 수영복. 그런 아이는 운동신경이 좋아 보이고 멋져 보였다.

노리코의 수영복에는 가슴 부근에 크게 학년과 반, 이름이 적힌 천이 덧대 있어서 무척이나 부끄러웠다. 그것도 작년의 사이즈를 아직 입을 수 있다는 이유로 '3-1'의 '3'을 매직으로 무리하게 '4'로 고친 상태였다. 이 안에서 틀림없이 자신이 가장 촌스러운 차림이리라.

광장에는 유이와 아미의 모습도 보였다. 둘 다 학교 수영복이기를 바라며 바라보았지만 둘은 파스텔 톤의 세련된 수영복을 입고 있었다. 약간이지만 배신당한 느낌이 들었다.

필요할지도 모른다며 가져가라는 어머니의 말을 듣고 마찬가지로 이름이 들어 있는 수영모까지 가지고 와버린 자신이 어쩐지 비참하게 느껴졌다. 다들 당연한 것처럼 수영모는 쓰지 않았다. 서둘러 수영모를 등 뒤로 감췄다.

반별로 광장을 순서대로 출발했다. 보라반이 먼저 출발할 때, 유이가 또 노리코를 알아보고 살짝 손을 흔들었다. 바닥에 앉아서 양팔로 다리를 감싸 안은 채 자신의 순서를 기다리면서 노리코도 마주 손을 흔들었지만, 사실은 수영복을 보이고 말았다는 사실에 사라지고 싶을 정도로 부끄러웠다. 분명 노리코의 집은 촌스럽다고 생각하리라.

이윽고 초록반 순서가 와서 걷기 시작했다.

배움터를 출발하여 20분 정도 걸은 후, 길가의 숲을 헤치고 들어섰다. 강의 소리가 들렸다. 그 소리가 점점 가까워졌다. 넓고 넓은 강가로 나섰다. 위쪽에서는 세찬 소리를 내는 강이 눈앞에서는 천천히 흘렀다.

"물놀이할 때는 충분히 주의합시다."

강을 등 뒤로 사치코 선생님이 말했다. 다른 반에서도 각각 선생님의 설명이 시작된 참이었다.

"저쪽 바위 그늘과 단풍나무 아래는 깊으니까 절대로 가까이 가서는 안 돼요. 이 주변은 물살이 느리지만, 그렇긴 해도 매년 몇 명인가 물에 빠질 뻔하는 아이들이 나옵니다. 부디 조심합시다."

선생님의 말에 "네"라고 끄덕였다. 그런 것보다 얼른 물에 들어가고 싶었다. 산은 분명 시원하지만, 그래도 여름의 햇볕은 강렬하다. 수영복을 입은 등에 태양이 쨍쨍 내리쬐어 걷는 도중에는 아플 정도였다.

사치코 선생님이 말한 후에 겐 선생님이 앞으로 나섰다. 모두의 얼굴을 둘러보는데 도중에 그 눈이 노리코 쪽에서 멈췄다.

"선생님이 하는 말은 아무래도 좋고, 얼른 강으로 들어가고 싶어서 참을 수가 없다는 표정을 짓고 있네."

마음속을 읽힌 듯해서 깜짝 놀랐다.

평소 다니는 학교에서도 '성실한 유형'이기에 노리코는 이런 식으로 놀림을 받는 것에 그다지 익숙하지 않다. 자신도 모르게 고개를 숙이고 싶어졌지만, 겐 선생님은 바로 노리코에게서 시선을 옮겼다. 아무래도 노리코뿐만이 아니라 아이들 모두를 대상으로 말한 듯했다.

"나중에 물놀이를 하며 뭔가 깨달은 건 없는지 물을 테니 모두 마음속으로 생각해두도록 해. 강가에 어떤 재밌는 게 있었는지 이야기해보자."

겐 선생님의 말에 모두가 살짝 얼굴을 마주보았다. 노는 시간이라고 생각했는데 갑자기 숙제가 던져진 것만 같았다. 그 동요를 느꼈는지 겐 선생님이 웃었다.

"뭐, 어렵게 생각하지 않아도 되니까. 그럼 물놀이를 즐겨보자!"

그 말이 신호가 된 것처럼 모두가 각자 물에 다가섰다. 남자는 단번에, 여자는 천천히.

노리코는 물에 발을 담그고는 너무 차가워서 "힉!" 하고 이상한 소리를 냈다. 물에 들어가기를 기대하고 있었고 지금도 머리 위에서 태양이 내리쬐고 있어서 머리카락이 뜨거운 상태지만, 그래도 이렇게까지 차갑지 않아도 될 텐데. 물에 뛰어든 남자들이 "으악!", "너무 차가워서 죽을 것 같아!"라고 비명을 질렀다. 다른 남자아이들은 장난을 치며 물을 발로 차올렸다. 곧장 서로에게 물을 끼얹는 놀이가 시작되고 큰 소동이 벌어졌다.

"남자애들, 기운 좋네."

사야가 말했다. 사야도 가슴에 이름표는 달리지 않았지만 노리코와 비슷한 학교 수영복을 입고 있었기에 안심했다. 하지만 그것과 동시에 제멋대로 실망하고 만다. 노리코와 친해지는 아이는 역시 학교든 합숙이든 세련된 수영복을 입지 않는 이런 아이라는 점에서.

차가운 물에도 조금 익숙해졌다. 노리코는 큰마음을 먹고 어떻게든 허리 부근까지 물에 몸을 담갔다. 뜨거워진 머리에도 손으로 물을 떠서 뿌릴 수 있었다. 하지만 사야는 물속에 살짝 앉아서 엉덩이와 발을 담그고 있을 뿐이었다. 차가우니까 그렇다기보다는 물속에 들어가는 것 자체에 저항이 있는 것처럼 보였다.

"그만해! 잠깐 타임!"

남자들이 즐겁게 웃는 소리가 들려서 사야가 그쪽을 보았다. 그러고는 말했다.

"노부, 이럴 때는 평범하게 노는구나."

노리코도 서로 장난치는 남자들 쪽을 바라보았다.

아까부터 물속을 휘젓고 있는 남자들 무리 안에 정말로 노부가 있었다. 할 마음이 없는 듯 광장에 드러눕거나 금방 몸을 일으켜 나가버리는 평소와는 다르게, 다른 남자아이들에 뒤섞여 물을 뿌리거나 물을 피해 도망치거나 하고 있었다. 그러는 모습을 보니 다른 남자아이들과 다르지 않은 것처럼 보였다.

"진지한 이야기나 귀찮은 일을 할 때는 참여하지 않으면서."

"……그러게."

사야의 말이 진절머리를 내는 것처럼 들렸다. 분명 그런 부분을 용서할 수 없는 것이다. 그렇다면 노리코와 똑같다.

"너무 장난치다가 미끄러지지 마! 그리고 돌에 베일 수도 있으니까 샌들은 벗지 말고!"

겐 선생님이 느긋하게 주의를 주는 목소리가 남자아이들을 향해 날아갔다.

샘의 그 환상적인 분위기도 좋지만, 강가는 강가대로 어쩐지 무척 좋았다.

"노리코!"

갑자기 이름이 불려서 돌아보니 미카가 있었다. 배움터 아이들은 모두 수영복으로 갈아입지 않은 채였다. 반바지를 무릎 위까지 말아 올리고 티셔츠의 소매를 묶었을 뿐, 평소의 옷을 입은 채 발만 물속에 담그고 있었다.

"미카."

"봐봐. 잠자리야."

미카가 가리킨 쪽에 잠자리가 날고 있었다. "진짜네"라고 중얼거리자 미카가 웃었다.

"잠자리는 가을 곤충인데, 이 주변에는 여름부터 벌써 날아다니네."

"응. 신기해."

강 쪽으로 얼굴을 향한 채 미카가 노리코에게 말했다.

"나중에 수박 먹을 거야. 지금 다 같이 차갑게 식히고 있어."

미카가 자신의 발 근처를 가리켰다. 커다란 수박 세 개가 물속에 잠겨 있었다.

같은 나이지만 미카는 마치 의지할 수 있는 언니 같아서, 배움터 아이들은 전부 어른스럽고 멋지구나, 하고 생각했다.

그런 미카 옆에서 '시게루'라고 불리던 배움터 남자아이가 강 속의 돌을 사용해 수박이 흘러가지 않도록 제방 같은 것을 만드는 중이었다. 다른 남자들처럼 까불지도 않고, 아무 말 없이 몸을 굽히고 작업에 열중하고 있었다.

그 후, 강가에 비닐 시트를 깔고 눈을 가린 채 수박 깨기 놀이를 했다. 부엌칼로 자르는 것과는 다르게 막대기로 깨서 엉망진창이 된 수박을 모두 함께 "뭐야 이게!"라고 웃으면서 먹었다. 쿨하고 깔끔한 것을 좋아하는 사야도 이때는 웃으며 같이 수박을 먹었다.

수박을 먹었기에 이제 오늘은 간식이 없겠거니 생각했는데, "빙수 타임을 가질지 말지 고민하고 있는데⋯⋯"라고 겐 선생님이 말했다.

빙수를 먹을 수 있는 시간이 있고 시럽을 마음껏 고를 수 있어서 즐겁다는 것을 유이에게 들은 노리코는 계속 그 시간을 고대했다.

"배움터에 돌아가서 얼른 옷을 갈아입으면 빙수 타임을 가져도 좋아요."

사치코 선생님이 그렇게 말해서 모두 평소보다 빠르게 행동했다. 물놀이는 즐거웠지만 돌아갈 무렵에는 모두 몸이 식어 있었다. 물에서 올라온 후 수건을 모포처럼 만들어 몸에 둘렀다.

배움터에서 촌스러운 학교 수영복을 벗을 수 있게 되자 노리코는 그제야 마음이 편해졌다.

옷을 갈아입고 식당으로 가자, 긴 테이블 앞에 빙수를 만드는 기계가 이미 준비되어 있었다. 축제의 포장마차에서 볼 수 있는 본격적이고 커다란 기계였다. 군데군데 페인트가 벗겨진 부분이 있어서 오래된 것처럼 보이긴 하지만, 그 분위기가 무척이나 마음에 들었다. 옆에 손으로 돌리는 무거워 보이는 핸들이 붙어 있었다.

테이블에는 색색의 페트병이 반별로 놓여 있었다. 페트병 표면에는 각각 라벨처럼 포장용 테이프가 붙어 있고, 테이프 위에 매직으로 '딸기'라거나 '블루하와이' 같은 글자가 적혀 있었다. 빙수용 시럽이었다. 이런 식으로 커다란 통에 들어 있는 것을 보는 것은 처음이다.

얼음이 실려 왔다. 대야에 직사각형의 커다랗고 투명한 덩어리가 얹혀 있는 것을 보고 아이들이 환호성을 질렀다.

"엄청나다!"

"무지 커!"

"아직 만지면 안 돼요!"

선생님의 목소리가 날아들었다. 파랑반의 남자 선생님이

었다.

"빙수의 얼음은 놀랍게도 오늘 갔던 샘의 물을 이용해 만들었답니다."

선생님의 말에 모두 "어엇!" 하고 놀랐다. 선생님이 빙긋 웃었다.

"그러니까 소중히 먹어야 합니다. 얼음을 남기면 아까우니까 얼마든지 먹어도 좋아요."

빙수를 만드는 기계는 한 대밖에 없었다. 그렇기에 순서가 올 때까지 아이들은 반별로 앉아 기다려야 했다.

"그럼 오늘은 분홍반부터"라는 이야기가 나오자 분홍반 아이들의 "앗싸!", "좋았어!"라는 목소리가 식당에 울려 퍼졌다. 그 바로 후에 드르륵드르륵 얼음을 가는 소리가 들렸다. 꽤 힘이 필요한 듯, 남자 선생님들이 번갈아서 얼음을 갈아주었다.

페트병 뚜껑은 닫혀 있지만 시럽의 달콤한 냄새가 테이블 주변으로 풍겼다. 순서를 기다리는 동안, 초록반 아이들 앞에 겐 선생님이 섰다.

"아까 강가에서 어땠는지 모두에게 물어볼게. 물놀이를 하면서 뭔가 깨달은 것이나 발견한 게 있어?"

그렇게 묻는 목소리에 노리코는 가슴이 두근거렸다.

할 말이 없기 때문에 두근거린 것이 아니었다. 그런 아이도 많을지 모르지만, 노리코는 오히려 말할 것이 있어서 가습이 두근거렸다. 언제나 자신의 의견이나 감상을 제대로 말로 표현할 수 있고, 문제의 답 또한 대부분 알고 있다.

하지만 지목받아서 답한 후에 모두가 이상한 눈으로 쳐다보는 것은 싫었다. "역시 노리코, 알고 있구나", "똑똑하네". 그럴 셈이 아닌데 노리코가 눈에 띄고 싶어하고 모두에게 자랑하고 싶어하는 것처럼 보이는 듯, 진저리를 치는 눈으로 모두가 바라보곤 했다.

여기에서도 그런 일이 벌어지면 어쩌지. 사야가 넌더리를 내면.

"그럼, 노리코는 어때?"

이름이 불려서 심장이 튀어 올랐다. 눈이 마주치지 않도록 아래로 향했던 고개를 들고 겐 선생님을 바라보았다.

이미 몇 명인가 지목당해 답한 후였다.

겐 선생님이 노리코의 이름을 기억하고 있다는 점에 일단 조금 놀랐다. 가슴에 이름표를 달고 있으니까 그것을 본 것뿐일지도 모르지만.

"……잠자리가 이미 날고 있어서 놀랐어요."

지금까지 나온 의견은 "물이 차가웠다"라거나 "뾰족한 돌이 있었다"라는 식이었다. 그에 대해 겐 선생님이 하나하나 답했다. "어떤 식으로 차가웠어?"라거나 "그 뾰족한 부분을 만져 보았어?"라거나.

"잠자리!"

겐 선생님이 말했다. 기쁜 듯 끄덕이더니 "잠자리는 몇 마리 정도 봤어?"라고 추가로 노리코에게 물었다.

"두 번인가 세 번요. 두 마리가 찰싹 달라붙어 나는 것도 있었어요."

"노리코, 대단하네."

겐 선생님이 노리코를 향해 빙그레 웃었다. 그 표정에 노리코가 조금 당황하자, 선생님의 말이 이어졌다.

"내가 몇 마리 정도냐고 물었는데, 횟수로 답했잖아. 어째서 횟수로 답했을까 생각했는데, 두 마리가 함께 나는 것도 봤기 때문이라고 곧장 설명했지. 잘 관찰했구나."

노리코는 숨을 삼켰다. 심장 고동이 아까보다 빨라졌다. 기뻤다.

그것은 어른이 제대로 자신의 이야기를 들어준 것에 대한 기쁨과 놀라움이었다. 정확한 답을 말하는 것만이 목적이 아니라, 마치 노리코와의 대화를 즐기는 듯한.

그런 어른은 처음이었다. 다른 사람, 가령 학교의 담임 선생님이었다면 "몇 마리냐고 물었으니 몇 마리로 대답하세요"라고 지적했을 것만 같다.

겐 선생님이 잘 관찰했다고 말한 탓에 사야나 다른 사람이 노리코를 주목하는 듯했다. 약간의 불편함과 자랑스러움이 뒤섞인 마음이 들던 노리코에게 선생님이 거듭 물었다.

"그것 말고 노리코가 깨달은 거 또 있어?"

평소의 학교 수업이라면 "없어요"라고 말했으리라. 답은 한 명당 하나, 그 이상 불필요한 말을 하면 눈에 띄고 다들 싫어하니까. 하지만……

"물의 깊은 부분은 어디든 진한 녹색을 띠고 있구나, 어째서일까, 하고 생각하고 바라보았어요."

목이 뜨거워졌다. 생각하고 있는 것을 여기에서는 다른 사람의 눈을 신경 쓰지 않고 제대로 진지하게 말해도 된다.

겐 선생님이 "아아" 하고 감탄한 듯 말했다. 그러고는 노리코를 향해 크게 끄덕였다.

"맞아. 정말로 그렇지. 물이 깊은 장소는 분명 색이 달라. 그래, 진한 녹색이지. 하지만 어째서 그 색인 걸까. 물 자체는 투명하고, 강의 바닥이 녹색인 것도 아닐 텐데."

맞아!

노리코는 마음속으로 끄덕였다. 내가 말하고 싶은 것도 그것이었다. 하지만 그 이상은 아무 말 없이 잠자코 있자, 겐 선생님이 빙긋 웃었다.

"신기한 일이지. 다음에 같이 한번 조사해보자. 노리코, 고마워."

"네."

너무 오래 이야기하고 말았다는 흥분이 마음속에 남았다. 하지만 노리코는 그것을 얼굴에 드러내지 않도록 필사적으로 억눌렀다. 사실은 사야나 다른 아이들이 지금의 노리코와 선생님의 대화에 대해 어떻게 생각하는지 물어보고 싶었다. 대단하다고 생각해주지는 않을까 확인하고 싶었다.

"빙수 먹을 차례가 왔어요. 다음, 초록반."

앞 반 선생님이 부르러 와서 아이들은 모두 몸을 일으켰다. "시럽, 뭐로 하고 싶어?" 하고 노리코에게 묻는 사야는 평소와 같은 분위기로, 조금 전의 노리코와 선생님의 대화에 대해서는 아무 말도 하지 않았다. 조금 아쉬운 느낌도 들었지만 그럼에도 노리코는 무척이나 기뻤다. 진저리를 치는 듯한 이상한 눈으로 바라보지 않는 것만으로 이곳은 매우 특별한 장소라는 생각이 들었다.

잠자리에 관해서는 미카에게 듣고 깨달은 것이었다. 다른 사람도 잠자리가 나는 것을 알고 있었을 테지만, 그것이 겐 선생님이 말하는 '발견'에 해당할지도 모른다는 것은 미카 덕에 깨달았다. 고마움을 전하고 싶어서 미카의 모습을 찾았지만 '빙수 타임'에 배움터의 아이는 한 명도 오지 않았다.

그날 먹은 빙수는 인생에서 먹은 것 중에 가장 맛있는 빙수였다. 딸기 시럽이 마치 꿈처럼 달콤해서 언제까지나 계속해서 먹을 수 있을 것만 같았다.

● ● ●

언덕을 넘어 목욕하러 가는 것도 벌써 3일째다.

어제까지는 '아직 2일째'라고밖에 생각하지 못했는데 이런 식으로 생각하게 되었다는 점에 스스로도 놀랐다.

목욕을 한 후, 그날 입었던 속옷은 세탁 당번인 여자아이가 가져온 바구니 안에 넣는다. 처음에는 다른 아이의 속옷과 함께 바구니에 넣는 것에 저항감이 있었지만, 오늘은 어느새 신경 쓰이지 않았다.

식사를 마치고 잠옷으로 갈아입기 위해 홀로 돌아가자, 전날 내어놓은 세탁물이 깨끗하게 개켜져서 세탁 바구니에 놓여 있었다. 이것도 세탁 당번인 아이가 해준다고 했다.

미래 학교는 아이들만 있지만 이렇게 보니 큰 가족 같았다. 각자에게 역할이 있고, 모두 그 역할을 해낸다.

어제 이야기한 문답의 주제 같다.

잠들기 전에는 매일 밤 모임과 문답이 열린다. 그것을 끝내고 일기를 쓴 후에 잠을 잔다.

문답에서는 이런저런 것에 관해 이야기한다. 1일째는 세상의 음식이 전부 없어져버리면 어떻게 할까. 어제는 사람은 무엇을 위해 사는가. 모두 함께 유지하는 '사회'를 위해 그 안에서 역할을 지니고 각각 할 수 있는 것을 한다. 누군가를 위해 무엇을 할 수 있는지를 생각한다.

3일째인 오늘의 테마는 '따돌림'이었다. 어째서 학교나 이런저런 모임에서 따돌림이 일어나는가.

노리코는 그런 것을 어른과 함께 진지하게 이야기하는 것이 무척이나 좋다고 생각하게 되었다.

그날 밤, 잠을 잘 때가 되어 잠옷으로 갈아입은 아미가 찾아왔다.

"논코."

자신을 부르는 소리를 듣고 노리코는 드디어 올 것이 왔구나, 하고 각오했다. 유이가 없어진 지금, 노리코와는 더는 자지 않겠다고 말해도 어쩔 수 없다. 사과하면 마음이 불편하니까 그냥 아무 말 없이 가도 괜찮다고 생각하고 있었다. 하지만……

"오늘은 어디에서 잘까?"

그 질문에 노리코는 당황했다. 아미를 마주 바라보았다. 아미는 혼자였다. 같은 반 아이들과 같이 있지 않았다.

노리코 옆에는 낮에 함께 자기로 약속한 사야가 있었다. 지금 마침 요를 깔 자리를 정하려던 참이었다.

아미가 사야를 알아챘다.

"함께야?"라고 묻기에 노리코는 어쩌면 좋을지 알 수 없는 마음으로 그저 "응"이라고 끄덕였다. 어쩔 줄 몰라 우뚝 서 있는데 갑자기 아미가 미소 지었다.

그러더니 사야를 보고 인사했다.

"잘 부탁해. 난 아사미라고 해. 다들 아미라고 불러."

"사야야."

사야가 작은 목소리로 자기소개를 했다.

"노리코랑 같은 초록반."

"그렇구나. 나는 노랑반이야."

둘이 이야기하는 것을 노리코는 가만히 지켜보았다.

"어디에서 잘까?"

"너무 입구 근처가 아니면 좋겠는데."

둘이 아무렇지도 않게 상담을 시작하기에, 이미 둘 다 셋이서 함께 잘 생각이라는 사실을 알았다.

노리코가 둘 모두와 약속을 했다는 점에 대해 전혀 신경 쓰지 않는 듯했다.

잘 장소를 정하고 셋이 나란히 누웠다. 불이 꺼졌어도 아직 주변에서 모두 이야기를 나누기에 그에 이끌리듯 셋도 이야기를 계속했다.

"오늘 말이야, 강물 엄청 차갑지 않았어?"

"차가웠어. 그런데 노랑반 아이, 머리까지 들어가는 애 있지 않았어?"

"아, 미치 말이지? 엄청나더라. 걔 샘에 갔을 때도……."

좋아하는 남자아이 이야기도, 아이돌 이야기도 오늘은 나오지 않았다. 나오지 않지만 평범하게 이야기할 수 있었다. 즐거웠다.

대수롭지 않은, 정말로 대수롭지 않은 대화였지만 노리코는 깊은 안도감에 휩싸여 있었다. 유이가 없어도 아미가 노리코에게 와주었다. 사야도 함께 있어준다.

아무도 같이 자주지 않으면 어떡하나 하고 밤이 그렇게나 무서웠는데 그것이 이렇게 간단한 일이었던가.

그날 문답에서 나왔던 따돌림에 대해 생각했다. 보통 학교였다면 아무리 왕따나 따돌림을 해서는 안 된다고 말해도 다들 그런 것은 '이론적인 것'으로만 마무리 짓는 느낌이다. 선생님들 앞에서는 "해서는 안 됩니다"라고 말해도 분명 자신의 친구 관계 속에서 벌어지는 하나하나의 일을 학교에서 배운 것과 연관 지어 생각하려 들지 않는다.

하지만 이곳은 그렇지 않다.

기슭의 학교였다면 있을 수 없다. 마을의 학교에서는 불가능한 일이 이곳에서는 가능하다.

다음 날 아침이 되어 다시 이를 닦고 세수를 하고 옷을 갈아입었다. 오늘은 더는 혼자서 2층에 가지 않고, 모두와 함께 그렇게 했다.

아침밥을 먹을 때 아미와 헤어진 후 사야에게 "미안해"라고 작은 목소리로 사과했다.

"어젯밤에 잘 때, 아미도 있다고 말하지 않아서."

그렇게 말하자 사야는 아직 졸린 듯 가볍게 눈을 깜빡이더니 고개를 갸웃거렸다.

"어라? 난 처음부터 셋이 같이 자자고 말한 거라고 생각했는데."

예민한 것처럼 보이는데 자신처럼 친구 관계를 끙끙대며

생각하지 않는 아이구나. 그렇게 생각하니 여러 가지를 신경 쓰는 자신이 무척이나 작게 느껴졌다.

사야는 참 대단하고 착한 아이라고 생각했다. 말투가 조금 날카롭긴 하지만, 그녀를 좋아한다고 느꼈다.

◐●○

오늘도 또 샘에 가는 것인가 싶었는데 아무래도 아닌 듯했다.

작년과 재작년에도 합숙에 왔다는 5학년 여자아이가 "샘에 갈 수 있는 건 한 번뿐이야"라고 알려주었다. 그 말을 듣고 그곳이 마음에 들었던 노리코는 조금 실망했다. 하지만 당연한 일일지도 모른다. 그곳은 배움터에서 사는 모두에게 있어 소중한 장소라고 했다. 그들에게는 여름에만 이곳에 오는 자신들은 '손님' 같은 존재다. 그런 아이들에게 한 번뿐이긴 해도 샘을 보여주고, 물을 떠 가게 해주는 것은 생각한 것 이상으로 특별한 일일지도 모른다.

합숙 4일째는 남자들은 모두 함께 '밭'이라고 불리는 조금 떨어진 장소에 있는 부드러운 땅에서 진흙탕 씨름을, 여자들은 각자 나눠 받은 천을 이용해 스스로 스커트를 재봉하고 염료로 염색하는 활동을 하게 되었다.

한 명당 하나씩, 세상에서 단 하나뿐인 자신만의 스커트를 만든다고 듣고 마음이 두근거렸다. 입은 채로 돌아가면 어머니도 기뻐할까.

파란색이나 자주색 염료로 손가락이 물든 여자아이들과 머리카락과 얼굴까지 진흙투성이가 된 남자아이들은 강가에서 땀을 씻었다. 그런 후, 마지막 날 열리는 작별 모임에서 선보일 작품에 대해 정하게 되었다. 반별로 방에 모여서 이야기를 나누었다.

처음 왔을 때는 일주일이 엄청나게 길다고 생각했지만, 벌써 작별이라는 말이 나와서 노리코는 깜짝 놀랐다.

마지막 모임에서 어떤 것을 선보일지에 대해 다양한 의견이 나왔다. 합창은 어떨까, 그렇다면 곡은 미래 학교의 교가가 좋겠지, 아니 그보다는 합숙에서 보낸 날을 연극으로 만들어보는 것은 어떨까…….

솔직히 말해 다른 반도 비슷한 것을 할 것 같아서 노리코는 어떤 의견에도 그다지 흥미가 돋지 않았다. 그렇다고 해서 다른 무엇을 하고 싶다는 아이디어도 떠오르지 않아서 아무 말 없이 가만히 있었다. 그때였다.

"노부! 지금은 서로 이야기하는 시간이잖니! 어딜 가는 거야!"

사치코 선생님의 날카로운 목소리가 들렸다. 시선을 그쪽으로 향하자, 노부가 일어서서 방을 나가려던 참이었다.

'또야'라는 공기가 초록반 전체를 감쌌다. 노부는 혼이 나도 마치 들리지 않는 것처럼 굴었다. 나가려던 것은 그만두었지만, 이야기를 나누는 아이들 옆에서 풀썩 몸을 던져 누워버렸다.

이럴 때, 언제나 노부를 챙기는 겐 선생님은 아직 오지 않았다.

"딱히 무리해서 같이 할 필요는 없지."

수군거리는 목소리가 들렸다. 5학년 아이들 쪽이었다.

"노부는 노부가 하고 싶은 대로 하면 돼."

"어차피 토의에도 끼지 않는데 뭐."

소곤거리며 주고받는 목소리를 노리코도 같은 마음으로 듣고 있었다. 사야도 노리코에게만 들릴 정도의 목소리로 말했다.

"놀 때는 평범하게 놀았으면서 말이야."

"……응."

불성실한 행동을 용서하지 못하는 것은 노리코도 마찬가지였다. 모두의 목소리가 들린 것인지, 사치코 선생님이 크게 한숨을 내쉬었다.

"노부, 그럼 마음 내킬 때까지 그러고 있으렴. 노부는 이런 아이니까 어쩔 수 없지. 다들, 노부에 대해서는 더 신경 쓰지 않아도 돼."

그때였다.

"지금 뭐라고 하셨어요?"

차가운 목소리가 들렸다.

겐 선생님이었다. 그 목소리에 사치코 선생님뿐만 아니라 아이들 모두가 고개를 들었다. 목소리가 무서웠기 때문이다.

어느샌가 입구 쪽에 겐 선생님이 서 있었다. 사치코 선생님이 아, 하고 입을 벌렸다.

"겐 선생님."

"다른 사람들도 지금 뭐라고 했어? 노부랑 함께하지 않아도 된다고 방금 누군가 말했지?"

겐 선생님은 온화하다. 노리코도 어제 칭찬을 많이 받았고, 상냥한 선생님이라고 생각했다. 사치코 선생님이라면 큰 소리로 혼을 낼 일도 겐 선생님은 결코 목소리를 흐트러뜨리지 않았다. 그런 겐 선생님이 명백하게 화를 내고 있었다.

"누가 그렇게 말했어!"

공기가 찌르르 흔들렸다. 처음으로 듣는 앙칼진 목소리에 사치코 선생님도 아이들도 모두 입을 닫았다. 겐 선생님이 초록반 전원의 얼굴을 노려보듯 바라보았다.

아무도 나서지 않았다. 속닥거리며 이야기하던 5학년생들이 특히 작게 어깨를 움츠렸다. 아무도 나서지 않았지만, 모두 조금씩은 그렇게 생각하고 있었기에 모두가 혼이 나는 느낌이었다.

"사치코 선생님."

겐 선생님이 이름을 불렀다. 사치코 선생님이 움찔 어깨를 떨었다. 아무 말 없이 겐 선생님을 바라보았다.

"실망입니다."

겐 선생님이 말했다.

"단 한 명도 포기하지 않는다. 그게 미래 학교잖아요. 저는 노부를 놔두고 가지 않습니다."

"저기, 신경 쓰지 않아도 된다는 건 말이 잘못 나온 거라."

"이 아이는 이런 아이라는 말도 내치는 말이라고 생각합니다."

겐 선생님이 말했다. 그 말에 사치코 선생님이 입을 다물었다. 겐 선생님의 목소리는 더는 크지 않았지만, 왠지 슬프게 들렸다.

"다들, 들어 봐."

겐 선생님이 말했다. 모두를 향해.

누워 있는 노부는 자신에 관한 이야기라는 것을 알고 있을 텐데도 일어나지 않고 천장을 바라볼 뿐이었다.

"노부도 같이할 거야. 어제 문답에서 이야기했지? 노부가 하고 싶지 않은 것처럼 보이니까, 그러니까 노부는 없어도 된다고 생각하는 건 '따돌림'이야."

아…….

겐 선생님은 목소리뿐만 아니라 눈도 슬퍼 보였다.

"사치코 선생님. 그런 거 맞죠?"

사치코 선생님은 가만히 있었다. 겐 선생님을 노려보듯 바라보는 그 눈이 붉었다. 입을 닫은 채 겐 선생님에게서 눈을 피했다.

"같이할 거야. 같은 반이 된 건 우연이지만 그래도 이미 모두 하나니까."

겐 선생님이 말했다. 그 목소리에 모두가 "네"라고 답했다.

그대로 어색한 분위기인 채 작별 모임 때 선보일 아이템을 생각하는 토의로 돌아갔다. 겐 선생님이 평소의 온화한 목소리로 돌아가서 사치코 선생님을 대신해서 토의를 진행했다. 그러자 점점 모두 페이스를 되찾았다.

사치코 선생님은 어느샌가 방에서 사라진 채였다. 겐 선생님은 그것을 알아챈 듯했지만 아무 말도 하지 않았다.

노리코는 엄청나게 충격을 받았다. 어른이 이런 식으로 눈앞에서 싸움 같은 언쟁을 하다니. 가족이 아니고서야 이런 일은 벌어지지 않는다고 생각해왔다. 겐 선생님의 큰 목소리도, 무시하며 화를 내는 듯한 사치코 선생님의 태도도 마치 아이 같아서 노리코는 깜짝 놀랐다.

선생님들은 누군가의 아버지, 어머니일지도 모른다.

사치코 선생님의 아이가 함께 합숙에 와 있는지 어떤지, 노리코는 그때 참을 수 없을 정도로 신경 썼다. 와 있다고 한다면 자신의 어머니가 이런 식으로 다른 어른에게 혼이 나는 것을 그 아이가 몰랐으면 좋겠다고 생각했다.

가슴이 찌릿 아팠다. 어째서인지 어머니의 얼굴이 오랜만에 떠올랐다.

다음 날이 되어도 사치코 선생님의 모습은 보이지 않았다.

오전 중에는 아주 큰 모조지를 광장에 펼치고 반별로 커다란 그림을 그렸다. 씻어서 말려둔 수영복을 입고, 남자는 상반신을 탈의한 채 물감 범벅이 되어 온몸으로 마음껏 그림을 그렸다. 그 그림도 작별 모임에서 장식한다고 했다.

몸부림치듯 그림 위에 다이빙하며 자신의 몸의 흔적을 묻히는 남자아이도 있었지만, 아무도 혼나지 않았다. '마음 내키는 대로 할 것'이 그날의 목표였다.

도중에 모르는 어른이 찾아왔다. 다른 어른들보다 연상인 진짜 기슭 학교의 교장 선생님 같은 백발 머리의 할아버지와 몇 명의 어른.

아이들과 그림을 그리던 겐 선생님이 찾아온 그 선생님을 보고 물감을 향해 뻗던 손을 멈추고 몸가짐을 바로 잡았다.

"미즈노 선생님."

"그대로 계속해주세요. 올해도 멋진 작품이 만들어지고 있네요."

백발인 그 선생님은 수염도 새하얗고 길어서, 어쩐지 옛날이야기에 나오는 신선 같은 모습이었다. 아이들이 그린 그림을 눈을 가늘게 뜨고 바라보았다.

"이 그림은 다이내믹해서 좋네요. 인간은 좀처럼 마음껏 뭔가를 할 수 없는 법이지만, 아이들은 시작하기도 전부터

단념하거나 하지 않죠. 어른에게는 없는 게 모두의 안에 가득 잠들어 있네요."

어른들에게 말하는 것처럼도, 노리코를 비롯한 아이들에게 들려주는 것 같기도 한 말투였다. 그 목소리에 겐 선생님이 조금 긴장한 듯 "네"라거나 "멋지네요"라고 답했다.

미즈노 선생님은 흐음, 흐음, 하고 말하듯 온화하게 고개를 끄덕이고는 다른 어른들과 함께 가버렸다.

누구일까 생각하는데 겐 선생님이 살짝 귀띔해주었다.

"방금 그분은 유치부 교장 선생님인 미즈노 선생님이야. 유명한 화가이기도 하셔."

오, 하고 몇 명에게서 감탄의 목소리가 흘러나왔다. 화가. 직업으로 알고 있긴 하지만, 실제로 진짜 화가를 본 것은 처음이었다.

미즈노 선생님 쪽을 보자, 뒷짐을 진 선생님은 천천히 다른 반의 그림을 바라보며 태양 아래를 걸어가는 참이었다. 덩치는 작지만 이상한 박력이 있는 사람이었다. 주변의 어른에게서는 절대로 볼 수 없는 분위기를 지녔다.

샘물이 맛있는 탓인지 더위 탓인지 빙수의 맛에는 변함이 없었다. 정신없이 먹다가 같은 초록반 6학년 여자아이가 빙수기 앞에 계속 서 있는 것을 깨달았다. 손아래 학년의 남자아이들이 "더 주세요!" 하고 그릇을 넘길 때마다 그것을 받아 들고 수북이 깎여 있는 얼음을 국자로 떠서 넘겨줬다. 배식 담당도 아닌데 어제부터 6학년인 그 아이가 그 역할을 담당하고 있다는 사실을 깨달았다. 복숭아를 깎는 방법을 사치코 선생님께 배웠던 아이였다.

"더 먹고 싶은 사람, 또 없어?"

원래 남을 잘 챙기는 성격일지도 모른다. 계속 서 있는 그 아이의 자리에 있는 빙수는 다른 아이들을 챙겨주던 탓인지 손대지 않은 채 녹아 있었다. 그것을 보고 같은 6학년 남자아이가 "괜찮으니까 너도 먹어"라고 그 아이에게 말했다.

"왜 계속 서 있는 거야?"

"그야, 여자는 식사 때는 앉지 않는 법이니까. 일을 해야지."

그런 식으로 그 아이가 말해서 노리코는 놀랐다. 그 아이는 집에서 그런 식으로 교육을 받은 것일까. 그게 아니면 이곳에 와서 선생님에게 들은 것일까.

"그게 무슨 말이야. 이해가 안 돼."

그 아이에게 말을 건 6학년 남자아이가 말했다. 그러고는 근처에 앉아 있던 노리코와 사야 쪽을 보더니 "그럼 왜 다른 여자애들은 앉아 있는 건데?" 하고 큰 목소리로 물었다.

"얘네들은 앉아 있잖아."

배식 당번인데도 앉아 있는 것을 비난한 것 같아서 마음이 불편해졌다. 하지만 6학년의 그 여자아이는 그런 것을 신경 쓰지 않는 듯했다.

"……다른 사람은 괜찮아."

상대하기 싫다는 듯, 서둘러 국자를 손에 들고 옆으로 가버렸다.

차분해지지 않는 마음으로 잠자코 앉아 있는 노리코 옆에서 사야가 말했다.

"사치코 선생님, 안 돌아오네."

"어?"

사야가 그렇게 말해서 노리코는 고개를 들고 식당 안을 둘러보았다. 그 타이밍에 목소리가 들렸다.

"얘들아, 먹는 시간 5분 남았어."

겐 선생님이 몸을 일으켰다. 그 얼굴은 평소처럼 상냥했고, 사치코 선생님과 어제 말다툼을 한 것에 관해 전혀 신경 쓰지 않는 듯했다.

'빙수 타임'이 끝나고 다시 '활동'을 할 때가 되어도 초록반에는 여전히 사치코 선생님의 모습이 없었다.

같은 반 아이들이 소곤소곤 말을 나눴다.

"사치코 선생님, 혹시 돌아가버린 건 아닐까……."

사치코 선생님도 분명 유이의 어머니와 마찬가지로 기슭에서 온 사람이다. 아이들의 그 목소리에는 쓸쓸함보다 부러움 같은 것이 조금 감돌았다. 먼저 돌아가서 좋겠다고 말하는 듯한.

그런 이야기를 나누는데, 잠시 후 사치코 선생님이 드디어 돌아왔다.

"여러분, 미안해요. 몸 상태가 좀 안 좋아서 쉬고 있었어요."

그렇게 말하며 웃더니 "네, 그럼 오늘의 활동을 시작하겠습니다"라고 목소리를 높였다.

몸 상태가 안 좋아서 쉬었다는 말이 진짜인지 어떤지 모르지만, 어른들이 말싸움을 한 후에는 아이들보다 화해하기 어려울지도 모른다는 점은 왠지 모르게 알 수 있었다. 평소에 어른들의 그런 모습을 본 적이 없기에 노리코는 물론 다른 아이들도 어쩐지 마음이 불편해 보였다.

거기다가 사치코 선생님은 실제로 얼굴색이 나빠 보였다. 풀이 죽은 것처럼 보인다고 할까.

저녁의 '활동'은 각 반별로 나뉘어서 짧은 문답을 했다.

'평화', '전쟁'이라고 화이트보드에 적고는 각각에 대해 어떤 인상을 품고 있는지 겐 선생님이 지목한 아이가 답했다.

아이들이 차례로 꺼내는 말을 사치코 선생님이 보드에 적었다.

"평화는 즐거워요."

"전쟁은 슬퍼요."

"평화는 느긋."

"전쟁은 파괴."

"평화는 풍족함."

"전쟁은 싸움."

"어, 싸움이 전쟁이야?"

이런저런 의견이 나오는 가운데 문득 그런 말을 꺼낸 아이가 있었다. 3학년의 쓰바사였다.

곧장 겐 선생님이 "뭔가 이상해?"라고 물었다. 쓰바사가 "흐음" 하고 생각에 잠겼다.

"선생님, 전쟁이란 나쁜 거죠?"

"응. 사람이 많이 상처 입기도 하고. 선생님은 그렇게 생각해."

"그래도 저, 싸움을 하니까 사이가 좋아지는 일도 있다고 생각해요."

겐 선생님이 쓰바사를 바라보았다.

"왜 그렇게 생각하는데?"

"흠. 그러니까, 저희 엄마랑 아빠가, 저와 동생이 싸울 것처럼 보이면 '그만해, 전쟁이 벌어지니까!' 하고 말하는데, 그런 것도 전쟁이니까 안 좋은 거예요?"

"싸움을 보고 전쟁이라고까지는……."

끼어든 것은 사치코 선생님이었다. 그러자 곧장 겐 선생님의 목소리가 들렸다.

"사치코 선생님, 끝까지 들어보죠."

사치코 선생님이 돌아오고 나서 처음으로 둘이 대화를 나누었다. 아이들 사이에도 희미하게 긴장감이 퍼졌다. 둘이 다시 대립하면 어쩌지 걱정했지만 겐 선생님은 곧장 쓰바사에게 다음 말을 재촉했다.

"그래서?"

"저와 동생은 싸울 정도로 사이가 좋다는 말을 듣거든요. 그렇다면 전쟁은 필요하기도 한 것 아닌가 해서……."

겐 선생님이 크게 숨을 들이마셨다. 그러고는 "쓰바사는 대단하네"라며 모두를 향해 짧게 중얼거렸다.

"그렇다면 다음은 '싸움'과 '전쟁'에 관해 생각해보자. 이 둘은 어떻게 다른지. 사치코 선생님, 보드에 써주세요. '싸움'과 '전쟁'."

겐 선생님이 말을 걸었지만 사치코 선생님은 잠시 움직이지 않았다. 입을 닫은 채 우뚝 서 있었다. 겐 선생님이 의아한 듯한 눈으로 사치코 선생님을 보았다.

"사치코 선생님? 왜 그러세요?"

"'평화'와 '전쟁' 쪽은 이제 끝인가요?"

"일단 지웁시다. '전쟁'과 '싸움'에 관해 생각하는 게 결국 '평화'를 생각하는 것과도 이어질 테니까요."

사치코 선생님은 아무 말도 없었다.

둘의 대화를 보면서 노리코는 어쩐지 배 아래쪽이 눌리는 듯한 불쾌한 감정이 들었다. 배가 수영 시합이나 피아노 발표회를 하기 전에 긴장했을 때처럼 아팠다.

"사치코 선생님?"

"……알겠습니다."

사치노 선생님이 다시금 보드 앞에 서서 그때까지 적혀 있던 말들을 지웠다. 문답이 다시 시작되고, 이번에는 '싸움' 과 '전쟁'이 어떻게 다른지를 이야기했다. 각각에 대한 인상을 적었다. "사이가 좋아도 하는 것이 싸움", "전쟁은 병기와 무기를 사용한다"…….

다양한 말들이 나오는 와중에 사치코 선생님이 갑자기 보드 앞에서 손을 멈췄다.

그 사실을 알아챈 겐 선생님이 "왜 그러세요?"라고 다시 물었다.

사치코 선생님은 이번에도 길게 침묵했다. 이윽고 쓸쓸한 듯한 미소를 보이더니 살짝 고개를 숙였다.

"죄송해요. 저, 아직 몸이 좋지 않은 것 같네요. 이 시간은 겐 선생님께 맡겨도 될까요?"

겐 선생님은 놀란 것처럼 보였다. 사치코 선생님을 가만히 바라보았다. 하지만 곧장 고개를 끄덕였다.

"알겠습니다. 가서 푹 쉬세요."

사치코 선생님이 아이들에게도 "미안해요"라고 사과하고 방에서 나가버렸다. 그 뒷모습이 보이지 않게 되자 겐 선생님이 살짝 숨을 들이마셨다.

"……오늘의 문답은 여기까지 할까. 다들 생각할 게 많아서 힘들었을 텐데, 고마워."

겐 선생님이 천천히 화이트보드를 바라보더니, 그때까지 적은 내용을 싹 지웠다. 적혀 있던 '싸움', '전쟁'에 대한 설명이 사라졌다. 전부 지우고 나서 돌아보았다.

"남은 시간에는 다른 걸 하자. 게임 어때?"

그렇게 말하고 빙그레 웃었다.

겐 선생님이 생각한 것은 몇 명씩 팀으로 나뉘어 화이트보드에 '좋아하는 것'을 쓰는 게임이었다. 운동회처럼 방 한쪽에 줄을 만들고, 한 명이 다 쓰고 돌아오면 다음 사람에게 바통 터치. 제한 시간 안에 '좋아하는 것'을 더 많이 쓴 그룹이 승리한다고 했다.

"오늘의 문답은 어려운 걸 잔뜩 생각했으니까 다들 지쳤지? 그러니까 마지막으로 좋아하는 것에 대해 마음껏 생각해보자. 우승한 팀은 내일 빙수 타임 때 가장 먼저 빙수를 먹게 해줄게."

그것을 듣고 아이들 사이에서 환성이 터졌다. 미래 학교에 온 후부터는 다들 이런 사소한 일을 무척이나 특별한 것처럼 생각하게 되었다.

노리코도 두근거렸다. '좋아하는 것'을 되도록 많이 쓴다. 그런 거, 평소의 학교에서는 절대 하지 않는다. '좋아하는 것'이라니 무엇을 쓰면 좋을까.

만화잡지인 〈리본〉이나 〈단짝〉을 적어도 혼나지 않을까.

노리코가 적으면 똑같이 그것을 좋아하는 아이가 나중에 말을 걸어줄지도 모른다. 즐거운 상상이 계속해서 펼쳐져서 멈추지 않았다.

팀은 겐 선생님이 학년별로 인원수가 적절하게 섞이게끔 모두를 나눠서 지정해주었다. 하지만 '노리코는 여기'라며 자신이 서게 된 줄을 보고 조금 실망했다. 아니, 그보다는 경계했다.

자신의 바로 앞에 노부가 서 있었기 때문이었다. 비록 누워 있지는 않지만 여전히 무슨 생각을 하는지 전혀 알 수 없는 표정이었다.

어차피 진지하게 하지 않을 테니 넣지 않는 것이 좋을 텐데. 노부가 있는 팀은 그것만으로도 불리하다.

같은 팀인 데다가 바로 뒷 순서라니, 정말 운이 없다.

"자, 다들 자리 잡고. 좋아, 시작!"

겐 선생님의 호령에 선두의 아이가 달려 나갔다.

자신이 좋아하는 것을 보드에 하나 적고 곧장 돌아왔다. 모두 무척이나 즐거워 보이고, 글을 쓰는 손놀림이 빨랐다. 햄버거, 축구, 토끼, 리본……. 다양한 단어가 적혔다. 아, 누가 '리본'이라고 적었다. 누가 적었을까? 저 리본은 잡지일까? 아니면 묶는 리본?

"힘내!"

"서둘러!"

각각의 팀에서 응원의 목소리가 울려 퍼졌다. 그러자 노리코 바로 앞에서 "이얍!" 하고 기합을 넣는 소리가 들렸다.

어라 싶었다.

노부가 몸을 일으킨 채였다. 흥분해서 "쓰바사, 얼른!" 하고 손을 올리고 있었다. 깜짝 놀랐다. 노부의 눈이 빛났다. 평소의 그 무기력한 느낌과는 그야말로 다르게 눈빛이 생생했다. 순서가 돌아오자 노부가 확 달려 나갔다. 다른 아이와 똑같이 재빨리 돌아와서는 노리코에게 바통을 넘겨줬다. 두 바퀴째도, 세 바퀴째도.

"3분 남았어!"

겐 선생님의 목소리에 모두가 으악, 하고 소리를 높였다. 라스트 스퍼트라는 말이 어떤 팀에선가 들려왔다. 네 바퀴째의 노부가 달렸다.

돌아와서 바통을 넘길 때 짧게 말했다.

"노리코, 달려!"

달려 나가면서 노리코는 경악을 금치 못했다.

노부가 노리코라고 이름을 불렀다.

내 이름, 기억하고 있었구나!

믿을 수 없었다.

노리코에 대해 제대로 보고 있었다. 알고 있었다. 노부가 같은 반 아이들에게 관심이 있다니 전혀 깨닫지 못했다. 항상 참여할 마음이 없어 보였고, 무슨 생각을 하는지도 알지 못했는데.

"노부는 없어도 된다고 생각하는 건 '따돌림'이야."

머리 한복판이 저렸다. 겐 선생님의 말이 떠올랐다.

화이트보드에 도착해서 펜을 손에 쥐었다. 아이들이 가득 써 놓은 탓에 여백이 적어진 보드 앞에 서서 노리코는 숨을 들이켰다.

'좋아하는 것'을 쓰는 게임.

눈앞의 보드에 휘갈겨 쓴 글씨로 커다랗게 '겐 선생님'이라고 적혀 있었다.

누가 쓴 것인지 확인할 필요 없이 본 순간 알았다.

가슴 속 깊은 곳이 찡 울렸다. 겐 선생님의 다른 목소리가 되살아났다.

"단 한 명도 포기하지 않는다. 그게 미래 학교잖아요."

노리코는 적었다.

'미래 학교'라고.

"자, 시간 끝!"

겐 선생님이 큰 목소리로 신호했다. 모두가 후우, 하고 온몸으로 숨을 내쉬었다.

줄로 돌아가자 노부는 다시 스위치가 꺼진 것처럼 눈빛이 흐린 채였다. 방금 그렇게나 진지하고 즐거운 듯한 눈빛으로 노리코를 향해 이름을 부른 것이 마치 거짓말인 것처럼.

노리코는 노리코대로 스스로를 무척이나 부끄럽게 생각

했다. 놀이 시간에만 제대로 참여한다고 지금까지 노부를 깔본 것이 갑자기 너무나도 부끄러운 일처럼 느껴졌다.

"어떤 팀이 가장 많이 썼을까?"

겐 선생님이 하나하나 숫자를 셌다. 그 모습을 바라보며 노리코는 우승하지 못해도 좋으니까 모두가 노부가 쓴 '좋아하는 것'을 알아채면 좋겠다고 생각했다. 노리코와 같은 기분을 느꼈으면 하고 바랐다.

그런데 그때였다. 문득 시선이 느껴졌다. 방 입구를 바라보고 깜짝 놀랐다.

사치코 선생님이 서 있었다.

노리코의 시선도 알아채지 못한 듯, 화이트보드 쪽을 눈도 깜빡이지 않은 채 바라보고 있었다.

어안이 벙벙한 것처럼도 보였다.

사치코 선생님…….

어째서인지 말을 걸어야 한다고 생각했다. 하지만 그래서는 안 된다는 마음도 들었다. 겐 선생님이 알아채주었으면 했다. 사치코 선생님이 왔다는 것. 하지만 겐 선생님은 다른 아이들과 함께 집계에 열중하는 중이었다. "하나, 둘, 오! 금붕어라고 쓴 거 누구야? 키우는 거야?"라고 말했다.

사치코 선생님의 눈이 살짝 일그러졌다. 아무 말도 없이 획 몸을 돌려서 방을 나가버렸다.

"아. 미래 학교라고 적은 아이가 꽤 많네."

겐 선생님이 기뻐하는 목소리가 들렸다.

사치코 선생님은 저녁 식사가 끝날 무렵이 되어도 모습을 보이지 않았다.

노리코는 꾹 누르는 듯한 배의 아픔이 이어지고 있었다. 겐 선생님과 사치코 선생님이 말다툼하는 것을 보고 불편한 마음이 들었을 때부터 느껴지던 아픔이 희미해졌다고 생각 했음에도 어느샌가 다시 돌아와 있었다.

뭔가 이상하다고 느낀 것은 저녁 식사를 마치고 화장실에 갔을 때였다. 다리 사이가 미끈거렸다. 땀을 흘렸나 생각했 지만, 아닌 것 같았다. 팬티를 내리고 나서 숨을 삼켰다. 속 옷이 더러워져 있었다. 피 같은 붉은색이 묻어 있었다.

……생리.

혼란에 빠졌다.

첫 생리를 분명 초경이라고 부른다. 도서관에 있던 만화책 에서 읽었다. 키가 크거나 체격이 좋은 아이 중에는 초등학 교 4학년 정도에 이미 시작하는 일도 있다고 적혀 있었다. 노리코의 키는 반에서 중간 정도다. 보통 체격에 보통 키라 고 어머니가 말한 적도 있었다. 그렇기에 그것은 자신 같은 아이가 아닌 다른 아이에게 일어나는 일이라고 생각했다.

떠오르는 것은 파우치였다.

학교에서 6학년 여자아이와 화장실에 같이 있었을 때 파우치를 가지고 있었다. 노리코도 좋아하는 캐릭터가 그려져 있었기에 귀엽다고 생각해서 바라보는데, 그 아이가 노리코의 시선을 깨닫고는 얼른 파우치를 숨기듯 손에 들고 나가 버렸다.

뭐지, 하고 생각하는데 그 아이와 같은 반 친구로 보이는 여자아이들이 의미심장한 눈짓으로 그 후에 말했다. "○○, 아마 생리하나 보다"라고.

미래 학교의 합숙에서도 6학년 아이 중에는 그것과 비슷한 크기의 파우치를 가지고 있는 아이가 몇 명 있었다. 아무리 그래도 쑥덕거리거나 하지 않았지만, 그것을 보자 노리코도 '저 아이, 벌써 생리하는구나'라고 생각하기는 했다.

전부 자신과는 관계없는 한참 뒤의 일이라고만 생각했다.

화장지를 길게 뜯어서 둥글게 만 후에 속옷 위에 얹었다. 뭔가의 착각일지도 모른다고 생각했지만, 화장지에 붉은색이 물들었다. 생리가 아니라고 하면 뭔가의 병일지도 모른다. 그렇다고 하면 그쪽이 더 무서웠다. 붉은 그 색을 보고 생각했다. 정말로 생각한 것 이상으로 진짜 피 색깔이구나. 변기 안의 물에 붉은색이 마치 힘줄처럼 떠 있었다. 레버를 누르자, 붉은 잉어가 몸을 꿈틀거리듯 물이 출렁이며 통째로 흘러내려 가버렸다.

만화에서 읽은 것을 떠올렸다.

다양한 만화가 있었다. 대개 스토리는 똑같았다. 생리가 시작된 것을 깨닫고 주인공이 어머니에게 말한다. 그러면 어머니가 준비해두었던 생리대가 들어 있는 파우치와 생리용 속바지를 건넨다. 부끄러워할 일이 아니고 당연한 일이라며, 어른에 한 걸음 가까워진 거라고. 그리고 말한다. 축하한다고.

하지만 어머니가 없는 지금은 어떻게 하면 좋을까.

누구에게 의지하면 좋을까.

만화 중에는 서머스쿨이나 수학여행 도중에 갑자기 초경을 맞이하는 스토리의 작품도 있었다. 그때 만화 주인공은 어떻게 했더라. 친구에게 말했나? 아니다. 분명 양호실의 여자 선생님에게…….

여자 선생님.

거기까지 생각하고 울 것 같은 기분이 들었다. 사치코 선생님은 지금 없다. 오늘은 더는 돌아오지 않을지도 모른다. 알 수 없다. 알 수 없지만, 만화나 책의 주인공은 언제나 어머니나 여자 선생님에게 상담했다. 그렇기에 분명 남자 선생님에게 말해서는 안 된다. 노리코는 겐 선생님을 좋아한다. 좋아하지만 겐 선생님에게 말해서는 선생님이 곤란해할 것만 같다.

유이의 어머니.

문득 떠올랐다. 그 방법밖에 없다.

유이의 어머니에게 말하면 곧장 유이에게 전해질지도 모

른다. 합숙 도중에는 전해지지 않을지도 모르지만 합숙이 끝나면 분명 유이에게도 알려질 것이다. 유이에게 알려지면 반 아이들 모두에게 퍼질지도 모른다. 생각하니 견디기 어려운 기분이 들었다. 부끄럽다기보다는 괴로운 마음 쪽이 컸다. 키가 크거나 가슴이 큰 아이는 반에 달리 많은데도 어째서 노리코냐며 바보 취급을 할 것 같았다. 상상하는 것만으로도 괴로웠다.

키가 더 컸으면 좋겠다. 텔레비전에서 보는 여배우나 발레리나처럼 긴 팔다리를 가지고 싶다. 하지만 생리가 오면 다른 성장이 멈춰버리고 만다고 어디선가 읽은 것 같은 기억도 났다. 그렇다고 하면 노리코의 성장은 이 키에서 멈춰버리는 것일까.

식당에서 노리코가 앉는 자리도 유이의 어머니가 '선생님'을 담당하고 있는 황록반의 자리와는 떨어져 있다. 그런 그곳에 갑자기 노리코가 나타나면 다른 아이들이 어떻게 생각할까.

하지만 이미 그것 말고는 방법이 떠오르지 않았다.

혼란에 빠진 머릿속에 가장 크게 퍼지는 것은 불합리하다는 생각이었다.

분명 언젠가 자신에게도 일어날 일이다. 그렇게 생각하고 마음의 준비는 조금씩 해왔고 두근거리는 마음과 함께 조금 기대도 하고 있었지만 그것이 어째서 이런 타이밍인 것일까. 어머니도, 여자 선생님도 없다. 만약 초경이 오는 것이 며칠만이라도 빨랐다면 노리코도 이곳에 어머니가 준 파우치를 가지고 올 수 있었을지도 모르는데.

속옷을 빨 수 없다.

목욕 후의 세탁 바구니. 세탁 당번인 아이들이 모아서 회수하는 그곳에 노리코의 더러운 속옷은 넣을 수 없다. 넣고 싶지 않다. 더러운 팬티를 보이고 싶지 않다.

울 것 같은 마음으로 그러고 있는데 화장실 변기 칸 밖에서 몇 명의 목소리가 들렸다. 다른 아이들이 들어왔다. 노리코는 허둥대며 밖으로 나왔다.

식당으로 돌아가 황록반을 보았다. 식사를 마치고 모두 함께 뒷정리를 하는 중이었다. 그 가운데 유이 어머니의 모습은 보이지 않았다. 어디에 간 것일까.

오늘의 초록반은 밥을 먹고 나서 씻는다.

생리할 때는 목욕을 어떻게 해야 할까. 분명 책에는 욕조에 들어가면 안 된다고 적혀 있었다.

울음이 터질 것만 같던 그때였다.

"노리코, 왜 그래?"

목소리가 들렸다.

돌아보자 미카가 서 있었다. 걱정스러운 듯 노리코를 보고 있었다.

"아까, 배식 당번 아이들이 찾았어. 정리할 시간인데 밥 먹자마자 어디론가 가서 돌아오지 않는다고. 그래서 나도 찾고 있었어. 다행이다. 여기 있어서."

"미카……."

사치코 선생님도, 유이의 어머니도 없다. 겹친 화장지가 젖어서 붉은색이 배어 나오는 이미지가 머릿속 가득 펼쳐졌다. 울음이 터질 것만 같았다.

"생리 시작했어."

쥐어짜듯 뱉은 노리코의 말에 미카가 눈을 깜빡였다.

○●○

미카의 반응은 도저히 같은 나이의 여자아이라고는 생각할 수 없을 정도로 차분했고, 그리고 재빨랐다.

"그렇구나. 알겠어."

노리코에게 "잠깐만 기다려"라고 말하고는 미카가 잠시 자리를 비우더니 곧장 돌아왔다. 그리고 "이쪽으로 와"라며 노리코를 불렀다.

미카가 노리코를 데리고 간 곳은 배움터가 아닌 근처의 다른 건물이었다. 조립식 건물을 몇 개 붙여 놓은 듯한 긴 건물이다.

안에는 아무도 없었다. 하지만 들어간 커다란 방의 벽을 따라 옷과 물건이 들어 있는 바구니가 여럿 나란히 놓여 있었다. '히사노', '유즈코', '리에', '미키코'……. 바구니에는 도화지를 잘라 붙인 듯한 이름표가 붙어 있었다.

미카를 비롯한 아이들은 이곳에서 생활한다는 사실을 직감적으로 알았다. 여름 합숙을 온 아이들이 배움터를 사용하는 동안에는 이곳에 머무는 것이다.

방에는 노리코와 미카 둘뿐이었다.

"여기."

미카가 새하얀 비닐봉지를 가지고 왔다.

미카가 준 봉지 안을 보자 생리대가 들어 있었다. 그리고 새 속옷도. 비닐 재질의 빨간색 체크무늬 파우치도 들어 있었다.

"받아도 돼……?"

"응. 우리 중에 '시작한 아이들'이 받는 건데, 선생님이 써도 된대."

우리라는 것은 미래 학교의 아이들을 말하는 것이리라.

"고마워"라고 감사 인사를 하고 받아 들었다.

그리고 다시 한번 어두운 방을 둘러보았다. 이곳에서 잠을 자는 아이들도 처음으로 '시작했을' 때는 선생님에게 말해서 이것을 받게 되는 것일까. 어머니가 아니라, 여자 선생님에게 이 파우치를 받는 것일까.

"다른 사람들은?"

"합숙 아이들을 도와주러 간 애들도 있고, 내일 밥 준비를 도와주는 애들도 있고."

미카가 노리코를 보았다.

"겐 선생님께서는 말했어. 오늘은 이쪽 어른들이 쓰는 샤워실에서 씻고 돌아와도 된대. 내일부터는 다른 애들이랑 같이 목욕해도 돼. 다만 생리 때는 욕조에는 들어가지 않고 샤워만 하는 게 여기 규칙인데. 괜찮겠어?"

"응."

같은 나이의 여자아이임에도 미카는 무척이나 믿음직스러웠다.

데꺽데꺽 대응해주고 있지만, 미카 자신이 생리를 시작했는지 어떤지는 알 수 없다. 하지만 시작했든 아니든, 이 아이는 이런 식으로 야무지게 행동할 것 같았다.

마음이 진정되자 자신이 지금 원래라면 합숙하는 아이들은 들어올 수 없는 곳에 혼자만 들어왔다는 점을 깨달았다.

어두운 복도를 빠져나가는 도중, 빛이 새어 나오는 방이 있었다.

슬쩍 안을 보자, 몇 명의 어른이 뭔가 문서를 작성하거나 수선 같은 작업을 하고 있었다. 넓은 방이었고, 어쩐지 학교 교무실과 분위기가 비슷했다. 꽤 연배가 있는 남자와 아직 젊은 여자 등 다양한 사람이 듬성듬성 앉아 있었다.

"어라, 미카. 무슨 일이야?"

방 안에 있던 어른 중 한 명이 미카에게 물었다.

"합숙하러 온 노리코가 샤워실 빌리려고 와 있어."

존댓말이 아닌 꾸밈없는 말투였다. 어른들이 노리코를 바라보았다. 짧은 그 설명만으로 무슨 일인지 알게 된 듯했다. "아, 그렇구나"라고 답하며 노리코에게도 웃어 보였다.

합숙 기간에 본 적 없는 알지 못하는 어른들만 있어서 당황했다. 하지만 혹시 이 사람들은 기슭에서 온 선생님들이 아니라, 미카와 마찬가지로 평소 이곳에 사는 '선생님'들일지도 모른다는 생각이 들었다.

"아, 혹시 야마시타 씨네 반 아이니?"

아까와는 다른 여자가 말해서 노리코는 어리둥절했다. '야마시타 씨'라는 이름에 짐작 가는 바가 없었다. 하지만 그 말에도 미카가 답했다.

"맞아."

"그렇구나. 그래서 미카가 데리고 온 거야?"

"응."

"고마워, 미카."

"응."

미카가 가볍게 답하고는 "가자, 노리코"라고 말하며 손을 잡아끌었다. 어두운 복도로 돌아가자 교무실의 빛이 뻗어 나오는 범위가 매우 밝아 보였다. 안에서 소곤대는 목소리가 들렸다.

"야마시타 씨, 결국 어떻게 되었어?", "또 '자습실'이야. 아침까지 있는 거 아니야?", "어? 누군가 상태 좀 보고 오지 그래?", "'기슭의 학생'들은 다들 열심이라니까"와 같은 말소리가 들렸다.

교무실 앞을 지나 샤워실이라고 적힌 장소에 도착했다. 한 걸음 안으로 들어서자 곰팡내가 살짝 났다.

시민 수영장의 탈의실 같았다. 옷을 갈아입는 장소가 있고, 그 너머로 샤워기 네 개가 벽에 붙어 있었다.

"나, 밖에 있을게."

미카가 나갔다.

혼자 있는 탓인지, 불을 켜도 묘하게 어두운 느낌이 드는 곳이었다. 조심조심 옷을 벗고 샤워기를 틀자, 물이 나온 순간에 발밑에서 뭔가가 뿅 하고 크게 튀었다.

"꺄악!"

자신도 모르게 소리를 질렀다. 다리가 긴 갈색 꼽등이였다. 놀라서 펄쩍 뛰고 말았다. 심장이 두근거렸다.

아이들과 함께 언덕을 넘어 들어가는 그 목욕탕이 이곳과 비교해서 무척이나 밝고 새로 지은 건물이었다는 것을 깨달았다. 샤워 헤드가 걸려 있는 곳 옆에는 사각형의 하얀 비누가 하나 놓여 있을 뿐, 샴푸도 린스도 없었다. 별 수 없이 그대로 비누로 몸만 씻고, 머리를 감는 것은 포기하기로 했다.

거의 무의식중에 더러워진 팬티를 물에 담가 비누로 빨기 시작한 후에 '아, 어떻게 말려야 하지'라고 깨달았다. 하지만 이미 젖어버렸기에 도중에 그만둘 수 없었다.

더러움이 가실 때까지 힘을 주어서 문지르며 손을 움직이는 사이에 땀을 흘려서 몸이 뜨거워졌다. 팬티를 다 빤 후에 '에이 모르겠다'라며 샤워기의 뜨거운 물을 머리부터 뿌렸다. 머리도 비누로 감아버렸다.

샤워를 마치자 탈의실에 물색 수건이 몇 장 겹쳐져 놓여있는 것을 알아챘다. 제멋대로 써도 되는 것인지 주저하면서 한 장을 손에 쥐었다. 얇은 수건은 몇 번이고 반복해서 세탁한 듯 뻣뻣했다. 얼굴에 대자, 그곳에서도 또 욕실과 비슷한 곰팡내가 났다.

옷을 입고 밖으로 나서자 미카가 기다리고 있었다.

"고마워. 수건, 어떻게 하면 돼?"

빨아서 쥐어짠 팬티를 어떻게 하면 좋을지 묻고 싶었지만, 아무리 미카에게라도 너무 부끄러워서 묻지 못했다. 생리용품을 받았을 때 들어 있던 비닐봉지에 넣은 채였다.

"수건은 샤워실 안에 놓아두면 돼. 세탁 당번인 어른이 빨아주니까."

"응."

끄덕이며, 여기에서는 어른도 '세탁 당번'을 하는구나, 하고 생각했다. 어른임에도 '당번'이라니 조금 이상한 느낌은 들지만.

"그럼 돌아갈까? 초록반 아이들, 슬슬 목욕 마치고 돌아올 때니까."

느긋한 목소리로 미카가 말했다. 노리코는 샤워하는 동안 계속 생각하던 것을 묻고자 "저기" 하고 말을 걸었다.

"아까, 어른들이 말하던 '야마시타 씨'는 사치코 선생님 이야기야?"

미카가 순간 머뭇거렸다. 그러더니 잠시 후에 "응"이라고 답했다.

"맞아."

"사치코 선생님, 어디에 있어? '자습실'이라니, 공부 중이야?"

'자습'은 노리코도 알고 있는 그 자습인 것일까. 스스로 공부하는 자습. 노리코의 학교에서도 담임 선생님이 오지 않을 때 가끔 그런 시간이 만들어지곤 한다.

하지만 몸 상태가 나쁘다고 말하지 않았었나?

"공부라고 할까, 생각하는 시간을 갖는 거야."

"어?"

노리코가 고개를 갸웃거렸다. 미카가 말을 이었다.

"혼자서 천천히 생각하는 거야. 문답은 누군가와 함께 하는 거지만, 혼자서 생각하는 시간도 똑같은 수준으로 중요하니까."

코를 통해 천천히 숨을 들이마셨다.

놀라고 말았다. 미카의 말이 마치 교과서를 그대로 읽는 듯한 감정이 담기지 않은 말투였기 때문이었다.

"사치코 선생님, 돌아오는 거야?"

"아마도."

미카가 끄덕였다.

"자신과 마주보고 반성한다면 아마도."

"반성?"

"응."

미카가 말했다.

"살아가는 건 반성을 반복하는 거래. 그렇게 해서 그만큼 크게 성장할 수 있는 거야."

의미를 알 것 같으면서도 알 수 없는 답이었다. 어딘가에 나와 있는 말을 통째로 인용한 것처럼도 들렸다.

어떻게 답하면 좋을지 알지 못하는 노리코 앞에서 미카가 불쑥 웃었다.

"노리코, 미래 학교 좋아?"

갑자기 그렇게 물어서 할 말을 잃었다. 그러자 미카가 거듭 질문을 던졌다.

"오늘, 겐 선생님의 '좋아하는 것 게임'에서 쓴 거 봤거든. 좋아?"

"……응."

"어떤 면이?"

"다들 함께 이런저런 걸 하나하나 정성껏 생각하는 점이랑, 그리고 샘의 느낌 같은 거."

고민 없이 말이 되어 자연스레 나왔다. 미카가 말했다.

"샘, 가볼래?"

"어?"

미카의 눈은 똑바로 노리코를 바라보고 있었다.

"밤의 샘도 무척이나 예쁘거든. 어둡지만 그런 반면 소리
만으로 존재가 제대로 느껴져."

그 말투가 시적이었다. 미카의 말이 노리코의 가슴을 달콤
하게 뒤흔들었다.

합숙하는 아이는 샘을 한 번밖에 볼 수 없다고 들었다. 밤
의 샘에 데려간다는 것은 다른 아이가 바라더라도 이룰 수
없는 무척이나 특별한 일일 것이다.

"가보고 싶어." 노리코는 답했다.

◐●◐

"이제 곧 기슭으로 돌아가겠네."

손전등 불빛만이 밝히는 길을 둘이 손을 잡고 걸었다.

"전에 나, 길을 잃은 적이 있거든."

미카가 장난꾸러기 같은 미소를 짓더니 떨어지지 않게끔
손을 잡았다.

"쓸쓸하다."

미카가 돌아보았다. 달빛이 미카의 등 뒤에서 반짝여서 얼굴이 제대로 보이지 않았다. 리리, 리리, 하고 벌레가 우는 소리가 들렸다.

머리를 감은 덕에 몸이 완전히 가벼워진 것처럼 느껴졌다. 비누 향기가 났다.

"쓸쓸하다고 생각해주는 거야?"

합숙하러 오는 아이는 많다. 매년 그야말로 많은 아이를 만날 텐데, 그래도 노리코에 대해 그렇게 생각해주는가 싶어서 기뻤다.

노리코가 묻자, 미카가 "응"이라며 끄덕였다.

"계속 이곳에 있었으면 좋겠어."

"무리야."

답하면서 순간적으로 마음이 포근해졌다. 그런 일이 가능할 리 없다고 웃으며 말하자, 불쑥 미카가 "무리인 거야?"라고 물었다.

그 목소리가 진지한 울림을 담고 있어서 깜짝 놀랐다. 미카를 바라보았다.

샘이 보이기 시작했다.

출랑출랑, 쏴쏴, 하고 물이 흔들리는 듯한 소리가 들렸다. 커다란 소리는 아니지만, 물이 그곳에 있는 것이 공기를 통해 확실히 전해졌다. 나무 틈으로 새어드는 달빛이 수면을 어슴푸레하게 밝혔다.

미카의 얼굴이 손전등 불빛과 달빛 덕에 살짝 보였다.

'어째서일까.' 노리코는 생각했다. 미카는 무척 좋고, 친해진 것 같다. 하지만 계속 있었으면 좋겠다고 생각할 정도로 자신에게 좋은 면이 있는 것 같지는 않다. 왜 그런 식으로 말한 것일까.

알지 못하지만, 자신을 좋아하기에 그런 말을 한 것이라면 무척이나 기뻤다.

"응. 돌아가야지."

노리코가 답했다.

답하면서 왜 자신이 돌아가고 싶은지 생각했다. 노리코는 지금 학교에 이렇다 할 사이좋은 친구가 있는 것도 아니다. 자신이 반에서 변변찮은 취급을 받고 있다는 것도 안다. 이곳이라면 미카 같은 친구도 있고, 유이나 아미 같은 기슭의 학교에서 인기 있는 아이도 친하게 대해준다. 이곳에서 그 아이들과 이야기하다 보면 마치 자신도 기슭의 인기 있는 아이 그룹의 일원이 된 것 같은 착각이 들어서 기분 좋다.

하지만 이곳에서 계속 사는 것은 무리다. 생각해볼 필요도 없이 이곳이 자신의 집이 아니기 때문이다.

제아무리 이곳이 즐겁고 미래 학교가 좋아도, 합숙에 온 후부터 '얼른 집에 돌아가고 싶다'라는 마음이 사라진 적은 한 번도 없었다.

즐거운 시간을 보냈기에 오히려 알게 되었다. 유이가 첫날 밤에 "겨우, 하루가 끝났네"라고 말한 의미도, 에리가 "함께 가줄 필요 없어"라고 말한 마음도.

이곳이 좋은 곳인지 어떤지와는 관계없다. 집이 아니기에 집에 돌아가고 싶다. 그저 그뿐이었다.

"그렇구나."

미카가 답했다.

"쓸쓸하네"라고 다시 말했다.

그 목소리를 들으며 문득 떠오르는 것이 있었다.

유이에 관해서였다. 지금은 기슭의 학교에서 노리코와 같은 반에 있지만, 유이도 유치원 때는 미래 학교에 계속 있었다고 했다. 같은 나이니까 미카도 유이와 함께 배움터의 아이로서 생활했던 것일까.

"나, 유이라는 아이랑 같이 왔는데, 미카도 유치원 때 함께 지냈어?"

지금도 매년 어머니와 함께 합숙에 온다는 유이는 이곳의 생활도 자세히 알고 있었고 장소에도 익숙한 듯했다. 그렇게 묻자 미카가 "아아" 하고 먼 곳을 바라보는 듯한 눈을 보였다.

"응. 전에 같이 있었어. 하지만 이미 먼 옛날이야. 배움터를 나가서 유이처럼 합숙할 때만 오는 아이, 꽤 많아."

"그렇구나."

"그래도 유치부를 나간 후 전혀 오지 않는 애들도 있지. 뭐랄까 다들 먼 친척 같은 느낌이야."

"그래……."

노리코에게도 먼 곳에 살아서 일 년에 한 번이나 두 번 정도밖에 만나지 않는 사촌이 있다. 어린 시절을 계속 함께 보낸 아이들은 떨어진 후에도 그런 느낌이 드는 것일까.

샘에 닿은 후에도 둘은 손을 놓지 않았다. 촐랑촐랑, 쏴쏴. 마치 달빛이 샘의 표면을 흔들어서 물을 울리는 듯한 소리와 기척이 계속 이어졌다.

"기슭의 학교, 그렇게 즐거워?"

갑자기 미카가 물었다. 노리코는 고개를 저었다.

"즐겁지 않아. 나, 친구도 적고."

솔직히 답하는 것이 이곳에서는 무섭지 않았다. 미카라면 그것이 알려져도 상관없었다. 미카가 웃었다.

"나랑 똑같네."

노리코는 웃으며 "거짓말" 하고 답했다.

"미카는 친구 많잖아."

"없어."

미카가 웃었다.

웃고 있었다. 하지만 그 얼굴이 보이지 않았다. 달빛이 등 뒤쪽에 있어서 웃는 입가 외에는 어떤 표정인지 보이지 않았다.

"그럼 기슭의 학교가 아니라 집이 즐거워?"

"집?"

"노리코가 사는 집."

'집'이라는 단어가 동그스름하고 부드러운 말처럼 들렸다. 그 말을 들으면 돌아가고 싶어진다. 앞으로 3일 후에는 돌아갈 수 있다는 기쁨이 강해진다.

"응."

노리코는 끄덕였다. 유이나 아미의 어머니 같은 멋진 어머니는 아니지만, 노리코의 어머니가 있는 그 집이 자신의 '집'이다. 아버지도, 할아버지도, 할머니도 물론 만나고 싶다.

"좋겠다."

미카가 말했다.

그 말에 순간 당황했다.

갑자기 자신이 무척이나, 무척이나 무신경한 말을 해버린 것은 아닐까 하는 생각이 가슴을 스쳐 갔다. 하지만 다음 순간에 그럴 리 없다고 생각했다.

왜냐하면 미카로서는 아버지나 어머니가 없는 이곳의 생활이 당연할 테고, 그것이 가엽다고 여기는 것은 제멋대로인 생각일 테니까. 자신이 부모와 사는 것이 당연하다고 해서, 자신의 상식만으로 가엽다고 여기거나 동정하는 것은 이곳 아이들에게 실례니까.

"비밀, 가르쳐줄까?"

갑자기 미카가 말했다.

"사실은 엄마와 같이 살고 싶어. 기슭의 아이들처럼."

미카의 목소리는 중대한 비밀을 고백하는 듯했다. 그 목소리를 듣고 노리코는 아무 말도 할 수 없게 되었다.

미카의 새까만, 밤의 어둠에 덮인 듯한 얼굴이 이쪽을 보았다. "미안" 하고 사과의 말이 노리코의 입에서 튀어나왔다.

"어?" 미카가 말했다.

"왜 사과하는 거야?"

"미카는 그런 거 생각하지 않는 줄 알았어. 계속 이곳에서 아이들만 살고 있으니까."

"아이들만 있는 거 아니야. 선생님들도 있어."

"그렇긴 해도……."

"그래도, 사실은."

천천히, 차분해진 목소리로 미카가 말했다.

"쓸쓸한 건 쓸쓸하고, 슬픈 건 슬퍼."

"……어렸을 때는 가족이 함께 살았어?"

큰마음을 먹고 묻자, 미카가 조금 놀란 듯 보였다. 잠시 가만히 있더니 작게 끄덕였다.

"나 같은 경우는 그래. 정말로 어렸을 때였지만 말이야. 그래서 특히 더 쓸쓸하다고 생각하는 걸까 하고 생각한 적도 있지만, 다른 아이들도 엄마를 만나고 싶어서 우는 아이가 있어. 어째서 쓸쓸한 걸까, 만나고 싶은 걸까, 그 마음이 어디에서 오는 건지는 모르지만."

"어~이"하는 목소리가 들려 온 것은 그때였다.

바라보자 먼 쪽에서 손전등 불빛 같은 것이 다가왔다. 목소리가 점점 커졌다.

"어~이, 미카. 노리코."

시게루의 목소리처럼 들렸다. 미카와 함께 초록반을 도와주는 그 연상의 남자아이.

손전등 불빛이 다가왔다. 그 빛을 손에 들고 나타난 시게루는 달려온 것인지 조금 숨이 거칠었다.

"역시 여기구나. 다들 걱정하고 있어. 아무리 기다려도 노리코가 돌아오지 않는다고."

"앗, 큰 소동이 벌어진 거야?"

"담임 선생님이 겐 선생님이니까 분명 다른 선생님보다는 괜찮을 테지만."

미카에게 시게루가 답하더니 손전등을 노리코 쪽으로 향했다.

"그래도 슬슬 돌아가는 게 좋겠어."

"나, 조금 더 여기에 있을게."

미카가 말했다. 노리코는 깜짝 놀라 미카를 보았다. 미카의 것과 시게루의 것, 두 개의 손전등의 빛이 합쳐지자 샘 주변이 아까보다 훨씬 밝아졌다. 수면으로 뻗은 나뭇가지에 하얗고 작은 꽃이 피어 있었다. 무척이나 아름다워서 홀릴 것만 같았다.

"미카."

"시게루 오빠는 노리코랑 먼저 돌아가."

"그래도."

"괜찮으니까."

미카가 말하더니 잡고 있던 노리코의 손을 놓았다. 샘 근처에 쭈그리고 앉았다. 가지고 있던 손전등을 바닥에 내려놓고 무릎에 손을 대고 샘 표면을 바라보았다. 조용한 수면에 희미한 파동이 보인 것 같았다. 노란색 빛 안에서 작은 곤충이 날았다. 나뭇잎이 샘에 선명하게 그림자를 떨어뜨리고 있었다.

"노리코."

미카의 얼굴이 쓸쓸한 미소를 띠고 있었다.

"같이 와줘서 고마워. 그래도 이제 시게루 오빠랑 먼저 돌아가."

"……알았어."

사실은 시게루와는 아직 그렇게 친하지 않았기에 미카와도 함께 돌아가고 싶었다. 하지만 그 눈을 보자 아무 말도 할 수 없게 되었다.

시게루가 포기한 듯 한숨을 내쉬었다.

"가자" 하며 노리코에게 말했다.

시게루가 옆에서 손을 뻗어서 당황했다. 순간적으로 시게루의 얼굴을 보자 "서로 떨어지면 위험하니까"라고 말했다.

"아이들 사이의 약속이야. 밤의 샘에 갈 때는 손을 잡기로 했어."

"……알았어."

미카가 전에 길을 잃은 적이 있다는 말은 사실일까. 두근두근하며 시게루의 손을 잡았다. 아까까지 잡고 있던 미카의 손은 따뜻했지만, 시게루의 손은 차가웠다.

심장 소리가 커졌다. 지면을 밟는 발끝에 거의 감각이 없었다.

남자아이, 그것도 연상의 남자아이와 손을 잡는 것은 처음이었다. 긴장한 것을 들키지 않도록 가능한 한 힘을 넣지 않으려 하는데, 숲을 향해 발을 내딛는 순간 시게루가 손에 힘을 꽉 담았다.

두근거렸다.

"제대로 잡지 않으면 위험해."

무뚝뚝하게 그렇게 말했다.

샘을 떠날 때 시게루가 미카 쪽을 돌아보았다. 미카의 발밑에 놓인 손전등의 빛은 아직 움직이지 않았다.

시게루와 둘이 걷기 시작하자 새삼 자신의 머리에서 나는 비누 향기가 강하게 느껴졌다.

"미카, 항상 저래."

"뭐가?"

"밤의 샘, 자주 보러 와서 한참 동안 꼼짝하질 않아. 혼자서 가는 건 금지인데도 말이야."

그것을 듣고 가슴이 아팠다. 계속 같은 자세로 언제까지 미카는 어두운 샘을 계속해서 바라볼 셈일까.

시게루의 손에서 조금 땀이 났다. 남자아이의 땀. 하지만 같은 반 남자아이들과 시게루의 땀은 제대로 말할 수 없지만 완전히 다른 것처럼 느껴졌다.

"작년에도 그것 때문에 자습을 하게 되었는데 그만두지를 않아. 노리코를 데리고 오다니, 들키면 큰일 날 텐데."

"자습……."

잘못 들은 것일지도 모르지만, 분명 그렇게 들린 것 같아서 입에 담았다.

노리코의 말에 시게루가 코로 한숨을 내쉬었다.

"혼자서 반성하는 거야"라고 말했다.

사치코 선생님의 얼굴이 떠올랐다.

겐 선생님의 게임을 즐겁게 즐기는 노부와 다른 아이들을 방 입구에서 마치 벼락을 맞은 듯한 얼굴로 바라보던 사치코 선생님.

혼자서 반성하는 자습. 하지만 지금 시게루의 말에 따르면 마치 그것은 뭔가의 벌을 받는 것 같다. 사치코 선생님은 어째서 '자습실'에 있는 것일까.

"저기, 시게루 오빠."

"응?"

"돌아가자."

노리코가 말하자 시게루가 어리둥절한 표정을 지었다.

시게루는 미카를 좋아할지도 모른다는 생각이 들었다.

노리코와 둘이 되고 나서도 말하는 것은 미카에 대한 이야기뿐이었다. 걱정되는 것이리라. 이런저런 것을 생각했더니 다시 배 안쪽이 무겁게 징 하고 울렸다. 그것이 생리의 아픔 탓인지 어떤지는 알 수 없었다.

합숙 기간, 미래 학교의 남자 중에서 인기가 있는 것은 유이와 아미가 말했던 다카시라거나 보라반을 도와주는 유 오빠라고 불리는 아이라거나, 스포츠형으로 머리를 자른 활발한 유형의 아이가 많았다.

하지만 노리코는 처음 보았을 때부터 안경을 쓰고 차분한 분위기인 시게루가 가장 멋지다고 생각했다. 무의식중에 그런 것이지만 합숙 기간, 미카의 모습을 찾는 것과 비슷하게 깨닫고 보면 시게루에 대해서도 눈으로 좇고 있었다.

시게루와 둘이 있을 수 있다면 가슴이 두근거린다. 하지만……

"미카, 혼자 두는 거 역시 걱정되니까."

샘 앞에서 줄곧 움직이지 않는 미카. 쓸쓸한 것은 쓸쓸하지만 그 마음이 어디에서 오는지 알 수 없다고 말하던 미카. 노리코에게 기슭으로 돌아가지 않았으면 좋겠다고 말하던 미카……

노리코가 아니어도 좋았을지 모른다.

유이가 합숙에 초대한 것이 노리코든 에리든 누구든 좋았던 것처럼. 하지만 그렇게나 어른스럽고 야무진 미카가 갑자기 보였던 그 표정과 말투가 계속해서 신경 쓰였다.

"어? 그래도⋯⋯."

"다 같이 돌아가자."

그때 어디서 그런 용기가 나왔는지 알 수 없지만, 방금 내려온 어두운 길을 노리코는 시게루의 손을 떨쳐내고 달려나갔다.

샘의 앞, 희미한 손전등 불빛이 아직 지면으로 펼쳐지고 있었다.

"미카!"

이름을 외쳤다.

미카는 아직 샘 앞에 있었다. 헤어졌을 때와 같은 자세인 채로. 하지만 얼굴이 노리코를 찾아 움직였다.

"미카!"

"노리코⋯⋯."

놀란 표정을 지었다. 눈을 끔뻑 뜨더니 "무슨 일이야?"라고 노리코에게 물었다.

"같이 돌아가고 싶어서."

노리코는 말했다. 미카가 걱정된다기보다는 자신이 미카와 더 오래 같이 있고 싶어한다는 사실도 깨달았다.

"……같이 돌아가자."

샘 표면이 나뭇잎이 떨어진 정도의 희미한 움직임에도 살짝 흔들렸다. 미카가 노리코를 눈도 깜빡이지 않고 바라보았다.

어째서 그랬는지 알 수 없지만 노리코는 손을 뻗었다.

"가자."

"저기, 노리코. 나……."

미카가 뭔가를 말하려고 했다. 눈이 진지했다. 그랬기에 노리코도 눈을 피하지 않았다. "응"이라고 끄덕이자 미카가 말했다.

"노리코를 친구라고 생각해도 돼? 기슭에 있는 친구라고."

어째서 갑자기 그렇게 물었는지 알 수 없었다. 알 수 없지만 미카가 진심을 말하고 있다는 사실을 알았다. 아까 쓸쓸하다고 자신의 속마음을 말하던 때와 마찬가지다. 다른 사람들 앞에 선 어른스러운 배움터의 아이로서가 아니라, 같은 나이의 여자아이로서 말하고 있다고 느껴졌다.

그랬기에 끄덕였다. 힘을 가득 담아.

"친구야."

주저 없이 답했다.

"나는 미카의 친구야."

미카가 천천히 노리코 쪽으로 손을 뻗었다. 팽팽했던 볼이 그때 스르르 풀렸다. 응, 하고 작은 목소리가 들렸다.

"고마워."

미카가 겨우 웃었다.

"어~이" 하고 다시 소리가 들리더니 뒤에서 시게루가 쫓아왔다.

그대로 노리코를 가운데에 두고 셋이서 손을 잡고 산길을 내려왔다. 발소리와 벌레 소리만 들리는 길에서는 아무도 아무 말도 하지 않았고, 그것이 조금 거북해서 노리코가 다시 말을 걸었다.

"시게루 오빠."

"응?"

"시게루 오빠는 미래 학교의 합숙용 비디오에 나왔었어?"

노리코가 묻자 시게루가 이쪽을 보았다. 안경 안쪽의 눈이 곤란한 듯이도 조금 부끄러운 듯이도 보였다. 그 얼굴을 보고 깨달았다.

그 비디오에서 보았을 때부터 나, 이 사람이 마음에 들었을지도 모른다고.

"나를 합숙에 초대해준 친구 엄마가 집에 비디오를 가져와서 보여줬거든. 아, 그 사람은 황록반의 치하루 선생님."

마음에 들었다는 점도, 긴장한 상태라는 점도 들키기 싫다고 생각했더니 어쩐지 말투가 빨라져버렸다.

"다들 모여 문답을 하는 장면이 나왔거든. 문답에서 울고 있는 아이가 있었는데, 그 사람이 시게루 오빠랑 닮은 거 같아서…….”

노리코가 말하자 그때 처음으로 풋, 하고 미카가 웃음을 터트리더니 커다란 소리로 아하하, 하고 웃었다.

“시게루 오빠, 거기에 나와버렸지. 합숙하는 아이들용 비디오였는데.”

미카가 그제야 평소의 밝은 느낌으로 돌아온 것 같아서 노리코는 한숨 놓았다. 시게루가 곤란한 듯 머리를 긁었다.

“합숙하는 아이를 찍으면 될 걸 나를 찍었단 말이야. 그래서 가끔 그런 말 들어. 여기에 온 아이들한테. 부끄럽네.”

“아니야. 나, 멋지다고 생각했어. 전쟁에 대해 그런 식으로 진지하게 대화하고, 남자임에도 자신이 아닌 다른 사람을 위해 운다니, 어쩐지 감동했어.”

“꼴사납지?”

“전혀 그렇지 않은데?”

시게루를 향해 미카가 말했다. 노리코 쪽을 보고는 “그렇지?” 하고 물었다. 그래서 노리코의 입에서도 제대로 목소리가 나왔다.

“응. 멋있어.”

말하고 나서야 얼굴이 확 달아올랐다.

리리, 리리, 하고 벌레가 우는 소리가 들렸다. 시게루가 이쪽을 보고 있었다. 자신이 지금 말한 내용이 부끄러워서 고개를 숙이는 노리코에게 “고마워”라고 시게루가 말했다.

오른손에 시게루의 손을, 왼손에 미카의 손을 잡고 있었다. 시게루가 말했다.

"고마워. 무지 기뻐."

'무지'라는 단어가 미래 학교의 오빠가 아니라 평범한 남자아이 같았다.

숲 앞쪽으로 밝게 빛나는 출구 같은 것이 보이기 시작했다. 그 순간 미카와 시게루, 나는 이 둘이 정말 좋다고 생각했다.

배움터에 돌아가자 모두 이미 잠을 잘 준비를 하던 참이었다.

목욕도, 밤의 일기를 쓸 시간도 이미 끝나 있었고, 잠옷으로 갈아입기 시작한 상태였다.

"아, 노리코!"

말을 건 것은 아미와 사야였다. 둘 다 걱정스러운 듯 노리코를 바라보았다.

"깜짝 놀랐잖아. 몸 상태가 안 좋아졌다며?"

"응. 그래도 이제 괜찮아."

"그래? 다행이다. 오늘은 어디쯤에서 잘까?"

그때였다.

"노리코, 잠깐 괜찮니?"

갑자기 어른의 목소리가 들려서 깜짝 놀라 돌아보았다.

유이의 어머니, 치하루 선생님이었다. 이쪽을 향해 손짓하고 있었다. 노리코가 다가가자 어깨를 감싸더니 방 바깥의 복도로 데리고 갔다. 유이의 어머니가 속삭이듯 말했다.

"생리 시작했다며. 축하해."

아무 말 없이 눈만 크게 떴다. 노리코에게서 몸을 뗀 유이의 어머니가 방긋방긋 웃으며 노리코를 바라보았다.

"돌아가면 노리코의 어머니에게도 말씀드리렴. 정말로 축하해."

"……고맙습니다."

작은 목소리로 답했다. 유이의 어머니가 고개를 끄덕이고는 노리코의 등을 살짝 토닥였다. 그러더니 미소를 지은 채 가버렸다.

어떤 기분을 느끼면 좋을지 알 수 없었다.

시선을 느낀 것은 그때였다. 무심결에 고개를 든 노리코의 눈이 거기에서 생각지도 못하게 이쪽을 바라보는 유이를 발견했다.

아차 싶었다.

상대방도 동시에 그렇게 생각한 것을 알 수 있었다. 잠옷 차림의 유이가 당황해서 가짜 미소 같은 웃는 표정을 짓고 손을 흔들었다. 그대로 빙글 돌더니 함께 자는 아이들 쪽으로 가버렸다.

한순간뿐이었지만 보고 말았다.

노리코를 바라보는 유이의 눈에는 아무런 표정이 없었다. 평소의 맑은 눈과는 다른 눈으로 이쪽을 보고 있었다. 그리고 유이의 어머니는 그 사실을 알아채지 못하고 이미 가버렸다.

가슴이 기분 나쁘게 두근거렸다.

유이가 보고 있던 것은 노리코가 아니라…….

"저기, 사치코 선생님. 또 밤의 모임에도 돌아오지 않았어."

"어?"

잘 준비를 마치고 이부자리에 눕자마자 곧장 사야가 말했다. 밤에 자기 전의 모임을 할 시간이 되어도 사치코 선생님은 돌아오지 않았고, 오늘도 겐 선생님 혼자였다고 한다.

그 말에 노리코는 자신 혼자 들어갔던 그 샤워실이 있는 건물의 자습실을 떠올렸다. 사치코 선생님은 아직 그곳에 있는 것일까.

"불 끈다."

아이들이 모두 누운 것을 확인하고 선생님 중 한 명이 말했다. 불이 꺼졌다.

아미, 사야와 나란히 누운 한가운데 이부자리에서 눈을 감았다.

그날 밤, 본 적도 없는 자습실에 여자아이가 혼자 있는 꿈을 꾸었다. 그 아이가 미카였는지, 유이였는지, 자신이었는지, 잠에서 깼을 때는 이미 잘 기억나지 않았다.

◐●●

합숙 6일째. 오늘은 드디어 작별 모임이 열리는 날이다.

저녁에 시작되는 모임을 위해 각 반이 발표물을 준비하는 가운데, 노리코의 반은 합숙의 추억을 대자보 형태로 발표하기로 했다. 어떤 것이 즐거웠는지, 어떤 문답을 했는지.

다양한 의견을 서로 이야기한 후, 겐 선생님이 준비해준 커다란 종이에 글을 쓰는데 방 안에 아미의 어머니, 주황반의 마미 선생님이 찾아왔다. 아무래도 사치코 선생님 대신도와주러 온 듯했다. "초록반은 대자보군요! 멋지다!"라고 말하고는 작업하는 아이들의 손끝을 들여다보았다.

마미 선생님이 다가오자 노리코는 마음이 조금 두근거렸다. 마미 선생님의 딸인 아미와는 매일 함께 잠을 잔다. 어젯밤에 유이의 어머니가 "축하해"라고 말한 것도 머리 한편에 있었다. 아미의 어머니도 노리코의 생리에 대해 알고 있고, 그런 식으로 말을 건넬지도 모른다. 상상하자 부끄러운 듯한, 기쁜 듯한 간지러운 기분이 치밀어올랐다.

하지만 마미 선생님은 노리코의 옆을 지나도 말을 걸거나 특별히 이쪽을 보거나 하지 않았다. 아미의 어머니가 아니라 '마미 선생님'인 채였다.

"어라, 누구죠? 여기에 '정숙하게'라고 쓴 사람."

대자보 초안의 한 부분을 보더니 갑자기 마미 선생님이 말했다. 식사 장면을 그린 부분이었다. 배식 당번은 아니지만 복숭아를 깎아주고 빙수 타임에 빙수를 나눠주었던 6학년생 사유리가 곧장 "전데요"라며 손을 들었다.

만화풍의 말풍선이 달린 그 그림에는 밥을 담는 여자 옆에 선생님이 서서 "언젠가 어머니가 되어도 곤란하지 않도록 여자들은 정숙하게 행동합시다"라고 말하는 장면이 그려져 있었다.

그러자 마미 선생님이 명백하게 얼굴을 찌푸렸다. 곤혹스러운 듯 고개를 갸웃거리더니 "이거…… 선생님이 정말로 이렇게 말했어?"라고 물었다.

사유리가 꾸벅 고개를 끄덕였다.

"식사 시간에는 언젠가 어머니가 되어도 곤란하지 않도록, 다들 선 채로 이런저런 걸 해주자며……."

"'정숙하게'라고 말했다고? 사치코 선생님이?"

마미 선생님이 강한 어조로 묻자, 사유리가 곤란한 듯 살짝 끄덕였다. 사유리도 기억이 애매한 것일지도 모른다.

마미 선생님이 후, 하고 길게 숨을 내쉬었다.

"그건 조금 아닌 것 아닌가? 언젠가 어머니가 된다는 것과 정숙하게 행동하는 건 절대로 같지 않아."

화를 내는 듯한 빠른 말투였다. 사유리가 놀라서 고개를 저었다.

"정숙하게라고 사치코 선생님은 말하지 않았을지 몰라요. 제가 잘못 들은 걸지도요."

"그렇다고 해도 네가 그렇게 생각하게끔 했다는 거잖아. 그렇다면 마찬가지야. 애초에 여성이 사회 안에서 여자다운 역할을 다하는 걸 '어머니가 되는 것'이라는 식으로 표현하는 것 자체가 나한테는 확 와닿지 않아."

마미 선생님의 말은 마치 혼잣말처럼 들렸다. 사유리는 어쩌면 좋을지 모르겠다는 듯 당황했다.

노리코도 무척 놀랐다. 그곳에 그때까지 다른 아이의 작업을 도와주던 겐 선생님이 다가와서 "무슨 일이에요?" 하고 말을 걸었다.

"겐 선생님, 잠시만요."

마미 선생님이 겐 선생님을 방구석으로 불러 작은 목소리로 뭔가를 말하는 것이 들렸다.

"야마시타 씨가……"라며 마미 선생님이 말하는 것이 들려서, 그것이 사치코 선생님의 성이라는 것을 아는 노리코는 어깨가 꽉 움츠러드는 기분이 들었다. 자습실에 있다는 '야마시타 씨'의 이야기를 어제 다른 건물에 있던 어른들이 나누던 것을 들은 참이었다.

"아아……"라며 겐 선생님이 고개를 끄덕였다. 마미 선생님이 다시 뭔가 험악한 표정으로 말했다. 영어 선생님이라는 젊고 예쁜 아미의 어머니.

"교육하는 의미가 없네요"라는 말이 들렸다.

"이래서는 세뇌랑 마찬가지예요"라고도. 의미는 알 수 없었다.

겐 선생님은 답하지 않았다. 진지한 얼굴로 잠자코 그저 듣고 있을 뿐이었다. 둘이 이야기하는 모습을 봐서는 안 될 것만 같아서 다들 자신도 모르게 시선을 피했다. 대자보의 문구를 쓴 사유리만이 마음이 불편한 듯 자신이 쓴 말을 쓰윽쓰윽 지우개로 지웠다. 지운 그 뒤에 뭐라고 쓰면 좋을지 알 수 없는 듯, 말풍선 부분이 공백이 되었다.

"다들 들어보세요. 특히 여자아이들."

마미 선생님이 돌아왔다. 어쩐지 학교의 보건 체육 시간에 여자와 남자를 나눠서 이야기할 때 같아서, 순간 생리 이야기를 하면 어쩌지 생각했다. 자신이 생리를 시작했기에 더욱 그렇게 느꼈을지도 모른다.

마미 선생님이 여자아이 모두의 얼굴을 조용히 둘러보았다. 새삼 정면에서 바라보자 정말로 예쁜 사람이었다. 코가 높고 눈이 컸고, 그 눈이 당당한 자신감으로 가득 찬 것처럼 보였다.

"여러분은 미래예요."

마미 선생님의 목소리는 노래를 부르는 것처럼 귀에 잘 들어왔다.

"여러분이 앞으로의 미래에서 어떻게 살아갈지 여러분의 삶은 여러분 자신이 정해도 됩니다. 사치코 선생님이 말하고 싶었던 건 여자답게, 상냥하게 지내는 게 소중하다는 의미예요. 만약 이 안에서 '정숙하게'라는 말을 그저 자신의 의견을 말하지 않고 가만히 있거나 남자아이에게 양보하는 것이라고 생각하는 사람이 있다면, 그건 아니랍니다. 그런 게 아니에요."

마미 선생님이 말했다.

겐 선생님은 근처에 없었다. 남자 그룹이 대자보를 쓰는 것을 도와주러 가버린 듯했다.

"기억해두세요."

마미 선생님이 말한다.

"여러분이 잘못된 사실을 기억한 채 돌아가지 않았으면 해요."

마미 선생님이 말하는 것을 완전히는 이해하지 못했다. 하지만 어떤 말을 하고 싶은 것인지 어느 정도는 알 수 있었다. 옆에서 듣고 있는 모두가 분명 그랬을 것이다. 무엇보다 마미 선생님이 무척이나 진지했기 때문이었다.

어리다고 무시하지 않고 제대로 이야기를 해주려 했다. 그것을 알기에 전해지는 것이 있었다. 마미 선생님에게는 뭔가 무척이나 중요하게 여기는 생각이 있고, 그것이 전해지지 않는 것을 분하게 여긴다. 그것을 완전히 이해할 수 없는 자신이 안타깝게 여겨질 정도로.

"그럼, 다시 작업으로 돌아갈까."

마미 선생님이 빙긋 미소를 짓자 대자보 작업이 재개되었다. 말풍선의 '정숙하게'라는 말을 지운 사유리 옆으로 가서 "조금 전에는 미안해. 화낸 거 아니야"라며 웃었다.

도중에 남자아이들이 빙수 타임에 관한 글을 쓰는 부분을 보러 가자, 시게루가 있었다. 그 모습을 보고 두근거렸다. 어젯밤에 잡은 손의 감촉이 되살아나서 서둘러 눈을 깔았지만 시게루가 노리코를 알아챘다.

"노리코" 하고 말을 걸었다.

미카의 모습은 아침부터 보이지 않았다. 오늘은 초록반을 도와주러 오지 않는 것일까.

"미카는?"

그 질문에 답하기까지 조금 틈이 있었다. 시게루는 희미하게 미소를 지은 채 "오늘은 도와주러 오지 않을 거야"라고 말했다.

"그래도 저녁 시간에는 아마 다시 올 거야. 아이들과 헤어지는 모임이니까."

"혹시 자습실에 간 거야?"

깊게 생각하지 않고 물었다. 시게루가 깜짝 놀란 듯 눈을 크게 떴다. "그걸 어떻게"라고 중얼거리는 것을 듣고 노리코가 답했다.

"어제 나를 샘에 데리고 간 게 들킨 거 아닌가 싶어서."

선생님들은 지금 근처에 없었다. 그럼에도 살짝 소리를 죽여 말하자 시게루가 한숨을 내쉬었다. 곧장 "아니야"라며 고개를 저었다. 정말인지 어떤지는 알 수 없었다. 노리코가 계속해서 물었다.

"자습실은 스스로 들어가는 거야? 반성하기 위해 들어간다고 들었는데."

정말로 알고 싶다기보다는 시게루와 그저 뭔가를 이야기하고 싶었다. 합숙하러 온 아이 중에도 자습실에 대해 알고 있는 것은 분명 노리코뿐이다. 혼자만 시게루가 사는 배움터의 비밀을 알고 있는 듯한 득의양양한 마음도 있었다.

시게루가 곤란한 듯 입을 다물었다. 하지만 곧장 노리코를 향해 가만히 속삭였다.

"나중에."

집게손가락을 가만히 입술 앞에 세웠다. 그 동작을 본 순간 몸에 찌릿하고 따뜻한 전기가 흐르는 것 같았다. 그런 멋진 동작을 하는 남자아이를 텔레비전이나 만화 외에는 처음 보았다.

시게루가 가버렸다. 노리코는 발끝이 저려서 그 자리에서 움직일 수 없었다. 시게루와 어제 잡았던 손을 다시 바라보고 말았다. 그 손을 다시 만지고 싶다고 생각했다.

대자보 작업으로 돌아갔다. 공백이 된 '정숙하게'라는 대사가 적혔던 자리에는 '맛있어 보이는 복숭아구나'라고 적혀 있었다. 아까까지 밥그릇이었던 그림은 복숭아로 덧그려진 채였다.

"노리코."

점심 식사를 마친 후 테이블을 닦고 배식대를 정리하는데 시게루가 찾아왔다. 얼굴을 보자 일단 반사적으로 마음이 두근거렸다.

"아까 하던 이야기 말인데."

"나중에"라고 하긴 했지만 설마 정말로 기억할 것이라고는 생각지도 않았다. 아무 말 없이 고개를 들고 바라보자, 시게루가 옆으로 와서 배식대를 같이 닦아주었다.

"자습실은 스스로 들어가지만, 들어가는 게 좋겠다고 옆에서 권할 때도 있어. 그럴 때는 스스로는 나올 수 없어."

"안에 들어가서 뭐 하는데? 책을 읽거나 공부를 하는 거야?"

"아무것도 안 해."

시게루가 고개를 저었다. 미래 학교에서는 자습실에 관한 것이 상식일지도 모른다. 그런 것을 묻는 노리코가 재미있는지 시게루가 흥미로운 눈초리로 바라보았다.

"아무것도 안 해. 그저 생각하는 거야. 책을 읽거나 공부할 게 있으면 생각을 안 하니까. 생각할 시간을 갖기 위해 들어가는 거야."

"시게루 오빠도 들어간 적 있어?"

"아니. 보통은 어른이 쓰고 아이들은 어지간한 일이 없는 한 들어가지 않아. 들어가는 아이도 가끔 있지만, 그 아이가 스스로 희망하는 경우뿐이야."

노리코가 시게루를 가만히 바라보았다.

"응?" 하고 그가 묻기에 중얼거렸다.

"계속 안에 있는 것뿐이라면 지루할 것 같아."

시게루가 풋, 하고 웃음을 터뜨렸다. 웃으며 "응. 지루하겠네"라고 답했다.

"그래서 들어가지 않아도 되게끔 매일 필사적으로 생각해. 문답에서도 말이지. 자습실에서 집중적으로 생각하는 것보다 매일 조금씩 세상에 대해 뭔가 소원을 빌거나 생각하는 편이 훨씬 좋으니까."

"세상."

너무나도 스케일이 큰 단어였기에 자신도 모르게 입에 담았다. 시게루는 지극히 간단하게 "세상"이라고 반복했다.

"세상과 미래."

그렇게 말하고 시게루가 다시 웃었다. "미카는 저녁에는 돌아올 거야"라고 다시 말했다.

"노리코가 돌아가는 게 쓸쓸할 거야. 마지막까지 친하게 지내줘."

그렇게 말하고 배식대를 닦던 노리코의 행주를 받아 들고 가버렸다. 노리코는 다시 멍하니 시게루의 뒷모습을 바라보았다. 그때였다.

문득 시선을 옆으로 향한 노리코는 가슴이 철렁했다.

근처에서 여자아이들이 자신을 보고 있었다. 여자 3인조. 그 모습이 이곳에 오고 나서 줄곧 잊고 있었던 기슭 학교의 에리 그룹과 겹쳐졌다. 모두가 확실히 노리코를 성가시게 여기는 눈초리였기 때문이었다. 노려보지는 않는다. 하지만 확실히 호의적이지는 않은 시선이었다.

배움터의 다른 반을 도와주는 아이들이었다. 노리코나 미카와 같은, 아마도 4학년.

모두의 이름을 알지는 못하지만 한 명 아는 아이가 있었다. 분명 히사노라고 했다. 미카가 친하게 지내는 것처럼 보였기에 왠지 모르게 기억하고 있었다.

시선을 피하고 도망치려고 했다. 그것은 기슭의 학교에서 노리코가 몸에 익힌 무의식중의 처세술 같은 것이었다. 강해 보이는 여자아이들에게는 이쪽이 깨닫지 못한 척을 하며 넘기는 방법밖에 없다.

하지만 늦었다.

"시게루 오빠는 미카를 좋아하는데 말이야."

갑자기 큰 목소리가 들렸다. 노리코는 깜짝 놀라서 그 자리에 못 박히듯 섰다. 한껏 고개를 숙이고 그녀들 쪽을 보지 않으려 했다. 그녀들이 이쪽으로 다가오는 기척이 났다. 하지만 노리코에게 직접 말을 걸지는 않고 근처를 천천히 스쳐 지나갔다.

"옛날부터 계속 그랬지."

"응. 시게루 오빠와 미카는 서로 좋아하니까."

다리가 막대기처럼 느껴졌다. 노리코에게 직접 말하는 것이 아니라 어디까지나 자신들의 대화를 들려주는 것뿐이다. 그렇기에 분명 자신에게 하는 말이 아니다. 자신이 공격당하고 있는 것이 아니라고 생각하려고 한다. 하지만 그렇지 않다는 사실을 노리코는 알고 있었다. 기슭의 학교에서도 자주 있는 일이기 때문이었다.

같은 반의 에리 그룹은 노리코에게 직접 거리낌 없이 말을 걸기에 그것은 그것대로 불합리하다는 생각이 들었다. 하지만 무시하는 척을 하며 자신들의 대화를 '들려주는' 것은 더욱 비겁한 것 같았다. 자신들만이 아는 비밀이야기를 너에게는 알려주지 않는다는 것처럼 여봐란듯이 과시한다. 어째서인지 노리코는 모두가 웃기 위한 그런 역할 배분에 선택당하고 만다.

"싫다. 눈앞에서 그런 식으로 말하면 가엾잖아."

그 히사노라는 아이가 쿡쿡 웃는 소리가 들렸다. 노리코는 아무 말도 하지 않은 채 아직 스스로에게 들려주고 있었다. 누구의 '눈앞'인지 모르지만, 그것은 내가 아니다. 나한테 말한 것이 아니니까 상대하지 않아도 된다.

그녀들이 아직 웃으며 속닥속닥 뭔가를 말하면서 멀어져 갔다. 고개를 들지 않아도 이쪽을 보고 있다는 것을 알았기 에 절대로 그쪽을 보고 싶지 않았다. 부끄럽고 한심해서 목 위가 확 뜨거워졌다.

노리코는 충격을 받았다.

시게루와 미카가 서로 좋아한다는 사실을 알게 되어서가 아니었다. 그런 것 따위 이미 알고 있었다. 자신이 그 아이들 에게 시게루를 좋아한다는 사실을 들켰기 때문도 아니었다.

충격인 것은 이래서는 기슭의 학교와 똑같지 않은가 생각 했기 때문이었다.

겐 선생님과 따돌림에 대해 그렇게 진지하게 대화하고 문 답을 했는데, 이 아이들은 그것과 자신의 생활을 연관 지어 서 생각하지 않는다. 이곳은 세상이나 미래, 전쟁이나 따돌 림, 그런 것을 진지하게 이야기하고, 그것을 자신의 일상생 활과 연관해서 생각하는 그런 장소라고 생각했는데.

거기다가…….

미카도 그렇게 생각할까. 노리코가 시게루를 좋아한다고. 그렇기에 히사노에게 전해서, 그래서 그 아이들이 미카 대 신……. 그렇다면…….

히사노 무리가 멀어져 갔다.

노리코는 우뚝 선 채, 그녀들이 사라진 후에도 한참 동안 고개를 들 수 없었다.

●●●

작별 모임 직전이 되어 미카가 돌아왔다.

혹시라도 자신을 샘으로 데려간 것을 어른들에게 들켰기 때문 아닐까 걱정하던 노리코의 마음은 모르는 것처럼, 돌아온 미카는 무척이나 밝고 태연했다. 낮에 자리를 비웠던 것이 거짓말처럼 어느샌가 다시 모두에게 녹아들었다.

"이제 곧 헤어지겠네. 쓸쓸하다."

노리코에게도 그렇게 말했다.

시게루의 모습을 눈으로 좇게 되는 것도 참았다. 미카와 이야기할 때도 긴장이 되었다. 히사노 일행과 미카는 이야기를 나누었을까. 노리코가 시게루를 좋아할지도 모른다고 그녀들이 미카에게 고자질하는 장면을 상상했더니 가슴이 괴로워졌다. 그런 분수도 모르는 생각은 하지 않는다고 미카에게 변명하고 싶었다.

하지만 미카에게서 달라진 모습은 보이지 않았다.

해가 저물 무렵이 되어 시작된 작별 모임에서는 아이들 사이에 어쩐지 편안한 분위기가 흘렀다. 아마도 이제 곧 돌아가기 때문이리라.

교장 선생님의 이야기나 각 반이 준비한 공연이 끝난 후 명부가 배부되었다. 합숙에서 오늘까지 함께 지냈던 아이들의 이름과 주소가 적힌 명부였다.

아무래도 반별로 구성된 것이 아니라 찾아온 지역별로 구분한 듯했다. 정말로 다양한 땅에서 이곳을 찾아온 듯, 많은 지역명이 적혀 있었다.

'가와사키 지부' 부분에 사야의 이름이 있었다. '光本沙也'라는 한자를 쓴다는 사실을 알게 되었다. '光本'라는 성은 미쓰모토라고 읽는 것일까.

"편지 쓸게."

노리코가 말하자 옆에서 마찬가지로 명부를 열어보던 사야가 "응, 나도"라고 답했다.

명부를 나누어준 후에는 약간의 소동이 벌어졌다. 합숙에 온 아이들 모두 손에 그 명부를 들고 돌아다니며 친구들에게 뒷면의 흰 여백 부분에 메시지를 적어달라고 한 것이다. 그중에서도 인기인 것은 역시 배움터의 아이들이었다.

"다카시 오빠, 작별 인사 써줘!"

어떤 아이이건 합숙을 온 아이들에게 둘러싸였고, 개중에는 긴 줄이 생긴 아이도 있었다. 마치 아이돌 같았다. 그렇게 생긴 행렬을 보고 어쩔 수 없다는 듯 메시지를 적는 배움터 아이들의 표정도 아주 싫지만은 않아 보였다.

노리코가 소속된 초록반의 겐 선생님도 인기 있었다. 6학년 여자아이들이 겐 선생님 앞에 줄을 만들고 각각 뭔가 메시지를 받고 있었다.

노리코는 시게루와 미카에게 메시지를 받고 싶었지만, 히사노 무리의 시선이 신경 쓰여서 부탁하지 못했다. 지금 이렇게 모두가 떠들썩하며 즐거운 듯 시간을 보내지만, 역시 어떻게 해도 히사노 무리가 신경 쓰였다.

시게루와 미카 앞에도 긴 줄이 생겨 있었다. 시게루의 줄에 유이가 보라반 친구와 함께 서 있는 모습이 보여서 목 바로 아래가 꾹 눌린 듯한 복잡한 기분이 들었다.

다카시가 멋지다고 하고 시게루에 대해서는 한마디도 화제에 올리지 않았으면서. 유이 옆에 있는 아이가 줄을 선 채 다른 아이에게 메시지를 남기는 시게루를 가리키며 기쁜 듯 웃으며 뭔가 말하고 있었다. 노리코는 눈을 피했다. 하지만 신경 쓰여서 견딜 수 없었다. 미카와 시게루가 서로 좋아하더라도 딱히 상관없다. 하지만 유이가 시게루와 친하게 지내는 모습을 상상하면 싫은 마음이 드는 것은 어째서일까.

명부와 함께 합숙 선물로 생수가 든 페트병도 받았다. 샘에 가는 도중에 있는 파란 지붕 공장에서 만든 생수라고 했다. 미래 학교라고 적힌 라벨이 붙어 있었다. 아이들이 그린 듯한 수채화 그림이 그려져 있었다.

"가장 잘 그린 아이의 그림을 쓰는 거야."

다른 반의 배움터 아이가 말하는 것이 들렸다. 라벨에는 그 밖에도 말풍선 안에 아이의 글씨로 '나의', '우리의 물이야'라고 적혀 있었다.

배식 당번이기에 저녁 준비를 하러 갈 시간이 다가왔다. 노리코는 명부를 손에 들고 다른 아이들로부터 가만히 멀어졌다.

식당에는 아직 사람이 많지 않은 듯했다. 먼저 화장실에 다녀오려고 식당에서 가장 가까운 복도 쪽의 화장실 쪽을 보고 노리코는 멈춰 섰다.

사치코 선생님이 있었다.

작별 모임이기에 돌아온 것일지도 모른다. 자습실, 그리고 활동의 방에서 나갈 때의 애처로운 모습이 떠올라서 뭔가 말을 걸어야 한다고 생각했다. 하지만 다가갈 수 없었다. 사치코 선생님은 혼자가 아니었다.

"사치코 씨" 하고 부르는 소리가 들렸다.

겐 선생님이었다.

"사치코 씨, 들어주세요."

겐 선생님이 손을 뻗었고, 다음 순간 사치코 선생님이 그 손을 뿌리쳤다. 마치 아이들이 싫다고 투정을 부리듯이 날카로운 눈으로 겐 선생님을 노려보았다.

깜짝 놀랐다.

겐 선생님이 작게 숨을 내뱉더니 사치코 선생님의 손을 무리하게 잡아당겼고, 그것이 마치 끌어안는 것처럼 보였다. 그 탄력으로 인해 복도 벽에 사치코 선생님의 머리가 살짝 부딪쳤다. 사치코 선생님의 눈이 크게 떠졌다. 그대로 가까운 방 안으로 둘이 사라져버렸다.

가슴이 심하게 두근거렸다. 마치 드라마 속의 한 장면 같아서 노리코는 지금 본 것에 대해 필사적으로 생각했다.

겐 선생님은 젊디젊은 오빠 같은 분위기의 사람이다.

사치코 선생님은 누군가의 어머니겠거니 생각했다. 나이도 겐 선생님보다 훨씬 위다. 그렇기에 드라마 같다고 생각했지만, 둘에 대해 그런 생각을 해버린 것이 꺼림칙하게 생각되기도 했다.

서둘러 그 자리에서 벗어나 방금 본 것을 머릿속으로 정리해보려고 했다. 하지만 어떻게 해도 신경 쓰여서 다시 그 복도로 살짝 돌아가 보았다. 하지만 이미 아무도 없었다.

마치 모든 것이 꿈이었던 것처럼, 그 후의 둘은 지금까지와 같았다.

하지만 겐 선생님의 속삭이는 듯한 목소리가 귀에서 사라지지 않았다. 선생님들 사이에서 부르는 "사치코 선생님"이 아니라 "사치코 씨". 얼굴을 일그러뜨린 채 겐 선생님을 마주보고, 손을 뿌리치던 사치코 선생님……

하지만 모두의 앞에 선 선생님은 그런 일은 전혀 없었다는 듯 그저 선생님이었다. 사치코 선생님도 첫날의 당당했던 모습을 되찾은 채였고 오히려 활기차 보였다.

"여러분, 오랜 시간 자리를 비우고 걱정 끼쳐서 미안해요.

이제 괜찮아요."

그렇게 말했을 뿐, 딱히 겐 선생님과 친해 보이는 모습을 보이지도 않았다. 반대로 거의 대화를 나누지 않았다. 달라진 점은 없는지 노리코는 두근거리며 둘의 모습을 계속 관찰했지만, 아이들 앞에서는 아무것도 보여주지 않았다.

목욕도 마친 후, 돌아갈 짐을 쌌다. 모아서 하나의 방에 맡겨두었던 각자의 배낭이나 보스턴백이 아이들에게로 돌아왔다. 눈에 익은 가방을 일주일 만에 눈으로 본 순간, 그리움으로 가슴이 가득 찼다.

"불꽃놀이를 할 거야."

짐을 정리하는데 선생님의 목소리가 들렸다.

광장에 집합하자 커다란 폭죽이 같은 간격으로 다섯 개 놓여 있었다.

"여러분을 배웅하기 위한 기념의 불꽃놀이예요. 그럼, 시작하겠습니다!"

신타로 교장 선생님의 신호에 따라 노리코의 오른쪽 앞쪽부터 순서대로 폭죽에 불이 붙었다.

여름의 어스레한 밤에 불꽃이 타올랐다. 그것과 동시에 아이들 사이에서 와아, 하고 환성이 터졌다.

축제의 불꽃놀이에서 흔히 볼 수 있는 커다란 폭죽이 아니라 집에서 놀 때 쓸 법한 폭죽이기에 훨씬 작고 금방 끝나버린다. 하지만 여름밤, 합숙에 모인 멤버가 모두 함께 보는 불꽃놀이는 집에서 할 때보다 훨씬 더 특별한 느낌이었다.

하늘로 쏘아 올리는 불꽃놀이가 끝난 후, 이번에는 각자에게 손에 쥐는 폭죽을 나누어주었다.

"여러분도 폭죽에 불을 붙이도록 하세요. 다 타버린 폭죽은 근처에 있는 물이 담긴 양동이 안에 넣으면 됩니다."

광장에 불이 붙은 양초를 넣은 양동이와 물이 담긴 양동이가 일고여덟 개 정도 준비되어 있었다.

"폭죽을 다 쓴 사람은 앞에 있는 단상에서 가져가도 좋아요."

그 말을 듣고 모두가 양손에 폭죽을 들고 경쟁하듯 불을 붙였다. 금세 폭죽에 불이 붙는 슈 하는 소리와 불꽃이 터지는 탁탁 소리가 들리기 시작했다. 광장 전체가 순식간에 연기로 가득 찼다.

노리코는 자신의 폭죽에 불을 붙이고는 연기 사이를 빠져나가듯 지나서 연기가 오지 않는 넓은 장소를 찾았다. 화약 냄새가 났다. 광장의 온도가 올라간 기분이 들어서 숨쉬기가 조금 괴로웠다.

"노리코."

이름을 부르는 소리에 고개를 들자 미카가 있었다. 미카도 손에 폭죽을 들고 있었다.

"불 좀 붙여줄래?"

"응."

노리코가 폭죽의 불을 미카가 든 폭죽에 붙여주었다. 겹쳐진 불꽃 끝에서 슈, 하고 새롭게 분홍색 화염이 타올랐다.

합숙에 온 여자아이들은 모두 불꽃놀이를 하는 동안 스스로 천을 꿰매고 염색해 만든 스커트를 입고 있었다. 그 감촉이 딱딱했고 길이도 조금 짧은 듯해서 노리코는 아까부터 신경이 쓰였다. 염색물을 들일 때까지는 훨씬 더 멋지게 만들어지리라 생각했던 보라색 스커트.

주변에서 시시덕거리는 소리가 들렸다. 특히 남자아이들은 동시에 두 개에 불을 붙이기도 하고 화염을 다른 사람 쪽으로 향하거나 해서 선생님들로부터 "이 녀석들! 장난치지 마!"라고 주의를 들었다.

"내일로 끝이네."

미카가 말했다.

"또 와줘."

"······응."

고개를 끄덕이는 것이 최선이었다. 미래 학교는 좋아한다. 하지만 내일 돌아가는 것 또한 무척이나 기쁘다. 미카를 만날 수 없는 것은 쓸쓸하지만.

"기다릴게."

그렇게 말하기에 기뻤지만 가슴이 찌릿 아팠다. 미카는 그렇게 말해도 어제의 히사노 무리를 떠올리면 자신을 환영하지 않는 사람도 있다고 생각해버린다.

"미카는 좋겠다."

자신도 모르게 말이 입에서 나와버렸다. 시게루와 히사노, 이런저런 아이들이 미카를 좋아한다는 것을 알 수 있었다. 노리코와는 다르다.

미카가 노리코를 바라보았다. 미소 지으며 "왜?"라고 물었다. 노리코는 답했다. "다들 미카를 좋아하잖아."

"그렇지 않아."

미카가 말했다.

"나, 친구 별로 없어."

전에도 미카는 그런 식으로 말했던 것 같다. 하지만 어째서 그렇게 말하는지 노리코는 알지 못했다.

미카에게 두 곳의 '학교'가 있었다는 사실을 깨닫게 되는 것은 훨씬 먼 미래의 일이다.

노리코는 4학년의 이 여름 합숙을 마치고 5학년 여름에도 고민했지만 다시 미카를 만나고 싶어서 합숙에 갔고, 6학년 여름에도 다시 고민했지만 이제 올해로 마지막이라는 마음에 결국 3년 연속으로 배움터의 합숙에 갔었다.

하지만 미래 학교는 정식 학교로서 인정받지 못했기에 그곳의 아이들도 기슭의 학교에서 의무교육을 받고 있었다는 사실은 어른이 된 후 뉴스에서 보고 처음으로 알았다.

광장에 폭죽 연기가 가득 차 있었다. 희미하게 풍기는 그 연기가 언제까지고 언제까지고 맑아지지 않았다.

"나중에 메시지 써줄래?"

노리코가 물었다.

"명부 뒷면에. 아까 다른 아이들에게 써준 것처럼."

불꽃의 열기로 광장이 뜨거워져 있었다. 미카가 웃었다. 연기는 그 얼굴을 가릴 정도는 아니었지만 역시 '웃었다'라는 사실은 기억해도 구체적인 표정이나 얼굴 생김새는 떠올릴 수 없다.

"좋아. 나중에 쓰러 갈게."

그 후에 정말로 써주었는지 어떤지는 노리코는 기억하지 못한다.

첫해의 합숙은 그런 식으로 끝났다. 즐거웠지만, 일주일은 정말로 길어서 집에 돌아온 후에도 얼마간 이상한 기분이 이어졌다. 돌아왔다고 생각하니 멀리 떨어진 그 장소에서 일주일이나 보냈다는 것이 꿈처럼 여겨졌고, 그 산에 있던 배움터에서 보낸 하루하루의 현실감이 사라졌다.

아침을 먹고 바로 출발한 귀가 버스 안에서 아이들은 다들 잠이 들어버렸다. 전날 밤에도 분명 잘 잤지만, 그저 이미 보낸 날들이 길었기에 그렇게 되어버린 느낌이었다.

잠들어 있는 사이, 버스가 안개가 낀 터널을 빠져나와 산의 샘에서 기슭의 마을이라는 현실로 노리코를 데리고 가는 듯했다.

갈 때처럼 멀미가 나면 큰일이기에 노리코는 앞쪽에 앉았다. 유이나 아미의 어머니를 포함한 어른들과 가까운 쪽.

아이들이 다들 잠을 잔다고 생각했는지, 아니면 아이들이 알지 못하겠거니 생각했는지 눈을 감고 있자 어른들이 속닥거리는 소리가 들렸다.

"○○씨 때문에 참 난처했어"라는 목소리가 들렸다.

그 "○○씨"라는 성은 처음 들었지만, 어째서인지 겐 선생님이 아닐까 하는 생각이 들었다.

"그건 분명 여자 선생님들과의……."

"내년에는 조금 더 다른 방식으로……."

"맞아. 실은 나한테도……."

목소리는 어디까지가 진짜 들린 것이고 어디까지가 환상인지 알 수 없었다. 하지만 이야기는 다른 선생님이나 이런저런 사람의 이름이 나오면서 계속 이어졌다.

집에 돌아온 날 밤, 짐을 정리하던 어머니가 "노리코" 하고 목소리를 높였다.

"왜 이 팬티만 비닐봉지에 들어 있는 거야? 제대로 말리지 않은 채로 넣었지? 이래선 곰팡이가 피거나 해서 못 입게 되는데."

아차 싶었다. 어머니가 손에 든 비닐봉지에는 생리가 시작된 날 직접 빨고 그대로 넣어 둔 팬티가 들어 있었다. 부끄러워서 세탁 당번의 바구니에 넣지 못했었다.

"아, 응. 생리가 시작되어서……."

노리코가 우물거리자 어머니의 눈이 크게 떠졌다. "어?"라는 입 모양으로 노리코를 바라보았다.

돌아오자마자 말했어야 한다고 노리코는 그제야 깨달았다. 하지만 집에 돌아온 기쁨에 말해야 한다는 것을 잊고 있었다.

"언제?"

어머니가 물었다. 노리코는 어쩐지 불편한 마음을 품으며 "합숙 끝날 때쯤" 하고 답했다.

"생리대랑 속바지, 그쪽 사람들이 줬어."

"지금도 그 생리대 쓰고 있어?"

"응."

생리는 아직 끝나지 않았다. 받은 속바지는 한 벌이었기에 지금은 자신이 가지고 간 평범한 팬티 위에 생리대를 댄 채였다.

노리코의 어머니는 유이나 아미의 어머니처럼 밝은 성격이 아니고, "축하해"라고 말을 걸어줄 것 같은 사람도 아니다. 그렇기에 어쩐지 화제를 빨리 끝내고 싶어서 잠자코 있는데, 어머니가 노리코에게 다가왔다.

큰 한숨을 내쉬며 노리코를 끌어안았다.

노리코는 깜짝 놀랐다. 생각지도 못한 일이었다.

"미안해."

어머니가 말했다. 노리코를 안은 팔에 힘이 들어갔다.

"그런 중요한 때 엄마가 옆에 있어 주지 못해서. 깜짝 놀라고 불안했지?"

"괜찮아. 그건 어쩔 수 없었으니까."

노리코는 당황해서 말했다. 평소라면 어머니는 이런 식으로 절대 행동하지 않는다. 어머니가 사과하자 깜짝 놀람과 동시에 부끄러워서 어쩌면 좋을지 알 수 없게 되었다.

"그렇지 않아."

어머니가 말하더니 안고 있던 노리코를 떼어 내고 얼굴을 보았다. 진지한 표정이었다.

"옆에 있어 주지 못해서 미안해. 배는 아프지 않아? 생리 때는 아픈 사람이 많은데 그건 괜찮아? 아니면 몸이 무겁다거나 졸린다거나."

"괜찮아."

"뭔가 이상하면 바로 말해야 해. 미안해. 엄마, 노리코가 초경을 맞이하는 건 한참 뒤라고 생각했거든."

"응."

부끄러워서 화제를 빨리 끝내고 싶다는 마음은 여전했다. 하지만 지금은 거기에 기쁨과 안도의 마음이 겹쳐졌다.

유이의 어머니처럼 멋지지는 않지만, 척척 몸 상태에 대해 걱정해주는 이럴 때는 나의 어머니는 과연 간호사구나 싶었다. 그렇게 생각하니 조금 자랑스러워졌다.

"정말로 미안해, 노리코."

어머니가 거듭 말해서 노리코는 이번에는 웃으며 "괜찮다니까"라고 고개를 저었다.

◐●◐

우편함에 그 편지가 들어 있던 것은 합숙이 끝나고 한 달쯤 지났을 무렵이었다.

여름방학이 끝나고 2학기가 시작되어 노리코는 평소처럼 학교에 다니고 있었다.

집에 돌아가려는 노리코를 향해 유이가 "아, 논코. 내일 봐!"라고 말을 걸었다.

유이 옆에 에리 무리가 있었다. 그녀들은 노리코에게 특별히 말을 거는 일 없이 그저 이쪽을 힐끔 보기만 했다.

유이와는 2학기가 되어도 함께 돌아가는 일은 없었고 같은 그룹이 된 것도 아니지만 미래 학교의 합숙에 갔던 일로 확실히 거리가 가까워진 듯한 기분이 들었다. 합숙에서 있었던 일에 대해 딱히 대화하지는 않았지만, 노리코가 혼자 있을 때면 예전 이상으로 신경을 써준다고 할까. 그것은 노리코의 기분 탓만은 아닌 것 같았다.

"응. 내일 봐!"

노리코는 손을 흔들고 혼자서 집으로 돌아갔다. 여름방학이 끝나고 가을이 되기 시작한 뒤 공기가 조금 달라진 듯했다. 그 무렵에는 합숙의 기억이 꽤 흐릿해져 있었다. 운동회 준비와 자리 바꾸기, 새로운 당번 정하기 같은 일로 무척이나 바빴기 때문이었다.

집에 돌아와 우편함을 들여다보았다. 편지가 오는 것은 대부분 어른 앞이고, 노리코에게 뭔가가 도착하는 일은 거의 없었다. 하지만 그날은 한 통의 편지가 어른들에게 온 우편물에 섞여서 신기한 존재감을 드러내고 있었다.

캐릭터가 그려진 편지 봉투는 명백하게 아이가 쓴 편지로 보였다. 미래 학교에서 나누어준 명부의 존재를 떠올리고는 사야가 보낸 거라고 순간 생각했다. 노리코도 보내려고 생각했는데 그쪽에서 먼저 보낸 듯했다.

하지만 편지를 뒤집어 보낸 사람의 이름을 확인한 노리코는 깜짝 놀랐다.

'미래 학교 오키무라 시게루.'

시게루에게서 온 편지였다.

5장

여름의 외침

모든 것은 오래전 추억이다.

4학년 때 처음으로 배움터를 방문했던 그 여름을 거쳐 노리코는 이듬해 5학년 때도 합숙에 참가했다. 같은 반 친구인 고사카 유이에게 초대받아 또다시 방문한 배움터에서 미카와 시게루와 재회했다. 그렇기에 그들과의 추억 중 어떤 것이 4학년 때이고 어떤 것이 5학년 때인지 모호하다.

하지만 미카와 시게루를 제외한 아이들과의 추억은 더욱 희미했다. 예를 들어 4학년 때 가와사키에서 와서 같은 반이 된 그 여자아이는 이듬해에도 왔던 것 같지만 만족스럽게 대화한 기억은 없었다. 아이의 수가 많았던 탓에 반이 다르면 좀처럼 이야기할 기회가 없었고, 1년 만에 만나면 그리움보다도 서먹함 쪽이 더 커서 대화를 나누기 어려웠다.

미카가 '먼 친척'이라는 단어를 썼던 것을 지금에 와서 떠올린다.

농밀한 시간을 함께 보내더라도 오래도록 만나지 못하면 다음에 만났을 때 전처럼 격의 없이 지내기까지는 시간이 걸리고, 부끄러워서 제대로 이야기할 수 없다. 가와사키에서 온 아이, 분명 사야라고 했던 그 아이와도 그런 식으로 가볍게 인사하고 그걸로 끝이었다. 6학년 때는 그녀는 분명 오지 않았다.

노부라는 남자아이는 똑똑히 기억한다. 하지만 그 아이도 5학년 이후에는 더는 합숙에 오지 않았다.

자신의 담임이었던 선생님들은 어땠을까. 이듬해 이후 만났는지 어땠는지 잘 기억나지 않는다. 왔다고 하더라도 다른 반이었을지도 모른다.

한 가지 확실히 기억나는 것은.

6학년 때, 마지막 해라며 참가한 배움터에 미카의 모습은 없었다.

합숙을 도와주러 온 것은 그때까지 만난 적 없는 다른 아이들이 많았고, 아는 얼굴이 확 줄어 있었다. 미래 학교가 어떤 규칙으로 이루어지는지 확실하게는 알지 못하지만, 학년이 올라감에 따라 참가하는 사람들이 바뀌는 것은 확실했다.

그렇다. 미카와 만난 것은 5학년 때가 마지막으로, 그 이

후 그녀가 어떻게 되었는지 노리코는 알지 못한다.

그렇기에 미래 학교 부지에서 발견된 시체가 여아였다는 점이 머리에서 떠나지 않는다.

그 시체가 손녀가 아닐까 하고 찾아왔던 요시즈미 부부의 얼굴에서 미카의 면모를 찾게 된다.

◗●●

"전화로도 말씀드렸다시피 의뢰인의 성함은 요시즈미 다카노부 씨. 손녀의 성함은 요시즈미 가오리 씨입니다. 요시즈미 씨는 발견된 백골 시체가 가오리 씨가 아닐까 생각하고 계십니다."

미래 학교 도쿄 사무국에서 노리코는 눈앞의 여성을 향해 말했다.

어두운 방이었다.

빌딩 앞에 섰을 때부터 노리코는 희미하게 충격을 받았다.

노리코가 아는 배움터는 숲에 둘러싸여 있고, 태양이 그대로 비치는 곳이었다. 시즈오카에 있는 배움터는 생수 사고가 원인이 되어 십수 년 전에 폐쇄되었다고 들었다. 그뿐만 아니라 생수 사고가 벌어지기 수년 전에는 옴진리교에 의한 지하철 사린 사건이 있었고, 노리코를 포함한 세상의 눈도 신흥종교나 그에 준하는 사상단체에 대해 엄격한 시선을 보내게 되었다.

어린 시절에 노리코가 시간을 보냈던 여름의 추억이 지금도 그 모습 그대로 남아 있을 리 없었다. 그것은 이미 알고 있었다. 오히려 규모는 축소되었다고 해도 미래 학교가 지금껏 존재한다는 사실에 놀라기도 했다.

시즈오카의 배움터는 더는 없지만, 미래 학교는 지금도 세 곳에 배움터라고 불리는 장소를 갖추고 있었다. 홋카이도, 도야마 현, 고치 현. 각각의 규모는 작았다. 하지만 인터넷에서 검색하자 곧장 각 장소에서 모집하는 '배움터 산촌 합숙' 페이지가 나왔다. 여름방학이나 겨울방학, 봄방학이나 골든 위크 등 학교가 길게 쉬는 기간을 이용해 아이들이 부모와 떨어져서 농가에서 홈스테이를 하며 산촌 생활을 체험한다.

사이트 화면 하단에는 '문답의 힘'이라는 항목이 있었다.

자연 속에서 대화를 통해 공부한다. 아이의 사고력을 키우고 언어로 살아나가는 힘을 익힌다. 그런 식으로 적혀 있었다.

소의 젖을 짰어, 친구가 생겼어, 문답이 즐거웠어…… 등의 코멘트가 달린 아이들의 사진이 실려 있었다. 사이트에 실린 사진은 물론 글자 배치도 어딘지 모르게 촌스러워서 전문가가 아니라 초보자가 만든 것이라는 느낌이 들었다. 수년 전에 만든 것을 계속 사용하는 듯 디자인도 오래되었다. 하지만 업데이트는 꼼꼼하게 이루어지고 있었다.

미래 학교 사이트는 백골 시체가 발견된 후에도 폐쇄되지 않고 여전히 다음 여름방학에 산촌 합숙을 희망하는 아이들을 신청받고 있었다. 이것을 보고 한숨이 새어 나왔다.

백골 시체가 발견된 것에 대한 비판과 의혹, 항의나 비난의 목소리는 단체에도 쇄도했으리라. 하지만 다음 모집 요강이 그대로 공개된 채였다. 사이트도 닫히지 않았다. 그 모습은 노리코가 아는 미래 학교답다는 느낌이 들었다. 둔할 정도로 완고하고 흔들리지 않는다. '기슭'의 목소리 따위 신경 쓰지 않고, 들으려 하지도 않는다. 아마도 생수 사건이 일어난 후에도 계속 그랬으리라.

사이트에 게재된 사진의 아이들은, 개인정보 보호가 대두되는 지금 시대에도 얼굴을 가리지 않았다. 합숙 모집 페이지 아래쪽에 있는 코멘트도 합숙에 참가했던 아이들의 감상처럼 적혀 있지만, 사진에 나온 아이들은 실제로 합숙하러 온 기슭의 아이가 아니라 원래부터 배움터에서 사는 아이들일지도 모른다. 아마도 부모와 떨어져 가족과는 따로 집단생활을 보내고 있는 아이들. 샘이라는 단어만이 모습을 감췄고, '산촌 합숙'으로 이름을 바꾼 합숙이 이어지고 있었다.

화면을 앞에 두고 긴 한숨이 나왔다.

계속되고 있는 것인가.

"손녀의 이름은 가오리예요."

사무소에서 들은 요시즈미 부부의 목소리가 귀에 되살아났다.

'가오리…….' 노리코는 속으로 중얼거렸다. 들어본 적 없는 이름이었다. 적어도 노리코가 합숙에서 친하게 지낸 아이 중에는 없었다.

미카라는 이름이 나오지 않은 것에 안도하는 한편, 헛물을 켠 듯한 기분이 들었다.

"그 유골이 손녀인지 아닌지 확인하고 싶습니다. 그 아이가 어떻게 되었는지 알고 싶어요."

"알겠습니다."

노리코가 대답했다. 일단 현재의 미래 학교에 문의해보겠다고 말했다. 조사해보니 미래 학교는 많은 사람이 생활하는 배움터 외에 도쿄에 사무국을 운영 중이었다.

미래 학교의 도쿄 사무국은 이다바시에 있는 상업 빌딩에 있었다.

빌딩 외관은 텔레비전에서 봐서 알고 있었다. 백골 시체가 발견된 직후에는 특히 현재의 단체 모습을 전할 때 이 빌딩의 창문이 자주 비쳤다. 낮에도 계속 커튼이 쳐진 창문. 때때로 희미하게 커튼 건너편으로 사람 그림자가 흔들렸다.

실제로 이렇게 눈앞에 두고 보니 그 빌딩은 너무나도 어둡고 작았다.

밖에 마사지 가게 간판이 나와 있었고, 좁은 입구 안쪽으로 보이는 계단의 타일은 벗겨져 있었다. 입구에 표시된 플로어 안내판의 3층 부분에 미래 학교라는 이름이 살그머니 보였다. 하지만 잡다하게 나열된 다른 단체의 이름에 섞이자, 마치 그것이 저속한 가게의 이름처럼도 보였다. 그 모습에 충격을 받았다. 노리코가 알고 있는 배움터와는 완전히 달랐다.

빌딩 앞에서 두 명의 남자와 스쳐 지나갔다. 남자 중 한 명이 힐끔 노리코를 돌아보는 기척이 느껴졌다. 순간적으로 기자일지도 모른다고 생각했다. 백골 시체가 발견된 지 한 달. 여전히 시체의 신원은 특정되지 않았고 딱히 진척이 없었다. 기다리다 지쳤는지 이 건에 대한 뉴스는 꽤 줄었다. 하지만 관심이 완전히 사라진 것은 아니었다. 미래 학교가 어떤 장소였는지 관계자의 증언을 섞어 가며 계속해서 보도하는 언론도 아직 있었다.

발견된 시체에 대해 미래 학교는 자신들과 관계없다며 계속 주장하는 중이었다. 다만 홍보 담당이나 대표자가 나와서 기자회견을 열지는 않았고, 단체의 대리인인 변호사를 통해 서면으로 코멘트를 낸 것뿐이었다. 미래 학교로서는 발견된 여아의 시체에 대해 아는 바가 없고 경찰 조사에도 협력하고 있다, 생각하지도 못했던 일로 자신들도 당황하고 있다는 것이 주된 내용이었다.

그것은 안내받은 이 어두운 회의실에서 눈앞의 여성에게

들은 말이기도 했다. 다나카라고 이름을 밝힌 이 여성이 단체에서 어떤 지위를 지니고 있는지 그녀가 명함조차 건네지 않은 탓에 알 수 없었다. 염색한 흔적이 없는 머리카락에 지친 듯한 표정, 험악한 눈초리에서 그녀의 경계심이 그대로 전해졌다.

요시즈미 가오리라는 이름을 들어도 다나카는 표정을 바꾸지 않았다.

"모르시나요?" 노리코는 거듭 물었다.

"요시즈미 가오리 씨입니다. 시즈오카 현에 있던 미래 학교 시설에 어머니와 함께 들어갔다고 해요. 2001년 9월에 요시즈미 씨가 변호사를 통해 단체에 문의한 적이 있습니다. 그때는 어머니와 함께 이미 시설을 나갔다고 설명했다고 합니다."

"그럼 그런 거 아닌가요? 당시의 일은 모르지만 시설을 나갔다고 했다면 그런 거겠죠."

노리코의 가방 안에 있는 수첩에는 메모를 복사한 종이 한 장이 끼워져 있었다. 그것은 요시즈미 부부가 미래 학교에 무엇을 언제 어떤 형태로 문의했는지 상세하게 적은 것이었다. 손으로 쓴 메모의 내용은 당시의 변호사 사무소에도 확인했기 때문에 틀림없다고 했다. 요시즈미 부부가 초조하게 발버둥치며 벌인 싸움의 기록이었다.

"요시즈미 가오리라는 이름을 들은 적 없으신가요?"

"모릅니다."

노리코는 자신보다 연상으로 보이는 다나카의 얼굴을 바라보며 어느 정도 연상일까 생각했다.

요시즈미 가오리가 살아 있다면 40세. 노리코와 같은 나이다. 같은 학년은 아닐지도 모르지만 다나카가 만약 시즈오카의 배움터에서 자랐다고 한다면 가오리와 함께 생활했으리라. 현재 다른 지역에서 산촌 합숙이 열리는 곳은 당시부터 이미 미래 학교의 시설로서 존재했다고 하니까 다나카가 시즈오카가 아닌 곳에서 자랐을 가능성도 있긴 했다. 하지만 만약 그렇지 않다면 지금의 "모릅니다"는 명백하게 위화감이 있었다.

모든 상황을 알 수는 없다. 하지만 그곳에서 자라던 아이의 수가 많았다고 해도 서로의 이름을 모르지는 않았으리라. 유치부, 초등부, 중등부, 고등부. 그렇게 불리던 것을 들었다. 그만큼 몇 년이나 함께 생활하면서 이름을 모를 리가 없다. 규모가 어느 정도인지 상상할 수 있기에 그녀의 말투가 너무 단호하다는 점이 신경 쓰였다.

"기록을 조사해주실 수 있나요?"

노리코는 말했다. 다나카가 노골적으로 불쾌한 표정을 짓는 것을 깨달았지만 상관하지 않고 말을 이었다.

"요시즈미 씨의 따님과 손녀분이 구체적으로 언제까지 미래 학교에 있었고, 언제 나갔는지. 그 후의 연락처 등을 남기지는 않았는지. 전에 문의했을 때는 그것조차 가르쳐주지 않았다고 합니다. 적어도 그 부분을 조사해주시지 않으면 저희도 납득할 수 없습니다."

"지금 당장은 불가능합니다. 그런 기록 전부가 이곳에 있는 것도 아니니까요."

"조사해주실 때까지 기다리겠습니다."

"시간이 걸릴 텐데요."

"알겠습니다. 조사해주시는 거죠?"

다나카가 노리코를 가볍게 노려보았다. 노리코는 입을 닫은 채 그 시선에서 눈을 돌리고는 대접받은 차를 마셨다.

다나카의 말투는 정나미 없지만, 적어도 거절은 하지 않았다. 그렇다면 이쪽도 끈질기게 부탁할 수밖에 없다. 다나카가 한숨을 내쉬었다.

"……알게 되면 연락드리죠."

애매한 답변이었다. 노리코는 그럼에도 일단 "알겠습니다. 부탁드리겠습니다"라고 끄덕였다.

기록이 정리되어 있지 않다는 말은 거짓이리라. 분명 얼마 전까지라면 그랬을지도 모른다. 시즈오카의 배움터가 없어졌을 때, 관리하던 개인정보나 서류 등이 다른 장소로 옮겨졌을지도 모른다.

하지만 지금은 그럴 리 없다. 왜냐하면 한 달 전에 그 시체가 발견되었기 때문이다. 배움터는 아이들이 사는 장소고,

발견된 시체도 아이다.

미래 학교에는 당연히 경찰이 수사하러 왔을 테니 필요한 서류는 전부 제출하라는 요청을 받았으리라. 그때 서류나 개인정보를 모았을 것이다. 다나카는 오늘 명백하게 임시방편으로 노리코를 돌려보내려 하고 있다.

지금까지도 문의나 신청이 무척 많았을 것이다. 오늘 다나카와 나눈 짧은 대화를 보면, 이런 문의에 그녀가, 아니 미래 학교가 진지하게 대응할 생각이 없는 것처럼 보였다. 그렇다면 왜 그녀는 노리코를 이곳에 불러들인 것일까. 전화만으로 문전 박대할 수도 있었을 텐데. 다른 문의에 대해서도 그녀는 아마 똑같이 대응하고 있을 것이다.

다나카를 포함한 미래 학교 관계자가 외부의 문의에 굳이 응하는 것은 뭔가에 겁을 내거나 혹은 뭔가를 기다리고 있기 때문이라고 생각하는 것은 억측일까.

방금 요시즈미 가오리라는 이름을 들은 다나카에게는 정말로 아무런 동요도 없었을까.

"가오리 씨의 어머니의 이름은 요시즈미 야스미라고 합니다. 만약 당시 야스미 씨를 알고 계셨다는 분이 있는 경우에는 소개해주세요. 요시즈미 다카노부 씨는 행방불명된 가족을 걱정하고 계시니까요."

다나카가 아무 말 없이 끄덕였다. 이번에도 또 노리코가 아무 말도 못 하게끔 어쩔 수 없이 그렇게 행동한 듯 보였다. 노리코는 주눅들지 않고 말했다.

"조만간 다시 연락드리겠습니다. 가오리 씨와 야스미 씨에
대한 조사, 부디 잘 부탁드립니다."

노리코는 깊숙이 고개를 숙였다. 고개는 숙이면서도 다나
카로부터 연락이 올 가능성은 적다고 생각했다. 그렇기에
머릿속으로는 다음 수단을 생각하기 시작했다. 그것은 다른
관계자들과 연락을 취할 수는 없을까, 하는 생각이었다. 요
시즈미 부부처럼 미래 학교를 상대로 긴 시간 동안 교섭을
해온 사람들이 분명 많을 터였다. 혹은 가족이나 재산을 빼
앗겼다는 '피해자 모임' 같은 단체가 이미 존재하고 있을지
도 모른다. 그런 부분에 대해서는 요시즈미 부부 쪽이 더 자
세히 알고 있으리라. 그들이 소속해 있지 않다고는 해도 귀
동냥으로 들은 적 정도는 있을 것이다.

노리코가 고개를 숙여도 여전히 다나카는 아무 말도 하지
않았다. 다나카가 말없이 몸을 일으켜 복도로 통하는 문을
열었다. 돌아가라는 신호 같았다.

자신이 환영받지 못하는 손님이라는 점은 분명했다. 노리
코는 방을 나섰다. 바로 옆의 방문이 열려 있었고, 살짝 안이
보였다. 잡다한 서류와 파일이 쌓인 책장과 누군가의 책상
이 있었다. 훔쳐보는 것은 좋지 않다고 생각하면서도 시선
이 빨려 들어갔다.

그곳에서 청년이 나왔다. 아까 노리코에게 차를 가져다주

고 꾸밈없는 미소를 보여준 그 청년이었다. 그가 "고생 많으셨습니다"라고 노리코에게 말했다. 뜻밖에도 엘리베이터까지 배웅해주는 듯했다. 다나카가 계속 아무 말도 하지 않았기에 그가 인사를 건네주는 것이 순수하게 고마웠다.

엘리베이터 문이 열려 그곳에 올라탔다.

"감사합니다. 다시 방문하겠습니다."

다짐하듯 노리코가 말하고는 가볍게 고개를 숙였다. 그 순간 작게 중얼거리는 소리가 들렸다.

"……계속 내버려둔 주제에."

순간 깜짝 놀라 고개를 들었다. 잘못 들은 것은 아닐까 싶었다.

하지만 노리코의 시야 양쪽 끝에서 엘리베이터의 문이 닫히기 시작했다. 닫히는 시야의 중앙으로 조롱하는 듯한 미소가 보였다. 온화한 얼굴 청년의 등 뒤에 선 다나카의 입꼬리가 올라가 있었다.

온몸에 한기가 돌았다. 심장이 오그라들었다.

엘리베이터가 아래로 향했다. 그와 동시에 자신의 발끝이 무거운 것에 붙들려서 같이 끌어당겨지는 듯한 감각이 들었다. 지금 그건 뭐였지? 눈앞이 새까매졌다.

1층에 도착해 엘리베이터에서 내렸다. 좁은 통로 끝 유리문 건너편으로 펼쳐지는 아스팔트에 태양 빛이 내리쬐고 있었다. 건물 안과 밖은 이렇게 다르다. 빌딩 안의 어둠이 바깥의 밝음 때문에 더더욱 부각되는 듯했다.

노리코의 걸음은 스스로도 확실히 알 수 있을 정도로 삐 걱거렸다. 조금 전의 귀를 찌르는 듯한 말이 아직 생생하게 고막에 남아 있었다.

"계속 내버려둔 주제에."

다나카의 목소리였다. 그 말은 노리코의 의뢰인인 요시즈 미 부부를 향한 것이리라. 백골 시체가 발견된 것을 계기로 딸과 손녀를 뒤늦게 찾아 나선 그들에게 화가 난 것일지도 모른다. 지금까지 "계속 내버려둔 주제에"라며.

이런 직업을 가지고 있다 보니 감정에 휩쓸려 말하는 상 대를 만나는 일은 결코 드물지 않다. 그럼에도 노리코는 아 연실색했다. 노리코는 분명히 환영받지 못하는 손님이었다. 하지만 그런 숨김없는 진심을 이렇게나 노골적으로 받아야 할 이유는 없었다.

다나카는 어차피 들리지 않겠거니 생각했을지도 모른다. 하지만 들려도 상관없다고 생각한 것처럼도 보이는 목소리 와 타이밍이었다. 그래서는 아이와 똑같지 않은가. 어떻게 아무렇지도 않게 그런 행동을 할 수 있는 것일까. 오늘 벌써 몇 번째인지 알 수 없는 한숨이 다시 새어나왔다.

이 또한 미래 학교의 어른다웠다.

미래 학교 도쿄 사무국 빌딩을 나섰다. 뭐라고도 할 수 없 는 나쁜 뒷맛이 가슴에 퍼져서 자연스레 고개가 아래를 향했다. 빌딩 창문을 통해 다나카가 이쪽을 보는 듯한 느낌이 들어서 얼른 이 자리에서 벗어나고 싶었다. 왔을 때와는 다른, 창문에서 보이지 않는 바로 옆쪽 길모퉁이를 도망치듯 꺾었다.

"계속 내버려둔 주제에."

그 말이 자신을 향한 것처럼 느껴졌다. 그럴 리 없다. 있을 수 없다. 하지만 노리코 또한 그 백골 시체가 발견되기 전까지 그곳에 대해 잊고 있었다. 그것을 탓하는 것만 같았다.

●○●

"피해자 모임…… 말인가요?"

전화 건너편의 요시즈미 다카노부가 신음하듯 말했다.

"네."

노리코가 끄덕였다.

"다카노부 씨가 야스미 씨나 가오리 씨를 만나러 시즈오카에 가셨을 때, 그런 단체나 다른 가족과 이야기를 나누시지는 않으셨나요?"

"공교롭게도 저희는 그런 곳에는 가입하지 않았어요."

다카노부의 말투는 무척이나 느렸다. 다카노부에게는 휴대전화가 아니라 자택의 고정 전화로 연락했다. 전화가 연결된 직후, 다카노부의 뒤에서는 텔레비전에서 나는 듯한 커다란 소리가 들렸다.

다카노부가 "잠깐만 기다려주세요"라고 말하더니 소리가 작아졌다. 잠시 후 수화기를 다시 쥐는 듯한 기척이 있었고, "보청기를 끼고 왔습니다"라는 목소리가 들렸다.

노리코는 가능한 큰 목소리로 음절을 나누어 말하고자 신경 쓰며 말했다.

"지금까지 미래 학교에 대해 뭔가 움직임이 있었던 단체가 있다면 교섭하는 데 참고가 될까 싶어서 여쭤보는 거예요."

"아. 분명 그런 단체에서 연락을 받은 적은 있습니다. 저희가 딸을 찾는다는 사실을 알고 미래 학교와 관련해 곤란한 점이 있다면 상담해주겠다고 했는데, 그때는 그게……. 아내와 상의 끝에 상담을 받지 않기로 정해서, 그 후에도 연락하지 않았어요."

다카노부가 뭔가 머뭇거리는 듯했다. 노리코가 재촉하지는 않았지만, 얼마쯤 있다가 그가 "그게……"라며 망설이며 말을 이었다.

"그러니까 미래 학교에 대한 책을 몇 권인가 쓰신 분이라고 해서, 혹시라도 저희에 관해서도 책에 쓰는 건 아닐까 걱정이 되어서……."

"아, 네."

그 사람이 다카노부에게 연락을 했던 것이 언제인지는 알 수 없지만, 그 무렵의 다카노부는 지금보다 더 젊었을 테고 일도 하고 있었을지 모른다. 걱정이 앞서는 것도 무리는 아니었다.

다카노부가 말했다.

"그래도 분명 그런 사람들이라면 미래 학교가 지금까지 벌인 문제에 대해서도 자세히 알고 있을 것 같네요. 연락처는 아직 있을 것 같은데, 찾아보고 선생님께 알려드릴까요?"

"그렇게 해주시면 도움이 될 것 같네요. 잘 부탁드립니다."

인사를 하고 전화를 끊었다.

만나고 온 느낌으로 볼 때 미래 학교의 무뚝뚝한 태도는 앞으로도 바뀌지 않을 것 같았다. 그들의 손녀에 관해 적극적으로 조사해줄 것 같지도 않았다. 그렇다면 이 이상은 평행선이 되어버릴 가능성이 크고, 그것만큼은 피하고 싶었다.

사무원에게 조사해달라고 한 결과, 미래 학교는 1990년대 중반 무렵부터 탈퇴한 회원에 의해 재산 반환 청구 소송이 때때로 제기되었다는 사실을 알게 되었다. 배움터에서의 집단생활에 들어가기 전에 재산을 기부했지만 탈퇴 시에 아무것도 돌려받지 못했다고 주장하는 사람이 많았다. 소송 중에는 기부한 재산에 대한 반환 청구뿐만 아니라, 배움터에서의 노동에 대한 대가를 지불받지 못한 것에 대한 청구도 있었다. 그런 재판에서는 대부분의 경우, 전액은 아니지만 미래 학교에 재산 반환이나 대가 지불을 명하는 판결이 선고되었다.

생수 문제에 대한 소송도 있었던 듯했다. 2000년대에 들어선 후 일어난 미래 학교의 생수 불순물 혼입 사건. 당시 뉴스를 자세히 찾아보니 미래 학교가 취급하던 생수에는 두 종류가 있었던 듯했다. 하나는 샘 근처에 있는 공장에서 가열살균 등의 처리를 해서 일반 대중을 향해 판매하던 것. 다른 하나는 회원 사이에서 거래되던 '샘물'. 문자 그대로 샘에서 직접 퍼 올린 물을 공장에서 처리하지 않고 그대로 유통시키던 것이다.

후자는 처음에 극히 일부 회원 사이에서만 유통되던 비공식적인 존재였다고 하지만, 이윽고 그 규모가 커지더니 꽤 고가로 거래되기 시작했다고 한다.

미처리 생수가 유통되기 시작한 배경에는 아마도 샘 그 자체에서 직접 퍼 올려서 가열살균하지 않은 것 쪽이 더 고귀하다는 생각이 바탕이 된 것 같았다.

미래 학교에서는 배움터에서 생활하지 않는 외부 회원을 '기슭의 학생'이라고 불렀다. 그런 '기슭의 학생'의 요청에 응해 일부 사람들에게만 몰래 판매하던 것이 어느샌가 공식적으로 가격이 매겨지고 시즈오카에서 유통 판매되기 시작했다.

이 문제가 표면으로 드러난 것은 지바 현에 사는 한 아이가 고열이 났을 때 미래 학교의 회원이었던 옆집 주부로부터 그 생수를 받은 것이 계기가 되었다. 나누어준 주부에게 나쁜 마음은 없었고, 오히려 선의에 의해 그런 것이었지만 물을 마신 아이가 복통을 호소하고 몸 상태가 더욱 악화된 것이 문제시되었다. 문제의 생수를 조사한 결과, 그 안에서 캄필로박터라는 박테리아가 검출되었다.

그 건을 발단으로 전국에서 비슷한 사례가 다수 보고되었다. 정식 처리를 거치지 않은 '비공식' 생수는 당시 500밀리리터 페트병 한 병이 5천 엔 가까운 금액으로 거래되고 있었고, 그 가격도 문제가 되었다. 보건소의 조사가 시작되었고, 그 결과 미래 학교는 샘이 있는 시즈오카의 배움터를 내어놓게 되었다.

미래 학교의 성립 과정을 조사하자, 활동의 원점은 역시 그 '샘물'에 있는 듯했다. 아이들의 자주성을 키우는 이상적인 환경으로서 시즈오카의 그 장소에 배움터를 세울 수 있었기에 활동이 널리 퍼지게 되었다. 미래 학교는 종교는 아니지만, 그 샘과 물이 신격화되던 것은 흔들림 없는 사실로, 그렇기에 더욱 다른 신흥종교 집단과 하나로 묶여 취급되는 일도 많았다. 그 샘을 지키지 못하게 된 것은 미래 학교로서도 꽤 큰 타격이 아니었을까.

다카노부와 통화 후, 그가 말한 '책'에 관해 인터넷에서 검색해보자 몇 권인가 그래 보이는 책이 나왔다. 《'미래 학교'의 미래의 붕괴》, 《빼앗긴 배움―'미래 학교'의 한계》, 《'미래 학교'의 오만. 끊어지는 유대》. 각각 저자나 출판사가 달랐다. 출판사명은 그다지 익숙하지 않은 작은 회사가 많았다. 절판된 것인지, 대부분 중고가 아니면 살 수 없었다. 그 중 몇 권인가 눈에 띄는 것을 참고 삼아 구입했다.

사무소 책상에 놓인 탁상용 달력을 보자 올해 가을은 연휴가 많았다. 똑같이 변호사 일을 하고 있지만 다른 사무소에서 일하는 남편은 이번 가을에는 특히 바빠질 것 같다고 여름이 시작될 무렵부터 빈번히 투덜거렸다. 그렇기에 연휴에도 분명 출근하는 일이 많으리라.

노리코는 연휴 중에 아이코와 둘이 고향 집에 다녀올까 생각하기 시작한 참이었다. 평소에는 이미 정년퇴직한 부모님을 이쪽으로 불러서 육아에 도움을 받는 일이 많았고, 그 때문에 굳이 고향 집에 돌아갈 필요성은 느끼지 못했다. 지바의 고향 집에 돌아간다면 약 반년 만이다.

돌아가자고 생각한 것에는 이유가 있었다.

점심을 먹고자 사무소 밖으로 나왔을 때 고향 집의 어머니에게 전화를 걸었다. 아이코를 데리고 연휴 중 언제 한번 갈까 생각하고 있다고 말하자 어머니는 반색했다. "어머, 그렇구나"라고 말했을 뿐이지만 목소리가 밝아졌다.

"그런데 아이코의 어린이집은 해결되었어? 지금 다니는 어린이집은 올해까지라며? 내년부터 맡길 곳을 아직 찾지 못했다고 했잖아."

"응. 내년에는 국공립 어린이집에 공석이 생길지도 모르고, 신청은 해볼 생각이긴 한데."

"아, 그래. 어린이집에서 유치원으로 옮기는 아이도 나올지 모르니까. 아이코, 어딘가 들어갈 수 있으면 좋을 텐데."

간호사로 일했던 만큼 어머니는 육아의 어려움에 대해 잘 이해해주었다. 요즘 고민거리인 어린이집 문제에 대해서도 자세히 설명하지 않아도 상황을 알아주는 점이 고마웠다.

전화 건너편에서 어머니가 웃었다.

"그래도 아이코, 꽤 건강해졌지? 이번 어린이집에 다니기 시작했을 무렵에는 자주 열이 나서 고생했잖아. 최근에는 나를 부르는 일도 줄었고 말이야."

"응. 아이코, 힘내주고 있어."

"뭐, 또 필요해지면 불러. 언제든 갈 테니까."

"고마워. 아, 그리고 이번에 돌아갈 때까지 조금 부탁하고 싶은 게 있는데."

"알았어. 뭔데?"

구체적인 용건을 말하기 전에 이미 승낙하는 어머니의 대범함에 조금 어이없어하면서 말을 전했다.

"나 어렸을 때, 고사카 유이에게 초대받아서 미래 학교 합숙에 갔었잖아? 그때 받은 명부가 아직 있으려나?"

입에 담은 순간 전화 건너편에서 어머니가 입을 다물었다. 이상하다는 생각에 "여보세요" 하고 말하려던 노리코에게 어머니가 "왜……" 하고 물었다.

"어째서 그런 게 필요한데? 거기, 지금 또 문제가 되고 있
잖아?"

경계하는 듯한 말투로 바뀐 것을 듣고 노리코는 짐작이 가
는 바가 있었다. 이런 식으로 아무렇지 않게 물어서는 안 될
것이었을지 모른다고 뒤늦게 깨달았다.

"그 이야기, 사람들한테는 안 하는 게 좋겠어."

"장모님, 용케도 딸을 그런 곳에 보냈네."

남편의 말을 딱히 신경 쓰지 않았다. 노리코 자신은 물론
노리코의 부모도 미래 학교의 회원이 아니고, 어디까지나
여름방학 행사로서 합숙에 참가한 것에 지나지 않기에 그것
은 특별한 일이 아니라고 생각했다.

하지만 떠올려 보면 빈번할 정도는 아니어도 뭔가 일이 있
으면 딸에게 전화를 거는 어머니가 지난달 미래 학교에서 시
체가 발견되었다는 뉴스가 흘러나온 후, 그것에 대해 전화로
일절 언급하지 않았다. 그것은 일부러 입에 담지 않았던 것
은 아닐까.

직장에 다녔던 탓인지, 노리코의 어머니는 딸의 동급생 부
모와 친하게 지내는 편은 아니었다. 소문을 떠들고 다니는
사람도 아니었고, 적어도 어린 시절의 노리코는 어머니가
다른 집안에 관해 왈가왈부하는 것을 들어본 적이 없었다.
그렇기에 더더욱 유이의 어머니가 합숙에 초대한 것일지도

모른다.

지금까지 어머니가 어떤 마음으로 지냈는지 생각해본 적이 없었다.

"필요하다거나 그런 게 아니야. 명부를 보고 누군가에게 연락을 하려는 것도 아니고. 그저 조금 보고 싶어서."

노리코는 말했다. 실제로 입에 담은 대로의 마음이었다. 자신이 우연히 가지고 있던 명부를 일하는 데 활용할 생각은 없었다. 기재된 누군가에게 연락을 취할 생각도 털끝만큼도 없었다.

그렇기에 어째서라고 물으면 보고 싶어졌다고밖에 대답할 수 없었다.

어머니가 다시 입을 다물었다. 잠시 후 전화 건너편에서 소리가 들렸다. 알아듣지 못해 "어?"라고 되묻는 노리코에게 어머니가 말했다.

"만약에 그곳에 다녔던 사실이 알려지면 네가 지금 하는 일이나 입장이 불리해지는 거 아니니?"

걱정하고 있다는 것을 알았다. 더듬거리는 말투지만 마음을 써주는 것이 느껴졌다.

"괜찮아. 우리가 돌아갈 때까지 명부를 찾아봐줄래? 만약 있으면 말이지만."

"알겠어."

꼼꼼한 성격의 어머니이기에 어딘가에 정리해서 제대로

남겨두었을 것이다. 만약 남아 있다면 어머니는 그것을 숨기거나 하지 않고 노리코에게 보여주리라.

명부는 외부 참가자의 이름뿐. 시게루나 미카처럼 노리코가 친하게 지냈던 배움터 아이들은 실려 있지 않다. 요시즈미 가오리의 이름이 있다고도 생각할 수 없었고, 만에 하나 기재되어 있다고 해도 주소로 실려 있는 것은 아마도 이미 폐쇄되어버린 시즈오카의 배움터이리라.

편지를 교환하던 시게루에게서 받은 편지에 있던 주소도 시즈오카의 배움터였다. 노리코는 그 주소로 답장을 썼다. 그리고 언제부터인가 편지 교환은 끊겨버렸다. 마지막에 편지를 쓴 것이 어느 쪽이었는지는 기억나지 않지만, 분명 노리코 쪽이 그만두었을 것 같다는 생각이 지금은 들었다.

명부는 어머니가 남겨두었을지 모른다. 하지만 시게루에게서 받은 편지는 이미 분명 어디에도 없으리라. 처음에 편지가 왔을 때 그렇게나 소중히 특별한 장소에 넣어두었던 편지의 행방을 알 수 없게 되는 날이 올 것이라고는 생각지 못했다. 지금 와서 다시 읽어보고 싶다는 생각은 들지 않지만 자신이 매우 박정한 짓을 해버렸다는 마음이 들었다.

계속 잊고 있던 편지. 시체가 발견되지 않았다면 되살아날 일도 없었던 기억.

"계속 내버려둔 주제에."

내뱉는 듯한 다나카의 중얼거림이 자신이 생각한 것 이상으로 마음속 깊은 곳을 찔렀다.

미래 학교 도쿄 사무국의 먼지 낀 작은 방 안, 요시즈미의 대리인으로서 다나카와 대면하면서 노리코는 몇 번인가 어느 충동에 휩싸였다.

그것은 자신이 그곳에 있었다는 사실을 전하고 싶다는 충동이었다. 배움터를 알고 있다, 그곳에 있던 아이를 알고 있다, 샘을 알고 있다, 당신들이 결코 위험한 사람들이 아니었다는 것을 알고 있다…….

그것은 따지고 보면 자신이 적이 아니라는 점을 알리고 싶었던 것일지도 모른다.

고작 여름의 일주일을 그곳에서 보낸 것뿐이다. 그런 3년이라는 시간이 어린 시절에 있었던 것뿐. 그 장소의 모든 것을 알고 있는 것도 물론 아니다. 그런데도 그런 충동이 자신에게 있었다는 사실에 노리코는 놀라고 말았다.

◐●●

밭과 주택 사이의 길을 아이코가 강아지풀을 한 손에 들고 걸어간다.

노리코가 태어나 자란 야치마타 시는 많은 밭과 숲에 둘러싸인 푸른 환경이다. 지바 현은 도쿄 바로 옆이기에 다른 지방 출신 친구들은 도시라고 생각하기 쉽지만, 이 주변은 한가한 풍경이 펼쳐진다. 어렸을 적과 비교할 때 주택이 늘었고 익숙한 경치가 바뀐 곳도 있다. 하지만 역에서도 멀고, 어디에 가더라도 자동차가 필요한 환경은 다른 지방과 크게 다르지 않다. 주택 바로 뒤편이 밭이기도 하고 잡초가 무성하게 자란 공터이기도 하다. 그리고 그곳이 어린 시절 노리코의 놀이터였다.

오랜만에 돌아온 고향 집에서 노리코가 어렸을 때는 없었던 편의점에 아이코에게 아침밥으로 줄 빵을 사러 가려고 하자 아버지와 어머니 모두 "태워다 줄게"라고 곧장 말했다.

"괜찮아. 아이코랑 산책하고 올게."

"그래? 그래도 걸어가면 은근히 멀다, 얘."

편의점까지는 아이의 걸음으로도 10분이 채 걸리지 않으리라. 자동차로 이동하는 것이 익숙한 부모님은 설령 10분 거리라 해도 멀다고 말한다. 그것을 듣고 돌아왔다는 실감이 들었다.

노리코가 사양하는 것이라 생각했는지 다시 한번 차로 바래다주겠다고 말하는 부모님을 보고 돌아온 손녀와 잠시라도 함께 있고 싶은 거라고 생각했다. 하지만 노리코가 아이코를 밖에 데리고 나가서 놀게 해주고 싶다고 말하자 깔끔하게 물러났고, 함께 걸어가려고는 하지 않았다.

어렸을 때 노리코가 자주 다니던 길을 아이코가 아장아장 걸었다. 도중에 잡초가 무성한 장소를 발견하더니 아이코가

332

몸을 굽히고 강아지풀을 몇 가닥 쑥쑥 뽑았다. 신기한 것을 만지듯 잎사귀 끝을 만지작거리는 것을 보고 노리코도 몇 가닥 뽑아서 다발로 만들어 건네주었다.

멀리서 농업용 트랙터가 움직이는 소리가 들렸다. 휴일이라고 해도 어딘가의 밭에서는 작업 소리가 들리는 것이 노리코로서는 옛날부터 당연한 광경이었다.

어린이집에서 산책하던 것이 익숙해서인지 아이코는 속도는 느리지만 긴 거리를 걸어도 아무렇지 않아 보였다. 평소에는 배웅 시간에 빠듯하게 어린이집에 달려가서 서둘러 집에 돌아오거나, 휴일에 근처의 작은 놀이터에서 달음박질을 할 뿐, 아이코와 이런 식으로 느긋하게 함께 걷는 일은 없었다. 뭔가에게 쫓기듯 하루하루를 지내는 와중에는 생각할 수 없지만, 이렇게 있다 보면 조금 더 이 아이와 느긋하게 지낼 수 있는 시간을 가지고 싶었다. 그렇게 하지 못하는 것이 한심하게 느껴졌다.

가을 하늘이 높고 파랬다.

최근, 아이코를 자신이 자란 것과 비슷한 환경에서 키우고 싶다고 느끼는 일이 많아졌다.

자동차를 신경 쓰지 않고, 풀이나 꽃을 꺾으며 길을 걸을 수 있게 해주고 싶다. 집 바로 근처에 숲과 공터가 있는 환경이 필요하다. 조부모가 근처에 살고, 언제든 만날 수 있게 해주고 싶다. 도시의 커다란 초등학교가 아니라, 이쪽의 초등학교에 다니게 한다면…….

그때마다 신기한 기분이 들었다.

초등학교 시절에는 좋은 추억만 있지는 않았다. 오히려 나쁜, 갑갑한 추억 쪽이 많았다.

노리코는 반의 인기인이 아니었고, 인원이 많지 않은 초등학교였기에 오히려 고정된 아이들 사이의 인간관계 때문에 고민했다.

하지만 자신에게 친숙한 이 장소에서 육아를 하는 것을 무의식중에 언제나 생각하게 된다. 그것은 아마도 자신이 이곳에서 자랐고 이 토지에서 지낸 어린 시절밖에 알지 못하는 탓이다. 이 장소에서 자연을 접하고, 다들 얼굴을 아는 규모의 커뮤니티 안에서 자라고, 공부하고, 그리고 바깥으로 나갔다. 그렇게 살아온 것을 잘했다고 생각한다. 그렇기에 아이코도 그런 방법이 좋지는 않을까 하는 마음을 씻어낼 수 없었다.

노리코는 물론 남편 에이지도 직장이 있고, 그렇게 하고 싶다고 생각한들 실제로는 불가능하다는 사실은 알고 있었다. 진지하게 생각하는 것도 아니었다. 하지만 어째서인지 그런 것을 바라고 있었다.

편의점에 갔다가 다시 같은 공터에 다다랐다. 옛날에 이곳은 커다란 공장이었다. 앞을 지나면 기계가 움직이는 소리가 울려 퍼지고 작업복 차림의 어른들이 밖으로 나와서 담배를 피우거나 했다. 공장 건물은 아직 남아 있지만 사람의 기척은 전혀 없고, 옛날에는 자동차가 잔뜩 세워져 있던 주차장은 공터가 되어 있었다.

"아이코, 여기 봐봐."

남편에게 사진을 보내주고자 걸고 있던 아이코의 등을 향해 스마트폰을 가져다 대자, 아이코가 기쁜 듯 오른뺨에 손바닥을 가져다 댔다. 최근에 유행하는 애니메이션의 공주님 포즈였다. 어린이집에 다니는 다른 아이의 영향이라도 받은 것인지 어느샌가 이렇게 하고 있었다.

"엄마, 강아지풀 더. 할머니한테도."

"그렇네. 꺾어서 가져가면 할머니가 좋아하겠다."

"응!"

아이코가 쭈그리고 앉아서 공터의 풀을 뽑았다. 보니 강아지풀 말고 억새도 피어 있었다.

이번 연휴에는 중추절이 끼어 있다. 어머니가 아이코와 함께 경단을 만들겠다는 의욕으로 가득 차 있던 것이 떠올라서 억새도 몇 가닥 뽑았다(일본에서는 음력 8월 15일인 중추절에 경단을 빚어 쌓아두고 억새로 장식을 한다-옮긴이). 중추절에 쓸 경단을 만드는 것은 원래 이미 세상을 뜬 할머니의 특기였다. 할머니 집의 부엌에서 팥소를 만들기 위해 팥을 끓이던 냄새와 소리를 기억한다.

그 무렵, 어머니는 간호사 일이 바빠서 거의 부엌에 서는 일이 없었다. 경단은 언제나 할머니와 학교에서 돌아온 노리코가 만들었다. 그렇기에 어머니가 경단을 만든다는 말을 꺼내리라고는 생각저도 못했다.

생각해보면 줄곧 만들고 싶었을지도 모른다. 손녀가 생기면 함께 만들고자 생각했을지도 모른다.

어린 시절에 경단을 만들 때는 노리코는 그저 할머니가 시키는 대로 작업을 했을 뿐, 어떻게 만드는지 자세한 것은 기억하지 못한다. 만약 나중에 아이코와 도쿄의 자택에서 경단을 만들고 싶어져도 나로서는 무리겠구나 무심코 생각했다.

"아이코, 손 제대로 씻었어야지. 이쪽 단에 올라서 봐."
"네에!"
집에 돌아가자 달콤한 냄새가 났다. 팥 냄새라는 것을 바로 알았다.

"노리코, 이제 경단을 둥글게 말 타이밍이니까 그때까지는 아이코랑 거실에 있어. 아이코가 좋아하는 애니메이션이랑 어린이 방송 녹화해뒀으니까 그거 틀어줘."
"응. 고마워."
아이코와 함께 거실로 돌아가 텔레비전을 켰다. 자신이 이 집을 떠나고 나서 몇 번인가 바뀐 텔레비전에는 저장장치가 달려 있었다. 아버지나 어머니가 사용법을 공부한 뒤, 노리코의 귀성에 맞춰서 손녀를 위한 방송을 녹화한 것이라 생각하니 얼굴에 자연스레 미소가 지어졌다.

노리코의 자택에 있는 텔레비전과는 다르지만 조작 방법은 어느 정도 알 것 같았다. 아이코를 위해 녹화한 방송을 찾아서 리모컨을 조작하는데 갑자기 어떤 글자가 눈에 들어왔다.

'뉴스—미래 학교.'

짧게 숨을 삼켰다.

녹화 방송을 정리한 몇몇 폴더 아래쪽에 그것이 있었다.

"호빵맨! 호빵맨!"

아이코의 목소리가 들려서 깜짝 놀라 정신을 차렸다. 미안하다고 사과하고, 아이코를 위해 애니메이션을 틀었다.

'미래 학교의 뉴스를 녹화해뒀구나.'

노리코는 익숙한 테마송이 흐르는 것을 들으면서 그렇게 생각했다. 신경이 쓰여서 아버지, 아니면 어머니, 아마도 어머니가 관련 특집인지 무엇인지가 방송된 뉴스 프로그램을 녹화한 것이리라.

"그곳, 지금 또 문제가 되고 있잖아?"

얼마 전, 어머니와의 전화가 떠올랐다. 배움터의 합숙에 딸을 보낸 것을 어머니는 어떻게 생각하고 있었을까. 지금까지 얼굴을 마주보고 이야기한 적은 없지만, 실은 노리코가 생각한 이상으로 어머니는 신경 쓰고 있었던 것은 아닐까.

앞장서서 딸을 위험한 장소에 보내 버린 것이 아닐까, 하고.

작은 동네다. 지구의 임원 모임이나 장례식 품앗이 등으로 유이의 가족과 얼굴을 마주할 기회는 지금도 있을 터였다. 어머니의 성격을 보건대 분명 내색도 하지 않으리라. 하지만 어머니가 남몰래 줄곧 신경 써왔다고 하면.

녹화된 방송을 보고 싶다는 충동에 휩싸였다.

"어라. 아이코, 잠들었어?"

거실에 들어온 어머니의 목소리에 깜짝 놀라 고개를 들었다. 바라보니 애니메이션은 아직 방송 중이었지만 아이코는 어느샌가 굴러다니던 쿠션을 껴안고 잠들어 있었다. 그러고 보니 오늘은 아직 낮잠을 자지 않았다. 산책을 다녀온 피로도 겹친 것이리라.

"같이 경단 만들려고 했는데 아쉽네. 덮을 거 가져올게."

"고마워."

손녀가 귀여워서 어쩔 줄 모르는 듯한 어머니가 일단 나가서 담요를 가지고 돌아왔다. 노리코는 리모컨을 손에 들고 텔레비전에 나오던 애니메이션을 멈췄다. 녹화 리스트에서 아까 보았던 '뉴스―미래 학교'를 선택해서 표시했다.

"엄마."

"응?"

"이거, 봐도 돼?"

아이코에게 담요를 덮어주던 어머니가 고개를 들었다.

화면을 보고 어머니는 순간 입을 다물었다. 하지만 그것은 정말로 한순간이었다. 곧장 억양 없는 목소리로 "그래"라고 답했다. 평소의 어머니다운 말투였다.

"시즈오카에서 백골 시체가 나온 뒤 얼마 안 되었을 때의 방송이긴 한데."

"응. 괜찮아."

백골 시체가 발견된 직후, 보도가 가장 과열되었을 때 나왔던 특집 방송 대부분을 노리코는 보지 못했다. 그때는 설마 요시즈미 부부가 의뢰하러 와서 자신이 이 일에 관여하게 되리라고는 생각지 못했기 때문이다.

"잠깐만. 그 가운데 있는, 그래, 그 방송."

어머니가 노리코가 조작하는 화면을 보면서 끄덕였다. "그 특집" 하며 말했다.

"그 방송에 미래 학교에서 실제로 지냈던 자신의 경험을 말하는 사람들이 나와. 합숙이 아니라 배움터에서 살았던 사람들."

"흐응."

"다른 방송은 다들 비슷해서 생수 사고나 뭔가 수상한 장소라고 단정 짓는 것들이 많은데, 그 방송만은 노리코에게 들은 이야기와 비슷했어. 미래 학교에 대한 인상이."

"나한테 들은 이야기?"

"응."

되묻자 어머니는 의아하다는 듯한 표정을 지었다. 왜 그런 것을 되묻는지를 알 수 없다는 듯한 표정이었다. 어머니가 말했다.

"즐거웠던 거잖아? 미래 학교."

이번에는 노리코가 입을 닫을 차례였다. 어머니가 살짝 미소 지었다.

"좋은 곳이었다고 말했잖아?"

어머니는 그렇게만 말하고 허둥지둥 일어나서 "경단, 빨리 둥글게 말지 않으면 굳어버려"라며 부엌으로 돌아갔다.

노리코는 잠시 움직일 수 없었다.

어머니는 미래 학교에 대해 노리코가 신경 쓰는 것처럼 단순한 마음만 품고 있는 것은 아닐지도 모른다. 보도된 사실은 사실로서 받아들이면서도 옛날에 노리코가 말했던 것도 제대로 기억하고 있다.

어린 시절에 노리코를 합숙에 보낸 것이 신경 쓰인다는 단순한 감정도 분명 아니다. 어머니가 품은 마음의 진짜 정체를 헤아릴 수는 없지만, 거기에는 옛날을, 초등학교 시절의 노리코와 보냈던 하루하루를 그리워하는 마음마저 있는 것일지 모른다.

어머니가 말한 녹화 목록 한가운데 있는 방송을 재생했다.

저녁 뉴스 방송이었던 듯하다. 미래 학교 부지에서 시체가 발견되었다는 사실에 대해 다룬 후에 실제로 미래 학교에서 생활하던 사람에게 어떤 곳이었는지 인터뷰를 하고 있다.

방송을 틀고 잠깐 보다 보니 어머니가 말한 의미를 알 수 있었다. 그 특집은 일련의 보도 중에서도 뭔가를 '이렇게 보여주자'라는 의도가 희박한 것 같았다. 전에 비슷한 인터뷰를 다른 방송에서 보았을 때는 인터뷰 진행자가 짐짓 자유가 없는 것이나 배움터의 어른들이 고압적이었다는 것을 강조하는 내용이 많았다. 그중에는 학대를 의심하게 하는 일은 없었는지, 인터뷰어가 노골적으로 묻는 장면이 나오는 방송도 있었다.

하지만 이 방송은 미래 학교의 교육 방침을 극단적인 것처럼 취급하려고 하지 않았다. 문답에 대해서도 정성껏 설명했다. 인터뷰 도중, 노리코가 옛날에 참가했을 때 했던 문답에 대한 설명이 나왔다. 다만 지금 '어른'의 눈으로 보았을 때는 당시 행해지던 수법이나 내용이 어떻게 보더라도 자기계발 세미나 부류에 속하는 것처럼 보이고 만다. 그 일이 서글프게 느껴졌다. '전쟁'이나 '평화', '친구'나 '사랑'에 대해 진지하게 대화하는 행위 자체가 어쩐지 수상해 보이는 이유는 무엇일까.

인터뷰에 답하는 것은 여성이었다. 얼굴은 나오지 않았다. 목 아래를 비추고 있을 뿐이지만, 목소리는 가공되지 않고 원래대로였다. 그녀는 연보라색 광택이 도는 원피스를 입고 있었다. 가느다란 손에 화려하지 않은 은색 체인 팔찌와 결혼반지가 보였다.

"부모님을 만날 수 없어서 어린 마음에도 쓸쓸했습니다. 저희는 아버지와 어머니가 저를 맡기는 것에 관해 계속 싸웠거든요. 지금도 기억합니다. 외박 허가가 나와서 집에 돌아가는 도중의 자동차에서 아버지가 어머니에게 '이제 그만 하지'라고 언성을 높이던 걸."

목소리가 무척이나 아름다운 여성이었다. 단어를 제대로 발음하며 말했다. 텔레비전 안에서 얼굴이 보이지 않는 여성의 발언이 계속되었다.

"하지만 저는 모두와 헤어지는 것도 싫었어요. 아이들만 살면 자주성이 길러진다는 건 사실이라고 생각합니다. 자주성이라고 할까, 그 밖에도 많은 걸 배웠거든요. 샘으로 향하는 좁은 길을 걷는 것도, 아침 일찍 배움터의 마루를 걸레질하는 것도, 지금 사회에서는 아이가 좀처럼 경험할 수 없는 일입니다. 생수 사고에 대해서만 크게 다뤄지지만, 그곳에서 살던 저희 생활은 뭐라고 할까, 여러분이 말하는 것처럼 특별히 이상하지 않았어요. 어른이 된 지금도 그곳에서의 경험이 저를 지탱해준다고 느끼는 일이 많습니다. 그리고…… 즐거웠습니다."

시체가 발견된 것에 대해 어떻게 생각하는지 인터뷰어가 물었다. 그녀가 잠시 입을 다물었다. 그러고는 다소 뜸을 들인 후에 말했다.

"무척이나 슬픈 일입니다. 무척이나, 무척이나 슬퍼요. 제가 있던 무렵의 친구 중 누구인가가 아니면 좋겠습니다. 하지만 죽었다고 해도 사고나 뭐 그런 것 아닐까요. 제가 아는 배움터에서는 느긋한 시간이 흘렀고, 그곳에 있는 사람들도 결코 위험한 사람들이 아니었습니다. 오히려 온화하고, 언제나 아이들의 교육에 대해 진지하게 생각했습니다."

과도하게 감정적이지 않은 이지적인 말투 탓에 그녀의 목소리에 자연스레 귀를 기울이게 된다. 그녀가 계속 말했다.

"저는 이미 그곳에서 나왔지만, 함께 지내던 친구들이 너무나도 걱정됩니다."

노리코가 가진 인상과 분명 비슷했다.

미래 학교는 보도되는 것만큼 극단적으로 이상한 단체는 아니었다. 위험한 사람들이 아니었다. 그것은 계속 노리코가 그들을 접하는 도중에 느낀 것이다. 그녀가 말하는 것처럼 세상에서 미래 학교를 둘러싸고 내리는 평가에 대한 위화감을 노리코도 잘 알았다.

"노리코, 이거."

어머니의 목소리가 들렸다.

거실 입구를 돌아보자 어머니가 서 있었다. 아무래도 부엌에 돌아간 것이 아니었던 듯했다.

"찾아 놨어."

어머니가 손에 들고 있는 것을 보고 자연스레 등이 쫙 펴졌다. 하얀 소책자. 세월을 거쳐 조금 노랗게 변해 있다.

건넬 타이밍을 줄곧 재고 있었던 것일까. 노리코가 돌아온 후부터 계속.

불편한 화제를 피하려는 듯 어머니는 테이블에 그것을 놓고 곧장 다시 나가버렸다. 노리코는 "고마워"라고 한마디 한 후, 어머니가 놓고 나간 책자를 손에 들었다.

명부였다. '미래 학교 배움터 합숙', 그리고 날짜가 적혀 있었다. 어머니가 보관해온 듯했다. 3년분인 세 권 모두 갖춰져 있었다.

가장 오래된 4학년 때 것을 펼쳤다.

지바 지부의 페이지를 펼치자 고사카 유이의 이름이 나왔다. 손가락으로 리스트를 더듬어보고 희미하게 숨을 삼켰다.

곤도 노리코.

자신의 이름이 있다. 결혼하기 전의 옛날 성이긴 하지만, 노리코는 지금도 일을 할 때는 이 성을 사용한다.

도키타 아사미라는 이름에도 눈이 머물렀다. 기억난다. 합숙에서 함께 잠을 잤던 아미다.

가와사키에서 온 아이와 사이좋게 지냈지만, 그 후 그 아이에게 편지를 쓰자, 쓰자, 하고 생각하면서도 결국 그러지 못했던 것도 떠올랐다.

노리코는 뒤쪽 페이지를 펼쳤다. 모두가 배움터의 아이들에게 메시지를 적어달라고 했을 때 노리코는 받으러 가지 못했다. 미카가 써주길 바랐지만 그럴 기회가 없는 채…….

그렇게 생각하며 들여다보는데, 사인펜으로 쓴 글자가 보였다. 뭔가가 적혀 있다.

"나를 잊지 마! 미카."

정신이 번쩍 들었다.

심장이 크게 뛰었다.

아이의 글자다. 기억하지 못했지만, 미카에게 메시지를 받았었다.

"잊지 마!" 거기에 깊은 의미는 없으리라. 내년에도 다시 합숙하러 오라는 정도의 가벼운 마음으로 쓴 것임이 분명하다. 하지만.

노리코는 그대로 나머지 2년분의 명부도 마지막 페이지를 펼쳐보았다. 배움터의 아이들에게 메시지를 받는 것은 매년 작별 모임이 끝날 때 모두가 하던 일이었다. 기억나지 않는다. 기억나지 않지만 분명 다른 해에도…….

5학년 때에도 미카에게 메시지를 받았었다.

"노리코에게. 앞으로도 계속 친구야☆ 미카."

"노리코."

어두운 밤의 숲이 단번에 되살아난다. 벌레 소리도.

나는 쭈그려 앉은 그 아이에게 가지 않았던가.

혼자서 샘에 남겠다고 우기던 미카가 걱정되어 혼자 두면 안 되겠다는 마음이 들어서 돌아가지 않았던가.

"노리코, 나……."

목소리가 터져 나온다. 들었다. 그 후에 미카에게 들었다.

"*노리코를 친구라고 생각해도 돼? 기슭에 있는 친구라고.*"

나는 어떻게 답했을까. 분명 "친구야"라고 답했으리라. 물론이라고.

하지만 잊고 있었다.

6학년 여름에 노리코는 미카를 만나지 못했다. 그녀는 배움터 합숙을 도와주러 오지 않았다. 올해도 당연히 만날 수 있으리라고만 생각했는데 실망했던 것을 기억한다. 그렇기에 미카로부터 메시지는 받지 못했을 터였다.

하지만 뜻밖에도 6학년 때의 명부에는 많은 메시지가 적혀 있었다. 이것이 마지막 참가라는 것을 알고 있었기에 아이들임에도 마음이 고양되어 감정적으로 변해 있었을지도 모른다.

다만 그 대부분이 합숙에서 함께 지냈던 다른 장소에서 온 기슭의 아이들 것이었다. 유이의 이름도 있고, 아사미의 이름도 있었다.

하지만 그중 하나, 주변 여자아이들의 떠들썩한 느낌의 메시지와는 분위기가 다른 한 문장이 있었다. 오른쪽 위의 구석 쪽에 작은 글씨로 이렇게 적혀 있었다.

"다시 와주세요. 오키무라 시게루."

시게루. 메시지를 남겨준 것을 완전히 잊고 있었다.

잊지 마.

계속 친구야.

다시 와주세요.

그 말에 다른 목소리가 겹쳐진다. 그것은 어두운 상업 빌딩의 엘리베이터에서 들은 목소리였다.

계속 내버려둔 주제에.

창밖의 하늘이 어느샌가 어두웠다.

"어머. 갑자기 비가 오네. 여보, 좀 도와줘!"

마당에서 어머니의 목소리가 들렸다. 세탁물을 걷는 중이었다. 이럴 때, 어머니는 귀성해 있는 딸이 아니라 어느샌가 아버지를 부르게 되었다. 어머니에게 있어서 자신은 먼 가족이 되어버렸다고 실감했다.

타닥타닥, 비가 창문을 두드리는 소리를 들으면서 노리코는 문득 무방비한 상태로 잠든 아이코의 뺨을 만졌다. 노리코의 손가락 형태로 아이코의 부드러운 뺨이 폭 들어갔다. 일어날 기색은 전혀 없었다.

노리코는 몸을 일으켰다. 소나기로 뒤덮인 하늘 아래에서 세탁물을 걷는 어머니를 돕기 위해 마당으로 나섰다.

◗●●

그 전화가 걸려온 것은 연휴가 끝난 직후로, 지바에서 돌아와서 사무소에 출근한 날의 오후였다.

"곤도 선생님께 전화 왔습니다. 기쿠치 씨라는 분에게서요."

사무원인 마키노가 연결해주어서 전화를 받았다. 지금 담당하는 업무에서는 들은 적이 없는 이름이었다.

"전화 바꿨습니다. 곤도입니다."

"아, 안녕하세요. 갑자기 전화해서 죄송합니다. 저는 기쿠치라고 합니다."

"네, 안녕하세요."

"요시즈미 다카노부 씨에게서 연락처를 받고 전화를 드렸습니다. 미래 학교에 대해 저라도 좋으면 이야기해드리려고요."

"아" 하고 갈라진 기침이 나왔다. 주눅 들지 않는 시원시원한 말투로 말하는 남성이었다. 노리코가 다카노부에게 들은 미래 학교의 피해자 단체 관계자라는 사실을 단번에 깨달았다.

그가 계속해서 말했다.

"다카노부 씨는 제 연락처를 본인이 곤도 선생님께 전한 다고 하셨지만, 휴대전화가 아니라 사무소라면 괜찮지 않을까 싶어서 제가 전화를 걸고 말았습니다. 죄송합니다."

"아닙니다. 덕분에 살았습니다. 다카노부 씨를 번거롭게 해드리지 않아도 되어서요."

곤도 선생님, 사무소. 자연스러운 말투로 그런 단어가 막힘없이 나오는 것을 보니 지금까지도 변호사나 그와 비슷한 직업의 인간을 많이 접한 사람이라는 점이 느껴졌다.

다카노부는 고령이다. 전화할 때도 보청기가 필요하다. 기쿠치라고 자신을 소개한 이 남성은 그런 사정을 알고서 직접 전화를 건 것처럼도 여겨졌다.

"연락해주셔서 감사합니다. 다카노부 씨에게서 자세한 설명을 들으셨는지요?"

"대략적인 부분은요. 따님과 손녀분을 걱정하고 계신다고 들었습니다."

"네."

"이미 들으셨을지도 모르지만, 다카노부 씨에게는 꽤 오래전에 제가 연락을 한번 드린 적이 있습니다. 따님과 손녀분의 행방을 찾으러 몇 번인가 시즈오카의 배움터를 찾아가신적이 있는 것 같아서요."

"네. 그런 듯하더군요."

그는 미래 학교에 관해 책을 몇 권인가 쓴 사람이라고 했다. 얼마 전 인터넷 서점에서 노리코가 구입한 책 중에도 있을까. 이야기하며 책상 위의 선반에 기대어 세워 놓은 채인 각각의 책으로 손을 뻗었다.

그러다가 생각지도 못한 것을 그가 말했다.

"다카노부 씨의 손녀분인 가오리 씨는 제가 옛날에 만난 적이 있습니다."

"네?"

너무 놀라서 수화기를 떨어뜨릴 뻔했다. "만났다고요?"라고 되묻자, 그가 확실히 "네"라고 답했다.

"저는 기쿠치 겐이라고 합니다."

그가 이름을 말한 순간, 손을 뻗으려던 책상 위의 책의 저자의 이름이 눈에 들어왔다. 기쿠치 겐.

마음 깊은 곳에서 뭔가가 움직이는 감각이 들었다.

명료하고 시원시원한 말투. 주눅 들지 않는 성격…….

설마 싶었다. 우연이라고 생각하고 싶었다. 전화 건너편에서 또다시 목소리가 들렸다.

"20대부터 30대에 걸쳐서 10년 가까이 미래 학교의 시즈오카 배움터에서 교사를 했었습니다."

'겐 선생님'이라는 호칭이 가슴에서 튀어나왔다.

《빼앗긴 배움—'미래 학교'의 한계》

그것이 기쿠치 겐의 책 제목이었다.

안내받은 조립식 건물은 교실인 듯했다.

책상과 의자가 균등한 간격으로 총 30개 가까이 놓여 있고 뒤에는 사물함이 있었다. 학교 교실과 다른 점은 바닥에 얇은 양탄자를 깔아둔 점과 방 앞쪽에 있는 것이 칠판이 아니라 화이트보드라는 점 정도일까. 학생의 모습은 없지만, 벽에 붙은 구구단이나 알파벳 표를 통해 어쩐지 모르게 아이의 기척이 느껴졌다. 직접 꾸민 학원 같은 분위기였다.

"오래 기다리셨습니다."

손에 대량의 책과 파일 같은 것을 안고 그가 나타났다. 그 목소리에 노리코와 요시즈미 부부가 고개를 들었다.

기쿠치가 말했다.

"먼 곳까지 찾아와주셔서 감사합니다."

이바라키 현 가사마 시. 그곳이 현재 기쿠치 겐이 사는 장소였다. 일이 있기에 바로는 도쿄에 갈 수 없다고 말한 기쿠치에게 자신들이 만나러 가겠다고 말했다. 처음에는 노리코 혼자 이야기를 들으러 가도 상관없다고 생각했지만, 다 같이 모여서 가기로 정한 이유는 역시 기쿠치가 가오리를 만난 적이 있다고 입에 담았기 때문이다.

요시즈미 부부와 함께 도쿄 역에서 급행 기차를 타고 인근 역에서 내려 택시로 방문한 기쿠치 겐의 자택은 조용한 주택지 안에 있었다. 처음 방문하는 장소지만 기시감이 들었다. 작은 공터에 강아지풀이 자란 좁은 길. 얼마 전에 귀성했던 노리코의 고향 집 근처와 경치나 분위기가 상당히 닮았다. 주택가지만 바로 옆에는 밭과 숲이 있는 듯했다.

들어온 기쿠치가 안고 있던 책과 파일을 내려놓고는 책상을 두 개 붙여서 서로 마주보고 앉을 수 있게 하자 초등학교의 급식 시간이나 뭔가를 위해 조를 짠 것처럼 보였다.

"앉으시죠"라고 말하기에 네 명이 앉았다. 고민했지만 노리코는 요시즈미 부부와 마주 앉는 형태로 기쿠치 옆에 앉았다.

"학원 비슷한 걸 하시나 보죠?"

쭈뼛쭈뼛 입을 연 것은 요시즈미 부부의 아내 기요코였다. 진귀한 것을 보듯 방 안을 둘러보았다.

방의 벽에는 구구단과 알파벳 표 외에 아이의 명부 같은 것도 붙어 있었다. 기요코의 질문을 듣고 기쿠치의 안경 안쪽의 눈이 누그러졌다.

"네, 평범한 학원입니다."

'평범한'이라는 단어에 깜짝 놀랐다. 요시즈미 부부도 똑같이 느낀 듯했다. 기쿠치는 지극히 태연한 말투로 말을 이었다.

"학교에서 배우는 것과 같은 내용을 저 나름의 방식으로 가르치고 있습니다. 문답을 하지도 않고, 특별한 사상을 주입할 의도도 전혀 없는 평범한 학원입니다."

"기쿠치 씨는 이전에 미래 학교에서 교사를 하셨다고 하셨죠?"

갑자기 핵심을 건드리는 것에 대해 주저하면서 노리코가 물었다.

말하면서 다시금 옆에 있는 남성의 얼굴을 바라보았다.

흰머리가 뒤섞인 가느다란 머리카락, 검은 테 안경, 입은 폴로셔츠는 조금 낡아 보이지만 브랜드 마크가 새겨진 요즘 디자인이었고, 체형 또한 이 나이대의 남성치고는 마르고 단단한 인상이었다.

겉보기에는 50대 후반으로 보인다. 혹시라도 60대일 가능성도 있지만 실제 나이보다 젊은 외견일지도 모른다.

얼굴을 본 순간, 그 무렵의 겐 선생님의 면모가 확실히 있다고 생각했다. 하지만 다음 순간, 그것은 자신이 그렇게 생각하고 보았기에 그렇게 느끼는 것 아닐까 싶기도 했다. 알 수 없었다.

눈은 분명 닮은 듯했다. 체형도 이런 식으로 말랐었다. 하지만 지금 떠오르는 겐 선생님은 세련된 안경을 쓴 초록반의 선생님으로, 화려한 녹색 셔츠를 입고 있었다는 점 정도다. 그중에서도 셔츠 색의 기억이 너무 선명해서 녹색 옷만 입히면 눈앞의 이 사람과 기억 속의 겐 선생님이 겹쳐 보일 것 같기도 하고 그렇지 않을 것 같기도 했다.

노리코의 질문에 기쿠치가 답했다.

"네. 처음에는 배움터 안에서 생활하지는 않고 직장의 여름방학 같은 장기 휴가를 이용하는 형태로 교사로서 다녔고, 얼마 후 직장을 그만두고 안으로 들어갔습니다."

'안으로'라는 말이 어딘지 상징적인 의미를 품고 울려 퍼졌다.

"배움터에서 살았던 건 3년 정도입니다. 그때 요시즈미 가오리 씨를 만났습니다. 초등학교 고학년 정도였습니다."

"그때 야스미, 가오리의 엄마는 보지 못하셨나요?"

"시즈오카의 배움터에는 있지 않았다고 생각합니다."

기요코의 질문에 기쿠치가 명료한 말투로 답했다.

"아실 테지만, 미래 학교에서는 부모와 자식이 따로따로 생활합니다. 제가 들어갔을 때도 아이들의 부모는 시즈오카가 아닌 다른 곳에 있는 배움터에서 생활하는 경우가 많았죠. 그중에서도 홋카이도의 배움터는 언젠가는 본거지인 시즈오카 정도의 크기로 키우고자 사람을 늘려서 개발하던 참이었습니다. 야스미 씨도 홋카이도의 멤버였을 겁니다."

"홋카이도……."

기요코가 중얼거렸다.

"가오리 양은 어른스럽고 조용한 아이였습니다."

기쿠치의 말에 요시즈미 부부가 확 고개를 들었다. 둘 다 매달리듯이 기쿠치를 바라보았다. 기요코의 눈에 눈물이 맺했다.

"상냥한 아이였습니다. 적어도 제가 배움터를 나올 때까지는 그곳에서 건강히 지냈습니다."

"그런가요……"

기요코가 눈가를 눌렀다. 남편인 다카노부는 옆에서 계속 가만히 있었지만, 고개를 숙인 그는 눈물이 흘러나오는 것을 참고 있는 것처럼도 보였다.

"기쿠치 씨가 배움터에서 나올 때, 가오리 씨는 몇 살이었나요?"

물은 것은 노리코였다. 확인해두어야만 했다. 발견된 백골 시체의 추정 연령은 대략 9세부터 12세. 초등학교 4학년에서 6학년 사이일 가능성이 크다고 여겨지고 있었다.

기쿠치가 답했다.

"제 기억이 잘못되지 않았다면 중등부에 들어가 있었습니다. 저는 초등부 교사였지만, 제가 나올 때 적어도 제가 담당하지는 않았습니다."

"아아……"

기요코의 입에서 소리가 새어 나왔다. 그대로 참을 수 없는 듯 입가를 가리고 고개를 숙였다. 반대로 그때까지 고개를 숙이고 있던 다카노부 쪽이 얼굴을 들었다.

"중학생이 되어 있었나요?"

"네. 만약 아니라면 죄송합니다만."

요시즈미 부부의 모습을 보고 기쿠치가 애달픈 표정으로 얼굴을 찡그렸다. "조금 더 빨리"라고 중얼거렸다.

"조금 더 빨리 전해드릴 기회가 있었다면 좋았을 텐데, 죄송합니다."

"아니요, 아닙니다! 저희가 나빴습니다."

고개를 숙인 채 가슴을 누르고 있던 기요코가 강한 말투로 말했다.

"조금 더 빨리 기쿠치 씨와 이야기를 나눴다면. 전에 연락을 주셨을 때 제대로 말씀을 나누지 않은 저희가……."

그 뒤는 말이 나오지 않는 듯 오열이 터져 나왔다. 지금까지 계속 잔잔했던 둘의 감정이 단번에 둑이 터진 것처럼 흘러나오는 듯했다.

"선생님."

다카노부가 말했다. '선생님'이라는 말에 노리코가 다카노부를 바라봄과 동시에 기쿠치도 다카노부에게 눈길을 향했다. 그도 미래 학교와 지금의 학원에서 오랜 기간 '선생님'을 하고 있기에 그 호칭에 반응한 것이리라. 하지만 다카노부가 바라본 것은 노리코 쪽이었다.

"가오리가 중학생이 되어 있었다는 말은 그 백골 시체는 저희 손녀는 아니라고 봐야 한다는 것일까요?"

"아직 단정할 수는 없습니다. 시체의 추정 연령이 초등학교 6학년까지라는 건 어디까지나 추측이니까요."

작은 체구의 중학생일 가능성 또한 완전히 지워버릴 수 없다고 노리코는 생각했다. 기대로 가득 찬 눈으로 이쪽을 바라보는 다카노부에게 그렇게 말하기가 괴로웠다.

"다만 가능성은 꽤 낮아졌다고 봐도 좋겠네요. 기쿠치 씨, 가오리 씨의 체격은 좋은 편이었나요? 키가 어느 정도였는지 기억나시는지요?"

"죄송합니다만 확실히는 잘 모르겠습니다. 다만 기억나지 않는 걸 보면 특별히 키가 크거나 작지는 않았던 것 아닐까 싶습니다만……."

기쿠치가 고개를 저었다.

"도움이 되지 못해서 죄송합니다."

"아니요. 당치도 않습니다."

이번에는 다카노부가 말했다. 기쿠치를 바라보았다.

"처음입니다. 그 안에 들어간 후의 가오리 이야기를 듣는 건. 지금까지는 아무도 그 무렵의 가오리 이야기를 들려주지 않았고, 저희와 만나려고도 하지 않았어요. 그러니까 더는 평생 아무 소식도 알지 못한 채로 지내게 되는 건 아닐까 각오하고 있었습니다."

다카노부가 눈을 가늘게 뜨고 불분명한 소리로 "으" 하고 신음 소리를 냈다. 기쿠치가 고개를 숙였다.

"감사합니다."

"아니요. 저희야말로 감사합니다."

남편 옆에서 기요코도 다시 고개를 숙였다. 기쿠치가 미소 지었다.

"조금이라도 그렇게 말씀해주셔서 다행입니다. 아, 차도 대접하지 않고 실례했습니다. 잠시만 기다려주세요. 안채에서 가지고 오겠습니다."

기쿠치가 일어나서 조립식 건물을 나갔다. 그 직후, 다카노부와 기요코가 보다 안도한 표정으로 노리코를 보았다.

"선생님께도 감사드립니다. 선생님이 말씀해주시지 않았다면 저희는 기쿠치 씨를 떠올리지 못했을 겁니다. 제안해주셔서 감사합니다."

"아니요. 저는 아무것도."

노리코는 진심으로 고개를 저었다. 그리고 기쿠치가 실제로 중학생이 된 가오리와 만난 적이 있다고는 해도, 현재 가오리가 어디에 있는지는 알지 못하는 채다. 발견된 시체가 가오리가 아니라고 단정할 수도 없다. 하지만 평온한 표정으로 얼굴을 마주보는 요시즈미 부부를 바라보니, 그 이상은 아무 말도 할 수 없었다.

"오래 기다리셨습니다."

기쿠치가 돌아왔다. 한 손에는 전기 포트를, 다른 손에는 찻주전자와 잔이 놓인 쟁반을 들고 있었다. 포트를 조금 떨어진 책상 위에 놓고 찻주전자에 찻잎을 넣은 후에 뜨거운 물을 부었다. 노리코가 물었다.

"이 학원은 기쿠치 씨가 혼자서 운영하시는 건가요?"

부부가 함께 운영하거나 어시스턴트나 사무원이 있다면 차는 누군가 다른 사람이 내어줄 수도 있지 않았을까 생각한 것이다. 그가 끄덕였다.

"네. 기본적으로는 저 한 명입니다. 가끔 제자 중에 근처의 국립대학에 간 아이가 여름방학이나 뭐 그런 일로 돌아왔을 때 도와주는 일도 있긴 하지만요. 학원에 들어오길 희망하는 부모가 학생 수를 늘려달라고 요청하는 일도 자주 있지만, 학생 수가 너무 많아지면 지금의 질을 유지할 수 없기에 학원의 형태를 바꿀 생각은 없습니다. 선생님은 도쿄대학을 나오셨나요?"

"네?"

갑자기 그런 질문을 던지기에 놀라서 반응이 늦었다. 당황하면서 "아닌데요"라고 답하자, 기쿠치가 노리코와 요시즈미 부부 앞에 찻잔을 놓으며 "그런가요" 하고 끄덕였다.

"아니, 작년에 제가 가르친 아이 중에 도쿄대학에 합격한 아이가 있기에 선생님도 혹시 그곳 출신은 아닐까 여쭤본 것뿐입니다. 그 아이처럼 우수한 아이가 학원을 도와주면 크게 도움이 되지만, 제 제자들은 다들 먼 곳의 대학에 진학하니까 좀처럼 시간을 내기 어려운 듯합니다."

"우수한 아이들이 다니는 거군요."

"그렇답니다. 제가 가르치는 기술 탓이 아닙니다. 애초에 우수한 아이들이 모이는 거예요. 우연입니다. 보호자들의 좋은 평가 덕에 학생들을 받고 있을 뿐인 개인 학원이에요. 감사한 일이죠."

기쿠치가 노리코의 눈을 바라보며 미소 지었다. 그것에 애매하게 답하는 미소가 가짜 웃음처럼 보이지 않으면 좋겠다고 생각했다. 대접받은 차에서 김이 올랐다. 잘 마시겠다고 말하고 찻잔에 손을 뻗으면서 노리코는 '그런 노골적인 이야기를 꺼내다니' 하고 생각했다.

마음이 선을 그으려고 했다. 지금 이야기를 기쿠치의 노골적인 자기 자랑이라고 받아들이는 것은 좀 지나친 생각이라고 스스로를 타일렀다. 기쿠치 겐에 대해 그런 식으로 생각하고 싶지 않았다.

그 '겐 선생님'이라고 한다면 더더욱 그렇다.

기쿠치가 만약 노리코가 아는 그라고 하더라도 자신에 대해서는 결코 기억하지 못하리라. 아이들은 매우 많았다. 노리코는 겐 선생님을 좋아했고, 그가 해주는 말, 외톨이가 될 것 같았던 아이에게 건네주던 말을 똑똑히 기억했다. 하지만 합숙은 매년 있고, 첫해의 초록반 이후, 노리코가 그의 반이 된 적은 없었다. 겐 선생님이 그해 이후에도 합숙에 참여했는지 어떤지도 기억이 애매했다.

"미래 학교에도 문의하셨다고 하셨죠? 그쪽 창구는 다나카 씨인가요?"

갑자기 기쿠치가 물었다. 다나카의 이름이 나와서 노리코는 끄덕였다.

"맞습니다."

"역시 그렇군요. 그녀, 만만치 않죠? 전혀 이쪽 이야기를 들으려고 하지 않으니."

"네."

새삼 이 사람은 정말로 미래 학교의 현재 상태에 대해서도 계속 조사하고 있고 계속 싸우고 있는 사람이라고 알게 되었다.

"다나카 씨도 기쿠치 씨가 미래 학교에서 가르쳤던 아이였나요?"

'제자였나요?'라고 물을 뻔했지만, 그 말을 써도 될지 알 수 없어서 이렇게 물었다. 기쿠치가 고개를 저었다.

"아니요. 그녀는 미래 학교 부인회 회장인데, 생수 문제로 시즈오카 본부가 공중 분해된 후에 홋카이도 지부에서 온 사람이에요. 어렸을 때는 시즈오카에 있던 적도 있었던 것 같지만, 시즈오카 중등부에는 진학하지 않고 홋카이도에서 지냈다고 합니다. 생수 사건을 경계로 많은 사람이 미래 학교를 떠난 후, 아직 30대일 때 부인회 임원으로 발탁되어 이후 도쿄 사무국에서 홍보 창구를 이끌어가게 되었죠."

"그런가요. 홋카이도에서 왔군요."

"네. 그쪽에 자신의 아이도 놔두고 말이죠."

기쿠치의 뭔가 함축된 말에 노리코도 시선을 들었다. 기쿠치가 어깨를 움츠렸다.

"샘을 잃고, 제가 전에 있었던 때와 같은 규모의 배움터는 이제 없지만, 현재 배움터의 거점은 홋카이도입니다. 산촌 합숙이라는 말로 아이와 부모가 떨어져서 생활하는 건 마찬가지지만요. 도쿄 사무국에 있는 멤버의 아이 중 상당수가 지금도 홋카이도에서 교육에 관해 연구한다는 명목하에 공동생활하고 있습니다."

"……그렇군요."

어두운 회의실에서 마주했던 다나카의 얼굴이 떠올랐다. 말을 붙일 여지조차 없다고 느꼈을 때에는 그저 사무국의 인간으로밖에 생각되지 않았던 것이, 누군가의 부모이자 가족이 있다고 생각하자 인식이 달라진다. 반사적으로 자신의 딸인 아이코가 떠올랐다. 미래 학교에는 유치부가 있다. 아이코와 떨어져서 살아가는 것은 노리코로서는 전혀 상상할 수 없지만, 지금도 어딘가에서 부모의 의사에 의해 뿔뿔이 흩어져 살아가는 아이들이 있다고 생각하니 엉뚱한 감상일지도 모르지만 가슴이 아팠다.

"늦었지만 기쿠치 씨가 쓰신 책을 찾아서 읽었습니다."

그렇게 말한 것은 기요코였다.

"미래 학교가 하는 일에서 한계를 느끼셨다고요?"

"네. 그래도 지금 생각하면 한계라는 표현은 옳지 않았던 것 같아요. 미래 학교가 행하는 일은 한계는커녕, 그 근본부터 잘못되어 있었어요. 아이들만으로 생활하면 자주성은 익힐 수 있을지 모르죠. 하지만 그만큼 잃어버리는 것도 분명 있습니다. 예를 들어 미래 학교에는 고등부가 있어요. 고등부에서도 어른들과의 문답을 통해 이상적인 사회에 대해 생각하며 공부하지만, 미래 학교를 한 발 나서면 그건 학력이 되지 못하죠. 미래 학교가 공적으로는 학교로서 인정받지 못하기에 바깥으로 내보내진 아이들의 학력은 결과적으로 중졸이 됩니다."

기쿠치의 말에 요시즈미 부부가 말없이 몇 번이고 끄덕였다. 기쿠치가 괴로운 듯 눈썹을 찌푸렸다.

"그렇게 내보내진 아이들의 그 후는 누가 책임을 진단 말입니까."

노리코는 잠자코 기쿠치의 얼굴을 바라보았다. 요시즈미 부부를 보는 그 옆모습이 조금 전보다 다소 열기를 띤 듯 느껴졌다.

기쿠치의 책은 노리코도 읽었다. 《빼앗긴 배움 — '미래 학교'의 한계》.

그가 말을 이었다.

"미래 학교가 아무리 멋진 말로 대의를 말하더라도 그 안에 있는 아이들의 환경은 그 아이들이 아니라 부모의 의사에 의해 선택된 겁니다. 그곳에서 자라겠다고 그들이 선택

한 게 아니죠. 고등부를 나올 때가 되면 미래 학교에서는 일
단 아이들의 의사를 묻습니다. 이대로 이곳에 남아서 미래
학교의 교사든 사무원이든 내부의 어른이 될 것인지, 아니
면 나갈 것인지. 하지만 그때는 이미 그들은 나가고 싶어도
나갈 수 없습니다. 바깥으로 나가는 걸 선택하면 의무교육
이상의 학력도, 바깥 세계에서의 기본이 되는 상식도 없는
상태로 내쫓기는 셈이 되니까요. 아이들만 생활하며 아무리
사고력과 자립심을 몸에 익혔다고 해도, 그것은 사회에서
살릴 수 없고 결국 미래 학교 안에서 묵혀질 뿐입니다. 그런
교육에 무슨 의미가 있는지, 저는 도중에 의문을 품게 되었
습니다."

단번에 말한 후에 기쿠치가 노기를 품은 한숨을 내쉬었다.
"거기다가"라며 고개를 저었다.

"제 그 의문에 진지하게 마주하고, 이 모순을 의논하고 해
결하려는 사람들이 그곳에는 없었습니다. 당신은 젊으니까,
하고 말하고 끝이었죠. 제가 들어갔을 때, 미래 학교는 이미
너무 커진 상태였어요. 처음에 자신들이 어떤 이념을 품고
이곳에 왔는지조차도 잊어버리고, 깊은 고찰도 없이 그 장
소를 지속하기 위해서만 모여 있는 것으로 보였습니다."

"기쿠치 씨는 원래는 중학교 교사셨다고 책에서 읽었습니
다."

노리코가 말했다. 기쿠치가 일단 말을 멈추고 끄덕였다.

"네. 공립중학교의 교사를 했습니다. '학교'라는 장소에서 일하면서, 하지만 개인의 힘으로는 어떻게 해도 극복할 수 없는 벽을 느꼈어요. 당시의 문부성 교육 방침이나 교육 목표로는 실제로 아이들에게 필요한 힘을 익힐 수 없는 것 아닐까. 학교의 이 방식으로는 안 되는 것 아닐까. 몇 번이고 자문하는 와중에 미래 학교에 대해 알게 되었습니다."

기쿠치가 차를 한 모금 마신 후에 말했다.

"처음에는 미래 학교를 획기적이라고 생각하고 감동했습니다. 위에서 밀어붙이는 형태의 학교 교육과는 완전히 다르다. 학습 능력이 뛰어난 아이의 성적에 의지하여 평균점을 높이려는 것에 온 신경을 쏟을 필요도 없고, 공부를 못한다고 여겨지는 아이도 결코 포기하지 않는다. 누구 한 명이 뛰어난 게 아니라 모두가 함께 잘할 수 있게 되고 모두 함께 커나간다. 처음에 이념을 들었을 때는 넋을 잃었습니다."

넋을 잃었다는 기쿠치의 말을 듣기 전에 노리코의 머리 한가운데가 넋을 잃고 말았다. 마음에 되살아나는 말이 있었다.

그것은 "단 한 명도 포기하지 않는다"는 말이다.

과거에 들은 적 있는 말. 노리코가 미래 학교를 좋아한다고 느끼게 된 계기가 된 말.

'역시 이 사람은'이라는 생각에 기쿠치를 바라보았다.

"더욱이 그 이념은 누구 한 명의 가르침이 아니라, 진지한

5장 여름의 외침 365

논의를 거치면서 여러 어른들에 의해 생겨난 것이라고 들었습니다. 즉, 어른들 안에도 서열이 없다. 모두가 평등하게 진지한 교육을 생각할 수 있는 환경이라고 생각했기에 저는 그곳을 돕고자 최종적으로는 그 안에도 들어갔습니다."

직업으로서 중학교에서 학생을 가르치면서, 여름방학 중에도 미래 학교에서 교사 일을 했다.

기억 속의 겐 선생님에게 그 사실을 끼워 맞춰서 생각해 보았다. '그'는 분명 성실한 사람이었다.

"도움이 될 수 있으리라 생각한 거죠. 미래 학교를 창립한 어른 중에는 저처럼 기존의 교육 시스템에 의문을 느낀 전직 교사들도 있었지만, 그들이 아는 교육은 낡았습니다. 현장에서 지금 무슨 일이 벌어지고 있는지를 아는 저 같은 젊은 교사가 들어간다면 조금 더 깊은 논의를 할 수 있으리라 믿었지만, 현실은 달랐습니다."

"……교사라는 안정된 직업을 포기하면서까지 미래 학교에 들어가기에는 용기가 필요하지 않았나요?"

다카노부가 조심스럽게 끼어들었다.

"분명 주변에서 다들 걱정했을 텐데요."

"네. 부모님에게도 안정된 길을 버리고 왜 그런 쓸데없는 짓을 하느냐고 들었습니다."

"부모님은 기쿠치 씨의 미래를 생각했겠죠."

기요코가 말했다. 아까 눈물을 흘린 탓인지 아직 눈이 촉촉했다.

"실례지만 제가 부모여도 막았을 거예요. 실제로 야스미에게도 그렇게 말했으니까요."

"다만 저는 말이죠. 저를 막은 부모님이 옳았다고는 생각지 않습니다. 결과적으로 저는 미래 학교를 그만두게 되었지만, 그 당시 제 부모님이 저를 막는 방법은 무조건적이었고 딱히 이유가 없었거든요. 자신들의 의사로 아들을 옭아매려는 것뿐이었습니다."

눈앞의 대화를 노리코는 조마조마한 마음으로 들었다. 하지만 요시즈미 부부는 어디까지나 기쿠치의 가족에 관한 이야기로서 귀를 기울였고, 자신들에게 그 말을 적용하지는 못하는 듯했다. 그저 가만히 고개를 끄덕일 뿐이었다. 기쿠치 쪽도 요시즈미 부부에게서 곧장 시선을 돌렸다.

"미래 학교에 서열은 없습니다. 하지만 그것은 어디까지나 표면적으로 그렇다는 말이죠. 그 조직에서는 여성의 힘이 셉니다."

"여성요?"

순간적으로 노리코의 입에서 목소리가 나왔다. 기쿠치가 끄덕였다.

"지금도 그 안에서 다나카 씨처럼 부인회 입장이 강한 것도 그 탓입니다."

기쿠치의 입가가 조소하듯 일그러졌다.

"미래 학교는 아이의 교육과 영양, 샘물이나 숲 같은 자연환경에 대해 생각하는 단체입니다. 단체에 새롭게 들어오는 건 유복한 가정의 전업주부 같은 사람이 많았습니다."

자신이 태어나 자란 시대에 대해 생각해본다. 과거, 미래 학교가 만들어질 무렵에는 분명 여성은 가정에서 전업주부로 지내는 경우가 많은 시대였다. 노리코의 어머니는 직업이 있었지만, 그것이 동급생 사이에서도 드문 일이었다는 것을 어렴풋이 기억한다. 교사나 간호사가 아닌 이상, 나머지는 다들 가업인 농사일을 돕거나 시간제로 일했을 뿐, 정사원으로서 일하는 모친은 적었다.

유복한 가정이라는 단어도 기억을 자극했다. 노리코를 합숙으로 초대한 유이의 부친은 분명 부동산 관련된 큰 회사를 경영했다. 유이의 어머니도 전업주부였다.

"아이의 교육에 힘을 쏟는 건 다음의 세 가지 요소가 꼭 필요합니다."

기쿠치가 말했다. 노래하듯 낭랑하게 계속했다.

"돈이 있을 것, 시간적 여유가 있을 것, 열의가 있을 것. 그런 여성이 미래 학교라는 존재를 알았다고 칩시다. 남편은 일이 바빠서 가정에 소홀하니까 가족을 지키는 아내가 우선 이상에 심취하게 됩니다. 더욱이 아이나 사회를 위해 뭔가 할 수 있는 건 없을까 생각하는 그런 여성들은 학력이 높거나 성실한 사람이 많죠. 그 성실함이 성가신 거지만요."

동경하던 그 여름의 '선생님'들을 떠올린다. 우리 어머니와는 전혀 다르다고 생각했던 멋진 어머니들도. 유이의 어머니도, 아미의 어머니도, 학력이 높고 영어를 할 수 있었다. 자신의 언어로 당당히 잘못된 것을 잘못되었다고 말하고, 분명 모두가 어떤 이상을 품고 있는 것처럼 보였다.

"대학도 도쿄의 거기 나왔잖아"라고 노리코의 할아버지가 말하던 유이의 어머니. 대학까지 가긴 했지만 그런 여성들은 고향으로 돌아와 많은 경우 누군가의 어머니로서 전업주부가 되었다. 노리코가 어렸을 때는 그런 시대였을지도 모른다.

기쿠치가 또 한숨을 깊게 내쉬었다.

"여성 중심의 단체라는 점이 뭔가 나쁘다고 하는 게 아닙니다. 다만 그녀들의 결속 방법이라고 할까, 그 장소를 유지하는 데만 필사적이어서 새로운 사고방식에 반발하는 느낌이 제게는 맞지 않았어요. 몇 번이고 의견이 충돌했습니다."

"그렇군요."

기쿠치의 책에도 적혀 있는 내용이었다. 여성이 어떻고 남성이 어떻고 하는 식으로 적혀 있지는 않았지만, 이념이 아무리 고귀하다고 해도 운영하는 사람들은 결국 자신의 작은 입장을 고집한다는 점, 세세한 것과 관련한 다툼이 끊이지 않았고 항상 하나로 뭉치지는 않았다는 점, 논의할 수 있는 환경이 아니었다는 점. 그렇게 그곳을 운영하는 그들이 특수한 환경 안에서 '선생님'이라고 불리는 것에 대한 위화감에 대해 적혀 있었다. 그들은 교육자라고 부를 만한 존재가 아니었다는 문장도 있었다.

실제로 어땠는지는 알 수 없다. 기쿠치의 이야기를 들으면서 혹시라도 그 또한 기쿠치의 주장에 불과하지 않은가 생각했다. 자신이 단체의 중심이 되지 못했다는 원한 섞인 불평처럼 들리는 부분도 있었다.

그리고 떠오르는 기억이 있다.

자신이 잘못 본 것일지도 모른다고 생각하면서도, 머릿속을 떠나지 않았던 하나의 장면.

의견이 충돌해서 서로 마음이 맞지 않는다고 막연히 느끼던 여자 선생님에게 겐 선생님이 '사치코 씨'라고 불렀다. 겐 선생님이 잡은 팔을 사치코 선생님은 떼어 냈고, 겐 선생님이 그녀를 끌어안은 것처럼 보였던 그 한순간의 사건.

어른이 된 지금, 그 장면을 떠올리면 수많은 해석이 가능하다. 오래도록 노리코의 마음에서 그 장면이 사라지지 않았던 이유도, 그 충격의 크기도 지금이라면 잘 안다. 아이를 접하는 방법이 달라서 충돌한 것처럼 보였던 그 둘의 관계성은 사실 어땠을까.

'여성'이라고 지금 하나로 묶어서 입에 담는 겐 선생님은 그 단체 안에서 자신이 젊은 남성이기 때문에 오히려 이득을 본 점은 없었을까. 기억 속의 그는 아이인 노리코의 마음에도 세련된 인상의 사람이었다.

물어본들 그는 이미 기억 못할지도 모른다. 어린 노리코가 본 것도 그리 확실하지 않다. 하지만 그런 식으로 불현듯 상상하고 만다.

기쿠치와 충돌했다는 사람들은 분명 교사 자격증을 가진 교육자는 아니었다. 한편 기쿠치는 교사 자격증을 가진 교사로서 과거에는 현장에 서 있었다. 그럼에도 왜 자신의 말이 우선시되지 않았는지 하는 마음 또한 그의 안에 풀리지 않고 남아 있는 것처럼 보인다. 그것은 책을 읽었을 때부터 노리코가 느꼈었던 점이다. 그렇다고 하면 그는 기존의 학교 교육에 실망했을 터인데, 반대로 교육 현장에 있었다는 사실을 뭔가의 장점처럼 생각해버린 것이 아이러니하게도 느껴졌다.

이상에 불타던 겐 선생님.

적어도 노리코가 보았던 그 '겐 선생님'은 교육자로서, 어른으로서 존경할 만한 점이 많은 사람이었다. 하지만 그렇게 아이들에게 존경받는 그를 다른 선생님들이 탐탁지 않아 하는 기색도 분명히 있었다. '여성'이라고 기쿠치가 한 묶음으로 말하는 그녀들 또한, 결코 완전히 같은 사고방식으로 결집해 있었다고는 볼 수 없다. 그 말은 그들 또한 미래 학교에서의 교육에 대해 방향을 찾는 상태였다고 보아야 하지 않을까.

새로운 사고방식이라는 기쿠치의 말에서도 걸리는 점이 있었다. 새롭다. 하지만 그것은 기쿠치가 미래 학교에 있었던, 대략 30년 정도 전의 '새로움'이다. 젊은 교사였던 기쿠치의 '젊음'도 그곳에 머물러 있는 채일지도 모른다. 지금 기쿠치의 입에서 나오는 말이 아프게 다가왔다.

"실제로 여성 보호자들의 입소문이 퍼져 나갔기에 미래 학교가 그 정도로 커질 수 있었을 겁니다. 미래 학교가 여름에 외부 아이들을 상대로 합숙을 받았던 걸 아시나요?"

심장이 크게 뛰었다.

노리코는 최대한 태연한 태도를 유지한 채 기쿠치를 바라보았다. "네"라고 끄덕였다. 그저 그것뿐이었는데도 자신이 목을 움직이는 방법, 눈을 깜빡이는 방법까지 미묘하게 어색해져버린 것만 같았다.

기쿠치가 천천히 끄덕였다.

"일주일간 초등학생 아이들이 부모 곁을 떠나 합숙에 참가합니다. 미래 학교가 제창하는 이념을 합숙에서 시험 삼아 체험하게 하죠. 기슭, 미래 학교에서는 자신들이 숲이나 샘이 있는 장소에서 살아가는 것과 비교해서 마을을 '기슭'이라고 부르는데, 평소에는 기슭에서 사는 '기슭의 학생'이라고 불리는 보호자가 그곳에서 일시적으로 선생님이 되죠. 저처럼 학교 교육에 의문을 느끼던 진짜 교사도 있었지만, 대다수는 평범한 주부였던 사람들입니다."

알고 있다.

가슴 속에서 심장이 크게 박동하는 소리가 들렸다.

그곳에서 바깥 세계를 '기슭'이라고 부르는 것도, 평범한 주부였던 누군가의 어머니가 그곳에서 갑자기 '선생님'이 되는 것도.

지금 생각하면 그 무렵 생각했던 것 이상으로 그곳은 '학교'였던 것이다. 어른들 모두가 자신의 입장이나 사고방식이 있고, '선생님'을 하고 있었다.

"합숙을 온 아이들은 미래 학교의 이념 중 응축된 부분만을 체험하기에, 이른바 좋은 것만 접한 채 즐겁다고 생각하며 돌아가는 아이도 많았습니다. 부모도 여름의 추억 만들기 정도의 가벼운 마음으로 보냈겠죠. 고작 일주일이었으니까요. 그야 즐겁겠죠. 아이가 합숙에서 듣고 온 말들을 진심으로 받아들이고, 점점 미래 학교에 물들어버리는 가정도 많았습니다."

노리코는 입을 닫은 채 기쿠치의 말을 들었다. 마음속에서는 아니라고 중얼거리면서.

즐겁지 않았다.

즐거웠을지도 모르지만, 그뿐만은 아니었다. 돌아가고 싶었고, 매년 오는 아이들도 "겨우, 하루가 끝났네"라고 중얼거렸다. 잠을 자기 전에 들었던 그 말의 충격. 어른들이 말하는 '일주일뿐'이, 그 무렵의 자신들에게는 무척이나 긴 시간이었다는 것을 떠올린다.

하지만 노리코는 어른이 물으면 어째서인지 "즐거웠다"고 답하고 말았다. 아이들이 주고받았던 메시지에도 "즐거웠어", "또 만나자"라고 적고 만다. 그것은 아마도 그것 말고 다른 말을 알지 못해서이기 때문이리라. 노리코뿐만이 아니라, 다른 아이들도 다들 그랬다.

"실제로 이런 '기슭의 학생'인 주부들을 통해 미래 학교는 간부 강연회 같은 걸 꽤 큰 규모로 여기저기서 열 수 있게 되면서 회원 수도 늘었습니다. 입소문으로 인원을 모아서 아이들에게도 문답을 실천하게 하기도 하고요. 다만 아이러니하게도 생수 사고도 그런 식으로 주부 사이의 만남에서 일어나버린 겁니다."

기쿠치의 어조가 바뀌었다.

"합숙에 초대했던 기슭의 아이가 열이 난다는 이유로 친절한 마음으로 옆집에 물을 나눠줬고, 거기서 문제가 벌어지고 말았죠. 저는 이미 그때는 미래 학교에서 나온 후였지만, 언젠가 그런 일이 벌어질 거라는 걸 예상했습니다."

기쿠치가 강하게 고개를 저었다.

"무엇보다 그곳에는 절대적인 질서가 없습니다. 지키지 않으면 안 되는 규칙이나 금지사항은 많지만, 누가 무엇을 위해 만들었는지에 대해 소홀하게 여기는 분위기가 생겨나 있었죠. 그렇기에 가열 처리를 하지 않은 물을 페트병에 담아

판다는 믿을 수 없는 일도 일어나고 말았습니다. 그럴 만도 했습니다."

캄필로박터라는 세균이 원인인 것은 아닐까 하는 말이 돌던 생수 사고다. 사고에 대해 말하면서 기쿠치의 말투가 더욱 열기를 띠는 듯했다.

생수를 나눠준 주부는 처음에 물을 건넨 아이의 병세가 악화한 것은 물 탓이 아니라 그저 증상이 우연히 더 심해진 것뿐이라고 주장했다. 하지만 나중에 조사한 미가열한 다른 생수에서 캄필로박터균이 검출되었다. 가열하고 염소로 소독을 하면 사멸하는 그 세균은 과거 우물물에 의한 식중독의 원인이 된 적도 있는 것이었다.

"애초에 저는 샘물에 관해서만은 회의적이었습니다. 교육의 이념과 그것에 어울리는 환경을 찾은 건 이해가 가지만, 샘물이 이상하게 신성화되고 있었고, 그것 때문에 미래 학교가 언젠가 발목이 잡히지는 않을까 생각했습니다. 실제로 그렇게 되었고요."

"그곳에 있는 모두가 그 물에 고마워하던 게 아닌가요?"

다카노부가 말했다. 기쿠치가 끄덕였다.

"본래 아이들을 천연의 물로 가능하면 자연스러운 형태로 키운다는 사고방식이 있었습니다. 그래도 그것은 무농약의 신선한 채소를 먹이자는 수준의 생각이지, 딱히 그 물, 그 장소가 아니어도 상관없었을 겁니다. 그러던 게 점점 그 샘의 물만이 가치가 있다고 맹신하는 생각으로 바뀌어 간 겁니다. 저는 그 이유가 미래 학교 안에서 생활하고 싶지만 결심을 내릴 용기가 없었던 기슭의 사람들의 콤플렉스 탓이라고 생각하지만 말입니다."

기쿠치가 씁쓸한 표정을 지으며 웃었다.

"배움터에 들어가지 못했다는 뭔가 채워지지 않는 부분을, 적어도 원형에 가까운 형태의 물을 손에 넣음으로써 메꾸려고 한 것 아닐까. 실제로 샘 근처에서 살아보면 대단한 것도 없다고 깨닫고 끝날 일이었을 텐데 말이죠."

"……그렇겠네요."

노리코가 끄덕였다. 다시 가슴속이 희미하게 아팠다.

그로부터도 기쿠치의 말은 멈추지 않고 계속되었다. 미래 학교가 얼마나 폐쇄적이고 자신들의 이상을 수행하지 못한 채 본말전도가 되어버렸는지.

그것은 그대로 기쿠치 자신이 그곳에서 이상을 찾고, 하지만 배신당했던 반동에서 생겨난 분노처럼 들렸다. 기쿠치의 이상이 높고 기대에 차 있었다는 점을 알게 될수록 노리코는 안타까운 기분에 몇 번이고 휩싸였다.

"아이들이 가엾습니다."

기쿠치가 말했다.

"이상은 알겠어요. 미래 학교의 이상 그 자체에는 저는 지금도 공감하는 부분이 많습니다. 하지만 역시 격리해서는 안 됩니다. 아무리 자주성을 중시하고 스스로 생각하는 힘을 키우는 것에 중점을 둔 교육이라고 해도, 우리는 이 사회 안에서 살고 있습니다. 살아가야만 합니다. 그렇다면 제대로 사회와 공존할 방법을 배워야만 합니다. 사람들 사이에서 살아갈 힘을 길러야만 하죠. 이상만으로는 그것을 이룰 수 없습니다."

기쿠치의 눈이 먼 곳을 바라보듯 바뀌었다. 눈길이 학원 벽에 붙어 있는 구구단과 알파벳 표 쪽을 향해 있었다.

"그 아이들은 가엽게도 선택할 수 없었습니다. 미래 학교 밖에 모르니까 그곳에서 함께였던 상대와 결혼하고, 그곳만의 사회를 재생산하고 말죠. 자신의 힘으로 살아가고자 생각해도, 이미 그걸 빼앗긴 상태이기 때문입니다. 배움을 빼앗기는 건 너무나도 잔혹한 일입니다. 부모를 증오하고 싶어도, 그런 아이 중에는 부모가 미래 학교 활동을 하며 만나서 결혼하고 태어난 아이도 있죠. 그런 아이의 괴로움은 헤아릴 수 없습니다."

노리코는 기쿠치의 말에 깜짝 놀랐다.

부모가 미래 학교에서 만나고 결혼해서 낳은 아이. 분명 있다고 해도 이상하지 않다. 미래 학교가 없다면 애초에 존재하지 않았을지도 모르는 아이.

기쿠치의 말은 계속되었다.

"그런 아이는 성장하고 나서 미래 학교를 증오하고자 해도 그럴 수 없습니다. 그곳이 없었다면 부모가 만날 일도 없었고, 자신이 태어나는 일도 없었기 때문이죠. 그곳을 부정하는 건 자신의 존재를 부정하는 것과 같아지고 맙니다. 그 딜레마는 꽤 크지 않을까요? 자신의 자유를 뺏은 상대를 긍정해야만 하니까요."

"……아아."

기요코의 입에서 맞장구와도 같고 한숨과도 같은 소리가 흘러나왔다. 기쿠치가 요시즈미 부부의 얼굴을 바라보고 깊게 끄덕였다.

"저는 말이죠. 깨달았습니다. 그곳은 잘못되어 있다고."

기쿠치가 딱 잘라 말했다.

"아이들. 특히 어린아이들에게는 반드시 가정이 필요합니다. 아이들만이 생활함으로써 다소 자립심이나 사고력이 길러진다고 해도, 가장 자신을 봐주기를 바랄 때 부모가 아이로서는 알 수 없는 먼 이상에 빠져 있어서는 본말전도 아닌가요? 세계 평화에 관해서는 기도할 수 있더라도, 옆에 있는 아이의 행복을 기도할 수 없게 되어버리니까요."

"아시겠나요?" 기쿠치가 낮은 목소리로 물었다.

"다소 이기적이더라도 자신의 아이에 대해서만 생각하는 부모의 존재가 어떤 아이에게든 필요합니다. 아이와 부모를 떼어 놓아서는 안 됩니다. 그런 극단적인 생활을 하게 하지 않아도, 가정에서 아이들이 살아갈 힘이나 학력을 키울 방법 따위 얼마든지 있습니다."

"……그래서 이 학원을 시작하신 건가요?"

노리코가 묻자 기쿠치가 끄덕였다.

"네. 이 학원에 오시는 부모님들은 무척이나 교육에 힘을 쏟고 있고, 가정에서 애정 깊게 키우면서 아이의 장래에 대해서도 진지하게 생각하고 계십니다."

기쿠치가 학원의 교실을 둘러보았다.

"이곳에서 다양한 부모님들을 만나다 보면 새삼 미래 학교가 잘못되어 있다는 점을 뼈저리게 느끼게 됩니다. 과거 그 안에 있던 사람이기에 더더욱."

기쿠치가 찻잔을 양손으로 꽉 쥐었다.

"한가했던 거예요. 그곳 사람들은."

내뱉듯이 입에 담았다.

"전쟁이나 평화를 말하면서, 얼마만큼 그것을 진지하게 자신과 연관 지어 생각했는지도 의심스럽습니다. 그저 단순히 유복해서 뭔가 부족한 점 없이 살던 시간이 있었기에 마구잡이로 자식의 교육에 관해 생각하다가 그곳에 빠져버렸는지도 몰라요. 그보다는 현실의 이 나라를 살아나가기 위한 힘에 대해 실천적으로 생각했다면 얼마나 좋았을지……."

다시 먼 곳을 바라보는 눈이 된 기쿠치 앞에서 노리코는 아까 "선생님은 도쿄대학을 나오셨나요?"라는 질문을 받은 것을 떠올리고 있었다. 우수하다는 제자의 이야기도.

이 사회를 살아가기 위한 힘이라는 점에 집착하던 그가 도달한 끝이 학력을 중시하는 지금의 사고방식이라고 한다면 참을 수가 없다.

노리코의 가슴 속에 아까부터 찝찝한 마음이 쌓이기 시작했다. 자신은 요시즈미 부부의 대리인이자 들러리인 입장이다. 그렇기에 입에 담거나 하지는 않는다. 그럼에도 생각하게 된다.

그런 것은, 자신들은 이미 알고 있었다고.

아이에게 가정이 필요하다는 점. 부모와 떨어뜨려 놓는 것의 잔혹함. 아이의 외롭다는 마음.

"아시겠나요?"라고 열을 다해 기쿠치가 말하기 훨씬 전부터, 노리코도, 그리고 지금 눈앞에 앉아 있는 요시즈미 부부도, 아무도 가르치거나 설교하지 않았지만 알고 있다.

기쿠치는 과거 그 안에 있었기에 그 사실을 알게 되었다고 말했지만, 그것은 아니다. 그 안에 있지 않았던 사람들은 처음부터 알고 있었다. 그 안에 있던 탓에 알지 못했던 것은 기쿠치 쪽이다. 이제 와서 진리를 깨달은 듯한 표정을 짓고 과장되게 말하지 않더라도 다른 사람들은 이미 알고 있다. 큰 목소리로 '알게 되었다'고 말하는 시점에 그는 아직 그곳에 사로잡혀 있는 사람인 것이 아닐까.

노리코 마음속 께름칙함은 더 확실히 말하자면 초조이자 분노였다.

"아이들이 가엾습니다."

"그렇게 내보내진 아이들의 그 후는 누가 책임을 진단 말입니까."

올곧은 눈으로 단언하는 기쿠치는 그 무렵의 이상을 부정하고 지금은 다른 이념을 품고 학원을 운영한다. 그건 딱히 상관없다.

하지만 그렇게 과거 자신이 믿던 것을 잘못이었다고 어른이 내쳐버리더라도, 그 어른이 구축한 세상에서 어린 시절을 보내고 만 아이들은 어떻게 되는가. 그 아이들에 대한 책임은 누가 질 것인가. 그것은 기쿠치 자신에게도 향해야 할 질문임에도 왜 깨닫지 못하는 것일까. 그 아이들을 키우고 그런 사고방식을 불어넣은 것은 당신도 마찬가지다.

너무 쉽게 잘못이었다고 입에 담는 모습에 가슴이 차갑게 식는다.

당신이 겐 선생님이라면.

노리코의 가슴에 생각이 미친다. 떠오른다.

합숙하던 여름, 겐 선생님의 말을 듣고 즐거운 듯 표정이 바뀌었던 남자아이.

"노부, 난 네가 좋아."

자신의 '좋아하는 것'을 보드에 쓰는 게임에서 적힌 '겐 선생님'이라는 글자. 그때의 감정과 이상은 분명 흔들림 없이 그의 안에 있었던 것이리라. 그것을 배신당한 지금이 무척이나 슬펐다.

"시즈오카에서 발견된 그 시체는 누구라고 생각하시나요?"

감정을 억눌렀더니 무기질적인 질문이 노리코의 입을 뚫고 나왔다.

"기쿠치 씨가 교사를 하던 무렵의 일 중에서 뭔가 떠오르는 건 없으신지요?"

"……혹시라도 그 아이일지도 모르겠다는 아이가 심정에 없는 건 아닙니다."

기쿠치가 무겁게 끄덕였다.

"미래 학교에 있던 아이 중 누군가일 가능성이 있다는 건가요?"

"그건 그렇겠죠. 그도 그럴 게 그렇게나 많은 아이가 살고 있던 장소에서 발견된 거니까요. 미래 학교와 관계없다는 건 말도 안 됩니다."

그가 겐 선생님이라면, 아마도 미카를 알고 있으리라. 기쿠치가 머리에 떠올리는 이름 중에 그녀의 이름이 있는지 어떤지 알고 싶었다. 그 마음을 억누르고 말했다.

"어째서 그런 일이 벌어진 걸까요? 기쿠치 씨는 어떻게 생각하시나요?"

노리코가 말하자, 줄곧 가만히 있던 다카노부도 끄덕였다.

"그러게 말입니다. 아이가 죽고 묻혀버렸다니요. 설마 그곳의 어른들이 죽여버렸다거나 한 건 아닐까요?"

죽여버렸다는 센 표현이 나와도 기쿠치는 표정을 바꾸지 않았다.

"시기를 생각하면 아마도 그 아이가 죽은 건 제가 미래 학교 안에서 생활하기 전일 겁니다. 그럼에도 당시 멤버들은 아무것도 모른다는 표정으로 그곳에 있었다고 생각하면 새삼 섬뜩합니다."

기쿠치가 잠시 생각에 잠겼다. "아마도"라고 말을 이었다.

"그곳 어른들이 아이를 죽인 게 분명하겠죠. 고의인지 사고인지는 모르겠지만요. 죽였다고 할까, 혹시라도 과한 체벌 결과 그렇게 되었을 수도 있겠네요. 왜 죽게 되었는지는 모르지만, 그 시체를 묻고 은폐하려는 발상 자체는 저도 잘 알겠습니다. 매우 미래 학교답거든요."

기쿠치의 입가에 건조한 웃음이 떠올랐다.

"그곳이 가장 중요하게 여기는 건 자신들의 생활을 지키는 일입니다. 변혁해서 좋게 만드는 것에는 관심이 없고, 철저하게 현상을 유지한 채 자신들의 존재가 그저 널리 퍼지고 세상에서 인정받기를 바라죠. 아이가 죽은 걸 들켜서 단체가 존속할 수 없게 되는 게 두려웠을 겁니다."

"아이 한 명의 존재를 없애버리는 게 그리 간단한 일일까요?"

노리코가 물었다.

떠오르는 것은 역시 미카의 말이다. 그 아이는 '기슭'의 학교에 다니는 듯했다. 갑자기 없어진다면 학교에서도 수상하게 생각하지 않았을까.

하지만 기쿠치가 주저 없이 고개를 저었다.

'뭐를 지금 와서'라고 말하는 것처럼 기쿠치가 말했다.

"그건 간단한 일입니다. 아이들의 부모가 미래 학교 내부의 어른이라고 하면, 그들이 은폐를 승인하기만 하면 더는 소란을 피우는 사람도 없겠죠. 그 아이의 존재를 없었던 것처럼 간단히 만들 수 있었을 겁니다."

기쿠치가 당연한 듯 내뱉은 말에 말문이 막혀버렸다. 건너편에 앉아 있는 요시즈미 부부도 숨을 들이마셨다.

"시체를 묻은 건 분명 미래 학교입니다."

기쿠치가 다시 단언했다.

"시체가 발견된 게 배움터 근처의 광장이었으니까요. 숨길 생각이라면 바로 뒤에 있는 산속에 묻는 편이 발견하기 어려울 텐데도 그렇게 하지 않았어요. 산에는 샘이 있기 때문입니다."

그야말로 입을 열 수 없게 된 노리코가 눈만을 움직여 그를 바라보자, 기쿠치가 자신 있는 표정으로 계속했다.

"자연 속, 깨끗한 물이 있는 환경에서 아이들을 키우는 건 교육의 수단이었을 텐데, 어느샌가 물과 샘을 지키는 게 더 중요한 사항으로 목적화되어 버렸죠. 자신들에게 있어 소중한 샘은 어떤 방식으로도 더럽혀서는 안 됩니다. 그렇기에 자신들의 생활권 쪽에 묻은 거죠. 가령 그 시체 위에서 자신들이 생활하게 되는 일이 있더라도요."

노리코는 입을 열려 했지만, 여전히 아무 말도 할 수 없었다. 피부에 소름이 돋아 있었다.

기쿠치가 말했다.

"매우 미래 학교다운 판단입니다. 그 시체를 묻은 건 그들이에요."

긴 침묵이 이어졌다.

요시즈미 부부는 얼굴을 마주보지 않았다. 그렇다고 기쿠치의 얼굴을 바라보지도 않고, 어디를 보면 좋을지 알 수 없는 듯 책상 정가운데 부분으로 시선을 떨군 채였다.

내가 뭔가 말해야 할지도 모른다. 노리코가 그렇게 생각하는데 목소리가 들렸다. 침묵을 깬 것은 다카노부였다.

"어떻게 교섭하면 좋을까요. 그런 곳을 상대로."

어찌할 바를 모르겠다는 듯한 중얼거림이었다.

다카노부가 고개를 들었다. 기쿠치와 그 옆에 앉은 노리코를 보았다.

"저도 아이들에게는 가정이 필요하다고 생각합니다. 하지만 진짜 부모가 아니어도 가족이 되어줄 어른이 가까이에 있는 환경이 있다고 한다면, 그것으로 충분하지 않을까요. 회사를 정년퇴직하고 나서 저희는 그런 시설을 몇 번인가 도운 적이 있습니다. 저는 두 번인가 세 번, 크리스마스 모임이나 여름 축제를 도운 것뿐이지만, 아내는 몇 번이고 가서 떡을 만들어주기도 했습니다."

띄엄띄엄 다카노부가 말하는 옆에서 기요코가 가만히 눈을 감고 있었다. 노리코도 처음 듣는 이야기였다.

그런 시설이라는 것은 아동보호시설 같은 곳이리라. 요시즈미 부부가 미래 학교에 들어감으로써 연이 끊긴 딸과 손녀를 생각하면서 부모와 함께 살지 못하는 사정을 가진 아이들이 입소하는 시설을 돕고 있었다고 한다면, 가슴이 턱 막힌다.

"저희가 아는 단체의 사람들은 모두 아이들의 장래를 제대로 생각했고, 앞으로 사회에 나가서도 살아갈 수 있도록 어떤 일을 하면 좋을지, 어떻게 하면 그럴 힘을 기를 수 있는지, 어떤 아이들에 대해서도 진지하게 생각하던 사람들만 있었어요."

다카노부의 목소리는 낮고 억양이 없었다. 감정을 죽인 그 목소리가 이어졌다.

"가오리가 있는 미래 학교도 이런 곳일지도 모른다, 그렇다면 좋겠다고 아내와 이야기한 적도 있습니다. 하지만 그렇게 죽은 후에 그 존재를 없었던 것으로 만들고, 땅에 묻어버리는 곳이었다고 하면……. 만약 그렇게 없었던 것으로 해도 상관없다고 야스미가 승낙했다고 한다면, 저는 그 아

386

이를 용서할 수 없습니다. 그 아이뿐만이 아닙니다. 야스미를 그런 식으로 키워버린 저희 스스로를 용서할 수 없게 됩니다."

다카노부의 말이 끊겼다.

기쿠치의 이야기를 통해 그 시체가 손녀일 가능성은 적다고 판단되지만, 만약 그렇다면 어떻게 해야 하는지에 대해 생각하게 되었을지도 모른다.

"……죄송합니다. 저희도 물론 알고 있었습니다. 그곳은 그런 곳이라고."

다카노부가 모두를 향해 더듬더듬 말을 이었다.

"만약 미래 학교가 정말로 아이들에 대해 성실한 마음을 갖고 있었다면 저희를 그런 식으로 문전 박대할 일은 없었을 테죠. 뭔가 켕기는 게 있으니까 분명 만나게 해주지 않는 것이라고 생각했습니다. 알고 있었습니다."

"마음은 잘 알겠습니다."

미묘한 표정으로 기쿠치가 끄덕였다. 고개를 숙인 기요코로부터도 코를 훌쩍이는 소리가 들렸다. 기요코도 천천히 고개를 들었다. 그리고 말했다.

"기쿠치 씨의 이야기에는 감사드려요. 그 아이가 중학생이 되어 있었다면 시체는 그 아이가 아닐지도 모릅니다. 하지만 그렇게 되면 도리어 저희는 지금부터 어떻게 하면 좋을지 알 수 없게 됩니다. 가오리가 어딘가에 살아 있다고 하면 어디에 있을까요. 야스미도 함께 있을까요?"

비통한 목소리였다. 기요코가 고개를 저었다.

"알지 못하는 이상, 저희의 고통은 끝나지 않아요. 차라리 시체가 가오리였다면, 슬픈 마음을 향할 대상이 있었을 텐데……."

"기요코."

"그렇잖아요."

남편이 말을 막자 기요코가 아이처럼 되물었다. 가슴 아픈 대화였다.

"저희는 알 수 없어요" 하고 기요코가 반복했다.

"고의든 사고든, 고의라고 하면 그것이야말로 엄청난 일이지만, 아이가 죽고 그걸 묻어서 숨기는 단체를 상대로 저희가 앞으로 어떤 식으로 맞서면 좋을까요. 가오리가 어디로 갔는지 저희가 알 수 있는 단서는 여전히 그곳밖에 없어요. 그곳 사람들과 이야기하지 않으면 안 되죠."

"그러기 위해 이곳에 오신 것 아닌가요?"

기쿠치의 목소리가 조용히 울려 퍼졌다. 그 목소리에 요시즈미 부부가 깜짝 놀랐다. 두 사람의 눈이 빨갛게 충혈되어 있었다.

기쿠치가 둘을 향해서 힘 있게 손을 뻗었다.

"함께 싸웁시다."

그렇게 말하며 요시즈미 부부에게 향한 기쿠치의 손을 노리코는 그저 바라보았다. 그가 말했다.

"저도 있는 힘껏 돕겠습니다. 이대로 두지 않을 겁니다."

"아아⋯⋯."

기요코가 짧게 소리를 내더니 가방에서 손수건을 꺼내 얼굴을 덮었다.

"잘 부탁드립니다."

기쿠치가 내민 손을 다카노부가 천천히 쥐었다.

●●●

앞으로 상황이 요시즈미 부부가 원하는 대로 흘러갈지 어떨지는 솔직히 알 수 없었다.

다카노부는 강력한 아군을 손에 넣은 것처럼 기쿠치의 손을 쥐었지만, 과연 그가 '함께 싸운다'고 해서 가오리를 찾을 수 있을지 노리코는 의문이었다.

미래 학교에 대한 기쿠치의 반발심은 상당히 뿌리 깊은 것처럼 보였다. 그것에서는 그가 미래 학교에 어떤 행동을 반복해서 취해 왔다는 '역사'가 느껴졌다. 오랜 시간 싸워 왔을 테고, 요시즈미 부부처럼 관계자 가족과 함께 교섭을 진행한 적도 있으리라.

하지만 미래 학교와의 교섭이 순조롭게 진행되어 가족의 소식을 알게 된 일이 지금까지 정말로 있었을까? 요시즈미 부부가 기쿠치를 통해 손녀나 딸과 연결되는 일은 실제로 가능한 것일까? 노리코는 그것이 의문이었다.

그렇다고 하면 자신이 다시 한번 미래 학교와 직접 담판을 짓는 편이 좋을지도 모른다. 그렇게 생각하던 때였다.

기쿠치와 만난 지 3일 후, 사무소로 노리코에게 전화가 걸려왔다.

"곤도 선생님께 다나카 씨라는 분으로부터 전화가 왔습니다"라는 말을 들었을 때는 그것이 어떤 '다나카 씨'인지 바로 알 수 없었다. 다루고 있는 여러 안건이나 고문을 맡은 회사의 담당자 중에는 그 성씨가 몇 명인가 있었다.

'아마도 분명 그 회사 총무부의 다나카겠지' 하는 마음으로 전화를 받은 후 노리코는 숨을 삼켰다.

"다나카입니다. 미래 학교의."

전화 건너편에서 들린 여성의 목소리는 생각하던 수많은 다나카 중에서 가장 전화가 올 가능성이 낮은 상대라고 생각하던 사람의 것이었다.

"곤도입니다."

허둥대며 이름을 대는데 겨드랑이에 땀이 흘렀다. 지난번 자리를 뜰 때의 일이 떠올랐기 때문이었다. 엘리베이터 문이 닫히기 직전에 들은 말. "계속 내버려둔 주제에."

지금은 그때와 같은 노골적인 적의가 엿보이지는 않는다. '무슨 일이신가요'라는 말을 꺼내려던 노리코를 막아 세우

듯 다나카가 말했다.

"연락이 되었습니다."

갑자기 나온 말을 듣고 "엇" 하는 짧은 목소리가 새어 나왔다. 그 갑작스러움에 이해력이 따라가지 못했다.

아무 감정이 없는, 그러면서도 초조한 듯처럼도 들리는 다나카의 목소리가 이어졌다.

"연락이 되었습니다. 이누마 가오리 씨와."

그 말투가 어딘지 연기를 하는 듯 들렸다. 머리 안쪽으로 그 이름이 엷은 현실미를 띠고 울려 퍼졌다. 눈을 크게 떴다. 이누마라는 성은 처음 듣지만, 가오리는 요시즈미의 손녀 이름이다.

"만나도 좋아요. 저번에 말씀하신 조부모라는 두 분과."

"정말인가요?"

목소리 톤이 살짝 올라갔다. "조부모라는 두 분." 그 말투가 어째서인지 거슬렸지만 마음이 널뛰었다. 다나카가 "네"라고 답했다.

"말했잖아요. 찾아보겠다고요."

"고맙습니다!"

노리코가 서둘러 말했다. 그 목소리를 덮듯이 다나카가 말했다.

"가오리 씨만입니다. 그 모친인 야스미 씨는 만나고 싶지 않다고 합니다."

뿌리치듯 차가운 목소리를 듣고 작게 숨을 삼켰다. 만나고 싶지 않다는 말에 따귀를 얻어맞은 듯한 느낌이 들었다. 요시즈미 부부에게 어떻게 전해야 하지 하는 생각도 들었다.

하지만 일단은.

"알겠습니다. 감사합니다."

다시 한번 노리코는 공손하게 예를 표했다.

6장

부서지는 호박

지난번과 같은 방이라고는 생각하기 힘들었다. 실내의 밝기와 분위기가 그만큼이나 다르다.

미래 학교 도쿄 사무국. 요시즈미 부부와 노리코가 안내받은 곳은 지난번에 노리코가 혼자 방문했을 때와 같은 방이었다.

다나카가 안내한 방에는 작은 체구의 여성이 홀로 앉아 있었다. 이 방을 밝아 보이게 하는 것은 분명 그녀의 존재였다.

나이는 노리코와 같을 것이다. 본디 여성의 나이는 한눈에 본 것만으로는 알 수 없다. 하지만 딸의 어린이집에서 마주치는 보호자 사이에 있더라도 이상하지 않은 분위기라는 생각이 먼저 들었다.

소매에 자수가 들어간 검은 셔츠에 밝은 페이즐리 무늬

스커트. 살짝 파마를 한 머리카락 위에 스카프를 머리밴드처럼 둘렀다.

세련된 여성이다. 무의식중에 다나카처럼 화장기가 전혀 없는 여성을 상상하고 있던 노리코는 무척이나 놀랐다. 옷차림도 노리코의 기억 저편에 있는 미래 학교의 어른들과는 꽤 달랐다.

슬쩍 본 것만으로도 이 사람은 이미 미래 학교에서 탈퇴한 사람이라는 것을 알았다.

"가오리니?"

눈앞의 여성을 보고 기요코가 중얼거리듯 말했다. 가방을 든 손에 힘이 꽉 들어가 있었다. 옆에서 남편 다카노부가 숨을 들이마셨다.

여성이 끄덕이더니 몸을 일으켰다.

"할아버지와 할머니세요?"

그 목소리를 들은 순간, 기요코의 눈에서 눈물이 흘러나왔다. 몇 번이고 몇 번이고 고개를 위아래로 흔들며 끄덕였다. 가오리에게 달려가서 손을 잡았다.

"가오리, 맞아. 할아버지와 할머니야."

"그래, 할아버지란다."

다카노부가 비틀비틀 기요코 옆에서 가오리를 향해 손을 뻗었다.

다카노부가 손녀의 어깨에 손을 얹고 고개를 숙이자, 잠시 후 신음하듯 울음소리가 들렸다. 그 목소리에 촉발된 것처럼 기요코의 울음소리도 커졌다. 둘과 처음 만났을 때, 서로 몸을 맞닿은 작은 새 같은 부부라고 노리코는 생각했다. 그 작은 몸을 더욱 작게 만든 채 둘이 어깨를 둥글게 말고 계속해서 울었다.

가오리는 당혹스러운 표정이었다. 조부모의 손은 그대로 잡은 채, 노리코와 다나카 쪽을 바라보았다. 다만 그것은 귀찮아하는 표정은 아니었다. 그저 어떤 표정을 지으면 좋을지 알지 못하는 것일지도 모른다.

그 모습을 보고 가슴이 아팠다.

그녀는 이미 성인이 되어버린 것이다. 천진난만하게 자신의 조부모를 끌어안는 것도, 반대로 무조건 거부할 수도 없다. 조부모와 헤어졌을 때는 두 살이었던 가오리는 지금, 그녀 자신이 부모여도 이상하지 않은 나이였다.

"고개를 드세요."

잠시 후에 가오리가 말했다. 둘의 어깨를 가만히 두드리더니 얼굴을 바라보았다.

"그게……, 만나 뵐 수 있어서 솔직히 무척이나 기뻐요. 할아버지와 할머니를 만날 날이 올 거라고는 생각지도 못했기에 저를 찾고 있다고 듣고 놀랐어요."

가오리의 그 말에 둘이 들었던 얼굴을 다시 숙이고 크게 울음을 터뜨렸다. 아직 당혹감이 남은 듯했지만 가오리가 그들의 등을 어색하게 쓰다듬었다.

　요시즈미 부부가 진정되기를 기다렸다 테이블 건너편에 앉았다. 요시즈미 부부는 가오리와 마주앉았다. 노리코는 부부 옆에 앉았고, 다나카는 동석은 했지만 문 근처에서 가만히 이쪽을 바라볼 뿐, 대화에 끼어들 것 같지는 않았다.
　가오리는 현재 요코하마의 미용실에서 미용사를 하고 있다고 했다.
　"남편 가게예요. 10년쯤 전에 결혼해서 지금 이름은 이누마 가오리예요. 아이도 두 명 있어요."
　"우리의 증손주가 있는 거야?"
　기요코가 묻자 가오리가 끄덕였다. "보실래요?"라고 묻더니 스마트폰을 꺼내 화면을 보여주었다. 노리코 자리에서는 사진은 보이지 않았지만, 기요코는 "어디 보자" 하고 눈을 가늘게 떴고 다카노부는 아무 말 없이 몸을 내밀고 잡아먹듯 사진을 바라보았다.
　직접 말로 물어보지는 않았지만, 요시즈미 부부가 무슨 생각을 하고 있을지 노리코에게도 전해졌다. 만나게 해준다고 들은 것뿐 자세한 설명은 듣지 못했지만, 노리코의 첫인상대로 아마도 가오리는 지금 미래 학교와는 관계없이 살아가고 있는 것처럼 보인다. 그것을 알게 된 둘의 안도감이 느껴졌다.

"저기, 어머니는……, 야스미는……?"

기요코가 물었다. 목소리에 희미하게 긴장감이 느껴졌다. 질문을 받고 가오리의 표정이 처음으로 어두워졌다.

"죄송해요. 오늘 같이 오지 못해서. 그 사람, 완고해서."

요시즈미 부부가 숨을 삼키는 소리가 들렸다. 가오리가 고개를 저었다.

"이번에 할아버지와 할머니가 저를 걱정하며 찾고 있다고 어머니한테 연락이 왔어요. 하지만 그것도 꽤 오랜만의 전화였어요. 어머니는 제가 초등부에 올라가고 얼마 되지 않아 저를 데리고 미래 학교를 나왔는데, 그때부터도 꽤나 제멋대로였어요. 혼자 있는 걸 즐긴다고 할까."

기분 탓인지 가오리의 표정이 딱딱해진 느낌이 들었다.

"아는 분 집에 저를 맡기고는 자신은 혼자서 일하면서 돈을 보내줄 뿐이었어요. 미래 학교를 나온 후에도 함께 제대로 산 적이 없어요."

요시즈미 부부의 몸이 벼락을 맞은 것 같았다. 기요코가 뭔가를 말하려고 입을 열었지만, 아무 말도 나오지 않는 듯 뻐끔뻐끔 입을 금붕어처럼 움직였다. 다카노부도 다시 주먹을 쥐고 아무 말 없이 그저 가오리를 바라보았다. 그 얼굴이 새빨갰다.

"저기, 지금 세상에서 어떤 식으로 생각하는지는 모르지만, 저 미래 학교에는 감사하고 있답니다."

가오리가 미소 지었다. 그녀가 조금 신경이 쓰이는 듯 문 근처에 앉은 다나카 쪽을 바라보았다.

"적어도 그 무렵에는 어머니가 가까이 있다는 사실도 알고 있었고, 다른 아이들도 함께여서 외롭지 않았으니까요. 배움터를 나온 후에 오히려 불안한 마음이 드는 일이 많았을지도 몰라요."

가오리의 말을 듣고 얼마쯤 있다가 다카노부가 말했다.

"그곳을 나온 후에도 야스미는 가오리와 함께 산 적이 단한 번도 없니?"

"흐음. 뭐, 어쩔 수 없어요. 분명 이제 와서 아이와 함께 살아간다고 해도 어떻게 하면 좋을지 알 수 없었을 테죠. 아이와 사는 것과 그다지 어울리지 않는 사람이라고 생각해요. 저도 어머니와는 그다지 마음이 맞는 타입은 아니었고요."

시원스레 말하자 요시즈미 부부가 다시 입을 닫았다. 가오리가 뭔가를 포기한 듯한 미소를 보였다.

"뭐, 그래도 저는 몇 번인가 같이 살자고 했지만요. 그런데 같이 살기는커녕, 제가 결혼할 때도 결혼식과 피로연에 오지 않았고, 손녀도 꽤 시간이 지난 다음에 겨우 만나러 와주는 식이었어요. 애초에 가족을 갖는 것에 그다지 어울리지 않았던 사람일지도 모르죠."

"말도 안 돼……!"

기요코가 자신도 모르게 가오리에게 손을 뻗었다. 안색이 파랬다.

"그 아이, 어째서 그렇게까지……."

"아니, 괜찮아요. 이미 저도, 남편도 그런 사람이구나, 하고 알고 사귀었던 거니까요. 그래도 죄송해요. 오늘만이라도 제대로 데리고 왔으면 좋았을 텐데, 어쩐지 할아버지와 할머니를 아직 용서할 수 없다고 해서."

"용서할 수 없다고?"

"자신이 결혼할 때 반대했다면서. 저를 낳는 것도요."

기요코와 다카노부가 자세를 바로잡았다. 아연실색한 것처럼 손녀를 바라보았다. 하지만 가오리의 표정은 태연했다.

"어머니가 그랬어요. '할아버지와 할머니가 말하는 대로 했다면 너는 태어나지 못했을지도 모르는데, 그런데도 만날래?'라고요."

요시즈미 부부의 전율이 공기를 통해 옆에 앉은 노리코에게까지 전해졌다. 노리코는 모르는 이야기였다. 의뢰할 때, 둘은 딸이 이혼한 후의 경위에 대해서밖에 말하지 않았다.

아무 말도 못 하는 조부모 앞에서 가오리가 풋, 하고 웃음을 터뜨렸다.

"자신이 만나라고 전화해놓고는 모순이죠. 네가 죽었다고 의심하는 듯하니까 만나서 의혹을 풀어주고 오라고 했어요. 그렇게 말한 주제에 만난다고 답했더니 그런 식으로 미움받을 소리를 하다니. 정말로 옛날부터 그런 점이 변하지 않네요."

"미안하다……."

기요코의 목소리가 떨렸다. 가오리는 달라지지 않은 평온한 모습으로 고개를 저었다.

"괜찮아요. 이미 옛날 일이고, 할아버지와 할머니가 그 무렵의 어머니를 걱정해서 그렇게 말한 마음과 지금의 저를 걱정해서 만나고 싶어하는 마음은 모순되지 않는다고 제대로 알고 있으니까요."

"그런 게 아니라……."

시원시원한 말투로 말하는 가오리가 영리하고 이성적인 여성이었기에 옆에서 보는 노리코는 오히려 더 가슴 아프게 느껴졌다.

기요코와 다카노부는 둘 다 얼굴을 잔뜩 찌푸리더니, 미리 짠 것처럼 얼굴을 똑바로 손녀에게 향했다. 몸가짐을 다잡고 다카노부가 말했다.

"괴로웠겠구나. 어머니가 그런 식으로 말해서."

갈라진 목소리에서 슬픔과 분노, 그리고 위로의 마음이 느껴졌다. 다카노부의 입술이 떨렸다.

"살아 있어줘서 고맙다."

가오리가 불의의 기습을 받은 것처럼 입술을 앙다물었다. 기요코도 끄덕이며 가오리의 손을 잡았다.

"만나줘서 고마워. 지금까지 정말로 미안해."

이번에는 가오리가 길게 침묵했다. 둘을 바라보는 그 눈이 맑은 색을 띠고 있었다. 그녀가 천천히 끄덕였다.

"네. 저를 찾아줘서 고마워요. 할아버지, 할머니."

◐ ● ◑

셋이 그렇게 대화를 하는데 뒤에서 희미한 소리가 들렸다. 바라보니 다나카가 아무 말 없이 몸을 일으켜 문을 나가려던 참이었다.

노리코는 조용히 일어나서 요시즈미 부부에게 가볍게 고개를 숙인 후 그녀의 뒤를 쫓았다.

요시즈미 가족의 지금까지의 대화를 들어보니 자신이 자리를 벗어나서 세 명이서만 대화할 시간이 그들에게 필요할 것 같다는 마음도 들었고, 다나카에게도 이번에 가오리와 자신들을 연결해준 점에 대해 감사를 표하고 싶기도 했다.

"다나카 씨."

지난번보다 꽤 밝아진 듯 느껴지는 방 안과 비교할 때 복도의 어둠은 그대로였다. 노리코가 부르자, 다나카는 복도 끝에서 발길을 멈추고 표정 없이 이쪽을 돌아보았다.

"오늘은 정말 감사합니다."

일단 멈춰 서준 것에 감사하면서 노리코가 다가섰다. 다나카는 침묵한 채 귀찮은 듯 눈을 가늘게 떴다. 그 표정에 기가 죽었지만 그래도 굴하지 않고 말했다.

"야스미 씨도 가오리 씨도 이미 미래 학교를 나간 상태인데도, 그럼에도 찾아서 연락해주셔서 고맙습니다. 오늘도 만날 수 있게 자리를 주선해주셔서."

"……우리가 사람을 없애는 것처럼 여겨지는 건 억울하니까요."

없앤다.

그것은 백골 시체가 나온 후의 일련의 보도나 비판에서 나온 표현임이 분명했다. 그 시체가 손녀인 것은 아닐까 하고 물었던 요시즈미 부부나 대리인인 노리코도 그런 '한패'에 포함되어 있다는 점은 틀림없었다.

다나카가 휙 고개를 돌렸다.

"그리고 요시즈미 야스미 씨와 아직 연락하던 사람이 우연히 내부에 남아 있었던 거니까, 감사를 받을 만한 일도 아닙니다."

"그래도 감사드려요. 저희 쪽에서도 찾고는 있었는데 가오리 씨가 중등부로 올라갔다는 것 같은 정말로 불확실한 정보밖에 없어서……."

입에 담고 나니 마음에 짚이는 것이 있었다.

미래 학교에서 교사를 하던 기쿠치는 가오리가 중등부에 있었다고 말했지만, 그것은 그의 잘못된 기억이었던 것일까. 조금 전에 가오리는 초등부에 올라가고 얼마 되지 않아 곧장 어머니와 함께 배움터를 나왔다고 말했다. 그 안에 있던 무렵이 오히려 덜 불안했다고 덧붙이며.

아무 생각 없이 입에 담은 노리코 앞에서 다나카가 "아아" 하고 중얼거렸다.

그때까지 표정에 변화가 없었던 얼굴에 조금이나마 변화가 나타났다. 입꼬리가 올라가고, 그녀가 희미하게 웃었다.

"혹시, 기쿠치 겐 씨를 찾아가셨나요? 전에 배움터에서 교사를 했었던."

"엇."

당황했다. 어째서 갑자기 그런 질문을 한 것인지 알 수 없어서 순간적으로 변명할 말을 찾았다. 그를 만난 것, 그곳에서 미래 학교에 대한 비판이나 다나카에 관해 이야기를 나눈 것, 그리고 그와 요시즈미 부부가 "함께 싸웁시다"라며 나눈 악수가 떠올라서 켕기는 마음이 엄습했다.

어째서 다나카가 알아챈 것인지 알지 못한 채 자기 자신의 발언을 후회하는 마음으로 순간적으로 입을 닫으려던 노리코를 앞지르듯 다나카가 말했다.

"찾고 있는 아이를 나는 알고 있다. 중학생이 되어 있었으니 분명 그 시체의 아이는 아니라고 말했겠죠?"

소름이 돋았다.

어두운 복도 끝에서 희미하게 내리쬐는 창문의 빛이 복도에서 날리는 작은 먼지를 비췄다. 다른 창문 앞에는 골판지

박스가 쌓여 있었고 빛이 거의 들어오지 않았다. 바깥에서 안을 들여다보지 못하게끔 일부러 짐을 쌓아 놓은 것일지도 모른다.

그 어둠 때문인지 갑자기 압박감이 다시 느껴졌다. 노리코는 아무 말도 못 한 채 눈만을 움직여서 다나카를 보았다. 다나카의 눈이 웃고 있었다. 어딘지 조소를 머금은 듯한 눈이었다.

"나머지는, 그렇네요. 인상에 남는 아이는 아니었지만 어른스럽고 조용한 아이였다, 상냥했다……. 뭐 그런 식으로 말하지 않았나요?"

"……어째서."

"그런 말을 들은 건 당신들뿐만이 아니니까요."

소름이 온몸으로 퍼졌다. 몸이 차갑게 식었다. 다나카가 웃었다.

"다들 그런 말을 들어요. 그 사람을 만나러 가면."

다나카의 얼굴에 확실히 조소 같은 미소가 떠올랐다.

"미래 학교는 멀쩡하지 않은 단체라서 아무것도 해주지 않지만 나는 당신의 아군이에요, 하며 있는 거 없는 거 다 말하죠. 이곳에서 제대로 해내지 못했던 시름을 풀 듯 말이에요. 당신네 손녀나 딸을 알고 있다고 달콤한 말을 건네면 상대도 거기에 넘어가고 말죠. 그러고는 말하죠. 같이 미래 학교에 맞서 싸우자고."

머리를 무거운 것으로 얻어맞은 것 같았다. 실제로 얻어맞은 것 같은 충격에 시야가 어그러졌다. 다리에 힘이 풀렸다. 그럼에도 자신이 아직 이 자리에 계속 서 있을 수 있다는 사실이 믿기지 않았다.

알고 있는 말이었다.

"상냥한 아이였습니다. 적어도 제가 배움터를 나올 때까지는 그곳에서 건강히 지냈습니다."

"제 기억이 잘못되지 않았다면 중등부에 들어가 있었습니다. 저는 초등부 교사였지만, 제가 나올 때 적어도 제가 담당하지는 않았습니다."

그 말을 듣고 기요코가 "아아" 하고 목소리를 냈고, 다카노부의 목이 메었던 것도 기억났다.

"중학생이 되어 있었나요?"

진심으로 안도한 것처럼 말하고는 노리코에게도 예를 표했다.

"선생님께도 감사드립니다. 선생님이 말씀해주시지 않았다면, 저희는 기쿠치 씨를 떠올리지 못했을 겁니다."

노리코 탓이다.

노리코의 제안 탓에 그와 요시즈미 부부가 만나고 말았다.

지금, 이 안쪽 방에서 부부는 무사히 손녀인 가오리와 만나고 있다. 현실의, 살아 있는 그녀와 만날 수 있었다. 하지만 그렇다고 해서 노리코가 저지른 일을 용서받을 수는 없다. 그런 남자와 둘을 만나게 해서는 안 되는 일이었다.

"함께 싸웁시다."

그렇게 말하며 요시즈미 부부에게 뻗은 기쿠치의 손을, 시간을 되돌려 지금 당장 떨쳐버리고 싶었다.

'대체 무슨 목적으로.'

분노를 머금은 채 생각했다.

너무 큰 괴로움 끝에 겨우 도움을 받을 수 있다는 희망을 품고 연락한 사람에게 가짜 꿈을 보여주고 감사를 받는다. 자신의 불만을 털어 넣는다. 그 과정에 어떤 성취감이 있다는 말인가. 무엇을 위해서 그런 행동을 했다는 말인가.

"안타깝네요."

다나카가 말했다.

"그를 의지해도 아무것도 달라지지 않아요. 그 사람, 그저 자신의 이야기를 들어줄 사람이 필요할 뿐이니까요."

마음이 얼어붙었다. 믿을 수 없었다. 기쿠치도, 지금 이 순간 이런 식으로 말을 하는 다나카도.

안 돼. 머릿속에 그런 목소리가 들렸다.

냉정하게 자신 안에서 그렇게 목소리가 멈춰 세웠다. 안 돼, 안 돼. 말해선 안 돼. 하지만 결사적으로 의뢰하러 온 요시즈미 부부를, 손녀가 어딘가에서 살아 있다면 다행이지만 어린 나이로 죽어버렸다면 너무나도 가엾다며 눈물을 흘렸던 그들의 호소를, 아이 시절의 미카의 호소를, 시게루의 편지를, 참가했던 합숙의 나날을, 그곳에서 만난 배움터의 아이를, 샘을, 광장을……. 떠올렸더니 멈출 수 없게 되었다.

절대 안 된다고 생각했지만 말하고 말았다.

"……당신들은 도대체 뭔가요?"

목소리가 떨리고 입술이 부들거렸다. 얼굴이 뜨거워졌다. 목이 막히듯 괴로웠다.

"당신들은 아이들을 어디로 보내버린 건가요. 그때의 아이들을."

'당신들'이라고 말하는 자신의 목소리가 지난날 만났던 기쿠치의 목소리와 겹쳐졌다. 함께 싸우자며 미소 짓던 얼굴이 젊은 시절의 겐 선생님의 표정이 되어 간다.

"미래는 여기에만 있으니까"라며 아이의 머리를 쓰다듬던 어른들의 얼굴로.

"노리코"라고 불러주었던 미카의 얼굴이 그곳으로 녹아들었다.

"비밀, 가르쳐줄까?"라고 말하던 그 얼굴이 멀게 느껴졌다. 그 아이의 시간이 그곳에서 멈춰버렸다고 하면.

노리코의 머릿속에서 미카의 추억이 튀어 올랐다.

"사실은 엄마와 같이 살고 싶어. 기슭의 아이들처럼."

"쓸쓸한 건 쓸쓸하고, 슬픈 건 슬퍼."

샘 옆에서 밤에 혼자 손전등 불빛과 함께 쭈그리고 앉아 있던 그 아이.

"저……."

안 돼, 안 돼, 안 돼. 하지만 말해버린다.

"저, 초등학교 때, 여름 합숙에 갔었어요. 3년간, 그 시즈오카의 배움터에."

다나카가 눈을 크게 떴다. 희미하게 뻗은 복도의 창문 빛이 그 얼굴을 아까보다 확실히 밝히고 있었다.

용서를 비는 듯한 마음으로 바뀌기 시작했다.

"계속 내버려둔 주제에."

전에 들었던 다나카의 목소리는 자신에게 향해진 것처럼도 여겨졌다. 나는 계속 잊고 있었다. '계속 잊고 있었던 주제에'라고 책망하는 듯 들렸다.

"사이가 좋았던 아이들도 많았고……. 그 아이들을 당신들은 어디로."

기쿠치의 목소리가 떠올랐다. 그 아이들에 대한 책임을 누구도 지지 않는다. 그곳에서 자란 아이들의 책임을.

"……어떤 아이?"

다나카의 무표정한 눈이 이쪽을 바라보았다. 내려다보듯.

"누구랑 사이좋았는데요?"

노리코의 무릎에는 이미 힘이 들어가지 않았다. 가오리는 찾았다. 요시즈미 부부의 대리인 역할은 이미 끝났다. 분명 더는 이곳에 오지 않으리라. 보이지 않는 힘에 이끌리듯, 깨닫고 보니 혀가 움직이고 있었다. 한 가닥 희망도 있었다. 다나카도 그녀를 알고 있을지 모른다. 소식을 알 수 있을지도 모른다.

요시즈미 부부의 대리로 처음으로 이곳에 왔을 때부터 사실은 계속 묻고 싶었다. 당신은 그들을 알고 있느냐고.

"미카랑 시게루."

입술이 말라서 갈라져 있었다. 성을 제외한 이름밖에 모르는 호칭을 입에 담자, 마치 자신까지 어렸을 때로 돌아간 것만 같았다.

미카랑 시게루.

노리코가 답해버린 후에 다나카가 크게 숨을 들이마셨다. 그런 것처럼 보였다.

다음 순간이었다.

먼지로 가득 찬 어두운 복도에 흐려 분명치 않은 소리가 들렸다. 처음에는 숨결처럼 가느다랗던 것이 점점 커졌다.

후, 하는 소리의 연속. 커다란 소리가 귀를 때렸다.

웃음소리였다.

그 끊기지 않는 웃음소리가 어디에서 들려오는 것인지 처음에는 알지 못했다. 잠시 후 그것이 눈앞에 선 다나카의 목소리라고 깨달음과 동시에 마음이 뒤흔들리기 시작했다.

다나카가 웃고 있었다. 너무나도 웃겨서 참을 수 없다는 듯이.

애초에 상식이 통하지 않는 사람이라고는 생각했다. 예의 없는 말투를 계속 썼고, 그런 것에는 이미 익숙했다. 하지만 이것은 너무나도 어른스럽지 않은 모습 아닌가.

노리코는 할 말을 잊었고, 잠시 후 맹렬한 수치심에 휩쓸렸다. "잠시만요……" 하고 정색하며 말하려던 참에 그녀의 웃음소리가 딱 멈췄다.

압도적인 정적이 복도에 돌아왔다. 다나카가 가슴에 손을 얹고 크게 숨을 들이마셨다. 노리코를 바라보았다. 그리고 말했다.

"내가 바로 미카인데."

◐●◑

무슨 일이 벌어진 것인지 알 수 없었다.

깜빡임을 잊은 눈이 어두운 복도 끝에 있는 다나카를 바라본다. 크게 떠진 자신의 눈의 표면이 말라간다.

'이 사람, 지금 무슨 말을 한 거지.'

그녀의 이름이 뭐였더라. 떠올려 보려고 한다. 다나카. 미래 학교의 부인회장. 노리코가 연락을 취하는 담당자. 다나카. 그러고 보니 명함을 받은 기억이 없어서 성이 아닌 이름은 알지 못했다.

하지만 연결되지 않았다. 자신이 과거 갔었던 배움터의 합숙과 이 상업 빌딩이. 과거의 아이들과 지금 여기에 있는 어른들이.

다나카가 입가에 미소를 띤 채로 노리코를 바라보았다.

"이름이 뭐였죠?"

지금까지 대화하면서 자신의 이름조차 알지 못했던 건가, 하고 생각하는데 그녀가 "곤도 씨"라고 노리코를 정확히 성으로 불렀다. 그 말을 듣고 무엇을 묻고 있는지 알았다.

다나카가 다시 묻는다.

"곤도 씨, 이름이?"

"노리코……."

목소리가 쉬어 있었다. 보이지 않는 힘에 사로잡힌 것처럼 노리코의 입술이 열리고 이름이 흘러나왔다. 하지만 그 이름을 들어도 그녀의 반응은 둔했다.

"노리코……. 노리코 씨라. 노리코……."

기억을 더듬듯 방금 들은 노리코의 이름을 입 안에서 굴리듯 중얼거렸다. 그리고 곧장 고개를 저었다.

"미안해요. 제대로 기억나지 않네요. 합숙에는 기슭의 아이들이 많이 오니까. 그래도 노리코라는 아이는 있었던 것 같네요. 그렇군요. 그게 당신이군요."

"다나카 씨, 나이가……."

"마흔이에요. 올해 말이죠."

다나카가 답했다. 그리고 노리코를 바라보았다.

"당신은?"

아까까지는 표정에 변화가 없는 것처럼 보였던 다나카의 얼굴에 지금은 확실히 인간다운 감정이 새겨져 있었다. 노리코의 질문이나 말을 귀찮아하던 방금까지와는 그야말로 다르다. 그녀의 시선에 지금은 이쪽을 찌르는 듯한 밝은 압도감이 서려 있었다.

마치 우위에 서 있는 듯한 표정. 그 분위기에 저항할 수 없어서 질문에 그대로 답하고 말았다.

"마흔요."

"그렇군요. 같은 나이라면 분명 당신이 만난 건 내가 맞겠네요."

노리코는 여전히 충격을 받은 채, 다나카의 말을 어떻게든 삼키려고 했다. 그녀가 미카. 하지만 그렇게 생각한 다음 순간 격렬한 위화감에 휩싸였다.

다나카의 이름은 정말로 '미카'일지도 모른다. 나이도 자신과 같을지도 모른다. 하지만 그것은 단순한 우연이고, 그 시기 '미카'라는 이름의 아이가 또 있었던 것이 아닐까.

그도 그럴 것이 눈앞의 다나카에게서는 미카의 면모가 느껴지지 않았다.

그렇게 생각했지만, 그녀의 눈이 이쪽을 바라본 순간 알 수 없게 된다. 미카의 얼굴. 그 아이는 어떤 얼굴이었나.

추억이 가득 있다고 생각했다. 하지만 그 추억 속의 그녀 얼굴은 제대로 떠올릴 수 없다.

마흔 살이라는 다나카의 나이에도 경악했다.

지금까지 다나카는 자신보다 연상이라고만 생각했다. 자신과 동년배인 여성과 비교해도 옷에 화려함이나 화장기도 없고, 무엇보다 전체적으로 매우 피곤한 듯한 인상이 앞섰다. 그녀가 자신과 동년배처럼은 보이지 않았다.

"가끔 듣곤 하죠."

다나카의 말에 그저 얼굴을 가만히 바라보았다.

"언론에서 미래 학교가 보도될 때마다요. 자신은 예전에 합숙에 간 적이 있다거나, 한때 배움터에서 살았다거나. 그런 사람이 자주 뉴스 인터뷰 같은 곳에도 나와요. 내부의 일을 알고 있으니까 마음을 안다거나, 걱정된다거나, 그런 말을 하죠. 마치 기쿠치 겐처럼."

다나카의 얼굴에 다시금 조소하는 듯한 미소가 떠올랐다. 어두운 복도에 떠오른 그 얼굴에 소름이 돋을 것 같은 아름다움이 감돌았다. 지금까지 화려하지는 않더라도 반듯하게 생긴 사람이라고 생각했다. 그 점이 갑자기 실감나게 다가온다. 예뻤던 미카. 그 인상만이 다나카의 미소 앞에서 일치하기 시작한다. 겹쳐지는 기분이 든다.

기쿠치 겐의 이름이 나와서 마음과 몸이 얼어붙었다.

아까 그를 마음속으로 혐오했던 마음이 완전히 그대로 자신에게 돌아오는 듯한 맹렬한 치욕감에 휩싸였다. 그와 자신이 똑같다는 식으로 들은 것처럼.

다나카가 노리코를 바라보고 말했다.

"잘은 기억나지 않지만, 그럼 당신과 나는 분명 샘에도 같이 갔겠네요. 강에 가기도 하고, 빙수를 먹기도 했죠? 전혀 돕지 않는 아이도 있었지만, 나, 합숙을 돕는 일은 좋아했으니, 매년 솔선해서 손을 들었거든요. 그러니 지금도 참가자였다고 말하는 사람들이 말을 걸 때가 많아요. 취재하러 오는 기자 중에도 있어요. 저, 어렸을 때 그곳 합숙에 간 적이 있어요. 미래 학교에 대해 잘 알지 못하지만 부모에게 듣고 참가했습니다, 그러면서요. 그래놓고는 배움터에 온 적이 있다는 이유만으로 그것이 짧은 기간의 체재였음에도 모두의 마음을 안다거나 상상할 수 있다고 말해요."

아름다운 미소를 띠고 있음에도 목소리는 무척이나 차가웠다. 그 목소리에 머리부터 핏기가 사라지는 듯한 착각이 들었다.

다나카가 턱을 조금 위로 향한 채 노리코를 바라보았다.

"그렇군요. 곤도 씨도 합숙에 왔었던 거군요. 기자 중에 그렇게 말한 사람은 있었지만, 변호사는 처음이네요."

차갑고 어두운 목소리 안쪽에 노리코를 괴롭히는 듯한 울림이 있었다.

노리코는 떨리는 마음으로 어떻게 답하면 좋을지 알 수 없었다. 알 수 없게 되어버렸다.

미카가 아니다. 이름은 미카일지도 모르지만, 이 사람은 자신이 합숙에서 만난 그 여자아이가 아니다. 그렇게 자신에게 들려주던 마음이 흔들렸다. 어째서 자신이 그렇게 생각하고 싶은 것일까. 그것조차 그녀의 신경을 곤두서게 할 소재가 될 것 같아서 아무 말도 할 수 없었다.

혼란에 빠진 머릿속에서 문득 어떤 의문이 떠올랐다. 기쿠치가 말한 것이기에 어디까지 진짜인지는 알 수 없다. 하지만 격하게 동요한 채 어느덧 입에 담고 있었다.

"다나카 씨는 홋카이도의 배움터에 있었던 게……."

다나카의 표정이 순간 험악해졌다. 노리코가 제멋대로 자신의 정보를 알고 있다는 점 때문에 기분이 상한 것일지도 모른다.

다나카가 노리코를 향해 "나에 대해 잘 알고 있군요"라고 짧게 말하고는 표정에 다시 여유를 되찾았다.

"홋카이도에 간 건 초등학교 5학년 가을부터. 그래서 시즈오카의 합숙을 도운 건 그해 여름까지였죠. 6학년 때는 나와 못 만나지 않았나요?"

그렇게 들은 순간 마음속 깊은 곳에서 치솟는 떨림과 함께 이해했다.

기억이 합치하기 시작한다. 6학년 합숙에서는 만나지 못했던 미카. 머리를 두들겨 맞는 듯한 충격이 지금까지 중에 가장 둔중하게 몸의 중심에 스며들었다.

그녀가 미카인 것이다.

노리코는 눈을 크게 뜬 채 눈앞의 여성, 다나카 미카를 바라볼 수밖에 없었다. 만나고 싶었다고 바라고, 행방이 신경 쓰인다고 걱정하고, 요시즈미 부부의 대리인을 맡으면서 계속 머리 한구석에 남아 있던 소녀.

그 아이가 지금 눈앞에 있다.

충격 때문에 굳어버린 노리코에게 다나카가 말했다.

"죽었기를 바랐죠?"

발 뒤편이, 귀 안쪽이, 감각을 잃는다.

그녀의 말과 목소리가 날카로운 칼처럼 자신의 몸을 찢어버렸다는 점을 확실히 알았다. 마음이 에였다.

다나카 미카의 얼굴에서 어느새 미소는 사라져버렸다.

"배움터 터에서 시체가 나온 후, 그게 자신이 알고 있던 아이가 아니면 좋겠다고, 자신의 딸이라거나 손녀라거나, 가족이나 관계자가 아니라면 좋겠다고 말하면서 사실은 다들 본심으로는 그랬으면 좋겠다고 생각하거든요. 아름다운 추억으로 남긴 채, 자신이 아는 상냥한 친구나 귀여운 손녀인 채 시간과 기억이 멈춰버리면 행복하겠다고. 걱정된다고 말하면서 자신의 슬픔이나 한때의 추억에 매달리고 싶어할 뿐이죠."

"그게 무슨……."

반사적으로 목소리가 나왔다. 하지만 다나카 미카의 눈꼬리가 긴 눈이 이쪽을 바라보자 그 뒤의 말을 할 수 없게 된다.

다나카가 훗, 하고 웃었다.

"걱정했죠? 합숙에서 자신들이 만난 그 아이들을 어디에 보냈냐고, 그 아이들에게 무슨 짓을 했냐고, 아까 당신은 나한테 물었잖아요. 당신도 배움터의 아이들은 언제까지고 아름다운 존재인 채로 남겨 두고 싶었을 뿐, 이런 형태로 재회하고 싶지는 않았던 거예요."

그렇지 않아. 머릿속에서 목소리가 메아리쳤다. 머릿속에서라면 말할 수 있다. 하지만 눈앞의 다나카에게는 말할 수 없었다.

왜냐하면 노리코는 그녀를 미카라고 생각하지 못했기 때문이었다. 털끝만큼도. 그 가능성을 전혀 생각하지 않았다.

당신들은 미카에게 무슨 짓을 했냐고 다름 아닌 미카에게 말한 것이다. 피해자라고 생각했던 아이들을 언제까지고 그때의 시간에 멈춰 세우고 있었다.

그것은 미래 학교라는 조직에 그녀들을 가두고, 시간을 멈추고, 추억을 결정화하고 있던 것과 마찬가지다. 호박에 갇힌 곤충 화석처럼. 시간이 계속해서 흐른다는 사실을 이해하고 있다고 생각했지만, 사실은 전혀 알지 못했다.

기요코도 말했다. 차라리 시체가 손녀였다는 사실을 알게 된다면 슬픈 마음을 향할 대상이 있었을지도 모른다고. 제멋대로지만, 그 마음은 본심이었으리라.

"그런 식으로 생각한 적 없습니다."

끊임없이 흐르는 사고를 끊어버리듯 단언했다. 스스로도 다나카에게 도달할 것이라고는 생각할 수 없는, 마음이 담기지 않은 듯한 목소리였다. 혼란스러웠다. 그렇게 생각해도 멈출 수 없었다. 어찌 되었든 뭔가 말하지 않으면 안 된다는 초조함만이 앞섰다.

다나카의 얼굴이 가만히 노리코를 바라보았다. 그 얼굴에 문득 그늘이 비치는 것처럼 보였다.

"그런가요."

다시 그녀의 얼굴에서 표정이 사라졌다. 가슴이 옥죄어오는 듯했다. 그것이 가령 적의든 비아냥이든, 감정을 자신에게 향한다면 거기에는 아직 그녀와 진지하게 대화를 나눌 여지가 있다. 하지만 스스로도 정리가 되지 않은 채로 말한 노리코의 한마디에 다나카가 다시금 완전히 마음을 닫아버렸다. 저질러버렸다고 후회했지만, 그렇다고 해서 그녀에게 무슨 말을 하면 좋을지 말을 찾을 수 없었다.

"……알겠습니다."

차가운 목소리로 답하고는 다나카가 다시 몸의 방향을 바꾸고 걸어가려 했다.

기다리라고 말하려 했다.

그녀가 떠나버리려고 한다. 어두운 복도 건너편, 사무실로 들어가버린다. 지금 여기에서 쫓아가지 않으면 이제 두 번 다시 그녀와는 대화할 수 없을 것만 같았다. 그렇게 생각하고 나서야 자신이 그녀와 이야기하고 싶다는 사실을 깨달았다.

하지만 무슨 말을?

자신에게 물어본들 답은 나오지 않았다. 미카를 만나고 싶었다. 무사하길 바랐다. 시체가 미카가 아니어서 다행이다.

진심으로 그렇게 생각했지만, 지금 여기에 있는 다나카와는 무슨 말을 하면 좋을지 알 수 없었다.

저기, 하는 목소리가 목까지 거의 나왔지만, 도중에 뭉개져버려서 아무리 애써도 그다음 말이 나오지 않았다. 한심했다. 노리코는 충격을 받은 상태였다. 자신이 추억 속의 미카에게 속 편한 환상을 품고 있었던 것에 지나지 않았을지 모른다는 사실에.

요시즈미 부부의 의뢰를 받은 것은 어째서였을까. 거기에 어떤 마음이나 감상도 없었다고 진심으로 말할 수 있을까. 상처받지 않는 장소에서 호박 속에 담긴 자신의 추억을 바라보며 감상에 빠져 있던 것을 다나카 미카가 꿰뚫어 본 것만 같았다. 아니, 정말로 그랬던 것일지도 모른다.

다나카 미카의 등이 어둠 속으로 사라져간다. 노리코는 어두운 복도에 남겨진 채 잠시 가만히 서 있었다.

갑자기 목소리가 들렸다.

"저기, 곤도 선생님."

등 뒤의 문이 열리고 기요코가 나왔다.

"죄송합니다. 선생님, 저희가 가오리와 연락처를 주고받아도 될까요? 미래 학교를 거치지 않고 이제 직접 만나도 상관없겠죠?"

고지식하게 하나하나 확인하는 것이 기요코다웠다.

그 목소리에 노리코는 천천히 돌아보았다. 그러자 기요코가 눈을 깜박이더니 놀란 표정을 지었다. 그것을 보고 노리코는 지금 자신이 의뢰인에게도 전해질 정도로 형편없는 얼굴이라는 사실을 자각했다.

"저기, 선생님."

기요코가 당황한 듯 고개를 갸웃했다.

"괜찮으신가요? 선생님."

"네."

기요코를 향해 온화한 표정을 만들어보려고 했지만, 얼굴 근육이 몇 년이나 굳어 있었던 것처럼 어색하게, 마치 점토처럼 움직였다. 최선을 다해 평정을 가장하며 답했다.

"괜찮습니다. 아무 일도 없습니다. 가오리 씨와 연락처를 교환하셔도 되고, 앞으로는 저를 빼고 직접 대화하셔도 문제없습니다."

"그런가요."

기요코의 얼굴에 안심한 듯한 표정이 떠올랐다. 문 건너편에서는 다카노부와 가오리가 앉아서 뭔가 이야기를 나누고 있었다.

그들의 모습을 본 순간, 갑작스레 아까 다카노부가 한 말이 되살아났다.

"살아 있어줘서 고맙다."

그렇게 말하면 좋았다는 것을 뒤늦게 생각했다.

미카와 자신은 그런 말을 나눌 정도로 친근한 관계는 아닐지도 모른다. 그녀가 자신을 기억하지 못한다면 더욱 그렇다. 하지만 그럼에도 노리코는 다나카에게 그렇게 말할 수도 있었다. 죽기를 바랐을 리가 없다. 살아 있어서 다행이다. 그렇게.

그렇게 전했으면 되었을 텐데 그 말을 떠올리지 못한 자신에게 놀랐다. 어째서일까. 그녀가 잘 기억나지 않는다고 말해서 거절당한 것처럼 느껴서일까. 자신의 제멋대로인 감상을 꿰뚫어 본 것처럼 느꼈기 때문일까. 이유는 얼마든지 떠올랐지만, 가슴 속을 지배한 것은 속여 넘길 수 없는 죄책감이었다.

다나카가 말한 것처럼 죽어 있는 편이 좋았다고는 티끌만큼도 생각하지 않았다.

다나카 미카는 어린 시절의 노리코를 잊고 있었던 것은 아닌 듯했다. 그저 '기억하지 못할' 뿐. 합숙에 참가한 많은 아이 중에 어째서 자신을 기억하리라 생각하고 있었을까. 사이가 좋았다고 생각했지만, 미카에게는 그 밖에도 사이좋은 아이들이 많았다. 무엇보다, 아이들은 합숙을 하러 매년 왔었다.

여름 합숙에서 명부 뒤편에 메시지를 써달라며 미카 앞에도 줄이 생겼다. 노리코에게는 유일무이한 추억이었다고 해도, 미카에게는 그렇지 않았다. 그렇게 생각하면 그 마음의 차이가 그대로 자신의 우쭐함을 상징하는 듯 여겨졌다.

마음이 어린 시절로 되돌아간다. 명부의 메시지를 떠올린 순간, 마음속에서 지난번 고향 집에서 본 한 문장이 떠올랐다. 아이의 글씨, 미카의 글씨.

"잊지 마!", "계속 친구야☆"

떠올리자 숨이 막힐 것만 같았다.

"돌아갈까요?"

옥죈 듯한 미소를 띤 채 노리코는 기요코와 함께 다카노부와 가오리가 기다리는 회의실로 들어갔다. 완전히 격의가 없어진 듯한 다카노부와 가오리 사이에 스마트폰이 놓여 있었다. 가오리의 것인 듯했다.

아무래도 화면에 비친 사진을 가오리가 조부에게 보여주고 있는 듯했다. 올해 여름에 찍은 것일까. 어딘가 강변에서 수영복을 입고 포즈를 취하고 있는 초등학교 고학년 정도의 남자아이와 그보다 작은 여자아이. 분명 가오리의 아이들이리라. 요시즈미 부부의 증손자일 터인 사진의 아이들 옆에 그들의 아버지와 어머니의 기척이 느껴진다. 뒤에 비친 바비큐 그릴에 어른 남성의 것으로 보이는 커다란 손이 비친다. 근처에 분명 아버지가 있다.

그 사진을 본 순간, 울고 싶은 충동에 휩싸였다. 갑자기 찾아온 그 강렬한 충격을 억누를 수 없었다. 코 앞쪽이 아프고 눈 가장자리가 저려 왔다.

"비밀, 가르쳐줄까?"

미카의 목소리를 떠올린다.

어슴푸레 기억나던 소녀 시절의 미카의 얼굴에 다나카의 눈꼬리가 긴 눈과 면모가 반대로 투영된다. 지금 그녀의 생김새 쪽에 기억 속의 미카가 끌려간다.

기억한다. 당신은 잊고 있을지도 모르지만, 나는 당신이 밤의 샘 옆에 앉아서 손전등 불빛 옆에서 계속 수면을 바라보던 자세를 기억한다.

"사실은 엄마와 같이 살고 싶어. 기슭의 아이들처럼."

다나카 미카는 지금 자신의 아이와 함께 살고 있지 않다.

기쿠치가 그렇게 말했다. 홋카이도에 아이를 두고 왔고, 그녀의 아이는 지금도 홋카이도의 배움터에서 살고 있다고.

쓸데없는 참견이라는 점은 충분할 정도로 알고 있지만, 노리코의 가슴은 찌부러질 정도로 아팠다. 소녀 시절의 미카를 생각한다. 그러고는 노리코 자신에 대해서도 생각한다. 자신이 집에 돌아가서 오늘도, 내일도 함께 잠을 잘 터일 자신의 딸 아이코의 부드러움과 냄새, 감촉이 되살아난다. 그 자리에 주저앉아 울고 싶어지는 충격에 휩싸인다.

왜.

왜, 자신이 당한 일을 자신의 아이에게 반복해버리는 것일까. 미카에게 묻고 싶었다.

그날, 요시즈미 부부와 가오리는 함께 미래 학교 도쿄 사무국을 나섰다.

요시즈미 부부에게는 딸이자, 가오리에게는 모친인 야스미의 부재가 각각의 인생에 있어서 헤아릴 수 없을 정도로 큰 것이었다는 점이 이들의 대화를 통해 전해졌다. 이제 막 만났음에도 조부모와 손녀가 손을 마주잡고 짧은 시간에 이렇게 마음을 연 것은 각자 딸이나 모친인 야스미에게서는 얻을 수 없었던 '가족'을 오늘에야 가지게 되었기 때문이리라. 서로라는 존재를 통해서.

"신세 많이 졌습니다."

미래 학교에 감사한다고 말한 가오리가 사무국 사람들에게 성심껏 고개를 숙였다. 사무국 사람들, 노리코가 지난번 이곳을 방문했을 때 차를 내어준 그 쾌활한 청년이 극히 자연스러운 말투로 "할아버지와 할머니를 만나서 다행이네요"라고 가오리에게 말했다.

그러자 그것에 촉발된 것처럼 요시즈미 부부 또한 "네, 정말로요", "감사합니다"라고 그에게 인사를 건넸다.

시체 발견 뉴스로 세상을 그렇게나 떠들썩하게 만든 단체라고는 생각할 수 없는 온화한 대화를 들으며, 노리코는 생각했다. 얼마 전까지만 해도 나는 이런 광경을 미래 학교답다고 생각하지 않았던가.

미래 학교는 세상에서 말하는 것처럼 위험한 단체가 아니라, 실제로는 일반 사회보다 오히려 한가로운 시간이 흐르는 장소라는 점을 알고 있다. 그렇기에 나는 미래 학교를 이해하고 있다고 생각하지 않았었나.

사실은 아무것도 몰랐음에도.

배웅하는 자리에 다나카는 나오지 않았다.

"다나카 씨는?" 하고 일단 물어보았지만, 사무국 청년은 고개를 저었다.

"지금 잠시 외출하셨어요. 뭔가 용건이 있으신가요?"

"아, 아니요."

"죄송합니다. 동석했던 게 원래는 다나카 씨인데 말이죠. 이제 괜찮을 거라며 아까 나가버려서."

그가 어깨를 으쓱거렸다.

"감사하다는 말씀을 전해주세요"라고만 노리코는 말했다. 얼굴을 마주한다고 해서 노리코가 무슨 말을 하면 좋을지 알 수 없었다. 다나카 쪽도 그건 마찬가지이리라.

"이번에 요시즈미 씨 건, 정말로 신세 많이 졌다고요."

"알겠습니다."

청년의 답을 듣고 노리코 일행은 미래 학교 도쿄 사무국을 뒤로했다.

이제 이것으로 두 번 다시 이곳을 방문할 일은 없으리라.

오히려 관여해서는 안 되는 일이었다고 뒤늦게 생각했다. 자신의 미숙함이 부끄러웠다. 이곳은 자신이 제멋대로의 감상을 품고 다가와서 짓밟아서는 안 되는 장소였다.

다나카에게 통렬한 비난을 받았다는 생각에 마음은 천 갈래, 만 갈래로 흐트러져 있었다. 그 마음을 억누르면서 상업 빌딩을 나섰다.

가로수의 낙엽이 섞인 찬 바람이 불었다. 어린이집에 아이를 데리러 가야 한다고 머리가 생각하기 시작했다. 어린이집의 방에 들어선 순간, 자신을 발견한 아이코의 얼굴에 미소가 활짝 떠오르는 장면. 달려와서 가슴 속으로 뛰어드는 그 부드러움을 떠올리며 천천히 눈을 감았다.

●●●

시체의 신원이 밝혀진 것은 요시즈미 부부가 가오리와 재회하고 일주일 후의 일이었다.

여아의 이름은 이가와 히사노. 과거 미래 학교에서 지내던 아이 중 한 명이라고 했다.

나이는 노리코와 같다. 즉 미카와도 같으며, 살아 있다면 40세.

그녀가 죽은 것은 초등학교 5학년 여름으로 추정되었다.

시체로부터 사망 시점의 정확한 나이는 감정할 수 없었다. 하지만 배움터에서 생활하던 아이들은 미래 학교가 학교법인으로 인정받지 못한 탓에 기슭의 공립 초등학교에 다녔고, 그랬기에 알 수 있는 것이 있었다. 이가와 히사노는 그 학교를 초등학교 5학년 여름방학이 끝날 무렵 전출한 기록이 남아 있었던 것이다.

그때 전학을 간 아이는 그녀뿐만이 아니라 한 명 더 있었다. 당시의 학교 관계자는 미래 학교 내부에서 조직 개편이 이루어졌기 때문에 벌어진 전학이라고 단체로부터 설명을 들었다고 했다.

전학 절차와 시청에서의 전출 절차가 이루어졌고, 학교와 시청에도 이가와 히사노는 '홋카이도의 배움터에 간다'라고 전했다. 실제로 그 시기에 전학했던 또 한 명의 아이는 홋카이도의 배움터로 옮겨갔고, 그 후에 홋카이도의 한 공립 초등학교에 전입했다. 하지만 이가와 히사노는 학교와 구청 모두에 전입 절차를 밟지 않았고, 행정 서류상으로는 공중에 떠버린 상태가 되어 있었다.

이가와 히사노의 신원이 알려지게 된 후 바로 언론에 그녀의 모친이 등장했다. 모친은 미래 학교 내부에서 생활하던 어른이 아니라, 외부에서 생활하고 있었다. 교육 이념에 찬동해서 아이를 4세부터 시즈오카의 배움터에 맡겼다고 했다.

"히사노가 설마 그런 일을 당했을 거라고는 생각도 못했어요"라고 카메라 앞에서 울음을 터뜨리는 모습이 연일 보도되었다.

이가와 히사노가 공적인 기록에서 '사라진' 것이 초등학교 5학년 여름. 같은 시기에 홋카이도로 옮겨간 다른 한 아이의 이름은 보도되지 않았지만 노리코는 알고 있었다.

세상을 뜬 이가와 히사노와 함께 배움터에서 지내고, 같은 시기에 다른 장소로 옮겨간 그 아이는 분명 그녀의 죽음에 얽힌 진상을 알고 있다.

세상은 다시 시끄러워지기 시작했다.

7장

파편의 행방

"저기…… 정말로 어디에도 들어갈 수 없나요?"

2월.

노리코가 구청 창구에서 서류를 복사하러 간 직원이 돌아오는 것을 기다리는데, 옆에서 목소리가 들렸다.

국공립 어린이집 입학 신청서의 2차 접수를 위해 개설된 창구가 임시 창구를 포함해 다섯 개 정도 늘어서 있었다. 노리코 옆에는 20대 중반 정도의 젊은 부부가 아까부터 어찌할 바를 모르겠다는 표정으로 직원과 대화하는 중이었다.

"네. 안타깝지만 오늘은 2차 접수 신청서를 제출하신 후에 그 결과를 기다려주세요. 이곳에서 접수하실 수 있는 건 국공립 어린이집이지만, 우리 구에 있는 사립 어린이집에 대해서도 이쪽 자료에 목록이 나와 있습니다."

"네……. 아, 이건가요?"

젊은 부부의 남편 가슴에 작은 아기가 베이비 캐리어로 고정되어 있었다. 아마 아직 한 살 하고 몇 개월. 격전지라고 여겨지는 4월부터의 1세아 클래스에 입학 신청을 했지만 떨어진 사람들로 보였다.

"저기, 직접 이곳에 전화해서 4월부터 입학할 수 있는 곳을 찾으면 되는 건가요?"

더듬더듬 묻는 여성의 목소리를 도저히 듣고 있을 수가 없었다. 국공립 어린이집에 대한 1차 신청이 시작되는 것은 가을이다. 그 시점에 사립 어린이집은 대부분 일찍부터 입학할 곳을 확보하기 위해 움직이기 시작한 가정의 아이들로 이미 가득 차 있으리라. 이제 와서 찾더라도 빈 곳을 찾기란 거의 불가능하다. 그것을 알려주고 싶었다.

예상대로 대응하던 직원이 "그렇습니다"라고 곤란한 듯 말했다.

"4월에 바로 입학하는 건 이미 어려울지 모릅니다. 사립 어린이집도 이미 대기 순서를 기다리는 상태가 된 곳이 많거든요. 다만 국공립 어린이집의 1차 신청 결과에 따라 어린이집을 옮기는 가정도 있을 테니 연락해보는 게 좋을 것 같네요."

"아, 네, 그렇군요."

직원의 빠른 설명을 어디까지 이해한 것인지 알 수 없었다. 애매하게 맞장구를 치더니 아내가 곤란한 듯 남편을 바라보았다. 남편의 가슴 앞에서 아기의 검은 머리가 흔들렸고, 곧 칭얼거리기 시작할 것 같은 아우, 하는 작은 목소리가 새어 나왔다. 남편이 아무 말 없이 몸을 좌우로 움직이며 그 아이를 달랬다.

"마당이 없는 곳은 싫어서 2차 신청에서도 희망에서 제외했었는데, 그런 곳에도 들어갈 수 없는 건가요?"

아내가 묻자, 직원이 더욱 곤란한 듯한 표정을 지었다.

"흐음. 그렇군요. 마당이 있고 없고와 관계없이 자택에서 다닐 수 있는 범위의 어린이집은 소규모여도 가능한 한 전부 신청서를 써보세요. 그러면 2차 신청에서 통과할 가능성이 커지니까요."

"네."

안타까운 듯 고개를 숙인 아내 옆에서 아이를 안고 있던 남편은 마지막까지 한마디도 꺼내지 않았다.

노리코는 옆자리의 대화를 들으면서 정말로 입학시키고 싶었다면 왜 조금 더 빨리 정보를 모아서 움직이지 않았을까 생각했다. 그만큼이나 도쿄의 어린이집 입학 사정은 하늘에 별따기라고 소문이 나 있는데.

어린이집의 대기 아동 문제는 심각한 상태다. 입학을 생각한다면 우선 정보를 얻어야만 한다. 노리코도 일하는 틈틈이 구청을 찾아서 현재의 경쟁률과 신설 어린이집에 대한 정보를 입수했고, 직원에게도 얼굴을 자주 보였다. 그런 노력을 하지 않고 구청에 서류를 신청하기만 하면 들어갈 수 있다고 믿었던 듯한 그 부부의 대화는 옆에서 듣기에 견디기 어려웠다.

자신이 그들에 대해 안타까워하거나 짜증을 낼 필요는 없다. 잘 알고 있다. 하지만 심사가 뒤틀렸다.

왜냐하면 노리코는 필사적으로 정보를 모았기 때문이다. 아이코가 갓 태어났을 때부터 오늘까지, 자신이 지금까지와 다름없이 계속해서 일하기 위해서 어떻게 해야 하는지, 국공립, 사립 관계없이 찾았다. 마당이 있고 없고를 신경 쓰지 않고 보낼 수 있는 범위의 어린이집을 전부 희망란에 적었다. 하지만 어디에도 들어가지 못했다.

지난주, 입학 선정 결과를 받아들고는 망연자실했다. 도저히 믿을 수 없는 마음으로 통지에 동봉되어 있던 안내문에 따라 오늘 국공립 어린이집의 2차 신청 절차를 밟으러 온 것이었다.

아이코가 다니는 어린이집은 2세까지다. 올해 3월까지밖에 다니지 못한다. 이대로라면 4월부터 아이코를 맡길 곳이 없어진다.

학창 시절부터의 친구와 문자로 대화를 나누다가 속상한 마음에 그 사실을 적었더니, 그녀가 답장을 주었다. 그 위로하는 듯한 문장이 머리에 아른거렸다.

"부부 모두 풀타임으로 근무하는 변호사 부부처럼 바쁜

가정인 노리코네 아이가 들어갈 수 없으면 도대체 어디의 누구네 아이가 들어갈 수 있다는 거야."

그 문자를 읽은 후, 정말로 그렇다며 천장을 올려다보았다. 0세부터 국공립 어린이집 선정에 계속 떨어졌고, 지금도 아이코가 다니는 곳은 사립이다. 국공립으로의 전학 희망이 통과되지 않은 채 몇 년이나 지나자, 도대체 세상의 어느 누가 국공립 어린이집에 다닌다는 기적을 손에 넣을 수 있는가 생각하게 된다.

"오래 기다리셨습니다."

노리코의 입학 신청 서류 복사본을 손에 든 직원이 돌아와서 대면하는 자리에 앉았다. 노리코는 느릿한 몸짓으로 고개를 들고 그를 바라보았다. 평소에는 반사적으로 짓는 업무상의 가짜 미소도 오늘만큼은 지을 힘이 없었다. 직원에게 아무리 싹싹하게 굴거나, 그 반대로 격분하거나 비장감을 보인다고 해도 결과는 달라지지 않는다. 몇 번을 찾아왔지만, 아무런 정보도 모으지 않았던 옆의 부부와 자신의 처지는 같았다.

"2차 신청 결과는 다음 달 초에 통지됩니다. 어린이집에서 직접 전화를 드리며, 구에서도 문서로 통지해 드립니다. 그 후, 만약 입학에서 탈락한 경우에는 1년간은 매월 신청이 지속되며, 희망하시는 어린이집에 빈자리가 나오면 연락드립니다. 지속을 희망하시지 않는 경우에는 신청 취소 절차를 별도로 밟아주세요."

"네."

사무적인 목소리를 듣고 신청 수리 증명서를 받아들고는 자리에서 일어났다. 그러면서 해결해야 할 것이 산더미라고 생각했다.

국공립과 병행해서 신청했던 사립은 어디든 대기 순서를 기다리는 상황으로, 어떤 곳으로부터도 4월부터 아이코가 입학할 수 있다는 내정은 받지 못했다. 이대로라면 4월부터 아이가 다닐 곳이 없어지고 만다. 어린이집밖에 생각하지 않았기에 유치원에 다닌다는 것은 선택지에 넣지 않았지만, 지금이라도 들어갈 수 있을 만한 유치원을 찾는 편이 좋으려나. 생각하면 골치가 아팠다. 어린이집 견학만으로도 힘든데, 다시 처음으로 돌아가 유치원 찾기를 시작해야 하는 것인가. 하지만 이대로라면 4월부터 낮에 아이코가 있을 장소가 어디에도 없게 된다.

사무소 동료나 야마가미 소장에게는 뭐라고 해야 할까.

유치원은 어린이집에 비해 맡길 수 있는 시간이 짧다. 그것은 지금까지와 같은 형태로는 일할 수 없게 된다는 것을 의미한다. 야마가미 법률사무소에 여성 변호사는 노리코가 처음이었다. 즉, 아이를 두고 일한 여성의 전례가 없다. 출산 휴가와 육아휴가를 받았지만, 앞으로 어떤 근무 형태가 자신에게 가능할지는 완전히 미지수였다. 지금까지 몇 명인가 있던 사무직 여성들은 전부 아이가 태어난 후에 퇴직했다.

어머니에게 이쪽으로 와달라고 할까. 혹은 아이가 클 때까지 노리코가 일을 그만둘 수밖에 없을까. 하지만 장기간 육아에 전념한 후에 예전처럼 일로 복귀할 수 있을까.

머리가 아팠다. 지금까지도 노리코의 일이 바쁜 시기에 어머니가 집에 와서 도움을 준 적이 있었지만, 남편 에이지는 노리코의 어머니가 함께 사는 것을 환영하지 않는다. 말로는 안 하지만, 어머니가 있을 때 스트레스를 느끼고 있다는 점은 노리코에게도 전해졌다. 피가 이어지지 않은 타인이기에 당연하다고 하면 당연한 일이다.

그리고 그것은 노리코도 마찬가지였다. 시어머니와 동거한다고 생각하면 그녀를 결코 싫어하지는 않지만 곧장 불가능하다는 답이 나온다.

전업주부인 시어머니는 아이코를 어린이집에 맡길 때 대놓고 "어째서 유치원이 아니라 어린이집으로 정한 거야?"라고 물었던 사람이었다.

아이코가 태어날 때까지 노리코는 자신에게 모성이 있다고 느끼지 않았다. 애초에 아이를 좋아하지도 않았고, 태어날 아이가 귀여울 것 같다고도 생각하지 않았다. 하지만 아이코가 태어나서 얼굴을 처음 본 순간, 확실히 귀엽다고 생각했다. 스스로도 놀랐다. 출산 후라 몸은 피곤했지만 아기 침대에 눕힌 아이가 사랑스러웠고, 몸 회복을 위해 하룻밤 떨어져서 잠을 자자 다음 날 아침에는 얼른 만나고 싶어서 참을 수 없는 기분이 들었다.

그런 점에 대해 노리코는 서툰 표현으로 시어머니에게 전했다. 낳고 보니 이렇게 함께 지내고 싶다고 생각하게 될지 몰랐다고. 그러자 뒤에서 시어머니가 남편에게 말한 듯했다.

"봐봐. 온종일 어린이집에 맡긴다고 했지만, 태어나면 계속 같이 있고 싶어진다니까? 나, 우리 며느리는 그렇게 되리라 생각했었어."

남편에게 그 말을 전해 듣고 깜짝 놀랐다. 현대와는 다른 옛날 세대의 감각이라고 하면 그뿐인 이야기일지도 모른다. 하지만 아이를 사랑스럽게 여기는 마음과 자신들의 생활 방식을 한 묶음으로 만들어 그녀의 기준으로 헤아려서 말한다는 점에서 참을 수 없을 만큼 위화감을 느꼈다.

에이지는 마음이 맞는 친구이자 연인이자 남편이었다. 아이가 태어날 때까지 그것을 의심한 적은 없었다. 하지만 그날 에이지가 한 말 또한 노리코의 가슴에 사라지지 않고 꽂혀 있는 채였다. 시어머니의 말을 전한 후, 그는 수줍은 듯 웃으며 말했다.

"노리코가 그렇게 생각하면 난 괜찮아. 당신이 일을 그만둬도."

일을 그만두고 육아를 위해 시간을 쏟는 것은 어째서 여자 쪽이라고 정해져 있는 것일까. 미디어에서는 물론, 친구들이나 같은 일을 하는 여성들에게도 자주 듣는 말이지만, 설마 자신이 그런 일을 겪게 될 줄은 생각지 못했다.

남편과 시어머니 모두 노리코에게 그런 말을 한 것조차 더는 기억하지 못하리라.

시어머니가 남편과 자신이 바쁜 시기에 도와주러 온 적이 한 번 있었다. 짧게 머무는 동안에 아이코를 어린이집에 데려다주거나 집안일을 맡은 그녀는 "도시의 육아는 무척 힘들구나"라고 불쑥 중얼거렸고, 이후 아이코의 어린이집 문제에 대해서는 아무 말도 하지 않게 되었다.

에이지는 육아는 물론 아이코의 어린이집 찾기에도 협력적이다. 오늘의 입학 신청은 노리코가 혼자서 출근하기 전에 왔지만, 어린이집 견학이나 설명회에는 가능한 한 동행했다. 하지만 이대로 맡길 곳을 찾지 못하게 되면 남편이나 시어머니에게서 어떤 '본심'이 나올지 노리코로서는 상상도 할 수 없었다. 그런 식으로 생각해버리는 것 자체가 자신이 지금 약해진 상태라는 사실을 실감하게 했다.

자리에서 일어나 무거운 발을 끌면서 돌아가는 계단으로 향했다. 벽 앞에는 노리코 다음으로 신청 순서를 기다리는 사람들이 줄지어 앉아 있었다. 1차 신청에 떨어진 사람들의 얼굴은 누구나가 다 험악했다.

오기 전부터 침울하던 마음이 더욱 가라앉았다. 계단으로 향하는 통로 앞에 아까 노리코 옆에 있던 젊은 부부의 모습이 보였다. 몹시 난처한 듯 얼굴을 마주보며 작은 목소리로 "어떻게 하지?"라고 중얼거렸다. "들어갈 수 없다니, 처음 들었어"라고 조용히 내뱉는 남편의 다운재킷 소매가 해져 있었다. 그의 품에서 작은 아기의 머리가 다시 움직였다.

갑자기 지난가을, 남편과 견학하러 갔던 사립 어린이집이 떠올랐다.

마당이 없는 사무용 건물의 한 모퉁이.

"이곳이 영아 방이고, 이쪽이 2세아 방이고, 여기가……" 하며 순서대로 안내받은 한 방에서 노리코는 위화감을 느끼고 발을 멈췄다. 어째서인지는 알 수 없었다. 3세아의 방이라고 한 그곳은 아이코가 좋아할 법한 장난감과 그림책이 많았고, 충분한 넓이라고 느껴졌음에도 뭔가 어두웠다. 세로로 긴 어딘지 답답하게 느껴지는 방. 잠시 생각한 뒤에 창문이 없다는 사실을 깨달았다. 어린이집 측에서도 그것을 알고 있는지 도화지에 동물 그림을 그려서 붙여 놓았고, 실내를 밝게 보이도록 조명을 단 듯했지만 어딘지 모를 압박감이 들었다.

이곳에 입학하면 아이코는 이 방에서 지내게 되는 것일까.

"저희는 3세아의 정원이 다섯 명인데, 이 방에서 언제나 한 명이나 두 명의 직원이 함께합니다."

그 설명을 듣고 돌아가는 길에 노리코는 에이지에게 그 방이 조금 불안해 보인다고 말했다.

"두 직원이 있을 때는 괜찮지만, 혼자 있는 경우에는 극단적으로 말해 그곳에서 체벌 같은 게 있어도 아무도 깨닫지 못할지도 몰라. 창문도 없고."

노리코로서는 진지한 걱정이었지만 남편은 그렇게 느끼지 않았는지 가볍게 웃더니 "그게 무슨 말이야"라고 중얼거렸다.

"그건 조금 과장된 거 아니야? 너무 걱정이 많은데?"

노리코 부부는 그 사립 어린이집에도 입학 신청을 했다. 창문이 없다는 점이 신경 쓰였지만, 집 근처인 이 어린이집을 신청하지 않는다는 선택지는 있을 수 없었다.

과장된 것처럼 느껴지는 걱정.

그 시기에 어째서 자신이 그런 걱정을 했는지, 그 이유는 알고 있다.

"죽었기를 바랐죠?"

"걱정했죠? 합숙에서 자신들이 만난 그 아이들을 어디에 보냈냐고, 그 아이들에게 무슨 짓을 했냐고, 아까 당신은 나한테 물었잖아요."

다나카 미카의 목소리를 들었을 때 느낀 그 나락으로 밀려 떨어지는 듯한 떨림과 전율이 그로부터 4개월 정도 지난 지금도 사라지지 않는다. 이미 자신의 일은 끝났다. 이제 와서 마음을 졸일 필요도 자격도 없다. 하지만 폐쇄되었던 그 '학교'에서 아이들에게 무슨 일이 있었던 것일까. 그것을 생

각하면 가슴이 아팠다. 마음이 지금도 그 사건에 계속 사로
잡혀 있었다.

긴자에 도착하여 사무소로 향하는 도중에도 마음이 차분
해지지 않았다.

지금부터 일해야만 하는데 자신의 문제로 머리가 가득 차
있다는 점이 한심했다. 마음을 고쳐먹고자 고개를 들었는데,
문득 사무소가 위치한 빌딩 입구의 엘리베이터 근처에 수상
한 사람이 서 있는 것을 깨달았다.

카키색의 낡은 점퍼를 입은 키가 큰 남성이었다. 처음에는
노인처럼 보였지만, 다가가자 얼굴에 주름은 거의 없었고,
그렇게까지 나이가 많지 않다는 사실을 깨달았다. 꽤 마르
기도 했고 머리카락을 삭발에 가까울 정도로 짧게 자른 탓
에 나이가 있는 것처럼 보이는 듯했다.

남성은 엘리베이터 옆에 있는 세입자 안내판을 몇 번이고
바라보더니, 고민스러운 듯 고개를 주억거리며 뭔가를 망설
이는 것처럼 보였다. 엘리베이터에 탈지 말지를 주저하듯.

이 남성은 우리 사무소를 찾아온 것일지도 모른다고 순간
적으로 생각한 것은 그가 어떤 문제를 안고 있는 것처럼 보
였기 때문이었다. 노리코가 지금까지 만나 왔던 다양한 사
정을 품은 의뢰인들과 비슷한 분위기가 풍겼다. 근거 없는
직감이지만 그렇게 느꼈다.

노리코에게는 오늘 신규 상담 약속은 잡혀 있지 않은데, 소장인 야마가미 아니면 다른 변호사를 만나러 온 것일까. 말을 거는 것도 주제넘은 듯한 느낌이 들어서 부자연스럽지 않은 정도의 거리감을 두고 노리코는 잠시 그가 어떻게 행동하는지 지켜보았다. 그러자 엘리베이터 앞에 서 있던 그 남자 쪽으로 다른 한 명의 남자가 다가왔다. 근처에 있는 화과자 가게의 종이봉투를 손에 들고 있었기에 간단한 선물을 사온 것일지도 모른다고 생각했다. 그런 그의 얼굴을 보고 노리코는 깜짝 놀랐다.

시원스러운 눈가에 작은 사슴 같은 얼굴의 청년. 미래 학교 도쿄 사무국에서 노리코에게 차를 대접하고, 돌아갈 때는 언제나 엘리베이터까지 배웅을 나와준 그 남성이었다.

노리코는 멈춰 섰다. 왜 그가, 하고 생각하는데 엘리베이터 앞에 있던 남자가 이쪽으로 몸을 돌렸다. 그에 이끌린 듯 그 청년도 노리코를 보았다. 둘은 부자지간처럼도, 친구 사이로도 보이지 않았고, 그 둘이 나란히 이쪽을 보는 광경은 어딘지 조화롭지 않은 인상이었다.

시선이 마주쳤다. 처음에 노리코를 향해 걸어온 것은 청년 쪽이었다.

"아, 안녕하세요."

시원스러운 목소리였다. 처음으로 만났을 때 받은 인상은 달라지지 않았다. 말끔한 얼굴이다. 지금까지 미래 학교를 감싸고 있는 그야말로 다양한 것에 노출되어왔을 텐데, 이 세상의 악의 따위 아무것도 모른다는 듯한 태도였다. 무엇보다 약속도 잡지 않고 찾아와서 "안녕하세요"라고 가벼운 인사를 당당하게 건넬 수 있다는 점에 압도되었다.

순간적으로 답인사조차 건네지 못한 노리코는 그때 그 옆에 있던 장신의 남성이 숨을 삼키는 것을 알았다. 왜 그러는 것일까, 하는 생각이 들 정도로 그가 눈을 크게 떴다.

"곤도 노리코 씨?"

조심스러운 듯 머뭇거리는 목소리였다. 노리코가 굳은 표정으로 그렇다고 답하자 그의 눈이 이번에는 가늘어졌다. 눈부신 것이라도 보는 것 같았다. 그 표정의 의미를 노리코가 채 헤아리지 못하고 있는데, 그가 자신의 이름을 말했다.

"저, 오키무라 시게루라고 합니다. ……기억하시나요?"

이번에는 노리코가 눈을 크게 뜰 차례였다. 불필요한 군살이 전혀 없는 마른 체구를 주체할 수 없는 듯 그가 몸을 움츠리고 인사했다.

"어렸을 때, 만난 적이 있는데……."

"시게루 오빠……?"

무심코 입에서 소리가 나와버렸다. 나오고 나서야, 경계했어야 하는 거였을까, 하고 깜짝 놀란 후, 노리코는 다시 눈을 크게 떴다. 오키무라 시게루의 표정이 금세 밝아졌기 때문이었다. 기쁜 듯 상냥하게 미소 지었다.

"네. 시게루예요. 오랜만이네요."

너무나도 서글서글해서 오히려 맥이 빠져버렸다. 다소 잿빛이 감도는 눈동자가 똑바로 노리코를 바라보았다.

●●●

"노리코 씨가 변호를 맡아주셨으면 합니다."

오키무라 시게루의 입에서 그 말이 나온 순간 심장이 쿵하고 크게 뛰어올랐다.

"전화를 먼저 해야 했겠지만, 만나줄지 어떨지 걱정되어서요."

그래서 직접 만나러 왔다는 둘을 사무소로 데리고 들어가서 일단 응접실로 안내했다. 오늘은 어린이집 신청을 위해 오전 일정은 아무것도 넣어두지 않아서 다행이었다. 다행히 소장인 야마가미도 사무소에 있었기에 동석을 부탁할 수 있었다.

노리코는 야마가미에게 자신이 과거 미래 학교의 합숙에 참가했던 사실을 말한 적이 없었다. 시게루를 만나기 전에 야마가미에게 그 사실을 간결히 설명했다.

지금까지 아무 말도 하지 않았던 것을 책망할지 모른다고 생각했지만, 야마가미가 꼭 동석해주었으면 했다. 시게루의 말을 혼자서 듣는 것은 너무 부담이 크다고 느낀 것이다. 일부러 사무소를 찾아올 정도니 그들이 뭔가 중대한 이야기를 하러 왔다는 점은 충분히 상상할 수 있었다.

야마가미에게는 요시즈미 부부로부터 미래 학교에 관한 안건을 받았으면서도 지금까지 아무 말 하지 않았던 점을 솔직히 사과했다. 야마가미 소장은 노리코의 설명에 눈에 띄게 동요하는 모습을 보이지 않았다. 하지만 어린 시절의 합숙에서 다나카 미카와 면식이 있었다는 사실을 전하자, 처음으로 "정말로?"라며 놀란 표정을 보였다. 백골 시체의 신원이 알려진 후에 나온 일련의 보도를 통해 시체의 여아와 같은 시기에 홋카이도로 자리를 옮겼고 현재는 미래 학교의 부인회장을 맡고 있는 그녀의 실명은 보도되지 않았지만 크게 다뤄지고 있었다.

"이거, 약소한 거지만 드세요."

응접실에 들어가자 도쿄 사무국에 있던 젊은 남성이 종이봉투를 내밀었다. 이 근처의 화과자 가게 봉투였다. 선물을 가지고 가는 편이 좋다고 이 근처에 와서 갑자기 떠올렸을지도 모른다. 그렇다고 하면 역시 뭔가 의뢰할 것이 있어서 찾아온 것이다. "감사히 받겠습니다"라고 받아들면서 몸가짐을 새로 했다. 그는 '사하라'라고 자신의 이름을 밝혔다.

옆에서 시게루가 자세를 바로잡았다. 노리코를 바라보고 말했다.

"노리코 씨가 변호를 맡아주셨으면 합니다."

"변호, 말인가요?"

되묻고 나서 시게루가 성인 '곤도 씨'가 아니라 이름인 '노리코 씨'라고 부른 것에 신기한 느낌을 받았다. 완전히 첫 대면은 아니기에 나오는 친근함이 담긴 호칭이었다.

시게루다웠다. 어린 시절에 만난 적 있을 뿐인 인연이라고 해도, 지금도 노리코를 믿고 있다. 낙관적으로 여겨질 정도의 사고방식이다. 미래 학교의, 그들의 그런 순수함을 기억한다. 세상의 때가 묻지 않은 모습을 안타깝게 생각하는 자신과, 변함없는 부분에 안도하고 기쁘게 생각하는 자신이 있다. 하지만 미카가 잊고 있던 노리코를 그가 기억한다는 점은 의외였다.

"변호라고 하면, 미래 학교의 대리인을 말씀하시는 건가요? 하지만 미래 학교에는 이미 고문 변호사가 계시는 것으로 알고 있습니다만."

야마가미가 물었다. 시체 발견 이후, 단체의 대리인으로서 백발 머리에 안경을 쓴 베테랑의 품격이 느껴지는 변호사가 빈번히 표면에 나서게 되었다. 보도에 따르면 그는 미래 학교의 회원이라고 했다. 요시즈미 부부의 건에서는 노리코와의 교섭에 한 번도 나오지 않았고, 실제로는 그 점이 노리코로서는 불만이었다. 결국 가오리를 찾아주긴 했지만, 단체가 진지하게 취급해주지 않는다고 느꼈던 원인 중 하나이기도 했다.

야마가미의 질문에 시게루가 "네. 미래 학교에는 고문 변호사가 있습니다"라고 끄덕였다. 하지만 곧장 분명하게 고개를 저었다.

"노리코 씨에게 부탁하고 싶은 건 미래 학교의 변호가 아닙니다. 다나카 미카의 변호입니다."

숨이 멈췄다.

다시 듣고 싶지 않은 이름이었다. 도쿄 사무국 복도에서 그녀가 건넸던 말들이 아픔과 함께 되살아났다.

노리코 옆에서 야마가미도 다시 숨을 들이켰다. 야마가미가 물었다.

"재판이 열리나요?"

"네. 상대측 변호사가 소장을 제출했다고 저희에게 연락이 왔습니다."

시게루가 아니라 이번에는 사하라가 답했다.

백골 시체의 신원이 판명된 뒤 최근 4개월, 미래 학교를 둘러싼 보도는 다시 과열되기 시작했다. 내부에서 생활하던 아이가 희생자였다는 점. 그렇다면 그 죽음을 은폐한 것은 배움터의 어른들 외에는 있을 수 없다는 점. 미래 학교를 떠난 관계자들에게도 다시금 취재가 쇄도했고, 기쿠치 겐도 인터뷰에 응하거나 전문가로서 와이드쇼의 스튜디오에 불려 나온 것을 여러 번 보았다.

하지만 신원은 판명되었지만 이가와 히사노의 구체적인

사인에 관해서는 여전히 해명되지 않은 채였다. 언론은 그녀의 죽음이 살인에 의한 것은 아닐까 하는 방향으로 논의를 부추겼다.

보도가 과열되는 가운데 많은 억측이 귀에 들려왔다.

어른들의 체벌에 의해 아이가 죽었다는 말이나 체벌보다 더욱 심한 학대가 의심된다는 말. 처음에는 그런 식으로 미래 학교의 교사인 어른의 관여를 의심하는 의견이 대부분이었지만, 어느 시기부터 그 방향이 바뀌었다.

이가와 히사노와 같은 시기에 미래 학교에서 생활했던 예전 회원들이 "아이들 무리에서 그녀가 따돌림을 받았다"라는 왕따를 연상시키는 증언을 시작한 것이다. 증언자 중 많은 수는 생수 사건 등을 계기로 미래 학교에서 나온 사람들이었다. 히사노가 호적과 같은 서류에서 '사라진' 초등학교 5학년의 여름 끝자락, 그들 사이에서 히사노는 고립된 존재였다고 했다.

"본래부터 말투가 거친 아이였고, 그녀 탓에 모두의 화목이 흐트러지는 일이 잦았어요. 머리가 좋은 아이였지만 문답에서도 선생님이나 주변을 곤란하게 할 법한 말을 일부러 쓰거나 했습니다."

"어느 쪽인가 하면 히사노는 왕따를 당하는 쪽보다는 하는 쪽이었지만, 다른 사람에게 너무 심하게 굴다 보니 결국 마지막에는 히사노가 따돌림을 당하게 되었다고 할까……."

"그해 여름이 끝날 무렵에 어른들이 연수를 위해 모두 배움터를 비운 적이 있었어요. 아이들만이 자리를 지키던 시기가 있었는데, 그 직후 ○○와 히사노가 둘이서 홋카이도에 가게 되었습니다. 저희는 자세한 사정은 모르지만요."

"결국 ○○가 히사노에게 가장 엄격하게 대했던 것 같습니다. 그랬기에 둘 사이에서 무슨 일인가가 있었고, 그 벌로 둘 다 홋카이도에 가게 된 게 아닐까 생각했습니다. 하지만 설마 히사노가 죽었다니 꿈에도 몰랐어요."

"어른이 없었던 시기, 아이들이 배움터 활동을 맡아서 모두 함께 그곳을 운영했는데, 히사노가 제멋대로 구는 걸 ○○가 용서하지 못해서 히사노를 자습실에 가둔 적이 있어요."

당시 사정을 안다는 '관계자'들이 저마다 말했다.

"○○가."

"○○가."

"○○가."

"○○가 무슨 일이 있었는지 알 거예요."

보도에서는 그녀의 이름이 지워진 채 모자이크 처리가 되어 있었다. 하지만 이가와 히사노가 시즈오카의 배움터를 떠났을 때 같이 홋카이도로 옮겨 간 아이가 있다는 점, 그녀가 지금도 미래 학교에 머무르며 도쿄 사무국에서 부인회장을 맡고 있다는 점은 크게 보도되었다.

특수한 환경에 있던 아이들 사이에서 뭔가의 사건이나 사고가 일어났을 가능성을 미디어가 검증하기 시작했다. 증언한 예전 회원들은 모두 "자신은 몰랐다"며 입을 모았다. 마치 진실을 아는 것은 지금도 단체에 머무르고 있는 사람들뿐이라고 말하는 것처럼.

노리코는 수많은 보도를 복잡한 심경으로 바라보았다.

법적으로든 논리적으로든 지적할 만한 점이 많은 이야기였다.

우선 그들이 자연스럽게 당연한 것처럼 말하는 '아이들만 자리를 지킨' 시기에 대해서가 그렇다. 사실이라고 하면 너무나도 무책임하지만, 상대는 미래 학교다. 어른이 생활에 개입하지 않음으로써 아이들의 자주성이 생겨난다고 진지하게 믿는 단체. 그곳이라면 그런 발상을 떠올리더라도 절대 이상하지 않다.

그 시기, 어른들이 없었던 것은 일부 옛 회원의 이야기에 따르면 시즈오카와 홋카이도에 이어서 새로운 배움터를 창설하기 위해 어딘가의 토지를 시찰하는 여행이었다고 했다. 보통이라면 몇 명인가의 어른을 남길 터였지만, 그들이기에 '아이들을 믿는다'라는 명목으로 오히려 일부러 아이들만 남아 있는 환경을 만든 것은 아닐까.

곧이곧대로 믿기는 힘들지만, 노리코는 그곳 사람들이 얼마나 '아이들을 믿었는지'를 알고 있다. 그렇기에 분명 증언대로 어른이 아이들만을 남겨 두고 보호 책임이나 감독 책임을 방기한 시기가 있었으리라 생각한다.

'자습실'에 대해서도 언론은 시간을 할애해서 보도했다. 스스로 반성하고 싶은 것이 있을 때 자주적으로 생각하기 위해 들어가는 방이 미래 학교에는 존재한다. 주변에서 들어가라고 권유하는 일도 있으며, 그런 경우에는 자신의 의사로는 밖으로 나올 수 없다는 규칙도 상세히 보도되었다. 체벌의 일종이자 사적 제재가 아니겠냐며 방송 패널이나 전문가 중 상당수가 지적했다. 그에 대해 미래 학교의 대리인은 지금은 그런 일은 없으며, 과거에도 어디까지나 어른들 사이에서만 드물게 행해졌을 뿐 아이들의 교육에 활용한 적은 없다는 뜻의 성명을 발표했다.

하지만 아이들은 좋든 나쁘든 주변 어른의 영향을 받는다. 그해 여름, 어른들이 없던 미래 학교에서 아이들이 제멋대로 자습실을 사용했을지도 모른다.

히사노의 죽음은 사건인가 사고인가.

일부 아이들 사이에서 일어난 트러블에 의해 히사노는 목숨을 잃었고, 시찰에서 돌아온 어른들은 기를 쓰고 그 죽음을 은폐한 것은 아닐까.

언론 보도 중에는 히사노가 아이들 사이에서 따돌림을 당한 괴로움에 자살했을 가능성을 암시하는 기사도 있었지만, 자살이나 사고라고 해도 미래 학교는 아이가 배움터에서 죽은 사실 그 자체를 문제시하여 숨기려 한 것은 아니냐며 몇 몇 회원들이 주장했다. 이것은 기쿠치 겐도 마찬가지였다. 아이를 대하는 이상적인 교육을 주창하고, 깨끗한 물의 존재를 어필하여 판매함으로써 자금을 얻던 단체로서는 '숨기는 것' 외의 선택지는 없었을 것이라고 그들은 말했다. 그것이 '살인'이었다고 한다면 더더욱 그렇다고.

물론 모든 사람의 증언을 연결해서 결론 내린 억측에 불과하다. 시체의 백골에서 사인을 특정할 수 없는 이상, 그녀의 죽음이 타살에 의한 것인지 어떤지는 알 수 없다.

부인회장인 다나카 미카가 계속 주목을 받았지만, 억측대로 그녀가 정말로 히사노의 죽음과 관련되어 있다고 해도 당시의 그녀는 11세로, 법적인 책임을 묻는 것은 애초에 불가능하다.

히사노의 죽음에 대한 사건성의 유무는 제쳐두고, 30년 전의 시체유기는 이미 공소시효가 성립한다. 시체의 신원을 알게 된 후 경찰은 단체를 계속 조사하는 듯했지만, 관계자가 체포되거나 진상을 알아냈다는 보도는 없었다. 시효가 성립한 사건을 경찰이 이 이상 뒤쫓을 일은 아마 없으리라.

하지만 미래 학교가 관련되었다는 점이 명백함에도 죄를 묻지 않는다는 점을 석연치 않게 느끼는 관계자가 많았다. 히사노의 모친인 이가와 시노가 그 필두였다.

시체의 신원이 판명되고 얼마 되지 않아 시체인 여아의

모친으로서 취재를 받은 시노는 몹시 흐트러진 모습이었다. 얼굴은 나오지 않았지만 떨리는 손에 손수건을 쥐고 몇 번이고 눈물을 닦으면서 심정을 털어놓는 모습이 방송되었다.

"저는 딸이 연을 끊은 거라고 생각했어요. 하지만 그건 그녀가 자립해서 쑥쑥 자랐기 때문이라고 생각했죠. 히사노는 행복하게 지내기에, 그래서 저를 용서할 수 없고 만나고 싶지 않겠거니 하고요. 저를 필요로 하지 않는다고 열심히 스스로를 설득하며 살았습니다. 그런데 설마 이런 식으로 배신하다니 너무합니다."

주간지 보도에 따르면 시노는 그녀가 사는 시즈오카 현에서 당시 꽤 영향력을 지니고 있던 현의원과 이른바 애인 관계였다. 그 의원에게는 처자식이 있었고, 시노와의 사이에 혼외자로 태어난 것이 히사노였다. 부친인 의원도 자신의 자식이라는 것을 인정한 상태였다.

당시 근처에 살던 사람의 이야기에 따르면 시노는 교육에 힘을 쏟는 모친이었다고 한다. 미래 학교에는 배움터에서 생활하지 않는 '기슭의 학생'이라고 불리는 회원이 많았는데, 시노는 열심히 활동하는 '기슭의 학생' 중 한 명이었다. 미래 학교의 교육 이념이 무척이나 멋지고 획기적이며 앞으로의 시대에 어울린다고 주변에 말했고, 단체가 판매하는 샘물에 대해서도 엄청 좋은 것이라며 주변에 나누어주곤 했다. 환경 문제나 봉사활동에도 열심이었고, 이웃에게 환경 보호 활동의 서명이나 재해 지원의 모금 등을 호소하는 일도 있었다는 듯, 당시의 그녀를 아는 사람들은 "그런 높은 의식을 가진 사람"이라고 그녀를 설명했다.

다만 히사노가 어머니와 살았던 것은 그녀가 세 살이 될 무렵까지였다. 히사노가 유치원에 올라가는 해, "이 주변의 유치원에 보낼 줄 알았는데, 갑자기 미래 학교에 맡긴다고 해서 놀랐다"라고 주변 사람들은 입을 모았다. 보도에 따르면 어떤 사람은 목소리를 낮추고 이렇게 말했다고 한다.

"역시 본부인에게 지고 싶지 않았던 것 아닐까요. 본부인의 아이들은 대학 부속 명문 유치원에 다녔거든요. 시노 씨는 히사노를 그곳에 넣고 싶었던 것 같은데, 아무리 그래도 같은 유치원이나 학교는 피해 달라고 ○○씨(의원 이름)가 말해서 꽤 화를 냈다고 하더군요. 그렇다고 평범한 일반 아이가 갈 법한 유치원은 싫었던 거겠죠. 시노 씨 본인으로서는 엄선해서 고를 필요가 있지 않았을까요?"

시노는 히사노를 미래 학교에 맡긴 후 얼마 되지 않아 함께 환경 보호 활동을 하던 남성과 결혼했다. '이가와'는 히사노가 한 번도 만나지 못한 그 새아버지의 성이다. 얼마 되지 않아 시노와 그 남성 사이에 아들이 태어났고, 새로운 가정이 만들어진 이후에는 시노가 미래 학교에 맡긴 딸을 방문하는 일도 줄어든 듯했다. 히사노의 동생은 지역 유치원과 학교에 다니게 했고, 미래 학교에 보내지 않았다. 그 경위에 대해서 시노는 이렇게 설명했다.

"새로운 가정으로 데려오려고도 했는데, 히사노가 싫어했어요. 새아버지와 동생을 어떻게 대하면 좋을지 알 수 없다면서요. 언젠가는 함께 지낼 수 있다고 생각하는 사이에 미래 학교에서 갑자기 그 아이가 홋카이도에 간다고 했습니다. 남편이 사업을 시작해서 저도 이래저래 바빴기에 바로 만나러 갈 수 없었죠. '만나고 싶을 때는 그 아이와 언제든 만날 수 있는 거죠?' 하고 묻자, 단체에서는 '물론입니다'라고 했습니다. 하지만 막상 히사노를 만나고 싶다고 연락했더니, 히사노가 거절한다고 하는 거예요. 제멋대로 살아가는 저를 용서할 수 없어서 두 번 다시 만나고 싶지 않다, 모녀의 연을 끊고 싶다고 말한다고요. 저는 자살을 생각할 정도로 낙담했습니다. 그랬는데……."

얼굴은 감춘 채 턱 밑 부분만 보이는 인터뷰 영상에 손수건을 쥔 시노의 주름진 손이 비쳤다. 손가락에는 사파이어로 보이는 반지를 끼고 있었다. 후에 그녀가 격렬한 비난을 받을 때, 많은 사람이 "기자회견도 한껏 꾸미고 나갔다"라고 말하는 이유가 된 반지다.

"제멋대로 살아간다는 말도, 연을 끊고 싶다는 말도 전부 히사노의 의사와는 관계없이 그 단체가 날조해서 저한테 말한 거라고 생각하면 분하고 슬픕니다. 사람을 바보로 여기는 것도 정도가 있죠. 히사노가 가여워요. 그 아이는 미래 학교에게 살해당한 겁니다."

주변 이야기에 따르면 새로운 가정이 만들어지고 얼마 되지 않아 시노는 점점 미래 학교의 열렬한 '학생'이 아니게 되었다고 한다. 그랬기에 주변에서는 시노가 단체에 아이를 맡겨 귀찮은 것을 떼어 낸 것처럼도 보였다고 한다.

"불륜을 청산하고 두 번째 인생을 다시 쓰기 위해 아이를 겉보기에 좋은 형태로 쫓아냈다"라는 주변의 걸러지지 않은 발언도 보도되었다.

일련의 보도가 물론 진실이라고 단언할 수는 없다. 하지만 그녀가 시체가 발견되기까지 딸의 행방을 적극적으로 찾으려고 하지 않았던 것은 사실이다. 시노의 이야기에 따르면, 경찰은 우선 히사노가 호적상 행방불명이 되어 있다는 점에 주목해 시체의 DNA 감정을 위해 시노와 연락을 취했다. 그 결과, 시체는 그녀의 딸이라고 판명되었다고 했다.

내버려둔 것이 아니라, 어디까지나 자신은 미래 학교에 속은 것뿐이라고 말하는 모친에게 세상에서는 비난의 목소리가 커졌다. 노리코도 텔레비전 뉴스에서 그녀가 얼굴을 가린 채 말하는 모습을 처음 보았을 때, 바로 좋지 않다고 판단했다. 예상은 적중했고, 인터넷 세상을 중심으로 그녀에 대한 비방과 중상이 순식간에 퍼져나갔다.

이른바 자신의 아이를 버린 것과 마찬가지인 부모가 이제 와서 그런 말을 할 자격이 있는가. 죽었다는 사실을 알게 되니 갑자기 딸이 가엽다고 한탄하며, 자신도 또 다른 피해자 행세를 하는 것은 너무 철면피다. 그런 곳에 아이를 맡기고 방치했으니까 어머니가 이가와 히사노를 죽인 것과 마찬가지다…….

"계속 내버려둔 주제에."

시노를 향하는 목소리는 묘하게도 노리코가 다나카 미카에게 들은 말과 같은 것이었다.

인터뷰를 하는 히사노의 모친이 얼굴은 보이지 않음에도 잘 차려입은 행색이었던 것. 감정적인 말투나 적극적으로 취재를 받는 자세를 의문시하는 목소리도 많았다. 잊고 있었던 아이에 대해 너무 과도하게 슬퍼하는 것 아니냐며. 노리코가 좋지 않다고 느낀 것도 그런 대목이었다. 그녀에게도 가족이 있을 테고 사회적인 입장도 있을 텐데 시노는 '너무 많은 말을 하는' 느낌이 들었다.

그녀의 가족은 그에 대해 어떻게 생각할까. 그런 의문을 품고 있는데, 얼마 후에 이번에는 그녀의 아들이라는 인물이 그녀 옆에 같이 섰다. 그 남성은 모친을 지키는 것처럼 취재진 앞에 서서 의연한 태도로 "소송을 생각 중입니다"라고 입에 담았다.

"저한테 누나가 있다는 사실은 알고 있었습니다. 괴로운 이별을 했다고 어머니에게 들었지만, 언젠가는 찾아서 만나고 싶다고 계속 바랐습니다. 설마 누나의 죽음을 이렇게 오랜 기간 은폐하고 있었다고는 생각지도 못했고, 저희 가족은 미래 학교에 큰 상처를 입었습니다. 누나를 돌려주세요. 히사노 누나는 미래 학교와 그 관계자에게 살해당한 거라고 확신합니다."

이 주장에 노리코는 자신의 눈과 귀를 의심했다. 그는 한 번도 만난 적이 없는 히사노를 당당히 '누나'라고 말했고, 그녀를 빼앗은 미래 학교에 대한 증오를 어머니와 함께 강한 어투로 말했다.

노리코는 그저 일련의 사건을 외부자의 입장에서 바라볼 뿐이었지만, 실제로 소송이 벌어져도 이상하지 않다고 생각했다. 처음에는 작은 착상에 불과했을지 몰라도, 입에 담음으로써 히사노의 가족이 뒤로 물러설 수 없게 되는 것은 아닐까 걱정되었다.

시효가 성립한 시체유기 사건을 경찰이 본격적으로 조사할 일은 없다. 히사노의 죽음의 책임을 미래 학교에 묻는다고 한다면 민사 손해배상 청구밖에 없었다.

야마가미가 "재판이 열리나요?"라고 물은 것은 이런 상황을 알고서 한 말이다.

사하라가 끄덕이더니 설명했다.

"상대방의 주장은 두 가지입니다. 하나는 미래 학교 단체에 대한 과실치사와 시체 은폐에 의한 손해배상 및 위자료 청구. 또 하나는 부인회장 다나카 미카 개인에 대한 살인에 의한 손해배상과 위자료 청구입니다."

살인이라는 단어가 가진 힘에 호흡이 멈췄다. 아무 말 없이 그와 시계루를 바라보는 노리코 옆에서 야마가미가 "그것 참……" 하고 중얼거렸다.

"이가와 히사노 씨의 사인은 타살이라고 확정된 건 아니지요?"

"네. 하지만 상대방은 당시의 상황을 볼 때 다나카 씨가 죽인 것이라고 단정하고 그녀 개인에게 소를 제기했습니다."

"잠시만요."

노리코가 자신도 모르게 목소리를 냈다.

"당시의 그녀는 아직 열한 살입니다. 가령 살인이었다고 해도 책임 능력이 있었다고는 할 수 없고, 사인이 특정되지 않은 이상 살인에 대한 입증은 불가능한데요."

"그저 괴롭히고 싶은 것 아니면 분노의 마음이 강한 게 아니겠냐며 미래 학교의 고문 변호사인 후카다 선생님이 말씀하셨습니다."

사하라의 말에 노리코는 할 말을 잊고 그를 바라보았다.

"미래 학교에 대한 은폐 소송도 마찬가지입니다. 입증이 곤란하다는 점을 알고 있으면서도, 그럼에도 소송을 해서 문제로 만들지 않으면 직성이 풀리지 않는다는 의도가 느껴진다고 후카다 선생님이 말씀하셨습니다."

노리코는 입을 다물었.

미래 학교에 대한 과실치사와 은폐에 대한 청구는 터무니없는 이야기가 아니며, 노리코 자신도 그 책임을 물어야 한다고 생각한다. 보도되는 것처럼 '아이들만 보낸 기간'이 있고, 그 기간에 히사노가 사망한 것이라고 하면 그것은 미래 학교의 중대한 과실이다. 하지만 미카가 거기에 어떻게 관련되어 있는지 알 수 없는 지금, 히사노의 죽음을 살인이라고 단정하는 것도 시기상조다.

"혹은 진상을 명백히 밝히고 싶다는 마음이 강하거나요."

불쑥 그렇게 중얼거리는 소리가 들려서 노리코는 고개를 들었다. 계속 침묵하던 시게루의 목소리였다. 모두의 시선이 그에게 향했다. 시게루는 조금 곤혹스러움이 뒤섞인 온화한 표정이었다. 어깨를 으쓱이더니 "그저 알고 싶은 것 아닐까요" 하고 말을 이었다.

"언론에서는 같은 시기에 배움터를 떠나 홋카이도로 옮겨간 미카가 뭔가를 알고 있다거나 마지막에 미카와 히사노와의 사이에 무슨 일이 벌어졌다는 식의 보도가 계속 나왔으니까요."

그렇게 말한 시게루가 그 자리에 있는 모두의 얼굴을 찬찬히 둘러보았다.

"미카가 죽였다고 단정해서 재판으로 끌고 감으로써 분명 그녀의 입에서 진실을 듣게 되지는 않을까 기대하고 있는 것 같아요. 정말로 살인 주장이 통할 거라고는 생각하지 않는 느낌이 듭니다."

"시노 씨의 변호는 어떤 분이?"

"가타오카 유타로라는 변호사입니다. 인권 변호사로 알려
진 분으로, 이번 건을 알고 가타오카 씨 쪽에서 시노 씨에게
연락했다고 합니다."

이름을 들어본 기억은 없지만, 변호사 쪽에서 시노에게 연
락한 것이라면 버거운 상대일 것 같았다. '인권'이라는 울림
이 무겁게 다가왔다. 주장이 통할지, 또는 승패가 문제가 아
니라, 이 문제를 세상에 물을 가치가 있다고 생각했기에 시
노에게 연락한 것이리라. 만만치 않은 인물일 것만 같았다.

"후카다 선생님은 다나카 씨의 변호는 하지 않으시나요?"

야마가미가 물었다. 이 질문에는 사하라가 대답했다.

"단체에 묻는 과실치사 책임과 다나카 씨에게 묻는 살인
책임을 같은 변호사가 담당하다 보면 혹시라도 쌍방의 이익
이 충돌할 가능성이 있다고 말씀하셨습니다. 단체의 과실치
사에 대해 다루는 과정에서 미카 씨의 입장이 미묘해질지도
모른다고."

"그 말은……."

노리코와 야마가미 둘 다 숨을 들이마셨다. 물은 것은 노
리코였다.

"히사노 씨의 사망 책임을 미래 학교 또한 미카 씨에게 떠
넘길 생각이라는 말인가요?"

묻기 위해 꺼낸 목소리가 자신의 것이 아닌 것만 같았다. 몸이 안쪽에서 차갑게 식었다. 사하라의 표정은 달라지지 않았다.

"후카다 선생님은 그렇게 말씀하시지는 않았습니다. 다만 앞으로 재판에서 이쪽이 어떤 주장을 펼칠지 고민하는 도중에 다나카 씨에게는 다른 변호사, 즉 다나카 씨의 이익만을 생각하는 변호사가 붙는 편이 그녀를 위한 일일 것 같다고 말씀하셨지요. 그건 후카다 선생님의 본심이라고 생각합니다."

이야기를 들으며 머리가 맑아지기 시작했다.

후카다를 만난 적은 없지만 노리코로서도 그가 말하고 싶은 바는 모르지 않았다.

미래 학교가 재판에서 다나카 미카에게 책임을 떠넘기는 스토리를 구축할 가능성도 분명 있지만, 그것은 반대로 말하면 미카도 같은 방법을 쓸 수 있다는 말이다. 자기 자신에게 던져진 살인죄를 미래 학교의 과실치사로 추궁하는 것, 즉 단체를 악당으로 삼아서 그쪽에 책임을 묻는 것으로 회피할 수 있을지도 모른다. 그것은 분명 단체의 이익을 최우선으로 생각해야만 하는 고문 변호사로서는 할 수 없는 수법이다. 미래 학교의 회원이라고 듣고 경계했지만, 후카다라는 변호사는 생각보다 냉철한 사람일지도 모른다.

사하라가 여전히 시원한 말투로 말했다.

"저희도 혼란에 빠져 있고, 히사노 씨의 죽음에 대해서는 지금 조사 중입니다. 당시 관여했다고 여겨지는 사람들 중에는 미래 학교를 이미 탈퇴한 사람도 있고, 후카다 선생님도 그 무렵에는 다른 배움터에 있었습니다. 실제로 그 시기에 시즈오카의 배움터에 있었다는 사람들도 히사노 씨의 죽음을 알지 못하는 사람이 태반입니다. 사정을 아는 사람은 많지 않아요."

"인정하시는 건가요? 시체를 묻은 게 자신들이라고."

노리코의 입에서 놀란 목소리가 나왔다.

사하라는 지금 아무렇지도 않게 "당시 관여했다고 여겨지는 사람들"이라는 말을 사용했다. 그것은 곧 시체를 묻은 것이 자신들이라고 인정하는 발언이다.

이번에는 사하라가 살짝 놀란 듯한 표정을 보였다. 그대로 쭈뼛쭈뼛, 하지만 확실히 끄덕였다.

"네."

노리코는 벌린 입을 다물 수가 없었다. 야마가미에게서 동요하는 기색이 전혀 느껴지지 않는 것은 과연 대단하다고 생각했지만, 그럼에도 실내 공기가 긴장으로 팽팽해진 것이 느껴졌다.

사하라가 계속 말했다.

"저는 제가 태어나기 전의 일이기에 전혀 알지 못하지만, 과거에 그런 일이 있었던 건 사실이라고 생각합니다. 히사노 씨가 배움터에서 죽고, 그 탓에 미래 학교를 지속하지 못할지 모른다고 초조해진 사람들이 그녀를 묻었다. 거기까지는 사실일 겁니다. 실제로 저희 중에도 관련되었다고 여겨지는 사람들이 있습니다."

너무나도 담담한 말투였다. 그것을 듣고 노리코는 그가 생각한 것 이상으로 미래 학교 사람이라고 알게 되었다. 놀랄 정도로 순수하고 이상적인 세계 속에서 살고 있다. 사실은 사실이라고 인정할 뿐, 그에 대해 상대방이 어떻게 받아들일지는 생각도 하지 않는다. 흐트러짐 없는 눈으로 사실을 인정한다.

자신 또한 미래 학교의 일원이자 규탄을 받을 입장이라는 점에 대해서는 생각지도 않는다. 왜냐하면 그 자신은 은폐에 가담하지 않았고, 당시 아직 태어나지 않았으니까.

곱게 자라서일 것이다. 그렇게 생각해서인지 그 말에서 아이러니가 느껴졌다. '곱게 자랐다'. 미래 학교의 특수한 환경 아래서 자라는 것을 그렇게 부르는 것이 맞는지 아닌지 알 수 없다. 하지만 악의를 모르고, 이상을 의심하지 않는 마음이 그곳에서 자라나는 것은 분명한 듯했다. 그런 식으로 생각하게 되는 것이 꺼림칙했다.

시체유기와 은폐가 있었다는 것을 알면서 어째서 그런 단체의 교의에 찬동하고 회원으로 남아 있는지 누군가가 힐책하더라도 그는 분명 신경 쓰지 않으리라. 사하라 안에서는 그것과 이것은 다른 이야기인 것이다. 왜냐하면 그가 찬동하는 것은 시체를 유기하고 은폐한 사실과는 완전히 관계없는 교의에 관한 부분이기 때문이다. 그렇기에 문제 될 것 없다고 진심으로 믿고 있다.

야마가미가 험악한 목소리로 물었다.

"시체를 묻었다고 확실하게 인정한 사람들이 있습니까?"

"네. 처음에는 후카다 선생님에게도 말하지 않았지만, 얼마 전 시체의 신원이 밝혀진 무렵부터 털어놓기 시작했습니다. 중심이 된 사람은 이미 세상을 떴지만, 그의 말을 듣고 도와주었다는 사람이 몇 명인가 있습니다."

사하라가 시선을 들었다.

"히사노 씨의 죽음은 사고였다고 합니다. 시찰을 끝내고 돌아왔더니 이미 죽어 있었다고요."

"은폐의 중심이 되었다는 사람이 누군가요?"

그것이야말로 사건의 본질이다. 야마가미의 질문에 사하라가 답했다.

"당시 유치부 교장을 하던 미즈노 고지로라는 사람입니다. 보도에 나오는 것처럼 히사노 씨가 세상을 뜬 여름, 어른들이 시찰을 하러 갔기에 배움터에는 아이들만 있었습니다. 초등부뿐 아니라 그 위의 중등부, 고등부도 아이들만 남아 배움터를 운영했는데, 유치부에는 어른들이 남아 있었다고 합니다. 하지만 유치부의 어른들은 그 기간 동안 아이들의 생활에는 일부러 개입하지 않으려 했죠. 가까운 부지 안에서 벌어진 일을 깨닫지 못했던 건 자신들 책임이라며, 유치부의 당시 교장이었던 미즈노 선생님이 모든 걸 결정했다고 합니다."

미즈노 고지로는 일본화 화가로서도 유명하고, 미래 학교 창립 멤버 중 한 명이었다고 사하라가 말했다.

"미즈노 선생님은 제가 유치부에 있었을 때도 아직 유치부 교장 선생님이었습니다. 히사노 씨의 시체를 묻은 것도, 다나카 씨를 홋카이도로 보낸 것도, 모두 미즈노 선생님이 정했다고 합니다."

"히사노 씨에게 외상은 없었나요?"

"그를 도왔던 사람들은 잘 기억나지 않는다고 합니다. 기억나지 않는다는 건 눈에 띄는 외상이나 출혈이 없었기 때문 아닐까요?"

"도왔던 사람들"이라는 말투가 마음에 걸렸다. '무엇을'이라는 목적어가 없었다. '땅에 묻는 것을', '은폐를'이라고 말하면 너무 표현이 생생해지기 때문일까. 시체를 숨긴 어른들의 이름은 꺼내지 않은 것에 반해, 중심이 되었다는 미즈노의 이름을 밝힌 것은 그가 고인이기 때문일지도 모른다.

"히사노 씨가 목숨을 잃게 된 건 구체적으로 어떤 사고였던 겁니까?"

"……탈수인지 뭔가로 몸 상태에 이변이 일어나서가 아닐까 한답니다."

"그 말은 곧 병사라는 건가요?"

야마가미가 고개를 갸웃거리며 묻자, 사하라가 끄덕였다.

"네. 하지만 어른이 없는 사이에 발생한 병사이기에 미즈노 선생님이 굳이 '사고사'라는 말을 쓴 게 아닐까 생각했다고 합니다. 자신들이 없는 사이에 말도 안 되는 일이 벌어져 버렸다는 의미에서요."

노리코는 과실치사에 대한 자각이 충분히 있었던 것이라고 생각했다. 자신들이 감독하지 않은 탓에 벌어진 일이라는 자각이 있기에 두려웠다. 자신들의 책임이 되지는 않을까 초조해서 그들은 은폐에 손을 거든 것이 아닐까.

야마가미가 다시 물었다.

"구체적인 사인에 대해서는 미즈노 선생님이 언급하지 않았다는 건가요?"

"그런 듯합니다."

"아이들만이 보낸 기간은 어느 정도입니까?"

이번에는 노리코가 물었다. 사하라가 그 질문에도 곧장 답했다.

"3일입니다. 정확하게는 2박 3일요."

"그 기간, 아이들만 있는 환경에서 뭔가 분쟁 같은 일이 벌어진 게 아닐까 하는 억측이 세상에 난무하고 있지요? 아이들이나 다나카 씨가 자습실 같은 곳에 히사노 씨를 가두고,

체벌을 하지는 않았을까 하고."

그곳에는 자습실이 분명히 존재했다는 사실을 노리코는 이미 알고 있었다. 여름 합숙에서 자신의 반으로 돌아오지 않았던 사치코 선생님이 그 안에 들어가 있었다는 것도.

"어? 누군가 상태 좀 보고 오지 그래?"라는 목소리를 그 여름 들었다. 배움터의 어른들은 조금 어이없다는 듯한 말투였다.

스스로 들어가는 자습실. 하지만 다른 사람이 들어가라고 할 때도 있는 자습실.

아이들이 누군가를 가둔 채 그 존재를 잊어버렸다면? 탈수인지 뭔가로 몸 상태에 이변이 일어났을 가능성이 있다면 원인은 거기에 있지 않을까?

노리코가 사하라에게 물었다.

"아이들이 자습실에 히사노 씨를 가뒀고, 히사노 씨가 그 안에서 몸 상태가 나빠져서 죽었을 가능성은 없나요?"

"알 수 없습니다. 당시 도왔던 사람들은 그저 미즈노 선생님이 시키는 대로 했을 뿐이라고만."

"다나카 씨는 뭐라고 하시나요?"

"그게…… 자신이 죽였다고."

팽팽했던 긴장의 끈이 한계점을 맞이하는 소리가 들리는 것 같았다.

지금까지 무슨 말을 듣더라도 그렇게까지 동요하는 기색

을 보이지 않았던 야마가미가 눈을 크게 떴다. 노리코도 말문이 막혀 사하라를 쳐다보았다.

사하라의 얼굴에는 확실하게 당혹스러운 표정이 떠올라 있었다. 지금까지 평탄한 어조를 무너뜨리지 않았던 그가 처음으로 도움을 구하는 듯한 눈으로 노리코를 보았다.

"그럴 리 없다고 당시의 어른들은 말합니다. 사고였을 거라고요. 하지만 그녀는 주장을 꺾지 않습니다. 자신이 죽였다고 미즈노 선생님께 솔직히 말했지만, 그가 자신을 감싸기 위해 사고로 처리해줬다고 말하고 있습니다."

사하라와 시게루가 어째서 노리코를 찾아왔는지 알게 되었다.

다나카가 인정해버렸기 때문이다. 아마도 그것이 미래 학교가 앞으로 주장할 터인 '진실'에 장애가 되리라. 히사노의 죽음은 어디까지나 사고라고 주장하려는 단체를 방해하게 된다. 아이들 사이에서 '살인 사건'이 있었다고 하면, 미래 학교의 존재의의에 큰 타격이다. 아무리 옛날 같은 대규모 단체는 아니라고 해도, 이 이상 자신들에게 부정적인 이미지가 붙는 것은 피하고 싶으리라. 단체에는 지금도 그곳에서 생활하는 아이들이 있는 것이다.

거기까지 생각하다 보니 문득 떠오르는 것이 있었다.

지금도 미래 학교에서 생활하는 아이들. 그중에는 미카 자신의 아이도 있지 않은가.

"저는……."

그때까지와는 다르게 사하라가 처음으로 머뭇거렸다. 그리고 잠시 뒤에 말을 이었다.

"다나카 씨는 사실을 말하고 있지 않다고 생각합니다."

목소리가 괴로워 보였다. "뭐라고 할까"라고 그의 말투가 조금 무너지듯 바뀌었다.

"사고였던 걸 일부러 '죽였다'라고 말하고 벌을 받고 싶어 하는 것 같다고 할까……. 뭔가 일이 있었던 것 같긴 합니다. 히사노 씨와는 동급생이기도 하고요. 그래도 '죽였다'라는 건 도저히 믿기지 않습니다."

그것은 지금까지 도쿄 사무국에서 다나카와 함께 지내 왔기 때문에 그렇게 생각하는 것일까.

노리코로서도 석연찮았다. 타살이라고 단정된 것도 아닌 히사노의 죽음을 굳이 자신의 '살인'이라고 말하는 의도를 알 수 없었다.

벌을 받고 싶어한다는 사하라의 말이 노리코의 가슴속 깊이 스며들었다.

"우리와는 관계없는 일입니다."

발견된 백골 시체에 관해 처음으로 물었을 때, 그녀는 차가운 말투로 그렇게 단언했다. 그 말의 뒷면에서 다나카는 사실 무슨 생각을 하고 있었을까.

"그녀는 구체적으로는 어떻게 죽였다고 말하고 있나요?

그리고 동기는요?"

"싸움을 하다가 화가 나서 떠밀었다고 말했습니다. 어디에서 어디로 떠밀었는지 확실하지 않아서 재차 묻자, 이번에는 목을 졸랐다고 하고요. 의사를 가지고 죽였다는 점까지는 인정하지만, 그 뒤가 애매합니다. 저희에게는 물론 후카다 선생님에게도 진짜 어떤 일이 있었는지 말할 생각은 없어 보입니다."

"그 변호를 저한테요?"

도저히 할 수 없는 것까지는 아니지만 감당하기 어려웠다.

변호사라고 한마디로 말해도 노리코의 일은 대부분 이혼 문제나 유산 상속에 관한 절차, 나머지는 회사의 파산에 따른 사업 정리 등이다. 형사 사건도 있긴 하지만, 살인 변호를 맡았던 적은 한 번도 없었다.

"제게 의뢰하는 건 다나카 씨의 의향은 아니지요? 오늘, 두 분이 제게 의뢰하러 온 것도 다나카 씨는 모르는 것 아닌가요?"

"네. 하지만……."

사하라가 머뭇거리며 시게루를 바라보았다. 그러자 시게루가 다시 불쑥 말했다.

"노리코 씨에게라면 이야기할지도 모릅니다."

줄곧 침묵하던 시게루가 천천히 고개를 들고 정면에서 노리코를 쳐다보았다.

"사하라에게서 노리코 씨가 미래 학교에 왔다는 이야기를 들었고, 그 후에 미카가 소송을 당하게 되어서요. 노리코 씨에게라면 미카도 사실을 말할지도 모른다고 생각해서 사하라에게 부탁했어요. 노리코 씨에게 의뢰하러 가보자고."

"어째서? 그게 나는……."

시게루로부터 '노리코 씨'라는 거리가 가까운 호칭을 듣고는 야마가미 앞이라는 사실도 잊고 감정적인 목소리가 나와버렸다. 놀라서 목소리의 톤을 낮췄다.

"다나카 씨는 저를 잊고 있었어요. 기억나지 않는다고요. 모처럼 찾아와주셨지만, 그녀가 제게 진실을 말할 일은 절대로 없다고 생각합니다."

"죽었기를 바랐죠?"라는 말을 들은 것이나 그녀가 보였던 감정과 말투에 관해 이 자리에서 말해야 할지 주저되었다. 합숙에 몇 번 참가한 정도로 미래 학교나 그들에 관해 안다고 생각했었던 그 알량한 자부심을 다나카는 철저하게 때려눕혔다.

후카다나 다른 변호사가 아니라, 그녀에게 있어 노리코는 가장 신뢰할 수 없는 변호사이리라.

하지만 그때, 시게루와 사하라가 의외라는 표정을 지었다. 어리둥절한 듯 두 명이 어울리지 않게 맥이 빠진 목소리로 "그런가요?" 하고 묻는다.

"기억할 거예요."

말한 것은 시게루였다.

"그도 그럴 게, 나도 기억하고 있고, 노리코 씨도 미카와 나를 기억하고 있잖아요?"

"그건 그렇지만. 합숙에 참가하는 아이는 많이 있고……."

"분명 많긴 하지만 온 아이들은 대부분 기억합니다. 미카도 그럴 테고요. 그렇지? 사하라."

시게루가 사하라의 얼굴을 들여다보았다. 그때 처음으로 노리코의 머릿속에 어떤 의문이 떠올랐다. 어째서 시게루는 요시즈미 부부의 대리인이 노리코였다는 사실을 알고 있는 것일까.

미래 학교의 도쿄 사무국을 방문했을 때, 노리코는 자신이 과거 합숙에 갔던 사실을 다나카에게밖에 말하지 않았다. 사하라에게 말한 기억은 없다. 그런 그가 노리코의 존재를 어떻게 시게루에게 전할 수 있었을까.

"네"라고 사하라가 끄덕였다. 노리코를 바라보고 말했다.

"다나카 씨는 기억하고 있어요"라고.

"다들 돌아간 후 말했습니다. '저 변호사, 전에 합숙하러 왔을 때 같이 지냈던 아이야'라고."

크게 떠진 눈이 그대로 깜빡임을 잊어버렸다. 그가 말을 이었다.

"'그렇네'라고, 다나카 씨가 말했어요."

미카는 한자로는 아름다운 여름美夏이라고 쓴다고 했다.

그 설명을 듣고, 언젠가의 여름 합숙 이미지가 가슴 속에 퍼져나가는 듯했다. 자신의 제멋대로의 감상이라고 해도 그런 생각이 드는 것은 어쩔 수 없었다.

"받아들일지 어떨지 생각해보겠습니다."

노리코가 답하자, 사하라와 시게루는 "알겠습니다"라고 깔끔하게 물러섰다. 애초에 그 자리에서 승낙할 거라고는 생각하지 않았으리라.

"야마가미 소장님과 상담해보고 며칠 내로 답변드리겠습니다."

노리코의 말에 야마가미도 끄덕였다. 사하라와 시게루가 "잘 부탁드립니다"라고 고개를 숙이고 천천히 얼굴을 들었다. 시게루가 느닷없이 노리코에게 물었다.

"노리코 씨는 히사노와 이야기한 적 있어요? 그 아이도 합숙을 도와주러 매년 참가했었는데."

"……글쎄요. 직접 이야기한 적은 없지만, 히사노라고 불리는 아이가 있었던 건 기억해요."

노리코가 답하자 옆에 있던 야마가미가 조용히 노리코를 쳐다보았다. 노리코가 다나카 미카뿐만 아니라 고인이 된 이가와 히사노와도 면식이 있었다는 점에 놀란 것이리라.

히사노에 대해서는 사실 강렬한 기억이 남아 있었다.

발견된 시체가 그 아이였다는 사실을 알고 난 후, 기억 속에 되살아나는 그녀는 언제나 노리코를 노려보며 험담을 했다. 어렸을 때 일이다. 하지만 당시 받은 상처 탓에 그 장면과 그녀의 이름을 세트로 기억하고 있었다. 히사노. 흔치 않은 이름이기에 아마도 틀림없으리라.

하지만 그것을 말하는 것은 주저되었다. 그녀와 관련된 기억을 말하면 노리코가 당시 품고 있던 시게루에 대한 옅은 동경에 대해서도 다루게 되어버린다.

둘이서 걸었던 샘에서 돌아오는 길, 꿈같은 기분에 노리코의 가슴이 부풀어 올랐었다. 어린 시절의 시게루와 자신은 손을 잡았다. 하지만 그 후 곧장 배움터의 여자아이들이 "시게루 오빠는 미카를 좋아하는데 말이야"라고 말하는 것을 듣고 노리코의 마음은 단번에 납작하게 찌부러졌다.

그 아이들은 어째서 그렇게까지 사람의 연심이나 관계성에 민감했던 것일까. "시게루 오빠와 미카는 서로 좋아하니까"라는 말을 듣고 놀림당한 것 같은 기분이 들어서 움직일 수 없었다.

심한 말을 들었다는 자각은 있었고, 히사노와 사이가 좋았던 것도 결코 아니다. 하지만 그럼에도 그녀는 죽어버렸다고 생각하면 가슴이 아팠다. 그녀의 시간은 어린 시절에 멈춰버린 것이다.

"그렇군요."

시게루가 쓸쓸한 듯 끄덕였다. 그 표정을 보는 사이에 문득 의문이 떠올라 노리코가 물었다.

"여러분은 혹시 제가 변호를 맡고, 그 때문에 미래 학교가 보다 불리한 상황에 빠지면 어떻게 하실 생각이신가요? 다나카 씨가 주장을 바꾸지 않고, 히사노 씨의 죽음은 살인이며 자신은 더 빨리 고백할 생각이었는데 미래 학교가 방해했다거나, 일방적으로 단체가 제멋대로 강요하며 은폐했다고 주장할 가능성도 있어요. 그런 경우에도 변호 비용은 미래 학교가 부담하게 되나요?"

다나카 미카 개인이 변호 비용을 부담할 수 있을 것 같지는 않았다.

미래 학교 입장에서는 그녀가 성가신 주장을 할지도 모른다. 그렇다고 하면 비록 그녀에게 불리할 수 있다고 해도 단체의 고문 변호사인 후카다가 그녀의 변호도 담당하는 편이 미래 학교에 있어서는 형편이 좋은 것 아닐까.

"변호 비용은 제가 부담할 겁니다. 그러니까 미래 학교와는 관계없습니다."

단호한 말투로 시게루가 말했다. 노리코는 짧게 숨을 들이켰다. 지금까지 '나'라고 친근한 말투로 말하던 시게루가 갑자기 '저'라고 딱딱하게 말한 것에도 압도당했다.

그러자 당황한 듯 사하라가 옆에서 끼어들었다.

"아. 시게루 씨는 지금은 이미 미래 학교를 탈퇴하셨어요. 그러니까 엄밀히 말하면 내부 사람은 아닙니다."

놀란 얼굴로 사하라를 보자, 그가 살짝 어깨를 움츠렸다.

"저는 시게루 선생님께 계속 신세를 졌기에 이번에도 연락을 드린 거지만요. 먼저 말씀드렸어야 했는데 죄송합니다. 두 분이 서로 아는 사이시라기에 그런 부분도 아는 것 아닐까 생각했어요."

노리코는 놀라서 다시 아무 말도 하지 못했다. 틀림없이 시게루는 지금도 미래 학교에 있고, 그렇기에 오늘도 이곳에 온 것이라고만 생각했다.

어린 시절밖에 알지 못했던 시게루가 그곳의 '선생님'이라고 불리고 있던 것에도 뒤늦게나마 역시 충격을 받았다. 하지만 "그럼 어째서 변호 비용을"이라고 묻는 야마가미의 목소리에 그가 답했던 다음 말에 의한 충격은 그것을 아득히 능가했다.

"일단 미카는 전 부인이고, 아이들의 엄마니까요."

평연히, 너무나도 평연히 시게루가 말했다. 노리코의 코 안쪽에서 스윽 공기가 빠지고 목이 열렸다. 열렸지만 곧바로는 말이 나오지 않았다.

"둘이 결혼했어요?"

조금 후에 마른 목소리가 나왔다.

머릿속이 혼란스러웠다. 처음 만났을 무렵의 둘의 모습을 떠올려보려 했다. 고등학생 정도의 시게루와 초등학생인 미카. 시게루와 미카는 당시 함께 노리코가 있던 반을 도와주러 왔고, 둘이 수박을 차갑게 식히거나 하는 등 사이가 꽤 좋아 보였다.

"시게루 오빠와 미카는 서로 좋아하니까."

히사노의 목소리가 되살아난다.

하지만 어렸을 때의 '좋아하는 사람'은 바뀌는 법이다. 노리코가 시게루에게 품었던 옅은 동경이 어느샌가 사라져버린 것처럼. 그가 보낸 편지에 답장을 쓰지 않게 된 것처럼.

하지만 이 둘의 시간은 그대로 이어져온 것인가.

"네"라고 시게루가 끄덕였다.

"이미 이혼했지만요."

"미카 씨는 홋카이도에 갔던 게……."

"맞아요. 하지만 내가 성인이 되어 미래 학교의 선생님이 될 때 희망해서 홋카이도의 배움터에 갔거든요. 그곳에서 재회하고 얼마 되지 않아 결혼했어요."

시간이 이어지고 있다고 해도 이상하지 않다고 노리코는 자신의 뭔가를 부끄러워하는 마음으로 가만히 그를 바라보았다. 미래 학교는 종교 조직까지는 아니지만, 특수한 사상과 방침을 가진 단체다. 그 안에서 자란 아이들이 같은 가치관을 공유하는 상대와 맺어져서 결혼하는 일은 극히 당연하다고도 할 수 있었다.

외부인인 자신에게 히사노는 왜 그렇게까지 날카로운 시선으로 거부감을 표했을까. 그녀들에게 있어서 그 단체 내부에서의 '연애'는 그만큼 절실한 것이었기 때문 아닐까.

"그랬군요."

그 말을 내뱉는 것이 최선이었다. 이제 와서 시게루에 대한 옛날 마음 때문에 상처를 입는 일은 없다. 그저 어떤 감상을 품으면 좋을지 마음이 정돈되지 않았다.

"헤어진 건 시게루 씨가 단체를 나오고 나서인가요?"

"흠. 어느 쪽이 먼저였는지 알 수 없네요."

시게루의 얼굴에 어두운 미소가 떠올랐다. 짧은 머뭇거림 끝에 그가 말했다.

"아이들이랑 살고 싶어졌거든요."

눈을 크게 떴다. 벼락을 맞은 것 같았다. 그리고 떠올렸다. 미카의 아이들이 홋카이도의 배움터에 있다고 했던 말을.

"아이들."

미카의 아이들은 홋카이도에 있는 것 아니었던가. 하지만 그렇게까지 사적인 것을 물어도 괜찮은지 알 수 없어서 그 한 마디를 중얼거리는 것이 고작이었다. 시게루가 미소를 보였다. 미래 학교는 탈퇴했다고 하지만, 그다운, 어딘지 세상에서 벗어난 듯한 대범한 미소였다. 그가 노리코의 말을 따라 했다.

"네. 아이들요."

"함께 살고 있어요?"

"밑에 애는요. 큰애는 미카가 맡아서 지금 홋카이도의 배움터에 있어요."

새삼 그런 말을 듣자 머리가 쿵, 하고 얻어맞은 것만 같았다. 노리코는 자신이 무의식중에 기대했던 것이라 자각했다. 미카가 아이와 떨어져서 살지 않았으면 좋겠다고. 어린 시절에 쓸쓸한 마음을 품었던 미카가, 부모에게 당한 것과 같은 일을 자신의 아이에게 반복하지 않았으면 좋겠다고 마음속 어딘가에서 아직 바라고 있었다.

그것은 어린 시절의 미카를 알기 때문에 생각하는 자신의 제멋대로인 감상이다. 합숙에 갔던 첫 여름, 같은 반 아이가 했던 말이 갑자기 머릿속에 떠올랐다.

"*자신이 부모와 사는 게 당연하다고 해서, 자신의 상식만으로 가엽다고 여기거나 동정하는 거, 이곳 아이들에게 실례야.*"

그 말을 들은 순간, 체온이 확 내려갔던 감각. 그 무렵부터 자신은 같은 사고방식을 계속 가지고 있었던 것인가.

침묵한 채 다음 말을 기다릴 수밖에 없는 노리코에게 시게루가 말했다.

"미래 학교는 아이가 태어나서 1년간은 부모가 함께 살아요. 하지만 작은아이가 슬슬 아이들만 사는 배움터로 들어가게 되었을 때, 나는 더는 그렇게 하고 싶지 않아서 미카에

게 가족이 함께 미래 학교에서 나가자고 말했죠. 사실은 큰
애 때부터 계속 그렇게 하고 싶었는데…….”

시게루는 안타깝다는 듯 고개를 저었다.

“미카는 미래 학교에서 벗어날 수 없다고 했어요.”

“그래서 이혼을?”

노리코가 말하자, 시게루가 쓸쓸하게 미소 지었다.

“네. 큰애도 데려오고 싶었지만 미래 학교의 환경에 이미
익숙해져 있었고, 부모의 사정 때문에 바깥으로 데려가는
건 가엽다고 미카가 말해서. 이제 와서 하루카도 먼 기슭으
로 내려가는 건 무서울 거라면서요. 나는 그렇게 생각하지
않았지만요.”

‘하루카’라는 것은 큰애 이름이리라. 시게루의 얼굴에 그
늘이 졌다.

“하루카가 아니라, 미카 자신이 무서운 거라고 그때는 생
각했죠. 미래 학교의 생활밖에 모르니까, 그 외의 장소에서
살아가는 걸 상상할 수 없으리라고요. 하지만 지금 생각하
면 계속 신경 쓰고 있었을지도 몰라요. 자신의 어린 시절에
있었던 일을.”

“……시게루 씨는 알고 있었어요? 히사노에 관해서.”

노리코가 큰마음을 먹고 물었다. 솔직히 말하면 이야기 도
중부터 계속해서 신경 쓰였다. 자리가 조용해졌다. 시게루가
고개를 저었다.

"몰랐어요. 초등부에서 무슨 일인가 있었고, 그래서 미카가 급하게 홋카이도에 가게 되었다고 해서 당시에는 무척 놀랐죠. 배움터 간에 어른이 이동하게 될 때도 보통은 작별 모임 같은 걸 하는데, 그런 것도 없었고요. 나는 당시 고등부에 있었지만, 알지도 못하는 사이에 미카가 이미 없어져버려서 제대로 인사를 나누지도 못했어요. 다른 아이들도 당시 미카가 시즈오카를 떠나기 전에 대화한 사람은 없었을 테고요."

그렇다면 미카의 홋카이도행은 아이들이 모르는 사이에 어른들에 의해 몰래 이루어졌다는 말이다. 시게루가 작게 한숨을 내쉬었다.

"어른이 되어 홋카이도에 가면 미카와 그 일에 관해 이야기할 수 있을 줄 알았죠. 하지만 재회하고, 결혼해서 가족이 되고 나서도 미카는 내게 아무 말도 하지 않았어요. 말해주지 않았죠."

가슴이 아팠다. 그것은 미카가 시게루에게조차 아무 말도 털어놓지 못했다는 사실에 대해서도 그랬고, 어른이 될 때까지 기다려서 홋카이도까지 미카를 쫓아간 시게루의 순정 같은 것에 대해서도 느끼는 아픔이었다. 어른이 되는 과정에서 노리코도 잊어버린 첫사랑이나 일편단심과 같은 감정. 노리코가 당연한 듯 지내온 시간 속에서도 시게루는 그것을 잃어버리지 않았다. 분명 그것은 그들 세계의 전부와도 같왔기 때문이리라.

"미카 씨의 부모님은 미카 씨가 홋카이도로 옮겨갈 때 어디에 있었나요?"

노리코가 물었다.

어린 시절의 미카가 함께 살고 싶다고 바랐던 그녀의 부모님은 어떤 사람들이었을까 하는 의문이 떠올랐다. 지금까지의 이야기 속에서 그들의 존재감이 너무나도 희박한 것처럼 느껴졌다.

"시즈오카에 있는 어른들의 배움터에 있었어요. 배움터는 어른과 아이들이 완전히 다른 건물로 나뉘어 생활했고, 어른들은 각각 생수 제조나 농경 작업 등 다양한 활동을 했지만, 미카의 부모님은 둘 다 '기슭의 학교'의 교육을 담당했죠. 그래서 전국 각지에서 열리는 배움터 외부 모임 같은 곳에 자주 나갔지만, 기본적으로는 시즈오카에서 생활했어요."

가슴에 날카로운 아픔이 느껴졌다.

가까이 있었던 것인가. 미래 학교가 부모 자식이 따로 생활하는 곳이라는 사실은 알고 있다. 하지만 시게루의 말을 듣고, 처음으로 이미지처럼 떠올릴 수 있었다. 생수 제조를 담당하는 부모들이 일하던 공장을 노리코는 합숙에서 보았다. 같은 생활권 안, 그렇게나 가까운 곳에 있었는데 미카는 자신의 부모를 만날 수 없었던 것인가.

"당시 홋카이도에는 같이 가지 않았나요?"

"네. 같이 가지 않았죠."

"부모님은 지금 어디에?"

"홋카이도의 배움터에 있어요. 시즈오카의 배움터가 없어진 후에 옮겨 갔죠."

머리가 제멋대로 계산을 시작했다. 생수 사고가 벌어진 해, 그때 미카는 몇 살이었을까. 계산할 필요도 없이 미카와 노리코는 같은 나이다. 생수 사고가 일어났을 때, 노리코는 대학을 졸업한 상태였다. 부모가 홋카이도에 왔을 때, 미카는 이미 성인이 되어 있었단 말이다. 어린 시절을 함께 생활하지 못한 채였다는 말이 된다.

"옮긴 후에 부모님이 미카 씨와 같이 살았던 적은 있나요?"

미래 학교의 어른들의 생활이 어떤 것인지 노리코는 알지 못한다. 어른들 간의 공동생활이라는 형태더라도 미카가 부모와 함께 사는 시간을 가질 수 있었는지 확인하고 싶었다. 하지만 시게루는 간단히 고개를 좌우로 저었다.

"가까이에는 있었지만 미카의 부모님은 아이들의 선생님을 맡게 되었기에 같은 숙소에서는 살지 않았어요. 미카의 어머니, 유리코 씨는 지금 홋카이도 배움터의 초등부 교장 선생님을 맡고 있죠."

시게루의 입에서 유리코 씨라는 처음 듣는 이름이 나왔다.

"아버지인 신지 씨도 중등부 선생을 하고 있어서, 그래서 미카의 숙소에는 살지 않았죠. 연말연시 같을 때는 결혼한 후부터는 나도 함께 지냈지만요. 일 년에 한 번, 그 시기만은 가족과 함께 산다는 규칙이 있으니까."

"그렇군요……."

함께 산다는 것에 '규칙'이라는 말이 따라붙는 안타까움. 연말연시의 며칠을 함께 지내는 것을 '산다'라고 표현하는 것에 노리코가 품은 위화감은 시게루는 분명 상상도 하지 못하리라. 그런 점이 안타까웠다.

홋카이도에 가고 나서 미카의 부모는 성장한 딸 근처에서 다른 아이들을 보살폈다는 말인가. 그때 미카의 마음은 노리코가 알았던 무렵과 비교해서 달라져 있었을까. 하지만 어린 시절의 합숙에 함께 갔던 유이의 어머니가 갑자기 그녀의 '어머니'가 아니라 모두의 '선생님'이 된 순간을 어떻게 해도 떠올리고 만다. 계속 함께 살고 싶다고 바라던 어머니가 어른이 된 자신 옆에서 다른 아이들의 '선생님'이 되어 그들을 보살핀다. 선생님이라는 입장이긴 해도 그 아이들과 함께 생활한다. 그것을 목격한 미카의 마음은 어땠을까.

"미카의 부모님은 미래 학교에 오기 전에는 부부가 함께 어린이집을 경영했다고 합니다."

"어린이집?"

시게루가 갑자기 그렇게 말해서 노리코는 놀랐다. 지금의 노리코에게 너무나도 친숙한 단어였다. 오늘 아침에도 사무소에 오기 전까지 계속 그와 관련된 일들이 머리를 가득 채우고 있었다. 노리코의 사정을 알지 못하는 시게루가 담담히 말을 이었다.

"네. 지금처럼 어린이집이 필요하다고 여겨지지는 않는 시절이었고 사립 어린이집은 드물었다는 듯하지만, 지역 아이들을 돕고 싶어서 시작했다고 전에 말했어요."

미카의 부모에 관해 시게루가 설명했다.

"어린이집을 하면서 이런저런 교육이라거나 아이들에 관한 연구회에 참가하는 가운데 미래 학교의 존재를 알게 되었고, 이념에 감명받아서 부부가 함께 어린이집을 정리하고 배움터에 오게 된 거라고요. 미카가 태어난 건 그 전후라고 합니다."

"미카 씨에게 다른 형제자매는?"

"없습니다. 외동딸이에요."

"이번 건에 관해 부모님은 뭐라고 하시나요? 미카 씨가 초등학생 때 시즈오카에서 홋카이도로 옮겨간 사정에 대해 알았는지 몰랐는지."

야마가미가 물었다. 그것은 노리코도 묻고 싶었다.

홋카이도에 갈 때, 미카와 다른 아이들 사이에서는 대화를 나눌 수 있는 이별의 순간은 없었다고 했지만, 부모와는 어땠을까. 미카는 그때 히사노와의 사이에서 무슨 일이 있었는지 그들에게 말했을까. 그리고 그들이 만났다고 하면 그녀의 부모는 딸에게 어떤 말을 건넸을까.

그 질문에 시게루가 옆에 앉은 사하라를 보았다. 사하라
쪽이 답했다.

"알고 있었다고 합니다."

모두가 다시 조용히 숨을 삼켰다.

"다만 다나카 씨가 말하는 것처럼 '죽였다'라는 사실은 없
었다고 말했습니다. 미즈노 선생님에게서는 어디까지나 히
사노 씨는 사고사였고, 그걸 우연히 발견한 게 다나카 씨라
고 들었다고 합니다. 당시 다나카 씨가 큰 충격을 받았고, 그
래서 시즈오카에서 홋카이도로 옮기는 편이 좋겠다고 제안
해서 승낙했다고요. 히사노 씨의 장례도 도와줬다고 인정하
고 있습니다."

장례.

그 말이 나와 옆자리의 야마가미의 어깨가 확실히 딱딱해
졌다. 노리코 또한 몸이 경직되었다. 미래 학교라는 단체가
가진 무의식중의 본심이 이 단어에서 엿보인 것만 같았다.

그들은 그 은폐와 유기를 '장례'라고 인식하는 것이다. 그
렇기에 손을 빌려준 사람들도 자신들의 행위를 인정한 것일
지도 모른다.

노리코와 야마가미가 가진 위화감을 눈치챈 기색도 없이
사하라가 말했다.

"홋카이도에 가기 전에 양친이 다나카 씨를 만났을 때도

딸은 '죽였다'라고는 말하지 않았다고 합니다. '히사노가 죽
었다'라며 울기만 했고, 그걸 위로하고 진정시켰던 기억밖
에 없다고."

"그렇군요……."

"하지만 부모가 그렇게 말했다는 사실을 전해도 다나카
씨는 살인이었다는 주장을 바꾸지 않았습니다. 뭐라고 할까
요. 그 사람들이 뭘 안다고, 하는 느낌으로."

노리코는 조용히 눈을 깜빡였다. "그 사람들이 뭘 안다고."
미카의 그 말이 몇 번인가 만났던 그녀의 표정과 말투로 재
현된다.

"나랑 이혼하고, 나랑 작은애가 미래 학교를 나오고 얼마
되지 않아 미카는 부인회장으로 임명되어 도쿄 사무국으로
옮겼어요. 도쿄에 가고 나서는 미카는 부모님은 물론 큰애
와도 그다지 만나지 않는 듯합니다."

시게루가 말했다. 그 시선이 어딘지 먼 곳을 바라보는 듯
했다.

"사하라가 말한 것처럼 미카는 고집을 부리고 있는 것 같
아요. '살인'이라고 말함으로써 자신을 벌해주길 바라는 느
낌은 들지만, 그것뿐만이 아니라 자신 주변에 있던 당시의
어른들을 책망하는 듯한 기분도 들거든요. 마치 이제 와서
복수를 하고 싶은 것처럼요. 엄청나게 아이 같은 사고방식
이지만 말이죠."

시게루가 깊게 숨을 들이마셨다.

"후카다 선생님은 히사노 건과는 관계가 없어 보이긴 하지만, 그 당시부터 이미 회원이기도 했고 미카는 앞으로도 사실을 말하지 않을 것 같아요. 그래서 미카의 재판에 관해서는 변호를 노리코 씨에게 부탁하고 싶습니다. 나로서는 달리 아는 변호사가 없고, 부디 부탁드립니다."

시게루가 양손을 무릎에 얹고 노리코를 향해 깍듯이 고개를 숙였다. 그 자세 그대로 말을 계속했다.

"그리고 미안하지만 변호 비용을 내는 게 나라는 점도 비밀로 해주세요. 그걸 알게 되면 그녀, 더더욱 완고해질지도 모르니까."

"하지만."

그만 고개를 들었으면 좋겠다. 곤혹스러워하며 노리코는 답했다.

"제가 변호하는 걸 미카 씨가 바라지 않을지도 모릅니다. 가령 지금, 어렸을 때 저와 만났던 기억이 미카 씨에게 남아 있다고 해도 제가 외부 인간인 만큼 완고해지는 면도 있을 테고요."

말하면서 점점 냉정을 되찾았다. 시게루가 고개를 드는 것을 기다리며 사하라를 바라보았다.

"미래 학교는 그걸로 괜찮은가요? 미카 씨에게는 미카 씨에게 유리한 방향이 확실히 있겠죠. 하지만 그녀가 어떤 주장을 할지 후카다 선생님이 전부 파악해두는 편이 단체에게는 좋을 텐데요."

아무리 미카가 '살인'을 인정한다고 해도 그것을 덮거나 그녀를 구슬리거나 하는 전략을 변호사로서 얼마든지 생각할 수 있지 않을까. 그럼에도 미카의 이익과 단체의 이익을 별개의 것으로 생각해서 관리하에 두지 않는다는 선택은 너무나도 착해빠진 생각이다.

조금 전까지의 대화를 보더라도 사하라가 시게루를 따라온 것은 어디까지나 개인적인 사정이고, 미래 학교의 의향에 따른 행동은 아닌 듯하다. 미래 학교의 진의는 어디에 있을까. 그것을 알고 싶어서 사하라를 바라보았다.

"저에게 그녀의 변호를 맡게 함으로써 미래 학교는 무엇을 바라는 건가요?"

웃음기 없이 노리코가 똑바로 바라보니 사하라가 머뭇거렸다. 잠시 후에 그가 노리코를 마주 바라보았다.

"저기…… 진실을 알고 싶어하면 안 되나요?"

곤란한 듯한 눈빛이었다. 예상외의 말에 노리코는 허를 찔렸다. 사하라가 머뭇대며 말을 이었다.

"저희는……. 저와 미래 학교의 다른 사람들, 후카다 선생님도 무엇이 진실인지 알고 싶습니다. 다나카 씨가 히사노 씨라는 사람을 정말로 죽인 것인가. 그렇다고 하면 미즈노 선생님이나 당시의 어른들도 그것을 알고 있었고, 그러면서도 숨기기로 한 것인가. 시체를 묻었다고 증언하는 사람들은 이미 숨기는 걸 도왔다고 인정하고 있으니 거짓말은 하고 있지 않은 것 같습니다만."

타산이나 약삭빠름이 전혀 느껴지지 않는 너무나도 더듬거리는 말투였다. "이대로라면 알 수 없습니다"라고 사하라가 어찌할 바 모르겠다는 듯 말했다.

"만약 히사노 씨가 모두가 그렇게 말하고 인식하고 있는 것처럼 사고사였다고 하면, 어째서 다나카 씨가 살인이라고 말하는지 알 수 없게 됩니다. 후카다 선생님도 무리하게 주장을 바꾸라고는 하지 않지만, 알지 못하니까 솔직히 말해주길 바라고 있습니다."

전술이나 방법론이 아니다. 그렇게 느끼자 망연자실했다.

진실을 알고 싶다.

솔직한, 너무나도 솔직한 말을 듣고 할 말을 잃었다. 벌써 몇 년이고 '진실을 명확히 하기 위한' 재판이나 조정에 관여하면서 당연한 것처럼 계속해서 귀로 들어왔기에 감각이 마비되고 의미를 생각하지 않게 되어버린 말.

미래 학교가 어떤 장소였는지 떠올려본다. 합숙에서 노리코 자신도 참가한 문답에 관해서도. 사랑과 평화, 전쟁에 관해 이야기했지만, 어른이 된 이후에는 그것은 그런 교육 수법 중 하나에 불과하다고 자연스레 생각하게 되어버렸다. 하지만 그들은 높은 이상을 품은 단체였다. 그런 대화를 통해 정말로 사랑이나 평화의 진실에 자신들이 도달할 수 있다고 믿었다. 그것을 실감한 지금, 옴짝달싹할 수 없게 된다. 무척이나 장대하고 고귀한 이념. 하지만 기쿠치 겐이나 자신이 껍데기밖에 남지 않았다고 생각했던 그곳은 아주 진지하게 아직도 높은 이상을 품고 이어지고 있다. 그 또한 사실이다.

"몇 살이죠?"

"네?"

노리코는 충격에서 아직 헤어 나오지 못한 채 시게루에게 말했다. 시게루가 자세를 바로잡고 노리코를 보았다. 그와 서로 마주보며 노리코는 물었다.

"아이들, 몇 살이에요?"

"큰애가 열한 살 여자아이고, 아래가 세 살 남자아이. 작은애가 한 살, 큰애가 아홉 살 때 이혼해서 나는 기슭으로 내려왔지만요."

11세의 여자아이.

나이를 듣고 순간 숨이 멎을 것만 같았다. 그것은 미카와 노리코가 처음 만났던 것과 비슷한 정도의 나이였다.

노리코가 거기까지 깨달은 것이 시게루에게 전해졌는지 어떤지는 알 수 없었다. 하지만 시게루는 희미하게 미소 지었다.

"미카의 변호, 긍정적으로 검토해주세요. 부디 부탁드립니다."

그렇게 말하며 고개를 숙였다.

"자, 어떻게 할까."

시게루와 사하라가 돌아간 후 비어버린 둘의 찻잔을 바라보며 야마가미가 말했다. 찬성도 반대도 느껴지지 않는 극히 자연스러운 목소리였다.

둘을 배웅한 후, 그들에게 내어준 찻잔을 정리하려고 몸을 굽힌 노리코는 그 손을 멈추고 야마가미를 올려다보았다. 야마가미 사무소에 와서 15년. 긴 시간 함께 지내온 소장과 마주보았다.

"……검토해도 괜찮은 건가요?"

생각할 시간을 달라고 시게루에게 말했지만, 선택의 여지도 없이 거절할 수밖에 없는 이야기라고 생각했다. 예를 들어 요시즈미 부부의 의뢰를 받은 계기가 된 종교 법인과의 교섭 때, 노리코가 조언을 구한 변호사는 신흥종교 관련 사건이 특기였다. 그런 지인이나 형사 사건을 전문으로 취급하는 동업자를 소개하는 것이 현실적이고, 노리코가 할 수 있는 최선의 대응인 것은 아닐까.

야마가미의 얼굴을 보아도 무슨 생각을 하는지 바로는 알 수 없었다.

만약 노리코가 다나카 미카의 변호를 맡는다고 한다면 그것은 도저히 자신 혼자의 능력으로는 무리다. 필연적으로 소장인 야마가미도 함께 담당해야 한다.

노리코는 형사 사건 경험이 일천하지만, 야마가미는 젊었을 무렵에 있던 사무소가 형사 사건을 다수 담당했다고 들은 적이 있었다.

"나는 일단 일을 맡는 건 반대야. 사안 자체가 어렵다는 점도 있지만, 사건의 주목도도 문제여서 말이지. 세간의 관심이 너무 커서 우리가 맡는 건 힘에 부칠 것 같아."

그렇게 말하면서도 야마가미의 입가에는 미소가 떠올랐다. 그가 어깨를 으쓱했다.

"하지만 뭔가 이상한 사람들이야. 진실을 알고 싶다니. 그렇게 숨김없는 말을 들으면 뭐라고 할까, 저지른 일은 말도 안 되지만 지켜주고 싶은 마음이 든다고 할까."

처음 만났을 때와 비교하면 꽤 주름이 늘어난 볼을 쓰다듬으며 야마가미가 시원스러운 표정으로 말했다.

"곤도 선생이 생각해본다고 말한 이상 생각해보는 수밖에 없겠지. 나는 뭐 반대지만 말이야."

"네."

끄덕이자 그 이상은 아무 말도 없이 야마가미가 응접실에서 나갔다. 혼자 남겨진 노리코는 둘이 앉아 있던 자리를 바라보았다.

거절해야 하는 이유를 필사적으로 몇 가지나 머릿속으로

나열했다.

그렇게 하지 않으면 변호를 맡기로 결정해버릴 것만 같아서였다.

어린이집이 어떻게 될지 알 수 없는 점. 남편이나 어머니 등 가족이 반대할 것 같다는 점. 자신의 경험이 너무 적고 담당할 자신이 없다는 점. 일을 맡지 않는 것이 좋은 이유를 있는 대로 떠올렸다. 하지만 아무리 그렇게 해도 사하라가 말한 '진실'이라는 단어가 사라지지 않았다.

"진실을 알고 싶어하면 안 되나요?"

그저 노리코의 가슴 깊은 곳을 향해 그 말이 가라앉았다. 사람이 너무 착해빠졌다. 이상이 지나치다. 그렇기에 분명 미래 학교는 이제 더는 이 세상에 대응할 수 없는 단체다. 그곳에는 이미 미래가 없다.

그런 곳을 위해 일해보고 싶다는 마음과 그러니까 할 수 없다는 마음이 서로 싸운다.

다나카 미카는 정말로 그 여름, 히사노를 죽인 것일까. 진실을 알고 싶은 것은 노리코도 마찬가지였다.

8장

미래를 살아가는 아이들

그해 여름에 도착한 시게루의 편지를 떠올려본다.

이미 어디에 두었는지 알 수 없는, 미래 학교에서 도착한 편지.

그 무렵의 노리코는 같은 반 아이들과 그다지 잘 지내지 못했고, 자신감이 부족해 친구와 함께 갔던 합숙에서도 밤에 누구와 같이 잘지, 어떻게 하면 외톨이가 되지 않을 수 있는지에 관한 생각으로 머리가 가득 차 있었다.

그렇기에 설마 미래 학교 아이 중에서도 합숙 참가자들에게 인기가 있었던 시게루에게서 편지가 올 것이라고는 생각지도 못했다. 우편함에서 꺼낸 편지 뒤편에 '오키무라 시게루'라고 적힌 것을 보았을 때의 그 충격.

집으로 편지를 가지고 들어가 서둘러 손가락으로 봉투를 뜯었다. 가위나 커터칼을 사용하는 편이 깔끔하게 편지를 뜯을 수 있다. 봉투 커버에 손가락을 난폭하게 찔러 넣기 전부터 알고 있었다. 하지만 빨리 열고 싶다는 급한 마음 쪽이 앞서서 멈출 수 없었다.

믿을 수가 없어서 가슴이 두근거렸다. 시게루는 미카를 좋아하는 거 아니었나? 히사노가 그런 식으로 말했는데 나한테 편지를 보낸 거야? 내가 편지를 쓴 것도 아닌데 왜 그쪽에서 써준 거지?

마지막 날, 노리코보다 훨씬 예쁜 유이나 아미도 시게루에게 메시지를 받는 줄에 서 있었지만, 그 아이들에게는 분명 편지를 보내지 않았으리라. 나에게만 보냈을 것이다. 그렇게 생각했더니 숨도 쉴 수 없었다.

봉투는 캐릭터가 그려진 무늬였지만, 안에 든 편지지는 담홍색의, 누군가 여자 선생님에게 받은 것 같은 어른스러운 것이었다.

그 편지지에 반듯한 글씨가 늘어서 있었다. 노리코보다 훨씬 연상의 고등학생 남자아이 글씨였다.

그 여름, 시게루에서 받은 편지에는 이런 내용이 있었다.

"안녕하세요. 합숙에 왔다 간 지 꽤 지났는데, 잘 지내고 있나요?

합숙이 끝나고 노리코가 탄 버스가 떠나고 나서, 히사노가 나에게 '저기, 오빠. 노리코가 시게루 오빠 좋아한대!'라고 말했습니다. 무척이나 놀라서, 거짓말이라 생각했지만 '진짜야. 말해달라고 부탁받았는걸?'이라고 해서 깜짝 놀랐지만 기뻤습니다.

나는 지금 배움터의 고등부에서 반장을 맡았습니다. 모두의 문답을 선생님처럼 정리하며 이끄는 중요한 역할입니다. 반장은 유치부나 초등부 아이들을 돌보기도 합니다.

샘물을 파는 어른과 함께 산에서 내려가서 기슭에 가는 일도 많아졌습니다.

노리코는 또 배움터의 합숙에 올 건가요? 다들 함께 기다리고 있겠습니다."

읽으면서 숨을 쉬기가 점점 힘들어졌다. 하지만 그것은 싫은 느낌이 전혀 아니었다.

히사노. 이것은 아마 합숙에서 만난 그 '히사노'를 말하리라. 이름을 보자 다리가 위축되는 마음이 되살아났다. 노리코가 돌아간 후에 그 아이가 시게루에게 "노리코가 시게루 오빠 좋아한대"라고 말하는 장면과 "말해달라고 부탁받았는걸?"이라고 말하는 모습을 쉽게 상상할 수 있었다. 그런 부탁은 하지 않았다. 분하고 부끄러워서 화가 났다.

어째서인지는 알 수 없지만 자신의 뭔가가 그녀들을 화나게 한 것이다. 노리코의 반 친구들과 똑같다. 유이와 사이좋은 에리가 노리코에게는 퉁명스럽게 굴어도 용서받으리라 생각하는 것과 마찬가지다. 그런 아이들은 어째서인지 자신을 미워한다.

그렇기에 각오는 하고 있었다. 하지만 숨쉬기가 괴로워지고 마음이 두근거리는 것은, 그리고 얼굴이 뜨거워지는 것은 그런 내용을 쓴 시게루의 문장이 조금도 싫어 보이지 않았기 때문이었다. '무척이나 놀라서', '깜짝 놀랐지만', '기뻤습니다'라고 적혀 있었다.

히사노가 심술궂은 마음에 행한 행동에 시게루는 그녀가 생각하는 대로의 반응을 보이지 않았다. 기쁘다고 생각해주었다. 노리코도 기뻐서 두근거리는 마음에 몇 번이고 편지를 다시 읽었다.

시게루가 나에게만 써준 편지.

들떠서는 안 된다고 스스로에게 말했다. 시게루는 고등학생이고, 노리코의 '좋아한다'라는 말과 마음에 진짜로 기뻐할 리 없다. 하지만 당시의 노리코에게는 편지가 왔다는 단지 그것뿐인 사실이 간질거려서 달려 나가고 싶을 정도로 기적처럼 행복한 사건이었다.

어린 시절의 희미한 추억이다. 노리코는 시게루가 '좋았지만' 그것이 어떤 감정인지 스스로도 알지 못했다. 그저 사랑이 영글기 전의 순수한 즐거움과 고양감, 마음을 거절당하지 않은 것에 대한 기쁨이 가슴속을 가득 채웠다.

그래서 답장을 썼다.

너무 부끄러웠기에 '노리코가 좋아한다고 히사노가 전해주었다'라는 것에 대해서는 일부러 언급하지 않았다. 그에 관해 어떻게 쓰면 좋을지 알 수 없었고, 어른이라면 생각할 법한 '좋아하는 사람과 어떻게 되고 싶다'라는 발상조차 하지 못했기 때문이었다.

초등학생인 자신의 마음을 고등학생, 거기에다 모두에게 그렇게 인기 있는 시게루가 진지하게 받아들일 리 없을 것이기에 답장을 쓰면서 이쪽이 진지하게 뭔가를 기대하는 듯 받아들여지지 않기를 바랐다.

편지를 받아서 무척이나 기뻤다는 점이나 반장이라니 대단하다, 시게루가 글씨를 잘 써서 놀랐다는 식의 내용을 되도록 과장되지 않도록 신경 쓰면서 적었다.

자신이 학교에서 어떤 당번을 맡고 있는지, 피아노를 배우고 있다는 것, 좋아하는 음식은 무엇인지에 대해서도 적었다. 시게루는 무엇을 좋아하는지 묻기도 했다. 다음 편지에서 시게루는 그에 대해 답했던 것 같지만 뭐라고 적혀 있었는지는 기억하지 못한다.

학교 친구들에 대해서나 같이 합숙에 갔던 유이에 관해서는 쓰지 않았다. 시게루는 합숙 때의 노리코밖에 보지 않았으니까 분명 노리코가 평소에도 유이와 사이가 좋다고 생각하고 있을지 모른다. 다소 시게루를 속이는 듯한 죄책감은 있었지만, 사실은 반에서 인기가 없는 아이와 편지 교환을 하고 있다는 것을 알게 된다면 시게루는 실망할지도 모른다. 그래서 편지에는 좋은 것만 썼다. 거짓말을 쓴 것은 아니지만, 쓸데없는 것도 쓰지 않았다.

노리코가 진지하게 마음을 부딪치면 시게루는 곤란할지도 모른다. 그래도 그렇다면 편지 따위 보내지 않으면 좋았을 테고, 어른스러운 시게루의 변덕에 휘둘리는 느낌도 들었다. 시게루는 인기 있으니까 분명 편지 교환을 하는 기슭의 아이는 노리코뿐만이 아닐 테고, 그렇다고 하면 조금 섭섭한 기분도 들었다. 시게루가 가벼운 마음으로 큰 의미 없이 편지를 보내는 것이라면 마음을 농락당하는 듯한 기분이 들기도 했다.

하지만 그런 답답함이 있으니까 오히려 편지 교환은 즐거웠다. 매번 도착하는 편지 안에 뭔가 이번에야말로 결정적인 상대의 마음이 적혀 있을지도 모른다고 생각하며 봉투를 열었고, 아무것도 없어서 맥이 빠진 채 편지를 읽었다.

같은 반 여자아이들 사이에서 좋아하는 사람에 관한 화제가 나올 때가 가끔 있었다. 그럴 때, 이전의 노리코는 언제나 없다고 대답해서 분위기를 깨곤 했지만, 시게루와 편지 교환을 시작하고 나서는 "있지만 우리 학교는 아니야"라고 대답하게 되었다. 머릿속에 있는 것은 당연히 시게루였다. 노리코 따위 안중에도 없는 같은 반 남자아이들과는 전혀 다른, 안경을 쓴 의젓한 고등학생. 자신들이 알고 있는 아이가 아니라는 점을 알면 반 아이들은 전부 "흐음" 하고 흥미를 잃었다. 하지만 노리코는 다른 아이들이 그런 식으로 반응하는 것이 자랑스러웠다.

학교 바깥의 세계를 가지고 있는 것이 기뻤던 것이다.

어느 날, 유이가 "저기, 노리코가 좋아하는 사람이란 게 혹시 시게루 오빠야?"라고 물었다. 노리코는 그 질문에 "아니야"라고 답했다. "유이도 모르는 사람"이라고 순간적으로 말했다.

지금 생각하면 노리코가 생각하는 '시게루'에게는 실체가 없었다. 지금 이 학교에는 없는 다른 세계의 상징. 막연히 동경하는 모든 것.

그다음 해의 여름에도, 그리고 그다음 해에도 노리코는 배움터의 합숙에 가기 직전 시게루를 만날 수 있다며 두근두근 가슴이 떨렸다. 하지만 실제로 만나면 어쩐지 부끄럽고 거북한 마음이 들어서 결국 어색하게 이야기할 수밖에 없었다. 재회하기까지는 그렇게 두근거렸는데 만나면 불편했던 것이다.

초등학교 6학년 여름, 마지막 합숙이 끝난 후에도 시게루와 편지 교환을 했다. 그렇기는 해도 합숙이 끝나고 나서는 기껏해야 두세 통 정도였다. 초등학교를 졸업할 무렵, 유이에게 시게루 오빠랑 편지 주고받았었다고 털어놓았다. 우발적인 충동이었다. 기슭에서 시게루의 멋진 모습과 인기를 알아주는 것은 유이뿐이기에 자랑스럽다는 마음이 들었다.

유이는 "어?"라며 놀란 듯했다. 그 반응에 만족한 것도 잠시뿐, 그녀가 입술을 삐죽이며 노리코에게 말했다. "나도 편지 잔뜩 받아"라고.

유이의 말에 노리코는 무척이나 놀랐다.

"시게루 오빠한테?"

노리코가 자신도 모르게 묻자, 그녀가 고개를 저었다.

"시게루 오빠한테는 받은 적 없지만, 다카시 오빠나 유타카 오빠한테는 많이 받았어. 그리고 유메나 기요미한테도."

정색하는 듯한 말투였다. 노리코는 복잡한 마음으로 그 말을 들었다. 평소 이곳에서 남자들에게 인기 있고 친구도 많고 노리코에게도 상냥한 유이가, 어째서인지 그때만큼은 노리코와 경쟁하는 것처럼 생각된 것이다. 자신 따위 그녀의 상대조차 안 될 텐데.

시게루와의 편지 교환은 매년 합숙이 끝나면 시작되었고, 어느샌가 끊겼다. 아마도 답장을 멈춘 것은 매번 노리코 쪽이었을 것이다. 그렇게 기뻐서 몇 번이고 몇 번이고 반복해서 읽었음에도.

학교 바깥 세계를 가지고 있다.

그것을 위해 노리코가 매달려 있던 실체 없는 '시게루 오빠'.

하지만 정말로 절실한 마음으로 편지를 썼던 것은 어느 쪽이었을까.

'좋아한다'라는 가벼운 말에 고양되어 있던 것은, 그 경박

함을 깨닫지 못하고 있던 것은 누구였을까.

그러고 보니 미카도 과거에 비슷한 말을 했다.

예전.

"노리코를 친구라고 생각해도 돼? 기슭에 있는 친구라고."

왜 굳이 "기슭에 있는"이라고 그녀가 말한 것인지 노리코는 생각해본 적이 없었다. 미카에게 있어서, 시게루에게 있어서 '기슭'이라는 '바깥 세계'가 어떤 장소였을까. 상상한적도 없었다.

○●○

휴대전화로 모르는 번호의 전화가 걸려 오는 것은 자주있지는 않았지만 전혀 없는 일은 아니었다. 일 관계로 누군가 지인에게 노리코의 번호를 듣고 새로운 의뢰를 하고자전화를 하기도 하고, 우연히 지인에게 노리코에 관해 듣고치한 누명을 쓴 사람이 다급히 역무실에서 전화를 건 적도있었다.

그렇기에 아이코를 어린이집에 맞이하러 가던 길에 걸려온 모르는 번호의 전화도 순간적으로 받고 말았다. 역에서어린이집까지는 도보로 15분 정도다. 강변을 따라 뻗은 길은 비교적 조용하기에 지금까지도 업무 관련 전화를 하면서걸은 적이 있었다.

"여보세요."

개인적인 용건인지, 아니면 업무 관련인지 알 수 없기에 이름은 말하지 않았다. 노리코가 전화를 받아도 전화 건너편에서는 잠시 아무 소리도 나지 않았다. 이상하게 생각하면서 다시 한번 "여보세요"라고 말을 걸었다. 하지만 여전히 반응이 없었다.

걸려온 전화 건너편에서는 아무 소리도 나지 않았지만 누군가가 있다는 기척만은 느껴졌다. 순간적으로 떠오른 것은 다나카 미카가 아닐까 하는 생각이었다. 지난번 만났을 때 시게루에게는 전화번호를 알려주었다.

긴장하면서 누구냐고 물으려던 그 순간, 전화 건너편에서 "여보세요"라고 투명감이 도는 높은 목소리가 들렸다.

목에서 나오려던 소리를 멈췄다. 아이는 아니지만, 소녀처럼 높고 어딘지 천진난만한 인상이 감도는 목소리였다. 미카의 목소리는 아니었다.

"논코?"

그 호칭에 깜짝 놀랐다. 벌써 몇 년이고 들어본 적이 없는 호칭. 설마 하는 사이에 전화 건너편의 목소리가 말했다.

"저기, 나, 고사카 유이야. 지금은 다케나카 유이지만."

유이. 가슴 속으로 목소리가 나왔다. 빠른 말투로 그녀가 말했다.

"같은 반이었던 야치코한테 번호 물어보았어. ……저기,

이거, 곤도 노리코 씨의 휴대전화 맞나요?"

"……응."

당황한 것은 전화 상대가 유이였기 때문이라는 사실뿐만 아니라 그녀의 말투가 허물없는 탓이었다. 그녀와 마지막으로 만난 것은 분명 성인식 때였다. 그것도 딱히 친하게 이야기를 나눈 것도 아니었고, 그저 우연히 만나서 두세 마디 인사를 건넨 정도였다.

'논코'라는 어렸을 적 호칭. 목소리는 성인이지만 거리감이 그 시절과 전혀 달라지지 않았다. 한번은 존댓말이 되었던 말투가 노리코가 "응"이라고 답함으로써 갑자기 다시 "아, 다행이다"라고 격의 없어졌다.

"미안. 갑자기 전화해서. 지금 전화 괜찮아?"

"괜찮아. ……오랜만이네."

어떻게든 마음을 가다듬고 대답했다. 유이와는 중학교까지는 함께였지만, 각자 다른 고등학교로 진학했다. 지역 성인식 행사에서 만났을 때, 분명 그녀는 간사이 지방의 대학에 가서 지금은 고베에서 산다고 말하지 않았던가. 그 이후에 결혼했다고 풍문으로 들은 적이 있다. 어머니가 유이는 결혼해서 아이를 낳았다고 말했었다.

전화 건너편에서 유이가 말했다.

"미안해, 갑자기. 전화번호도 멋대로 물어서."

"아니야. 그래도 돼."

"저기, 묻고 싶은 게 있어."

"응."

유이의 말투에 이끌려 노리코의 말투도 자연스레 허물없어진다. 전화 건너편에서 유이가 숨을 참는 것처럼 느껴졌을 때, 희미하게 불길한 예감이 들었다. 그 예감의 정체를 스스로 알아채기 전에 그녀가 거침없이 물었다.

"미래 학교의 변호, 하는 거야?"

이번에는 노리코가 숨을 참을 차례였다.

먼저 든 생각은 어째서 그것을 알고 있는가 하는 점이었다. 다나카 미카의 재판 변호를 맡을지 말지 노리코는 아직 정하지 않았다. 지금 단계에서 어떻게 유이가 그것을 알고 있는 것일까.

"저기…… 하는 거야?"

바로 대답할 수 없었기에 생긴 침묵을 유이는 긍정이라고 받아들인 듯했다. 다음 순간, 연달아 목소리가 날아들었다.

"왜? 누가 부탁한 거야? 그거, 분명 옛날에 나랑 합숙에 갔던 거랑 관계된 거지? 저기, 누군가랑 아직 연락하던 거야? '학생'이 되거나 한 거는 아니지?"

단번에 여러 질문을 퍼부어서 어디부터 답하면 좋을지 알 수 없었다. 그것은 질문의 형태를 띤 항의였다. 노리코에게 묻고 싶은 것이 있다기보다, 그녀 쪽에서 전하고 싶은 것이 있는 모양이다.

소름이 돋았다. 유이와의 사이에 압도적인 거리감이 느껴졌다. 벌써 몇 년이고 만나지 못했는데 갑자기 공통의 소꿉친구에게 번호를 묻고 그 소꿉친구가 아무렇지도 않게 번호를 알려준 것. 옛날의 호칭으로 격의 없이 갑자기 거리를 좁힌다고 생각했더니, 업무 영역에까지 발을 들이는 것. 그 어느 쪽도 노리코의 상식 속에서는 있을 수 없는 일이었다. 그리고 그렇기에 자신은 어린 시절부터 고향에서 '시시한 아이' 취급을 받은 것일지도 모른다고 순식간에 느꼈다.

"유이, 나에 대해 어떻게 알았어?"

번호를 맡을지 말지 결정하지 않았다. 애매하게 '나에 대해'라고만 흐릿하게 물었지만, 유이에게는 뜻이 통한 듯했다. 흥분한 목소리로 답했다.

"다른 사람한테 들었어. 전에 합숙에 왔던 아이 중에 변호사가 된 사람이 있고, 그 사람에게 그 백골 시체 건을 부탁한다고 했어. 논코가 변호사이기도 하니까 설마 하는 생각에 이름을 물어보았더니 곤도 씨라는 여자 변호사라고 하더라고."

미래 학교 내부에 지금도 연락을 취하는 지인이 있는 것이리라. 머리를 감싸 쥐고 싶어졌다. 아직 일을 맡을지 말지도 정하지 않았는데 왜 그런 것을 다른 사람에게 말해버리는 것일까.

줄곧 만나지 않았던 유이가 노리코의 직업을 알고 있던

것에도 한숨이 나왔다. 하지만 시골의 좁은 커뮤니티 안에서 어른들의 세상 이야기를 통해 아이들의 근황을 알게 되는 일은 어쩔 수 없다.

노리코 또한 어렴풋이 과거 동급생들의 근황을 알고 있었다. 유이가 결혼하고 출산하여 고베에서 살고 있다고 어머니에게 들었다. 하지만 함께 합숙에 갔던 것은 이미 먼 옛날 일이다. 분명 유이도, 그녀의 어머니도 지금은 미래 학교와는 관계가 끊겼으리라 생각했다. 생수 사고가 있었기에 더욱더 그렇게 생각했다.

하지만 그렇지 않았던 것일까.

"어떻게 할 거야? 논코가 일을 맡게 되어서 어렸을 때 합숙에 갔던 게 들켜서 여기저기에서 뭔가 말을 듣게 되면? 그렇게 되어서 그 합숙으로 초대한 게 누구였는가 하는 이야기가 나오면? 우리가 초대한 것도 알려질 테고, 나한테도 취재 같은 거 오는 거 아니야? 그런 거 제대로 생각했어?"

"무슨……."

서슬 퍼런 유이의 기백에 압도되어버렸다.

그런 일이 벌어질 리 없다는 목소리가 목에서 나오려 하기에 서둘러 삼켰다. 발상은 극단적이긴 하지만, 순간 등골이 서늘해졌다.

노리코가 만약 변호를 맡게 되면 유이가 말한 대로 소문이 퍼지게 될까. 어렸을 때 합숙에 참가했던 것. 어린 시절의 일이지만 그것이 비약되어 회원이라고 곡해받아 보도되는 일도 분명 있을 수 있다. 그렇게 되면, 남편을, 딸을, 노리코의 가족을 세상에서 어떻게 생각할까.

하지만 그것은 어디까지나 노리코의 문제다. 유이에게까지 언론이 취재하러 가는 일이 과연 벌어질 것인가. 유이의 걱정은 흥분한 말투까지 포함해서 조금 자의식 과잉처럼 느껴졌다. 갑자기 자신이 피해자인 것처럼 격하게 반응하니 어떻게 답하면 좋을지 알 수 없었다.

"나, 엄청나다고 생각했어. 논코, 변호사가 되어 도쿄에서 열심히 일하고. 역시 엄청나다고 감탄했어. 전부터 머리도 좋고, 나, 같이 있으면서도 항상 대단하다고 생각했거든. 하지만 솔직히 실망이야. 정말 실망했어."

유이의 말투가 실제 나이보다 훨씬 어리게 느껴졌다. 노리코가 알고 지내는 친구들에게서 느껴지는 절도가 전혀 느껴지지 않았다.

가슴이 술렁거렸다.

반에서 가장 예쁘고 뭐든 잘해서 과거에 동경했던 친구.

'당신은 이런 사람이었구나' 하고 실망에 가까운 마음이 엄습했다. 노리코가 그런 생각을 하는 것은 도리에 어긋나리라. 하지만 그런 생각이 들었다.

"같이 있으면서도 항상 대단하다고 생각했거든."

그녀가 그런 말을 내뱉는 것을 참을 수 없었다.

항상 같이 있지 않았다. 계속 사이좋게 지낸 것도 아니지만, 유이는 어린 시절 노리코가 좋아했던 소꿉친구다.

"왜 이제 와서 변호 따윌 하는 거야?"

"맡겠다고 아직 정하지 않았어. 그러니까…….."

"모처럼 조용히 살고 있는데."

신음하듯 유이가 말했다. 노리코의 말은 전혀 그녀에게 닿지 않는 듯했다.

전화 건너편에서 아이가 우는 소리가 들렸다. 아직 작은, 아이코와 다르지 않을 정도의 아이 목소리다. 전화 건너편의 아이 목소리에 촉발된 것처럼 유이도 우는 목소리로 바뀌기 시작했다.

"지바의 집을 나와서…… 부모와 연을 끊고 뿌리치며, 뿌리치며 살아왔는데 어째서."

"유이?"

"논코는 괜찮아. 합숙에 간 것뿐이니까. 자신은 관계없다고 생각하는 거지? 하지만 나는…….."

눈을 감고 노리코는 그 목소리를 들었다. 들으며 그랬던 것인가 싶었다. 어머니에게 들은 동급생의 근황에는 포함되지 않은 사정이었다.

문득 생각이 났다.

어린 시절, 몇 번인가 생각한 적이 있었다.

만약 그것이 유이가 아니었다면.

평소에는 유이와 사이좋게 지내는 친구들이 노리코만을 불러 세워서 몰래 해준 충고. 유이는 원래부터 머리가 좋고, 상냥하고, 아이들 사이에서도 인기 있었다. 그랬기에 아무도 그녀를 앞에서 나쁘게 말하거나, 무리에서 따돌리거나 하지 않았다. 따돌림당하는 것은 노리코처럼 특별히 눈에 띄는 장점이 없고 소통을 어려워하는 아이였다. 본인에게 책임이 없는 부모나 가정의 일로 본인을 따돌리거나 괴롭힐 정도로 우리는 '철부지가 아니었기' 때문이다.

하지만.

만약 미래 학교 집안의 아이가 유이가 아니었다면. 가령 당시의 노리코 같은 아이였다면 어땠을까. 아니, 혹시라도 유이 또한 노리코가 알지 못하는 곳에서 남몰래 소외감을 느끼거나 갈등을 겪은 적이 있었을지도 모른다.

학교에서도, 미래 학교의 합숙에서도 많은 친구에 둘러싸여 있던 유이가 어째서 그렇게 열심히 노리코와 함께 합숙에 가고 싶다고 말했을까. "겨우, 하루가 끝났네"라며 손꼽아 세며 끝나기를 기다리던 그 합숙에 대해 "엄청 재밌어"라고 말하면서까지.

유이도 분명 불안했으리라.

"유이, 나는……."

관계없다고 생각하지는 않았다. 하지만 다나카 미카에게 거절당한 것이 떠올랐다. '나는 관계있는 사람이다'라는 자신의 자부심이 박살난 것을.

"변호 맡지 말아줘. 거절해."

노리코의 말을 막듯 유이가 말했다.

전화 너머이긴 해도 노려보고 있다고 확실히 느껴졌다.

"난 말했어. 절대로 맡지 마. 그게 내가 바라는 전부야."

뚝, 하는 소리와 함께 전화가 끊겼다. 노리코는 어느샌가 발을 멈추고 움직이지 못했다.

순간 다시 걸까 생각했지만 여기서 더 유이와 이야기한다고 해서 할 수 있는 말은 아무것도 없다고 깨달았다.

스마트폰을 주머니에 넣고 어린이집까지 이어지는 벽돌로 포장된 길을 노려본다. 어두워지기 시작한 강의 수면에 주변의 민가와 음식점의 불빛이 반사되어 흔들렸다. 그 불빛을 바라보며 유이와 계속 연락을 취하지 않았던 것을 새삼 다시 생각해보았다.

집을 나와서 부모와 연을 끊고 뿌리치며 살아왔다고 했다. 그 이상 자세한 것은 듣지 못했다. 밝게 웃고 상냥하던 당시의 그녀 성격은 아마 지금도 달라지지 않았으리라. 그런 그녀가 이렇게 험악한 태도를 보이게 된 것은 노리코 탓이다. 그렇게 만들고 만 것은 자신이다.

다른 식으로 재회했다면 그녀는 분명 부모와 절연한 것이나 지금 미래 학교에 대해 어떻게 생각하는지 노리코에게는 티끌만큼도 느껴지지 않게 행동했을 것이다. 하지만 유이에게는 다른 사람에게 밝히지 못하고 고민하고 갈등하며 결단해온 세월이 분명 있다. 미래 학교가 유이의 집에서 어떤 존재였는지 어린 시절에 노리코가 본 것보다 아득히 복잡하고 커다란 배경이 있다는 사실을, 그녀를 알고 지낸 후 처음으로 알게 되었다. 왜냐하면 유이는 초등학교를 졸업할 때까지 계속 인기인이었고, 그 후의 중학교나 고등학교에서도 그 마을에 녹아든 존재라고 생각했기 때문이었다. 자신과는 달리 문제없이 지내는 사람이라고.

과거를 뿌리치며 살아온 유이가, 노리코가 변호를 의뢰받았다는 이야기를 전해 들을 정도로 지금도 미래 학교의 누군가와 인연을 맺고 있다는 점도 아이러니했다. 변호사라는 단어를 듣고 순간적으로 노리코를 떠올리고, 확인하지 않고는 견딜 수 없을 정도로 유이는 지금도 그 단체에 관해 계속해서 신경 쓰고 있다. 소녀 시절의 유이와 유이의 어머니를 떠올리면 새삼 안타까웠다.

자신의 일에 대해 주변에서 왈가왈부하지 않았으면 좋겠다는 불쾌감은 강하다. 하지만 그 이상으로 유이에게 책망받은 사실에 기가 꺾여버렸다.

누군가가 반대한다면 그것은 남편이나 친정어머니일 거라 생각했다. 생각해보지도 않은 방향에서 날아온 말에서 이 건의 영향력을 깨달아버린 것 같아서 괴로웠다.

"아이코, 엄마 오셨네!"

발을 그저 앞으로 내밀듯이 걸어가는 사이에 어느샌가 어린이집에 도착했다. 평소처럼 세탁할 의류와 사용이 끝난 수건 등을 정리해서 에코백에 넣고 아이코가 있는 방 앞에 섰다. 담임 선생님이 아이코를 데리고 나왔다.

뒤뚱거리는 발걸음으로 이쪽으로 걸어온 아이코가 기다리기 힘들었다는 듯 노리코의 다리에 꽉 매달렸다.

"오늘 딱히 특별한 일은 없었어요. 오늘은 다들 함께 보육사가 만든 우유팩을 블록으로 쌓는 놀이를 했는데 아이코가 엄청 높은 성을 만들어서 친구들에게 대단하다는 소리를 들었어요."

"그렇군요. 감사합니다."

아이코가 선생님과 이야기하는 동안에도 아이코는 가만히 노리코의 다리를 붙잡은 채였다. 일반적으로 여자아이는 말문이 트이는 것이 빠르다고 하지만, 아이코는 애초에 말수가 많은 아이가 아니다. 아직 자신이 말하고 싶은 것을 충분히 전하지 못한다. 그렇기에 친구의 물건을 아무 말 없이 집어 들거나 손이 먼저 나오는 경우가 아직 많았다. 오늘은 그런 트러블에 관한 보고가 없어서 한숨 돌릴 수 있었다.

"아이코, 잘 가!"

선생님의 인사에 아이코가 노리코 어깨 너머로 소리 없이 손을 흔들었다. 어린이집의 연장 시간인 오후 7시를 이미 조금 넘긴 시각이었다. 세탁물이 든 에코백과 서류를 넣은 업무용 가방을 손에 들자 아이코를 안은 목과 등이 묵직하게 아팠다.

"아이코, 발."

현관에서 아이코에게 서둘러 신발을 신기는데 다른 가족과 만났다. 이 시간에 자주 얼굴을 마주하는 노리코보다 훨씬 어린 20대 후반으로 보이는 어머니였다. 항상 힐을 신고, 옅긴 하지만 빼먹지 않고 화장을 하는 사람으로, 쾌활한 인상이기에 영업직일지도 모른다고 막연히 노리코가 생각하던 사람이다.

아이코에게 재빨리 신발을 신긴 노리코 옆에서 그녀는 스스로 신발을 신는 아이의 고사리손을 옆에서 가만히 바라보고 있었다.

"아. 왼쪽, 오른쪽이 반대네. 다시 한번 해볼까?"

아이코도 최근 스스로 신발을 신고 싶다고 말할 때가 많았지만, 서두르다 보면 자신도 모르게 그 마음을 받아주지 못하고 지금처럼 노리코가 신겨버리곤 했다. 아이코와 같은 나이인데 이 아이는 벌써 이런 식으로 능숙하게 신발을 신을 수 있는 것일까.

"혼자서도 잘 신네요."

자기도 모르게 말을 걸자, 머리를 깔끔하게 묶은 모친이 "감사합니다" 하고 미소 지었다. 서글서글한 웃음에 가슴이 희미하게 압박받았다. 이 사람처럼 끈기 있게 아이를 지켜보지 못하고 앞질러 행동하기에 아이코는 능숙하게 신발을 신지 못하는지도 모른다.

"먼저 실례하겠습니다."

"아, 네. 아이코, 잘 가. 내일 봐."

"아이코, 안녕."

그 어머니가 아이와 함께 아이코에게 손을 흔들었다. 아이코의 이름을 기억해주는데도 자신은 그 남자아이의 이름을 알지 못하는 것이 미안했다. 매일 바래다주고 데려오고 하지만, 같은 반 아이들의 이름과 얼굴이 머릿속에서 좀처럼 연결되지 않는다. 아이코가 그 아이의 이름을 불러주기를 기대했지만 아이코는 아무 말도 없었다.

"서둘러야겠네. 벌써 시간이 이렇게 되었다니."

혼잣말처럼 중얼거리며 집에 돌아가면 곧장 저녁밥을 준비해야겠다고 생각했다. 냉장고 안에 뭐가 있더라. 어린이집에 가서 아이코를 안고 나서야 겨우 집안일이 떠올랐다. 저녁 메뉴를 아침부터 계획적으로 생각하는 사람도 분명 많을 텐데, 어째서 나는 언제나 이렇게 되어버리는 것일까.

자신은 가사에 그다지 어울리지 않는 사람이라고 깨달은 것은 최근이다.

매일 필요에 쫓겨서 어떻게든 해야 할 것은 하고 있지만, 일을 할 때는 저녁밥 메뉴를 정하는 것조차 생각하지 못한다. 일을 변명으로 삼고 있지만, 실은 일과 관계없이 자신은 집안일을 못하는 것 아닐까 생각하기 시작한 것은 올해 아이코가 어린이집 신청에서 떨어지고 나서부터였다.

일을 그만두고 아이코와 온종일 함께 지내는 것도 좋을지 모른다고 잠시 생각했지만, 바로 자신은 불가능하다고 느꼈다. 저녁 식사 외에 아이코와 둘이 먹는 점심 메뉴를 생각하고, 그것을 매일 만들고, 낮에 공원이나 놀이터에 가거나, 같이 놀아준다……. 세상에서 자신을 제외한 많은 어머니는 아이들과 노는 것을 놀아준다고 생각하지 않고 함께 즐기고 있을 텐데, 노리코는 무의식중에 그렇게 생각하고 만다.

어떤 가정이든 다들 쉽지만은 않을 것이라는 점을 머릿속으로는 알고 있지만, 엄마가 자신이 아니었다면 아이코는 조금 더 부모와 즐겁게 놀 수 있었을 테고, 식사 또한 지금보다 균형 좋은 것을 먹고 편식도 안 하지 않았을까 생각하게 된다.

아이코가 아직 말을 잘 못하는 것도 이유 중 하나일까. 대화가 늘어난다면 아이와 지내는 시간의 농도가 달라질까.

휴일에 아이코와 시간을 보내는 것은 즐겁다. 평일에도 마중을 가면 아이코가 노리코를 발견하고 표정이 확 밝아진 채 다리에 매달리는 것도 귀엽다. 하지만 그것은 떨어져 있는 시간이 있기에 가능한 일인 것만 같다. 어린이집을 보낼 수 없게 된다면 어떻게 하면 좋을까.

"아이코, 잠깐만 기다려. 밥 금방 만들어줄게."

집에 돌아와 현관 앞에 짐을 내리고 아이코의 겉옷을 벗긴 후 서둘러 거실 불을 켰다. 난방을 켜고 아침에 남편이 씻고 나간 욕조에 마개가 채워진 것을 확인하고 급탕 버튼을 눌렀다. 냉장고를 열자 만들어둔 햄버그스테이크 반죽이 아직 남아 있어서 한숨 놓았다.

식사를 만드는 사이에 볼 수 있도록 텔레비전을 켜고 녹화해둔 아이용 방송을 틀었다. 하지만 평소라면 곧장 화면으로 빨려 들어가듯 텔레비전 앞에 앉는 아이코가 오늘은 노리코 곁에서 떨어지려 하지 않았다.

"왜 그러니?"

"블록 쌓기 하고 싶어. 엄마, 만들어줘."

"미안해. 나중에 해줄게."

"블록 쌓기 하고 싶어!"

아이코가 커다란 눈으로 노리코를 올려다보며 목소리를 높였다. 오늘은 평소답지 않게 고집을 부린다. 노리코는 한숨을 삼키며 "나중에!"라고 재차 말했다.

"안 돼. 밥 먹고 나서 하자. 배고프지?"

아이코를 떼어 놓고 냉장고에서 우유를 꺼내 플라스틱 컵에 따라 텔레비전 앞 탁자에 놓았다.

"이거 마시고 기다려."

"싫어! 블록 쌓을래!"

"집에 블록 없잖아!"

친구에게 출산 선물로 받은 레고 블록이 있긴 하지만, 전에 작은 부속품을 아이코가 입에 넣은 적이 있어서 잘못해서 먹으면 위험할 것 같아 서랍장에 넣어두었다. 아이코가 조금 더 커서 위험이 줄어들면 꺼내주자고 남편과 이야기한 상태였다.

2세아는 일반적으로 '싫어싫어병'이라고 불리는 반항기의 절정일 때다. 3세가 되어 그것이 조금 나아졌다고 생각했지만, 아직 때때로 이렇게 응석을 부리곤 한다.

노리코가 부엌에 들어가도 "엄마, 블록 쌓기!"라고 말하며 아이코가 쫓아왔다. 부엌 입구에 달아둔 유아의 침입방지용 가드를 항의하듯 덜컹덜컹 흔드는 소리를 듣고 있자니 머리가 아팠다.

"안 돼! 텔레비전 보고 있어."

"엄마, 블록!"

"없다니까!"

무심결에 목소리가 커졌다.

아이코의 응석이 견디기 힘들었지만, 오늘은 그나마 눈물을 흘리며 호소하는 데까지는 가지 않았으니 아직 나은 편이다. 아이코는 불만이 가득한 듯 눈물을 글썽거렸지만, 잠시 후에는 겨우 텔레비전 쪽으로 갔다.

매일 7시 정도까지 어린이집에서 보내고 때로는 토요일

도 어린이집에서 시간을 보내는 상황 속에서 아이코가 충분히 노력하고 있다는 사실은 알고 있다. 그것이 가엽다고 생각하지만 오늘은 아무리 그래도 자신을 내버려두었으면 했다. 텔레비전을 보기 시작하는 모습에 한시름 놓았다.

햄버그스테이크 반죽을 해동한 후 기름을 두른 프라이팬에 올렸다. 국은 뭘 만들까 하고 편수 냄비를 손에 든 시점에 갑자기 불길한 예감이 들었다. 평소에는 집에 돌아오면 풍기는 쌀밥의 냄새와 증기가 느껴지지 않았다. 당황해서 밥통을 열자, 역시 타이머 세팅을 잊어버린 상태였다. 물에 담긴 채인 쌀알을 보고 온몸으로 한숨을 내쉬었다. 평소에 만들어두곤 하는 냉동밥도 그저께 다 쓴 상태였다. 아까 냉장고를 보았을 때도 들어 있지 않았다. 벌써 7시. 아이코는 늦은 시간까지 어린이집에 있었고, 분명 배가 고플 텐데.

힐끔 거실의 상태를 살펴보니 아이코는 겨우 텔레비전 앞에 앉아서 입을 멍하니 벌린 채 아이용 방송을 보고 있었다. 겨우 차분해진 아이에게 다시 겉옷을 입히고 멀지 않긴 하지만 편의점이나 슈퍼까지 데리고 가는 것은 생각할 수 없었다.

면이나 빵을 사둔 것은 없을까. 요즘 남편은 10시가 넘어서 퇴근한다. 올 때 사다 달라고도 할 수 없었다. 어른이라면 몰라도 아이 식사에 탄수화물은 필수다. 뭔가 없을까 하고 찬장을 열자 아침에 아이코가 먹었던 멜론빵이 절반 남아 있었다. 이게 좋겠다고 생각한 순간, 햄버그스테이크와 멜론빵 절반을 그릇에 담아 저녁으로 내어주는 어머니가 과연 괜찮은 것일까 하는 죄책감에 휩싸였다.

지금부터라도 밥을 짓는 것이 낫겠다는 생각에 밥통으로 손을 뻗으려는데 앞치마 주머니에서 진동이 느껴졌다. 주머니 속의 스마트폰이 빛을 내뿜으며 진동했다.

전화다.

순간, 다시 유이한테서 온 것인가 생각했다. 하지만 꺼내 보니 화면에는 야마가미 소장의 이름이 표시되어 있었다. 유이가 아니라는 점에 안도했지만, 이 시간에 야마가미에게서 전화가 걸려왔다는 점에서 또 다른 의미의 불길함이 느껴졌다.

노리코는 서둘러 전화를 받았다.

"여보세요. 곤도입니다."

"아, 곤도 선생. 미안하네. 바쁠 텐데."

"아니요. 괜찮습니다."

야마가미에게도 이미 대학생과 사회인이지만 아이들이 있다. 어린아이와 보내는 저녁 시간이 어떤 것인지 경험을 통해 상상할 수 있으리라. 그렇기에 웬만한 일이 아니고서는 이런 시간에 전화를 걸지 않는다.

노리코는 스마트폰을 입가에 대면서 거실로 가서 리모컨을 손에 쥐었다. 아이코가 보는 텔레비전의 음량을 낮추고 복도로 나왔다. 노리코 또한 가정의 냄새를 그다지 직장으로 끌어들이고 싶지 않았다. 신경을 쓰게 만들고 싶지 않은 것이다.

"무슨 일이세요?"

"마이아사 신문사에서 지금 나한테 문의가 들어와서 말이야. 다나카 미카 씨의 변호를 우리가 맡는 게 맞는지 확인하는 내용의."

등골에 갑자기 차가운 것이 흘러내리는 듯한 기분이 들었다. 목소리를 죽이고 "벌써요?"라고 야마가미에게 되물었다.

그러면서 내심으로는 올 것이 왔구나 싶었다. 오늘 유이에게 전화가 온 시점에 늦든 빠르든 이렇게 되리라고 마음속 어딘가에서 각오하고 있었다. 하지만 그렇다고 해도 너무 빠르다.

전화 건너편에서 야마가미가 끄덕이는 기척이 있었다.

"응. 너무 빨라서 나도 놀랐다네. 어디에서 들은 이야기인지 상대방이 알려주지 않았어. 나도 답할 수 없다고 말했지만, 곤도 선생한테도 직접 문의가 가서 놀랄지도 모르니까 혹시나 해서 연락한 거야."

"문의가 온 곳은 한 곳이었나요?"

"응. 다만 아직 한 곳뿐이라고 해야 하지 않을까."

"상대는 야마가미 선생님이 변호를 맡는다고 생각하는 것 같았습니까? 제 이름도 나왔나요?"

유이가 걱정하던 목소리가 머릿속에 울려 퍼졌다. "어떻게 할 거야? 논코가 일을 맡게 되어서 어렸을 때 합숙에 갔던 게 들켜서 여기저기에서 뭔가 말을 듣게 되면?"

전화 건너편에서 야마가미가 답했다.

"곤도 선생에 대한 문의는 없었어. 우리 사무소에 의뢰가 온 게 아닌가 하는 정도였지."

이것 또한 '아직'이라고 해야 할지도 모른다. 일단은 "그런가요" 하고 끄덕였다. 야마가미도 "흐음" 하고 답했다.

"자세한 건 내일 사무소에서 이야기하지. 늦은 시간에 전화해서 미안하네."

"아니요. 알려주셔서 감사합니다."

전화를 끊자 마음이 무거워졌다. 유이의 걱정이 적중하는 듯했다. 사건의 주목도가 높다는 점이 새삼 가슴에 와닿았고, 자신이 어떤 장소에 발을 들이고 만 것인지 정신이 아득해졌다.

지금이라면 아직 되돌릴 수 있다고 차가운 복도 벽에 뒷머리를 대고 생각했다. 사건을 맡을 이유도 의리도 노리코에게는 없다. 이 의뢰는 단점만 너무 많고, 장점은 분명 없다. 이미 몇 번이고 반복해서 그렇게 생각했다.

그런데 왜 자신은 거절하지 못하는 것일까. 야마가미의 지금 전화는 사실을 그대로 전달한 것뿐, 노리코에게 거절하라고 적극적으로 말하지는 않았다.

요 며칠, 반복해서 사건을 맡을 때와 맡지 않을 때를 상상하며 계속해서 생각했다. 맡는다고 하면 노리코 자신은 물론 관계자들한테도 피로운 재판이 될 것이 눈에 훤했다.

이가와 히사노의 죽음에 대한 책임 소재를 묻는 재판. 형사 재판에서는 '살인이 있었는가, 피고가 범인인가'에 대한 입증과 판결이 초점이 되는 것에 비해, 민사 재판에서는 '살인 여부뿐만이 아니라 원고가 불이익이나 마음의 상처를 입은 것이 피고의 책임인가 아닌가'도 초점이 된다. 그렇기에 '피고의 탓인가'라는 점 외에 '원고의 피해는 사실인가', '원고가 주장하는 위자료의 수준이 타당한가'라는 점도 쟁점이 되며, 소송을 당한 측면에서는 그것을 중점적으로 공략해야 한다.

현시점에서 다나카 미카가 '살인'을 인정하고 있는 이상, 책임 소재가 그녀에게 있다는 점은 흔들리지 않는다. 그런 상태에서 변호사로서 노리코가 해야 할 일을 생각하면, 원고인 히사노의 모친이 딸의 죽음에 의해 정말로 손해를 입었는가, 혹은 그 수준은 어느 정도인가, 하는 점에 대해서도 따져야만 한다.

즉, 재판에서는 모친이 위자료를 청구할 정도로 딸을 소중히 생각하고 있었는가 하는 부분에 대해 언급해야 한다.

어렸을 때 헤어진 채 다시 만난 적이 없던 딸의 죽음을 이제 와서 슬퍼하는 모친. 그런 장소에 맡긴 후 내버려두었기에 모친이 죽인 것과 마찬가지라는 비판을 받고 있는 시노는, 소송에 관해서도 '이제 와서 딸의 죽음으로 돈을 벌려고 하는 것인가' 하는 지탄을 받고 있다.

그녀나 그 가족의 진의는 노리코로서는 알 수 없다. 다만 히사노의 모친은 비난을 받았기에 오히려 뭔가를 되찾고자 기를 쓰는 것처럼 느껴졌다. 금전이 아니라 보다 큰, 금액으로는 해결할 수 없는 뭔가를 바라고 있는 것만 같았다. 노리코는 그 격정과 제대로 마주할 수 있을까.

히사노가 과연 모친에게 사랑받고 있었는지를 묻는 것과도 같은 재판.

노리코를 노려보며 친구 무리와 소곤소곤 이야기하던 히사노의 모습이 떠올랐다. 그녀가 죽어버렸다는 사실과 부모에게 사랑받았는지 여부를 생각하면 가슴이 찌부러질 것만 같았다.

그렇게 생각하던 때였다.

쨍그랑, 하고 커다란 소리가 거실 쪽에서 들렸다.

노리코는 놀라서 복도 문을 열었다. 안에 들어선 순간 타는 냄새가 났다. 햄버그스테이크를 굽던 프라이팬을 불에 올려둔 채였다는 사실이 떠올라서 앗, 하고 소리를 낸 것도 잠시, 눈이 테이블 위에 못 박혔다. 우유 팩이 옆으로 쓰러져 바닥에 하얀 얼룩이 퍼져나가고 있었다. 아이코의 컵도 나뒹굴고 있었고, 조금 전의 소리는 아무래도 그것이 바닥으로 떨어지는 소리였던 것 같았다.

"앗⋯⋯."

다가가니 아이코는 컵을 주워 들고 쓰러진 팩 안의 우유
를 계속해서 컵에 쏠어 담으려고 하고 있었다. 팩이 쓰러진
것은 우연이 아니라 아이코가 뭔가를 한 결과 그렇게 되었
다는 것을 그 손놀림으로 알 수 있었다.

"뭐하는 거니!"

자신도 모르게 큰 목소리를 내며 억지로 그 손에서 우유
팩을 빼앗았다.

아이코가 어리둥절한 표정으로 노리코를 올려다보더니,
다음 순간 불이 붙은 것처럼 울음을 터뜨렸다.

"블록!"

"어?"

"나, 블록 만들 거야!"

"아⋯⋯."

그러고 보니 오늘 어린이집에서 선생님이 말하지 않았던
가. 우유팩으로 만든 블록을 아이코가 무척이나 능숙하게
쌓았다고. 평소처럼 그저 마중을 갔을 때의 인사말이라고
생각해서 흘려 넘겼지만, 아이코가 친구들에게 칭찬을 받았
다고 했다.

"블록 쌓기 하고 싶어. 엄마, 만들어줘."

아이코가 그렇게 말했지만, 저녁밥을 만드는 것이 우선이

니 "나중에"라고 말했다.

"블록!"

아이코가 필사적으로 손을 뻗었다. 노리코가 쥐어 든 우유 팩을 향해 돌려달라며 손을 뻗고 있었다. 바닥은 우유로 질 척거리고, 집은 탄 햄버그스테이크 냄새로 가득 차 있다. 밥을 짓지 않았고 사둔 면과 냉동밥도 없다. 평소 어린이집에서 노력하는 딸이 블록 쌓기를 하고 싶다고 말한 목소리에 노리코는 응하지도 못한 채 전화 통화를 했다. 아이코는 "나중에"라고 어물쩍 넘기는 모친을 기다리다 지쳐 우유팩을 비운 채 스스로 블록을 만들려고 한 것이다.

시간이 없다. 여유가 없다.

하지만 과연 시간의 문제일까. 만약 이 아이와 놀 시간을 만들더라도 노리코는 집중해서 아이와 그저 즐겁게 놀아줄 자신이 그야말로 없었다.

와아앙, 하는 아이코의 울음소리가 방 안에 울려 퍼졌다. 한심해서, 너무나도 한심해서 노리코 또한 울고 싶은 기분에 휩싸였다. 느릿느릿 가스 불부터 껐다. 새까매진 햄버그 스테이크는 이미 먹을 수 없게 되었다.

울려 퍼지는 아이코의 울음소리에 호응하듯 집 전화기가 울리기 시작했다.

평소의 업무 상대는 스마트폰으로 전화를 거는 일이 많기에 집 전화가 울리는 것은 대개 광고 전화 같은 부류다. 전화를 받지 않아도 되는 것일까. 언론의 취재일 가능성은 생각하고 싶지도 않았다. 오늘은 더 이상 아무것도 떠안을 수 없다. 노리코는 바닥에 주저앉은 아이코를 끌어안았다. "미안"이라고 사과하면서.

"미안, 아이코. 미안. 엄마가 정말로 미안해."

목소리로 내서 사과하자 눈가가 젖어 들었다. 아이코가 달라붙었다. 자신을 혼낸 노리코에게 화가 나 있음에도 불구하고 어린 이 아이에게는 모친이 팔을 내밀면 그 팔을 뿌리친다는 선택지는 없는 거구나. 그렇게 생각했더니 꽉 깨문 이빨 사이로 정말로 울음소리가 나올 것만 같았다.

탄 햄버그스테이크와 엎질러진 우유 냄새가 났다. 울고 싶은 마음에 박차를 가하듯 울리던 전화가 자동응답기로 연결되었다. 그렇게 된 후에도 아직 노리코는 움직일 수 없었다. 움직이지 못한 채 바닥에 주저앉아 웅크리듯 아이코를 안고 있었다.

"삐하는 소리가 들린 후에 메시지를 남겨 주세요"라는 음성 안내에 이어서 "아, 여보세요"라고 시원스럽고 밝은 목소리가 들렸다. 모르는 여성의 목소리였다. 역시 뭔가의 광고 전화 아니면 기자인가 하고 생각하는데 목소리가 이어서 말했다.

"저, 구립 히노사카 어린이집의 원장인 쓰쓰이라고 합니다. 2차 모집 결과, 4월부터 아이코 양의 입학이 결정되었기에 연락드렸습니다."

그 순간.

입술에서 길고 긴 숨이 새어 나왔다. 더는 내뱉을 수 없을 때까지 후우, 하고 온몸의 공기가 빠져나가는 감각이었다. 숨과 함께 어느샌가 목소리가 나오고 있었다. 말로는 되지 않는 긴 목소리를, 아아, 하고 한번 내뱉자, 더는 그것을 멈출 수 없었다.

아직 울고 있는 아이코에게 몸을 겹친 채 노리코 또한 울음을 터뜨렸다. 자동응답기를 향한 목소리가 이어지고 있었다. "우편으로도 안내문을 보내드릴 예정이지만, 서둘러 신체검사 일자를 잡고 싶어서요. 낮에도 몇 번인가 전화를 드렸는데 집에 계시지 않은 듯해서 늦은 시간에 이렇게 전화를 드려서 죄송합니다. 다시 연락드리겠습니다……."

"엄마."

어느샌가 가슴 속에서 아이코가 고개를 들고 있었다. 그 눈이 걱정스러운 듯 노리코의 얼굴을 들여다보았다. 아이코의 작은 손이 노리코의 머리에 닿았다.

"착하지."

중얼거리는 듯한 목소리로 아이코가 머리를 쓰다듬어주었다. 갑자기 울음을 터뜨린 모친을 보고 곤혹스러워하면서도 위로해주려고 한다. 그 목소리와 머리에 얹힌 손바닥의 무게를 실감한 순간, 노리코는 다시 크게 소리 내어 울었다.

딸이 귀여워서 참을 수 없다. 무척이나 귀엽고 사랑스럽다. 하지만 이 아이를 맡길 곳이 정해진 것만으로도 이렇게나 마음이 편해진다.

다나카 미카가 갑자기 떠올랐다.

어째서 아이와 떨어져서 살아가는가. 어렸을 때의 외로움을 왜 자신의 아이에게도 반복해버리는 것인가.

노리코가 반복해서 미카에 대해서 생각해온 의문. 미카와 자신은 사고방식이 그야말로 다르다고 믿고 있었기에 노리코는 그렇게 생각했다. 미카가 미래 학교에 관해 생각하는 마음과 자신이 아이의 어린이집 문제에 관해 생각하는 마음은 지금까지 완전히 관계없는 것이라고만 생각했다. 하지만 정말로 그럴까.

미카가 꿰뚫어 본 것은 이런 부분일지도 모른다. 미래 학교가 이상한 곳이고, 자신은 그곳의 이념과는 벗어난 장소에 있다고 생각했다. 그렇기에 미카가 부모와 자식이 떨어져 지낸다는 선택을 왜 반복해버린 것인가 하고 가슴 아파했다.

'왜'에 답할 명확한 이유 따위 없을지도 모르는데.

노리코가 그저 그렇게 할 수밖에 없으니까 어린이집을 찾고 자신은 나가서 일하고자 생각한 것과 마찬가지로, 미카도 '그렇게 할 수밖에 없었던 것'은 아닐까. 자신의 마음이 허용할 수 있는 선택이 그것밖에 없기에.

아이코와 떨어지기 위한 어린이집을 필사적으로 찾고, 그 것을 찾아냄으로써 이렇게나 안도한다. 딸을 맡기는 것과 아이에 대한 애정, 그 두 가지는 서로 관계없는 이야기라고 생각하면서.

미카에게도, 미래 학교에 아이를 맡긴 많은 모친들에게도, 히사노의 모친에게도, 지금의 노리코와 비슷한 마음이 없었을 것이라 어떻게 단언할 수 있을까.

아이를 위한다고 생각하기에 결정한 교육, 아이를 생각하는 애정, 떨어져 살아간다는 선택, 자신의 상태. 왜 맡겼는지를 한마디로 설명하는 것은 분명 불가능하다. 명확한 이유를 그곳에서 찾으려 드는 것은 주변의 이기심이다.

마음을 완전히 알았다고는 할 수 없지만, 노리코는 지금 처음으로 자신이 그녀들 측면에 서게 된 느낌이 들었다. 지금까지 자신과는 완전히 다르다고 믿고 있던 그녀들과 자신 사이에 거리 따위 없었다. 어째서 오늘까지 나는 그녀와 자신이 완전히 다르다고 생각했던 것일까.

"엄마, 착하지, 착하지."

아이코가 어색하게 손을 움직였다. "응"이라고 노리코는 답했다. 어린 딸의 그 손가락을 잡고 "고마워"라고 말하고 눈을 감았다.

"고마워, 아이코. 사랑해."

자동응답기가 완전히 침묵하고, 탄 햄버그스테이크 냄새

가 풍기는 방 안에서 딸을 안은 채 노리코는 천천히 생각했다. 오늘 저녁은 어떻게 하지. 해야 할 일이 산더미 같아서 어찌할 바를 모르겠다. 하지만 목에 닿은 아이코의 따뜻함과 이 아이가 이곳에 있다는 것이 대단한 기적처럼 느껴졌다.

"사랑해" 하고 중얼거려 보았다. 섞인 것이 없는 노리코의 본심이다. 하지만 그렇게 중얼거리지 않으면 아이코와 멀어질 것만 같아서 불안했다. 마르기 시작한 눈가에 새로운 눈물이 배어 나올 것만 같아서 노리코는 황급히 눈을 깜빡였다.

◖●◗

담당 중인 이혼 조정 건을 위해 법원에 들렀다가 다소 거리는 있지만 긴자의 사무소까지 걸어가기로 했다.

야마가미는 오늘 고객과 미팅이 있어서 저녁 가까이 되어서 돌아올 것이다. 그가 사무소에 돌아오면 미래 학교 건에 대해 드디어 결론을 내야 할 타이밍이라고 느끼고 있었다.

황궁의 해자가 가까운 탓인지 도쿄지방법원 부근에 오면 물의 기운이 강하게 느껴진다. 실제로는 그저 그런 기분이 드는 것뿐일지도 모르지만, 색이 희미한 겨울 하늘 아래에 물의 차가운 기척이 녹아서 뒤섞인 것 같은 감각이 들었다.

3월에 들어서자 태양 볕이 조금 강해지기 시작했다.

다나카 미카의 변호를 맡을지 말지 아직 결정하지 못했지만, 어젯밤 아이코와 함께 울 만큼 운 탓인지 마음은 이상할 정도로 개운했다.

오늘 아침, 입학 허가가 나온 구립 어린이집에 전화한 후 아이코의 신체검사와 면담 등의 준비 일체를 남편에게 부탁했다. 어젯밤에는 너무 많은 일이 있었기에 마음이 단번에 긴장되어 도망칠 곳이 없다는 기분이 들었지만, 그렇기에 오히려 남편에게 의지하지 않으면 안 된다고 생각했다.

어젯밤, 아이코가 잠든 후에 돌아온 에이지에게 아이코의 입학이 결정되었다는 사실을 전하고, 입학 절차를 맡기고 싶다고 하자 에이지는 선뜻 알겠다고 승낙했다. 마침 일이 조금 안정되기 시작했다고 말했다. 그 답에 노리코의 어깨에서 힘이 빠졌다. 부탁해도 되는 것이었구나, 하고 새삼 생각했다.

그 후, 미래 학교와 관련하여 다나카 미카의 변호 의뢰를 받았다는 것을 말했다.

사무소에 언론에서 문의가 있었다는 것까지 말하자, 에이지는 처음에는 놀란 듯한 표정을 보였지만 곧장 부엌 의자에 앉아 이야기를 듣는 자세를 취했다. "그래서?" 하고 노리코를 재촉했다.

같은 일을 하는 사람이긴 해도 이것은 '상담'은 아니라고 생각하며 말했다. 에이지가 노리코의 입에서 듣는 것보다 먼저 보도 등을 통해 이 사실을 알게 되는 일은 피하고 싶었기 때문에 말하는 것이지, 남편에게 의견을 묻고 싶은 것은 아니었다. 이것은 노리코의 문제다.

그렇기는 해도 책망하거나 그만두라는 말을 듣는 것은 각오한 상태였다. 그럼에도 일련의 설명을 끝낸 후, 남편이 침묵하는 것을 보고 목소리가 나왔다.

"미안해."

노리코가 말하자 에이지가 고개를 들고 이쪽을 보았다. 노리코가 계속했다.

"폐를 끼치게 될지도 몰라. 맡을지 말지 아직 정하지는 못했어. 내일 야마가미 소장님이랑 상담할 예정이야."

"사과할 거 없어. 일이니까 어쩔 수 없잖아."

남편의 말에 노리코는 당황했다. 그 사실이 표정으로 드러난 듯했다. 일을 하고 돌아와 정장 차림인 채인 에이지가 넥타이를 느슨히 풀더니 오히려 영문을 모르겠다는 표정으로 노리코를 보았다.

우유를 닦고 컵을 주워서 정리한 거실은 몇 시간 전에 있었던 아이코와의 소동이 거짓말인 것처럼 조용했다.

"안 말려?"

자신도 모르게 물었다. 에이지가 곤란한 듯 웃었다.

"어째서? 나한테 그런 권리 없잖아. 그건 당신한테 온 의뢰니까."

냉정한 목소리를 듣고 노리코는 에이지가 자신과 같은 일을 하는 사람이라는 사실을 새삼 온몸으로 깨달았다.

"물 좀 줄래?"

남편의 말을 듣고 정수기에서 물을 받아 앞에 놓았다. "고마워"라고 말한 남편이 물을 한 모금 마셨다. 길게 숨을 내쉬더니 노리코를 바라보았다.

"학창 시절에 변호사를 하겠다고 마음먹었을 때……."

"응."

"좀 고민했었어."

이야기가 어디로 향하는지 알지 못한 채 일단 끄덕였다. 남편의 입가에 자조와도 닮은 미소가 떠올랐다.

"직업으로 삼으면 분명 내 생각과 의뢰인의 주장이 다르거나, 명백하게 죄가 있다고 여겨지는 사람을 변호해야만 한다는 생각이 들었어. 그게 너무 괴로울 것 같고, 나로서는 불가능할지도 모르니까 그만둘까 생각했던 적도 있었어. 내가 이 일을 할 수 있을까 엄청나게 고민한 후, 그래도 뭐 일단 각오하고 이 일을 선택했지."

자신은 이 사람을 우습게 보고 있었던 것일지도 모른다. 한 대 얻어맞은 것만 같았다. 에이지의 눈이 노리코를 정면에서 바라보았다.

"노리코는 분명 지금이 중요한 고비겠네. 일을 맡든 맡지 않든 말이야. 나는 거기에 대해 왈가왈부하지 않을 거야."

"맡는다면 내가 어린 시절에 합숙에 간 일이 다뤄져서 당신에게 폐를 끼칠지도 몰라."

합숙에 갔던 것을 사람들에게 말하지 않는 것이 좋을 것 같다고 에이지는 전에 말했었다. 하지만 그는 조금 생각하듯 허공을 바라본 후, "그럴지도"라고 중얼거렸다. 여전히 차분하지만, 그러면서도 조금 가벼운 말투였다.

"분명 그런 식으로 보도하는 곳도 있을지 모르지만, 미래학교의 고문이 되는 것도 아니고, 당신은 그 단체와는 관계없으니까 당신이 걱정할 정도로 크게 다뤄지지는 않을 거야."

'말려주지 않는구나' 하고 생각했다.

그렇게 생각함으로써 노리코는 남편이 말려주기를 기대하고 있었다는 사실을 깨달았다. 일을 맡는 것에도, 거절하는 것에도 이유가 필요하다. 자신의 마음만으로 결정할 수 없기에 누군가가 어느 쪽인가를 향해서 등을 밀어주길 바랐다.

"다행이야."

남편이 갑자기 밝은 목소리로 말했다.

"어?"

"아이코가 다닐 어린이집이 정해져서 다행이라고. 그 마당이 넓었던 곳이지? 국공립 어린이집이라니 정말 대단해. 아이코, 타고났어."

타고났다는 것은 행운을 타고났다는 의미이리라.

낙천적인 목소리를 듣고 어깨에서 힘이 빠져나가기 시작했다. 어린이집 신청 또한 노리코가 다녀왔고, 오늘도 집에 돌아오고 나서 아이코의 저녁밥 준비와 엎질러진 우유 정리가 정말로 힘들었다. 그 사실을 말하고 싶다는 마음이 일순 가슴속에서 크게 부풀어 올랐지만, 그 충동을 억눌렀다. 예리한 것인지 둔감한 것인지 알 수 없을 때도 많은 사람이지만, 그 예리함과 둔감함이 공존하니까 함께 지낼 수 있는 것이리라.

어째서 중요한 이야기 도중에 화제를 바꿔버리는 것일까. 그 맥없음에 한 방 맞은 것 같지만, 그래도 노리코는 남편이 자신을 믿고 있다는 사실을 깨닫게 되었다. 선택할 자유가 허용되어 있다. "응" 하고 노리코는 끄덕였다. 한바탕 난리를 피운 후에 지금 침실에서 씩씩하게 자고 있는 아이코를 떠올리면서.

"우리 애는 타고났어."

긴자의 사무소 앞에 다다랐을 때, 무심코 도로 건너편을 걷는 가족에 시선이 갔다.

초등학생 정도의 여자아이와 아이를 태운 유모차를 미는 남성.

눈이 머문 것은 평일 낮에 초등학생의 모습을 보는 것이 이상하다는 점에 더해, 그 둘과 함께 있던 것이 남성 한 명이었기 때문이었다. 어머니가 혼자 아이를 데리고 있거나 부부가 함께 아이를 데리고 있는 광경은 자주 보지만, 이런 시간에 두 아이와 아버지 혼자 있는 것은 드물다는 생각이 들었다.

역광이어서 곧바로는 얼굴이 보이지 않았다. 희미한 색의 태양이 그들을 등 뒤에서 비추고 있었다.

그때 그 아이들을 데리고 있는 아버지로 보이는 남성이 노리코를 향해 손을 크게 흔들었다. 그러더니 여자아이의 손을 잡고 유모차를 밀며 달리듯 이쪽으로 다가왔다.

"여어, 노리코 씨."

목소리가 들려서 깜짝 놀랐다.

다가온 것은 오키무라 시게루였다. 어째서 이런 곳에 있는가 하고 발을 멈춘 노리코 앞까지 그들이 다가왔다.

그때.

시게루 옆에 있던 분홍색 다운재킷에 데님 스커트를 입은 여자아이의 얼굴이 보였다. 그 아이가 이쪽을 보고 눈이 마주친 순간, 과장이 아니라 시간이 멈췄다.

기억이 그 여름으로 되돌아간다.

가늘게 찢어진 눈. 옅은 눈썹. 작은 입에서 살짝 엿보이는 하얀 이.

미카가 있었다.

노리코가 알고 있는, 얼굴을 기억하지 못한다고 생각했던 그 미카가.

"좋은 아침!"

"그 잠옷, 엄청 귀엽다. 색도 그렇고, 프릴 장식도."

처음 만났던 여름의 아침.

확실히 기억난다. 미카의 얼굴. 마음이 안정되지 않아서 이제 돌아가고 싶다는 마음으로 가득했던 노리코에게 밝은 미소로 말을 걸어준 같은 나이의 여자아이.

"사실은 엄마와 같이 살고 싶어"라고 가느다란 목소리로 비밀을 털어놓고, 늦은 밤 샘 앞에서 쭈그리고 앉았던 여자아이.

틀림없다. 이 아이는 미카의 딸이다.

시게루가 지난번에 이야기했던 그와 미카의 열한 살 딸. 한눈에 알았다.

"……시게루 씨, 왜 여기에."

마음은 눈앞에 나타난 여자아이에게 강하게 끌렸지만, 시게루에게 물었다.

변호를 맡을지 말지에 관해서는 아직 답하지 않았다. 마음도 정하지 않았다. 오늘도 약속이 있던 것도 아니고, 지난번에는 어쩔 수 없어서 대응했지만 이런 식으로 약속 없이 몇 번이고 찾아온다면 곤란하다. 곤혹스러운 마음을 품고 말한 노리코에게 시게루가 밝게 미소 지었다.

"아, 오늘은 노리코 씨의 사무실에 온 게 아니에요. 그저 하루카와 내가 일 년에 한 번 만나는 면회일이 우연히 이번 주여서. 도쿄에 놀러 가고 싶다고 해서요."

그렇다. 분명 이름이 하루카라고 했다.

일 년에 한 번 만나는 면회일이라는 말에 가슴이 아팠다. 빈도가 적다는 마음이 순간 들었지만, 미래 학교는 애초에 친권을 가진 모친과 아이가 만나는 것도 일 년에 한 번 정도다. 오늘은 학교 수업이 있는 평일이다. 하지만 미래 학교에서는 배움터 바깥의 의무교육에 그렇게 중점을 두고 있지 않다.

"시게루 씨는 지금 어디에 살고 있어요?"

그러고 보니 지난번에 만났을 때 물어보지 않았다. 미카와 이혼할 때까지 살았던 홋카이도인지, 아니면 이 주변에서 가까운 수도권인지 생각하며 묻자, 시게루가 천천히 고개를 저었다.

"평소에는 시즈오카. 최근에는 도쿄에 올 때가 많지만요."

시즈오카라는 지명을 듣고 깜짝 놀랐다. 배움터가 있었던 것과 뭔가 관련 있는 것일까. 노리코의 마음을 눈치챈 듯 시게루가 조용히 말을 이었다.

"초등학교 시절의 동급생이 녹차 가공품 공장을 운영하고 있어서, 지금은 거기에서 일하고 있어요."

"그렇군요."

배움터와는 별도로 그가 다니던 초등학교의 동급생을 말하는 것이리라. 시게루라면 분명 지역 학교에도 친구가 많았으리라. 미래 학교 밖으로 나온 그에게는 그런 인간관계가 제대로 존재했던 것이다.

　시게루가 옆에 선 딸을 보았다. 키는 부친의 가슴 정도였다. 하지만 평소에 어린이집에 다니는 아이코 나이대의 아이들밖에 보지 않는 노리코에게는 반쯤 어른처럼 보였다. 호기심으로 가득한 눈으로 그 아이가 노리코를 바라보았다.

　예쁜 아이였다.

　노리코를 향해 시게루가 말했다.

　"엄마와 아빠 친구인 변호사가 긴자에서 일한다고 말했더니, 노리코 씨 사무소가 있는 긴자 주변이 어떤 곳인지 보고 싶다고 해서 오늘 데리고 온 거예요. 지난번에 왔을 때 근처에 놀이기구가 있는 공원을 발견했는데, 이 아이들이 놀기에도 좋지 않을까 해서. 그리고 지난번에 노리코 씨 사무소에 사간 찹쌀떡이 맛있었던 게 생각나서. 하루카, 찹쌀떡 좋아하거든요."

　"……그래요."

　노리코는 당황한 채 시게루의 말을 들었다.

　모처럼 홋카이도에서 도쿄에 왔으니까 보다 아이들이 좋아할 만한 다른 장소에 데리고 가는 편이 좋으련만. 이 부근에 분명 공원은 있다. 하지만 평소 자연이 풍부한 장소에서 지내는 아이라면 굳이 그런 곳을 가지 않아도 된다. 찹쌀떡 또한 분명 맛있긴 하지만 그 정도의 것이라면 보다 저렴하게 살 수 있는 곳이 도쿄에는 얼마든지 많은데.

아이를 데리고 도쿄에서 시간을 보내는 방법을 잘 모르는 것일지도 모른다.

부모의 친구라고 들은 노리코가 일하는 빌딩을 굳이 보러 온다. 보러 가고 싶다고 생각한다. 손이 닿는 범위의 세상이 전부인 순수함을, 부모와 자식 모두에게 느꼈다.

"안녕하세요."

갑자기 밝은 목소리가 들렸다. 하루카가 조금 부끄러운 듯 미소 지으며 노리코를 바라보았다.

가슴이 메어왔다.

말투가 닮았다.

목소리가 닮았다기보다는 말투가. 현재의 다나카 미카가 아니라, 어린 시절의 미카와 닮은 듯한 기분이 들었다. 하루카의 존재를 눈앞에 두고 보자, 그 여름에 미카를 혼자 내버려둔 채 노리코와 시게루만이 서둘러 나이를 먹고 만 것 같은 신기한 착각에 빠졌다.

"안녕."

노리코도 말했다.

하루카를 향해 있는 힘껏 미소 지으며.

"처음 만나네."

"노리코 아줌마인가요? 아버지와 어머니의 친구분인."

똑바로 뻗은 눈동자 앞에서 할 말을 잃었지만, 다음 순간 끄덕이고 있었다. "맞아"라며.

하루카가 미소 지었다. 조금 전까지는 시원시원하게 말하던 것이 무색하게 갑자기 쭈뼛쭈뼛한 태도를 보이며 노리코를 올려다보았다. 그러더니 작은 목소리로 말했다.

"변호사가 되려고 공부 많이 하셨어요?"

똑똑해 보이는 아이였다. 친부모가 아닌 어른에게 키워진 탓인지, 첫 대면인 어른을 상대로도 그렇게까지 두려워하는 모습이 없었다. 노리코는 미소 지으며 "응"이라고 끄덕였다.

"공부 많이 했어."

노리코의 대답에 이번에는 옆에서 듣고 있던 시게루가 천진한 표정으로 웃었다.

"역시 그렇구나. 전부터 변호사 일에 흥미가 있었던 거예요?"

"어린 시절에는 그렇게까지는요."

합숙에서 시게루와 만났을 때는 미래의 직업에 대해 그다지 의식하지 않았었다. 노리코가 말할 때마다 대단하다며 천진난만한 모습으로 끄덕이는 하루카의 머리를 시게루가 쓰다듬었다. 그러면서 아무것도 아닌 듯한 말투로 말했다.

"하루카도 되고 싶은 사람이 되려면 공부 열심히 해야 해."

하루카는 수줍은 듯 웃더니 아무 말도 하지 않았다. 그저 그뿐인 대수롭지 않은 대화에 노리코는 어떻게 반응하면 좋을지 알 수 없었다.

되고 싶은 사람이 되려면.

미래 학교에서 자란 아이들의 '미래'가 어떻게 되는지 노리코는 알지 못한다. 아무리 그래도 어른이 되고 나서도 단체 내부에 머무르라고 강요하지는 않을지 모른다. 하지만 '되고 싶은 사람이 된다'는 자유가 하루카에게 어느 정도 보장되어 있을지 노리코로서는 알 수 없었다. 그래서 쉽사리 반응하지 못했다.

시선을 둘 곳을 찾지 못해 유모차를 들여다보니 남자아이가 있었다.

유모차 안에는 시게루가 맡아서 키우고 있다는 하루카의 동생이 있었다. 이 아이도 어느 쪽인가 하면 시게루보다는 미카를 닮은 듯 보였다. 하지만 역시 부모 양쪽을 다 닮았다. 시게루와 미카, 둘의 면모가 녹아든 듯한 남매를 보다 보니, 어떻게 해도 자신의 어린 시절에서 오늘까지 흘러온 세월을 부정하지 못하고 느끼게 되었다.

곰 모양 아플리케가 붙은 퀼팅 코트를 입은 남자아이가 눈을 두리번두리번 움직였다. 까닥거리는 발이 살짝 유모차를 덮은 무릎 담요를 차올렸다.

미카도 지금 아마 도쿄에 있으리라. 하지만 도쿄에 왔다고 해서 하루카와 시게루가 도쿄 사무소의 미카를 방문하러 가는 일은 없을 것이다. 그것이 미래 학교의 규칙이기 때문이다. 미카도 분명 만나고 싶다고 바라지 않을 것이다.

어째서 자신의 아이에게 부모와 따로 사는 것을 마찬가지로 강요하고 마는 것일까.

그 물음이 이기심에 지나지 않는다는 것을 노리코는 어제 아이코를 안고 울면서 깨달았다. 하지만 하루카와 동생을 보자, 다시 강한 힘이 그쪽으로 끌고 돌아가려 했다.

"저기……."

시게루의 말에 노리코가 고개를 들었다. 서로의 눈이 맞은 채, 몇 초간 틈이 있었다. 그는 노리코에게 묻고 싶은 것이다.

변호 건이 어떻게 되고 있는지.

야마가미와 저녁에 이야기하여 결론을 내려고 생각하고 있었다. 노리코는 자신이 비겁하다는 사실을 인식한 채 "네?" 하며 시게루를 보았다.

뭔가를 물어보려던 시게루가 작게 숨을 들이켰다. 눈에서 긴장감이 사라지고, 원래대로의 온화한 표정으로 바뀌었다.

"이제 갈게요. 하루카에게 찹쌀떡 사줘야 하니까요."

"네. 아이들 봐서 좋았어요."

이 자리에서 어느 쪽인지 답할 수 없다는 점을 미안하게 생각하면서 하루카와 유모차 안의 동생 양쪽을 향해 미소를 보였다. 그러고 보니, 그때가 되어 처음으로 물었다.

"작은아이 이름은 뭐예요?"

"가나타."

시게루가 답했다. 그 순간, 노리코의 머릿속에 뭔가가 번쩍였다.

노리코가 시게루를 바라보았다. 그가 다시 한번 말했다.

"큰애가 하루카, 작은애가 가나타."

통렬하게 가슴이 옥죄어왔다.

왜 그렇게 된 것인지 알지 못한 채 너무나도 큰 아픔에 놀랐다. 뒤늦게 이해가 되었다. 이름을 들었기 때문이었다. 그들 남매의 이름. 그 이름을 붙여준 부모의 바람을 알기 때문이었다.

하루카, 가나타.

큰아이의 이름을 들은 것만으로는 알지 못했다. 하지만 지금은 그 한자까지 확실히 알 것 같다. 분명 둘의 이름은 각각 遙, 彼方이라고 쓰리라(각기 '아득히', '먼 곳'이라는 의미의 단어−옮긴이). 미카와 시게루 중 어느 쪽이 이름을 붙인 것인지는 알 수 없다. 하지만 아이들의 이름에서 커다란 세상이 느껴졌다. 태어난 토지에서 벗어나 먼 곳으로 갔으면 하는 바람과도 같은 것을.

'되고 싶은 사람이 될 수 있는' 자유도 거기에 포함되어 있으리라.

노리코가 거기까지 느꼈다는 점이 시게루에게 전해졌는지는 알 수 없었다. 하지만 시게루가 희미하게 미소 짓더니 불쑥 가르쳐주었다.

"둘 다 미카가 지은 이름이에요."

"좋은 이름이네요."

노리코가 말했다. 진심으로 그렇게 생각했다.

"그렇죠?"

시게루가 다시 미소 지었다. 옆에서 하루카가 "아, 그런 거예요?" 하고 중얼거렸다. 시게루와 노리코가 그녀를 바라보자, 하루카가 부끄러운 듯 "몰랐어요"라고 말했다.

"내 이름, 엄마가 붙여줬구나."

"맞아."

시게루가 말하자 하루카가 "흐음" 하고 크게 신경 쓰지 않는 듯한 목소리를 냈다. 그 순간 가슴속으로 한숨을 쉬었다. 저항할 수 없다고 느꼈다.

등 뒤를 밀어주길 바랐다. 요 며칠 그렇게 생각해왔다. 변호를 맡든, 거절하든.

지금 확실히 그들이 등을 밀어주었다. 머릿속 한구석에서 누군가가 그러지 말라고 하고 있음에도 말을 꺼내고 만다.

"시게루 오빠."

씨가 아니라, 호칭이 먼 옛날의 친구와도 같은 거리감으로 바뀌었다. 자신이 냉정하지 않다고 자각하면서도 그를 향해 말했다.

"미카의 변호, 제가 맡을게요."

마지막장

미카②

발소리가 다가온다.

어두운 회의실에서 미카는 그 소리를 듣는다. 들으면서 떠올린다.

그 여름에 대하여.

먼 과거에 대하여.

미즈노 선생님에 대하여.

어머니에 대하여.

아버지에 대하여.

전 남편에 대하여.

이제, 아마도 두 번 다시 가지 않을 샘에 대하여.

히사노에 대하여.

……아이들에 대하여.

발소리가 다가온다. 그 소리의 주인이 찾아오는 것을 그저 기다린다. 회의실 의자의 등판이 싸늘하게 차갑다.

"실례하겠습니다."

문이 열리고 그녀가 들어온다. 복도 창문으로 들어오는 빛이 그녀의 등 뒤 건너편에서 비추고 있다. 그 얼굴을 미카는 가능한 차갑게 올려다보았다.

◖●●

최근 어째서인지 그 사람들에 대해 자주 생각한다.

"당치도 않습니다. 저희는 그저, 저희가 사회에 뭔가의 도움이 되었으면 한다는 마음에 그렇게 한 것뿐입니다."

나이 든 어머니의 얼굴이 그렇게 말한다.

미카의 부모님은 미래 학교에서 '기슭의 학생' 교육을 담당했다. 미카가 어렸을 때 시작되어 생수 사고가 일어날 때까지의 오랜 시간, 전국 곳곳에서 열린 미래 학교의 '기슭의 모임'.

미래 학교의 이념에 대해 강연하고, 방문자들과 문답을 행한다. 미카의 아버지와 어머니는 강연 후의 문답에서 진행을 담당하고 '기슭의 학생'의 대화를 솔선하는 중심인물이었다고 한다. 둘 다 단체의 창설 멤버는 아니었지만, 화술이 뛰어나고 남들 앞에 서는 것에 익숙했으며 미래 학교의 이념에 관해 잘 이해하고 있었다.

강연에서는 일단 미래 학교에 들어가기 전, 자신들이 어린이집을 경영했을 무렵의 이야기를 자주 했다고 한다.

아직 밖에 나가 일하는 어머니가 많지 않고 사립 어린이집도 그다지 없었던 시기에 시작했던 어린이집은 입학 조건도 까다롭지 않았고 어머니가 일하거나 어머니가 없는 경우에 한하지 않고 많은 아이를 받았다.

당시로서는 획기적인 일이며, 그런 어린이집을 운영했던 양친은 훌륭한 사람들이라고 미카는 초등학교에 들어갔을 때부터 주변 어른들에게 듣게 되었다. 미래 학교에서 그런 식으로 '부모'의 이야기를 하는 일은 그다지 흔치 않았지만, 어떤 계기였는지는 기억나지 않아도 선생님들의 입에서 그런 이야기가 나오게 되어 그때 알게 되었다.

그런 말을 듣자 자랑스러웠다. 그것이 다른 아이들 앞이었기에 더욱 그랬다.

어머니의 입에서 당시의 이야기를 들은 것은 미카가 고등부로 진학해 삿포로에서 열린 '기슭의 학생' 집회를 도우며 강연 모습을 가까이에서 보았을 때였다. 많은 관중을 앞에 두고 단상에서 말하는 어머니의 모습은 미카가 초등학생 때와 비교해서 주름이 늘었고 나이를 먹었지만, 부모와 자식 간에 만나는 연말연시 때보다 몇 배나 더 생생하게 살아 있는 것처럼 보였다.

"제가 어린이집을 시작했을 때도 지금과 마찬가지로 젊은 나이에 어머니가 되어 불안감을 느끼는 어머니들이 많았고, 자신들이 밥을 제대로 해 먹이고 있는 것인지 걱정하는 집이나 어린아이를 집에 혼자 놔두고 긴 시간 집에 돌아가지 못하는 가정에 관한 이야기를 자주 들었습니다. 어린이집을 시작했을 당시에는 어떤 집의 아이든 원한다면 최대한 받아들이려고 했기에 너무 어머니들을 편하게 해주는 것 아닌가, 어머니 사정만 너무 우선하는 것이 아닌가, 하고 불만을 터뜨리는 사람도 많았어요. 하지만 그때부터 생각했습니다. 아이들은 하늘에서 내려주시는 것이라고 말입니다. 부모의 소유물이 아니라 어떤 가정으로 내려온다고 해도 사회 안에서 키워서 사회로 무사히 보내는 게 어른의 역할이죠. 그러던 때 미래 학교를 만났고, 그 이념이 제 이상과 너무나 똑 닮았기에 깜짝 놀랐습니다."

당시로서는 획기적인 시도를 실천했던 훌륭한 사고방식을 가진 사람들. 아이들을 어린이집에서 받아줌으로써 많은 어머니와 가정을 구한 사람들.

그런 목소리가 관중에게서 나오자, 어머니와 아버지 모두 "당치도 않습니다"라고 고개를 저었다.

"저희는 그저, 저희가 사회에 뭔가의 도움이 되었으면 한다는 마음에 그렇게 한 것뿐입니다."

강연을 듣고 난 후 얼마간 미카는 양친의 삶의 방식이나 활동에 대해 뭔가 구체적인 감상을 품지는 않았다. 그저, 그렇구나, 하는 마음으로 이야기를 들었을 뿐이었다.

어떤 단계에서 깨달은 것인지는 확실히 알지 못한다. 하지만 미카는 어느 순간부터 이렇게 생각하게 되었다.

우리 부모님은 아마도 세상에 있는 '부모'라는 존재를 전혀 믿지 않았던 것이라고.

육아 문제로 고민하는 어머니나 가정을 구하고 싶었던 것이 아니라, 분명 모든 '부모'를 믿지 않았기에 아이들을 거기에서 거두어들여서 자신들의 어린이집에서 돌보기로 했다. 하늘에서 내려주신 것이니까 부모의 소유물이 아니다. 그렇기에 '밥을 제대로 해 먹이고 있는 것인지 걱정하는' 집이나 '긴 시간 집에 돌아가지 못하고' 육아 방치를 한 집에서 아이들을 거둬들였다.

그렇다고 하더라도 결과만 보면 훌륭한 일임은 틀림없다. 아이들이 무럭무럭 자란다면 그보다 좋은 일은 없다. 하지만 그것은 결코 '부모를 돕기' 위해서라거나, '부모를 구하기' 위해서가 아니다. 사람을 믿지 않기에 그렇게 한 것이다.

어째서 그렇게까지 '사회의 아이들'을 지키기 위해 사명감을 불사른 것일까 신기하게 생각되지만, 보다 신기한 것은, '그렇다면 당신들은 자신들에 대해서는 믿을 수 있는 것인가?' 하는 점이었다. 그들은 '부모'로서 자신들의 육아를 믿을 수 있었을까.

조금만 생각해보면 바로 결론이 나온다.

분명 나의 부모는 자신들조차도 믿지 못했으리라. 그렇기에 미래 학교에 들어갔다. 나를 미래 학교라는 이름의 사회에 맡기고 손을 뗐다.

나 자신은 어떨까.

"바깥에서 살자. 기슭으로 내려가자."

이제 와서 아이들과 함께 살면서 '부모' 역할을 하자고 말하며 나를 바라보던 전 남편의 눈동자 앞에서 생각했다.

나는 '부모'로서의 자신을 과연 믿을 수 있나?

"같이 살아도 좋아. 어떻게 할래?"

어머니가 그렇게 말한 것은 생수 사고 이후, 부모님이 홋카이도의 배움터에 왔을 때였다.

강연회를 돕던 고등학생 때부터 더욱더 시간이 흘러, 미카는 스무 살을 넘겨 '어른'이라고 불리는 나이가 되어 있었다.

"이제 와서……?"

그 말이 목 깊은 곳에서 쥐어짜듯 흘러나왔다. 같이 살자는 부모님의 말을 들은 순간, 머리가 마비되는 것 같아서 바로는 반응하지 못했다.

부모님은 신기한 듯 얼굴을 마주본 후 미카를 보았다. 미소를 지으며. 둘 다 어린아이에게 "어쩔 수 없네"라고 말할 때 같은 표정이었다.

"뭐야, 미카. 혹시 전부터 같이 살고 싶었던 거야?"

"옛날에는 자주 설날이 지나고 배움터로 돌아가고 싶지 않아 했었지. 그렇구나. 같이 살고 싶었던 거구나."

전해주고 싶다고 생각했다.

그 마음이 강하게, 강하게 가슴으로 치밀어 올랐다. 실제로 찔리거나 맞은 것도 아닌데 가슴이 갈기갈기 찢기는 것처럼 아팠다.

지금 당신들이 한 그 말을 어렸을 때의 나에게 주고 싶다.

어머니를 만나고 싶어서, 같이 잠들고 싶어서, 밤의 샘을 향해 달렸던 나에게.

히사노가 죽은 날 아침의 나에게.

●◑●

눈앞에 한 명의 여성이 서 있었다.

다른 누군가와 함께 오리라 생각했는데, 의외로 그녀는 혼자였다. 미카는 침묵한 채 그녀를 바라보았다. 자신 앞에 앉으려고 하는, 별나게도 자신의 변호를 맡으려고 하는 인물의 얼굴을 정면에서 쳐다보았다.

"오랜만이에요. 오늘은 잘 부탁드리겠습니다."

곤도 노리코.

이 사람과 전에도 이렇게 이 회의실에서 마주보고 앉았다. 백골화된 시체의 신원이 아직 알려지지 않았던 그 무렵, 그것을 손녀인 것은 아닐까 호소하는 노부부의 변호사로서 그녀는 이곳을 찾아왔다. 미카에 대해 경계하는, 적의를 품은 눈을 향하며. 그때도 오늘과 마찬가지로 감색 양복에 흰색 블라우스였다. 옷깃 언저리에 변호사 배지가 빛났다.

"변호는 거절했을 텐데요."

미카가 말했다.

의자에 손을 대려던 노리코의 손이 한순간 움찔 떨리는 것처럼 보였다. 하지만 곧장 아무 일도 없었던 것처럼 의자를 끌어서 앉더니, 시선을 자신의 가방에 두고 뭔가 서류를 꺼내려고 했다. 미카는 계속해서 말했다.

"제 변호는 고문인 후카다 선생님이 해주실 거니까 괜찮습니다."

"당신과 이야기하고 싶었어요."

노리코의 말투는 명확했고 동요는 느껴지지 않았다. 전에 만났을 때와는 뭔가가 다르다. 자신의 실없는 말 하나하나에 번뇌하던 지금까지와는.

"이야기?" 미카가 물었다.

웃자, 콧등에 주름이 잡힌다. 언제부터였는지, 전 남편과 자신의 부모를 향해서 그렇게 웃는 일이 많아졌다. 얼굴이 이 표정을 내보이는 것에 이미 익숙해져 있었다.

"이야기라니 뭔가요?"

"알고 싶어요. 저도 미카 씨에 대해서."

노리코의 얼굴이 똑바로 이쪽을 보고 있었다.

"알고 싶어요." 그녀가 다시 한번 반복했다.

"당신에게 무슨 일이 있었는지."

"그게 무슨 말이죠?"

변호사의 말 같지 않다고 생각했다. 변호사가 아니라고 해도 그녀 개인이 거기까지 파고들 사정도, 권리도 없었다.

남을 얕보는 듯한 미카의 웃음에도 노리코는 기죽지 않았다. 눈빛은 차분하고 조용했다. '재회'하고 나서 오늘까지 한 번도 본 적 없는 표정이었다.

"미카 씨는 히사노 씨를 죽였다고 주장하고 있다고 들었어요. 살인을 인정하고 있다고."

"맞아요."

"하지만 미카 씨 주변 사람들은 당신이 죽였다고는 생각하지 않는다고 합니다. 당시 그 배움터에서 같이 지냈던 선생님들이나 학생들, 미카 씨 부모님은 물론 시게루 씨도."

미카는 아무 말도 하지 않았다.

부모님과 시게루의 이름이 나온 것이 불쾌했다. "시게루 씨"라는 호칭을 듣고 곤도 노리코는 그를 만났나 싶었다.

가슴에 그리운 감정이 치밀어 올랐다.

노리코는 기억하고 있을까.

당신이 시게루를 동경하고 있었던 것을. 동경하고, 그리고 어느샌가 잊어버리고 있었던 것을.

둘이 편지 교환을 했다는 사실을 미카는 알고 있었다.

그리운 감정이 느껴졌다. 노리코와 시게루, 둘 모두를 질투하고 증오했다. 합숙에 온 것뿐인데, 그저 기슭의 아이라는 이유만으로 시게루가 부지런히 노리코에게 편지를 쓰는 것이 못마땅했다. 미카도 사실은 노리코에게 편지를 쓰고 싶었다. 쓰려고 생각했다. 하지만 둘이 편지 교환을 하고 있다는 사실을 알고 난 뒤, 절대로 쓰고 싶지 않다고 생각했다. 시게루 탓에 쓰지 못하게 되었다. 더는 아무래도 좋은 일임에도 그때의 마음만은 기억하고 있었다. 둘의 둔감함과 무신경함을 믿을 수 없다고 생각했다.

이제 와서 그 무렵의 마음을 부딪치고 싶지는 않았다. 하지만 그런 경위 따위 아무 일도 없었다는 듯 시게루의 이름을 자연스레 입에 담는 곤도 노리코는 역시 믿을 수 없었다.

미카가 그야말로 그렇게 생각한 것과 같은 순간에 노리코의 표정이 갑자기 온화해졌다.

"이상한 거 물어도 돼?"

처음으로 존댓말이 사라졌다. 미카는 아무 말 없이 그녀를 바라보았다. 노리코가 물었다.

"미카, 나 기억해?"

◖●◗

무슨 말을 하는 거지 싶었다.

어처구니가 없는 질문이었다. 당연히 기억한다.

처음에 사무소를 방문했을 때는 깨닫지 못했지만, 이름을 듣자 곧장 노리코와의 기억이, 추억이 되살아났다.

하지만 그날 어두운 복도에서 그녀가 자신을 미카라고는 생각하지 못하고 "당신들은 도대체 뭔가요"라고 말하면서 과거 여름 합숙에 참가한 적이 있다고 털어놓았을 때 맹렬한 분노와 혼란이 마음을 엄습했다.

아름다운 여름과 배움터의 추억. 그것을 공유한 '미카'를 눈앞의 자신과 겹치지 못한다는 점을 깨달았다. 깨닫고 나니 말이 멈추지 않았다.

노리코가 어른이 된 미카를 미카라고 생각하지 못했다는 것을 안 그때, 자신이 아름다운 소녀인 채 죽었기를 바랐다고 생각했다. 생각한 순간, 마음이 깜짝 놀랄 만큼 차분해졌다. 그리고 깨달았다.

그렇게 바라고 있던 것은 나 자신이라고. 그 여름에 죽었으면 좋았다고. 히사노가 아니라 내가 죽었다면.

죽어서 시간을 멈추고 싶다고 바랐던 것은 그 누구도 아닌 바로 자신이었다.

●●●

미카는 침묵한 채 노리코의 질문에 대답하지 않았다.

기억하지 못한다고 예전에 확실히 말했는데 이런 식으로 다시 묻는 것이 불합리했다. 지난번처럼 그녀를 때려눕힐 말을 뱉으면 된다고 머릿속 어딘가에서 속삭이는 목소리가 들렸다. 기억하지 못한다. 당신 따위, 내 안에서는 보잘것없는 추억이라고 노리코를 때려눕히면 된다.

하지만 그렇게 하기에는 너무나 지쳐 있었다. 사람을 상처 입히는 것에도 체력이 필요하다. 눈앞에 차분하게 앉아 있는 곤도 노리코가 무슨 생각을 하고 있는지 알 수 없었다. 지난번에 그런 식의 대화를 거쳤음에도 불구하고 어째서 미카의 변호를 맡으려고 하는지.

"계속 내버려둔 주제에."

그것은 묘하게도 곤도 노리코가 처음으로 사무국을 방문했을 때 미카가 입에 담은 말이었다. 그녀가 자신이 아는 노리코라고는 생각지도 못했지만, 그 시기, 차례로 찾아오던 '유골의 관계자'를 자칭하는 사람들에게 미카는 질린 상태였다. 미카는 노리코의 의뢰인이라는 요시즈미 부부에게도 아직까지 분노를 느낀다. 그 분노가 입을 통해 나와버리는 것에 대해 사하라를 비롯한 사람들이 "어른스럽지 않아요"라고 주의를 주는 일도 종종 있었다. 이혼하기 전까지는 시게루도 그 버릇에 관해 자주 주의를 주고는 했다. 하지만 실은 그들 또한 넌더리가 났을 것이다.

계속 내버려두고 잊고 있었던 주제에. 유골이 나온 후 자신의 기억이 함께 발굴된 사람들이 뭔가를 되찾으려는 것처럼 떼 지어서 모이는 것은 도대체 어떤 오만인가. 되찾을 수 있는 것 따위 이미 아무것도 없는데.

뭔가를 되찾으려는 사람들.

그것은 자신에게 소송을 건 히사노의 모친도 마찬가지다.

우스꽝스럽다. 화가 난다. 속죄해야만 하지만 그것은 그녀에 대해서가 아니다.

미카가 속죄하고 싶은 대상은 히사노뿐이다.

마주해야만 한다. 미카는 어른이 되었지만 히사노는 되지 못했다. 그렇기에 정해두고 있었다. 혹시라도 누군가가 묻는다면 인정하겠다고. 자신 탓에 히사노가 죽었다는 사실을. 내가 죽였다는 사실을.

미카가 속죄하고 싶은 대상은 히사노뿐이고, 그 이유는 자기 자신을 위해서다.

하지만 그 사실은 곤도 노리코 따위에게 절대로 밝힐 수 없다.

자신을 기억하냐는 질문을 무시하고 미카가 말했다. 이야기를 돌리지 못하게 만들겠다는 의사를 갖고 뿌리치듯이.

"내가 죽였다고 생각하지 않는다는 사람들은 무슨 근거로 말하는 거지? 아무도 직접 보지 못했잖아."

어른이 없었던 여름.

잠시 동안의 자치를 위임받은 아이들의 마음은 두근거렸

다. 곤란한 일이 있으면 유치부 선생님들을 찾아가라고 들었지만, 지켜보는 어른 없이 자신들이 마음대로 해도 된다고 들은 시간은 무척이나 매력적이고 반짝였다.

곤도 노리코가 미카를 바라보았다. 조용한 눈빛으로 끄덕였다.

"네. 정말로 아무도 보지 못했다는 말을 듣고 놀랐어요."

대체 무슨 이야기를 하려는지 알 수 없어서 미카가 잠자코 있자, 그녀가 말했다.

"초등학생 아이들만 남아서 생활했다. 어른이 아무도 없었다. 정확하게 상황을 파악한 어른이 아무도 없었다. 그 점에도 무척이나 놀랐어요. 아이들을 누구도 돌보지 않았다는 사실에."

책망하는 듯한 강한 어조지만, 직접적으로 미래 학교를 규탄하는 말이 나오지 않는 것은 미카도 단체의 인간이라고 배려했기 때문일까. 하지만 노리코의 어조에 분노가 포함된 것처럼 느껴졌다. 어른을 무책임하다고 책망하고 있는 것처럼 느껴진다.

한숨 돌리는 것처럼 틈을 두고 나서 다시 격식 차린 말투로 노리코가 말했다.

"그 여름, 아이들 사이에서 자습실이 만들어졌다는 이야기를 들었습니다. 그것까지는 사실임이 분명하다고 말하는 사람들이 있습니다. 미카 씨가 히사노 씨를 그곳에 가뒀다고."

미카는 침묵한 채 숨을 들이마셨다. 그렇게 숨을 들이마신 것을 깨닫지 못하게끔 조용히.

"그래서?"

미카가 천천히 노리코에게 말했다. 진절머리를 내며.

"가둔 후에 내가 죽인 거야."

"……미카 씨는 분명 히사노 씨를 가뒀습니다. 하지만 그것이 '죽였다'라고 말할 수 있을 정도의 상황인지 어떤지는 알 수 없다고 모두 입을 모아 말했습니다. 당시, 미카 씨와 함께 배움터에 있던 사람들을 가능한 한 찾아서 이야기를 들었지만, 많은 사람들이 미카 씨가 히사노 씨를 '죽였다'는 건 말도 안 된다고 했습니다. 죽은 히사노 씨를 발견한 건 미카 씨임이 분명하다. 하지만 애초에 미카 씨는 히사노 씨가 순수하게 '자습'을 하길 바란 게 아닐까 말하더군요. 자발적으로 반성하길 바란 것뿐, '죽인다'라는 강한 감정은 없었을 거라고."

노리코의 말투는 담담했다.

"미카 씨는 당시 아이들 가운데서도 특히 책임감이 강했고, 하지만 결코 자신의 생각을 일방적으로 다른 아이에게 강요하는 사람은 아니었다고 들었습니다. 하급생들에게도 무리하게 자신의 말을 따르게 하지 않았고, 모두가 사이좋게 지낼 수 있도록 외톨이로 지내는 아이에게 신경을 써주거나 거친 아이들에게는 가만히 상냥한 목소리로 잘 타이르는 사람이었다고. ……저도 그 사실은 잘 알고 있습니다."

노리코가 말했다. 그 입가에 극히 희미하게, 정말로 희미하지만 미소가 떠올랐다. 미카가 노려보듯 날카로운 시선을 보내고 있었기에 더더욱 그녀가 그렇게 미소를 짓는 점이 미카로서는 의외였다.

"처음 참가했을 때, 저는 배움터의 합숙이 그다지 마음 내키지 않았습니다. 처음으로 자신의 집을 나와 오랫동안 다른 장소에서 잠을 자는 것에 대한 불안감도 있었고, 저를 합숙으로 초대한 아이가 다른 아이들과 친해져서 함께 있어줄 사람이 없어질지도 몰라서 무척이나 불안했습니다. 그러던 때, 저에게 말을 걸어준 게 미카 씨였습니다."

노리코의 목소리는 투명했다. 거절당해도 계속해서 말을 걸기로 마음먹고 온 것처럼.

"미카 씨에게 있어서 저는 매년 만나는 많은 아이 중 한 명에 불과했을 겁니다. 하지만 저는 무척이나 기뻤어요. ……그다음 해에도 합숙에 가고자 마음먹은 것은 미카나 시게루 오빠를 만나고 싶었기 때문이에요. 그래서 합숙에 갔습니다."

마음을 들려주고 싶다고 생각하는 것일까. 그렇다면 웃기는 일이다. 가슴 깊은 곳에 있는 동굴에 마른 바람이 불어드는 것 같았다. 사납게 몰아치는 그 소리가 환상인지 진짜인지 알 수 없었다. 회의실은 마치 이 세상에 미카와 노리코

두 명밖에 존재하지 않는 것처럼 조용했다.

가슴 속에 세차게 불어대는 바람 소리에 올라타듯 노리코의 목소리가 들려 왔다.

"저는 당시, 다니던 학교에 친한 아이가 없었습니다. 어째서인지 알 수 없지만, 다른 사람들과 제대로 지낼 수 없었어요. 친구가 적었고, 자신이 미움받는 게 아닌가 언제나 주변 아이들의 안색만 살폈습니다. 하지만 배움터에 가면 다른 자신이 될 수 있었죠. 미카 씨와 말할 때, 저는 제가 기슭의 학교에서도 제대로 지내는 아이가 된 것 같은 느낌을 받았어요. 그건 아마도 미카 씨가 저를 존중해줬기 때문이겠죠. 한 명의 인간으로서, 친구로서, 다른 사람들에게 하듯 대등하게 대해줬으니까요. 미카 씨는 저를 기억하지 못할지도 모르죠. 하지만 그렇게 대해준 것 자체가 저는 무척이나 기뻐서, 그래서 당신을 만나고 싶어서 합숙에 갔습니다."

가슴속에서 울리는 바람 소리가 강해졌다. 침묵한 채 미카는 어금니를 앙다물었다. 노리코에게 자신에 관해서는 아무말도 하지 않겠다고 정했지만, 뭔가를 눌러 죽이듯이 입술을 닫은 채 앞니에 힘을 꾹 담았다.

당시, 닮았다고 생각했다.

합숙에서 미카가 말을 건 것은 노리코가 침울한 표정을 짓고 있었기 때문이었다.

정말로 침울했는지 어떤지는 알 수 없다. 하지만 합숙에는 매년 그런 아이들이 반드시 있었다.

같은 반 친구나 함께 자는 그룹에서 따돌림을 당하거나 밀려나와버린 아이. 미카는 합숙 참가자 중에 그런 아이를 발견하는 것이 어째서인지 특기였다. 왜냐하면 닮았기 때문이다.

기슭의 학교에서 잘 지내지 못하는 자신과.

미래 학교의 아이라는 점만으로 다들 특별한 눈으로 바라보았다. 친해졌다고 생각하던 아이조차도 "어, 미카, 그 산 위의 시설에서 사는 아이였어? 전혀 그런 것처럼 안 보이는데"라고 말했다.

'전혀 그런 것처럼 안 보인다'. 무엇을 가리켜서 '그런 것처럼'이라고 말하는 것인가. 직접 말하는 편은 그나마 나은 쪽이었고, 뒤에서도 계속 그런 말을 들었다. 비뚤어진 칭찬의 말처럼. 그것에 대해 어떤 감상을 품으면 좋을지 알 수 없었다. 노리코를 만났던 초등학교 시절은 그야말로 그런 시기였다.

미카가 합숙을 돕는 것을 좋아했던 이유는 찾아오는 기슭의 아이들과 접할 때 자신이 특별하고 어른스럽고 멋진 아이가 된 것 같은 기분이 들었기 때문이었다.

미래 학교에서 평소 함께 생활하는 배움터의 아이들과 있더라도 그것은 너무나도 일상적인 일이니까 마음을 위로받지 못했다. 하지만 바깥에서 합숙을 위해 찾아온 아이들은 미카와 친해지고 싶어했다. 같은 나이여도 선배나 언니처럼 보인다고 흠모해주어서 기뻤다.

"당신을 만나고 싶어서."

노리코의 말이 가슴을 찔렀다. 마음속 어딘가가 보이지 않는 바람에 흔들렸다. 노리코가 정중한 말투로 계속 말했다.

"저번에 이곳 복도에서 이야기했을 때는 동요해서 제대로 그 말을 하지 못했습니다. 오랫동안 만나지 못했기에, 다나카 씨가 미카 씨라는 것도 바로는 알지 못했죠. 놀라서 제 마음을 당신에게 제대로 전하지 못했습니다. 그렇게 하지 못했던 걸 후회하고 있습니다. 그렇기에 오늘은 어떻게든 전하고 싶습니다."

노리코가 미카를 똑바로 바라보았다.

"그 시체가 당신이 아니어서 다행입니다. 미카 씨가 살아 있어서 기뻐요. 정말로 그렇게 생각합니다. 절대로 죽었기를 바라거나 하지 않았어요. 시체가 발견되었다는 보도를 보고 나서 계속해서 미카 씨가 아니기를, 저는 그것밖에 생각하지 않았습니다."

노리코의 시선은 강하게 미카를 사로잡았다. 그녀가 다시 한번 말했다. 한 마디 한 마디를 꼭꼭 씹듯이. 미카의 마음에 새기려는 것처럼.

"미카가 살아 있어줘서, 다시 만나서 다행이야."

마음속에 불어오는 태풍 소리가 강해졌다.

그저 요란하게 흐르던 소리가 뭔가를 뒤덮는다. 마음속에 남아 있던 작은 주름이 그것과 만나서 같이 울리고 있다. 노리코의 말에 공명하듯이.

미카는 그 바람에 저항하듯 노리코를 노려보았다. 하지만 노리코는 그런 미카의 날카로운 시선조차 정면에서 망설임 없는 눈으로 되받았다. 더는 흔들림이 없었다.

뭔가를 말해주고 싶었다. 너무나 제멋대로라거나, 그것은 본심이 아닐 것이라거나.

하지만 입을 열면 다른 말이 튀어나올 것만 같아서 무서웠다. 그랬기에 다시 이를 앙다물었다. 아무 말도 하지 않는 미카 앞에서 노리코가 옆의 의자에 놓아둔 가방에서 뭔가 서류를 꺼냈다.

"그 여름에 대체 무슨 일이 있었는지 가능한 한 조사해봤습니다."

노리코의 말투는 극히 평온했고, 흥분도 열기도 느껴지지 않았다. 냉정한 목소리는 미카에게 아무것도 밀어붙이지 않는다. 그 점이 미카의 마음을 동요시켰다.

오늘은 그저, 이 사람을 거절하면 될 뿐이라고 생각했는데……

곤도 노리코에게 변호를 맡기지 않는다. 그녀가 어째서 변호를 맡을 마음을 먹었는지는 알 수 없지만, 합숙에 참가한 것 정도로 미래 학교를 알고 있다고 생각하는 것이라면, 나아가 과거 잠시 만났던 '미카'에게 동정심이라도 품고 있는 것이라면 그 마음을 용서할 수 없었다. 그런 상대에게 이 이상 자신에게 관여할 권리가 있다고 생각하게 하고 싶지 않았다.

그런데도 마음이 흐트러진다. 그녀를 감싸고 있는 이 묘한 차분함은 무엇이란 말인가.

"히사노 씨는 규칙을 지키지 않는 아이였다고 들었습니다."

손에 든 자료에 시선을 둔 채 노리코가 말했다.

"초등학교 고학년이라는 복잡한 나이가 된 것도 관계되어 있었을까요. 그해 여름이 되기 얼마 전부터 방과 후에 학교에서 곧장 배움터로 돌아오지 않거나 기슭의 아이와 어딘가로 놀러가서 저녁을 먹을 때도 돌아오지 않는 일이 종종 있었고, 그것이 미래 학교 안에서도 문제시되고 있었던 것 같네요. 연대 책임이라며 히사노 씨가 돌아올 때까지 다른 아이들이 저녁밥을 먹지 못하거나, 때로는 저녁을 굶게 되는 일도 있었다고 하더군요."

미카는 침묵을 유지했다. 하지만 그때 일을 떠올렸다.

히사노가 돌아올 때까지 먹을 수 없던 저녁밥. 저학년 아이들은 '연대 책임'의 의미를 알지 못해 배가 고프다며 울었다. 히사노가 돌아오지 않은 탓에 저녁밥을 먹지 못한 밤에는 어른들과 긴 문답 시간을 가졌다.

히사노가 귀가 시간을 지키지 않은 것은 이번이 세 번째인데 어떻게 하면 좋을까. 어린아이들도 연대 책임으로 밥을 먹지 못하는 것은 가엾구나…….

"……당시 2학년이던 다카사키 씨라는 남성이 가르쳐줬습니다. 히사노 씨가 돌아오지 않았던 날, 무척이나 배가 고파서 괴로웠지만 미카 씨가 선생님들에게 '히사노와 같은 학년인 제가 책임을 질 테니까 다른 학년의 아이들에게는 밥을 주세요'라고 말해줘서 자신들은 밥을 먹을 수 있었다고요. 계속 기억하고 있었고, 지금도 때때로 떠오른다고 합니다. 미카 씨가 상냥하게 대해줬던 걸."

미카는 가면과 같은 무표정을 마음먹는다. 입술만을 가만히 깨물었다.

다카사키 하지메. 기억한다. 미카가 홋카이도에 갔기 때문에 그 이후 만나지는 못했지만, 생수 사고 이후 가족이 함께 미래 학교를 나갔다고 들었다. 노리코는 단체를 떠난 사람들도 찾아내서 이야기를 들은 것인가. 그런 세세한 부분까지.

상냥하게 대한 적 없었다.

문답에서 질문을 받았다. 선생님들에게.

저학년 아이들이 가엾구나. 어떻게 하면 좋을까? 히사노와 같은 학년인 아이들만 참는 것과 어린아이들도 포함해서 모두가 참는 것 중 어느 쪽이 좋을까?

선생님들의 질문 방식은 아이들에게 자발적으로 생각하

게 하는 듯했지만, 사실은 답을 유도하는 것이었다.

저희가 참을게요. 그러니까 다른 학년의 아이들은 밥을 먹게 해주세요.

저희가 히사노에게 확실히 규칙을 지키도록 말하겠습니다. 같은 학년의 친구니까요.

어른이 바라는 답. 배가 고팠고, 그때는 그렇게 말하는 것이 정답인 것 같아서 그렇게 말했다. 본심을 말하자면, 어른들이 바라는 그런 '솔직하고 착한 말'을 말하면 저녁밥을 받을 수 있지 않을까 하는 생각도 들었다.

하지만 받지 못했다. 히사노 탓에 미카를 포함한 5학년생들만 책임을 지라는 말을 들었다.

히사노가 너무 싫었다.

미카 옆에서 같은 나이의 아이들은 모두 울었다. 미카도 생각했다. 히사노가 너무 싫다고.

"친구 집에서 놀았어. 그 아이 가족이랑 노래방에도 가고 패밀리레스토랑에도 가서 처음으로 드링크바도 이용했어."

히사노는 돌아와서 기죽은 기색도 없이 미카와 친구들을 농락하듯 웃었다.

"미카는 말이야. 어렸을 때부터 계속 착한 아이네."

그런 말을 들은 것은 배움터가 아니라 기슭의 학교에서였다. 쉬는 시간이었다. 미카와는 다르게 기슭의 학교에도 친구가 많았던 히사노는 그런 아이들과 함께 웃으면서 미카를 바라보았다.

"나한테 직접 불만을 말할 수도 없지? 나한테까지 상냥해. 왜 아무 말도 안 하는 건데? 나 같은 사람은 훌륭한 어른이 될 수 없다고 선생님들과 하는 문답에서는 말하지 않아? 바보 같아."

"문답?"

히사노 뒤에서 남자아이가 웃었다.

"뭐야 그게?"

"나, 알아! 미래 학교는 문답이 중요하지?"

히사노 무리에게 응수하지 못했던 자신의 나약함을 떠올린다. 귀찮은 일이 벌어지는 것이 싫었다. 미래 학교 안에서는 선생님은 물론 주변 아이들도 의지하는 자신임에도, 기슭의 학교에서는 히사노 쪽이 압도적으로 센 입장이어서 아무 말도 할 수 없었다.

"난 그곳에서 나갈 거야. 나는 나갈 수 있어. 미카랑은 다르게, 딱히 그곳에서 '착한 아이'로 지내고 싶지 않아."

히사노는 가볍게 그렇게 말하며 웃었다.

"저도 히사노 씨를 만난 적이 있습니다. 합숙에서요."

갑자기 노리코가 손에 든 종이에서 고개를 들고 미카를 보았다.

"……이야기를 나눈 적 있어?"

미카의 입에서 질문이 흘러나왔다. 계속 아무 말도 하지 않은 탓에 목소리가 갈라졌다. 노리코에게 물었다.

"어떤 아이로 보였어?"

미카가 입을 연 것에 놀랐으리라 생각했지만 노리코의 표정은 달라지지 않았다.

"그다지 좋은 인상은 없습니다. 고인을 나쁘게 말하는 듯해서 죄스럽지만, 합숙 도중에 한 번도 대화한 적이 없었음에도, 갑자기 저한테 들리게끔 불만 섞인 악담을 멀리서 하더군요."

"무슨 말을 들었는데?"

"'시게루 오빠는 미카를 좋아하는데 말이야'라고요."

노리코가 확실한 말투로 말했다. 그러고는 담담히 말을 이었다.

"당시 저는 시게루 오빠를 동경했습니다. 그렇기에 그런 말을 들었던 거겠죠. '시게루 오빠와 미카는 서로 좋아하니까'라고, 히사노 씨와 함께 있던 다른 아이들도 큰 목소리로 말해서 무척이나 부끄러웠습니다. 접근하지 말라는 견제를 받은 것이라고 느꼈습니다. 딱히 무엇을 한 기억도 없지만, 그녀들에게 미움을 받았다고 생각해요. 다음 해부터의 합숙에서도 가능한 한 히사노 씨가 없으면 좋겠다, 관여하고 싶지 않다고 생각했습니다."

다른 사람의 일을 말하는 것 같은 감각으로 잘도 말한다고 미카는 생각했다. 조금 감탄스러운 마음이 들었다.

노리코는 기억하고 있구나.

4학년 여름, 합숙이 끝난 후에 히사노가 미카에게 말했다.

"있잖아, 그 아이한테 말해줬어."

"미카가 돕던 반의 그 아이 말이야. 시게루 오빠랑 어제 같이 있던데, 뭔가 나대는 것 같아서 말해줬어."

히사노가 못된 미소를 띤 채 미카의 어깨를 친한 듯 안았다. 그렇게 해주면 기분이 좋았다. 우린 친구야, 같은 편이야, 하는 달콤한 속삭임. 그 아이 건방지지, 하고 다른 누군가를 가리킨다. 하지만 히사노는 무서운 아이였다. 미카의 어깨를 그렇게 안은 다음 순간에는 다른 누군가의 어깨를 안고 아무렇지 않게 미카를 가리킨다. 미카를 감싼 것과 같은 표정으로 태연히 미카를 깎아내린다.

히사노는 무섭지만, 그렇기에 오히려 터무니없이 매력적인 아이이기도 했다.

"자습실은 어른은 들어가도 아이가 들어가는 일은 거의 없다고 들었습니다. 아이들도 존재는 알고 있지만, 그곳은 어른이 들어가는 곳이라는 인식이 있었다더군요. 아이가 들어가는 일이 없는 건 아니었지만, 대개의 경우, 아이들이 반성할 때는 독방이 아니라 교실에 혼자 남아 반성문을 쓰거나 하는 형태였다는 듯하네요."

노리코가 조용히 미카의 눈을 바라보았다.

"하지만 미카 씨는 그 자습실에 들어간 적이 있다고 들었습니다. 초등학교 때, 샘을 보러 가는 걸 좋아해서 몇 번인가 주의를 받았지만 혼자서 가버렸기에 몇 시간 동안 안에서 반성하라고 들은 적이 있다고. 그것 말고는 4학년 때 합숙 도중에 합숙 참가자 아이를 밤에 샘에 데려간 사실 때문에 아침에 몇 시간 동안 안에 들어간 적이 있다고도 들었습니다."

미카는 잠자코 있었다. 침묵을 관철하는 자신을 향해 노리코가 천천히 말했다.

"그 아이는 저였죠."

눈을 피하지 않고 똑바로 이쪽을 바라보았다. 그 눈의 기운이 불쾌했다.

"저를 데리고 간 것 때문에 미카 씨는 벌을 받았습니다. 지금에 와서야 처음 알았습니다."

'당신 때문이 아니야'라고 생각했다.

밤의 샘에 가고 싶었던 것은 내 의사였고, 합숙의 아이를 데리고 간 것도, 당신이 그곳에 있던 것도 우연이다. '자습실' 또한 내 쪽에서 들어가고 싶다고 말한 것이다. 어른들만이 평소 사용하는 방에서 천천히 생각에 잠기는 것은 미카로서도 기쁜 일이었다. 다른 아이들과 무엇을 하든 함께 생활하는 가운데, 혼자서만 시간을 보낼 수 있는 '자습'이 나쁘다고는 미카는 생각지 않았다.

자습실에 누워서 천창 너머를 보면서, 아아, 그래도 어차피 들어갈 거라면 합숙이 끝난 후였다면 좋았을걸, 하고 생각했다. 시게루와 함께 합숙을 돕는 일은 즐거운데. 내가 없다는 것을 노리코는 깨달을까. 걱정하고 있을까⋯⋯.

눈앞의 곤도 노리코가 말했다.

"그럼에도 아이가 자습실에 들어가는 건 아침이나 낮의 밝을 때뿐입니다. 그 부분은 반드시 지켜지고 있었고, 나가고 싶다고 말하면 곧장 나갈 수 있었죠. 그렇기에 어른이 없었던 그해 여름에 히사노 씨가 밤에 자습실에 들어간 건 정말로 이례적인 일이라고 들었습니다."

노리코가 이야기를 본론으로 되돌렸다. 미카는 여전히 침묵한 채였다.

"전후의 기억이 확실하지 않다는 사람들도 많았지만, 가능한 한 떠올려 달라고 이야기해서 각각의 증언을 대조해보니 히사노 씨가 자습실에 들어간 건 어른들이 없었던 2일째 밤이었던 듯합니다. 저녁 시간에 아이들이 직접 카레와 샐러드를 만들어 먹고 씻었다. 선생님들이 없으니까 다들 조금 들떠서 취침 시간은 평소보다 늦었고, 하지만 모두가 모인 후에 잠을 자려고 하는데 히사노 씨가 없다는 걸 미카 씨가 깨달았다. 저학년 아이들에게는 잠을 자라고 하고 미카 씨와 친구들, 즉 히사노 씨와 같은 나이의 여자아이들만이 히사노 씨를 찾으러 나섰다. 미래 학교에서는 같은 나이의 아이들은 연대감이 강했다고 하더군요."

그렇지 않아.

소리 없이 미카는 중얼거렸다.

미래 학교에서는 본래 나이가 다른 아이들 사이의 결속을 중시했다. 하지만 그해, 히사노가 제멋대로 굴기 시작한 후에 어느샌가 바뀌어버린 것이다. 그때까지는 '같은 나이의 연대감' 따위 의식한 적도 없었는데, 연대 책임이라는 이름 하에 미카의 학년만 그렇게 할 수밖에 없는 분위기가 만들어져 있었다.

그날 밤, 미카와 친구들은 히사노를 찾으러 나섰다.

다만 싫은 마음으로 그렇게 한 것은 아니었다. 어른이 없는 밤의 특별한 느낌. 다들 나눠서 여기저기 찾아보자고 이야기한 후에 미카는 우선 샘으로 향했다.

히사노가 그곳에 있으리라고 생각한 것이 아니라 단순히 밤의 샘에 가고 싶었다. 절대로 혼자서는 가지 말고 누군가와 손을 잡고 가라고 들었지만, 선생님들은 없다. 밤이지만 몇 번이고 가서 익숙한 곳이기에 이미 눈을 감고서도 갈 수 있다. 헤맬 일은 없다. 게다가 길을 잃고 그대로 조난을 당해도 좋다고까지 생각했다.

전부터 그랬다.

정말로 그렇게 되면 곤란할지도 모르지만 언제 길을 잃든 죽든 상관없다고, 어딘가 자포자기하는 마음이 미카의 마음 속에 자리 잡고 있었다. 언제서부터였는지는 알 수 없다. 그렇기에 이번 또한 인정해버린 것이 아닐까.

자신이 히사노를 죽였다는 사실을.

"밤이 되어 히사노 씨를 발견한 것은 미카 씨였습니다."

노리코가 말했다.

"당시 그 자리에 있던 아이들의 증언은 그때까지는 애매한 부분은 있어도 여기서부터는 거의 똑같습니다. 미카 씨 혼자서 어딘가에서 히사노 씨를 발견했고, 화를 내며 그녀를 '자습실'에 가뒀다고. 다들 그날 밤, 히사노 씨를 만나지는 않았다고 합니다. 자습실에 가둔 건 모두가 대화한 끝에 그렇게 한 게 아니라, 감정적으로 변한 미카 씨가 독단적으로 그렇게 했다고 당시의 많은 관계자가 기억하고 있습니다. 자습실은 어른의 숙소에 있었던, 어른이 쓰던 방을 그대로 사용했다고 들었습니다."

노리코의 눈이 미카의 눈동자 깊은 곳을 바라보았다. 마치 그곳에 진실의 그림자가 숨어 있는 것처럼 미카에게 말을 걸었다.

"개중에는 갇힌 단계에서 히사노 씨가 이미 죽어 있던 건 아닐까 의심하는 사람도 있었습니다. 히사노 씨를 죽였거나, 혹은 사고나 뭔가로 죽어버린 히사노 씨를 발견한 미카 씨가 자습실에 시체를 숨긴 게 아닌가 하고요."

노리코의 목소리가 낮아졌다. 그 얼굴을 미카는 무표정으로 계속 바라보았다.

노리코가 바로 고개를 저었다.

"실제로 어땠는지는 알 수 없습니다. 아무도 히사노 씨를 만나지 않았고, 모습도 보지 않았기 때문입니다. 히사노 씨를 가두고 모두가 자는 방으로 돌아온 미카 씨는 무척이나 화가 난 것처럼 보였다고 합니다. 히사노 씨를 용서할 수 없다고 말했기에 싸움이라도 한 게 아닐까 생각한 사람도 많았습니다. 자습실은 천창이 하나 있을 뿐인 작은 방이었다고 하는데, 어른이 오랜 시간 들어가 있기도 하는 탓인지, 이부자리나 모포, 작은 책상 등 생활할 수 있을 만한 환경은 갖춰져 있었습니다. 그래서 미카 씨가 히사노 씨를 가뒀다고 들었어도 다들 하룻밤 정도라면 괜찮으니까 히사노 씨를 그곳에서 반성하게 하자는 분위기가 되었다고 하네요. 그 정도로 히사노 씨는 계속해서 문제를 일으켰었고, 평소에는 어느 쪽인가 하면 히사노 씨를 감싸주던 온후한 미카 씨가 그렇게 했다는 걸 듣고 모두 따끔한 맛을 보여주고 싶다는 마음이 들었다고요."

마음속에 맹렬히 불던 바람 소리가 어느샌가 멈춘 채였다. 그렇게 되자, 그저 노리코의 목소리를 들을 수밖에 없게 된다. 들으면서 두 번 다시 돌아갈 일이 없는 그 장소로 마음이 끌려 돌아가고 만다.

신기한 일이다.

이렇게나 생생히 기억나는 배움터의 풍경. 교실도, 복도도, 샘도, 모두와 함께 자던 큰 교실도, 어른의 숙소도, 자습실도……. 기억 속에 이렇게나 선명한데 그곳이 이제는 어디에도 없다니.

"상황이 급변한 건 다음 날 아침입니다. 이날 저녁에 배움터 선생님들이 돌아올 예정이었죠. 아이들은 아침에 일어나서 아침밥을 준비했습니다. 자습실에 있는 히사노 씨에게는 미카 씨가 아침밥을 가져가기로 했습니다. 이때도 미카 씨혼자서 갔습니다. 6학년 기노시타 씨라는 여성이 함께 가겠다고 말했다는데, 미카 씨가 혼자서 히사노 씨와 이야기하고 싶다며 거절했다고 했습니다."

기노시타 미에 언니.

그러고 보면, 그녀가 말을 걸었던 것 같기도 하다. 잘 기억이 나지는 않지만 말이다. 미카는 그날 아침, 어찌 되었든 혼자서 가는 것밖에 생각하지 않았기에 어떤 말을 들었더라도 그런 식으로 거절했으리라.

미카는 자신만이 모든 것을 기억하고 있다고 생각했다. 하지만 내가 잊고 있던 것도 있었던가. 다른 아이만 기억하는 사실이 있다니.

다들 사라져버렸다고 생각했는데.

나와 다르게, 이곳을 나가버렸다고 생각했는데.

"미카 씨가 홀로 자습실에 식사를 가지고 간 얼마 뒤, 초등부 배움터에 낯빛이 바뀐 유치부 선생님들이 찾아왔다고 합니다."

노리코의 목소리는 조용했다.

가능한 한 조사해보았다는 말은 아무래도 진짜인 듯했다. 미카는 알지 못한다. 자신이 없어진 후에 초등부의 배움터가 어땠는지를.

왜냐하면 식사를 가지고 가겠다며 배움터를 나온 후, 미카는 계속해서 살아왔던 그 초등부의 배움터로는 두 번 다시 돌아가지 못했으니까.

◖●●

자습실 문을 노크한다.

목재로 만들어진 검소하고 미덥지 않은 손잡이가 달린 기억 속의 그 방 앞에 자신이 서 있는 장면을 떠올린다. 그 둥근 손잡이 아래, 어울리지 않게 커다란 새 자물쇠가 잠겨 있다. 어른이 사용하던 그 자물쇠를 전날 밤, 히사노를 밀어 넣은 후 미카가 우격다짐으로 확실히 잠갔다.

"히사노."

똑똑 노크한다.

한 손에 든 우유와 계란프라이 토스트를 얹은 쟁반이 무겁다.

"히사노, 밥 가지고 왔어. 나랑……."

미카가 부른다.

"나랑 이야기 좀 하자."

히사노는 계란프라이 토스트에 간장을 뿌려 먹는 것을 좋아한다는 생각에 간장병도 쟁반 위에 올려두었기에 균형을 잃을 것만 같다. 간장을 뿌릴 수 있는 것은 한 명당 한 번뿐. 한 테이블에 하나밖에 없는 귀중한 간장병을 일부러 챙겨 왔다.

"히사노."

쟁반을 내려놓고 자물쇠의 열쇠를 찔러 넣는다. 문을 열고 쟁반을 들고 방으로 들어서자, 그곳에는…….

노리코의 목소리가 계속되었다.

"초등부에 찾아온 유치부 선생님들은 평소와는 상태가 그야말로 달랐다고 합니다. 낯빛이 바뀌어 있었다, 흥분한 모습이었다, 눈이 웃고 있지 않았다……. 모두 저마다의 방식으로 말했지만, 무슨 일이 일어났을지도 모른다고 생각한 점은 같습니다. 아이들은 식사가 끝나자 집회소로 모이게 되었죠. 그곳에서 대기하라고 들었고, 잠시 후에 유치부와 중등부, 고등부, 즉 배움터의 부지 내에 있던 모든 아이가 모이게 되었습니다. 그대로 고등부 아이들이 선두가 되어 그 자리에서 '여름방학에 대한 반성'을 말하는 문답이 시작되었다고 합니다. 어른들은 때때로 상태를 보러 올 뿐, 자기들끼리 뭔가 긴급히 해야 할 일이 있는 듯했고, 고등부 아이들이 모두를 돌봐줬다고 했습니다. 아직 여름방학은 남아 있는데, 왜 이 타이밍에 '여름방학에 대한 반성'의 문답이 시작된 건지 신기하게 생각했다는 사람도 많았습니다."

◖●◗

자습실 문을 열고 들어갔다가 아침밥을 올린 쟁반을 떨어뜨렸다.

간장병이 쓰러져서 간장 냄새가 퍼졌다. 히사노를 위해 가지고 온 귀중한 간장병이 깨져서 냄새가 새어 나왔다. 향긋하고 좋은 냄새가.

울며, 외치며, 미카는 도움을 구하며 자습실이 있는 어른 숙소를 뛰쳐나갔다. 어디로 가면 좋을지 그날의 나는 고민했을까. 자신의 일이지만 알 수 없다. 떠올릴 수 없다. 하지만 아마도 고민하지 않았으리라.

그로부터 몇 번인가 생각한 적이 있었다.

그날의 나는 왜 초등부에 가려고는 생각하지 않았을까.

오랜 시간 이런저런 이야기를 나눈 친구들 모두가 있는 초등부.

혹은 고등부는 어떨까.

그곳에 가면 시게루가 있었다. 먼 옛날, 밤에 샘 옆에서 의식을 잃은 미카를 등에 업고 내려온 시게루가. 어른이 되어, 이미 자신을 잊었으리라 생각했음에도 홋카이도까지 찾아와서 "오랜만이야"라는 어울리지 않는 인사를 어색하게 건네던, 후에 자신의 남편이 되는 시게루가.

함께 이곳을 나가자며 아무것도 모르는 눈빛을 똑바로 향한 시게루. 아이들의 아버지인 그 사람……

유치부에 가지 않고 다른 어딘가에 갔다면 미카는 그 후에 달라졌을까. 하지만 그때의 자신은 아마도 고민하지 않았으리라. 아이들만의 자치라고 말했지만, 곤란할 때는 그렇게 하라고 들은 대로 하고 말았다.

유치부의 미즈노 교장 선생님을 향해 달렸다. 미카에게는 그 길밖에 보이지 않았다.

●●●

노리코의 목소리가 이어졌다.

"무슨 일인가 벌어진 것일지도 모른다고 생각했지만 집회소의 문답은 이어졌고, '여름방학에 대한 반성'이 끝난 후에도 가을 축제를 위한 공연물을 생각하거나 그러기 위한 그룹 편성을 하는 등, 하나의 과제가 끝나면 차례로 다른 것들이 시작되었습니다. 평소에는 조금씩 하던 걸 고등부 아이들의 주도하에 밤까지 계속했고, 그날은 저녁밥도 식당이 아니라 어른 중 누군가가 사다준 샌드위치를 집회소에서 먹었다고 합니다. 밤늦게, 겨우 자신들의 배움터로 돌아가게 되었고, 돌아갔더니 시찰에서 돌아온 초등부 선생님들이 이미 기다리고 있었습니다. 아이들만의 생활이 갑자기 끝나버렸다는 걸 알게 되어 실망했다는 사람들도 있었습니다."

노리코가 미카를 가만히 바라보았다. 아직 눈동자 속의 뭔가를 찾고 있는 듯했다. 그 눈을 앞에 두고 갑자기 얼굴을 돌리고 싶어졌다. 그것을 참으며 미카도 그녀를 마주보았다.

노리코가 말했다.

"……미카 씨가 없다는 사실은 그때가 되어 다들 처음으로 깨달았다고 합니다. 집회소에 있었을 때는 대화하는 그룹이 몇 개인가로 나뉘어 있었기에 미카 씨는 어딘가 다른 그룹에 있겠거니 생각해서 신경 쓰지 않았다고요. 하지만 미카 씨가 돌아오지 않았죠. 히사노 씨의 모습도 없었습니다. 히사노 씨가 아직 자습실에 있다면 큰일이라고 생각해서 돌아온 선생님들에게 알리자, 선생님들은 모두 '아, 그건 괜찮아'라는 식으로 답했기에 사정을 아는 듯 보여 안심해서 아무도 그 이상 마음에 담아두지 않았다고 합니다."

노리코는 손에 든 자료에 눈길조차 주지 않았다. 그럴 필요가 없을 정도로 과거의 시간을 그녀도 더듬으며, 그때 무슨 일이 있었는지 찾아본 것이다. 미카 앞에서 재현할 수 있을 정도로 선명하게.

"다음 날도, 그다음 날도 미카 씨와 히사노 씨는 돌아오지 않았습니다. 그리고 어느새 둘의 짐이 선반에서 사라져버렸고, 여름방학이 끝나고 기슭의 학교의 신학기가 시작되기 직전이 되어 둘이 갑자기 홋카이도의 배움터로 옮겨 가게 되었다고 들었다고 합니다. 갑작스러운 일이었기에 아무도 두 명에게 작별 인사를 건넬 수 없었다고요."

"저는……." 노리코가 말투를 가다듬는다. 주어가 자신으로 바뀐다.

"저는 모두에게 물었습니다. 이상하게 생각하지 않았냐고. 그러자 모두 위화감은 있었지만, 이상하다고까지는 생각하지 않았다고 답했습니다. 배움터 아이 중에는 그때까지도 부모 사정으로 갑자기 미래 학교에서 나가거나 부모 곁으로 돌아가는 아이들이 있었다고. 그런 아이들은 다른 아이들에게 아무 사정도 알리지 않은 채 갑자기 사라졌기에 특별히 이상한 일이라고는 생각하지 않았다고 했습니다."

그 말 그대로였다. 그런 식으로 미카도 많은 아이들과 이별했다. 작별 인사도 하지 못한 채, 어느 날 갑자기 떠나가는 아이들. 미래 학교에서 벗어나는 사정을 다른 아이들에게 설명하지 않고, 최대한 숨기고 싶어하던 선생님들.

"그로부터 얼마간 광장을 사용할 수 없었다고 합니다."

광장. 불꽃놀이를 하고, 수박 깨기를 하고, 모두와 어딘가로 향할 때 모였던 곳.

히사노가 그곳에 묻혀 있었다는 사실을 미카는 줄곧 알지 못했다. 작년, 백골화된 시체가 발견되었다는 보도를 보고 처음으로 알았다.

"그해 여름부터 광장에는 천연 잔디를 심었다고 합니다. 그 양생을 위해 잠시 광장에는 들어가지 말라고 했다고요. 모든 건 잔디를 심기로 했기 때문이기에 이상하다고 생각하지 않았다고 합니다."

이번에는 재미있다고 생각했다.

미카가 알고 있는, 철들기 전부터 보아왔던 광장에는 잔디 따위 없었는데, 미카가 떠난 후에 그곳은 그런 식으로 바뀐 것인가. 전혀 상상되지 않는다.

"이상이 당시 아이들에게 들은 것입니다. ……어른들에게 들은 이야기는 또 조금 다릅니다만."

'어른'이라고 입에 담자, 노리코의 눈에 날카로움이 늘어난 것 같았다.

"당시, 그곳에서 선생님을 하던 어른 중에도 히사노 씨가 죽었다고 여겨지는 '사건' 전후에 미카 씨와 직접 만났다고 말하는 사람이 거의 없습니다. 나오는 건 당시 유치부에서 교장을 하던 미즈노 선생님의 이름뿐입니다. 그렇다는 말은 미카 씨가 직접 만나서 사정을 말한 건 미즈노 선생님뿐이라는 말이겠죠. 미카 씨의 부모님도 마침 강연 활동으로 긴 출장을 나가 있었고, 미카 씨와 만난 건 꽤 시간이 지난 후였다고 들었습니다."

"……만난 거야? 우리 부모님을."

미카의 입에서 목소리가 나왔다. 물 흐르듯 설명하던 노리코의 말이 멈췄다. 하지만 눈에 띄게 동요한 모습은 보이지 않은 채 노리코가 끄덕였다.

"만났습니다."

"그렇구나."

그 말뿐, 다시 말이 끊겼다. 노리코도 아무 말도 하지 않았다. 잠시 후에 노리코가 말했다.

"미카 씨는 아마도 아이들이 집회소에서 이야기하던 동안에도 계속 유치부의 미즈노 선생님과 교장실에 있었다고 생각합니다. 미즈노 선생님은 미카 씨를 자극하고 싶지 않다며 미카 씨의 부모님이 돌아올 때까지 다른 어른들을 거의 만나게 하지 않았고, 자신의 생각만으로 모든 걸 진행했습니다."

"모든 것."

미카가 중얼거렸다. 그 말 뒤에 뭔가 숨겨진 것이 있는 듯해서 자신도 모르게 소리가 나왔다. 그러자 그 생각이 통한 듯 노리코가 끄덕였다.

"히사노 씨의 죽음을 은폐한 일 말입니다."

● ● ●

"상황을 통해 감안하건대 미카 씨가 히사노 씨의 이변을 알게 된 건 자습실에 아침 식사를 가지고 갔을 때였다고 생각합니다."

"이변?"

무심결에 미카가 반응했다. 애매한 말투처럼 느껴져서 시선을 희미하게 들자, 노리코가 살짝 끄덕였다.

노리코가 말했다.

"죽음을 접하게 된 것이라는 의미입니다. 저는 아마도 미카 씨가 자습실에서 이미 죽어 있는 히사노 씨의 시체를 발견한 게 아닐까 생각하지만, 미카 씨가 주장하는 것처럼 그것이 명확한 의사를 지닌 채 저지른 '살인'이라고 해도 상관없습니다. 어쨌든 미카 씨가 히사노 씨의 죽음을 '접한' 건 그날 아침이라고 생각합니다."

미카는 다시 입을 다물었다. 노리코 쪽에서도 그 침묵을 예상한 듯했다. "계속하겠습니다"라고 그녀가 말했다.

"살인이라고 하더라도 그건 용의주도하게 계획된 게 아니라, 돌발적으로 그 자리에서 벌어진 거의 사고에 가까운 형태이지 않았을까 추측합니다. 시체를 발견했는지, 아니면 저질러버렸는지, 어느 쪽이든 히사노 씨의 죽음을 접한 미카 씨는 동요했고, 유치부에 남아 있던 어른인 미즈노 선생님에게 도움을 구했습니다. 미즈노 선생님은 미카 씨가 유치부에 있던 시절부터 계속 교장 선생님을 하고 있었고, 미카 씨도 잘 따르던 선생님이라고 들었습니다."

미카는 그저 가만히 있었다. 뭔가를 말할 생각은 없었다. 노리코가 계속했다.

"그때 움직인 건 미즈노 신생님입니다. 히사노 씨가 사고에 의해 목숨을 달리했다는 사실을 모두에게 전했습니다. 큰일이 벌어졌는데 어쩌면 좋을까, 하고 어른들, 이건 유치부뿐만이 아니라 시찰에서 돌아온 초등부보다 위의 선생님들도 포함해서 대화를 나누게 되었습니다. 그리고 미래 학교를 존속시키기 위해 히사노 씨의 시체를 묻는 방향으로 어른들이 결정하게 된 거죠."

미즈노 선생님이라면 손쉬운 일이었으리라.

문답에서 무엇을 어떻게 결론 내리게 하는지. 자발적으로 대화하는 것처럼 느끼게 한 뒤, '이것이 옳다'라는 하나의 흐름으로 유도하는 것.

세상에는 정답이 있다고 믿게 하는 것.

정답도, 이것이 절대적이라고 하는 올바름도, 이 세상에는 명확히 존재하지 않을지 모르지만, 그것이 있다고 생각하는 것 자체가 누군가에게 유도된 사고방식이라고 미카가 깨달은 것은 언제일까. 미래 학교에서는 언제든 정답이 있는 것처럼 말했다. 그렇게 생각하게끔 만들었다.

당시의 미래 학교에는 정답이 있다고 믿고, 그것을 향해 나아가고 싶어하는 어른들로 가득했다.

"미즈노 선생님은 다른 어른들에게 히사노 씨의 죽음은

사고라고 말했다고 합니다. 다만 시체를 직접 봤다는 사람들에게 이야기를 들어보니, 외상은 없었기에 확실히는 알 수 없다고 말하는 사람도 있었습니다. 자습실에 갇혔던 시간이나 실내 온도 같은 환경이 확실하지 않기에 쇠약사 같은 걸지도 모른다는 사람도 있었지만, 미즈노 선생님이 '사고'라는 말 이상은 설명하지 않았기에 물어서는 안 될 것 같은 기분이 들었다고 스스로 납득한 듯합니다. 혹은……."

노리코가 숨을 고르려는 듯 말을 멈췄다. 그러더니 미카를 다시금 바라보았다.

"……자습실을 멋대로 사용한 아이를 감싸고 있는 걸지도 모른다고 생각한 듯합니다. 악의나 살의가 있어서 그렇게 한 것이라고는 생각하지 않지만, 아마도 히사노를 가둔 그 아이에게 책임이 있다. 그렇기에 그 아이의 미래를 위해 미즈노 선생님은 은폐를 도모한 것이라고."

"미래."

미카의 입에서 다시 소리가 새어 나왔다. 조소하기 위해서도, 비아냥거리기 위해서도 아니라 자연스레 목소리가 나왔다. 노리코가 미카를 바라보고는 끄덕였다.

"미즈노 선생님이 '미카의 미래를 위해서'라고 말했다는 사람도 있었습니다. 다만 그런 증언을 한 건 그 한 명뿐이었기에 사실인지는 알 수 없습니다."

"그렇구나."

콧등에 훅 미소가 녹았다. 그 말이라면 미카도 들은 적이 있었다. 다름 아닌 미즈노 선생님의 입에서.

"괜찮아, 미카."

"미래는 미카의 것이야. 미카의 미래를 위해 아무도 상처받지 않도록 우리 어른들이 너를 지켜줄게."

"당시의 일을 이렇게 조사해보니, 저로서는 아무리 해도 알 수 없는 게 하나 있습니다."

노리코가 강한 어투로 말했다. 미카는 그녀를 느린 동작으로 마주보았다.

알지 못하는 것이 많을 것이다. 당연하다.

정말로 죽인 것인지, 무슨 일이 있었는지…….

지금까지도 미카는 몇 번이고 질문을 받았다. 백골화된 시체가 나왔을 때, 그 신원이 히사노라고 밝혀졌을 때, 히사노의 모친이 보낸 소장이 도착했을 때…….

당시를 아는 미카의 입에서 사정을 듣고 싶다, 알고 싶다고 단체의 동료들도 반복해서 질문했다. 현재 단체에는 당시의 일을 알지 못하는 스태프들도 많다. 그때 시체를 묻었다는 어른들조차도 미카에게 이제 와서 묻는 것이다. 무슨 일이 있었냐고.

부모님 또한 그랬다.

당시에는 거의 아무것도 묻지 않았으면서.

"미즈노 선생님에게 들었어. 고생 많았네, 미카."

그렇게 말하고 상황을 이해하는 듯 다른 어른들과 똑같은 얼굴로 미카를 끌어안았다. 울면서 미카는 말했다. 히사노가 죽었다고.

설마, 이제 와서 무슨 일이 있었냐고 질문할 정도로 이해했던 어른이 아무도 없었으리라고는 생각하지 못했다.

알지 못하는 것은 아마도 산처럼 많을 것이다. 하지만 노리코가 '하나'라고 말한 점이 신경 쓰였다.

"알려주지 않을래요?"

노리코가 말했다.

"왜 미카 씨는 히사노 씨를 자습실로 데리고 간 거죠?"

미카가 눈을 크게 떴다. 무심코, 정말로 무심코 그렇게 하고 말았다. 계속 무표정인 채 그녀와 대치할 생각이었는데.

노리코가 알아챘는지 어떤지는 알 수 없었다. 그녀가 말을 이었다.

"왜 히사노 씨를 가뒀는지, 누구에게 물어도 확실한 이유를 알 수가 없습니다."

"……어째서라니, 무슨 의미야?"

되묻기 위해 입을 여는데, 입술이 말라 있었다. 미카는 희미한 미소를 머금었다. 지극히 자연스럽게 얼굴이 그렇게 되었다. 입 끝이 굳어졌다.

"다들 말하지 않았어? 히사노는 곤란한 아이였다고. 그날 밤에도 돌아오지 않았으니까."

노리코가 미카에게 답했다.

"당시의 일을 말해준 사람들은 다들 미카 씨가 히사노 씨를 자습실에 가뒀다고 듣고 어쩔 수 없다고 생각했다고 했습니다. 히사노 씨는 그날까지도 몇 번이고 주변 사람들을 휘둘러왔고, 미카 씨는 오히려 언제나 그걸 감싸줬는데, 그럼에도 제멋대로 구는 걸 보다 못해 결국 미카 씨의 인내심의 끈이 끊겨버렸다고."

"하지만." 노리코가 확실히 고개를 저었다.

"저는 그것만으로 미카 씨가 그런 일을 벌였으리라고는 생각할 수 없습니다. 그때까지 어느 쪽인가 하면 히사노 씨를 감싸고 온화하게 대해주던 미카 씨가 누구에게도 상담하지 않고 독단으로 그런 일을 벌였다고 한다면 뭔가 명확한 이유가 있었을 거라고 생각합니다."

노리코가 미카를 똑바로 바라보았다.

"미래 학교에서는 문답으로 무엇이든 대화하죠. 그곳에서 자란 미카 씨가 누구에게도 상담하지 않고 히사노 씨를 가뒀다고 한다면, 반드시 뭔가 계기가 있었을 겁니다. 그곳에서 자란 당신이 문답을, 대화를 나누는 걸 소홀히 여겼다고는 절대로 생각할 수 없습니다."

"무슨 소원 빌었어?"

귀 안쪽에서 목소리가 튀었다. 작은 방울을 굴리는 듯한 아름답게 울리는 목소리다.

어른에게 들리지 않을 정도로 작은.

●●●

"무슨 소원 빌었어?"

아직 초등학생이 되기 전이었던 미카는 천천히 눈을 깜빡였다. 놀랐기 때문이었다.

지금까지 아무도 미카에게 그것을 묻지 않았다.

밤의 샘을 향해 달리고 달려서, 차가운 물에 보물인 물감을 흘려보내며 빌었던 소원. 그것을 묻는 치토세의 눈은 진지했다. 무슨 생각을 하는지 쉽게 알기 어려운 눈이라고 항상 생각했었다. 하지만 그 눈이 지금 똑바로 미카만을 보고 있었다.

미카가 답했다.

"……아빠와 엄마를 만날 수 있게 해달라고."

작고 작은 목소리는 말로 하자 뭔가가 녹아내리는 듯했다. 줄곧 자신이 누군가에게 이것을 말하고 싶었다는 것을 그때가 되어 미카는 겨우 깨달았다.

치토세가 입술을 깨물었다.

다음 순간, 치토세가 말없이 미카에게 손을 뻗고는 그저 한 번 미카를 꽉 끌어안았다.

미카와 떨어진 치토세의 눈은 눈물이 나오지 않는데도 우는 것처럼 보였다.

◖●●

벌써 몇십 년도 전의 일이 갑자기 떠오른다.

눈앞에 앉아 있는 곤도 노리코 또한 이미 어른이 되어 의연한 태도를 보이고 있음에도 울고 싶은 눈이라고 뒤늦게 깨달았다.

눈물이 나오고 있지는 않지만, 지극히 침착한 것처럼 보이기에 더더욱 미카를 바라보는 눈이 진지함 그 자체였고, 그리고 울 것만 같아 보였다.

"미카 씨."

노리코가 쥐어짜는 듯한 목소리로 불렀다. 그리고 물었다.

"무슨 일이 있었어요?"

"아무 일도."

순간적으로 목소리가 나왔다. 거의 생각할 시간도 없이, 반사적으로. 이 자리에서 한 발도 움직이지 않았음에도 마치 격렬한 운동을 끝낸 후처럼 숨이 찼다.

노리코를 바라보고 대답했다.

"가둔 것에 계기 따위 딱히 없어. 그 아이는 규칙을 전혀 지키지 않았고, 그날도 조금도 잘못했다고 생각하는 것 같지 않아서 화가 나서, 그래서 그런 거야."

"정말로 그것뿐인가요?"

노리코가 끈질기게 물었다. 미카의 눈을 피하지 않았다.

"그것뿐이야. 그러면 안 되는 거야?"

"미카 씨가 이유도 계기도 없이 그런 일을 하는 건 저로서는 생각할 수 없어요. 화가 났을지도 모르죠. 발끈했을지도 모르고요. 하지만 다른 아이들과 아무 상담도 하지 않고 혼자서 히사노 씨의 처벌을 결정하다니, 미카 씨답지 않아요."

"나다운 게 뭔데? 당신이 뭘 아는데!"

머릿속의 심이 불타는 것처럼 뜨거웠다. 아이처럼 말하고 말았다. 하지만 노리코는 기죽지 않았다. 이렇게 단언했다.

"알아요. 친구였으니까요."

그 말이 과장되었다는 것을 그녀도 분명 알고 있으리라. 몇십 년이나 만나지 않았고, 이제 와서 다시 관계를 맺게 된 인간이 그런 형편이 좋은 말을 무슨 낯으로 말할 수 있는 것일까. 하지만 그렇게 생각하면서도 미카는 머릿속에 차가운 물을 뒤집어쓴 것만 같았다. 눈을 피할 수가 없었다.

노리코는 확실히 미카를 바라보았다.

"지금의 당신에 대해서는 저는 알지 못해요. 지금의 저와 당신은 친구가 아니니까요. 하지만 어린 시절, 저와 미카 씨는 친구였습니다. 그리고 제 친구였던 미카 씨는 이유도 없이 그런 일은 절대로 하지 않습니다."

입술을 깨물었다. 있는 힘껏. 노리코의 눈이 미카를 바라보고 있었다.

"히사노 씨를 가둔 다음 날 아침, 당신이 함께 가겠다는 다른 아이의 말을 거절하고서까지 혼자서 아침밥을 가지고 갔다는 점도 신경 쓰였습니다. 당신은 히사노 씨와 둘이서만 뭔가를 말하고 싶었던 것 아닌가요?"

"모른다니까!"

아무 말도 하지 않으면 된다고 생각하지만 목소리가 나와 버린다. 말하고 싶지 않았다. 생각하고 싶지 않았다. 이미 계속 생각하기를 포기해왔음에도, 그것을 다시 한번 마주하라고 재촉받는 것이 불쾌했다.

"미카 씨" 하고 미카를 부른 다음 순간에 "당신이", "당신은"이라고 말하는 노리코가, 당시의 '미카'와 눈앞의 자신, 다나카 미카를 연결된 존재로 삼고 떼어 내려고 하지 않는 점이 괴로웠다. 떼어 내 버려주는 편이 훨씬 편할 텐데.

미카가 필사적으로 떨치려고 하는 손을 노리코가 강한 힘으로 잡고, 그리고 절대로 놓지 않겠다고 마음먹고 달라붙는 것만 같았다.

"말하고 싶지 않다면 그래도 좋아요. 하지만 저는 거기에 뭔가 이유가 있었다고 생각해요. 미카 씨가 히사노 씨를 가두고, 그 후 자신이 죽였다고 생각해버릴 정도의 어떤 일이 분명 당신들 둘 사이에서 벌어졌습니다. 저는 그걸 알고 싶지만, 미카 씨가 말하고 싶지 않다면 그래도 상관없어요. 하지만 계속해서 물을 거예요. 진실을 알고 싶으니까요."

"왜 그렇게까지 '진실'인지 뭔지를 알고 싶은 건데? 알고 싶다고 생각하는 것 자체가 애초에 오만한 거 아니야?"

"그렇다고 생각해요!"

노리코가 목소리를 흐트러뜨렸다. 흐트러졌지만, 그럼에도 기죽지는 않았다. 목소리를 높여서 계속했다.

"생각하지만, 알고 싶어요. 그게 당신을 구하는 일이 될 거라고 믿고 있으니까요!"

노리코의 눈에서 눈물이 흘러내렸다.

울 것 같던 노리코의 두 눈에서 어느새 눈물이 줄을 지어 떨어지고 있었다. 이를 꽉 물고 볼을 붉히며 노리코가 정면을 바라본 채 울고 있다. 그 눈물을 앞에 두고 미카는 말문이 막혔다. 숨을 들이마시고 노리코를 바라보자, 눈 안쪽이 확 뜨거워지며 눈물이 나올 것 같았다. 그 충동을 서둘러 억누르려 했다.

마주본 미카와 노리코는 아마 둘 다 완전히 같은 표정일 것이다. 그럼에도 절대로 고개를 돌리지 않고 강렬한 눈빛으로 서로를 꿰뚫듯이 마주보았다.

"당신은 무죄예요."

노리코가 말했다. 명료한 목소리로 확실히 단언했다.

"재판에서는 상대방의 주장에 대해 당신이 책임질 필요는 전혀 없다고 주장할 겁니다. 히사노 씨의 죽음이 사고였는지 살인이었는지는 관계없어요. 당신이, 자신이 직접 한 일이라고 제아무리 주장한다고 해도 그 사실은 달라지지 않습니다. 목을 졸랐을지도 모릅니다. 어딘가에서 밀어서 떨어뜨렸을지도 모르고요. 당신이 죽였다고 한다면 그래도 좋습니다. 하지만 그럼에도 당신은 무죄입니다."

노리코는 눈도 깜빡이지 않은 채 미카를 바라보았다. 필사적으로.

"당신은 열한 살이었습니다. 어린아이입니다. 히사노 씨의 죽음에 과실이 있었다고 해도, 아이인 당신에게 법적 책임을 물을 수는 없습니다. 그리고 그 아이를 보호할 의무나 책임을 방기한 것은 어른들입니다. 사고였든 살인이었든, 벌어진 일은 미카 씨의 책임이 아닙니다. 사건을 숨긴 게 당신과 당신의 미래를 지키기 위해서였다는 건 어른들의 궤변입니다. 당신에게 그렇게 생각하게 했다면, 그것 자체가 학대와도 같은, 당신의 미래를 얽어매는 사고방식입니다. 책임을 져야만 하는 건 어른들입니다. 당신은 아무 잘못도 하지 않았습니다!"

눈앞에서 새하얀 빛이 빛났다. 머리가 아팠다. 미카는 침묵한 채 눈을 감았다. 노리코의 얼굴을 계속해서 바라보기가 괴로워졌다.

'나는 얽매여 있었던 것인가.'

보호를 받았기에.

그래서 나갈 수 없었던 것일까. 알 수 없다. 분명 이유는 한 가지가 아니다.

그렇게나 싫고 멸시하는데도, 부모가 있는 미래 학교에서 벗어나지 못하는 이유는 무엇일까.

"엄마, 아빠."

울면서 밤의 샘에 물감을 흘려보냈다.

옆에 내가 있는데도 아버지와 어머니는 어째서 본 적도 없는 고상한 이념에 빠져들어서 미카의 존재를 깨닫지 못하는 것일까. 자신의 아이 한 명을 구하지 못하면서 어째서 다른 아이와 이상적인 사회에 관해서만 바라보는 것일까.

나는 나 한 명에게 빠져들기를 바랐는데. 이곳에 있어주길 바랐는데.

내 머릿속에 있는 투명하고 아름다운 '미래'. 아이의 머리를 쓰다듬으며 말하는, 아이들 안에만 있다는 '미래'. 내 속에 가득 차 있던 '미래'는 언제부터 사라져버린 것일까.

●●●

히사노가 돌아오지 않았던 밤.

미카는 밤의 샘에 그녀를 찾으러 갔다. 정말로 그곳에 있다고는 생각하지 않았지만, 샘에 가는 것을 무척이나 좋아했기 때문이었다. 자신이 그러고 있는 사이에 누군가가 히사노를 발견하면 된다고 생각했다.

샘 앞에 앉자 마음이 차분해졌다.

물 냄새. 숲 냄새. 그것에 감싸 안기자 아무것도 생각하지 않고 '자신'이 될 수 있을 것 같았다. 진짜 자신의 소원, 진짜 자신의 마음. 누군가가 바라는 '착한 아이'가 아니어도 좋다고 생각할 수 있었다.

샘 앞에서 멍하니 샘을 보며 질릴 때까지 시간을 보낸 후, 초등부로 돌아가는 길에 어른들의 숙소에 불이 켜진 것을 깨달았다.

오늘은 아무도 없을 텐데.

'도대체 왜'라고 생각하면서 미카는 어른들의 숙소 안으로 발을 들였다.

무슨 소리가 들렸고, 들어가 보자 히사노가 있었다. 어른들의 짐이 놓인 사물함 앞에서 뭔가를 하고 있었다.

"히사노."

미카의 목소리를 듣고 히사노가 돌아보았다. 손에 뭔가를 안고 있었다.

곰팡내가 났다. 평소에는 이 건물에는 거의 오지 않는다. 히사노가 있던 곳은 남자 선생님들이 사용하는 사물함 앞이었다.

히사노의 손이 돈을 움켜쥐고 있었다.

평소 배움터에서는 돈을 보는 일도, 존재를 의식하는 일도 없다. 기슭의 학교 아이들은 용돈을 받는 듯했지만, 그것을 학교로 가져오지도 않았고 액수 또한 수백 엔 정도이리라.

히사노가 손에 들고 있는 지폐를 보는 것은 정말로 가슴이 철렁할 정도로 미카에게는 자극적인 일이었다. 심장이 크게 튀어 올랐다.

"히사노, 그거……."

"에이, 들켜버렸네. 미카, 너에게도 나눠줄 테니 아무한테도 말하지 마."

히사노가 빙긋 웃었다. 근처에 있는 '시노다'라는 이름표가 붙은 사물함의 문을 난폭하게 닫았다. 유타카 선생님의 사물함이다. 키가 큰, 모두의 아버지 같은 선생님이다.

"안 돼."

주의를 주는 목소리가 떨렸다. 기죽지 않은 것처럼 보이고 싶었지만, 한심하게 목소리가 떨렸다. 히사노가 귀찮은 듯 미카를 힐끔 보고 물었다.

"왜?"

미카는 처음이 아니라고 생각했다. 지금까지도 이런 식으로 어른들의 숙소에 숨어든 적이 있을지도 모른다. 기슭의 아이들과 놀면서 밤늦도록 돌아오지 않을 때, 히사노는 패밀리레스토랑이나 노래방 비용을 친구나 그 부모가 내주었다고 했지만, 매번 그렇지는 않았을지도 모른다.

"왜냐니……."

"도둑질은 해서는 안 되니까? 그러면 훌륭한 어른이 되지 못하니까? 그래, 그렇다면 그게 무엇이 나쁜 건지 다 함께 생각해볼까? 아, 그래. 미카는 그런 생각을 하는구나. 대단하네."

히사노의 목소리가 어른들이 문답을 진행할 때를 흉내 내며 길게 늘어졌다. 미카의 목 안쪽이 뜨거워졌다.

"깨끗한 척하는 것뿐이야. 미카도, 선생님들도."

토해내듯 히사노가 말했다. 비스듬히 얼굴을 기울이고 미카를 바라보았다.

"있잖아. 미카가 생각하는 만큼 이곳 어른들은 훌륭한 사람들이 아니야. 오히려 참 뻔뻔해. 돈이 든 사물함도 제대로 잠그지 않는 얼빠진 사람들이고. 그리고 말이야."

히사노가 바보처럼 여기듯 방긋방긋 웃으며 미카를 보았다. 섬뜩할 정도로 무서운 웃음이었다. 가만히 서 있는 미카의 목에 팔을 감더니 자신 쪽으로 끌어당겼다. 그러더니 사물함 앞의 바닥을 가리켰다.

"그거 한번 봐봐."

먼저 눈에 들어온 것은 피부색이었다. 그것이 보인 다음 순간 깜짝 놀라 숨을 들이마셨다. 수영복 차림의 여자 사진. '에로틱'이라는 활자가 눈으로 날아 들어왔다. 과격, 몰카, 순정, 큰 가슴……. 만화도 있었다. 옷을 벗고 미소 짓고 있는 그림이 그려진.

한 권뿐만이 아니었다. 몇 권이나 널브러져 있었다.

히사노가 웃었다.

"사물함에 있기에 바깥으로 꺼내뒀어. 선생님들이 돌아왔을 때 어떤 표정을 지을지 생각해보니까 웃기더라. 아이들에게 제아무리 훌륭한 말을 해도 다들 이런 거 보고 있다고. 여러 선생님들의 사물함에 있었어."

발이 위축되어 움직일 수 없었다. 가슴 한복판에 구멍이 뚫린 것만 같았다.

"이거, 뭐에 쓰는 건지 알아?"

과자 상자 같은 것을 히사노가 웃으면서 달가닥달가닥 흔들었다. 알지 못했다. 알 리가 없다는 것을 알면서도 히사노는 놀리듯 묻는 것이다. 무엇인지는 알지 못하지만, 그것은 자신이 보아서는 안 되는 것이라는 것만은 확실히 알았다. 박스 표면에 그려진 동그라미에 화살표가 붙은 마크와 손거울에 손잡이가 달린 듯한 마크가 남성과 여성을 나타낸다는 것은 미카도 알고 있었다.

"유타카 선생, 누구랑 하는 걸까."

히사노가 말한 순간에 얼굴을 가리고 싶어졌다. 배 아래쪽이 징, 하고 무거워지는 느낌이 들었다.

문답에서도 히사노는 이럴 때가 있었다.

예를 들어 '사랑'에 대해 말하는 문답.

"선생님, 사랑이라면 다시 말해 섹스를 말하는 건가요? 그래도 사랑 없는 몸만의 관계 같은 것도 있지 않나요?"

당시, 미카를 비롯한 다른 아이들은 멍하니 있었다. 히사노가 쓰는 '섹스'라는 말의 의미를 아직 알지 못했다. 저학년 아이들도 멍하니 있었고, 선생님들만이 얼굴을 귀까지 빨갛게 물들이거나 당혹스러워했다.

지금 자신의 얼굴이 뜨거워진 것을 알 수 있었다. 귀에 닿는 공기가 갑자기 차갑게 느껴졌다.

"미카는 참 순진해."

움직이지 못하는 미카 앞에서 히사노가 웃었다. 바닥에 널브러진 잡지 중 가장 위에 있는 것을 손에 들고 "봐봐"라며 미카 앞에 내밀었다. 페이지를 펄럭펄럭 넘겼다.

남자의 손이 여자를 만지고 있었다. 검게 칠해진 사각형 모자이크에 눈 안쪽이 따끔따끔했다. 눈을 감은 여자. 여름 교복을 입고 빨간 스카프를 둘렀다. 그 가슴 부근이 흐트러졌고, 치마를 걷어붙이고, 다른 클로즈업된 사진에서는 입 안에 뭔가가……

히사노가 표지를 보여주었다. 표지에 비친 여자는 고등부나 중등부 아이들과 그렇게 다르지 않은 나이처럼 보였다.

"이거, 미카가 좋아하는 미즈노 선생님 사물함에서 나온 거야."

히사노의 목소리가 귓속에서 메아리치듯이 멀리 들렸다. 히사노가 웃었다.

"할아버지도 이런 거 보는구나. 교복이 취향이라니, 교장 선생님 주제에 기분 나쁘지 않아? 저기, 문답에서 이거에 관해 물으면 어떻게 답할까? 이거 말이야, 지금부터 초등부로 가지고 가서 다른 아이들에게도 보여주자. 분명 다들 웃으며……."

"하지 마!!"

미카가 외쳤다. 커다란 목소리가 나왔다.

히사노가 놀란 듯 입을 닫았다. 미카도 놀랐다. 자신이 이렇게 큰 목소리를 낼 수 있다는 사실에. 이런 비명 같은, 들은 적 없는 목소리가 목 안쪽에 잠들어 있었다는 사실에.

싫어, 싫어, 싫어.

목소리가 쿵쿵, 머릿속에서 울려 댔다. 히사노의 목을 잡고 끌고 갔다. 히사노의 손에서 지폐가 떨어졌다.

"어, 잠깐, 잠깐만, 미카, 어어, 뭐야……."

밀치락달치락하며 히사노의 머리카락을 잡아당겼다. 자신이 이런 힘을 낼 수 있을 거라고는 생각지 못했다. 뚝뚝, 하고 히사노의 머리에서 머리카락이 빠지는 불쾌한 감촉이 전해졌다. 히사노의 머리채를 잡고 흔들었다.

"뭐야! 뭐가 싫은 건데! 뭐야, 도대체!"

히사노가 외쳤다. 깨닫고 보니 미카의 입에서는 "싫어!"라는 말이 실제로 새어 나오고 있었다. 하지만 그렇게 묻더라도 알 수가 없었다. 미카 자신도 뭐가 싫은 것인지, 어째서 히사노에게 달려든 것인지 알지 못했다.

어른이 된 지금이라면 알 수 있다.

이때 자신은 화가 나 있었다고.

처음으로 본 성인 잡지의 생생함. 눈이 따끔따끔하고 정신이 갈팡질팡했다. 자신이 평소 접하는 선생님들이 그런 책을 보고 있다는 충격. 이곳과는 관계가 없다고 생각했던 성적인 것을 어른들이 실제로 하고 있고, 그런 것이 너무 가까이에 있었다는 점에서 느낀 충격.

하지만 어른들에 대한 환멸보다, 그때 미카의 마음을 가장 크게 지배한 것은 히사노에 대한 분노였다.

겉으로는 티가 나지 않았을지 모르지만, 당시의 미카는 조숙한 히사노보다 사실은 몇 배나 더 어른스럽고, 진정한 의미에서 성숙했다.

어른들은 야한 책을 보고 있었을지도 모른다. 섹스를 하고 있었을지도 모른다. 하지만 히사노가 한 짓은 다른 사람의 존엄을 위협하는 일이다. 생각이 전혀 말로 나오지 않았지만, 미카는 직감적으로 깨달았다. 그것이 어른이든 아이이든, 사람들에게는 각각 더러운 발로 짓밟아서는 안 되는 영역이 있다. 그곳에 들어가서, 하물며 다른 아이들 앞에 보여준다니, 그런 것은 용서할 수 없는 행위다.

미래 학교에서, 문답에서, 줄곧 말을 소중히 여기며 문제를 생각하는 연습을 해왔기에 알고 있다. 히사노는 '깨끗한 척'이라고 바보처럼 여길지도 모르지만, 그 안에서 자랐기에 알고 있다. 혼란했지만 미카는 확실히 알고 있었다.

어른들을 환멸하는 마음 또한 물론 있었다.

훌륭하지 않다는 히사노의 말이 마음 한가운데를 꿰뚫은 듯해서 배 아래쪽이 무겁고, 둔하고, 아팠다.

다양한 충격이 미카의 가슴에 단번에 밀어닥쳤다. 뭐가 나쁘고 뭐가 좋은지. 정답을 정하는 문답에서도 모범적인 답을 찾지 못할 것 같았다. '이런 것'은 애초에 문답의 의제로는 절대로 오르지 못하지만.

"히사노, 반성해!"

울부짖는 듯한 소리가 나왔다. 불의의 공격을 당해 미카에게 목 언저리를 붙잡힌 히사노가 고통스러운 듯 손을 파닥거렸다.

"뭐야! 미카도 나를 이용했잖아!"

히사노가 외쳤다.

그 목소리에 히사노를 잡고 있던 미카의 머리에서 핏기가 가셨다. 히사노가 계속해서 외쳤다.

"나를 나쁜 사람 만들고, 전부 본인이 '착한 아이'로 지낼 수 있게끔 이용했으면서!"

"시끄러워!"

그렇게 외친 것은 마음에 짚이는 부분이 있었기 때문이었다. 핵심을 찔려서 머릿속이 새하얘졌다.

이용하고 있다.

평소에는 그렇게 어휘력이 있는 편이 아님에도, 그때 히사노가 사용한 생각지도 못한 말의 정확함, 날카로움에 마음이 흐트러졌다.

알고 있었다.

언제부터인가 자신도 깨닫고 있었다.

예를 들어 미카가 배움터의 당번 일을 잊었을 때나 해야만 하는 과제 제출이 늦었을 때, 좋아하는 간식을 하나 추가로 주머니에 넣었을 때.

그것을 어른들에게 들켜서 '너 같은 착한 아이가 왜?'라는 눈으로 쳐다보기에 선생님들에게 혼날 것을 각오했지만, 그럼에도 "히사노가"라고 미카가 한마디를 하면, 어른들은 다들 알겠다며 고개를 끄덕였다.

히사노를 챙기느라 잊거나 늦었다면 어쩔 수 없지. 히사노가 간식을 가져간 거라면 어쩔 수 없네. 그 아이는 그런 아이니까⋯⋯.

히사노가 나쁜 사람이 되면 미카는 언제든 '착한 아이'로 있을 수 있었다.

알고 있었다고 생각하니 화가 났다. 처음에는 알고 있었다는 사실에 대한 수치. 다음으로는 다시금 분노가 치밀어 올랐다. 눈치채지 못했으면 좋았을 텐데. 평소에는 다른 사람의 기분 따위 아무것도 모르는 것처럼 행동하면서, 어째서 이런 것에는 민감한 것일까. 오만한 분노가 치밀어 올라서 멈출 수 없었다.

"너 따위, 반성해!"

반성, 반성, 반성.

히사노를 치고, 때리고, 끌고 갔다. 하지 말라는 목소리를 무시하며 팔을 할퀴고, 머리카락을 잡아당기고, 머리를 질질 끌 듯이 복도로 데리고 나갔다. 자신에게 이런 힘이 있었던가 알지 못했다. 하지만 히사노가 말한 것을, 그녀가 한 짓을 용서할 수 없었다.

"아파! 하지 마!"

히사노의 목소리가 들렸다. 복도로 끌고 나가자, 어째서인지 자습실 문이 열려 있었다.

어째서 그때 열려 있었을까.

마치 자신들을 초대하는 것처럼. 불이 켜지지 않은 자습실은 천창의 빛이 방 한가운데까지 밝고 길게 뻗어 있었고, 지금 떠올려도 미카와 히사노를 부르는 듯했다.

반항하는 히사노를 방으로 밀어 넣었다. 몇 번이고 할퀴고 머리카락을 잡아당긴 탓에 미카의 손이 떨어진 순간, 갑자기 해방된 히사노의 다리가 풀렸다.

그 틈을 타서 미카는 히사노를 자습실로 밀쳤다.

천창으로 내리쬐는 빛 속에 히사노가 쓰러졌다. 쓰러진 그녀를 남겨두고 문을 닫았다. 문을 닫고 보니 낡은 문에 어울리지 않는 커다란 자물쇠가 보여서 미카는 그것으로 손을 뻗었다.

찰칵, 하는 소리가 나며 자물쇠가 잠겼다.

곧장 안쪽에서 목소리가 들렸다.

"꺼내줘!"

일어선 듯한 히사노가 탕탕, 탕탕, 문을 두드렸다. 강한 힘으로.

"열어줘! 미카!"

"거기서 반성해! '자습'하라고!"

큰 목소리로 말하며 탕! 하고 문을 마주 두드렸다. 히사노가 우는 목소리를 냈다.

"싫어, 싫다고. 꺼내줘. 사과할 테니까."

미카는 눈을 감았다. 눈꺼풀이 내려오자, 눈 사이로 뜨거운 눈물이 배어 나왔다.

"사과할게. 사과한다니까!"

히사노가 말했다. 하지만 미카는 이를 깨물며 얼굴을 덮고 문 앞에 쭈그리고 앉았다. 히사노에게 알려지는 것이 싫었지만, 눈물이 나왔다.

사과한다고는 하지만 히사노는 아마 무엇을 사과하면 좋을지 알지 못하리라. 미카의 어떤 부분을 상처 입혔는지, 이 아이는 분명 평생 아무리 설명하더라도 알지 못하리라.

"돈은 돌려줄게!"

돈을 가져간 것을 용서할 수 없는 것이 아니다.

용서할 수 없는 것은 그녀가 나에게 보여준 것이다. 알려준 것이다. 나한테 보여주고, 다른 아이에게도 보여주려고 했다.

지금까지 미카가 열심히 믿어온 것을, 히사노는 자신이 믿지 않는다는 그 하나의 이유만으로 엉망진창으로 짓밟아도 좋다고 생각했다.

실제로 미카는 짓밟힌 기분이 들었다. 몰랐던 때로는 더는 돌아갈 수 없다.

없었던 일로 만들었으면 좋겠다. 이를 꽉 깨물고, 등 뒤로 히사노가 탕탕 문을 두드리는 소리를 들으면서 미카는 뒤늦게 팔에 통증을 느꼈다. 히사노를 끌어당길 때 저항을 당해 미카도 어느샌가 팔에 생채기가 나 있었다. 강한 힘으로 밀리고 차인 몸 여기저기가 아팠다.

"미카, 부탁해. 미카!"

문 너머의 히사노의 목소리는 이미 확실히 약해졌고, 애원하는 듯한 울림으로 바뀌어 있었다. 하지만 미카는 그 목소리에 절대로 응하지 않겠다고 마음먹었다.

히사노가 기뻐하는 것은 상대해주는 것이다. 어떤 형태이든 간에 이쪽이 응하는 것. 아무도 없다고, 이미 미카는 가버렸다고 생각하고 고독에 몸부림치면 좋겠다. 이 아이에게는 그것이 가장 효과적이다.

입술 안쪽에서 새어 나오는 울음소리를 억누르며, 미카는 사물함이 있는 방으로 돌아갔다. 바닥에 천 엔짜리 지폐와 만 엔짜리 지폐가 흩뿌려져 있었다. 야한 잡지들이 표지가 엉망이 되어 굴러다녔다. 과자통처럼 보였던 상자가 열려서, 은색의 얇은 꾸러미가 막과자처럼 이어지며 곡선을 그린 채 떨어져 있다.

미카는 울면서 그것을 정리했다. 보고 싶기도, 보고 싶지 않기도 한 마음으로 주워서 가장 앞에 있는 사물함에 밀어 넣었다. 애초에 어디에 들어 있던 것인지 알지 못하기에 한꺼번에 밀어 넣었다.

사물함을 닫자, 바로 옆 사물함에 '미즈노'라는 이름표가 있었다.

이름을 보자 감정이 단번에 목 밑까지 치밀어올라서 지금까지 중에 가장 크게 으으, 하는 오열이 새어 나왔다. 히사노의 목소리가 귀에서 떠나지 않았다.

"이거, 미카가 좋아하는 미즈노 선생님 사물함에서 나온 거야."

"할아버지도 이런 거 보는구나."

유치부 때부터 미카를 지켜봐주었던 미즈노 선생님이 교장실에서 미카에게만 과자를 준 추억이나, 무릎에 앉히고 머리를 쓰다듬어주었던 것 같은 다양한 추억이 단번에 밀려들었다. 밀려들자, 소리를 지르고 싶어졌다.

입가에 손을 대고 몸을 굽혀서 새어 나오는 숨을 참고 미카는 울었다. 계속해서 울었다.

가볍게 공기가 터지는 소리가 나서 미카가 고개를 들자, 아까까지 어두웠던 자습실에 불이 켜져서 문틈으로 노란빛이 새어 나왔다. 전등이 있었다는 생각에 조금 안심이 되었다. 히사노의 울음소리가 어느샌가 들리지 않았다. 미카가 이미 가버렸다고 생각해서 저쪽도 포기한 것일지도 모른다. 들어줄 상대가 없다면 우는 것도 그만둔다니, 정말로 그 아이다웠다.

목소리는 들리지 않지만, 안에서는 히사노의 숨결이 느껴졌다. 자습실 문에 가만히 귀를 대고, 그것만을 확인하고 떨어졌다.

비참했다.

왜 자신이 이런 꼴을 당해야만 하는가. 히사노를 저주하는 마음을 품은 채 미카는 기척을 죽이고 어른들의 숙소를 뒤로했다.

◖●◗

"히사노, 자습실에 가두고 왔어."
"용서할 수 없어서."

하룻밤 정도 그곳에서 반성하는 편이 좋다. 절대로 용서하고 싶지 않다.

미카는 밤에 이불 안에 누워서도 히사노를 용서할 수가 없어서, 어떻게 말하면 그녀가 알아들을지에 대해서만 생각했다.

그러면서도 눈꺼풀을 감으면 머릿속에 떠오르는 것은 히사노가 보여준 잡지였다. 관심이 전혀 없다고 하면 거짓말이다. 그 책에 실린 사진은 도대체 무엇을 하는 것일까. 보아서는 안 된다고 생각하는 한편으로 지금 돌아가서 혼자서 가만히 페이지를 들여다보고 싶다는 마음도 들었다. 그렇게 생각하는 것이 좋지 않다는 것도 알고 있다. 선생님들이 가지고 있었고, 보고 있었고, 미즈노 선생님의 사물함에도 들어 있었다. 머릿속에서 제아무리 떨쳐내도 충격이 사라지지 않는다.

문득, 자습실에 가두었을 때, 히사노가 손에 들고 있던 책이 떠올랐다.

히사노는 잡지 한 권을 쥔 채였다. 자습실에 밀어 넣을 때까지도. 미즈노 선생님의 사물함에 있었다는 그 교복을 입은 소녀가 표지인 잡지.

히사노에게서 그것을 빼앗아야만 한다. 다른 아이에게 보여주려고 할지도 모르니까.

미카는 지금 무척이나 충격을 받은 상태지만, 만약 다른 아이에게 히사노가 말한다면 그 아이들도 충격을 받을 것이다. 그렇게 되면, 지금의 미카처럼 알고 싶지 않았다고 하더라도 그 전으로는 돌아갈 수 없다.

그뿐 아니라 히사노가 더욱더 제멋대로 굴게 될 것이다. 모두와 함께 선생님들을 비웃고, 다 아는 것처럼 말할 것이다. 미카에게 그렇게 한 것처럼.

내일 아침, 자신이 가서 설득해야만 한다. 자습실에서 나오고 싶다면 어제 있었던 일을 누구에게도 말하지 않도록 약속하게 하고, 잡지도 원래대로 사물함에 돌려놓자.

그렇기에 미카 혼자서 아침 식사를 가지고 갔다.

"히사노."

자습실 문을 똑똑 노크했다.

한 손에 든 우유와 계란프라이 토스트를 얹은 쟁반이 무거웠다.

"히사노, 밥 가지고 왔어."

사과하고자 생각했다. 어제, 너무 일방적으로 강하게 말해버렸으니까.

"나랑 이야기 좀 하자."

상대가 제대로 말을 들어주길 바란다면, 제대로 대화를 해야 한다고 생각했다. 미카는 히사노가 돈을 훔친 것을 누구에게도 말할 생각이 없다. 그렇기에 히사노도 잡지에 대해서 말하지 않았으면 했다.

아침 식사를 담은 쟁반에는 간장병이 올려져 있었다. 히사노는 계란프라이 토스트에 간장을 뿌리는 것을 좋아하기에.

"히사노."

어른들의 사무실에서 자습실 열쇠를 가지고 온 상태였다. 답이 없기에 화를 내고 있거나 잠을 자고 있을지 모른다고 생각했다. 제대로 사과하자. 그렇게 하면 다시 히사노와 이야기할 수 있으리라.

쟁반을 내려놓고 자물쇠의 열쇠를 꽂아 넣었다.

문을 열자…….

히사노가 쓰러져 있었다.

자고 있다고 생각했다. 그랬기에 쟁반을 바닥에서 들어 올린 후에 미카는 말을 걸었다.

"히사노, 일어나. 아침이야. 어제는 미안해. 그래도 조금은 반성했어?"

새삼스레 밝은 목소리를 내어 부른 것은 마음이 불편했기 때문이었다. 하지만 히사노는 답하지 않았다.

역시 화가 나서 부루퉁해 있는 것일까. 미카는 어이없어하면서 그녀에게 시선을 향했다. 그리고 쟁반을 떨어뜨렸다.

아침 식사가 담긴 쟁반이 바닥에 떨어져서 튀어 올랐다.

간장병이 쓰러져서 간장 냄새가 퍼졌다. 히사노를 위해 가지고 왔던 간장병이 깨져서 냄새가 흘러나왔다. 향긋하고 좋은 냄새가.

엄청난 소리가 들렸음에도 히사노는 반응하지 않았다. 쓰러져서 눈을 크게 뜬 채였다. 일부러 그렇게 하고 있는 것이 아니라는 사실은 보고 바로 알았다. 눈이 이상했다. 전혀 깜빡이지 않는다. 아무리 기다려도 일부러는 할 수 없을 정도로 눈을 계속 뜨고 있었다.

"히사……."

이름을 부르려다가 목 한가운데서 소리 없는 비명으로 바뀌었다.

움직이지 않는다.

히사노가 움직이지 않는다.

순간적으로 방 안을 눈으로 훑었다. 흘러나온 간장과 토스트가 히사노가 가지고 있던 잡지 위로 튀어 있었다. 방 한가운데에는 어제는 그 위치에 없었던 책상.

책상 옆에 의자. 그 의자가 옆으로 넘어져서 바닥에 쓰러져 있었다.

책상 바로 위에는 천창이 있다. 올려다보고는 직감했다.

창문을 열려고 한 것일지도 모른다. 책상을 옮겨서 그 위에 의자를 얹고 손을 뻗고 점프해서 천창을 어떻게든 해서 열고 바깥으로 나가려고 한 것일지도 모른다. 책상 위에는 커다란 상처가 하얗게 긁힌 것처럼 나 있었다.

"히사……노."

손이 후들후들 떨렸다. 새하얀 히사노의 얼굴. 천창으로 들어오는 빛이 어울리지 않는 밝기로 그녀의 얼굴을 밝혔다. 눈을 뜬 채, 움직이지 않는 히사노.

마음이 어딘가 깊은 곳으로 떨어져 간다. 미카는 비명을 질렀다. 이번에야말로 커다란 소리를 내며 달렸다.

도움을 구하며.

어른에게 들은 것처럼, 무슨 일이 생기면 찾아가라고 한 유치부의 미즈노 선생님이 있는 곳으로…….

●●●

"그렇게……."

노리코 앞에 앉은 채, 미카의 입에서 겨우 목소리가 나왔다. 무슨 말을 하고 싶은지 스스로도 알지 못했다. 하지만 몸 안쪽 깊은 곳에서 계속 억누르고 있던 소리가 쥐어짜듯 처음으로 나왔다.

"그렇게 바로 알 수 있는 곳에 묻혀 있으리라고는 생각하지 않았어."

노리코가 숨을 삼키는 기척이 느껴졌다. 그녀의 긴장이 공기를 통해 건너편의 미카에게 전해졌다. 억누르던 눈물이 무거워서 견딜 수 없게 된 것처럼 결국 미카의 볼을 타고 흘러내렸다.

"설마, 광장에 묻었다니."

"응."

노리코가 끄덕였다. 달리 아무 말도 하지 않았다. 그저 끄덕일 뿐. 미카가 계속했다.

"남겨두고 갔다니, 생각도 못 했어. 시즈오카의 토지를 포기할 때, 히사노도 데리고 간 것이라고만 생각했는데."

숨을 들이마시자 바람이 부는 것처럼 휘익, 하고 울음소리 비슷한 소리가 나왔다.

"응."

정면에서 노리코가 끄덕였다. 강하게 미카의 눈을 보며.

"그렇게 대충 묻고, 설마……."

"응."

"제대로 해줬으리라고만 생각했는데……."

"응."

"그게 그러니까. 설마……."

"응."

노리코가 끄덕였다. 그저 미카의 목소리를 들었다.

ⲟⲟⲟ

그날 아침 미카는 달리고 달려서, 유치부로 달려가서 미즈노 선생님의 교장실로 뛰어들어 설명했다. 히사노가 숨을 쉬지 않는다고. 죽었을지도 모른다고.

교장실에는 미즈노 선생님이 혼자 앉아 있었다. 다른 선생님들은 아무도 없었고, 뭔가 서류를 작성하던 참이었다.

"아니, 무슨 일이니, 미카."

유치부를 나와서 꽤 오랜 시간이 지났는데, 한 명 한 명의 이름을 확실히 기억해주는 점이 좋았다. 미카를 기억해준다. 미즈노 선생님 앞에 서면 자신이 유치부 시절로 돌아간 것 같은 기분이 들었다.

"선생님. 히사노가, 히사노가⋯⋯."

아직 어떻게든 할 수 있지 않을까 생각했다. 죽은 것처럼 보이는 것은 기분 탓이고, 방으로 돌아가면 히사노는 살아 있는 것 아닐까. 왜냐하면 이런 일이 벌어질 리 없으니까. 히사노가 죽다니, 그런 바보 같은 일이⋯⋯.

오열하며, 과호흡처럼 몇 번이고 헐떡이며 미카는 전부 이야기했다.

부끄러움도 두려움도 버리고, 있는 그대로 전부.

어제 히사노와 둘 사이에 무슨 일이 있었는지. 히사노가 무엇을 발견하고, 미카에게 보여주고, 그리고 조소하듯 웃었는지. 사물함에서 히사노가 찾았다는 잡지에 관해서도 설명했다.

미즈노 선생님은 눈을 크게 뜨고 숨을 죽였지만, "그래서?" 하고 계속해서 미카를 재촉했다. 그래서? 어째서? 무슨 일이 있어서……. 그런 말을 끼워 넣을 뿐, 미카의 이야기를 그저 듣기만 했다.

"어찌 되었든 상태를 보러 가자."

미즈노 선생님이 말했기에 다른 선생님들에게는 알리지 않고 미카와 둘이서 자습실에 갔다. 자습실에 가자, 모든 것은 자신의 악몽인 것은 아닐까 하는 미카의 희망은 깔끔하게 배신당했다. 히사노는 쓰러진 채였다.

곰팡내가 나는 방이 간장 냄새로 가득 차 있었다.

말도 안 된다고 생각했다.

천창을 통해 들어오는 빛을 받으며, 간장과 계란과 빵과 우유 냄새에 뒤섞여 구겨진 더러운 잡지 옆에서 죽는다니, 그런 거 너무하다. 너무나도 심하다.

"히사, 노는 저, 책이, 미즈노 선생, 님의 사물함, 에서 나온 것이라고도, 했어요."

몇 번이고 몇 번이고 흐느끼면서, 무서웠지만 그럼에도 설명한 이유는 부정해주기를 바랐기 때문이었다.

히사노는 그렇게 말했지만, 역시 뭔가의 착각이지 않을까.

미즈노 선생님은 그런 잡지를 보지 않는다. 그것은 미즈노 선생님의 것이 아니다.

미즈노 선생님이 확실히 그렇게 부정해주길 바랐다. 히사노가 말한 것은 잘못된 것이고, 그럴 리 없다고.

하지만 미즈노 선생님은 침묵한 채 답하지 않았다.

그저 몸을 굽혀 간장에 젖은 잡지를 손으로 주위들었다. 그 잡지를 둥글게 말더니 자신의 옆구리에 끼웠다. 그러고는 천천히 미카를 바라보았다.

"괜찮아, 미카."

뭐가 괜찮은 것인지 알 수 없었다. 이때도 미카는 다음으로 이어지는 말을 아직 기대하고 있었다. 괜찮아, 미카. 뭔가의 착각이야. 이것은 내 책이 아니야. 그런 식으로 말해주기를 기다렸다.

하지만 아니었다. 미즈노 선생님의 입에서 나온 것은 전혀 다른 말이었다.

"괜찮아, 미카. 미카는 아무 잘못 없어. 미래는 미카의 것이야. 미카의 미래를 위해 아무도 상처받지 않도록 우리 어른들이 너를 지켜줄게."

선생님이 손을 뻗었다. 미카의 머리 쪽으로.

옛날부터 자주 하던 동작이었다. 미래는 여기에만 있다고 말하며 머리를 쓰다듬었다. 유치부 시절에는 혼자만 교장실에서 미즈노 선생님의 무릎에 앉았던 적도 있었다. 미즈노 선생님이 머리를 쓰다듬어주는 것을 좋아했는데.

미카는 몸을 피했다. 머리로 생각한 것이 아니라 몸이 제멋대로 그렇게 했다. 미즈노 선생님의 손이, 손가락이 하늘을 갈랐다. 피부가 두꺼운, 주름이 새겨진 그 손.

몸이 제멋대로 움직이고 난 후에야 닿고 싶지 않다는 생각에 그렇게 된 것이라고 깨달았다. 깨달음과 동시에 맹렬하고 섬뜩한 감각이 치밀어 올랐다.

닿고 싶지 않아, 만지지 마. 실제로 지금 그렇게 당한 것이 아님에도 지금까지 머리를 쓰다듬던 감각이 되살아나서 크게 몸서리치고 싶어졌다.

미카는 그때 어떤 표정을 지었을까. 미즈노 선생님의 눈이 얼어붙은 듯 이쪽을 보고 있었다. 갈 곳을 잃은 손이 곤란한 듯 허공에 떠 있는 채였다.

이후의 일은 잘 기억나지 않는다.

그것이 한계였는지 미카의 기억은 그 후 순식간에 시간을 뛰어넘는다. 아마도 미즈노 선생님의 교장실로 갔을 것이다. 그곳의 소파에서 쉬라고 들은 것 같기도 하다. 어느새 장소가 바뀌었고, 그곳에서 잠을 자라고 들어서 미카는 들은 대로 했다. 모든 것을 잊어버리기 위해서 눈을 감았다.

다음으로 기억하는 것은 부모님이 왔을 때의 일이다.

"미카."

아버지와 어머니는 걱정스러운 듯 자신의 얼굴을 들여다보았다.

아무것도 먹고 싶지 않고 마시고 싶지 않아서 입술이 말라 있었다. 그로부터 얼마만큼의 시간이 흘렀는지 알지 못했다. "밥, 안 먹고 있다며?"라고 말을 거는 어머니가 상냥해서 어머니의 가슴과 아버지의 팔에 매달려서 미카는 울었다. 울며, 호소하려다가 뚝 멈췄다.

무슨 말을 하면 좋을지 알 수 없었다.

사실은 들어주었으면 했다. 있었던 일, 본 것 전부. 미즈노 선생님과 제대로 이야기했지만, 그 이상은 아무것도 물어보면 안 될 것만 같아서, 아무 말도 하지 못하고 묻지 못했던 것…….

입을 열면 모든 것이 망가져버릴 것만 같았다. 그렇지 않아도 히사노가 죽어서 마음이 갈가리 찢어졌는데, 이야기를 해버리면 정말로 어디에도 갈 곳이 없어질 것만 같았다.

믿고 있던 것이 전부 망가져버린다.

무서운 것은 이야기하더라도 다시 아무 대답도 듣지 못하게 되는 것이었다.

미즈노 선생님처럼 자신에 관해서는 아무 말도 하지 않고, 그저 "괜찮다"라고만 할 뿐, 아무것도 알려주지 않은 채 지켜주는 것. 어째서, 어째서, 아무도 제대로 말해주지 않는 것일까. 물어선 안 될 것 같다는 마음이 드는 것일까.

어른에게도 비밀은 있을지 모른다. 하지만 미카는 자신이 그들의 비밀을 지켜주었다고 느꼈다. 선생님들의 비밀을 지켜주었는데 아무도 미카에게 제대로 설명해주지 않는다. 마주보며 이야기해주지 않는다. 없었던 일로 만들어버린다.

"괜찮니? 미카."

걱정스러운 듯 눈동자를 들여다보는, 몇 개월 만에 만나는 부모님.

지친 머리로 미카는 생각했다. 이런 식으로 히사노가 죽거나 무슨 일이 벌어지면 이 사람들은 만나러 와주는 것인가. 착한 아이로 지내면 만날 수 있는 것이 아니라, 뭔가 문제를 일으키는 편이 좋았던 것인가.

입술이 떨렸다.

무엇을 가장 먼저 호소하면 좋을지 알지 못해서 떨면서 목소리가 나왔다.

"히사노가 돈을 훔치고 있었어."

오래 잠을 잔 탓에 목소리가 거슬거슬했다.

"응."

미카의 부모님이 끄덕였다.

"응. 들었어. 미카는 그걸 용서할 수 없었던 거지?"

"그리고."

"응?"

"선생님들의 사물함에서 히사노가 야한 책을 잔뜩 꺼냈어."

평생 치 용기를 쥐어 짜내듯 말했다.

한번에 너무 많은 일이 있었기에 미카의 안에서도 이 사실을 어떻게 처리하면 좋을지 알지 못해서 어떻게 하면 좋을지 알려주었으면 하는 마음에 작심하고 물었다.

입에 담은 순간, 이미 말라버린 것처럼 생각하던 눈물이 눈꺼풀 뒤에서 촉촉이 번졌다. 너무 울어서 갈라진 눈 가장자리가 눈물에 젖은 순간 시리듯 아팠다. 우, 하고 작은 목소리가 입술 사이에서 새어 나왔다. 커다란 목소리로 울고 싶은데, 더는 그럴 힘이 없었다.

어머니와 아버지가 입을 다물었다.

미카는 당황했다. 부모님의 침묵이 길었다.

그 침묵의 길이 때문에 절망에 빠질 것만 같았다. 그들은 서로 대화를 나눈 것은 아니었지만, 동시에 침묵을 선택했다는 사실을 깨닫고 말았다.

눈물에 젖은 미카의 눈을 아버지가 손바닥으로 덮었다. 커다랗고 딱딱한, 차가운 손이었다.

"그렇구나. 그건 충격이었겠구나."

"잊으렴, 미카. 가엽게도."

어―――――.

어머니의 얼굴이 보이지 않았다. 아버지가 위로하듯 미카의 얼굴에 얹은 손을 치우려고 하지 않았기에. 그 손이 차가웠지만, 부은 눈꺼풀에는 편안해서 떨쳐 낼 기력이 샘솟지 않았다.

"그래도 엄마, 나……."

말하고 싶었다. 그 잡지가 누구의 것인지 알고 싶었다. 그런 책을 읽는 것이 정말로 부끄러운 일인지 알고 싶었다. 아이가 어떻게 생기는지, 자신이 어떻게 태어났는지, 미카는 이미 알고 있었다. 어른을 규탄할 생각도, 존엄을 해칠 생각도 없으니까. 그럴 때 히사노에게 어떻게 말하는 편이 좋았을지 함께 생각해주었으면 했다. 가둔 것은 잘못이었다. 그 아이는 죽어버렸다. 하지만 그렇다면 어떻게 하는 것이 정답이었을까…….

열한 살 소녀로서 미카는 상처를 입었다. 온몸으로 도움을 구했다.

좋아하는 선생님들이 아이들 앞에서와는 다른 얼굴을 가지고 있을지도 모른다는 것을 알았다. 그 마음의 상처가 어떻게 생겨난 것인지도 분명치 않은 채 슬픔을 음미할 틈도 없이 히사노가 죽었고, 어디로 어떤 마음을 향해야 할지 알 수 없었다.

이대로라면 미카는 자신이 무엇에, 어째서 상처를 입은 것인지조차 제대로 알지 못한다.

"깨끗한 척."

"훌륭한 사람들이 아니야."

히사노가 사용했던 표현을 떠올렸다. 깨끗하지도 훌륭하지도 않아도 되니까, 미카는 설명해주길 바랐다. 그저 설명하며 함께 생각해주길 바란 것뿐이었다.

"괜찮아."

어머니가 말했다. 미즈노 선생님과 같은 말을 하며.

"괜찮아. 미카는 나쁘지 않아."

나쁘지 않아, 나쁘지 않아, 하고 반복해서 듣는 도중에, 미카는 깨달았다.

모든 것은 자신 탓으로 여겨지고 있다는 사실을.

"잊어도 돼, 미카."

어른들은 아무도 미카와 진지하게 이야기해주지 않는다. 침묵한 채 미카와 그 미래를 지킨다. 지켜내고 만다. 미카는 깨달았다. 지켜지고 싶다면 이대로 받아들여야만 한다.

전부 미카 탓에 벌어진 일이다. 그렇기에 어른들은 미카에게 말한다. 미카는 나쁘지 않아, 지켜줄게, 감싸줄게, 맡겨두면 괜찮아…….

어른이 되어 시체가 발견된 이후.

히사노의 죽음에 대하여 모두가 미카에게 물었다. 하지만 미카 쪽이야말로 알고 싶었다. 어째서 히사노가 죽어버렸는지 누구보다 알고 싶었다. 어느샌가 설명도 없이 숨겨져서, 은폐되어서, 어째서 그 아이가 죽어버렸는지 알지 못했다. 당시의 어른은 사인을 조사해주었을까. 어른이 된 후에도 지금까지 미카는 아이가 탈수증으로 죽었다는 뉴스를 볼 때마다 목이 옥죄어왔다. 히사노는 사실 머리를 부딪힌 것 때문이 아니라, 탈수나 뭐 그런 것 때문에 혼자 오래도록 괴로워한 것은 아닐까. 내 탓에, 도움을 구하며 좁고 작은 방 안에서 발버둥치며 허우적거리다 죽은 것은 아닐까. 알고 싶어 알고 싶어 알고 싶어 알고 싶어, 알고 속죄하고 싶어, 사과하고 싶으니 알고 싶어.

히사노가 어떻게 죽은 것인지 진실을 알고 싶었다. 알아둘 것을 그랬다. 그때 어른들을 끈덕지게 붙잡고 제대로 설명을 들을 것을 그랬다. 몇 번을 후회했는지 모른다. 알지 못하는 것이, 이야기하지 않았다는 것이, 보지 않았다는 것이, 이렇게나 괴로워질 줄 알았더라면.

이렇게 중요한 것임에도 어른들은 아무도 미카와 이야기하지 않았다. 우리는 무엇이든 문답을 통해 대화하지 않았던가.

정말로 나빴던 것이 누구인지, "아무도 잘못하지 않았어", "아무도 상처입히지 않아"라고 말하면서, 모든 것을 미카 탓으로 돌린다. 모든 것은 미카를 지키기 위해서라며.

없었던 일로 만들기 위해서.

◐●◑

하지만……

노리코의 손이 어느샌가 책상 위에서 미카의 손을 잡고 있었다.

그 손이 차가웠다. 차갑지만 가느다란 손가락과 얇은 손바닥에 담긴 힘은 무척이나 강했다. 손톱이 파고들 정도의 힘으로 노리코가 미카의 손을 잡고 있었다.

"노리코."

미카가 이름을 불렀다.

"당신은 아무 잘못도 하지 않았습니다!"

과거 미카에게 어른들이 했던 말을, 완전히 다른 말투로 외친 곤도 노리코의 이름을 어른이 되어 처음으로 불렀다.

'재회' 후 오늘까지, 얼굴을 마주본 채 이름을 부르지 않았기에 어떻게 부르면 좋을지 알 수 없어서 고민했지만 그 호칭을 선택했다. 마치 어린 시절로 돌아간 것처럼.

"노리코, 나……."

"응."

꽉 쥔 손에 노리코가 더욱 힘을 준다. 그 뺨에서 뚝뚝 눈물이 흘러 턱에서 떨어져서 책상 위에 작은 웅덩이가 생겨 있었다. 흐르는 대로 내버려둔 채 눈물을 닦으려고도 하지 않는 노리코의 눈이 진지하지만 상냥했다.

"응. 뭐?"

"나, 죽이지 않았어."

목소리로 낸 순간, 으으으으, 하고 신음하는 듯한 목소리가 나왔다. 으아아아아아, 새어 나오는 숨이, 물이 끓을 때처럼 크게 울려 퍼졌다.

머릿속으로 샘을 떠올렸다.

이제 두 번 다시 갈 수 없는 장소. 이렇게나 선명하게 기억하는데, 더는 이 세상 어디에도 없는 장소. 그 장소에 미카는 이런저런 것을 놓고 왔다. 가라앉히고 왔다.

가라앉히고 왔다고 생각하던 목소리가 단번에 흘러 나와 멈출 수 없어졌다. 노리코의 손을 부드럽게 떼어 내고, 입가를 누르고 다음에는 얼굴을 덮었다. 몸을 둥글게 말았다.

숨을 삼키는 소리가 들렸다.

다음 순간, 보이지 않는 시야를 몽땅 감싸듯이, 누군가가 미카의 온몸을 껴안았다. 누구의 손인지 눈을 뜨지 않아도 알 수 있었다.

"알아. ……알고말고."

귀 바로 근처에서 상냥한 목소리가 들렸다.

너는…….

그 목소리가 말한다.

너는 아무 잘못도 하지 않았어.

그 목소리가 너무나도 달콤하고 부드러워서, 자기 자신의 입에서 새어 나오는 한숨 같은 목소리가 멈추지 않아서 미카는 자신의 환청일지도 모른다고 생각했다. 환청이어도 상관없다고 생각했다.

히사노……. 이름을 부른다. 울면서 부른다. 내가 가두고, 시간을 멈춰버린 친구. '히사노 미안해' 하고 한번 속으로 말하자, 가슴이 찢어지듯 아프다.

미안해미안해미안해. 나는 너랑 같이 어른이 되고 싶었어.

"주문主文."

법정 정면에 앉은 검은색 법복을 입은 재판장의 목소리가 울려 퍼진 순간, 법정 안이 술렁 흔들렸다. 그 바람을, 이 자리에 있는 사람들의 마음속 진동을, 노리코는 확실히 온몸으로 느꼈다.

노리코와 야마가미가 앉은 피고 측 변호인석 건너편에서 커다랗게 숨을 삼키는 소리가 들렸다. 원고석에 앉은 이가와 시노가 낸 소리라는 것을 깨닫고, 그쪽으로 얼굴이 향하려고 하는 것을 억눌렀다. 그저 가만히 재판장의 얼굴을 바라보았다.

"원고의 청구를 기각한다."

법정 안에 팽팽하던 긴장의 끈이 끊어졌다.

방청석에서 사람들이 일어나 밖으로 나갔다. 언론 관계자가 자리를 뜬 것이다. 오늘 법원에 들어오기 전, 법원 입구에는 텔레비전 카메라를 든 카메라맨과 리포터의 모습이 있었다. 그들에게 속보를 전달하기 위해서이리라.

그러는 사이에도 재판장의 목소리가 이어졌다.

"소송 비용은 원고가 부담한다."

시노의 얼굴이 시야 끝에 희미했다. 보이지 않지만 알 수 있었다. 자신의 변호사와 재판장을 아연실색하며 바라보는 중이었다. 그녀의 얼굴이 노리코와 야마가미 쪽으로 향하는 기척이 느껴졌다. 가만히 노려보듯 바라보는 시선이 달라붙어 움직이지 않았다. 그 시선의 압박감을 견디면서, 하지만 노리코는 그녀가 보고 있는 것은 노리코도 야마가미도 아니라고 느꼈다. 다른 한 사람, 그녀는 아마도 피고인 다나카 미카의 모습을 보고 있으리라. 오늘은 나오지 않은, 과거 딸과 같은 장소에서 생활하던 그녀의 모습을.

그리고 시노는, 오늘은 출석하지 않은 다나카 미카 너머의, 또 한 명의 그림자를 보고 있다.

재판장은 계속해서 주문을 읽으며 판결 사실 및 이유를 말했다.

"피고의 당시 나이를 감안하면 책임 능력이 충분히 있었다고는 할 수 없다. 또한 피해자의 죽음에 관해 피고에게 고의 또는 과실도 인정할 수 없다. 따라서 원고가 피고에 대해 제기한 손해배상 청구에는 이유가 없기에 이를 기각하기로 하고, 주문대로 판결한다."

"폐정하겠습니다."

재판장의 선언에 야마가미와 함께 노리코도 재판관 쪽을 향해 고개를 숙였다. 아플 정도로 느껴지는 원고석에서의 시선을 의식하지 않는 척 가장하면서 재판 자료를 정리했다. 그 손가락이 희미하게 떨렸다.

시노가 이쪽을 보고 있는 기척이 여전히 느껴졌다. 말을 걸지도 모른다고 각오했지만, 그녀는 아무 말도 하지 않았다. 시야 끝에서 시노에게 그녀의 변호사가 살며시 다가서는 것을 알 수 있었다.

"곤도 선생."

숨을 죽인 듯한 목소리로 야마가미가 말했다. 고개를 들자 그가 계속했다.

"다나카 씨에게 연락하게."

"……네."

말로는 하지 않지만 야마가미의 눈 안쪽에 안도의 빛이 엿보였다. 오른손이 살짝 주먹을 쥐고 있었다. 그 손의 형태가 자신에 대한 위로처럼 느껴져서 가슴이 꾹 하고 눌리는 듯했다.

노리코 또한 얼굴에 드러내지 않으려 하면서도 가슴 안쪽이 고양되었다. 뺨이 뜨거웠고, 숨을 내쉬면 흥분이 거기에 스며 나올 것만 같았다.

기각.

미카의 호소가 인정되어 이가와 히사노의 죽음은 그녀에게 책임이 없다는 판결이 나왔다. 노리코가 주장한 것처럼 당시 11세였던 미카에게 법적인 책임을 물을 수는 없고, 또한 히사노의 죽음은 사고사였다는 것도 인정된 것이다.

미카가 법정에서 증언한 것처럼.

법원 앞에 텔레비전 카메라를 든 사람의 모습이 보였다. 하지만 3개월 전, 미카가 본인 신문을 위해 법정에 나왔을 때가 그 수가 더 많았다.

미카가 제대로 증언해줄지 어떨지.

히사노는 자신이 죽인 것이 아니라고 말할지 어떨지.

그때까지 미카와 대화를 여러 번 거듭했음에도 재판 당일을 맞이할 때까지 노리코는 그것이 계속 걱정이었다. 미카가 히사노의 죽음을 자책하는 마음을 품고 있던 나날은 그 정도로 길었다. 그때까지의 논의를 전부 없었던 것으로 하고, 역시 '자신이 죽였다'라고 법정에서 말해도 이상하지 않다고 생각했다.

하지만 재판에서 미카가 무엇을 어떻게 증언한다고 해도 그것은 그것대로 받아들일 것이다.

그렇게 결심했음에도 미카가 법정에 들어설 때 노리코는 알지 못하는 사이에 마른침을 삼켰고, 긴장해서 어깨와 팔에도 힘이 들어간 상태였다.

하지만 똑바로 고개를 든 미카가 차분한 목소리로 선서를 했을 때, 그 눈을 보고 괜찮다고 확신했다.

"저는 히사노 씨를 자습실이라 불리던 방에 가뒀습니다. 그렇게 해서는 안 되었다고 지금은 후회하지만, 그녀가 반성하길 바랐습니다. 그저 반성하길 바랐을 뿐, 살의는 없었습니다."

작지만 명료한 목소리로 미카는 그렇게 단언했다. 무엇이 그녀에게 있어서 '진실'인지를 말하는 말투에는 흔들림이 없었다.

재판에 즈음하여 미카가 노리코에게 명확하게 희망한 것이 있었다. 그것은 히사노의 사인을 최대한 조사해주길 바란다는 것이었다. 자신에게 살의는 없었지만, 가둔 방 안에서 히사노의 몸에 일어난 일을 알고 싶다. 당시, 아이라는 이유로 어른이 숨겨버린 진실을 알고 싶은 것은 자신도 마찬가지라고 했다.

노리코도 그 마음을 잘 이해할 수 있었다. 20년도 더 된 시체는 사인을 특정하기 곤란하다고 여겨짐에도 재감정을 의뢰했다. 하지만 유족인 시노가 그 감정 청구를 완고하게 거부했고, 감정은 행해지지 않게 되었다.

당시를 아는 미래 학교의 어른들의 증언에 따르면 히사노의 사인은 높은 장소에서 떨어짐으로써 머리를 부딪힌 것에 기인한다고 추정되었고, 재판에서도 그것이 인정 사실로서

채용되었다.

히사노의 모친인 시노가 재감정을 거절한 이유는 알 수 없다. 딸의 죽음에 대해 알고 싶은 마음은 분명 있었으리라. 하지만 그 이상으로 시노에게는 피고 측의 신청을 거절하는 것이 더 중요하다고 완고하게 생각하는 분위기가 있었다.

미카가 증언대에 선 그날, 시노는 몇 번이고 몇 번이고 원고석에서 몸을 일으켜서 미카의 옆모습을 바라보았다. 직접 말을 걸지는 않았지만, 몇 번이고 몇 번이고.

그 모습을 보면서 생각했다.

그럴 리 없고 말도 안 된다고 생각했지만 시노의 눈 안에 있는 것은 증오나 분노를 넘어선 조금 다른 것은 아닐까.

딸의 동급생이었던 미카. 살아 있다면 그녀의 딸 또한 미카와 같은 나이가 되어 있었으리라. 시노의 눈이 갑자기 가늘어지고, 그녀가 손수건으로 눈가를 누른 것도 한두 번이 아니었다.

계속 내버려둔 주제에 딸의 죽음으로 돈을 벌려는 것이 아니냐며 세상에서 비난받는 시노가 정말로 바란 것은 돈이 아닐지도 모른다는 마음이 들어 견딜 수 없었다. 왜냐하면 재판 과정 속에서 원고는 법원이 제시한 화해 권고를 거부했기 때문이었다.

노리코 쪽에서는 화해에 응할 생각이 있었다. 본래라면 미카가 "하지 않았다"라고 말한 마음을 가장 중요하게 여기고 그녀의 결백을 재판에서 명백히 밝히고 싶다는 마음이 강했지만, 그보다 중요한 것은 미카가 사로잡혀 있던 과거로부터 자유로워지는 쪽이라고 느꼈다.

원고 측은 법원의 두 번에 걸친 화해 권고를 완강히 거부했다.

당시 11세였던 미카에게 법적 책임을 구하는 것이 곤란하다는 것은 원고 측에서도 이미 알고 있었을 것이다. 그럼에도 굳이 그렇게 화해를 거부한 것은 미래 학교나 그곳에서 부인회장을 역임하던 미카에 대한 괴롭힘, 혹은 진실을 명백히 알고 싶다는 마음이 강하기 때문이 아닐까. 금전이 필요한 것이라면 불리한 재판을 계속하는 것보다 화해에 응하는 쪽이 위자료 지불을 기대할 수 있고, 미카 측도 그럴 준비가 되어 있었다. 그럼에도 시노는 어디까지나 재판을 계속하는 것에 집착하는 것처럼 보였다.

법정에서 잡아먹을 듯 미카를 바라보는 시노의 모습을 본 순간 불현듯 떠올랐다.

시노는 그저 딸과 같은 나이의 미카를 이 자리에 불러서 그녀를 만나고 싶었던 것은 아닐까. 그것 자체가 목적이었던 것이 아닐까. 물론 그런 단순한 이유가 아닐 것이라는 점은 알고 있지만, 노리코의 눈에는 그렇게 비쳤다.

이가와 시노를 원고로 한 재판은 미카를 상대로 '살인'에 의한 손해배상과 위자료를 청구하는 재판과 미래 학교를 상대로 '과실치사'와 '은폐'에 의한 손해배상과 위자료를 청구하는 재판 두 가지였다. 두 재판은 서로의 이익이 경합하는 것을 피하고자 병합되지 않고 별개로 심의가 이루어졌다.

단체에 대한 재판 전에 내려진 미카의 재판 판결에서는 당시 11세였던 미카에게 법적인 책임 능력이 없다고 여겨졌지만, 다만 그것은 미래 학교의 감독 책임이나 과실에 대해 언급하는 것은 아니었다. 앞으로 이어질 단체에 대한 판결의 결론이 어떻게 나올 것인지는 아직 알 수 없지만, 은폐가 사실인 이상 단체에 손해배상과 위자료를 지불하라고 명령할 가능성은 크다.

또한 이번 미카에 대한 판결은 미카에게 책임을 묻는 것뿐만 아니라, 시노와 딸인 히사노와의 관계에 대해 다루는 것이기도 했다. 노리코가 판결을 듣는 시노를 직시할 수 없었던 이유 중 하나에 그것도 있었다.

원고와 원고의 장녀 히사노는 그녀가 3세 때부터 떨어져서 살았고, 그 후에도 몇 번 정도의 면회가 있었을 뿐 20년 이상 전부터는 안부 확인조차 하지 않았다. 즉, 그녀들 사이에는 일반적인 모녀 관계가 없었다고 노리코는 재판을 통해 주장했다. 원고인 시노는 딸의 죽음에 의해 상처를 입을 정도로 딸을 소중히 여기지 않았다. 시노는 위자료, 즉 위로를 받을 정도의 관계가 아니라고 말해도 무방하다.

그렇게까지 명백하게 말해도 괜찮았던 것일까.

생각하니 가슴이 아팠다. 자신은 어디까지나 피고인 미카의 대리인이지만, 미카 또한 노리코와 같은 마음이 들지 않을까 느꼈다.

"히사노의 성, 나, 계속 다카무라라고 생각했어."

몇 번째인가의 미팅에서 미카는 말했다.

"이번에 시체가 발견될 때까지 말이야. 어머니가 재혼했다는 사실도 알지 못했고, 이가와 히사노라고 보도되는 걸 보고 무척이나 이상한 기분이 들었어."

미래 학교에 히사노를 맡기고 나서 손에 꼽을 정도밖에 딸을 면회하지 않았다는 시노는 단체에 맡긴 딸의 성을 계속 그대로 두었다고 한다. 호적상 이름은 이가와 히사노였을지도 모르지만, 다니던 시즈오카의 초등학교에도 변경을 신청하지 않았다. 그랬기에 미카 안에서 그녀의 이름은 '다카무라 히사노'인 채였다. 본인 신문 중에도 이 이야기가 나왔다. 하나하나 신문해 나가는 과정에서 원고 대리인이 "이가와 히사노 씨를 알고 있습니까?"라고 미카에게 물었을 때, 미카는 조금 망설인 후에 답했다.

"알고 있습니다. 다만 학교에서도 '다카무라'라는 이름으로 통했기에, 다카무라 히사노 씨라고 생각했습니다."

그것을 듣는 시노와 방청석에 앉은 그녀의 아들 얼굴에 변화는 없었다.

떨어져서 사는 시노와 히사노의 모녀 관계가 파탄된 상태였다고 법정에서 추인되어 가는 과정은 잔혹하게 느껴졌다. 원고인 시노에게, 그리고 무엇보다 죽은 히사노에게도.

미래 학교에 대한 재판의 판결은 아직이나, 배상이 인정된다고 해도 그것은 딸의 죽음에 의한 직접적인 슬픔에 대한 대가라기보다는 '딸의 죽음을 숨겼던 것'에 대한 배상이라는 형태가 되는 것 아닐까. 그 차이는 사소한 것 같지만 무척이나 크다.

재판에서 시노가 명명백백 밝히고 싶었던 것은 무엇이었을까. 자신이 벌을 받고 싶어서 굳이 재판을 청구한 것처럼 보이는 것은 아무래도 너무 지나친 생각일까. 하지만 세상을 뜬 딸의 죽음을 계속해서 접하는 수단으로써 시노는 이 길을 선택한 것이 아닐까. 자기 자신이 계속 주목을 받음으로써 딸에게 속죄하는 중이라고 노리코는 생각하고 만다.

전화를 귀에 댔다. 연결음이 몇 번 울렸다.

잠시 후, 언론을 대상으로 한 기자회견이 준비되어 있다. 야마가미와 노리코가 그 회견에 나서지만, 재판 결과가 어떻든 간에 미카는 출석하지 않고 변호사에게 코멘트를 위탁하기로 미리 정해두었다. 미카 본인이 그렇게 정했다.

오늘, 판결을 들을 때도 출석하지 않겠다고 말한 미카의 판단을 노리코는 긍정적으로 받아들였다. 재판에 필요 이상으로 관여하지 않고, 나머지는 노리코와 야마가미에게 맡기겠다고 확실하게 말한 미카는 겨우 자신의 어린 시절과 거리를 두기 시작한 것처럼 느껴졌다.

전화가 연결되었다.

"……여보세요."

조금 딱딱한 미카의 목소리가 들렸다.

"곤도 노리코입니다."

노리코가 말했다.

"원고의 주장이 기각되었습니다. 미카 씨의 주장이 인정받았어요."

이겼다, 졌다는 말은 하고 싶지 않았다. 미카는 전화 건너편에서 숨을 삼키는 기척이 있었다. 이윽고 "그런가요"라는 목소리가 들렸다.

"네."

노리코가 답했다. 그대로 둘 다 아무 말도 꺼내지 않았다.

전화 건너편에서 이윽고 미카가 말했다.

"곤도 선생님."

"네."

"……고마워요."

재판을 맡고 나서 2년 8개월. 그 사이, 미카가 노리코를 부르는 호칭은 몇 번이고 바뀌었다. 곤도 선생님, 선생님, 곤도 씨, 노리코.

지금 곤도 선생님이라는 딱딱한 호칭을 썼지만, "고마워요"라는 울림은 부드러웠다. 그 목소리를 듣고 노리코의 가

652

슴 속에 어린 시절의 추억이 되살아났다.

"계속 친구야."

미카가 써준, 두 번째 합숙에 참가했을 때의 메시지. 계속 친구로는 지내지 못했다. 중간에 연락이 끊겼었고, 앞으로 다시 끊기게 될지도 모른다. 시노가 항소를 하면 변호사로서 다시 관여하게 될 테지만, 반대로 변호사와 의뢰인이라는 관계가 구축된 지금 미카와 자신은 더는 순수한 친구가되지 못할지도 모른다.

하지만, 그렇다고 해도.

"나야말로 고마워요."

노리코도 미카를 다시 만나서 정말로 좋았다.

전화 건너편에서 공기가 갑자기 부드러워졌다. 천천히 그녀가 물었다.

"전에 데리러 와준 거, 기억해요?"

"네?"

"처음에 곤도 선생님을 만났던 합숙 때, 밤의 샘에 앉아 있던 나를 데리러 와줬잖아요."

노리코는 놀랐다. 지금까지 그런 추억에 관해 미카 쪽에서 말을 꺼내는 일은 거의 없었다. 노리코가 답하는 것보다 빠르게 미카가 말했다.

"돌아와줄 거라고는 생각하지 않았기에 그때 무척이나 기뻤어요. 친구라고 말해준 것도. 어른이 된 곤도 선생님이 나를 기억해준 것도."

손을 잡고 함께 밤의 샘에서 돌아왔다.

시간이 지나 과거의 자신에게, 추억에 감사한다. 미카를
데리고 돌아오길 잘했다.

"물론 기억하죠."

노리코가 답했다. 가슴이 벅차오르고, 숨이 멎었다.

"지금, 어디예요?"

전화에 대고 노리코가 물었다.

○●○

판결 결과에 관해 언론을 대상으로 기자회견을 마치고 미
카가 기다리는 장소로 향했다. 미카가 말한 곳은 히비야 공
원이었다. 법원에서는 걸어서 금방이다.

미카가 법원과 이렇게나 가까운 곳에 와 있다는 사실에
놀랐다. 그녀도 역시 오늘은 진정되지 않는 마음으로 판결
을 기다렸던 것일까.

넓디넓은 가을의 히비야 공원은 개방감이 있었다. 나무가
단풍으로 물들고, 머리 위의 하늘이 높다. 물이 반짝이며 솟
아오르는 커다란 분수가 있는 광장 주변에서 몇 명인가의
아이가 지면을 걷는 비둘기를 쫓고 있었다.

광장에 들어선 노리코 옆에서 야마가미가 우선 "아" 하고

소리를 내며 노리코를 보았다. "곤도 선생, 저기" 하고 가리
켰다.

야마가미가 말을 건 순간, 노리코 또한 온몸으로 크게 숨
을 내쉬었다.

비둘기를 쫓는 아이들.

그 얼굴을 본 기억이 있기 때문이었다.

미카와 시게루의 아이들인 하루카와 가나타.

처음 만나고 나서 3년 가까운 세월을 거쳐 중학생이 된
하루카의 긴 팔다리가 분수의 빛을 받아서 반짝인다. 동생
을 신경 쓰면서 속도를 맞춰서 함께 달린다. 하지만 가나타
도 나이를 먹었다. 달리는 자세도 안정적이고 움직임이 재
빠르다.

커다란 분수 광장 건너편에 있는 벤치에 미카와 시게루가
나란히 앉아 있는 모습이 보였다. 노리코와 야마가미를 아
직 알아채지 못한 듯, 그저 가을의 따뜻한 태양 빛을 받으며
이야기를 나누고 있었다.

시게루 옆에서 미카가 뭔가를 말하더니, 조금 어이없다는
표정으로 웃었다.

미카는 화를 내는 것처럼 보일 때가 많지만, 그동안 알고
지내면서 그것이 그녀의 버릇 같은 것이라고 노리코도 알게
되었다. 기분이 나쁜 것이 아니다. 그저 기쁜 감정을 표면으
로 드러내기가 거북한 것이다. 어딘가 비아냥거리는 것처럼

보이는 웃음. 하지만 그것이 마음을 터놓은 상대에게 그녀가 감정을 드러내는 방식이라는 것을 이미 안다.

미카는 감색 재킷에 플리츠스커트를 입고 있었다. 몸의 라인이 드러나는 옷 탓인지, 불필요한 군살이 전혀 없는 날씬한 몸매가 강조되는 듯했다. 그 옆에 가만히 시게루가 거리를 좁히고 앉아서, 미카의 얼굴을 바라본다. 그 모습을 보고 갑자기 노리코의 목에 뜨거운 것이 치밀어 올랐다.

사실 노리코는 미카에게 제안할 생각이었다.

그날 미카의 재판 변호를 맡기로 결심한 상태로 미래 학교에 미카를 만나러 가서 대결하는 듯한 마음으로 그녀와 대치했을 때. 노리코는 미카에게 말하고자 마음먹었다. 미카는 무죄이자, 히사노의 죽음은 당신 탓이 아니다. 나아가 당신에게는 미래 학교를 고소할 권리마저 있다고.

그러기 위한 재판을 미카와 함께 싸워도 좋다고 노리코는 생각했다.

당신에게는 미래 학교를 고소할 권리가 있다. 그렇게 말해야 할지 고민했다.

히사노의 죽음에 사로잡히고 단체로부터 많은 것을 빼앗긴 것은 시노뿐만이 아니다. 당신도 마찬가지다. 그 각오를 다지고 그날 노리코는 미카 앞에 앉았다.

하지만 그 제안을 삼켰다.

입에 담지 않아서 다행이라고 지금은 생각한다. 미카에게 있어 미래 학교가 어떤 존재인지는 분명 한마디로는 말할 수 없다. 배신당했다고 느끼는 일도 있는가 하면, 지켜주었다고 느끼는 일도 있으리라. 미래 학교는 그녀의 고향이자 가족이다.

재판을 진행하는 과정에서, 과거 미래 학교에 있었다고 말하는 '아이들'이 미카를 지원하고 싶다고 연락하는 일이 자주 있었다. 다들 소송을 당한 것이 자신들이 알고 있는 그 미카라는 사실을 알고 연락한 것이다. 노리코처럼 그 시기의 합숙에 참가했고 미카가 사이좋게 대해주었다는 사람도 있었고, 유치부나 초등부에서 미카와 동급생이었다는 사람도 있었다.

나가사키에서 일부러 미카를 만나러 찾아온 모리 치토세라는 여성과의 면회에는 노리코도 동석했다. 막 철이 들기 시작할 무렵이었을 유치부 시절을 함께 보낸 두 사람은 오래도록 서로를 마주본 후 가만히 서로의 어깨를 감싸 안았다. "만나고 싶었어"라고 중얼거린 것은 치토세 쪽이었다.

재판이 시작되고 얼마 되지 않아 미카는 스스로 미래 학교의 부인회장 직에서 물러나겠다고 신청했고, 그것이 받아들여졌다. 그렇기에 지금의 그녀는 미래 학교 안에서 담당 임무를 맡고 있지 않다. 하지만 그렇다고 해서 미카가 탈퇴한 것은 아니다. 재판에 관여하는 동안, 노리코는 미카와 단체 사이의 거리감이 조금씩 바뀌어 가는 듯하다고 느꼈지만 굳이 아무것도 묻지 않았다.

단체와 미카가 어떻게 되더라도 노리코는 그녀의 대리인으로서 할 수 있는 일을 할 뿐이다.

다만 시게루와 그 아이들과의 미래에 대해서만은 부디 미카가 제대로 마주했으면 하고 바랐다.

시게루에게서도, 미카에게서도 서로에게 연락을 취하는 것 같다는 느낌은 있었다.

판결이 나오는 오늘 같은 특별한 날에 시게루와 미카가 함께 있다는 것까지는 알지 못했다. 그것이 어떤 의미인지, 둘 사이에 어떤 대화가 오갔는지 상상하자 가슴이 강하게 눌리는 느낌이 들어서 말이 나오지 않게 된다.

믿어도 괜찮을 것이다.

그들이 앞으로 어떤 선택을 하든 간에, 시게루를, 미카를, 그들이 가는 길을, 믿고 지켜보아도 분명 괜찮을 것이다.

노리코는 미카가 아이들과 함께 있는 것을 처음 보았다.

맑은 공원에서 가을의 태양 빛을 맞으며 달리는 아이들과 당연한 듯 미카와 시게루가 지금 함께 있다.

분수가 높게 물을 쏘아 올렸다.

그것과 동시에 발밑의 비둘기들이 휙 하늘로 날아올랐다. 그 날갯짓 소리를 듣고 가나타가 외쳤다.

"엄마, 새!"

누나와 함께 하늘을 향해 손을 뻗는다. 높게, 먼 저편의 태양을 향해, 투명한 그 손을.

벤치에서 일어선 미카가 아이들의 시선 너머를 쫓았다.

"어, 어디?"

목을 갸웃거리는 그녀의 목소리가 노리코를 비롯한 어른을 대할 때보다도 달콤하고 평온했다.

그 목소리를 들은 순간 생각했다. 마음속 깊은 곳에서.

바로 옆에는 옛날의 미카와 꼭 닮은, 하지만 명백하게 옛날의 미카와는 다른 그녀의 딸이 서 있었다.

미카가 가나타의 손이 가리키는 쪽을 바라보았고, 그런 후 이쪽을 보았다. 노리코를 알아챘다.

노리코를 향해 어색하게 미소를 지었다. 노리코, 하고 그 입술이 움직이는 것이 보여서 목소리가 들린 것 같았다.

그 울림을 맛본다.

"미카."

그렇게 부르며, 노리코는 미카를 향해 지금 천천히 걸어 나간다.

호박의 여름

1판 1쇄 인쇄 2022년 5월 10일
1판 1쇄 발행 2022년 5월 25일

지은이 츠지무라 미즈키
펴낸이 문준식
디자인 공중정원
제작 제이오

펴낸곳 내 친구의 서재
등록 2016년 6월 7일 제2020-000039호
주소 서울시 성북구 정릉로305, 104-1109 우편번호 02719
전화 070-8800-0215 **팩스** 0505-099-0215
이메일 mytomobook@gmail.com **인스타그램** mytomobook

ISBN 979-11-91803-05-1 03830